O HOMEM QUE QUERIA SER REI
E
OUTROS CONTOS SELECIONADOS

RUDYARD KIPLING

O HOMEM QUE QUERIA SER REI
E
OUTROS CONTOS SELECIONADOS

Copyright © 2006 by FJ & F EDITORA LTDA - EDITORA LANDMARK

Todos os direitos reservados à Editora Landmark - FJ & F Editora Ltda.

Tradução e notas: Luciana Salgado

Diagramação e Capa: Arquétipo Design Gráfico+Comunicação

Imagem da Capa: © Stock Photos

Impressão e acabamento: Editora e Gráfica Vida & Consciência

Fotolitos: Pro+Texto Bureau de Fotolitos

Dados Internacionais de Catalogação na Publicação (CIP)
(Câmara Brasileira do Livro, CBL, São Paulo, Brasil)

KIPLING, Joseph Rudyard. 1865-1936
O homem que queria ser rei e outros contos selecionados / Rudyard Kipling; tradução de Luciana Salgado - São Paulo: Landmark, 2006; 16 x 23 cm.

Edição bilíngüe: português/ inglês
ISBN 85-88781-27-1

Conteúdo: Sob os cedros do Himalaia (A instrução de Otis Yeere; À beira do abismo; Comédia à beira da estrada; A Colina das Ilusões; Uma mulher de segunda classe; Apenas um subalterno) -- O riquixá fantasma e outras histórias misteriosas (O riquixá fantasma; Minha história verdadeira sobre fantasmas; A estranha cavalgada de Morrowbie Jukes; O homem que queria ser rei) -- Wee Willie Winkle e outras histórias para crianças (Wee Willie Winkle; Baa baa ovelha negra; Sua majestade o rei; Os tambores da frente à retaguarda)

1. Contos ingleses. I. Título.

06-3881   CDD: 823.91

Índices para catálogo sistemático:

1. Contos : Literatura inglesa   823.91

Textos originais em inglês de domínio público.
Reservados todos os direitos desta tradução e produção.
Nenhuma parte desta obra poderá ser reproduzida por fotocópia microfilme, processo fotomecânico ou eletrônico sem permissão expressa da Editora.

EDITORA LANDMARK
FJ & F Editora Ltda.
Rua Alfredo Pujol, 285 - 12° andar - Santana
02017-010 - São Paulo - SP
Tel.: +55 (11) 6950-9095/ 6976-1115 - Fax: +55 (11) 6973-3249
Email: editora@editoralandmark.com.br
www.editoralandmark.com.br

Impresso no Brasil
Printed in Brazil
2006

SOB OS CEDROS DO HIMALAIA
UNDER THE DEODARS
1888

E uma vez que não podemos gastar e nem fazer bom uso
Do pouco tempo que aqui nos foi confiado,
Mas desperdiçá-lo na tediosa compreensão insuficiente
Do insensato esforço e preocupação, contenda e luxúria,
Ele naturalmente clama por herdar
A Eternidade Futura que seu mérito
Tem por total objetivo alcançar – e com certeza é o mais justo.

James Thomson

And since he cannot spend nor
[use aright
The little time here given him in trust,
But wasteth it in weary underlight
Of foolish toil and trouble, strife
[and lust,
He naturally clamours to inherit
The Everlasting Future that his merit
May have full scope – as surely is
[most just.

James Thomson

A Instrução de Otis Yeere

The Education of Otis Yeere

Primeira publicação
The Week's News
10 e 17 de março de 1888

I

No agradável pomar secreto
"Deus abençoa todas as nossas conquistas", dizemos;
Mas "possa Deus abençoar todos os nossos fracassos",
Condiz melhor com nossa condição.
The Lost Bower, E.B. Browning

Esta é a história de um fracasso; mas a mulher que fracassou afirma tratar-se de uma história instrutiva, passível de ser impressa para o benefício da nova geração. A nova geração não quer instrução, e encontra-se perfeitamente apta a instruir quem quer que se disponha a ouvi-la. Não obstante, nossa história começa onde qualquer história em seu juízo perfeito deve iniciar, isto quer dizer, em Simla, onde tudo principia; e em alguns casos, acaba mal.

O erro foi culpa de uma mulher brilhante, que fez uma besteira e não a corrigiu. Aos homens é permitido tropeçar, mas erros de mulheres inteligentes vão contra o curso regular da Natureza e da Providência Divina; visto que todas as pessoas de bem sabem que uma mulher é o que há de mais infalível neste mundo, com exceção das ações do governo em 1879, que renderam lucros de quatro e meio por cento.

I

In the pleasant orchard-closes
"God bless all our gains," say we;
But "may God bless all our losses,"
Better suits with our degree.
The Lost Bower, E.B. Browning

This is the history of a failure; but the woman who failed said that it might be an instructive tale to put into print for the benefit of the younger generation. The younger generation does not want instruction, being perfectly willing to instruct if any one will listen to it. None the less, here begins the story where every right-minded story should begin, that is to say at Simla, where all things begin and many come to an evil end.

The mistake was due to a very clever woman making a blunder and not retrieving it. Men are licensed to stumble, but a clever woman's mistake is outside the regular course of Nature and Providence; since all good people know that a woman is the only infallible thing in this world, except Government Paper of the '79 issue, bearing interest at four and a half per cent. Yet, we have to remember that six consecutive days of rehearsing the leading part of The Fallen Angel, at the New Gaiety Theatre where the plaster is not yet properly dry, might have brought about an unhingement of spirits which, again, might have led to eccentricities.

Mrs. Hauksbee came to "The Foundry" to tiffin with Mrs. Mallowe, her one bosom friend, for she was in no sense "a woman's woman." And it was a woman's tiffin, the door shut to all the world; and they both talked *chiffons*, which is French for Mysteries.

'I've enjoyed an interval of sanity,' Mrs. Hauksbee announced, after tiffin was over and the two were comfortably settled in the little writing-room that opened out of Mrs. Mallowe's bedroom.

'My dear girl, what has *he* done?' said Mrs. Mallowe, sweetly. It is noticeable that ladies of a certain age call each other "dear girl," just as commissioners of twenty-eight years' standing address their equals in the Civil List as "my boy."

'There's no *he* in the case. Who am I that an imaginary man should be always credited to me? Am I an Apache?'

'No, dear, but somebody's scalp is generally drying at your wigwam-door. Soaking, rather.'

This was an allusion to the Hawley Boy, who was in the habit of riding all across Simla in the Rains, to call on Mrs. Hauksbee. That lady laughed.

'For my sins, the Aide at Tyconnel last night told me off to The Mussuck. Hsh! Don't laugh. One of my most devoted admirers. When the duff came – some one really ought to teach them to make pudding at Tyconnel – The Mussuck was at liberty to attend to me.'

'Sweet soul! I know his appetite,' said Mrs. Mallowe. 'Did he, oh, *did* he, begin his wooing?'

Contudo, devemos lembrar que seis dias consecutivos de ensaios da parte central da peça The Fallen Angel, no teatro de New Gaiety, cujo reboco ainda não está de todo seco, pode ter trazido certa perturbação aos espíritos, que, mais uma vez, podem ser levados a excentricidades.

A sra. Hauksbee veio ao "The Foundry[1]" para uma refeição leve com a sra. Mallowe, sua única amiga íntima, pois ela não era de jeito nenhum adorada pelas mulheres. Aquele era um almoço de mulheres, com as portas fechadas para o mundo, e as duas conversavam sobre assuntos femininos, que soa como os mistérios para os não iniciados.

"Tenho desfrutado de momentos de sanidade", anunciou a sra. Hauksbee, depois de finda a refeição, quando as duas se encontravam confortavelmente acomodadas no pequeno escritório que dava para o quarto da sra. Mallowe.

"Minha querida menina, o que *ele* tem feito?", disse a sra. Mallowe, com doçura. É sabido que senhoras de uma certa idade chamam-se umas às outras de "querida menina", como os comissários com vinte e oito anos de tempo de serviço, que se dirigem aos seus pares como "meu garoto".

"Não existe 'ele', nesse caso. Quem pensa que sou, para sempre me atribuir um homem imaginário? Um índio apache?"

"Não, querida, mas há sempre o escalpo de alguém secando em frente à sua taba. Encharcado, de preferência."

Referia-se a Hawley Boy, que tinha o costume de cavalgar por toda a Simla durante as chuvas para visitar a sra. Hauksbee. A dama riu.

"Por meus pecados, na última noite o ajudante-de-ordens em Tyconnel[2] falou bem de mim para o Mussuck[3]. Shhh. Não ria. Ele é um dos meus admiradores mais sinceros. Quando o pudim chegou – alguém realmente deveria ensiná-los a fazer pudins em Tyconnel – o Mussuck estava livre para cuidar de mim."

"Boa alma! Conheço o apetite dele", disse a sra. Mallowe. "Ele, oh, ele começou a *cortejá-la*?"

---

[1] A Fundição. Na época, todas as casas particulares em Simla possuíam nome próprio. N.T.
[2] *Tyconnel* tanto poderia servir ao vice-rei como ao comandante-em chefe militar ou a qualquer outra autoridade, quando em visita a Simla. N.T.
[3] *Mussuck*: espécie de bóia grande feita com toda a pele de uma cabra e cheia de ar, utilizada pelos carregadores na travessia dos rios, na Índia, devido à boa flutuação. Trata-se de um apelido depreciativo. N.T.

"Graças à bondade divina, *não*. Ele explicou a própria importância como Pilar do Império. E eu não ri."

"Lucy, não acredito em você."

"Pergunte ao capitão Sangar; ele estava do outro lado. Bem, como eu dizia, o Mussuck expandiu-se."

"Posso vê-lo fazendo isso", disse a sra. Mallowe, pensativa, coçando as orelhas de seu fox-terrier.

"Eu estava completamente impressionada. Completamente. Fiquei boquiaberta. 'Supervisão rigorosa, e atirá-los uns contra os outros', disse o Mussuck, afundando o gelo na terrina, eu garanto. '*Esse*, sra. Hauksbee, é o segredo de nosso governo.'"

A sra. Mallowe riu muito e alegremente. "E o que você disse?"

"Algum dia você me viu embaraçada com alguma resposta? Eu disse: 'É o que tenho observado em meus assuntos com o senhor.' O Mussuck encheu-se de orgulho. Ele virá falar comigo amanhã. Hawley Boy também virá."

"'Supervisão rigorosa, e atirá-los uns contra os outros. *Esse*, sra. Haksbee, é o segredo de *nosso* governo.' E ouso dizer que, se pudéssemos alcançar o coração do Mussuck, veríamos que ele se considera um homem do mundo."

"Ele está longe dessas duas coisas. Gosto do Mussuck, e não quero que o xingue. Ele me diverte."

"Ele a modificou também, pelo que parece. Explique o intervalo de sanidade, e bata no nariz de Tim com o cortador de cartas, por gentileza. Esse cachorro é louco por açúcar. Aceita leite no seu chá?"

"Não, obrigada. Polly, estou farta dessa vida. É vazia."

"Torne-se religiosa, então. Sempre disse que Roma seria sua sina."

"Só trocando meia dúzia de *attachès*[4] vermelhos por um preto[5], e se eu jejuar, as rugas virão, e nunca, *nunca* partirão. Isso nunca lhe ocorreu, querida, que eu estou envelhecendo?"

"Obrigada pela gentileza. Darei o troco. Siiim, nós duas não somos propriamente – como posso dizer isso?"

[4] *Attachès* - francês: pessoas associadas à alta hierarquia, em geral diplomática ou eclesiástica. Aliados, protegidos. N.T.
[5] No caso, os que usam casacas vermelhas pertencem ao corpo diplomático; os de preto são os padres. N.T.

'By a special mercy of Providence, *no*. He explained his importance as a Pillar of the Empire. I didn't laugh.'

'Lucy, I don't believe you.'

'Ask Captain Sangar; he was on the other side. Well, as I was saying, The Mussuck dilated.'

'I think I can see him doing it,' said Mrs. Mallowe, pensively, scratching her fox-terrier's ears.

'I was properly impressed. Most properly. I yawned openly. "Strict supervision, and play them off one against the other," said The Mussuck, shoveling down his ice by *tureenfuls*, I assure you. "*That*, Mrs. Hauksbee, is the secret of our Government."'

Mrs. Mallowe laughed long and merrily. 'And what did you say?'

'Did you ever know me at loss for an answer yet? I said: "So I have observed in my dealings with you." The Mussuck swelled with pride. He is coming to call on me tomorrow. The Hawley Boy is coming too.'

'"Strict supervision and play them off one against the other." *That*, Mrs. Hauksbee, is the secret of *our* Government.' And I dare say if we could get to The Mussuck's heart, we should find that he considers himself a man of the world.'

'As he is of the other two things. I like The Mussuck, and I won't have you call him names. He amuses me.'

'He has reformed you, too, by what appears. Explain the interval of sanity, and hit Tim on the nose with the paper-cutter, please. That dog is too fond of sugar. Do you take milk in yours?'

'No, thanks. Polly, I'm wearied of this life. It's hollow.'

'Turn religious, then. I always said that Rome would be your fate.'

'Only exchanging half a dozen *attachés* in red for one and in black, and if I fasted, the wrinkles would come, and never, *never* go. Has it ever struck you, dear, that I'm getting old?'

'Thanks for your courtesy. I'll return it. Ye-es we are both not exactly how shall I put it?'

'What we have been. "I feel it in my bones," as Mrs. Crossley says. Polly, I've wasted my life.'

'As how?'

'Never mind how. I feel it. I want to be a Power before I die.'

'Be a Power then. You've wits enough for anything – and beauty?'

Mrs. Hauksbee pointed a tea-spoon straight at her hostess. 'Polly, if you heap compliments on me like this, I shall cease to believe that you're a woman. Tell me how I am to be a Power.'

'Inform The Mussuck that he is the most fascinating and slimmest man in Asia, and he'll tell you anything and everything you please.'

'Bother The Mussuck! I mean an intellectual Power – not a gas-power. Polly, I'm going to start a *salon*.'

Mrs. Mallowe turned lazily on the sofa and rested her head on her hand. 'Hear the words of the Preacher, the son of Baruch,' she said.

'*Will* you talk sensibly?'

'I will, dear, for I see that you are going to make a mistake.'

'I never made a mistake in my life at least, never one that I couldn't explain away afterward.'

'Going to make a mistake,' went on Mrs. Mallowe, composedly. 'It is impossible to start a *salon* in Simla. A bar would be much more to the point.'

'Perhaps, but why? It seems so easy'

'Just what makes it so difficult. How many clever women are there in Simla?'

'Myself and yourself,' said Mrs. Hauksbee, without a moment's hesitation.

'Modest woman! Mrs. Feardon would thank you for that. And how many clever men?'

'Oh – er – hundreds' said Mrs. Hauksbee, vaguely.

'What a fatal blunder! Not one. They are all bespoke of the Government. Take my husband, for instance.

"O que éramos. '*Sinto-o em meus ossos.*', como diz a sra. Crossley. Polly, desperdicei minha vida."

"Como?"

"Não importa como. Eu sinto isso. Quero ser uma Autoridade antes de morrer."

"Seja uma Autoridade, então. Você é perspicaz o bastante para ser o que quiser – e beleza?"

A sra. Hauksbee apontou a colher de chá para a convidada. "Polly, se você acumula lisonjas e meu respeito como essa, deixarei de acreditar que você é mulher. Diga-me como poderei ser uma Autoridade."

"Diga ao Mussuck que ele é o homem mais elegante e fascinante da Ásia, e ele lhe falará tudo, sobre qualquer coisa que lhe agradar."

"Incomodar o Mussuck! Eu me refiro a uma Autoridade intelectual – não à autoridade do petróleo. Polly, vou fundar um *salon*."

A sra. Mallowe recostou-se preguiçosa no sofá, e descansou a cabeça nas mãos. "Escute as palavras do pregador, o filho de Baruch", ela disse.

"Você fala sério?"

"Sim, querida, porque vejo que você estará cometendo um erro."

"Nunca cometi ao menos um erro em minha vida, nenhum que eu não pudesse justificar mais tarde."

"Cometerá um erro", retrucou a sra. Mallowe, tranqüila. "É impossível fundar um *salon* em Simla. Um bar seria muito mais adequado."

"Talvez, mas por quê? Isso parece tão fácil."

"E por isso mesmo é tão difícil. Quantas mulheres inteligentes há em Simla?"

"Eu e você", disse a sra. Hauksbee, sem um segundo de hesitação.

"Que mulher modesta! A sra. Feardon a agradeceria por isso. E quantos homens inteligentes existem?"

"Ah – hum – centenas", disse a sra. Hauksbee, vagamente.

"Que disparate catastrófico! Nem um. Todos eles compactuam com o governo. Veja meu marido, por exem-

A Instrução de Otis Yeere

plo. Jack *era* um homem inteligente, embora creia que não devesse ser. O governo o engoliu; a todas as idéias dele e a seu poder de conversação – de fato, ele costumava ser um bom palestrante, mesmo para sua esposa, nos velhos tempos – e isso lhe foi tirado por esse, esse governo sórdido. É o caso de todos os homens que estão aqui a trabalho. Não creio que um russo condenado a chibatadas esteja apto a divertir o restante de sua *gang*; e os homens daqui estão de todo condenados."

"Mas há exceções..."

"Sei o que vai dizer. Exceções, como os desocupados em licença do trabalho. Admito isso, mas todos pertencem a dois grupos condenáveis: os civis, que seriam maravilhosos se conhecessem o mundo e tivessem estilo como os militares; e os militares, que seriam adoráveis se tivessem a cultura dos civis."

"Palavra detestável! Há civis da nobreza? Nunca estudei a linhagem a fundo."

"Não zombe do trabalho de Jack. Sim. Eles são como as mesinhas de chá do Lakka Bazar, material bom, mas sem polimento. Eles não podem evitar, pobrezinhos. Um civil só se torna aceitável após ter rodado pelo mundo por quinze anos."

"E um militar?"

"Quando tiver servido por esse mesmo período. Jovens das duas espécies são detestáveis. Você terá montes deles em seu *salon*."

"Eu *não* os terei!", disse a sra. Hausk.sbee, ríspida. "Avisarei ao porteiro para *darwaza bad*[6] para eles. Porei seus próprios coronéis e comissários porta afora, de volta por onde vieram. Dar-lhes-ei à garota de Topsham[7] para brincar."

"A garota de Topsham ficará agradecida pelo presente. Mas voltemos ao *salon*. Admitindo que você reuna todos os homens e mulheres, o que fará com eles? Fará com que conversem? Eles poderiam, todos, de comum acordo, começar a flertar. E seu *salon* se tornaria um glorioso Peliti – um 'Local de Imoralidades' sob luzes artificiais."

"Há certa sensatez em seu ponto de vista."

[6] *Darwaza bad* - hindi: portas fechadas, não ser bem recebido. N.T.

[7] Topsham, cidade em Devon, Inglaterra. N.T.

Jack *was* a clever man, though I say so who shouldn't. Government has eaten him up. All his ideas and powers of conversation – he really used to be a good talker, even to his wife, in the old days – are taken from him by this – this kitchen-sink of a Government. That's the case with every man up here who is at work. I don't suppose a Russian convict under the knout is able to amuse the rest of his gang; and all our men-folk here are gilded convicts.'

'But there are scores...'

'I know what you're going to say. Scores of idle men up on leave. I admit it, but they are all of two objectionable sets, The Civilian who'd be delightful if he had the military man's knowledge of the world and style, and the military man who'd be adorable if he had the Civilian's culture.'

'Detestable word! *Have* Civilians culchaw? I never studied the breed deeply.'

'Don't make fun of Jack's Service. Yes. They're like the teapoys in the Lakka Bazar good material but not polished. They can't help themselves, poor dears. A Civilian only begins to be tolerable after he has knocked about the world for fifteen years.'

'And a military man?'

'When he has had the same amount of service. The young of both species are horrible. You would have scores of them in your *salon*.'

'I would *not*!' said Mrs. Hauksbee fiercely. 'I would tell the bearer to *darwaza band* them. I'd put their own colonels and commissioners at the door to turn them away. I'd give them to the Topsham Girl to play with.'

'The Topsham Girl would be grateful for the gift. But to go back to the *salon*. Allowing that you had gathered all your men and women together, what would you do with them? Make them talk? They would all with one accord begin to flirt. Your *salon* would become a glorified Peliti's – a "Scandal Point" by lamplight.'

'There's a certain amount of wisdom in that view.'

'There's all the wisdom in the world in it. Surely, twelve Simla seasons ought to have taught you that you can't focus anything in India; and a *salon*, to be any good at all, must be permanent. In two seasons your roomful would be scattered all over Asia. We are only little bits of dirt on the hillsides – here one day and blown down the *khud* the next. We have lost the art of talking – at least our men have. We have no cohesion...'

'George Eliot in the flesh,' interpolated Mrs. Hauksbee wickedly.

'And collectively, my dear scoffer, we, men and women alike, have *no* influence. Come into the verandah and look at the Mall!'

The two looked down on the now rapidly filling road, for all Simla was abroad to steal a stroll between a shower and a fog.

'How do you propose to fix that river? Look! There's The Mussuck—head of goodness knows what. He is a power in the land, though he *does* eat like a costermonger. There's Colonel Blone, and General Grucher, and Sir Dugald Delane, and Sir Henry Haughton, and Mr. Jellalatty. All Heads of Departments, and all powerful.'

'And all my fervent admirers,' said Mrs. Hauksbee piously. 'Sir Henry Haughton raves about me. But go on.'

'One by one, these men are worth something. Collectively, they're just a mob of Anglo-Indians. Who cares for what Anglo-Indians say? Your *salon* won't weld the Departments together and make you mistress of India, dear. And these creatures won't talk administrative "shop" in a crowd – at your *salon* – because they are so afraid of the men in the lower ranks overhearing it. They have forgotten what of Literature and Art they ever knew, and the women...'

'Can't talk about anything except the last Gymkhana, or the sins of their last nurse. I was calling on Mrs. Derwills this morning.'

"Há toda a sensatez do mundo nesse ponto de vista. Com certeza, doze temporadas em Simla devem ter-lhe ensinado que você não deve sediar nada na Índia; e um *salon*, na melhor das hipóteses, deve perdurar. Daqui a duas temporadas suas coisas estarão espalhadas por toda Ásia. Somos apenas pequenos grãos de pó na encosta – hoje estamos aqui, no dia seguinte, somos sopradas para *khud*[8]. Perdemos a arte do diálogo – ao menos nossos homens a têm. Não somos coesas..."

"George Eliot em pessoa", interpolou a sra. Hauksbee, com crueldade.

"E todos nós, minha cara zombadora, nós, tanto homens como mulheres, *não* temos prestígio. Venha ao terraço e observe a avenida[9]."

As duas olharam para baixo, onde a rua se enchia com rapidez, pois toda Simla tinha saído para dar um passeio no intervalo entre as chuvas e o nevoeiro.

"O que você propõe para conter esse rio? Olhe! Lá está o Mussuck – pensando em deus-sabe-o-quê. Ele tem poder nesta terra, embora se porte à mesa como um verdureiro. Lá está o coronel Blone, o general Grucher, *sir* Dugald Delane, *sir* Henry Haughton e o sr. Jellalatty. Todos os cabeças do departamento governamental, e toda a força."

"E todos meus ardentes admiradores", disse a sra. Hauksbee, respeitosa. "*Sir* Henry Haughton desmancha-se em elogios para mim. Mas prossiga."

"Individualmente, esses homens valem alguma coisa. Juntos, juntos, são apenas uma turba de anglo-indianos. Quem se importa com o que dizem os anglo-indianos? Seu *salon* não vai fundir todo o departamento em uma coisa só, e fazer de você a senhora da Índia, querida. E essas criaturas não tratam de assuntos administrativos no meio da multidão – quer dizer, em seu *salon* – pois temem serem ouvidos por homens em condição social inferior. Esqueceram-se do que sabiam sobre arte e literatura, e as mulheres..."

"Não sabem falar de nada que não seja a respeito da última gincana, ou dos pecados de sua última enfermeira. Falei com a sra. Derwills nesta manhã."

---

[8] *Khud* - hindi: encosta. N.T.

[9] Mall - inglês: Avenida, passeio público. N.T.

A Instrução de Otis Yeere

"Admite isso? Eles não falam com os subordinados, e estes não se dirigem a eles. Seu *salon* poderá combinar as visões de ambos admiravelmente, se você respeitar os preconceitos religiosos do país e providenciar grande quantidade de *kala juggahs*[10]."

"Grande quantidade de *kala juggahs*. Oh, coitadinha da minha idéia! *Kala juggahs* em um *salon*! Mas quem te fez tão horrivelmente esperta?"

"Talvez tenha aprendido sozinha; ou talvez conheça uma mulher que o tenha. Expus todo o problema e a conclusão disso..."

"Não precisa prosseguir. É vaidade. Polly, eu te agradeço. Essa gentalha – do terraço, a sra. Hauksbee acenou para dois homens na multidão abaixo, que tiraram o chapéu para ela – essa gentalha não vai se refestelar em um novo 'Local de Imoralidades' ou em outro Peliti. Abandonarei a idéia do *salon*. Entretanto, eu estava tão entusiasmada. Mas, que devo fazer? Devo fazer alguma coisa."

"Por quê? *Pois não são Abana e Pharphar*[11] ..."

"Jack fez de você alguém quase tão ruim quanto ele! Eu quero, é claro. Estou cansada de tudo e de todos, desde um piquenique ao luar em Seepe até as lisonjas do Mussuck."

"Sim... isso acontece também, cedo ou tarde. Você tem coragem suficiente para estrear em um novo papel?"

Os lábios da sra. Hauksbee se contraíram. Então elas riram. "Posso me ver fazendo isso. Imensos cartazes cor-de-rosa na avenida: 'Sra. Hauksbee! Seguramente sua última aparição em *qualquer* palco! Isso é que é participar!' Nada de bailes, nada de cavalgadas, nada de almoços, nada de jantares afetados a frequentar; nada de discussões com amigos muito, muito queridos; nada de esgrima com algum inconveniente sem perspicácia suficiente para encobrir o que ele tem o prazer de chamar de 'sentimentos' em um discurso tolerável; nada de exibições do Mussuck enquanto a sra. Tarkass visita toda a Simla espalhando histórias terríveis sobre mim! Nada

---

[10] *Kala juggahs* - hindi: cantos aconchegantes em salões de baile, utilizados por casais. N.T.
[11] "Pois não são Abana e Farfar, rios de Damasco, melhores que todas as águas de Israel?", 2 Reis, 5:12; referência à uma citação bíblica, Antigo Testamento. N.T.

'You admit that? They can talk to the subalterns though, and the subalterns can talk to them. Your *salon* would suit their views admirably, if you respected the religious prejudices of the country and provided plenty of *kala juggahs*'.

'Plenty of *kala juggahs*. Oh my poor little idea! *Kala juggahs* in a *salon*! But who made you so awfully clever?'

'Perhaps I've tried myself; or perhaps I know a woman who has. I have preached and expounded the whole matter and the conclusion thereof...'

"You needn't go on. "Is Vanity." Polly, I thank you. These vermin'–Mrs. Hauksbee waved her hand from the verandah to two men in the crowd below who had raised their hats to her – 'these vermin shall not rejoice in a new Scandal Point or an extra Peliti's. I will abandon the notion of a *salon*. It did seem so tempting, though. But what shall I do? I must do something.'

'Why? Are not *Abana* and Pharpar...'

'Jack has made you nearly as bad as himself! I want to, of course. I'm tired of everything and everybody, from a moonlight picnic at Seepee to the blandishments of The Mussuck.'

'Yes that comes, too, sooner or later. Have you nerve enough to make your bow yet?'

Mrs. Hauksbee's mouth shut grimly. Then she laughed. 'I think I see myself doing it. Big pink placards on the Mall: "Mrs. Hauksbee! Positively her last appearance on *any* stage! This is to give notice!" No more dances; no more rides; no more luncheons; no more theatricals with supper to follow; no more sparring with one's dearest, dearest friend; no more fencing with an inconvenient man who hasn't wit enough to clothe what he's pleased to call his sentiments in passable speech; no more parading of The Mussuck while Mrs. Tarkass calls all round Simla, spreading horrible stories about me! No more of anything that is thoroughly wearying, abominable, and detestable, but, all the same, makes life worth the having. Yes! I see it all! Don't interrupt, Polly, I'm inspired. A mauve and white striped "cloud" round my excellent shoulders, a seat in the fifth row of the Gaiety, and *both* horses sold. Delightful vision! A comfortable armchair, situated in three different draughts, at every ball-room; and nice, large, sensible shoes for all the couples to stumble over as they go into the verandah! Then at supper. Can't you imagine the scene? The greedy mob gone away. Reluctant subaltern, pink all over like a newly-powdered baby, – they really ought to *tan* subalterns before they are exported, Polly, – sent back by the hostess to do his duty. Slouches up to me across the room, tugging at a glove two sizes too large for him, – I *hate* a man who wears gloves like overcoats – and trying to look as if he'd thought of it from the first. "May I ah-have the pleasure 'f takin' you 'nt' supper?" Then I get up with a hungry smile. Just like this.'

'Lucy, how *can* you be so absurd?'

'And sweep out on his arm. So! After supper I shall go away early, you know, because I shall be afraid of catching cold. No one will look for my 'rickshaw. *Mine*, so please you! I shall stand, always with that mauve and white 'cloud' over my head, while the wet soaks into my dear, old, venerable feet, and Tom swears and shouts for the Memsahib's *gharri*. Then home to bed at half-past eleven! Truly excellent life – helped out by the visits of the Padri, just fresh from burying somebody down below there.' She pointed through the pines toward the Cemetery, and continued with vigorous dramatic gesture:

'Listen! I see it all down, – down even to the stays! *Such* stays! Six-eight a pair, Polly, with red flannel – or list, – is it? That they put into the tops of those fearful things. I can draw you a picture of them.'

mais de tudo o que é em especial cansativo, abominável, detestável, mas, mesmo assim, dá valor à vida. Sim! Posso ver isso tudo! Não interrompa, Polly, estou inspirada. Uma tira de nuvem branca e malva envolve meus ombros magníficos, um assento na qüinqüagésima fileira do Gaiety, e os *dois* cavalos vendidos. Que visão maravilhosa! Terei uma poltrona confortável, situada entre três entradas de ar fresco, em cada salão de baile; e sapatos confortáveis, grandes, de acordo para que todos os casais tropeçarem quando forem ao terraço! E então, a ceia. Você pode imaginar a cena? A multidão gananciosa indo embora. Subalternos renitentes, todos cor-de-rosa como bebês recém-empoados – eles realmente deveriam bronzear os subalternos antes de exportá-los, Polly – restaurados pela recepcionista de volta às suas obrigações. Preguiçosos, cruzam a sala em minha direção, arrancando as luvas dois números maiores – *odeio* homens que usam luvas como se fossem sobretudos – e fingindo ter pensado nisso desde o início. 'Posso ter o pra-prazer de servir-lhe a ceia?' Então eu me levanto com um sorriso faminto. Como este."

"Lucy, como você *pode* ser tão absurda?"

"E deslizo segurando-lhes o braço. Desse jeito! Após a ceia partirei cedo, você sabe, porque temerei contrair um resfriado. Ninguém buscará meu riquixá. *Meu*, por gentileza. Deverei aguardar, sempre com aquela nuvem branca e malva sobre a cabeça, enquanto a chuva encharca meus queridos, velhos e veneráveis pés, e Tom xinga e grita pelo *gharri*[12] da *memsahib*[13]. Então, ir para casa e deitar às onze meia. Uma vida excelente, de verdade – com o auxílio temporário das visitas do padre, logo após ele ter enterrado alguém lá embaixo." Ela apontou para os pinheiros ao redor do cemitério e continuou, com gestos vigorosos e dramáticos:

"Escute! Posso ver tudo de cima abaixo – abaixo mesmo dos espartilhos! Destes espartilhos! Sessenta e oito o par, Polly, com flanela vermelha – ou ourela – é isso? O que eles põem sobre estas coisas horríveis. Posso descrevê-los para você com perfeição."

---

[12] Carro de aluguel na Índia. N.T.

[13] Tratamento respeitoso que os indianos utilizavam para se referir às mulheres brancas casadas ou de classe social superior. N.T.

A Instrução de Otis Yeere

"Lucy, pelo amor de Deus, não balance os braços desse jeito idiota! Recorde-se de que qualquer um pode vê-la da avenida."

"Deixe-os verem! Pensarão que estou ensaiando para *The Fallen Angel*. Olhe! Lá está o Mussuck. Como cavalga mal. Lá!"

Ela soprou um beijo para o venerável administrador hindu com graça infinita.

"Agora", ela prosseguiu, "ele caçoará disso no clube, da maneira delicada com que aqueles brutos gostam de agir, e o Hawley Boy me contará tudo a respeito, atenuando os detalhes por receio de me chocar. Aquele garoto é bom demais para viver, Polly. Penso seriamente em aconselhá-lo a desistir da patente e entrar para a Igreja. Em seu presente estado mental, ele é capaz de me obedecer. Bendita, bendita criança!"

"Nunca mais", disse a sra. Mallowe, com indignada afetação, "você poderá almoçar aqui! Lucindy, seu comportamento é escandaloso."

"Tudo culpa sua", replicou a sra. Hauksbee, "por sugerir que eu abdique de tudo. Não! Jamais! Nunca! Eu atuarei, dançarei, cavalgarei frívola, escandalosa, jantarei fora e me apropriarei do marido de toda mulher que encontrar até que eu caia, ou uma mulher melhor que eu me envergonhar diante de toda Simla – e não me importarei com nada enquanto fizer isso!"

Ela precipitou-se para a sala de visitas. A sra. Mallowe a seguiu e colocou o braço ao redor de sua cintura.

"Eu *não* sou assim!", disse, desafiadora, a sra. Hauksbee, procurando pelo lenço. "Tenho jantado fora nos últimos dez dias, e ensaiado à tarde. Você mesma estaria cansada. Isso é apenas por eu estar cansada."

A sra. Mallowe não teve pena da sra. Hauksbee e nem pediu para que se deitasse, mas ofereceu-lhe outra xícara de chá, e reiniciou a conversa.

"Também passei por isso, querida", disse ela.

"Eu me lembro", disse a sra. Hauksbee, com um lampejo de divertimento no rosto. "Em 1884, não foi? Você saiu muito pouco na temporada seguinte".

'Lucy, for Heaven's sake, don't go waving your arms about in that idiotic manner! Recollect every one can see you from the Mall.'

'Let them see! They'll think I am rehearsing for *The Fallen Angel*. Look! There's The Mussuck. How badly he rides. There!'

She blew a kiss to the venerable Indian administrator with infinite grace.

'Now,' she continued, 'he'll be chaffed about that at the Club in the delicate manner those brutes of men affect, and the Hawley Boy will tell me all about it softening – the details for fear of shocking me. That boy is too good to live, Polly. I've serious thoughts of recommending him to throw up his commission and go into the Church. In his present frame of mind he would obey me. Happy, happy child!'

'Never again,' said Mrs. Mallowe, with an affectation of indignation, 'shall you tiffin here! "Lucindy your behaviour is scand'lus."'

'All your fault,' retorted Mrs. Hauksbee, 'for suggesting such a thing as my abdication. No! *Jamais!* nevaire! I will act, dance, ride, frivol, talk scandal, dine out, and appropriate the legitimate captives of any woman I choose, until I d-r-r-rop, or a better woman than I puts me to shame before all Simla, – and it's dust and ashes in my mouth while I'm doing it!'

She swept into the drawing-room. Mrs. Mallowe followed and put an arm round her waist.

'I'm *not!*' said Mrs. Hauksbee defiantly, rummaging for her handkerchief. 'I've been dining out the last ten nights, and rehearsing in the afternoon. You'd be tired yourself. It's only because I'm tired.'

Mrs. Mallowe did not offer Mrs. Hauksbee any pity or ask her to lie down, but gave her another cup of tea, and went on with the talk.

'I've been through that too, dear,' she said.

'I remember,' said Mrs. Hauksbee, a gleam of fun on her face. 'In '84, wasn't it? You went out a great deal less next season.'

Mrs. Mallowe smiled in a superior and Sphinx-like fashion.

'I became an Influence,' said she.

'Good gracious, child, you didn't join the Theosophists and kiss Buddha's big toe, did you? I tried to get into their set once, but they cast me out for a sceptic without a chance of improving my poor little mind, too.'

'No, I didn't Theosophilander. Jack says'

'Never mind Jack. What a husband says is known before. What did you do?'

'I made a lasting impression.'

'So have I for four months. But that didn't console me in the least. I hated the man. *Will* you stop smiling in that inscrutable way and tell me what you mean?'

Mrs. Mallowe told.

....

'And – you – mean-to-say that it is absolutely Platonic on both sides?'

'Absolutely, or I should never have taken it up.'

'And his last promotion was due to you?'

Mrs. Mallowe nodded.

"And you warned him against the Topsham Girl?'

Another nod.

'And told him of Sir Dugald Delane's private memo about him?'

A third nod.

'*Why?*'

'What a question to ask a woman! Because it amused me at first. I am proud of my property now. If I live, he shall continue to be successful. Yes, I will put him upon the straight road to Knighthood, and everything else that a man values. The rest depends upon himself.'

'Polly, you are a most extraordinary woman.'

'Not in the least. I'm concentrated, that's all. You diffuse yourself, dear; and though all Simla knows your skill in managing a team...'

A sra. Mallowe sorriu com a aparência superior de uma esfinge.

"Eu me tornei uma Influência", disse ela.

"Santo Deus, menina, você não se uniu aos teosofistas e beijou o dedão do pé de Buda, beijou? Tentei entrar naquele lugar um vez, mas eles me arremessaram para fora, como a uma cética incapaz de evoluir a pobre mente diminuta."

"Não, eu não me tornei teosofista. Jack me disse."

"Não dê atenção a Jack. O que um marido diz é previsível. O que você fez?"

"Causei uma impressão duradoura."

"Eu também, por quatro meses. Mas isso não me serviu ao menos de consolo. Odeio os homens. Você vai parar de sorrir dessa maneira inescrutável e me dizer o que isso significa?"

A sra. Mallowe contou.

....

"E você quer dizer que isso é absolutamente platônico, de ambos os lados?

"Absolutamente, ou eu nunca poderia ter aceito."

"E a última promoção dele, deve-se a quê?"

A sra. Mallowe inclinou-se.

"E você o advertiu sobre a garota de Topsham?"

Inclinou-se mais uma vez.

"E contou-lhe sobre o memorando particular do sr. Dugald Delane sobre ele."

Inclinou-se novamente.

"Por quê?"

"Que pergunta a se fazer para uma mulher? Primeiro, porque me diverti. Tenho orgulho de minha propriedade agora. Se eu viver, ele continuará a ter sucesso. Sim, eu o porei na trilha para ser um cavalheiro, e tudo o mais que valoriza um homem. O resto depende dele."

"Polly, você é a mais extraordinária das mulheres."

"Nem um pouco. Tenho concentração, só isso. Você se dispersa, querida; e embora toda Simla saiba da sua perícia em conduzir um time..."

"Você não consegue encontrar uma palavra mais atraente?"

"Time, meia dúzia, do Mussuck ao Hawley Boy, você não ganha nada com isso. Nem ao menos diversão."

"E você?"

"Experimente minha receita. Pegue um homem, não um menino, mas alguém quase maduro, um homem livre, e seja sua guia, filósofa e amiga. Você encontrará aí a ocupação mais interessante em que possa embarcar. Pode ser feito – você nem precisa aparentar – porque eu fiz isso."

"Existe um fator de risco que torna a idéia atrativa. Eu escolho um homem e digo a ele: 'Bem, entenda que isso não é nenhum flerte. Faça exatamente o que eu lhe disser, aproveite a minha instrução e meus conselhos e tudo correrá bem'. É essa a idéia?"

"Mais ou menos", disse a sra. Mallowe, com um sorriso insondável. "Mas, tenha certeza de que ele entendeu."

II

Pinga-pinga – escorre, escorre
Quanta poeira junta!
Minha boneca sofreu um acidente
E perdeu toda a serragem[14]!
Cantiga de criança.

Então a sra. Hauksbee, na The Foundry, com vista para a avenida principal de Simla, sentou-se aos pés da sra. Mallowe e reuniu as informações. A conferência culminou na Grande Idéia sobre a qual a sra. Hauksbee tanto se gabava.

"Eu a advirto", disse a sra. Mallowe, começando a arrepender-se da própria sugestão "que a questão não é tão simples quanto parece. Qualquer mulher – mesmo a garota de Topshaw – pode conseguir um homem, mas poucas, *muito poucas* sabem como lidar com ele depois de obtê-lo."

"Minha criança", foi a resposta. "Tenho sido a mulher de St. Simon Stylites tratada com superioridade pelos homens por todos esses anos. Pergunte ao Mussuck se não sei como lidar com eles."

[14] Antigamente as bonecas eram forradas com serragem. N.T.

'Can't you choose a prettier word?'

'*Team*, of half-a-dozen, from The Mussuck to the Hawley Boy, you gain nothing by it. Not even amusement.'

'And you?'

'Try my recipe. Take a man, not a boy, mind, but an almost mature, unattached man, and be his guide, philosopher, and friend. You'll find it *the* most interesting occupation that you ever embarked on. It can be done – you needn't look like that – because I've done it.'

'There's an element of risk about it that makes the notion attractive. I'll get such a man and say to him, 'Now, understand that there must be no flirtation. Do exactly what I tell you, profit by my instruction and counsels, and all will yet be well.' Is that the idea?'

'More or less,' said Mrs. Mallowe, with an unfathomable smile. 'But be sure he understands.'

II

Dribble-dribble – trickle-trickle
What a lot of raw dust!
My dollie's had an accident
And out came all the sawdust!
Nursery Rhyme.

So Mrs. Hauksbee, in 'The Foundry' which overlooks Simla Mall, sat at the feet of Mrs. Mallowe and gathered wisdom. The end of the Conference was the Great Idea upon which Mrs. Hauksbee so plumed herself.

'I warn you,' said Mrs. Mallowe, beginning to repent of her suggestion, 'that the matter is not half so easy as it looks. Any woman – even the Topsham Girl – can catch a man, but very, *very* few know how to manage him when caught.'

'My child,' was the answer, 'I've been a female St. Simon Stylites looking down upon men for these these years past. Ask The Mussuck whether I can manage them.'

Mrs. Hauksbee departed humming, *'I'll go to him and say to him in manner most ironical.'* Mrs. Mallowe laughed to herself. Then she grew suddenly sober. 'I wonder whether I've done well in advising that amusement? Lucy's a clever woman, but a thought too careless.'

A week later the two met at a Monday Pop. 'Well?' said Mrs. Mallowe.

'I've caught him!' said Mrs. Hauksbee: her eyes were dancing with merriment.

'Who is it, mad woman? I'm sorry I ever spoke to you about it.'

'Look between the pillars. In the third row; fourth from the end. You can see his face now. Look!'

'Otis Yeere! Of *all* the improbable and impossible people! I don't believe you.'

'Hsh! Wait till Mrs. Tarkass begins murdering Milton Wellings; and I'll tell you all about it. *S-s-ss!* That woman's voice always reminds me of an Underground train coming into Earl's Court with the brakes on. Now listen. It is really Otis Yeere.'

'So I see, but does it follow that he is your property!'

'He *is*! By right of trove. I found him, lonely and unbefriended, the very next night after our talk, at the Dugald Delanes' *burra-khana.* I liked his eyes, and I talked to him. Next day he called. Next day we went for a ride together, and to-day he's tied to my 'richshaw-wheels hand and foot. You'll see when the concert's over. He doesn't know I'm here yet.'

'Thank goodness you haven't chosen a boy. What are you going to do with him, assuming that you've got him?'

'Assuming, indeed! Does a woman – do *I* – ever make a mistake in that sort of thing? First...' – Mrs. Hauksbee ticked off the items ostentatiously on her little gloved fingers – 'First, my dear, I shall dress him properly. At present his raiment is a disgrace, and he wears a dress-shirt like a crumpled sheet of the *Pioneer.* Secondly, after I have made

A sra. Hauksbee partiu zunindo, "*Irei até ele e lhe direi, da maneira mais irônica que puder.*" A sra. Mallowe riu para si mesma. Então, de súbito, tornou-se sóbria. "Será que fiz bem em contar-lhe sobre esse divertimento? Lucy é uma mulher inteligente, mas age de forma irrefletida."

Duas semanas mais tarde as duas se encontraram no Monday Pop. "E então?", disse a sra. Mallowe.

"Eu o peguei!", disse a sra. Hauksbee, com os olhos dançando de alegria.

"Quem é ele, mulher insana? Sinto por ter lhe falado sobre aquilo."

"Olhe entre os pilares. Na terceira fileira, a quarta de trás para frente. O rosto está visível agora. Olhe!"

"Otis Yeere! A pessoa *mais* improvável e impossível de todas! Não acredito em você!"

"Shhh! Espere até a sra. Tarkass começar a assassinar a música de Milton Wellings, então eu lhe contarei tudo a respeito. Shhh! A voz daquela mulher sempre me faz lembrar um trem subterrâneo vindo para Earl's Court com os freios puxados. Agora, escute. É mesmo Otis Yeere."

"É o que vejo, mas isso não quer dizer que ele seja propriedade sua!"

"Ele é! Pelo direito de posse. Eu o encontrei, sozinho e sem amigos, na noite seguinte à nossa conversa, no *burra-khana*[15] do Dugald Delanes. Gostei dos olhos dele e conversamos. No dia seguinte ele me visitou. No outro dia saímos juntos para cavalgar, e hoje ele está preso às rodas do meu riquixá, pelos pés e pelas mãos. Você verá quando o concerto acabar. Ele ainda não sabe que estou aqui."

"Graças a Deus que você não escolheu um garoto. O que fará com ele, supondo que o tenha?"

"Supondo? Não me diga! Poderia uma mulher – *eu* poderia – cometer algum erro nesse tipo de coisa? Primeiro..." – a sra. Hauksbee marcou os itens ostensivamente com os dedinhos da luva – "Primeiro, minha querida, devo vesti-lo de forma apropriada. No momento a indumentária dele é uma desgraça, e ele usa uma camisa parecida com uma folha amarrotada do *Pioneer.* Segundo, depois de tê-lo feito apresentável, devo

---

[15] *Burra-khana* - hindi: Jantar. N.T.

reeducar suas maneiras – sua moral está acima de reprovação."

"Você parece ter descoberto muita coisa a respeito dele, considerando o pouco tempo em que se conhecem."

"Com certeza você deve saber que a primeira prova de interesse que um homem oferece a uma mulher é falar a ela a respeito de si mesmo. Se a mulher escuta sem bocejar, ele começa a gostar dela. Se ela adular sua vaidade primitiva, ele termina por adorá-la."

"Em alguns casos."

"Não se preocupe com as exceções. Sei em quem está pensando. Terceiro, e por último, após tê-lo feito educado e atraente, deverei, como diz você, ser sua guia, filósofa e amiga, e ele se tornará um sucesso – um grande sucesso, como seu amigo. Sempre me perguntei como aquele homem conseguiu. Diga-me, o Mussuck *vem* até você com a receita pública e, caindo sobre um joelho – não, sobre os dois joelhos, *à la* Gibbon – entrega-lhe e diz: 'Anjo adorável, escolha os despachos para seu amigo?'".

"Lucy, sua longa experiência no Departamento Militar tornou-a imoral. Nenhum civil faz esse tipo de coisa."

"Não quis desrespeitar o trabalho de Jack, minha querida. Eu só pedi mais informações. Dê-me três meses e confira as mudanças que farei em minha vítima."

"Faça do seu jeito, se precisar. Mas lamento ter sido fraca o bastante para comentar sobre esse divertimento."

"*Sou de todo discreta, e infinitamente confiável*", disse a sra. Hauksbee, citando *The Fallen Angel*; e o diálogo encerrou com um último e prolongado grito de guerra da sra. Tarklass.

Os inimigos mais amargos – e ela tinha muitos – poderiam acusar a sra. Hauksbee duramente de desperdiçar seu tempo. Otis Yeere possuía um caráter disperso e silencioso, predestinado a seguir a vida sem ser ninguém importante. Os dez anos em que atuou no Serviço Civil de Vossa Majestade em Bengala, transcorridos na maior parte em Distritos indesejáveis, deram-lhe pouco com que se orgulhar e nada que o tornasse confiante. Velho o suficiente para ter perdido o fino êxtase inconseqüente que banha a imatura Proeza imaginária do Comissariado e Estrelas e põe-lhe uma coleira

him presentable, I shall form his manners – his morals are above reproach.'

'You seem to have discovered a great deal about him considering the shortness of your acquaintance.'

'Surely *you* ought to know that the first proof a man gives of his interest in a woman is by talking to her about his own sweet self. If the woman listens without yawning, he begins to like her. If she flatters the animal's vanity, he ends by adoring her.'

'In some cases.'

'Never mind the exceptions. I know which one you are thinking of. Thirdly, and lastly, after he is polished and made pretty, I shall, as you said, be his guide, philosopher, and friend, and he shall become a success – as great a success as your friend. I always wondered how that man got on. *Did* The Mussuck come to you with the Civil List and, dropping on one knee – no, two knees, *à la* Gibbon – hand it to you and say, "Adorable angel, choose your friend's appointment"?'

'Lucy, your long experiences of the Military Department have demoralised you. One doesn't do that sort of thing on the Civil Side.'

'No disrespect meant to Jack's Service, my dear. I only asked for information. Give me three months, and see what changes I shall work in my prey.'

'Go your own way since you must. But I'm sorry that I was weak enough to suggest the amusement.'

"*I am all discretion, and may be trusted to an in-fin-ite extent*," quoted Mrs. Hauksbee from *The Fallen Angel*; and the conversation ceased with Mrs. Tarkass's last, long-drawn war-whoop.

Her bitterest enemies – and she had many – could hardly accuse Mrs. Hauksbee of wasting her time. Otis Yeere was one of those wandering 'dumb' characters, foredoomed through life to be nobody's property. Ten years in Her Majesty's Bengal Civil Service, spent, for the most part, in undesirable Districts, had given him little to be proud of, and nothing to bring confidence. Old enough to have lost the first fine careless rapture that showers on the immature 'Stunt imaginary Commissionerships and Stars, and sends him into the collar with coltish earnestness and abandon; too young to be yet able to look back upon the progress he had made, and thank Providence that under the conditions of the day he had come even so far, he stood upon the dead-centre of his career. And when a man stands still he feels the slightest impulse from without. Fortune had ruled that Otis Yeere should be, for the first part of his service, one of the rank and file who are ground up in the wheels of the Administration; losing heart and soul, and mind and strength, in the process. Until steam replaces manual power in the working of the Empire, there must always be this percentage – must always be the men who are used up, expended, in the mere mechanical routine. For these promotion is far off and the mill-grind of every day very instant. The Secretariats know them only by name; they are not the picked men of the Districts with Divisions and Collectorates awaiting them. They are simply the rank and file – the food for fever – sharing with the *ryot* and the plough-bullock the honour of being the plinth on which the State rests. The older ones have lost their aspirations; the younger are putting theirs aside with a sigh. Both learn to endure patiently until the end of the day. Twelve years in the rank and file, men say, will sap the hearts of the bravest and dull the wits of the most keen.

Out of this life Otis Yeere had fled for a few months; drifting, in the hope of a little masculine society, into Simla. When his leave was over he would return to his swampy, sourgreen, under-manned Bengal district; to the native Assistant, the native Doctor, the native Magistrate, the steaming, sweltering Station, the ill-kempt City, and the undisguised insolence of the Municipality that babbled away the lives of men. Life was cheap, however. The soil spawned humanity, as it bred frogs in the Rains, and the gap of the sickness of one season was filled to overflowing by the fecundity of the next. Otis was unfeignedly thankful to lay down his work for a little while and es-

com alegre incerteza e abandono; jovem demais para estar apto a olhar para trás e ver seu próprio progresso e agradecer à Providência, dadas as condições presentes, por ter conseguido chegar tão longe, ele estancou no ponto central de sua carreira. E quando um homem estanca, é capaz de perceber o mínimo impulso externo. O Destino armou para que Otis Yeere, na primeira parte de sua carreira, fosse um dos soldados rasos que ascenderam na roda administrativa; perdendo o coração, a alma, a consciência e a força nesse processo. Até que a potência reponha a força braçal a serviço do Império, haverá sempre essa porcentagem – sempre haverá homens para serem usados, despendidos nas rotinas meramente mecânicas. Para estes a promoção está distante e o moinho diário atua a todo o momento. As Secretarias só os conhecem pelos nomes; eles não são os escolhidos dos Distritos, com Divisões e Coletores aguardando por eles. São apenas soldados rasos – alimento para a febre – dividindo com os camponeses hindus e o arado de bois, a honra de serem a coluna em que o Estado se apóia. Os mais velhos perderam as aspirações; os mais novos as põem de lado com um suspiro. Ambos aprendem a suportar com paciência até o fim do dia. Doze anos como soldado raso, dizem os homens, seiva o coração dos mais bravos e nubla a capacidade dos mais perspicazes.

Otis Yeere escapou dessa vida por poucos meses; vagando na esperança de associar-se a algum clube masculino em Simla. Ao fim de sua licença ele deveria retornar ao pantanoso, verde-azedo, desguarnecido Distrito em Bengala; para o assistente hindu, para o médico hindu, o magistrado hindu, a fumegante, sufocante estação de trem, para cidade enferma e para indisfarçável insolência dos munícipes, que tagarelavam por aí sobre a vida alheia. Seja como for, a vida valia pouco. O solo desovava humanidade, como uma raça de sapos durante as chuvas, e as brechas provocadas pelas doenças de uma estação eram preenchidas pelo alagamento da fecundidade trazido pela seguinte. Otis não disfarçava a gratidão por abandonar seu trabalho por pouco tempo e escapar do fervescente, lamentoso, enfraquecido enxame, incapaz de ajudar a si mesmo, mas fortalecido em seu poder de aleijar, frustrar e ofender os olhos encovados do homem que, por uma ironia oficial, foi nomeado para encarregar-se daquilo.

....

"Eu sabia que existiam mulheres mal vestidas em Bengala. Elas vêm aqui algumas vezes. Mas não sabia que também havia homens mal vestidos."

Então, pela primeira vez, ocorreu a Otis Yeere que suas roupas apresentavam os sinais dos anos. Era notório que a amizade com a sra. Hausksbee tinha-o feito avançar a passos largos.

Com aquela senhora havia dito com justiça, um homem nunca é tão feliz como quando fala de si mesmo. Dos lábios de Otis Yeere a sra. Hauksbee, em pouco tempo, aprendeu tudo o que desejava saber sobre o sujeito de sua experiência: aprendeu sobre o tipo de vida que ele levava no que ela chamou vagamente de "aquele horrível Distrito de cólera"; aprendeu também, mas esse aprendizado veio mais tarde, que estilo de vida ele se propunha a levar e que sonhos alimentava no ano da graça de 1877, antes que a realidade lhe arrancasse o coração. Quão agradável é a sombria trilha ao redor do monte Prospect, a ponto de permitir que se revele esse tipo de confidências.

"Ainda não", disse a sra. Hauksbee para a sra. Mallowe. "Ainda não. Deve aguardar até que o homem esteja vestido de forma apropriada pelo menos. Valha-me Deus, é impossível que ele desconheça quão grande honra é ter sido apanhado por *mim*!"

A sra. Hauksbee não considerava a falsa modéstia como uma de suas falhas.

"Sempre com a sra. Hauksbee!", murmurou a sra. Mallowe, com seu sorriso mais doce, para Otis. "Ah, você, você! Aqui estão nossos *punjabis*[16] resmungando por você monopolizar a mulher mais atraente de Simla. Eles o farão em pedaços na avenida principal qualquer dia, sr. Yeere."

---

[16] Habitantes de Punjab, Índia. N.T.

Mrs. Mallowe rattled downhill, having satisfied herself, by a glance through the fringe of her sunshade, of the effect of her words.

The shot went home. Of a surety Otis Yeere was somebody in this bewildering whirl of Simla – had monopolised the nicest woman in it, and the Punjabis were growling. The notion justified a mild glow of vanity. He had never looked upon his acquaintance with Mrs. Hauksbee as a matter for general interest.

The knowledge of envy was a pleasant feeling to the man of no account. It was intensified later in the day when a luncher at the Club said spitefully, 'Well, for a debilitated Ditcher, Yeere, you *are* going it. Hasn't any kind friend told you that she's the most dangerous woman in Simla?'

Yeere chuckled and passed out. When, oh, when would his new clothes be ready? He descended into the Mall to inquire; and Mrs. Hauksbee, coming over the Church Ridge in her 'rickshaw, looked down upon him approvingly. 'He's learning to carry himself as if he were a man, instead of a piece of furniture, and...,' she screwed up her eyes to see the better through the sunlight 'he *is* a man when he holds himself like that. O blessed Conceit, what should we be without you?'

With the new clothes came a new stock of self-confidence. Otis Yeere discovered that he could enter a room without breaking into a gentle perspiration; could cross one, even to talk to Mrs. Hauksbee, as though rooms were meant to be crossed. He was for the first time in nine years proud of himself, and contented with his life, satisfied with his new clothes, and rejoicing in the friendship of Mrs. Hauksbee.

'Conceit is what the poor fellow wants,' she said in confidence to Mrs. Mallowe. 'I believe they must use Civilians to plough the fields with in Lower Bengal. You see I have to begin from the very beginning – haven't I? But you'll admit, won't you, dear, that he is immensely improved

A sra. Mallowe diminuiu o farfalhar de sua sombrinha, satisfeita consigo mesma ao vislumbrar, através das franjas, o efeito de suas palavras.

O tiro atingiu em cheio. Com certeza Otis Yeere era alguém que, nesse turbilhão desnorteado de Simla, tinha monopolizado a mulher mais atraente do local, e feito os *punjabis* resmungarem. A idéia justificava um suave rubor de vaidade. Ele nunca procurara aproximar-se da sra. Hauksbee com algum interesse.

Reconhecer a inveja alheia era um sentimento agradável para um homem sem importância, intensificado, no mesmo dia, quando um dos que almoçavam no clube comentou, cheio de rancor: "Bem, para um cavador de trincheiras debilitado, Yeere, você está progredindo. Nenhum de seus amigos lhe contou que ela é uma das mulheres mais perigosas de Simla?"

Yeere gargalhou e retirou-se. Quando, ah, quando as novas roupas estariam prontas? Ele desceu à avenida para se informar e a sra. Hauksbee, voltando da igreja Ridge em seu riquixá, olhou para ele com aprovação. "Ele está aprendendo a portar-se como se fosse um homem e não uma coisa, e...", ela apertou os olhos para enxergar melhor à luz do sol, "ele *torna-se* um homem quando se porta dessa maneira. Oh, abençoado apreço, o quê seríamos sem você".

As roupas encomendadas renovaram a reserva de autoconfiança. Otis Yeere descobriu que podia entrar em uma sala sem irromper em uma suave transpiração; podia cruzar uma sala, ainda que fosse para falar com a sra. Hausksbee, como se esses recintos fossem feitos para serem percorridos. Pela primeira vez em nove anos ele estava orgulhoso de si mesmo e satisfeito com a própria vida, satisfeito com suas roupas novas e se regozijava com a amizade da sra. Hauksbee.

"Apreço é o que o pobre indivíduo deseja", disse ela em segredo para a sra. Mallowe. "Creio que eles deveriam utilizar civis para arar os campos na baixa Bengala. Você viu que tive que começar bem do início, não tive? Mas você deve admitir, minha querida, que ele teve um desenvolvimento espantoso desde que o toquei com minhas mãos. Dê-me apenas um pouco mais de tempo e ele não reconhecerá a si mesmo."

Na verdade, Yeere esquecia rapidamente o que havia sido. Um de seus próprios soldados-rasos evidenciou isso de modo brutal, ao inquirir Yeere sobre um assunto qualquer, "E quem fez de *você* um membro do Conselho? Acaso você é um dos seis?"

"Eu..., eu sinto muitíssimo. Não quis dizer isso, você sabe", disse Yeere, desculpando-se.

"Lá não há nada para você", prosseguiu o veterano, severo. "Abandone isso, Otis, abandone, e expulse toda essa brutal afetação de dentro de si, com ardor! Três mil por mês não são o suficiente para manter isso."

Yeere relatou o incidente à sra. Haukesbee. Ele viera procurá-la como se ela fosse a madre confessora.

"E você se desculpou!", disse ela. "Oh, que vergonha! *Odeio* homens que se desculpam. Nunca se desculpe pelo que seu amigo chama de 'lado'. *Nunca*! É próprio dos homens serem insolentes e autoritários, até que se encontrem com outro mais forte. Quanto a você, menino mau, ouça-me".

De uma forma muito simples e franca, enquanto o riquixá vagueava ao redor de Jakko, a sra. Hauksbee pregou para Otis Yeere o Grande Conceito Evangélico, ilustrando-o com imagens vivas encontradas durante o passeio na tarde de domingo.

"Santo Deus!", ela finalizou, com um argumento pessoal, "da próxima vez você vai se desculpar por ser meu *attachè*!"

"Nunca!", disse Otis Yeere. "Trata-se de uma outra completamente diferente. Eu sempre serei..."

"Será o quê?", pensou a sra. Hauksbee.

"Orgulhoso disso", disse Otis.

"Salva, por enquanto", disse ela para si mesma.

"Mas temo ter-me tornado convencido. Como Jeshurun, você sabe. Quando ele prosperou, deu um pontapé nos outros. Isso é não se preocupar com a opinião dos demais ou com as aparências na Colina, suponho."

"As aparências na Colina, deveras!", disse a sra. Hauksbee para si mesma. "Ele ficaria escondido no clube

since I took him in hand. Only give me a little more time and he won't know himself.'

Indeed, Yeere was rapidly beginning to forget what he had been. One of his own rank and file put the matter brutally when he asked Yeere, in reference to nothing, 'And who has been making *you* a Member of Council, lately? You carry the side of half-a-dozen of 'em.'

'I..., I'm awf'ly sorry. I didn't mean it, you know,' said Yeere apologetically.

'There'll be no holding you,' continued the old stager grimly. 'Climb down, Otis, climb down, and get all that beastly affectation knocked out of you with fever! Three thousand a month wouldn't support it.'

Yeere repeated the incident to Mrs. Hauksbee. He had come to look upon her as his Mother Confessor.

'And you apologised!' she said. 'Oh, shame! I *hate* a man who apologises. Never apologise for what your friend called "side." *Never!* It's a man's business to be insolent and overbearing until he meets with a stronger. Now, you bad boy, listen to me.'

Simply and straightforwardly, as the 'rickshaw loitered round Jakko, Mrs. Hauksbee preached to Otis Yeere the Great Gospel of Conceit, illustrating it with living pictures encountered during their Sunday afternoon stroll.

'Good gracious!' – she ended with the personal argument, – 'you'll apologise next for being my *attaché*!'

'Never!' said Otis Yeere. 'That's another thing altogether. I shall always be...'

'What's coming?' thought Mrs. Hauksbee.

'Proud of that,' said Otis.

'Safe for the present,' she said to herself.

'But I'm afraid I have grown conceited. Like Jeshurun, you know. When he waxed fat, then he kicked. It's the having no worry on one's mind and the Hill air, I suppose.'

'Hill air, indeed!' said Mrs. Hauksbee to herself. 'He'd have been hiding in the Club till the last day of his leave, if I hadn't discovered him.' And aloud...

"Why shouldn't you be? You have every right to.'

'I! Why?'

'Oh, hundreds of things. I'm not going to waste this lovely afternoon by explaining; but I know you have. What was that heap of manuscript you showed me about the grammar of the aboriginal – what's their names?'

'Gullals. A piece of nonsense. I've far too much work to do to bother over Gullals now. You should see my District. Come down with your husband some day and I'll show you round. Such a lovely place in the Rains! A sheet of water with the railway-embankment and the snakes sticking out, and, in the summer, green flies and green squash. The people would die of fear if you shook a dogwhip at 'em. But they know you're forbidden to do that, so they conspire to make your life a burden to you. My District's worked by some man at Darjiling, on the strength of a native pleader's false reports. Oh, it's a heavenly place!' Otis Yeere laughed bitterly.

'There's not the least necessity that you should stay in it. Why do you?'

'Because I must. How'm I to get out of it?'

'How! In a hundred and fifty ways. If there weren't so many people on the road I'd like to box your ears. Ask, my dear boy, ask! Look! There is young Hexarly with six years' service and half your talents. He asked for what he wanted, and he got it. See, down by the Convent! There's McArthurson, who has come to his present position by asking – sheer, downright asking – after he had pushed himself out of the rank and file. One man is as good as another in your service – believe me. I've seen Simla for more seasons than I care to think about. Do you suppose men are chosen for appointments because of their special fitness *beforehand*? You have all passed a high test – what do you call it? – in the beginning, and, except for the few who have gone altogether to the bad, you can all work

até o último dia de sua vida se eu não o tivesse descoberto". E, alto...

"Por que não deveria? Você tem todo o direito."

"Eu! Por quê?"

"Oh, por centenas de motivos. Não desperdiçarei esta noite adorável explicando-os, mas sei que você os tem. O que era aquela pilha de manuscritos que você me mostrou sobre a gramática dos aborígines – como se chamavam?"

"Gullals. Coisas sem sentido. Tenho trabalho em demasia para me importar com os gullals agora. Você deveria ver meu Distrito. Venha com seu marido algum dia e eu lhe mostrarei o lugar. Torna-se adorável na estação das chuvas! Como um lençol de água, com a planificação da via férrea, de serpentes expostas, e, no verão, há moscas e abóboras verdes. Lá as pessoas morrem de medo se você ameaçá-las com a chibata. Mas sabem que você está proibido de batê-las, por isso conspiram para fazer da sua vida um fardo. Meu Distrito trabalha com alguns homens em Darjiling, movido por relatórios de falsos defensores públicos nativos. Oh, é um lugar paradisíaco!" Otis Yeere riu com amargor.

"Mas você não tem a menor necessidade de permanecer lá. Por que continua?"

"Por que preciso. Como posso me livrar disso?"

"Como! De cento e cinqüenta maneiras diferentes. Se não houvesse tantas pessoas na rua, gostaria de socar suas orelhas. Peça, meu querido menino, *peça*! Olhe! Lá está o jovem Hexarly, com seis anos de serviço e metade dos seus talentos. Ele pediu o que desejava, e conseguiu. Veja, lá embaixo, próximo ao convento! Lá está o McArthurson, que chegou à presente posição solicitando-a – pura e simplesmente solicitando-a – depois de ter empurrado a si mesmo para fora da patente de soldado raso. Um homem é tão bom quanto outro nesse tipo de serviço – acredite-me. Tenho estado em Simla por mais temporadas do que se imagina. Você acredita que um homem é escolhido para um cargo devido às suas *aptidões* especiais? Todos vocês passaram por um teste difícil – como vocês chamam isso? – no início, e, exceto pelos que se saíram de todo mal, todos vocês trabalharam duro. Pergunte aos outros. Chame a isso de atrevimento, de inso-

A Instrução de Otis Yeere

lência, chame do que quiser, mas *peça*! Os homens argumentam – sim, eu sei o que eles dizem – que um homem, devido à simples audácia da solicitação, deve ter algo de bom dentro de si. Um homem fraco não diz; 'Dê-me isso e aquilo'. Ele se lamenta: 'Por que não me dão isto e aquilo?'. Se você está no exército, devo dizer-lhe que aprenda a rodopiar pratos ou a tocar tamborim com os dedos dos pés. Isso é – *peça*! Você pertence a um serviço que tem a obrigação de estar apto a comandar o Canal Fleet, ou percorrer um trajeto em vinte minutos, e ainda assim você hesita em pedir para escapar de um Distrito verde-lamacento em que *admite* não ser o líder. Abandone o Distrito de Bengala por completo. Mesmo Darjiling é um pequeno buraco fora da estrada. Estive lá certa vez, e os aluguéis são exorbitantes. Declare-se. Consiga com que o governo da Índia se ocupe de você. Procure ser removido para a fronteira, onde *todos* os homens têm uma grande chance se confiarem em si mesmos. *Chegue* a algum lugar. *Faça* alguma coisa! Você tem duas vezes mais perspicácia e três vezes mais presença que os homens daqui, e, e..." – a sra. Hauksbee parou para respirar, e então continuou – "e, de todo modo, você busca isso, *deve* isso a si mesmo. Você *poderia* ir tão longe!"

"Eu não sei", disse Yeere, um tanto confuso com a inesperada eloqüência. "Não tenho um conceito tão alto a meu respeito."

Isso não era exatamente platônico, mas era político. A sra. Hauksbee descansou com leveza a mão sem luvas sobre a outra, que descansava na capota reclinável do riquixá, e, encarando o rosto do homem, disse com suavidade, uma suavidade até excessiva, "*Acredito* em você se desconfiar de si mesmo. É o suficiente, meu amigo?"

"É o suficiente", respondeu Otis, muito solenemente.

Ele ficou em silêncio por um longo tempo, revivendo os sonhos que tivera oito anos atrás, mas entre eles sempre apareciam, como folhas luminosas entre nuvens douradas, a luz violeta dos olhos da sra, Hauksbee.

Curiosos e impenetráveis eram os labirintos da vida em Simla – a única existência que valia a pena nesta terra desolada. Aos poucos veio à tona entre homens e mulheres

living. Gradually it went abroad among men and women, in the pauses between dance, play, and Gymkhana, that Otis Yeere, the man with the newly-lit light of self-confidence in his eyes, had 'done something decent' in the wilds whence he came. He had brought an erring Municipality to reason, appropriated the funds on his own responsibility, and saved the lives of hundreds. He knew more about the Gullals than any living man. Had a vast knowledge of the aboriginal tribes; was, in spite of his juniority, the greatest authority on the aboriginal Gullals. No one quite knew who or what the Gullals were till The Mussuck, who had been calling on Mrs. Hauksbee, and prided himself upon picking people's brains, explained they were a tribe of ferocious hillmen, somewhere near Sikkim, whose friendship even the Great Indian Empire would find it worth her while to secure. Now we know that Otis Yeere had showed Mrs. Hauksbee his MS. notes of six years' standing on these same Gullals. He had told her, too, how, sick and shaken with the fever their negligence had bred, crippled by the loss of his pet clerk, and savagely angry at the desolation in his charge, he had once damned the collective eyes of his "intelligent local board" for a set of *haramzadas*. Which act of "brutal and tyrannous oppression" won him a Reprimand Royal from the Bengal Government; but in the anecdote as amended for Northern consumption we find no record of this. Hence we are forced to conclude that Mrs. Hauksbee edited his reminiscences before sowing them in idle ears, ready, as she well knew, to exaggerate good or evil. And Otis Yeere bore himself as befitted the hero of many tales.

'You can talk to *me* when you don't fall into a brown study. Talk now, and talk your brightest and best,' said Mrs. Hauksbee.

Otis needed no spur. Look to a man who has the counsel of a woman of or above the world to back him. So long as he keeps his head,

– nas pausas entre dançar, jogar, e as gincanas – que Otis Yeere, o homem com uma luz de autoconfiança recém acesa nos olhos, fizera "algo de decente" na região selvagem de onde viera. Ele trouxera munícipes errantes de volta à razão, apoderando-se dos fundos sob sua responsabilidade, e salvara a vida de centenas de pessoas. Ele conhecia mais sobre os gullals do que qualquer homem sobre a Terra. Possuía vasto conhecimento das tribos aborígines, e a despeito de sua instrução, era a maior autoridade em aborígines gullals. Ninguém sabia quem ou o quê eram os gullals até que o Mussuck, chamado pela sra. Hauksbee e orgulhoso por invadir o cérebro das pessoas, explicou que eram uma tribo de montanheses ferozes, em algum lugar perto de Sikkim, cuja amizade, mesmo para o Grande Império Indiano, era valorizada por razões de segurança. Hoje sabemos que Otis Yeere mostrara à sra. Hauksbee as anotações manuscritas feitas durante os seis anos de estadia entre os gullals. Contou a ela, também, como, estando doente e abalado pela febre originada pela negligência deles, prejudicado devido a perda de seu escriturário predileto e profundamente irritado com a devastação sob sua responsabilidade, ele certa vez amaldiçoou os olhos de todos da "administração local", como um bando de *haramzadas*[17]. E esse ato de "brutal e tirânica opressão" rendeu-lhe uma Reprimenda Real do governo de Bengala; porém, na historieta melhorada para o consumo na Inglaterra, não encontramos nenhum registro a esse respeito. Portanto somos obrigados a concluir que a sra. Hauksbee editou suas memórias antes de propagá-las aos ouvidos ociosos, prontos, como ela bem sabe, para exagerar para bem e para mal. E Otis Yeere foi apresentado como convinha ao herói de muitas histórias.

"Você poderá falar *comigo* quando não estiver em meditação profunda. Fale agora, e da forma melhor e mais brilhante", disse a sra. Hauksbee.

Otis não carecia de estímulo. Aparentava ser um homem movido pelo conselho de uma mulher sobre e acima de tudo no mundo. Enquanto mantivesse sua própria opinião, seria possível encontrarmos ambos os sexos no mesmo lugar

---

[17] Canalhas. N.T.

A Instrução de Otis Yeere

– uma vantagem nunca intencionada pela Providência, que moldou o homem em um dia e a mulher no outro, sinal de que um deveria saber o mínimo possível da vida do outro. Conforme um homem progride, ou os conselhos deixam de serem dados, é acometido por colapsos repentinos enquanto seu mundo busca por uma razão.

Comandado pela sra. Hauksbee, que mais uma vez tinha toda a esperteza da sra. Mallowe à sua disposição, orgulhoso e finalmente auto-confiante por acreditar em si mesmo, Otis Yeere estava pronto para qualquer acaso que ocorresse, certo de que este ser-lhe-ia favorável. Ele lutaria por si mesmo, e pretendia que essa segunda contenda o levasse a resultados melhores que a primeira rendição impotente do desnorteado *Stunt*[18].

É impossível dizer o que pode ter acontecido. Mas tal coisa lamentável ocorreu, criada diretamente pela afirmação da sra. Hauksbee de que passaria a próxima temporada em Darjiling.

“Está certa disso?”, disse Otis Yeere.

“Completamente. No momento, requisitamos uma casa.”

Otis Yeere ficou petrificado enquanto a sra. Hauksbee discutia a recaída da sra. Mallowe.

“Ele tem se comportado”, disse ela irritada, “igual ao cavalo de corrida do capitão Kerrington – só que Otis é um burro – na última gincana. Finca a pata dianteira e se recusa a dar um passo adiante. Polly, meu homem me desaponta. O que devo fazer?”

Como regra, a sra. Mallowe não aprovava olhos arregalados, mas na ocasião ela abriu os seus ao máximo. “Você conduziu isso com habilidade até aqui”, disse ela. “Fale com ele e pergunte o que pretende.”

“Eu irei... no baile de hoje à noite.”

“Não... oh, no baile não”, disse a sra. Mallowe, cautelosa. “Os homens nunca se concentram nos bailes. É melhor esperar até amanhã de manhã.”

“Tolice. Se ele pretende prosseguir nesse caminho insano, não há mais nem um dia a perder. Você vai? Não?

---

[18] Pessoa ou coisa atrofiada, que tem o desenvolvimento interrompido. N.T.

Then sit up for me, there's a dear. I shan't stay longer than supper under any circumstances.'

Mrs. Mallowe waited through the evening, looking long and earnestly into the fire, and sometimes smiling to herself.

....

'Oh! oh! oh! The man's an idiot! A raving, positive idiot! I'm sorry I ever saw him!'

Mrs. Hauksbee burst into Mrs. Mallowe's house, at midnight, almost in tears.

'What in the world has happened?' said Mrs. Mallowe, but her eyes showed that she had guessed an answer.

'Happened! Everything has happened! He was there. I went to him and said, "Now, what does this nonsense mean?" Don't laugh, dear, I can't bear it. But you know what I mean I said. Then it was a square, and I sat it out with him and wanted an explanation, and *he* said – Oh! I haven't patience with such idiots! You know what I said about going to Darjiling next year? It doesn't matter to me *where* I go. I'd have changed the Station and lost the rent to have saved this. He said, in so many words, that he wasn't going to try to work up any more, because – because he would be shifted into a province away from Darjiling, and his own District, where these creatures are, is within a day's journey...'

'Ah – hh!' said Mrs. Mallowe, in a tone of one who has successfully tracked an obscure word through a large dictionary.

'Did you ever *hear* of anything so mad – so absurd? And he had the ball at his feet. He had only to kick it! I would have made him *anything*! Anything in the wide world. He could have gone to the world's end. I would have helped him. I made him, didn't I, Polly? Didn't I *create* that man? Doesn't he owe everything to me? And to reward me, just when everything was nicely arranged, by this lunacy that spoilt everything!'

'Very few men understand your devotion thoroughly.'

Então me espere acordada, há um preço. Eu não devo permanecer muito além da ceia, em nenhuma circunstância."

A sra. Mallowe esperou durante o entardecer, olhando para o fogo por muito tempo, concentrada, sorrindo para si mesma de vez em quando.

....

"Ah! Ah! Ah! O homem é um idiota! Delirante e perfeito idiota! Lamento por tê-lo conhecido!"

A sra. Hauksbee irrompeu à casa da sra. Mallowe à meia-noite, quase em lágrimas.

"O que aconteceu dessa vez?", disse a sra. Mallowe, mas seus olhos mostravam que ela já adivinhava a resposta.

"Aconteceu! Aconteceu de tudo! Ele estava lá, fui até ele e disse 'Agora, o que significa essa tolice?' Não ria, minha querida, não posso suportar isso. Mas você sabe o que eu quis dizer. Então fiz como de costume, sentei-me com ele e queria uma explicação, e *ele* disse – Ah! Não tenho paciência com esses idiotas! Você sabe o que eu disse sobre ir a Darjiling no próximo ano? Não me importa para *onde* eu vou. Eu teria mudado para outra base e pago o aluguel para conservar esta. Ele disse, em muitas palavras, que não vai mais procurar se aperfeiçoar, porque... porque queria ser transferido para uma província distante de Darjiling, e seu próprio Distrito, onde estão essas criaturas, está a um dia de viagem..."

"Aaahhhh!", disse a sra. Mallowe, com a tonalidade de quem seguiu com sucesso a pista de uma palavra obscura em um imenso dicionário.

"Alguma vez você já ouviu algo tão maluco, tão absurdo? E ele tinha a bola a seus pés. Só precisava chutá-la! Eu poderia ter feito *tudo* a ele! Qualquer coisa nesse vasto mundo. Ele poderia ter ido até o fim do mundo. Eu o teria ajudado. Eu o fiz, não foi, Polly? Não fui eu que o *criei*? Ele não deve tudo a mim? E para me recompensar, justo quando tudo estava agradavelmente arranjado, com sua insensatez, estragou tudo!"

"São poucos os homens que compreendem por inteiro a sua devoção."

"Ah, Polly, *não* ria de mim. Desisto dos homens a partir desta hora. Poderia tê-lo matado a qualquer momento. Que

A Instrução de Otis Yeere

direito tem esse homem – essa *coisa* que eu retirei de seu próprio arrozal imundo – de demonstrar seu amor por mim?"

"Ele fez isso, não fez?"

"Fez. Não lembro de metade do que ele disse, estava tão irritada. Ah, mas aconteceu uma coisa tão engraçada! Não consigo deixar de rir disso agora, ainda que naquela hora eu estivesse pronta para chorar de raiva. Ele bramiu e enfureceu-se – desconfio que fizemos uma barulheira medonha em nosso *kala juggah*. Proteja minha reputação, querida, se ela estiver disseminada por toda Simla amanhã – e então ele se postou no meio de sua insanidade – tenho plena convicção de que esse homem é demente – e me beijou."

"Moral acima de reprovação", ronronou a sra. Mallowe.

"Lá estávamos nós, lá estamos nós! Foi o beijo mais absurdo que já vi. Não acredito que tenha beijado uma mulher em toda a sua vida. Arremessei a cabeça para trás, e aquilo foi um tipo de escorregão, uma bicadinha, bem na ponta do queixo – aqui." A sra. Hauksbee bateu de leve com o leque em seu pequenino queixo masculino. "Então, naturalmente, fiquei furiosa e disse-lhe que não era um cavalheiro, e que lamentava tê-lo conhecido, e coisas assim. Ele foi esmagado com tanta facilidade que não pude ficar zangada de verdade. Então vim direto falar com você."

"Isso foi antes ou depois da ceia?"

"Ah! Depois – anos depois. Não é de todo desagradável?"

"Deixe-me pensar. Eu me nego a fazer qualquer julgamento antes do amanhecer. O dia traz conselhos."

Mas a manhã trouxe apenas um criado com um belo buquê de rosas para a sra. Hauksbee usar no baile do salão Viceregal naquela noite.

"Ele não parece estar muito arrependido", disse a sra. Mallowe. "O que é essa *carta de amor* aí no centro?"

A sra. Hauksbee abriu a elegante mensagem – outra façanha que havia ensinado a Otis – leu-o e gemeu tragicamente.

'Oh, Polly, *don't* laugh at me! I give men up from this hour. I could have killed him then and there. What *right* had this man – this *Thing* I had picked out of his filthy paddy – fields to make love to me?'

'He did that, did he?'

'He did. I don't remember half he said, I was so angry. Oh, but such a funny thing happened! I can't help laughing at it now, though I felt nearly ready to cry with rage. He raved and I stormed – I'm afraid we must have made an awful noise in our *kala juggah*. Protect my character, dear, if it's all over Simla by tomorrow – and then he bobbed forward in the middle of this insanity – I *firmly* believe the man's demented – and kissed me.'

'Morals above reproach,' purred Mrs. Mallowe.

'So they were – so they are! It was the most absurd kiss. I don't believe he'd ever kissed a woman in his life before. I threw my head back, and it was a sort of slidy, pecking dab, just on the end of the chin – here.' Mrs. Hauksbee tapped her masculine little chin with her fan. 'Then, of course, I was *furiously* angry, and told him that he was no gentleman, and I was sorry I'd ever met him, and so on. He was crushed so easily then I couldn't be *very* angry. Then I came away straight to you.'

'Was this before or after supper?'

'Oh! before – oceans before. Isn't it perfectly disgusting?'

'Let me think. I withhold judgment till tomorrow. Morning brings counsel.'

But morning brought only a servant with a dainty bouquet of Annandale roses for Mrs. Hauksbee to wear at the dance at Viceregal Lodge that night.

'He doesn't seem to be very penitent,' said Mrs. Mallowe. 'What's the *billet-doux* in the centre?'

Mrs. Hauksbee opened the neatly-folded note, – another accomplishment that she had taught Otis, – read it, and groaned tragically.

'Last wreck of a feeble intellect! Poetry! Is it his own, do you think? Oh, that I ever built my hopes on such a maudlin idiot!'

'No. It's a quotation from Mrs. Browning, and in view of the facts of the case, as Jack says, uncommonly well chosen. Listen:

Sweet, thou hast trod on a heart,
Pass! There's a world full of
[men;
And women as fair as thou art
Must do such things now and
[then.

Thou only hast stepped unaware
Malice not one can impute;
And why should a heart have
[been there,
In the way of a fair woman's
[foot?

'I didn't – I didn't – I didn't!' said Mrs. Hauksbee angrily, her eyes filling with tears; 'there was no malice at all. Oh, it's *too* vexatious!'

'You've misunderstood the compliment,' said Mrs. Mallowe. 'He clears you completely and – ahem – I should think by this, that *he* has cleared completely too. My experience of men is that when they begin to quote poetry they are going to flit. Like swans singing before they die, you know.'

'Polly, you take my sorrows in a most unfeeling way.'

'Do I? Is it so terrible? If he's hurt your vanity, I should say that you've done a certain amount of damage to his heart.'

'Oh, you can never tell about a man!' said Mrs. Hauksbee.

"A última ruína de um intelecto frágil! Poesia! Ele mesmo compôs, acredita? Oh, como pude reunir minhas esperanças em um idiota tão piegas!"

"Não. É uma citação da sra. Browning, e, nesse caso, em vista dos fatos, como Jack costuma dizer, muito bem colocada. Ouça:

Querida, tu pisaste em um coração,
Prossigas! Há um mundo repleto de homens;
E mulheres tão lindas quanto tu
Devem fazer essas coisas vez por outra.

Tu apenas pisaste sem perceber
Malícia ninguém pode te imputar,
E por que um coração deveria estar ali,
No caminho de uma bela mulher?

"Eu não fiz isso, não e não!", disse a sra. Hauksbee raivosa, os olhos cobertos de lágrimas, "não havia nenhuma malícia, nenhuma. Oh, isso é *tão* vergonhoso!"

"Você entendeu mal o elogio", disse a sra. Mallowe. Ele inocenta você por completo e – aham – devo depreender disso que ele foi de todo inocentado também. Minha experiência com os homens me diz que quando eles começam a citar poesias, estão prestes a desaparecer. Como cisnes que cantam antes de morrer, você sabe."

"Polly, você considera meu sofrimento da maneira mais insensível."

"Eu? É assim tão terrível? Se ele feriu sua vaidade, você deve admitir que causou um dano considerável ao coração dele."

"Oh, não se pode nunca falar a respeito dos homens!", disse a sra. Hausksbee.

À Beira do Abismo
At the Pit's Mouth

Primeira publicação
The Indian Railway Library
1888

Dizem ter sido uma estação passageira...
E o Senhor que a enviou a tudo conhece,
Mas em meus ouvidos ficará para sempre
A mensagem que os sinos derramaram...
E sinos aterradores eles foram para mim,
  Pois na escuridão soavam: 'É o fim'.
Jean Ingelow

Men say it was a stolen tide...
The Lord that sent it He knows all,
But in mine ear will aye abide
The message that the bells let fall...
And awesome bells they were to me,
That in the dark rang, 'Enderby.'
Jean Ingelow

Uma vez havia um Homem, sua Esposa e um Tertium Quid[1].

Os três eram imprudentes, mas a Esposa era a mais insensata de todos. O Homem deveria ter cuidado de sua Esposa, que deveria ter evitado o Tertium Quid, que por sua vez deveria ter-se casado com a própria esposa depois de ter flertado limpa e abertamente com ela – e a isso ninguém poderia objetar – em torno do Jakko ou da colina do Observatório. Ao ver um rapaz em um cavalo exausto, com o chapéu caído atrás da cabeça, voando colina abaixo a vinte quilômetros por hora para encontrar uma garota que deverá demonstrar surpresa ao encontrá-lo, você naturalmente aprova aquele jovem, deseja que ele obtenha seus encontros, interessa-se pelo bem estar deles e, quando chegar a hora certa, poderá presenteá-los com pinças

Once upon a time there was a Man and his Wife and a Tertium Quid.

All three were unwise, but the Wife was the unwisest. The Man should have looked after his Wife, who should have avoided the Tertium Quid, who, again, should have married a wife of his own, after clean and open flirtations, to which nobody can possibly object, round Jakko or Observatory Hill. When you see a young man with his pony in a white lather and his hat on the back of his head, flying downhill at fifteen miles an hour to meet a girl who will be properly surprised to meet him, you naturally approve of that young man, and wish him Staff appointments, and take an interest in his welfare, and, as the proper time comes, give

---

[1] *Tertium Quid* - latim: Terceira pessoa. N.T.

them sugar-tongs or side-saddles according to your means and generosity.

The Tertium Quid flew downhill on horseback, but it was to meet the Man's Wife; and when he flew uphill it was for the same end. The Man was in the Plains, earning money for his Wife to spend on dresses and four-hundred-rupee bracelets, and inexpensive luxuries of that kind. He worked very hard, and sent her a letter or a post-card daily. She also wrote to him daily, and said that she was longing for him to come up to Simla. The Tertium Quid used to lean over her shoulder and laugh as she wrote the notes. Then the two would ride to the Post-office together.

Now, Simla is a strange place and its customs are peculiar; nor is any man who has not spent at least ten seasons there qualified to pass judgment on circumstantial evidence, which is the most untrustworthy in the Courts. For these reasons, and for others which need not appear, I decline to state positively whether there was anything irretrievably wrong in the relations between the Man's Wife and the Tertium Quid. If there was, and hereon you must form your own opinion, it was the Man's Wife's fault. She was kittenish in her manners, wearing generally an air of soft and fluffy innocence. But she was deadlily learned and evil-instructed; and, now and again, when the mask dropped, men saw this, shuddered and almost drew back. Men are occasionally particular, and the least particular men are always the most exacting.

Simla is eccentric in its fashion of treating friendships. Certain attachments which have set and crystallised through half-a-dozen seasons acquire almost the sanctity of the marriage bond, and are revered as such. Again, certain attachments equally old, and, to all appearance, equally venerable, never seem to win any recognised official status; while a chance-sprung acquaintance, not two months born, steps into the place which by right belongs to the senior.

para tabletes de açúcar ou selas femininas para cavalgada, conforme seus recursos e sua generosidade.

O Tertium Quid voou colina abaixo cavalgando, mas para encontrar-se com a Esposa do Homem, e quando ele voou colina acima foi com o mesmo objetivo. O Homem estava na planície, ganhando dinheiro para sua Esposa gastar em vestidos, em centenas de braceletes iguais e em luxos baratos desse tipo. Ele trabalhava bastante e lhe enviava uma carta ou cartão postal todos os dias. Ela também escrevia para ele diariamente, dizendo estar ansiosa para que voltasse a Simla. O Tertium Quid costumava inclinar-se sobre os ombros dela e rir enquanto ela escrevia as cartas. Então os dois seguiam juntos para o posto do correio.

Ora, Simla é um lugar estranho e de costumes muito peculiares; ninguém que não tenha vivido lá por pelo menos dez estações encontra-se qualificado para julgar baseado em evidências circunstanciais, que são as mais indignas de confiança em um tribunal. Por essas razões, e por outras que não devem ser mencionadas, eu me recuso a declarar com segurança ter existido algo irrecuperavelmente errado no relacionamento entre o Homem, sua Esposa e o Tertium Quid. Se existiu, e a respeito disso você deve formular sua própria opinião, foi por culpa do Homem e da Esposa. Ela possuía um jeito travesso e em geral exibia um ar de leve e mal dissimulada inocência. Mas era extremamente experiente e instruída na maldade, e vez por outra, quando a máscara caía, os homens viam isso, estremeciam e quase saíam correndo. Ocasionalmente os homens são especiais, e os menos especiais são os mais exigentes.

Simla é excêntrica em sua maneira de considerar as amizades. Determinados vínculos formados e cristalizados por seis temporadas quase adquirem a santidade dos laços matrimoniais, e são reverenciados como tais. Por outro lado, determinados vínculos igualmente antigos, e para todos os efeitos igualmente veneráveis, nunca parecem ganhar um *status* oficial reconhecido; enquanto um relacionamento casual, nascido há menos de dois meses, ocupa o espaço de outro superior por direito. Não existe nenhuma lei redutível impressa para regular essas tais aventuras amorosas.

Algumas pessoas têm um dom que lhes assegura infinita tolerância, e outras não o têm. A Esposa do Homem não o tinha. Se ela olhasse sobre o muro do jardim, por exemplo, as mulheres a acusariam de roubar-lhes os maridos. Ela queixava-se pateticamente de que não lhe permitam escolher seus próprios amigos. Quando levava o grande regalo[2] branco aos lábios e o olhava fixamente por sobre ele, os olhos castanhos mirando-o como se falassem, tinha-se a impressão de ela fora vítima de um julgamento infame e equivocado, como se o instinto de todas as outras mulheres estivesse errado, o que é um absurdo. Não permitiam que ficasse em paz com o Tertium Quid, e era tão estranha que não teria aproveitado a paz, ainda que lhe fosse concedida. Preferia dar a aparência de intriga mesmo às ações mais cotidianas.

Após dois meses de cavalgadas, primeiro por Jakko, depois por Elysium, na colina de Verão, pela colina do Observatório, abaixo do Jotogh e por fim subindo e descendo a estrada das Carretas até onde o Tara Devi afunda nas sombras, ela disse ao Tertium Quid: "Frank, as pessoas dizem que passamos muito tempo juntos, elas são tão horrendas."

O Tertium Quid puxou o bigode e respondeu que aquelas pessoas horrendas não mereciam a consideração de pessoas agradáveis.

"Mas elas têm feito mais que falar – elas têm escrito para o meu marido – tenho certeza disso", disse a Esposa do Homem, e retirou uma carta do marido do bolso da cela e deu-a ao Tertium Quid.

Era uma carta sincera escrita por um homem sincero que se consumia nas planícies por duas centenas de rúpias[3] ao mês – pois enviava à esposa oitocentos e cinqüenta – com banianas[4] de seda e calças de algodão. A carta dizia que talvez ela não tivesse pensado na insensatez de permitir que seu nome foi associado de tal forma ao do Tertium Quid, que

[2] Espécie de agasalho para as mãos. N.T.
[3] Unidade monetária indiana. N.T.
[4] Espécie de camisola utilizada na Índia. N.T.

There is no law reducible to print which regulates these affairs.

Some people have a gift which secures them infinite toleration, and others have not. The Man's Wife had not. If she looked over the garden wall, for instance, women taxed her with stealing their husbands. She complained pathetically that she was not allowed to choose her own friends. When she put up her big white muff to her lips, and gazed over it and under her eyebrows at you as she said this thing, you felt that she had been infamously misjudged, and that all the other women's instincts were all wrong; which was absurd. She was not allowed to own the Tertium Quid in peace; and was so strangely constructed that she would not have enjoyed peace had she been so permitted. She preferred some semblance of intrigue to cloak even her most commonplace actions.

After two months of riding, first round Jakko, then Elysium, then Summer Hill, then Observatory Hill, then under Jutogh, and lastly up and down the Cart Road as far as the Tara Devi gap she said to the Tertium Quid, 'Frank, people say we are too much together, and people are so horrid.'

The Tertium Quid pulled his moustache, and replied that horrid people were unworthy of the consideration of nice people.

'But they have done more than talk – they have written – written to my hubby – I'm sure of it,' said the Man's Wife, and she pulled a letter from her husband out of her saddle-pocket and gave it to the Tertium Quid.

It was an honest letter, written by an honest man, then stewing in the Plains on two hundred rupees a month (for he allowed his wife eight hundred and fifty), and in a silk banian and cotton trousers. It said that, perhaps, she had not thought of the unwisdom of allowing her name to be so generally coupled with the Tertium Quid's; that she was too much of a child to understand the dangers of that sort of thing; that he, her husband, was the last man in the world to interfere jealously with her little amusements and interests, but that it would be better were she to drop the Tertium Quid quietly and for her husband's sake. The letter was sweetened with many pretty little pet names, and it amused the Tertium Quid considerably. He and She laughed over it, so that you, fifty yards away, could see their shoulders shaking while the horses slouched along side by side.

Their conversation was not worth reporting. The upshot of it was that, next day, no one saw the Man's Wife and the Tertium Quid together. They had both gone down to the Cemetery, which, as a rule, is only visited officially by the inhabitants of Simla.

A Simla funeral with the clergyman riding, the mourners riding, and the coffin creaking as it swings between the bearers, is one of the most depressing things on this earth, particularly when the procession passes under the wet, dank dip beneath the Rockcliffe Hotel, where the sun is shut out, and all the hill streams are wailing and weeping together as they go down the valleys.

Occasionally folk tend the graves, but we in India shift and are transferred so often that, at the end of the second year, the Dead have no friends – only acquaintances who are far too busy amusing themselves up the hill to attend to old partners. The idea of using a Cemetery as a rendezvous is distinctly a feminine one. A man would have said simply, 'Let people talk. We'll go down the Mall.' A woman is made differently, especially if she be such a woman as the Man's Wife. She and the Tertium Quid enjoyed each other's society among the graves of men and women whom they had known and danced with aforetime.

They used to take a big horse-blanket and sit on the grass a little to the left of the lower end, where there is a dip in the ground, and

ela era muito criança para entender o perigo desse tipo de coisa; e que ele, seu marido, seria o último homem no mundo a interferir e ter ciúmes de suas pequenas diversões e interesses, mas seria melhor que ela deixasse o Tertium Quid quieto, por amor a seu marido. A carta era adocicada por vários apelidos carinhosos, e isso divertiu bastante o Tertium Quid. Eles riram muito daquilo, tanto que alguém a cinqüenta metros de distância poderia ver seus ombros balançarem enquanto os cavalos caminhavam lado a lado.

O que conversaram não tem importância. O resultado disso foi que, no dia seguinte, ninguém viu a Esposa do Homem e o Tertium Quid juntos. Ambos desceram ao cemitério, que via de regra só é visitado oficialmente pelos habitantes de Simla.

Um funeral em Simla, com o pastor a cavalo, os acompanhantes a cavalo e o féretro rangendo conforme balança entre os carregadores é uma das cenas mais depressivas deste mundo, em particular quando a procissão atravessa sob o declive úmido abaixo do Hotel Rockcliffe, onde o sol não penetra, e todas as torrentes da colina gemem e lamentam juntas ao descerem para o vale.

De vez em quando os parentes guardam as sepulturas, mas nós na Índia mudamos e somos transferidos com tanta freqüência que, ao final do segundo ano, não restam amigos ao morto, apenas conhecidos ocupados demais em divertirem-se acima da colina para dar assistência aos antigos parceiros. A idéia de utilizar um cemitério para encontros amorosos é indubitavelmente feminina. Um homem teria dito simplesmente: "Deixe as pessoas falarem. Iremos à avenida principal[5]". Uma mulher é diferente, em especial quando se trata de uma mulher como a Esposa do Homem. Ela e o Tertium Quid divertiam-se com a companhia um do outro entre os túmulos de homens e mulheres que conheceram e com quem dançaram em tempos passados.

Ambos tinham por hábito levar uma grande manta de cavalo e sentarem-se na grama, um pouco à esquerda da extremidade mais baixa, em que havia um declive e onde

[5] *Mall*: Avenida, passeio público. N.T.

findavam as valas ocupadas, enquanto as novas ainda não estavam prontas. Todo cemitério indiano regulamentado mantém seis túmulos abertos permanentemente para contingências e reposições incidentais. Nas colinas costumam ter o tamanho de bebês, porque as crianças que chegavam das planícies fracas e doentes, sucumbem com freqüência pelo efeito das chuvas nas colinas ou contraem pneumonia quando suas aias as levam para a úmida floresta de pinhos depois do pôr do sol. Nos aquartelamentos, naturalmente, os tamanhos maiores são mais requisitados; tais preparativos variam conforme o clima e a população.

Em um certo dia a Esposa do Homem e o Tertium Quid tinham acabado de chegar ao cemitério quando viram alguns cules[6] cavando o solo. Haviam delineado uma sepultura de tamanho grande, e o Tertium Quid perguntou a eles quem dentre os *sahibs*[7] estava doente. Alegaram não saber, apenas tinham recebido ordens para cavar a sepultura de um *sahib*.

"Continuem trabalhando", disse o Tertium Quid, "e veremos como fazem isso".

Os cules continuaram a trabalhar, e a Esposa do Homem e o Tertium Quid assistiram e conversaram por várias horas enquanto a sepultura era aprofundada. Então um dos cules, carregando a terra em cestos assim que ela era arremessada, pulou de dentro da sepultura.

"É estranho", disse o Tertium Quid, "onde está meu sobretudo?"

"O que é estranho?", disse a Esposa do Homem.

"Senti um calafrio na espinha – como se um ganso tivesse caminhado sobre minha sepultura."

"Então por que olha para essa coisa?", disse a Esposa do Homem. "Vamos embora."

O Tertium Quid parou na cabeceira da cova e a observou com os olhos arregalados por algum tempo. Então disse, atirando um seixo, "Isso é asqueroso – e frio, horrivelmente frio. Acho que não virei mais ao cemitério. Cavar sepulturas não é uma tarefa alegre."

[6] Trabalhador braçal hindu ou chinês. N.T.

[7] *Sahib*: tratamento dados pelos indianos a homens brancos respeitáveis ou de classe social elevada, comum na Índia quanto esta pertencia ao Império Britânico. N.T.

where the occupied graves stop short and the ready-made ones are not ready. Each well-regulated Indian Cemetery keeps half-a-dozen graves permanently open for contingencies and incidental wear and tear. In the Hills these are more usually baby's size, because children who come up weakened and sick from the Plains often succumb to the effects of the Rains in the Hills or get pneumonia from their *ayahs* taking them through damp pinewoods after the sun has set. In Cantonments, of course, the man's size is more in request; these arrangements varying with the climate and population.

One day when the Man's Wife and the Tertium Quid had just arrived in the Cemetery, they saw some coolies breaking ground. They had marked out a full-size grave, and the Tertium Quid asked them whether any Sahib was sick. They said that they did not know; but it was an order that they should dig a Sahib's grave.

'Work away,' said the Tertium Quid, 'and let's see how it's done.'

The coolies worked away, and the Man's Wife and the Tertium Quid watched and talked for a couple of hours while the grave was being deepened. Then a coolie, taking the earth in baskets as it was thrown up, jumped over the grave.

'That's queer,' said the Tertium Quid. 'Where's my ulster?'

'What's queer?' said the Man's Wife.

'I have got a chill down my back – just as if a goose had walked over my grave.'

'Why do you look at the thing, then?' said the Man's Wife. 'Let us go.'

The Tertium Quid stood at the head of the grave, and stared without answering for a space. Then he said, dropping a pebble down, 'It is nasty – and cold: horribly cold. I don't think I shall come to the Cemetery any more. I don't think gravedigging is cheerful.'

The two talked and agreed that the Cemetery was depressing. They also arranged for a ride next day out from the Cemetery through the Mashobra Tunnel up to Fagoo and back, because all the world was going to a garden-party at Viceregal Lodge, and all the people of Mashobra would go too.

Coming up the Cemetery road, the Tertium Quid's horse tried to bolt uphill, being tired with standing so long, and managed to strain a back sinew.

'I shall have to take the mare tomorrow,' said the Tertium Quid, 'and she will stand nothing heavier than a snaffle.'

They made their arrangements to meet in the Cemetery, after allowing all the Mashobra people time to pass into Simla. That night it rained heavily, and, next day, when the Tertium Quid came to the trysting-place, he saw that the new grave had a foot of water in it, the ground being a tough and sour clay.

"Jove! That looks beastly,' said the Tertium Quid. 'Fancy being boarded up and dropped into that well!'

They then started off to Fagoo, the mare playing with the snaffle and picking her way as though she were shod with satin, and the sun shining divinely. The road below Mashobra to Fagoo is officially styled the Himalayan-Thibet road; but in spite of its name it is not much more than six feet wide in most places, and the drop into the valley below may be anything between one and two thousand feet.

'Now we're going to Thibet,' said the Man's Wife merrily, as the horses drew near to Fagoo. She was riding on the cliff-side.

'Into Thibet,' said the Tertium Quid, 'ever so far from people who say horrid things, and hubbies who write stupid letters. With you to the end of the world!'

A coolie carrying a log of wood came round a corner, and the mare went wide to avoid him – forefeet in and haunches out, as a sensible mare should go.

Os dois conversaram e concordaram que o cemitério era depressivo. Também combinaram cavalgar no dia seguinte, do cemitério ao túnel de Mashobra, seguindo para Fagoo e então retornar, pois todo mundo estaria na festa nos jardins da casa de campo do vice-rei, inclusive o povo de Mashobra.

Seguindo pela estrada do cemitério, o cavalo do Tertium Quid tentou arremessar-se colina acima, cansado de esperar por tanto tempo, e conseguiu distender um tendão dorsal.

"Terei que trazer a égua amanhã", disse o Tertium Quid, "e ela não suportará bem o peso do bridão".

Eles fizeram os preparativos para se encontrarem no cemitério, depois de dar tempo a todos em Mashobra de seguirem para Simla. Choveu muito naquela noite, e no dia seguinte quando o Tertium Quid chegou ao local do encontro, viu que tinha meio metro de água na nova sepultura, e o fundo tornara-se uma espessa camada de lama.

"Por Júpiter! Isso parece abominável", disse o Tertium Quid. "Alguma coisa extraordinária aterrissou e se instalou nesse buraco!"

Então eles partiram para Fagoo, com a égua brincando com o bridão e escolhendo o caminho como se calçasse cetim, enquanto o sol brilhava divinamente. A estrada abaixo de Mashobra em sentido a Fagoo é conhecida oficialmente como Himalaia-Tibet; mas a despeito do nome não vai além de dois metros de largura na maior parte do caminho, e o penhasco em direção ao vale abaixo mede de trezentos a seiscentos metros.

"Agora vamos ao Tibet", disse a Esposa do Homem alegremente, assim que os cavalos se aproximaram de Fagoo. Ela cavalgava ao lado do rochedo.

"Para o Tibet", disse o Tertium Quid, "sempre longe das pessoas que dizem coisas horríveis e de maridos que escrevem cartas idiotas. Com você irei até o fim do mundo!"

Um cule carregando um tronco de madeira surgiu de uma esquina, e a égua procurou evitá-lo – as patas dianteiras fincadas e o quadril para cima, como uma égua sensata deve se postar.

"Ao fim do mundo", disse a Esposa do Homem, e lançou olhares indescritíveis por sobre seu ombro para o Tertium Quid.

Ele sorria, mas enquanto ela o olhava o sorriso congelou retesado no rosto e mudou para um riso nervoso – o tipo de riso que os homens usam quando não estão à vontade em suas selas. A égua parecia afundar com as patas traseiras, e as narinas estalavam enquanto tentava entender o que ocorria. A chuva da noite anterior apodrecera o lado do despenhadeiro da estrada Himalaia-Tibet, e agora este se desfazia sob seus pés. "O que você está fazendo?", disse a Esposa do Homem. O Tertium Quid não respondeu. Ele riu, nervoso, e cutucou a égua com as esporas; o animal golpeou a estrada com a pata dianteira, e a contenda teve início. A Esposa do Homem gritou: "Oh, Frank, saia daí".

Mas o Tertium Quid estava grudado na sela – com a face pálida e azulada – e olhava para os olhos da Esposa do Homem. Então a Esposa do Homem agarrou a cabeça da égua e a puxou pela narina em vez de usar o bridão. A besta arremessou a cabeça para cima e a desceu com um urro, com o Tertium Quid nas costas mantendo o riso nervoso preso à face.

A Esposa do Homem ouviu o tilintar dos pequenos seixos, o desmoronamento da estrada e o deslizar do homem e do cavalo em direção ao fundo. Então tudo ficou silencioso, e ela chamou Frank para que abandonasse a égua e subisse. Mas Frank não respondeu. Ele estava sob a égua, duzentos e cinqüenta metros abaixo, esmagando uma pequena plantação de milho indiano.

Quando os foliões retornaram da casa de campo do vice-rei nas brumas vespertinas, encontraram uma mulher temporariamente insana, em um cavalo ensandecido, rodando pelas esquinas, olhos e boca escancarados, e a cabeça igual à da Medusa. Foi parada por um homem que arriscou a vida para retirá-la da sela, como um monte flácido, e colocá-la na encosta para dar explicações. Ela levou vinte minutos e então foi levada para casa no riquixá de uma dama, ainda com a boca aberta e as mãos apertando as luvas de montaria.

'To the world's end,' said the Man's Wife, and looked unspeakable things over her near shoulder at the Tertium Quid.

He was smiling, but, while she looked, the smile froze stiff as it were on his face, and changed to a nervous grin – the sort of grin men wear when they are not quite easy in their saddles. The mare seemed to be sinking by the stern, and her nostrils cracked while she was trying to realise what was happening. The rain of the night before had rotted the dropside of the Himalayan-Thibet Road, and it was giving way under her. 'What are you doing?' said the Man's Wife. The Tertium Quid gave no answer. He grinned nervously and set his spurs into the mare, who rapped with her forefeet on the road, and the struggle began. The Man's Wife screamed, 'Oh, Frank, get off!'

But the Tertium Quid was glued to the saddle – his face blue and white – and he looked into the Man's Wife's eyes. Then the Man's Wife clutched at the mare's head and caught her by the nose instead of the bridle. The brute threw up her head and went down with a scream, the Tertium Quid upon her, and the nervous grin still set on his face.

The Man's Wife heard the tinkle-tinkle of little stones and loose earth falling off the roadway, and the sliding roar of the man and horse going down. Then everything was quiet, and she called on Frank to leave his mare and walk up. But Frank did not answer. He was underneath the mare, nine hundred feet below, spoiling a patch of Indian corn.

As the revellers came back from Viceregal Lodge in the mists of the evening, they met a temporarily insane woman, on a temporarily mad horse, swinging round the corners, with her eyes and her mouth open, and her head like the head of a Medusa. She was stopped by a man at the risk of his life, and taken out of the saddle, a limp heap, and put on the bank to explain herself. This wasted twenty minutes, and then she was sent home in a lady's 'rickshaw, still with her mouth open and her hands picking at her riding-gloves.

She was in bed through the following three days, which were rainy; so she missed attending the funeral of the Tertium Quid, who was lowered into eighteen inches of water, instead of the twelve to which he had first objected.

Ela permaneceu na cama pelos três dias seguintes, que foram chuvosos, por isso não compareceu ao funeral do Tertium Quid, que foi baixado sobre quarenta e cinco centímetros de água em vez dos trinta a que se negara a princípio.

Comédia à Beira da Estrada
A Wayside Comedy

Primeira publicação
The Week's News
21 de janeiro de 1888

Porque para todo o propósito há tempo e modo; porquanto é grande o mal do homem que cai sobre ele.
Eclesiastes 8: 6

O destino e o governo da Índia transformaram a base de Kashima em uma prisão, e por não haver socorro para as pobres almas que agora jazem lá em tormento, escrevo esta história, rogando ao governo da Índia que desista de dispersar a população européia aos quatro ventos.

Kashima é cercada pelo círculo rochoso das colinas de Dosehri. Na primavera é inflamada por rosas; no verão as rosas morrem e os ventos quentes sopram das colinas; no outono a névoa branca vinda dos *jhils*[1] cobre de água o lugar, e no inverno a geada cresta tudo o que está novo e tenro ao nível do chão. Existe apenas um tipo de paisagem em Kashima – um pasto perfeitamente plano e arado, crescendo sobre o cerrado cinza-azulado das colinas de Dosehri.

Não há entretenimento, exceto atocaiar animais e atirar em tigres; mas há tempos os tigres são caçados e se retiraram para suas tocas nas cavernas; e a caça por tocaia só ocorre uma vez por ano. Narkarra – a duzentos e trinta quilômetros da estrada – é a estação mais próxima de

---

[1] *Jhils* - hindi: pântano, lago pouco profundo. N.T.

three miles by road – is the nearest station to Kashima. But Kashima never goes to Narkarra, where there are at least twelve English people. It stays within the circle of the Dosehri hills.

All Kashima acquits Mrs. Vansuythen of any intention to do harm; but all Kashima knows that she, and she alone, brought about their pain.

Boulte, the Engineer, Mrs. Boulte, and Captain Kurrell know this. They are the English population of Kashima, if we except Major Vansuythen, who is of no importance whatever, and Mrs. Vansuythen, who is the most important of all.

You must remember, though you will not understand, that all laws weaken in a small and hidden community where there is no public opinion. When a man is absolutely alone in a Station he runs a certain risk of falling into evil ways. This risk is multiplied by every addition to the population up to twelve - the Jury-number. After that, fear and consequent restraint begin, and human action becomes less grotesquely jerky.

There was deep peace in Kashima till Mrs. Vansuythen arrived. She was a charming woman, every one said so everywhere; and she charmed every one. In spite of this, or, perhaps, because of this, since Fate is so perverse, she cared only for one man, and he was Major Vansuythen. Had she been plain or stupid, this matter would have been intelligible to Kashima. But she was a fair woman, with very still gray eyes, the colour of a lake just before the light of the sun touches it. No man who had seen those eyes could, later on, explain what fashion of woman she was to look upon. The eyes dazzled him. Her own sex said that she was 'not bad-looking, but spoilt by pretending to be so grave.' And yet her gravity was natural. It was not her habit to smile. She merely went through life, looking at those who passed; and the women objected while the men fell down and worshipped.

She knows and is deeply sorry for the evil she has done to Kashima; but Major Vansuythen cannot under-

Kashima. Mas Kashima nunca vai a Nakarra, onde existem pelo menos doze ingleses. Kashima se restringe ao círculo das colinas de Dosehri.

Toda Kashima isenta a sra. Vansuythen de qualquer intenção de causar mal, mas Kashima inteira sabe que ela, e somente ela, é a responsável por todo seu sofrimento.

Boulte, o engenheiro, a sra. Boulte e o capitão Kurrel sabem disso. Eles representam a população inglesa de Kashima, se excluirmos o major Vansuythen, que não tem nenhuma importância de qualquer forma, e a sra. Vansuythen, que é a mais importante de todos.

Você deve lembrar, embora não compreenda, que todas as leis perdem a força em uma comunidade pequena e escondida, onde não há opinião pública. Quando um homem está absolutamente sozinho em uma base ele corre certo risco de seguir por caminhos errados. Esse risco é multiplicado cada vez que se adiciona à população mais um número até doze – o número de membros do júri. Depois disso, o medo e a conseqüente repressão têm início, e as ações humanas tornam-se menos absurdas e espasmódicas.

Reinava uma paz profunda em Kashima até a sra. Vansuythen chegar. Ela era uma mulher encantadora, todos diziam isso em qualquer parte, e ela encantava a todos. A despeito disso, ou talvez por causa disso, por o destino ser tão perverso, ela se preocupava com um homem apenas, e esse era o major Vansuythen. Caso ela fosse simplória ou burra, isso seria compreensível em Kashima. Mas ela era uma mulher linda, de olhos acinzentados muito tranqüilos, da cor de um lago um pouco antes de ser tocado pela luz do sol. Nenhum homem que houvesse visto aqueles olhos poderia, mais tarde, explicar que tipo de mulher ela era. Aqueles olhos fascinavam-no. Mesmo as mulheres diziam que ela era "bonita, mas prejudicada por aparentar tanta seriedade". Ainda que sua seriedade fosse natural. Ela não tinha o hábito de sorrir. Apenas seguia a vida, observando os passantes, e as mulheres a censuravam enquanto os homens se prostravam e a idolatravam.

Ela reconhece e se lamenta por todo o mal que causou a Kashima, mas o major Vansuythen não consegue entender por que a sra. Boulte não os visita casualmente para o chá da tarde ao menos três vezes por semana. "Quando há apenas duas mulheres em uma base, elas devem se visitar com bastante freqüência", diz o major Vansuythen.

Muito e muito tempo antes da sra. Vansuythen vir pela primeira vez, egressa daqueles lugares distantes em que há vida em sociedade e divertimento, Kurrel tinha descoberto que a sra. Boulte era a única mulher do mundo para ele – você não ousaria reprová-los. Kashima estava tão além do mundo como o Paraíso ou o Inferno, e as colinas de Dosehi guardavam bem seus segredos. Boulte não teve nenhuma relação com o caso. Ele estivera no acampamento por duas semanas na ocasião. Era um homem duro, rude, e nem a sra. Boulte nem Kurrel tiveram pena dele. Tinham toda Kashima e um ao outro para si mesmos; e Kashima era o Jardim do Éden naqueles tempos. Quando Boulte retornava de suas andanças, cumprimentava Kurrel com um tapa nas costas e o chamava de "velho camarada", então os três jantavam juntos. Kashima era feliz quando o julgamento de Deus parecia tão distante quanto Narkarra ou a ferrovia que desce para o mar. Mas o governo enviou o major Vansuythen para Kashima, e com ele veio a esposa.

A etiqueta em Kashima é muito parecida com a de uma ilha deserta. Quando um desconhecido era lançado para lá, todas as mãos desciam à costa para dar-lhe as boas vindas. Assim, toda Kashima se agrupou na plataforma de alvenaria próxima à estrada de Narkarra, e ofereceu chá para os Vansuythens. Aquela cerimônia era considerada uma visita formal, que os integrava à base, com direitos e privilégios. Quando os Vansuythens se instalaram, ofereceram a toda Kashima uma pequena festa para celebrar a nova casa; e com isso integraram toda a cidade ao seu lar, de acordo com os costumes imemoriais da base.

Então vieram as chuvas, quando ninguém podia ir ao acampamento, e a estrada de Narkarra foi varrida pelo rio Kasun e as pastagens de Kashima pareciam xícaras em que o gado chapinhava afundado até os joelhos. As nuvens desciam das colinas de Dosehri e cobriam tudo ao redor.

At the end of the Rains Boulte's manner towards his wife changed and became demonstratively affectionate. They had been married twelve years, and the change startled Mrs. Boulte, who hated her husband with the hate of a woman who has met with nothing but kindness from her mate, and, in the teeth of this kindness, has done him a great wrong. Moreover, she had her own trouble to fight with her watch to keep over her own property, Kurrell. For two months the Rains had hidden the Dosehri hills and many other things besides; but, when they lifted, they showed Mrs. Boulte that her man among men, her Ted – for she called him Ted in the old days when Boulte was out of earshot – was slipping the links of the allegiance.

'The Vansuythen Woman has taken him,' Mrs. Boulte said to herself; and when Boulte was away, wept over her belief, in the face of the over-vehement blandishments of Ted. Sorrow in Kashima is as fortunate as Love because there is nothing to weaken it save the flight of Time. Mrs. Boulte had never breathed her suspicion to Kurrell because she was not certain; and her nature led her to be very certain before she took steps in any direction. That is why she behaved as she did.

Boulte came into the house one evening, and leaned against the door-posts of the drawing-room, chewing his moustache. Mrs. Boulte was putting some flowers into a vase. There is a pretence of civilisation even in Kashima.

'Little woman,' said Boulte quietly, 'do you care for me?'

'Immensely,' said she, with a laugh. 'Can you ask it?'

'But I'm serious,' said Boulte. '*Do* you care for me?'

Mrs. Boulte dropped the flowers, and turned round quickly. 'Do you want an honest answer?'

'Ye-es, I've asked for it.'

Mrs. Boulte spoke in a low, even voice for five minutes, very distinctly, that there might be no misunderstanding her meaning. When Samson broke the pillars of Gaza, he did a little thing, and one not to be compared to the deliberate pulling down of a woman's

No final da temporada de chuvas os modos de Boulte em relação à esposa haviam mudado e se mostravam abertamente afetivos. Estavam casados há doze anos, e a mudança assustou a sra. Boulte, que odiava o marido com o ódio de uma mulher que não encontra nada além de compreensão por parte de seu companheiro, e, em troca dessa gentileza, faz a ele um grande mal. Além disso, ela tinha seus próprios problemas para resolver, como vigiar sua propriedade, Kurrel. Por dois meses as chuvas ocultaram as colinas de Dosehri e muitas outras coisas além; mas quando partiram mostraram à sra. Boulte que seu eleito, seu Ted – pois ela o chamava de Ted nos velhos tempos, quando Boulte ainda estava distante – afrouxava os laços da fidelidade.

"Aquela Vansuythen o tirou de mim", disse a sra. Boulte para si mesma; e quando Boulte partiu, confirmou sua crença face às veementes lisonjas de Ted. Em Kashima o sofrimento é tão afortunado quanto o amor, porque não há nada para enfraquecê-lo exceto a passagem do tempo. A sra. Boulte nunca revelou sua suspeita a Kurrel porque não tinha certeza; e ela, por sua natureza, precisava estar certa o bastante para dar um passo em qualquer direção. Esse é o motivo de ter-se portado daquela forma.

Certa noite, Boulte entrou na casa e inclinou-se contra o batente da porta da sala de estar, mastigando o bigode. A sra. Boulte colocava algumas flores em um vaso. Era uma demonstração de civilidade, mesmo em Kashima.

"Pequenina", disse Boulte, "você se importa comigo?"

"Imensamente", disse ela, com um sorriso. " Você precisa perguntar?"

"Mas falo sério", disse Boulte, "Você se *importa* comigo?"

A sra. Boulte deixou cair as flores e virou-se silenciosa. "Você deseja uma resposta honesta?"

"Si-im, perguntei por isso."

A sra. Boulte falou com uma voz baixa e uniforme por cinco minutos, bastante nítida, para que não houvesse nenhum mal entendido em suas palavras. Quando Sansão rompeu os pilares de Gaza, esse pequeno feito não foi nada

Comédia à Beira da Estrada

comparado ao barulho do desabamento deliberado do lar de uma mulher. Não havia nenhuma amiga inteligente para aconselhá-la, nem uma única esposa cautelosa para segura-lhe a mão. Ela golpeou o coração de Boulte, pois o seu estava doente com as suspeitas sobre Kurrel e desgastado pelo esforço prolongado de velar sozinha durante as chuvas. Não havia nenhum plano ou propósito em sua fala. As frases compunham-se sozinhas, e Boulte escutava inclinado sobre o batente da porta, com as mãos nos bolsos. Quanto tudo acabou e a sra. Boulte começou a soluçar antes de romper em lágrimas, ele riu e arregalou os olhos em direção às colinas de Dosehri, à sua frente.

"Isso é tudo?", disse ele. "Obrigado, eu só queria saber, só isso."

"O que você vai fazer?", disse a mulher, entre soluços.

"Fazer! Nada. O que eu deveria fazer? Matar Kurrel, enviá-la de volta para casa, solicitar uma licença e pedir divórcio? O *dâk*[2] leva dois dias de viagem até Nakarra." Ele riu de novo e continuou: "Vou dizer-lhe o que você deve fazer. Convide Kurrel para jantar amanhã – não, na quinta-feira, isso lhe dará tempo de embalar as coisas – e você poderá partir com ele. Dou-lhe minha palavra de que não os seguirei".

Ele pegou o capacete e saiu da sala; a sra. Boulte permaneceu sentada até que o luar riscasse o piso, pensando, pensando, pensando. Sem refletir, ela tinha feito o possível para pôr a casa abaixo, mas esta não desmoronou. Além do mais, não conseguia entender o marido, e estava assustada. Então o desatino de sua verdade inútil a abateu, e ela teve vergonha de escrever a Kurrel dizendo: "Cometi uma loucura e contei tudo. Meu marido disse que estou livre para fugir e me casar com você. Reserve um transporte para quinta-feira e partiremos depois do jantar". Havia certa crueldade nesse procedimento que não a agradava. Então ela permaneceu sentada em sua própria casa e refletiu.

À hora do jantar Boulte retornou de seu passeio, branco, abatido e exausto, e a mulher sensibilizou-se com o sofrimento dele. Ao avançar da noite ela murmurou um tipo de arrependimento, algo próximo de uma contrição. Boulte

homestead about her own ears. There was no wise female friend to advise Mrs. Boulte, the singularly cautious wife, to hold her hand. She struck at Boulte's heart, because her own was sick with suspicion of Kurrell, and worn out with the long strain of watching alone through the Rains. There was no plan or purpose in her speaking. The sentences made themselves; and Boulte listened, leaning against the door-post with his hands in his pockets. When all was over, and Mrs. Boulte began to breathe through her nose before breaking out into tears, he laughed and stared straight in front of him at the Dosehri hills.

'Is that all?' he said. 'Thanks, I only wanted to know, you know.'

'What are you going to do?' said the woman, between her sobs.

'Do! Nothing. What should I do? Kill Kurrell, or send you Home, or apply for leave to get a divorce? It's two days' *dâk* into Narkarra.' He laughed again and went on: 'I'll tell you what *you* can do. You can ask Kurrell to dinner tomorrow – no, on Thursday, that will allow you time to pack – and you can bolt with him. I give you my word I won't follow.'

He took up his helmet and went out of the room, and Mrs. Boulte sat till the moonlight streaked the floor, thinking and thinking and thinking. She had done her best upon the spur of the moment to pull the house down; but it would not fall. Moreover, she could not understand her husband, and she was afraid. Then the folly of her useless truthfulness struck her, and she was ashamed to write to Kurrell, saying, 'I have gone mad and told everything. My husband says that I am free to elope with you. Get a dâk for Thursday, and we will fly after dinner.' There was a cold-bloodedness about that procedure which did not appeal to her. So she sat still in her own house and thought.

At dinner-time Boulte came back from his walk, white and worn and haggard, and the woman was touched at his distress. As the evening wore on she muttered some expression of sorrow, something approaching to contrition. Boulte

---

[2] *Dâk* - hindi: jornada de uma viagem. Viajar por *dâk*: viajar por revezamento de palanquins ou outra carruagem, tão rápido quanto o correio, ao largo da estrada. N.T.

out of a brown study and said, 'Oh, *that*! I wasn't thinking about that. By the way, what does Kurrell say to the elopement?'

'I haven't seen him,' said Mrs. Boulte. 'Good God, is that all?'

But Boulte was not listening and her sentence ended in a gulp.

The next day brought no comfort to Mrs. Boulte, for Kurrell did not appear, and the new live that she, in the five minutes' madness of the previous evening, had hoped to build out of the ruins of the old, seemed to be no nearer.

Boulte ate his breakfast, advised her to see her Arab pony fed in the verandah, and went out. The morning wore through, and at midday the tension became unendurable. Mrs. Boulte could not cry. She had finished her crying in the night, and now she did not want to be left alone. Perhaps the Vansuythen Woman would talk to her; and, since talking opens the heart, perhaps there might be some comfort to be found in her company. She was the only other woman in the Station.

In Kashima there are no regular calling-hours. Every one can drop in upon every one else at pleasure. Mrs. Boulte put on a big *terai* hat, and walked across to the Vansuythens' house to borrow last week's *Queen*. The two compounds touched, and instead of going up the drive, she crossed through the gap in the cactus-hedge, entering the house from the back. As she passed through the dining-room, she heard, behind the *purdah* that cloaked the drawing-room door, her husband's voice, saying:

'But on my Honour! On my Soul and Honour, I tell you she doesn't care for me. She told me so last night. I would have told you then if Vansuythen hadn't been with you. If it is for *her* sake that you'll have nothing to say to me, you can make your mind easy. It's Kurrell –'

'What?' said Mrs. Vansuythen, with a hysterical little laugh. 'Kurrell! Oh, it can't be! You two must have

saiu da meditação profunda e disse: "Oh, aquilo! Eu não estava pensando naquilo. A propósito, o que Kurrel disse a respeito da fuga?"

"Eu não o vi", disse a sra. Boulte. "Bom Deus, isso é tudo?"

Mas Boulte não a escutava e ela engoliu em seco o comentário.

O dia seguinte não trouxe conforto à sra. Boulte, pois Kurrel não apareceu e a nova vida que ela, nos cinco minutos de loucura da noite anterior, tinha a esperança de reconstruir a partir das ruínas da antiga parecia distante.

Boulte tomou o seu café da manhã, recomendou a ela que checasse a alimentação do cavalo árabe dela na varanda e saiu. Passou-se toda a manhã e ao meio-dia a tensão tornou-se insuportável. A sra. Boulte não conseguia chorar. Tinha esgotado suas lágrimas à noite e agora não queria ser abandonada. Talvez pudesse falar com a sra. Vansuythen, e, uma vez que o diálogo abre o coração, talvez pudesse encontrar algum conforto em sua companhia. Elas eram as únicas mulheres na base.

Em Kashima não havia horário pré-determinado para as visitas. Qualquer um podia fazer uma visita casual ao outro quando quisesse. A sra. Boulte pôs um grande chapéu *terai*[3] e caminhou em direção à casa dos Vansuythen para pedir emprestado o último número da revista *Queen*. Os dois pólos se tocaram e, em vez de seguir pelo passeio, ela cruzou pela abertura da cerca viva de cactos, entrando na casa pelos fundos. Assim que passou pela sala de jantar ouviu, atrás da *purdah*[4] que disfarçava a porta da sala de estar, a voz de seu marido dizendo:

"Mas, por minha honra! Pela minha alma e pela minha honra, eu garanto a você que ela não se importa comigo. Ela me disse isso na noite passada. Eu teria lhe dito isso se Vansuythen não estivesse com você. Se é por causa *dela* que você não tem nada a me dizer, pode mudar de opinião com facilidade. É Kurrel..."

"O quê?", disse a sra. Vansuythen, com uma pequena risada histérica. "Kurrel! Ah, não pode ser! Vocês dois

---

[3] Chapéu de feltro de abas largas muito utilizado em regiões subtropicais. N.T.

[4] Cortina utilizada para isolar as mulheres indianas do contato com os demais. N.T.

Comédia à Beira da Estrada

devem ter cometido um erro horrível. Talvez você – você perdeu a calma, ou entendeu mal, ou qualquer coisa. As coisas *não podem* estar tão erradas quanto você diz."

A sra. Vansuythen alterou sua defesa para evitar os protestos do homem, e tentava desesperadamente pô-lo para fora.

"Deve haver algum erro", insistiu ela, "e isso pode ser concertado".

Boulte riu, inflexível.

"Não pode ser o capitão Kurrel! Ele me disse nunca ter tido o menor – o menor interesse pela sua esposa, sr. Boulte. Oh, *ouça*! Ele disse que não se interessa. Jurou-me que não", disse a sra. Vansuythen.

A *purdah* farfalhou e a conversa foi interrompida bruscamente pela entrada de uma mulher pequena e magra, com grandes anéis em torno dos olhos. A sra. Vansuythen levantou-se com um grito sufocado.

"Que foi que você disse?", perguntou a sra. Boulte. "Não se preocupe com o homem. O que Ted disse a você? O que ele disse a você? O quê?"

A sra. Vansuythen sentou-se no sofá, desamparada, subjugada pela perplexidade de sua inquiridora.

"Ele disse – não me lembro exatamente o que ele falou – mas entendi o que quis dizer – que é... mas, realmente sra. Boulte, não é uma pergunta um tanto estranha?"

"Você *vai* me contar o que ele disse?", repetiu a sra. Boulte. Mesmo um tigre fugiria diante de uma ursa que teve os filhotes roubados, e a sra. Vansuythen era apenas uma mulher boa e comum. Ela entrou em desespero: "Bem ele disse que nunca se importou nem um pouco com você, e, é claro, não havia mesmo a menor razão para se importar, e... e... isso é tudo".

"Você disse que ele *jurou* nunca ter se importado comigo. Isso é verdade?"

"É", disse a sra. Vansuythen com bastante suavidade.

A sra. Boulte cambaleou por um instante no lugar, e então tombou para frente com um desmaio.

made some horrible mistake. Perhaps you – you lost your temper, or misunderstood, or something. Things *can't* be as wrong as you say.'

Mrs. Vansuythen had shifted her defence to avoid the man's pleading, and was desperately trying to keep him to a side-issue.

'There must be some mistake,' she insisted, 'and it can be all put right again.'

Boulte laughed grimly.

'It can't be Captain Kurrell! He told me that he had never taken the least – the least interest in your wife, Mr. Boulte. Oh, *do* listen! He said he had not. He swore he had not,' said Mrs. Vansuythen.

The *purdah* rustled, and the speech was cut short by the entry of a little thin woman, with big rings round her eyes. Mrs. Vansuythen stood up with a gasp.

'What was that you said?' asked Mrs. Boulte. 'Never mind that man. What did Ted say to you? What did he say to you? What did he say to you?'

Mrs. Vansuythen sat down helplessly on the sofa, overborne by the trouble of her questioner.

'He said – I can't remember exactly what he said – but I understood him to say – that is... But, really, Mrs. Boulte, isn't it rather a strange question?'

'*Will* you tell me what he said?' repeated Mrs. Boulte. Even a tiger will fly before a bear robbed of her whelps, and Mrs. Vansuythen was only an ordinarily good woman. She began in a sort of desperation: 'Well, he said that the never cared for you at all, and, of course, there was not the least reason why he should have, and-and-that was all.'

'You said he *swore* he had not cared for me. Was that true?'

'Yes,' said Mrs. Vansuythen very softly.

Mrs. Boulte wavered for an instant where she stood, and then fell forward fainting.

'What did I tell you?' said Boulte, as though the conversation had been unbroken. 'You can see for yourself. She cares for *him*.' The light began to break into his dull mind, and he went on 'And he – what was *he* saying to you?'

But Mrs. Vansuythen, with no heart for explanations or impassioned protestations, was kneeling over Mrs. Boulte.

'Oh, you brute!' she cried. 'Are *all* men like this? Help me to get her into my room – and her face is cut against the table. Oh, *will* you be quiet, and help me to carry her? I hate you, and I hate Captain Kurrell. Lift her up carefully, and now – go! Go away!'

Boulte carried his wife into Mrs. Vansuythen's bedroom, and departed before the storm of that lady's wrath and disgust, impenitent and burning with jealousy. Kurrell had been making love to Mrs. Vansuythen – would do Vansuythen as great a wrong as he had done Boulte, who caught himself considering whether Mrs. Vansuythen would faint if she discovered that the man she loved had forsworn her.

In the middle of these meditations, Kurrell came cantering along the road and pulled up with a cheery 'Good-mornin'. 'Been mashing Mrs. Vansuythen as usual, eh? Bad thing for a sober, married man, that. What will Mrs. Boulte say?'

Boulte raised his head and said slowly, 'Oh, you liar!'

Kurrell's face changed. 'What's that?' he asked quickly.

'Nothing much,' said Boulte. 'Has my wife told you that you two are free to go off whenever you please? She has been good enough to explain the situation to me. You've been a true friend to me, Kurrell – old man – haven't you?'

Kurrell groaned, and tried to frame some sort of idiotic sentence about being willing to give 'satisfaction.' But his interest in the woman was dead, had died out in the Rains, and, mentally, he was abusing her for her amazing indiscretion. It would have been so easy to have broken

"O que foi que eu lhe disse?", disse Boulte, como se a conversa não tivesse sido interrompida. "Veja por si mesma. Ela se importa com *ele*." Uma luz começou a clarear sua mente obtusa, e ele prosseguiu: "E ele – o que *ele* disse a você?"

Mas a sra. Vansuythen, sem ânimo para explicações ou para protestos apaixonados, estava ajoelhada sobre a sra. Boulte.

"Oh, seu bruto!", ela bramiu. "*Todos* os homens são assim? Ajude-me a levá-la ao meu quarto – ela cortou o rosto ao bater na mesa. Oh, *poderia* se calar e me ajudar a carregá-la? Odeio você, odeio o capitão Kurrel. Levante-a com cuidado, agora – vai! Continue!"

Boulte carregou a esposa para o quarto da sra. Vansuythen e partiu antes da tempestade de raiva e desgosto da esposa impenitente e queimando de ciúmes. Kurrel vinha se relacionando com a sra. Vansuythen – ele faria ao sr. Vansuythen uma afronta tão grande quanto a que fizera a Boulte, que se apanhou perguntando se a sra. Vansuythen desmaiaria se ela descobrisse que o homem que ela amava a renegava.

Em meio tais meditações viu Kurrel galopar pela estrada e se aproximar com um cumprimento alegre: "Bom dia. Pressionava a sra. Vansuythen como sempre, eh? Má conduta para um homem sério e casado, não é. O que a sra. Boulte diria?"

Boulte ergueu a cabeça e disse devagar; "Ah, seu mentiroso!"

O rosto de Kurrel alterou-se. "O que aconteceu?", perguntou rápido.

"Nada de mais", disse Boulte. "Minha esposa lhe disse que vocês estão livres para partir assim que desejarem? Ela explicou o caso direitinho para mim. Você tem sido um verdadeiro amigo para mim, Kurrel, velho camarada, não tem?"

Kurrel gemeu e procurou formular algum tipo de frase idiota sobre estar disposto a dar "satisfações". Mas o interesse na mulher havia acabado, havia morrido durante as chuvas, e, mentalmente, a insultava por sua surpreendente indiscrição. Teria sido tão fácil terminar o relacionamento com

Comédia à Beira da Estrada

gentileza e aos poucos, e agora ele estava atrelado com – a voz de Boulte o chamou.

"Não creio que teria alguma satisfação em matar você, e tenho plena certeza de que você não teria nenhuma em me matar."

Então, em tom desconcertante, ridiculamente desproporcional à sua falta, Boulte concluiu:

"Parece um tanto lamentável que você não tenha a decência de continuar com a mulher, agora que a obteve. Você tem sido um amigo verdadeiro também para *ela*, não tem?"

Kurrel fitou-o longa e seriamente. A situação saía de seu controle.

"O que quer dizer?", disse ele.

Boulte respondeu, mais para si do que para seu inquiridor: "Minha esposa visitou a sra. Vansuythen agora mesmo, e parece que você disse à sra. Vansuythen que nunca se importou com Emma. Suponho que tenha mentido, como de costume. O que a sra. Vansuythen fez com você, e você com ela? Tente falar a verdade ao menos uma vez."

Kurrel recebeu os dois insultos sem se abalar, e respondeu com outra pergunta: "Vá em frente. O que aconteceu?"

"Emma desmaiou", disse o sr. Boulte simplesmente. "Mas, veja bem, o que você disse à sra. Vansuythen?"

Kurrel riu. A sra. Boulte, com sua língua desenfreada, tinha estragado seus planos; e ele poderia ao menos revidar, ferindo o homem aos olhos de quem fora humilhado e desonrado.

"Disse a ela? Por que um homem contaria uma mentira como essa? Suponho ter dito muito mais do que você, a menos que eu esteja muito enganado."

"Eu falei a verdade", disse Boulte, de novo mais para si mesmo do que para Kurrel. "Emma disse que me odeia. Ela não tem nenhum direito sobre mim."

"Não! Suponho que não. Você é apenas o marido dela, eu sei. E o que a sra. Vansuythen disse depois de você ter deposto seu coração divorciado aos pés dela?"

Kurrel sentiu-se praticamente virtuoso ao colocar a questão.

"Não creio que importe", Boulte respondeu; "e isso não lhe diz respeito".

off the thing gently and by degrees, and now he was saddled with – Boulte's voice recalled him.

'I don't think I should get any satisfaction from killing you, and I'm pretty sure you'd get none from killing me.'

Then in a querulous tone, ludicrously disproportioned to his wrongs, Boulte added:

"Seems rather a pity that you haven't the decency to keep to the woman, now you've got her. You've been a true friend to *her* too, haven't you?'

Kurrell stared long and gravely. The situation was getting beyond him.

'What do you mean?' he said.

Boulte answered, more to himself than the questioner: 'My wife came over to Mrs. Vansuythen's just now; and it seems you'd been telling Mrs. Vansuythen that you'd never cared for Emma. I suppose you lied, as usual. What had Mrs. Vansuythen to do with you, or you with her? Try to speak the truth for once in a way.'

Kurrell took the double insult without wincing, and replied by another question: 'Go on. What happened?'

'Emma fainted,' said Boulte simply. 'But, look here, what had you been saying to Mrs. Vansuythen?'

Kurrell laughed. Mrs. Boulte had, with unbridled tongue, made havoc of his plans; and he could at least retaliate by hurting the man in whose eyes he was humiliated and shown dishonourable.

'Said to her? What *does* a man tell a lie like that for? I suppose I said pretty much what you've said, unless I'm a good deal mistaken.'

'I spoke the truth,' said Boulte, again more to himself than Kurrell. 'Emma told me she hated me. She has no right in me.'

'No! I suppose not. You're only her husband, y'know. And what did Mrs. Vansuythen say after you had laid your disengaged heart at her feet?'

Kurrell felt almost virtuous as he put the question.

'I don't think that matters,' Boulte replied; 'and it doesn't concern you.'

'But it does! I tell you it does' – began Kurrell shamelessly.

The sentence was cut by a roar of laughter from Boulte's lips. Kurrell was silent for an instant, and then he, too, laughed – laughed long and loudly, rocking in his saddle. It was an unpleasant sound – the mirthless mirth of these men on the long white line of the Narkarra Road. There were no strangers in Kashima, or they might have thought that captivity within the Dosehri hills had driven half the European population mad. The laughter ended abruptly, and Kurrell was the first to speak.

'Well, what are you going to do?'

Boulte looked up the road, and at the hills. 'Nothing,' said he quietly; 'what's the use? It's too ghastly for anything. We must let the old life go on. I can only call you a hound and a liar, and I can't go on calling you names for ever. Besides which, I don't feel that I'm much better. We can't get out of this place. What *is* there to do?'

Kurrell looked round the rat-pit of Kashima and made no reply. The injured husband took up the wondrous tale.

'Ride on, and speak to Emma if you want to. God knows *I* don't care what you do.'

He walked forward, and left Kurrell gazing blankly after him. Kurrell did not ride on either to see Mrs. Boulte or Mrs. Vansuythen. He sat in his saddle and thought, while his pony grazed by the roadside.

The whir of approaching wheels roused him. Mrs. Vansuythen was driving home Mrs. Boulte, white and wan, with a cut on her forehead.

'Stop, please,' said Mrs. Boulte, 'I want to speak to Ted.'

Mrs. Vansuythen obeyed, but as Mrs. Boulte leaned forward, putting her hand upon the splashboard of the dog-cart, Kurrell spoke.

'I've seen your husband, Mrs. Boulte.'

There was no necessity for any further explanation. The man's eyes were fixed, not upon Mrs. Boulte, but her companion. Mrs. Boulte saw the look.

"Diz, sim! Digo-lhe que isso diz respeito a mim também", começou Kurrel, sem pudor.

A frase foi interrompida por um rugido de risadas vindo dos lábios de Boulte. Kurrel ficou em silêncio por alguns instantes e então também começou a rir – riu bastante e alto, chacoalhando em sua sela. Era um som desagradável – o riso sem alegria daqueles homens ao longo da linha branca da estrada de Narkarra. Não havia estrangeiros em Kashima, ou teriam pensado que o cativeiro nas colinas de Dosehri tinha enlouquecido metade da população européia. O riso parou abruptamente e Kurrel foi o primeiro a falar:

"Bem, o que você pretende fazer?"

Boulte olhou para a estrada, e então para as colinas. "Nada", disse calmo, "de que adiantaria? Seria muito desgosto para nada. Devemos deixar correr a vida antiga. Só posso chamá-lo de maníaco e mentiroso, e não posso ofendê-lo eternamente. Além disso, não creio ser muito melhor. Não podemos deixar este lugar. O que *há* para fazer?"

Kurrel olhou ao redor para ratoeira que era Kashima e não objetou. O marido ferido deu continuidade à história assombrosa.

"Vá lá, e fale com Emma se desejar. Deus sabe que não *eu* me importo com o que você faz."

Ele seguiu em frente, deixando Kurrel atrás de si com o olhar fixo no vazio. Kurrel não foi falar com a sra. Boulte ou com a sra. Vansuythen. Permaneceu sentado em sua sela, pensando, enquanto o cavalo pastava ao lado da estrada.

O barulho de rodas se aproximando o despertou. A sra. Vansuythen levava a sra. Bulte para casa, lívida e abatida, com um corte na testa.

"Pare, por favor", disse a sra. Boulte, "Quero falar com Ted".

A sra. Vansuythen obedeceu, mas assim que a sra. Boulte inclinou-se adiante, posicionando a cabeça acima do pára-lama da carruagem, Kurrel disse:

"Estive com seu marido, sra. Boulte."

Não havia necessidade de nenhuma outra explicação. Os olhos dele estavam fixos, não na sra. Boulte, mas em sua companheira. A sra. Boulte percebeu o olhar.

Comédia à Beira da Estrada

"Diga a ele", ela protestou virando-se para a mulher a seu lado. "Oh, fale com ele! Conte a ele o que me disse agora há pouco. Diga-lhe que o odeia. Diga-lhe que o odeia."

Ela se inclinou, chorando amargamente, enquanto o *sais*[5], impassível, adiantou-se para segurar o cavalo. A sra. Vansuythen corou, soltando as rédeas. Não pretendia tomar parte daqueles esclarecimentos profanos.

"Não tenho nada a ver com isso", ela começou, com frieza; mas os soluços da sra. Boulte a sobrepujaram, e ela se dirigiu ao homem. "Eu não sei o que devo dizer, capitão Kurrel. Não sei o que posso dizer ao senhor. Penso que você – você se comportou de maneira abominável, e ela fez um corte terrível na testa, contra a mesa."

"Não está doendo. Isso não é nada", disse a sra. Boulte, debilmente. "*Isso* não importa. Diga a ele o que me contou. Diga que não se importa com ele. Oh, Ted, você acredita nela?"

"A sra. Boulte me fez compreender que você – que você já foi dedicado a ela certa vez", prosseguiu a sra. Vansuythen.

"Bem!", disse Kurrel com brutalidade, "Parece-me que a sra. Boulte deveria ser dedicada ao marido em primeiro lugar."

"Pare!", disse a sra. Vansuythen. "Escute-me primeiro. Eu não me importo – não desejo saber nada a respeito de você e da sra. Boulte; mas quero que *você* saiba que o odeio, que o considero uma pessoa desprezível, e que eu nunca, *nunca* mais tornarei a falar com você. Oh, não ouso dizer o que penso de você, seu, seu – homem!"

"Quero falar com Ted", gemeu a sra. Boulte, mas a carruagem chocalhou adiante e Kurrel foi deixado na estrada, envergonhado e fervendo de ódio da sra. Boulte.

Ele esperou até que a sra. Vansuythen retornasse à própria casa liberta da presença embaraçosa da sra. Boulte, e ouviu pela segunda vez as opiniões dela a seu respeito e sobre seu comportamento.

Toda Kashima tinha o costume de se encontrar ao entardecer na plataforma da estrada de Narkarra para tomar chá e discutir trivialidades cotidianas. O major Vansuythen e

---

[5] *Sais* - hindi: sais, do árabe: sa'is: criado ou cavalariço. N.T.

day. Major Vansuythen and his wife found themselves alone at the gathering-place for almost the first time in their remembrance; and the cheery Major, in the teeth of his wife's remarkably reasonable suggestion that the rest of the Station might be sick, insisted upon driving round to the two bungalows and unearthing the population.

'Sitting in the twilight!' said he, with great indignation, to the Boultes. 'That'll never do! Hang it all, we're one family here! You *must* come out, and so must Kurrell. I'll make him bring his banjo.'

So great is the power of honest simplicity and a good digestion over guilty consciences that all Kashima did turn out, even down to the banjo; and the Major embraced the company in one expansive grin. As he grinned, Mrs. Vansuythen raised her eyes for an instant and looked at all Kashima. Her meaning was clear. Major Vansuythen would never know anything. He was to be the outsider in that happy family whose cage was the Dosehri hills.

'You're singing villainously out of tune, Kurrell,' said the Major truthfully. 'Pass me that banjo.'

And he sang in excruciatingwise till the stars came out and all Kashima went to dinner.

....

That was the beginning of the New Life of Kashima – the life that Mrs. Boulte made when her tongue was loosened in the twilight.

Mrs. Vansuythen has never told the Major; and since he insists upon keeping up a burdensome geniality, she has been compelled to break her vow of not speaking to Kurrell. This speech, which must of necessity preserve the semblance of politeness and interest, serves admirably to keep alight the flame of jealousy and dull hatred in Boulte's bosom, as it awakens the same passions in his wife's heart. Mrs. Boulte hates Mrs. Vansuythen because she has taken Ted from her, and, in some curious fashion, hates her because

sua esposa encontravam-se sozinhos na sala de reuniões, pela primeira vez desde que se lembravam, e o major novato, face à notavelmente sensata sugestão de sua esposa de que o restante da base deveria estar doente, insistiu em dirigirem-se ao dois bangalôs para desenterrar a população.

"Sentados na penumbra!", disse ele, com grande indignação, para os Boultes. "Jamais faria isso! Deixem isso de lado, somos uma família aqui! Vocês *precisam* sair, e Kurrel também deve. Farei com que traga o seu banjo."

É tão grande a força da simplicidade sincera somada a sujeição eficaz das consciências culpadas, que toda a Kashima apareceu, inclusive o banjo; e o major envolveu os companheiros com um grande sorriso aberto. Enquanto ele sorria, a sra. Vansuythen ergueu os olhos por um instante e mirou a todos. Era claro o que queria dizer. O major Vansuythen nunca deveria saber de nada. Ele deveria ser o forasteiro naquela família feliz encarcerada nas colinas de Dosehri.

"Você canta terrivelmente fora do tom, Kurrel", disse o major com razão. "Passe-me esse banjo."

E ele cantou de um jeito martirizante até que as estrelas aparecerem e todos fossem jantar.

....

Aquele foi o início de uma nova vida em Kashima – a vida que a sra. Boulte forjou quando sua língua ficara perdida no crepúsculo.

A sra. Vansuythen nunca contou ao major; e uma vez que ele insistia em manter uma cordialidade opressiva, foi compelida a quebrar a voto de nunca mais falar com Kurrel. Estas conversas, que por necessidade deveriam preservar a aparente polidez e o interesse, serviram de forma admirável para manter acesa a chama do ciúme e do ódio cego no peito de Boulte, ao mesmo tempo em que despertou paixões idênticas no coração da esposa. A sra. Boulte odiava a sra. Vansuythen por ela ter-lhe tirado Ted, e, de forma curiosa, odiava-a também – e aqui seus olhos enxergavam melhor que os de seu marido – por ela detestar Ted.

E Ted – galante capitão e homem honrado – descobrira ser possível odiar uma mulher antes amada, a ponto de querer silenciá-la a pancadas para sempre. Acima de tudo, é chocante o fato da sra. Boulte não conseguir reconhecer seus próprios erros.

Boulte e Kurrel saíam para caçar tigres como amigos. Boulte tinha posto seu relacionamento em posição bastante confortável.

"Você é um patife", disse a Kurrel, "e eu perdi todo o amor-próprio que tinha; mas quando você está comigo, tenho certeza de que não está com a sra. Vansuythen ou fazendo Emma infeliz."

Kurrel tolerava qualquer coisa que Boulte pudesse dizer-lhe. Por vezes chegavam a ficar três dias juntos, e nessas ocasiões o major insistia para que a esposa se sentasse junto à sra. Boulte; ainda que a sra. Vansuythen tivesse declarado inúmeras vezes que preferia a companhia do marido a qualquer outra no mundo. Pelo jeito que ela se apegava a ele, ela com certeza parecia estar falando a verdade.

Mas, claro, como dizia o major, "em uma base pequena nós todos devemos ser todos amigos".

Primeira publicação
Civil and Military Gazette
28 de setembro de 1887

A Colina das Ilusões

The Hill of Illusion

What rendered vain their deep desire?
A God, a God their severance ruled,
And bade between their shores to be
The unplumbed, salt, estranging sea.

Matthew Arnold.

Qual a fútil retribuição por seu intenso desejo?
Um Deus a separação deles ordenou
E ofertou por entre suas encostas para dar
Ao desconhecido, salgado e disperso mar.
Matthew Arnold

HE. Tell your *jhampanies* not to hurry so, dear. They forget I'm fresh from the Plains.

SHE. Sure proof that *I* have not been going out with any one. Yes, they *are* an untrained crew. Where do we go?

HE. As usual – to the world's end. No, Jakko.

SHE. Have your pony led after you, then. It's a long round.

HE. And for the last time, thank Heaven!

SHE. Do you mean *that* still? I didn't dare to write to you about it – all these months.

HE. Mean it! I've been shaping my affairs to that end since Autumn. What makes you speak as though it had occurred to you for the first time?

SHE. I? Oh! I don't know. I've had long enough to think, too.

ELE: Diga aos seus *jhampanies*[1] para não se apressarem tanto, querida. Eles se esquecem que eu sou recém-chegado das planícies.

ELA: Essa é uma prova segura de que *eu* não tenho saído com ninguém. Sim, eles são uma equipe mal treinada. Aonde vamos?

ELE: Como sempre – ao fim do mundo. Não, para Jakko.

ELA: Leve seu cavalo, então. O caminho de volta será longo.

ELE: E será pela última vez, graças a Deus!

ELA: Quer dizer que *aquilo* continua? Não ousei escrever-lhe sobre isso – por todos esses meses.

ELE: Não diga! Tenho moldado meus negócios com essa finalidade desde o outono. Por que você fala como se não soubesse?

ELA: Eu? Oh! Não sei. Também tive bastante tempo para pensar sobre isso.

[1] *Jhampanies* - hindi: *janpan*: espécie liteira ou cadeirinha utilizada na Índia. Jhampanies: carregadores dessas liteiras, puxadores de riquixá. N.T.

A Colina das Ilusões

ELE: E você mudou de idéia?

ELA: Não. Você deveria saber que sou um prodígio de constância. Qual é a sua – programação?

ELE: *Nossas*, querida, por favor.

ELA: Nossas, que seja. Meu pobre menino, como esse chapéu espinhento marcou a sua testa! Já experimentou sulfato de cobre diluído em água?

ELE: Partirei daqui a um ou dois dias. A programação é bastante simples. Tonga pela manhã bem cedo – chegar a Kalka ao meio-dia – Umballa às sete – desembarcar e passar a noite em um trem para Bombaim, e então o navio a vapor do dia 21, com destino à Roma. Essa é minha idéia. O continente e a Suécia – dez semanas de lua-de-mel.

ELA: Shhh! Não fale sobre isso de jeito nenhum. Fico assustada. Guy, desde quando enlouquecemos?

ELE: Há sete meses e catorze dias, esqueci de contar as horas com exatidão, mas deve ser isso.

ELA: Só queria ver se você se lembrava. Quem são aqueles dois na estrada de Blessington?

ELE: Eabrey e a Penner. Que importância eles têm para nós? Diga-me tudo o você fez, disse ou pensou.

ELA: Fiz pouco, disse o mínimo e pensei um bocado. Tenho estado ausente de tudo.

ELE: Isso não é bom para você. Você tem estado desmotivada?

ELA: Não muito. Você acha que eu não me interesso muito por diversão?

ELE: Francamente, sim. Qual é o problema?

ELA: O problema está aqui. Quanto mais pessoas eu conheço, e quanto mais sou conhecida por aqui, o horizonte mais vasto de novidades serão as notícias dos acidentes, quando ocorrem. Não gosto disso.

ELE: Bobagem. Nós nos livraremos disso.

ELA: Você acha?

ELE: Tenho certeza, se existir alguma força no barco a vapor ou nos músculos do cavalo para nos levar para longe. Ha! Ha!

ELA: E o *divertido* da situação começa a aparecer – onde,

HE. And you've changed your mind?

SHE. No. You ought to know that I am a miracle of constancy. What are your – arrangements?

HE. *Ours*, Sweetheart, please.

SHE. Ours, be it then. My poor boy, how the prickly heat has marked your forehead! Have you ever tried sulphate of copper in water?

HE. It'll go away in a day or two up here. The arrangements are simple enough. Tonga in the early morning – reach Kalka at twelve – Umballa at seven – down, straight by night train, to Bombay, and then the steamer of the 21st for Rome. That's my idea. The Continent and Sweden a – ten-week honeymoon.

SHE. Ssh! Don't talk of it in that way. It makes me afraid. Guy, how long have we two been insane?

HE. Seven months and fourteen days, I forget the odd hours exactly, but I'll think.

SHE. I only wanted to see if you remembered. Who are those two on the Blessington Road?

HE. Eabrey and the Penner Woman. What do they matter to *us*? Tell me everything that you've been doing and saying and thinking.

SHE. Doing little, saying less, and thinking a great deal. I've hardly been out at all.

HE. That was wrong of you. You haven't been moping?

SHE. Not very much. Can you wonder that I'm disinclined for amusement?

HE. Frankly, I do. Where was the difficulty?

SHE. In this only. The more people I know and the more I'm known here, the wider spread will be the news of the crash when it comes. I don't like that.

HE. Nonsense. We shall be out of it.

SHE. You think so?

HE. I'm sure of it, if there is any power in steam or horse-flesh to carry us away. Ha! ha!

SHE. And the *fun* of the situation comes in – where, my

Lancelot?

HE. Nowhere, Guinevere. I was only thinking of something.

SHE. They say men have a keener sense of humour than women. Now *I* was thinking of the scandal.

HE. Don't think of anything so ugly. We shall be beyond it.

SHE. It will be there all the same – in the mouths of – Simla telegraphed over India, and talked of at the dinners – and when He goes out they will stare at Him to see how he takes it. And we shall be dead, Guy dear – dead and cast into the outer darkness where there is...

HE. Love at least. Isn't that enough?

SHE. I have said so.

HE. And you think so still?

SHE. What do *you* think?

HE. What have I *done*? It means equal ruin to me, as the world reckons it—outcasting, the loss of my appointment, the breaking off of my life's work. I pay my price.

SHE. And are you so much above the world that you can afford to pay it. Am I?

HE. My Divinity – what else?

SHE. A very ordinary woman, I'm afraid, but so far, respectable. How d'you do, Mrs. Middleditch? Your husband? I think he's riding down to Annandale with Colonel Statters. Yes, isn't it divine after the rain? – Guy, how long am I to be allowed to bow to Mrs. Middleditch? Till the 17th?

HE. Frowsy Scotchwoman! What is the use of bringing her into the discussion? You were saying?

SHE. Nothing. Have you ever seen a man hanged?

HE. Yes. Once.

SHE. What was it for?

HE. Murder, of course.

SHE. Murder. Is *that* so great a sin after all? I wonder how he felt before the drop fell.

HE. I don't think he felt much. What a gruesome little woman it is

---

meu Lancelot?

ELE: Em nenhum lugar, Guinevere. Estava apenas pensando em uma coisa.

ELA: Dizem que os homens têm um senso de humor mais afiado que as mulheres. No momento, *eu* estava pensando no escândalo.

ELE: Não pense em coisas tão feias. Estaremos longe daqui.

ELA: Será como sempre – os comentários – Simla telegrafa para toda a Índia, e falarão sobre isso nos jantares – e quando Ele sair, deverão encará-lo para ver como Ele enfrenta isso. E nós deveremos ser mortos, Guy querido – mortos e arremessados na escuridão profunda onde existe...

ELE: Amor, ao menos. Não é o bastante?

ELA: Eu já disse que sim.

ELE: E ainda pensa assim?

ELA: O que *você* acha?

ELE: O que foi que eu *fiz*? Isso também representa a minha ruína, como o mundo a reconhece – banimento, perda dos negócios, interrupção da carreira. Pagarei meu preço.

ELA: E você é tão superior ao mundo que pode suportar esse preço? E eu, o que sou?

ELE: Minha Deusa – o que mais?

ELA: Uma mulher muito comum, eu temo, mas até aqui, respeitável. Como vai, sra. Middleditch? E seu marido? Creio que ele está cavalgando para Annandale com o coronel Statters. Sim, não é divino depois da chuva? – Guy, por quanto tempo terei permissão para ser a sra. Middleditch? Até às cinco?

ELE: Escocesa relaxada! Por que trazer isso para a conversa? O que você está dizendo?

ELA: Nada. Você já viu um homem enforcado?

ELE: Sim, uma vez.

ELA: Por qual acusação?

ELE: Assassinato, claro.

ELA: Assassinato. E *esse* é um crime tão grande, afinal? Imagino com ele se sentiu antes de ser pendurado.

ELE: Não acho que tenha sentido muita coisa. Que mocinha horripilante você está nesta tarde! Você

A Colina das Ilusões

ELA: está tremendo. Vista seu manto, querida.
Farei isso. Oh! Veja o nevoeiro descendo sobre Sanjaoli; e pensei que teríamos a luz do sol no quilômetro das Damas. Vamos voltar.

ELE: Para quê? Há nuvens na colina Elysium e isso significa que há neblina por toda a avenida principal. Iremos em frente. Ela terá se dissipado antes de chegarmos ao convento, talvez. Por Júpiter! Como *está* frio.

ELA: Você acha isso porque acabou de chegar das planícies. Ponha o sobretudo. O que você acha do meu manto?

ELE: Nunca pergunte a um homem o que ele acha dos trajes de uma mulher quando ele está entregue e desesperadamente apaixonado por ela. Deixe-me vê-la. Como tudo o mais em você, está perfeito. Onde o conseguiu?

ELA: Ele me deu, na quarta-feira – nosso aniversário de casamento, você sabe.

ELE: Com os diabos, isso sim! Ele está se tornando generoso com a idade. Você gosta de todos esses babados, essas coisas cacheadas na sua garganta? Eu não.

ELA: Não gosta?

Bondoso senhor, por gentileza,
Como o senhor vai até a cidade, senhor,
Suplico ao senhor, ou ao seu amor por mim,
Que me compre um manto castanho, senhor.

ELE: Eu não diria: *"Espie dentro do poço Janet, Janet".* Espere só um pouco, querida, e será abastecida de mantos castanhos e tudo o mais.

ELA: E quando meus vestidos saírem de moda você me dará outros – e tudo o mais?

ELE: Eu lhe asseguro.

ELA: Eu espero!

ELE: Olhe aqui, querida, não passei dois dias e duas noites em um trem para ouvir você dizer que espera. Pensei que resolveríamos tudo isso em Shaifazehat.

this evening! You're shivering. Put on your cape, dear.

SHE. I think I will. Oh! Look at the mist coming over Sanjaoli; and I thought we should have sunshine on the Ladies' Mile! Let's turn back.

HE. What's the good? There's a cloud on Elysium Hill, and that means it's foggy all down the Mall. We'll go on. It'll blow away before we get to the Convent, perhaps. 'Jove! It *is* chilly.

SHE. You feel it, fresh from below. Put on your ulster. What do you think of my cape?

HE. Never ask a man his opinion of a woman's dress when he is desperately and abjectly in love with the wearer. Let me look. Like everything else of yours it's perfect. Where did you get it from?

SHE. He gave it me, on Wednesday – our wedding-day, you know.

HE. The Deuce He did! He's growing generous in his old age. D'you like all that frilly, bunchy stuff at the throat? I don't.

SHE. Don't you?

Kind Sir, o' your courtesy,
As you go by the town, Sir,
Pray you o' your love for me,
Buy me a russet gown, Sir.

HE. I won't say: 'Keek into the draw-well, Janet, Janet.' Only wait a little, darling, and you shall be stocked with russet gowns and everything else.

SHE. And when the frocks wear out you'll get me new ones – and everything else?

HE. Assuredly.

SHE. I wonder!

HE. Look here, Sweetheart, I didn't spend two days and two nights in the train to hear you wonder. I thought we'd settled all that at Shaifazehat.

SHE. (*dreamily*). At Shaifazehat? Does the Station go on still? That was ages and *ages* ago. It must be crumbling to pieces. All except the Amirtollah *kutcha* road. I don't believe *that* could crumble till the Day of Judgment.

HE. You think so? What *is* the mood now?

SHE. I can't tell. How cold it is! Let us get on quickly.

HE. 'Better walk a little. Stop your *jhampanies* and get out. What's the matter with you this evening, dear?

SHE. Nothing. You must grow accustomed to my ways. If I'm boring you I can go home. Here's Captain Congleton coming, I daresay he'll be willing to escort me.

HE. Goose! Between *us*, too! *Damn* Captain Congleton.

SHE. Chivalrous Knight. Is it your habit to swear much in talking? It jars a little, and you might swear at me.

HE. My angel! I didn't know what I was saying; and you changed so quickly that I couldn't follow. I'll apologise in dust and ashes.

SHE. There'll be enough of those later on – Good-night, Captain Congleton. Going to the singing – quadrilles already? What dances am I giving you next week? No! You must have written them down wrong. Five and Seven, I said. If you've made a mistake, *I* certainly don't intend to suffer for it. You must alter your programme.

HE. I thought you told me that you had not been going out much this season?

SHE. Quite true, but when I do I dance with Captain Congleton. He dances very nicely.

HE. And sit out with him, I suppose?

SHE. Yes. Have you any objection? Shall I stand under the chandelier in future?

ELA: (*sonhadora*). Em Shaifazehat? A base parou no tempo? Isso foi há séculos e séculos atrás. Aquilo deve estar caindo aos pedaços. Exceto pela estrada *kutcha*[2] de Amirtollah. Não acredito que *aquilo* pudesse se esfacelar até o dia do Juízo Final.

ELE: Você acha isso? E como *está* seu ânimo agora?

ELA: Não sei dizer. Como está frio! Vamos mais rápido.

ELE: É melhor caminharmos um pouco. Pare seus *jhampanies* e desça. O que está acontecendo com você esta noite, querida?

ELA: Nada. Você tem que começar a se acostumar com meu jeito. Se eu o aborreço, posso voltar para casa. Lá vem o capitão Congleton, ouso afirmar que ele desejará me acompanhar.

ELE: Ganso! Ficará entre *nós*, inclusive. *Maldito* capitão Congleton.

ELA: Fidalgo cavalheiro. Costuma praguejar muito quando fala? Isso me irrita um pouco, e você pode praguejar contra mim.

ELE: Meu anjo! Não sabia o que dizia; e você mudou tão depressa que não pude acompanhá-la. Cobrir-me-ei de pó e cinzas[3] para me desculpar.

ELA: Haverá muitas delas mais tarde – Boa noite, capitão Congleton. Já a caminho da quadrilha? Que dança lhe concederei na próxima semana? Não! Você deve ter escrito errado. Cinco e sete, eu disse. Se cometer um erro, *eu* certamente não sofrerei por isso. Você deve alterar sua programação.

ELE: Pensei que tivesse dito não tinha saído muito nesta temporada.

ELA: É quase verdade, mas quando saio, danço com o capitão Congleton. Ele dança muito bem.

ELE: E você se senta com ele, suponho.

ELA: Sim. Você tem alguma objeção? Devo me sentar sob "*as luzes da ribalta*" daqui pra frente?

---

[2] *Kutcha* do hindi *kachcha*, significa tosco, cru. Nesse contexto refere-se a uma estrada mal acabada. Antônimo de pucka. N.T.

[3] *Cobrir-se de pó e cinzas* - expressão que se refere ao costume de tomar traje penitencial e de cobrir de cinza a cabeça, como expressão de luto e como demonstração dos sentimentos de penitência, costume esse já conhecido no Antigo Testamento e na antiguidade pagã. N.T.

ELE: Sobre o que ele conversa com você?

ELA: Sobre o que os homens conversam quando saem?

ELE: Ugh! Não! Bem, agora estou aqui, você pode dispensar o fascinante Congleton por enquanto. Não gosto dele.

ELA: (após uma pausa) Você sabe o que disse?

ELE: Não sei com certeza nem o que fiz. Não estou no meu melhor humor.

ELA: Isso eu vejo – e sinto. Meu sincero e verdadeiro amor, onde está a "eterna constância", a "verdade inalterável" e a "devoção reverente"? Lembro-me dessas frases, você parece tê-las esquecido. Menciono o nome de um homem...

ELE: Muito mais que isso.

ELA: Bem, fale com ele a respeito da dança – talvez a última que eu tenha dançado em minha vida antes – antes de eu partir, e você desconfiar de mim e me insultar, pela primeira vez.

ELE: Nunca disse uma palavra.

ELA: Quanto você deixou subentendido? Guy, é esse o grau de confiança com que iniciaremos a nova vida?

ELE: Não, claro que não. Não quis dizer isso. Por minha palavra e minha honra, não quis. Deixe pra lá, querida. Por favor, deixe pra lá.

ELA: Esta primeira vez – sim – segunda vez, e de novo, de novo, por todos os anos enquanto eu for incapaz de me ressentir. Você pede demais, meu Lancelot, e... você sabe demais.

ELE: O que quer dizer?

ELA: Esta é uma parte da punição. Não pode haver confiança completa entre nós.

ELE: Em nome de Deus, por quê?

ELA: Silêncio! Não diga o nome Dele em vão. Pergunte a si mesmo.

ELE: Não entendo.

ELA: Você acredita em mim tão implicitamente que quando olho para outro homem... não importa. Guy, você já declarou seu amor a alguma garota – a uma *boa* garota?

HE. What does he talk to you about?

SHE. What do men talk about when they sit out?

HE. Ugh! Don't! Well, now I'm up, you must dispense with the fascinating Congleton for a while. I don't like him.

SHE. (after a pause). Do you know what you have said?

HE. 'Can't say that I do exactly. I'm not in the best of tempers.

SHE. So I see, – and feel. My true and faithful lover, where is your 'eternal constancy,' 'unalterable trust,' and 'reverent devotion'? I remember those phrases; you seem to have forgotten them. I mention a man's name...

HE. A good deal more than that.

SHE. Well, speak to him about a dance – perhaps the last dance that I shall ever dance in my life before I, – before I go away; and you at once distrust and insult me.

HE. I never said a word.

SHE. How much did you imply? Guy, is *this* amount of confidence to be our stock to start the new life on?

HE. No, of course not. I didn't mean that. On my word and honour, I didn't. Let it pass, dear. Please let it pass.

SHE. This once – yes – and a second time, and again and again, all through the years when I shall be unable to resent it. You want too much, my Lancelot, and... you know too much.

HE. How do you mean?

SHE. That is a part of the punishment. There *cannot* be perfect trust between us.

HE. In Heaven's name, why not?

SHE. Hush! The Other Place is quite enough. Ask yourself.

HE. I don't follow.

SHE. You trust me so implicitly that when I look at another man... Never mind. Guy, have you ever made love to a girl – a *good* girl?

HE. Something of the sort. Centuries ago – in the Dark Ages, before I ever met you, dear.

SHE. Tell me what you said to her.

HE. What does a man say to a girl? I've forgotten.

SHE. *I* remember. He tells her that he trusts her and worships the ground she walks on, and that he'll love and honour and protect her till her dying day; and so she marries in that belief. At least, I speak of one girl who was *not* protected.

HE. Well, and then?

SHE. And then, Guy, and then, that girl needs *ten* times the love and trust and honour – yes, *honour* – that was enough when she was only a mere wife if-if – the other life she chooses to lead is to be made even bearable. Do you understand?

HE. Even bearable! It'll be Paradise.

SHE. Ah! Can you give me all I've asked for – not now, nor a few months later, – but when you begin to think of what you might have done if you had kept your own appointment and your caste here – when you begin to look upon me as a drag and a burden? I shall want it most then, Guy, for there will be no one in the wide world but you.

HE. You're a little over-tired to-night, Sweetheart, and you're taking a stage view of the situation. After the necessary business in the Courts, the road is clear to…

SHE. 'The holy state of matrimony!' Ha! ha! ha!

HE. Ssh! Don't laugh in that horrible way!

SHE. I – I – c-c-c-can't help it! Isn't it too absurd! Ah! ha! ha! ha! Guy, stop me quick or I shall – I-I-laugh till we get to the Church.

HE. For goodness sake, stop! Don't make an exhibition of yourself. What *is* the matter with you?

SHE. N-nothing. I'm better now.

HE. That's all right. One moment,

ELE: Qualquer coisa assim. Há centenas de anos – na Idade das Trevas, muito antes de conhecer você, querida.

ELA: Conte-me o que disse a ela.

ELE: O que um homem diz a uma garota? Esqueci.

ELA: *Eu* me lembro. Ele diz que acredita nela e que beijará o chão em que ela passa, e que irá amá-la, honrá-la e protegê-la até o dia de sua morte; e então ela casa com essa crença. Veja bem, eu falo de uma garota que *não* seja comprometida.

ELE: Bem, e então?

ELA: E então, Guy, então essa garota precisa dez vezes mais de amor, confiança e honra – sim, *honra* – do que precisava quando era apenas uma simples esposa e – e então a outra vida que ela escolheu levar será até mesmo tolerável. Você me entende, Guy?

ELE: Até mesmo tolerável? Será o paraíso!

ELA: Ah! Você pode me dar tudo o que pedi – não agora, não poucos meses depois – mas quando começar a pensar no que poderia ter feito se tivesse mantido seus próprios negócios e sua casta aqui – quando começar a olhar para mim como um empecilho e como um fardo? Precisarei disso mais do que nunca, Guy, porque não terei ninguém neste vasto mundo além de você.

ELE: Você está um tanto exausta esta noite, querida, e está tendo uma visão dramática da situação. Após os arranjos necessários nos tribunais, o caminho estará livre...

ELA: O sagrado compromisso do matrimônio! Ha! Ha! Ha!

ELE: Shhh! Não ria dessa maneira horrível!

ELA: Eu-eu na-não po-posso evitar! Não é absurdo? Ah! Ha! Ha! Ha! Guy, pare-me rápido ou ri-rirei até chegarmos à igreja.

ELE: Pelo amor de Deus, pare! Não faça cena. Qual *é* o problema com você?

ELA: Na-nada. Estou melhor agora.

ELE: Tudo bem. Um momento, querida. Há uma pequena mecha de cabelo que se desprendeu detrás de sua

A Colina das Ilusões

orelha direita e caiu sobre sua bochecha. Desse jeito!

ELA: Obrigada. Temo que meu chapéu esteja de um lado só, também.

ELE: Por que você usa esses espetos enormes em seu toucado? São grandes o bastante para matarem um homem.

ELA: Oh! Não *me* mate mesmo assim. Você está espetando isso na minha cabeça! Dei-me fazer isso. Vocês homens são tão desajeitados.

ELE: Você já teve muitas oportunidades de nos comparar – nesse tipo de trabalho?

ELA: Guy, como eu me chamo?

ELE: Eh! Não entendi.

ELA: Aqui, minha caixa de cartões. Consegue ler?

ELE: Sim. Então?

ELA: Bem, isso responde à sua pergunta. Você sabe o nome dos outros homens. Sou humilde o bastante, ou você deseja me perguntar se existe mais alguém?

ELE: Compreendo agora. Meu amor, não quis dizer isso nem por um instante. Estava apenas brincando. Veja – por sorte não há ninguém na estrada. Ficariam escandalizados.

ELA: Eles ficarão mais escandalizados quando tudo terminar.

ELE: Na-não! Não gosto que fale desse jeito.

ELA: Homem insensato! Quem me disse para enfrentar a situação e aceitá-la? – Diga-me, pareço-me com a sra. Penner? Pareço uma mulher maliciosa? *Juro* que não sou! Dê-me sua palavra de honra, meu nobre amigo, de que não sou como a sra. Buzgago. Ela fica assim, com as mãos cruzadas atrás da cabeça. Você gosta disso?

ELE: Não seja afetada.

ELA: Não sou. Eu sou a sra. Buzgago. Escute!

Pendant une anée toute entiere,
Le regiment na Pas *r´paru.*

---

dear. There's a little wisp of hair got loose from behind your right ear and it's straggling over your cheek. So!

SHE. Thank'oo. I'm 'fraid my hat's on one side, too.

HE. What do you wear these huge dagger bonnet-skewers for? They're big enough to kill a man with.

SHE. Oh! don't kill *me*, though. You're sticking it into my head! Let *me* do it. You men are so clumsy.

HE. Have you had many opportunities of comparing us – in this sort of work?

SHE. Guy, what is my name?

HE. Eh! I don't follow.

SHE. Here's my card-case. Can you read?

HE. Yes. Well?

SHE. Well, that answers your question. You know the other's man's name. Am I sufficiently humbled, or would you like to ask me if there is any one else?

HE. I see now. My darling, I never meant that for an instant. I was only joking. There! – Lucky there's no one on the road. They'd be scandalised.

SHE. They'll be more scandalised before the end.

HE. Do-on't! I don't like you to talk in that way.

SHE. Unreasonable man! Who asked me to face the situation and accept it? – Tell me, do I look like Mrs. Penner? *Do* I look like a naughty woman! *Swear* I don't! Give me your word of honour, my *honourable* friend, that I'm not like Mrs. Buzgago. That's the way she stands, with her hands clasped at the back of her head. D'you like that?

HE. Don't be affected.

SHE. I'm not. I'm Mrs. Buzgago. Listen!

*Pendant une anné' toute
[entiere,
Le régiment na Pas r'paru.*

Au Ministère de la Guerre
On le r'pport comme perdu.
On se r'nonçait à r'trouver sa
[trace,
Quand un matin subitement,
On le vit r'paraître sur la
[place,
L'Colonel toujours en avant.

That's the way she rolls her r's. *Am* I like her?

HE. No, but I object when you go on like an actress and sing stuff of that kind. Where in the world did you pick up the *Chanson du Colonel*? It isn't a drawing-room song. It isn't proper.

SHE. Mrs. Buzgago taught it me. She is both drawing-room and proper, and in another month she'll shut her drawing-room to me, and thank God she isn't as improper as I am. Oh, Guy, Guy! I wish I was like some women and had no scruples about – What is it Keene says? – 'Wearing a corpse's hair and being false to the bread they eat.'

HE. I am only a man of limited intelligence, and, just now, very bewildered. When you have *quite* finished flashing through all your moods tell me, and I'll try to understand the last one.

SHE. Moods, Guy! I haven't any. I'm sixteen years old and you're just twenty, and you've been waiting for two hours outside the school in the cold. And now I've met you, and now we're walking home together. Does *that* suit you, My Imperial Majesty?

HE. No. We aren't children. Why can't you be rational?

SHE. He asks me that when I'm going to commit suicide for his sake, and, and – I don't want to be French and rave about my mother, but have I ever told you that I have a mother, and a brother who was my

---

Au Ministère de la Guerre
On le *r´pport* comme perdu.
On se *r´nonçait* à *r´trouver* as trace,
Quand um matin subitement,
On lê vit *r´paraître* sur la place,
L´Colonel toujours en avant.[4]

É desse jeito que ela pronuncia a letra *r*. *Sou* igual a ela?

ELE: Não, mas não gosto quando se porta como uma atriz e canta coisas desse tipo. O que neste mundo fez você escolher a *Canção do Coronel*? Não é uma música para cantar diante de visitas. Não é apropriada.

ELA: A sra. Buzgago me ensinou. Ela não só é apropriada como pode ser cantada para as visitas, e daqui a um mês a casa da sra. Buzgago estará fechada para mim, e graças a Deus ela não é tão imprópria quanto eu sou. Oh, Guy, Guy! Gostaria de ser como algumas mulheres e não ter nenhum escrúpulo a esse respeito – o que Keene diz mesmo? – "*Usar os cabelos de um cadáver e ser falso com o pão que comem*".

ELE: Sou apenas um homem de inteligência limitada, e, agora mesmo, estou muito confuso. Quando tiver terminado *de verdade* seus lampejos de humor, avise-me e procurarei entender o último.

ELA: Humor, Guy! Não tenho nenhum. Tenho dezesseis anos e você apenas vinte, e você esperou por duas horas do lado de fora da escola, no frio. E agora eu o encontrei, e vamos juntos para casa. *Isso* o satisfaz, minha majestade imperial?

ELE: Não. Não somos crianças. Por que não pode ser racional?

ELA: Ele me pergunta quanto cometerei suicídio pelo bem dele, e, e – não quero ser emotiva como as francesas e delirar sobre minha mãe, mas eu já disse a

---

[4] Francês: Por um ano inteiro / O regimento não foi recuperado. / O Ministério da Guerra / O reporta como perdido. / Renunciavam a procurar-lhe a pista/ Quando em uma manhã, subitamente/ Foi visto reaparecer na praça, / O coronel, sempre a avançar. N.T.

A Colina das Ilusões

você que eu tenho mãe, e um irmão que era meu xodó antes de eu me casar? Ele está casado agora. Pode imaginar o prazer que a notícia da fuga dará a ele? *Você* tem família, Guy, para ficar satisfeita com seu comportamento?

ELE: Um ou dois. Não se pode fazer omeletes sem quebrar os ovos.

ELA: (*devagar*) Não vejo necessidade...

ELE: Ha! O que quer dizer?

ELA: Posso lhe falar a verdade?

ELE: Sob as circunstâncias, talvez *fosse* bom.

ELA: Guy, estou com medo.

ELE: Pensei que tivéssemos encerrado o assunto. E o que tem demais?

ELA: Tem você.

ELE: Oh, maldição! O velho problema! Isso é *tão* mal?

ELA: Tem *você*.

ELE: E o que foi agora?

ELA: O que você acha de mim?

ELE: Coloque a questão por inteiro. O que você pretende fazer?

ELA: Não ouso arriscar. Tenho medo. Se pudesse apenas enganar...

ELE: *À la Buzgago*? Não, obrigado. É o único assunto em que não reconheço nenhuma honra. Não roubo a quem me alimenta. Ou saqueio abertamente ou não levo nada.

ELA: Nunca quis dizer diferente disso.

ELE: Então por que neste mundo você finge não querer vir?

ELA: *Não* é fingimento, Guy. Eu *estou* com medo.

ELE: Explique, por favor.

ELA: Não posso mais, Guy, não posso mais. Você vai ficar bravo, vai praguejar, e então ficará enciumado e desconfiará de mim – sabe disso *agora* – e você mesmo será a melhor razão para duvidar. E eu – o que *farei*? Não serei melhor do que a sra. Buzgago – não serei melhor do que ninguém. E você *sabe* disso. Oh, Guy, você não vê?

pet before I married? He's married now. Can't you imagine the pleasure that the news of the elopement will give him? Have *you* any people at Home, Guy, to be pleased with your performances?

HE. One or two. One can't make omelets without breaking eggs.

SHE. (*slowly*). I don't see the necessity...

HE. Hah! What do you mean?

SHE. Shall I speak the truth?

HE. Under the circumstances, perhaps it *would* be as well.

SHE. Guy, I'm afraid.

HE. I thought we'd settled all that. What of?

SHE. Of you.

HE. Oh, damn it all! The old business! This is *too* bad!

SHE. Of *you*.

HE. And what now?

SHE. What do you think of me?

HE. Beside the question altogether. What do you intend to do?

SHE. I daren't risk it. I'm afraid. If I could only cheat...

HE. *À la Buzgago*? No, *thanks*. That's the one point on which I have any notion of Honour. I won't eat his salt and steal too. I'll loot openly or not at all.

SHE. I never meant anything else.

HE. Then, why in the world do you pretend not to be willing to come?

SHE. It's *not* pretence, Guy. I *am* afraid.

HE. Please explain.

SHE. It can't last, Guy. It can't last. You'll get angry, and then you'll swear, and then you'll get jealous, and then you'll mistrust me – you do *now* – and you yourself will be the best reason for doubting. And I – what shall *I* do? I shall be no better than Mrs. Buzgago found out – no better than any one. And you'll *know* that. Oh, Guy, can't you *see*?

HE. I see that you are desperately unreasonable, little woman.

SHE. There! The moment I begin to object, you get angry. What will you do when I am only your property – stolen property? It can't be, Guy. It can't be! I thought it could, but it *can't*. You'll get tired of me.

HE. I tell you I shall *not*. Won't anything make you understand that?

SHE. There, can't you see? If you speak to me like that now, you'll call me horrible names later, if I don't do everything as you like. And if you were cruel to me, Guy, where should I go? Where should I go? I can't trust you. Oh! I *can't* trust you!

HE. I suppose I ought to say that I *can* trust you. I've ample reason.

SHE. *Please* don't, dear. It hurts as much as if you hit me.

HE. It isn't exactly pleasant for *me*.

SHE. I can't help it. I wish I were dead! I can't trust you, and I don't trust myself. Oh, Guy, let it die away and be forgotten!

HE. Too late now. I don't understand you – I won't – and I can't trust myself to talk this evening. May I call to-morrow?

SHE. Yes. *No!* Oh, give me time! The day after. I get into my 'rickshaw here and meet Him at Peliti's. You ride.

HE. I'll go on to Peliti's too. I think I want a drink. My world's knocked about my ears and the stars are falling. Who are those brutes howling in the Old Library?

SHE. They're rehearsing the singing-quadrilles for the Fancy Ball. Can't you hear Mrs. Buzgago's voice? She has a solo. It's quite a new idea. Listen!

Mrs. Buzgago (*in the Old Library, con molt. exp.*).

See-saw! Margery Daw!
Sold her bed to lie upon
[straw.

ELE: Vejo que você está desesperadamente irracional, mocinha.

ELA: Aí! No momento em que começo a objetar, você fica nervoso. O que fará quando eu for apenas uma propriedade sua – uma propriedade roubada? Não posso, Guy, não posso! Pensei que pudesse, mas *não* posso. Você se cansará de mim.

ELE: Digo que não me cansarei. Não há nada que a faça entender isso?

ELA: Aí, não vê? Se você fala assim comigo agora, mais tarde me chamará de nomes horríveis se eu não fizer tudo do seu jeito. E se você for cruel comigo, Guy, aonde poderei ir? Aonde poderei ir? Não posso confiar em você. Oh! *Não* posso confiar em você!

ELE: Suponho que deva dizer que eu *posso* confiar em você. Tenho muitos motivos.

ELA: *Por favor*, não, querido. Isso machuca muito mais do que se você me batesse.

ELE: Não é propriamente um prazer para mim.

ELA: Não consigo evitar. Queria estar morta! Não posso confiar em você e não confio em mim mesma. Oh, Guy, deixe que isso morra e seja esquecido.

ELE: Agora é tarde demais. Não entendo você – eu não – e não posso confiar em mim mesmo para falar nsta noite. Posso vê-la amanhã?

ELA: Sim. *Não*! Oh, preciso de algum tempo! Depois de amanhã. Pegarei agora meu riquixá e me encontrarei com Ele no Peliti. Você vai cavalgando.

ELE: Irei ao Peliti também. Preciso de uma bebida. Meu mundo está desabando. Quem são aqueles brutos uivando na antiga biblioteca?

ELA: Eles estão ensaiando para a quadrilha do baile à fantasia. Não ouve a voz da sra. Buzgago? Ela tem um solo. É uma idéia nova. Ouça!

Sra. Buzgago (*na antiga biblioteca, com molt. exp.*[5])

Veja-visto! Margery, a gralha!

---

[5] Termo musical italiano: *con molto expressione*, com bastante expressividade. N.T.

A Colina das Ilusões

Vendeu a cama e dorme sobre a palha.
Ela não é uma estúpida desmazelada
Vender a cama e sujar-se quando deitar?

Capitão Congleton, penso em trocar a última palavra por "flertar". Soa melhor.

ELE: Não, mudei de idéia quanto a beber. Boa noite, jovem dama. Posso vê-la amanhã?

ELA: Si-sim. Boa noite, Guy. *Não* fique bravo comigo.

ELE: Bravo? Você *sabe* que confio em você completamente. Boa noite e – Deus te abençoe! (*Três segundos mais tarde. Sozinho.*) Hummm! Daria tudo para descobrir se existe outro homem por trás disso tudo.

Wasn't she a silly slut
To sell her bed and lie upon
[dirt?

Captain Congleton, I'm going to alter that to 'flirt.' It sounds better.

HE. No, I've changed my mind about the drink. Good-night, little lady. I shall see you to-morrow?

SHE. Ye – es. Good-night, Guy. *Don't* be angry with me.

HE. Angry! You *know* I trust you absolutely. Goodnight and – God bless you! (*Three seconds later. Alone.*) Hmm.' I'd give something to discover whether there's another man at the back of all this.

Primeira publicação
The Week's News
8 de setembro de 1888

Uma Mulher de Segunda Classe

A Second-rate Woman

Est fuga, volvitur rota,
On we drift: where looms the
[dim port?
One, Two, Three, Four, Five
[contribute their quota:
Something is gained if one
[caught but the import...
Show it us, Hugues of Saxe-
[Gotha.
Máster Hugues of Saxe-Gotha.
Robert Browning

Est fuga, volvitur rota,
Levados pelo vento: onde desponta o porto sombrio?
Um, dois, três, quatro, cinco contribuem com suas cotas:
Ganha-se algo quando se toma, mas o que significa...
Mostre-nos, Hughes de Saxe-Gotha.
Mestre Hughes de Saxe-Gotha.
Robert Browing

'Dressed! Don't tell me that woman ever dressed in her life. She stood in the middle of the room while her *ayah* – no, her husband – it *must* have been a man – threw her clothes at her. She then did her hair with her fingers, and rubbed her bonnet in the flue under the bed. I *know* she did, as well as if I had assisted at the orgy. Who is she?' said Mrs. Hauksbee.

'Don't!' said Mrs. Mallowe feebly. 'You make my head ache. I am miserable to-day. Stay me with *fondants*, comfort me with chocolates, for I am... Did you bring anything from Peliti's?'

"Vestida! Não me diga que aquela mulher já se vestiu alguma vez na vida. Ela fica postada no meio do quarto enquanto a aia – não, o marido – *deve* ser um homem – lhe atira as roupas. Então ela ajeita os cabelos com os dedos, e esfrega o toucado no cano da chaminé, embaixo da cama. Sei que ela faz isso, tão bem como se eu tivesse assistido a essa orgia. Quem é ela?", disse a sra. Hauksbee.

"Não!", disse a sra. Mallowe debilmente. "Você me dá dor de cabeça. Sinto-me indisposta hoje. Sustente-me com *fondants*[1], conforte-me com chocolates[2], pois desfaleço... você trouxe alguma coisa do Peliti[3] ?"

[1] Doce francês que derrete na boca. N.T.
[2] Paráfrase de um trecho do *Cântico dos Cânticos de Salomão*: 2: 5: "Sustentai-me com passas/ Confortai-me com maçãs/ Pois desfaleço de amor." É comum encontrarmos referências, citações, paráfrases e palimpsestos nos textos de Rudyard Kipling. N.T.
[3] Refere-se ao Pelit´s Grand Hotel, conhecido ponto de encontro para casais em Simla, Índia. N.T.

"Antes, algumas perguntas. Você terá os doces depois de respondê-las. Quem e o que é essa criatura? Existe pelo menos meia dúzia de homens em volta dela, e ela parece dormir entre eles."

"Delville", disse a sra. Mallowe. "Delville, a Safada, para distinguí-la da sra. Jim, que não é dessa laia. Ela dança de forma tão desalinhada quanto se veste, creio eu, e seu marido está em algum lugar em Madras. Convide-a, se está tão interessada."

"O que eu tenho a ver com a Shigramitish[4]? Ela apenas chamou minha atenção por um minuto, e suponho que foi devido à atração que uma mulher mal vestida exerce em certo tipo de homens. Esperava ver-lhe as roupas caírem de repente – até que mirei em seus olhos."

"Enganchou em seus olhos, com certeza", deduziu a sra. Mallowe.

"Não queira ser esperta, Polly. Você me dá dor e cabeça. E ao redor daquele monte de feno se aglomerava uma multidão de homens – uma verdadeira multidão!"

"Talvez *eles* também esperassem..."

"Polly, não seja rabelaisiana[5]!"

A sra. Mallowe aconchegou-se confortavelmente no sofá e voltou sua atenção para os doces. Ela e a sra. Hauksbee dividiam a mesma casa em Simla, e esses fatos ocorreram duas temporadas após o caso Otis Yeere, que já foi mencionado.

A sra. Hauksbee parou na varanda e olhou para a avenida principal, com a testa franzida em pensamentos.

"Ah!", disse a sra. Hauksbee rispidamente. "Não me diga!"

"O que foi?", disse a sra. Mallowe, sonolenta.

"Aquela mal vestida e o Professor de Dança[6]... de quem eu falava."

"Por que o Professor de Dança? Ele é um cavalheiro de meia-idade, gordo, com tendências censuráveis e românticas, e procura ser meu amigo."

---

[4] Palavra criada pelo autor, derivada da junção de *shigram*: do hindi, espécie carreta do correio de formato desajeitado, puxada por bois ou camelos; e a Midianitish, mulher mencionada em outras histórias protagonizadas pela sra. Hauksbee. Representa uma mulher desalinhada, desasseada. N.T.

[5] Refere-se a Rabelais, escritor francês do século XVI, que apresentava um estilo libertino em seus textos. N.T.

[6] Apelido depreciativo. No caso, qualifica uma pessoas sem classe e mau caráter. N.T.

'Then make up your mind to lose him. Dowds cling by nature, and I should imagine that this animal – how terrible her bonnet looks from above... is specially clingsome.'

'She is welcome to The Dancing Master so far as I am concerned. I never could take an interest in a monotonous liar. The frustrated aim of his life is to persuade people that he is a bachelor.'

'O-oh! I think I've met that sort of man before. And isn't he?'

'No. He confided that to me a few days ago. Ugh! Some men ought to be killed.'

'What happened then?'

'He posed as the horror of horrors – a misunderstood man. Heaven knows the *femme incomprise* is sad enough and bad enough – but the other thing!'

'And so fat too! I should have laughed in his face. Men seldom confide in me. How is it they come to you?'

'For the sake of impressing me with their careers in the past. Protect me from men with confidences!'

'And yet you encourage them?'

'What can I do? They talk, I listen, and they vow that I am sympathetic. I know I always profess astonishment even when the plot is – of the most old possible.'

'Yes. Men are so unblushingly explicit if they are once allowed to talk, whereas women's confidences are full of reservations and fibs, except...'

'When they go mad and babble of the Unutterabilities after a week's acquaintance. Really, if you come to consider, we know a great deal more of men than of our own sex.'

'And the extraordinary thing is that men will never believe it. They say we are trying to hide something.'

'They are generally doing that on their own account. Alas! These chocolates pall upon me, and I haven't eaten more than a dozen. I think I shall go to sleep.'

"Então se prepare para perdê-lo. As mal vestidas atraem por natureza, e imagino que essa selvagem – como seu toucado parece horrível daqui de cima... seja particularmente atrativa."

"Ela é bem recebida pelo Professor de Dança até onde eu me importo. Nunca consegui me interessar por um mentiroso monótono. O objetivo frustrado da vida dele é persuadir as pessoas de que é solteirão."

"O-oh! Penso que já encontrei esse tipo de pessoa antes. E ele não é?"

"Não. Ele confiou isso a mim há poucos dias atrás. Ugh! Alguns homens deveriam ser mortos."

"O que aconteceu então?"

"Ele posou como o horror dos horrores – um homem incompreendido. Deus sabe que uma *femme incomprise*[7] já é triste e ruim o bastante – mas o contrário!"

"E também gordo demais! Deveria ter rido na cara dele. Homens raramente fazem confissões para mim. Como ele chegou a você?"

"Por acreditar que me impressionaria com seu modo de vida no passado. Proteja-me dos homens que têm segredos!"

"E mesmo assim você os encoraja?"

"O que posso fazer? Eles falam, eu escuto e juro ser solidária. Sei que sempre demonstro espanto, mesmo quando o enredo é – o mais antigo possível."

"Sim. Homens são tão explicitamente desavergonhados quando recebem permissão para falar, ao passo que as confidências femininas são cheias de reservas e mentirinhas, exceto..."

"Quando elas enlouquecem e tagarelam sobre o indizível após uma semana de relacionamento. De fato, se você for considerar, nós sabemos muito mais sobre os homens do que sobre as mulheres."

"E o mais extraordinário é que os homens nunca acreditarão nisso. Eles acham que tentamos esconder alguma coisa."

"Eles estão sempre fazendo isso por conta própria. Ai, ai! Estes chocolates não me interessam mais, e não comi mais que uma dúzia. Acho que vou dormir."

---

[7] Francês: mulher incompreendida. N.T.

"Desse jeito ficará gorda, querida. Se fizesse mais exercícios e se interessasse de forma mais inteligentes pelos vizinhos você poderia..."

"Ser tão amada quanto a sra. Hauksbee. Você é ótima em muitas coisas, e gosto de você – entretanto, você não é adorada pelas mulheres – mas por que se aborrece com o simples comportamento humano?"

"Porque na ausência dos anjos, que tenho certeza serem absolutamente obtusos – homens e mulheres são o que há de mais fascinante neste vasto mundo preguiçoso. Interesso-me pela Mal Vestida – interesso-me pelo Professor de Dança – interesso-me pelo Hawley Boy – e interesso-me por *você*."

"Por que me associar ao Hawley Boy? Ele é propriedade sua."

"Sim, e como ele mesmo diz com ingenuidade, faço um bem a ele. Quando progredir um pouco mais e receber o Higher Standard[8], ou o que quer que as autoridades julguem ser apropriado para ele, selecionarei uma mocinha adorável, a jovem Holt, penso eu, e – neste ponto ela lançou as mãos para o ar – 'quem a sra. Hauksbee uniu, o homem não separa'. E isso é tudo."

"E quando você tiver jungido May Holt ao que há de mais nocivo e de pior reputação em Simla e conseguido o ódio mortal de Mama Holt, o que fará comigo, Provedora dos Destinos Universais?"

A sra. Hauksbee atirou-se em uma poltrona baixa em frente ao fogo, e, segurando o queixo, fixou os olhos longa e firmemente na sra. Mallowe.

"Não sei no momento", disse ela, balançando a cabeça, "*o que* devo fazer com você, querida. É óbvio que não posso casá-la com outra pessoa – seu marido poderia objetar e a experiência poderia fracassar, afinal de contas. Penso que devo começar por proibir você de – o que é isso? – '*dormir nos bancos de uma cervejaria e roncar ao sol*'[9]".

---

[8] Exame para auferir a proficiência em idiomas e demais matérias. Indispensável para a promoção dos servidores civis na Índia Britânica. N.T.

[9] Segundo C. Goodland, refer-se a um dos versos de William Shakespear, da peça *Henry IV*, Parte I (Ato I, Cena 2. Linhas 2-5), em que o príncipe Henry se dirige a Falstaff: "Thou art so fat-witted with drinking of old sack, and unbuttoning thee after supper, and sleeping upon benches after noon, that thou hast forgotten to demand that truly which thou wouldest truly know". Uma brincadeira da sra. Hauksbee sobre o suposto ganho de peso e a inércia da sra. Mallowe. N.T.

'Don't! I don't like your quotations. They are so rude. Go to the Library and bring me new books.'

'While you sleep? *No!* If you don't come with me I shall spread your newest frock on my 'rickshaw-bow, and when any one asks me what I am doing, I shall say that I am going to Phelps's to get it let out. I shall take care that Mrs. MacNamara sees me. Put your things on, there's a good girl.'

Mrs. Mallowe groaned and obeyed, and the two went off to the Library, where they found Mrs. Delville and the man who went by the nick-name of The Dancing Master. By that time Mrs. Mallowe was awake and eloquent.

'That is the Creature!' said Mrs. Hauksbee, with the air of one pointing out a slug in the road.

'No,' said Mrs. Mallowe. 'The man is the Creature. Ugh! Good-evening, Mr. Bent. I thought you were coming to tea this evening.'

'Surely it was for to-morrow, was it not?' answered The Dancing Master. 'I understood ... I fancied ... I'm so sorry ... How very unfortunate!'

But Mrs. Mallowe had passed on.

'For the practised equivocator you said he was,' murmured Mrs. Hauksbee, 'he strikes *me* as a failure. Now wherefore should he have preferred a walk with The Dowd to tea with us? Elective affinities, I suppose - both grubby. Polly, I'd never forgive that woman as long as the world rolls.'

'I forgive every woman everything,' said Mrs. Mallowe. 'He will be a sufficient punishment for her. What a common voice she has!'

Mrs. Delville's voice was not pretty, her carriage was even less lovely, and her raiment was strikingly neglected. All these things Mrs. Mallowe noticed over the top of a magazine.

'Now *what* is there in her?' said Mrs. Hauksbee. 'Do you see what I meant about the clothes falling off? If I were a man I would perish sooner than be seen with that rag-bag. And yet, she has good eyes, but – Oh!'

"Não! Não gosto de suas citações. Elas são muito grosseiras. Vá até a biblioteca e me traga novos livros."

"Enquanto você dorme? *Não!* Se não vier comigo vou espalhar seu vestido novo sobre o meu riquixá, e quando alguém perguntar o que estou fazendo, direi que vou ao Phelps[10] para alugá-lo. Tomarei cuidado para que a sra. MacNamara me veja. Vista-se, como uma boa menina "

A sra. Mallowe gemeu e obedeceu, e as duas foram para a biblioteca, onde encontraram a sra. Delville e o homem apelidado de Professor de Dança. Naquela hora a sra. Malowe estava desperta e falante.

"Lá está a Criatura!", disse a sra. Hauksbee, com ares de quem aponta para uma lesma na calçada.

"Não", disse a sra. Mallowe. "O homem é a Criatura. Ugh! Boa tarde, sr. Bent. Pensei que viesse para o chá esta tarde."

"Com certeza marcamos para amanhã, não foi?", respondeu o Professor de Dança. "Entendo... eu imaginei... desculpe... que desastroso!"

Mas a sra. Mallowe já havia passado.

"Para o sofismador praticante que você afirma que ele é", murmurou a sra. Hauksbee, "ele me parece um fracasso. Agora, por que ele prefere passear com a Mal Vestida a tomar chá conosco? Afinidades em comum, suponho – ambos são encardidos. Polly, nunca perdoarei essa mulher, até que o mundo acabe."

"Eu perdôo tudo em uma mulher", disse a sra. Mallowe. "Ele será punição suficiente para ela. Como ela tem uma voz vulgar!"

A voz da sra. Delville não era agradável, sua postura era sempre pouco encantadora e sua indumentária era surpreendentemente descuidada. A sra. Mallowe pôde ver tudo isso por cima de uma revista.

"Agora, o que é *aquilo* que está vestindo?", disse a sra. Hauksbee. "Vê o que eu quis dizer sobre as roupas despencando? Se eu fosse um homem, morreria antes de ser visto com um trapo como aquele. E contudo ela tem belos olhos, mas – oh!"

---

[10] Loja de roupas situada no Mall – avenida principal. Outra brincadeira para dizer que a sra. Mallowe está engordando. N.T.

Uma Mulher de Segunda Classe

"O que foi?"

"Ela não sabe como usá-los! Pela minha honra, ela não sabe. Veja! Oh, veja! Posso suportar o desmazelo, mas a ignorância, nunca! Essa mulher é uma tola."

"Hsh! Ela vai ouvi-la."

"Todas as mulheres em Simla são tolas. Ela pensará que me refiro a outra pessoa. Agora ela está saindo. Que casal de todo desagradável ela e o Professor de Dança formam! Isso me lembrou. Você acha que dançarão juntos?"

"Espere e verá. Não invejo os diálogos dela com o Professor de Dança – homem repugnante! A esposa dele virá aqui em breve?"

"Você sabe qualquer coisa a respeito dele?"

"Apenas o que ele me contou. Pode ser tudo invenção. Ele se casou com uma jovem filha de ingleses, mas educada na Índia, eu acho, e, sendo um honorável cavalheiro, disse-me que se arrependeu da barganha e a abandona sempre que possível – uma pessoa que viveu no Doon[11] desde que se tem notícia e vai para Mussoorie[12] enquanto os outros vão para a Inglaterra. A esposa está sozinha no momento. Isso é o que ele disse."

"Filhos?"

"Apenas um, mas ele fala da esposa de um jeito repugnante. Eu o odeio por isso. *Ele* pensou que estivesse sendo e brilhante e engraçado."

"Esse é um vício peculiar nos homens. Não gosto dele porque em geral está atrás de alguma garota, desapontando os pretendentes. Ele não irá mais perseguir May Holt, a menos que eu esteja muito enganada."

"Não. Acredito que a sra. Deville deverá ocupar a atenção dele por enquanto."

"Você acha que ela sabe que ele é chefe de família?"

"Não por meio dele. Ele me fez jurar segredo eterno. Ainda assim, contei a você. Não conhece esse tipo de homem?"

"Não na intimidade, graças a Deus! Como regra geral, quando um homem começa a insultar a esposa diante de mim, percebo que Deus deu-me recursos para respondê-

[11] Vale na parte Indiana do Himalaia. N.T.

[12] Base inglesa na colina e sanatório, a leste de Umballa. N.T.

answer him according to his folly; and we part with a coolness between us. I laugh.'

'I'm different. I've no sense of humour.'

'Cultivate it, then. It has been my mainstay for more years than I care to think about. A well-educated sense of humour will save a woman when Religion, Training, and Home influences fail; and we may all need salvation sometimes.'

'Do you suppose that the Delville woman has humour?'

'Her dress bewrays her. How can a Thing who wears her *supplément* under her left arm have any notion of the fitness of things – much less their folly? If she discards The Dancing Master after having once seen him dance, I may respect her. Otherwise...'

'But are we not both assuming a great deal too much, dear? You saw the woman at Peliti's – half an hour later you saw her walking with The Dancing Master – an hour later you met her here at the Library.'

'Still with The Dancing Master, remember.'

'Still with The Dancing Master, I admit, but why on the strength of that should you imagine...'

'I imagine nothing. I have no imagination. I am only convinced that The Dancing Master is attracted to The Dowd because he is objectionable in every way and she in every other. If I know the man as you have described him, he holds his wife in slavery at present.'

'She is twenty years younger than he.'

'Poor wretch! And, in the end, after he has posed and swaggered and lied – he has a mouth under that ragged moustache simply made for lies – he will be rewarded according to his merits.'

'I wonder what those really are,' said Mrs. Mallowe.

But Mrs. Hauksbee, her face close to the shelf of the new books, was humming softly: '*What shall he*

lo à altura de sua insensatez; e nós nos separamos com serenidade. Costumo rir disso."

"Eu sou diferente. Não tenho senso de humor."

"Cultive-o, então. Isso tem sido meu esteio por mais tempo do que consigo lembrar. Um senso de humor bem cultivado salva a mulher quando a religião, a instrução e as influências familiares falham; e todas nós precisamos ser salvas de vez em quando."

"Você acha que a Delville tem senso de humor."

"Esse vestido a deixa lastimável. Como uma Coisa que usa o *supplément*[13] sob o braço esquerdo pode ter alguma noção de conveniência – quanto mais de suas sandices? Se ela descartar o Professor de Dança depois de tê-lo visto dançar pela primeira vez, poderei respeitá-la. De outra forma..."

"Mas nós duas não estamos supondo coisas demais, querida? Você viu a mulher no Peliti – meia hora depois a viu passear com o Professor de Dança – uma hora depois você a encontra na biblioteca."

"Ainda com o Professor de Dança, lembre-se."

"Ainda com o Professor de Dança, admito, mas por que, com base nisso, você imagina..."

"Não imagino nada. Eu não tenho imaginação. Apenas estou convencida de que o Professor de Dança está atraído pela Mal Vestida porque ele é desagradável em todos os sentidos e ela também. Se o conheço bem, de acordo com o que você me descreveu, ele mantém a mulher escravizada no momento."

"Ela é vinte anos mais jovem que ele."

"Pobre infeliz! E, no fim, depois de ele ter fingido, de ter-se pavoneado e mentido – por debaixo daquele bigode esfarrapado ele possui uma boca feita apenas para mentir – ele será recompensado de acordo com os próprios méritos."

"Gostaria de saber quais são", disse a sra. Mallowe.

Mas a sra. Hauksbee, com o rosto próximo à estante de livros novos, zumbia suavemente: "*O que deve obter*

---

[13] Francês: corpete almofadado ou espécie de bustiê para moldar os seios. N.T.

aquele que matou o cervo[14]?" Ela era uma dama com um discurso sem restrições.

Um mês depois ela anunciou a intenção de receber a sra. Delville. As duas, sra. Hauksbee e sra. Mallowe, usavam seus roupões matutinos, e reinava grande paz sobre a Terra.

"Eu deveria ir assim como estou", disse a sra. Mallowe. "Seria um cumprimento delicado ao estilo dela".

A sra. Hauksbee examinou-se no espelho.

"Assumindo por um instante que ela nunca entrou por essa porta, eu deveria vestir este robe, e em seguida todos os outros, para mostrar a ela como um roupão matutino deve ser. Isso vai animá-la. Assim, eu deveria usar o de cor branca, como as pombas – doce emblema de juventude e inocência – e calçar as luvas novas."

"Se você vai mesmo, um bronzeado cor de lama cairia bem, e você sabe que a cor das pombas mancham quando chove."

"Não me importo. Poderei provocar a inveja dela. Pelo menos tentarei, ainda que não se possa esperar muito de uma mulher que põe gola postiça rendada no vestido."

"Por Deus! Quando ela fez isso?"

"Ontem – ao cavalgar com o Professor de Dança. Encontrei-os atrás do Jakko, e a chuva fez com que a gola despregasse. Para completar o efeito, ela usava um *terai*[15] sujo com o elástico sob o queixo. Quase me senti muito feliz por ter o trabalho de a desprezar."

"O Hawley Boy cavalgava com você. O que ele achou?"

"E um garoto percebe esse tipo de coisa? E eu gostaria dele se percebesse? Ele arregalou os olhos de forma grosseira, e justo quando pensei que tivesse visto o elástico, ele disse; 'Existe algo muito encantador nesse rosto'. Eu o repreendi de imediato. Não aprovo garotos que se encantam com rostos."

"Diferente de você. Não ficaria nem um pouco surpresa se o Hawley Boy a visitasse agora."

have who killed the Deer?' She was a lady of unfettered speech.

One month later she announced her intention of calling upon Mrs. Delville. Both Mrs. Hauksbee and Mrs. Mallowe were in morning wrappers, and there was a great peace in the land.

'I should go as I was,' said Mrs. Mallowe. 'It would be a delicate compliment to her style.'

Mrs. Hauksbee studied herself in the glass.

'Assuming for a moment that she ever darkened these doors, I should put on this robe, after all the others, to show her what a morning-wrapper ought to be. It might enliven her. As it is, I shall go in the dove-coloured – sweet emblem of youth and innocence – and shall put on my new gloves.'

'If you really are going, dirty tan would be too good; and you know that dove-colour spots with the rain.'

'I care not. I may make her envious. At least I shall try, though one cannot expect very much from a woman who puts a lace tucker into her habit.'

'Just Heavens! When did she do that?'

'Yesterday – riding with The Dancing Master. I met them at the back of Jakko, and the rain had made the lace lie down. To complete the effect, she was wearing an unclean *terai* with the elastic under her chin. I felt almost too well content to take the trouble to despise her.'

'The Hawley Boy was riding with you. What did he think?'

'Does a boy ever notice these things? Should I like him if he did? He stared in the rudest way, and just when I thought he had seen the elastic, he said, "There's something very taking about that face." I rebuked him on the spot. I don't approve of boys being taken by faces.'

'Other than your own. I shouldn't be in the least surprised if the Hawley Boy immediately went to call.'

---

[14] "What shall he have that killed the Deer?" – verso de William Shakespeare (1564–1616), da peça *As You Like It*, quarto ato. Trata-se de uma canção de caça; é também um trocadilho a respeito dos "cornos" de um marido traído. N.T.

[15] Chapéu de feltro de abas largas, usado por viajantes. N.T.

'I forbade him. Let her be satisfied with The Dancing Master, and his wife when she comes up. I'm rather curious to see Mrs. Bent and the Delville woman together.'

Mrs. Hauksbee departed and, at the end of an hour, returned slightly flushed.

'There is no limit to the treachery of youth! I *ordered* the Hawley Boy, as he valued my patronage, not to call. The first person I stumble over – literally stumble over – in her poky, dark little drawing-room is, of course, the Hawley Boy. She kept us waiting ten minutes, and then emerged as though she had been tipped out of the dirtyclothes-basket. You know my way, dear, when I am at all put out. I was Superior, *crrrushingly* Superior! 'Lifted my eyes to Heaven, and had heard of nothing...'dropped my eyes on the carpet and – "really didn't know" – 'played with my cardcase and "supposed so." The Hawley Boy giggled like a girl, and I had to freeze him with scowls between the sentences.'

'And she?'

'She sat in a heap on the edge of a couch, and managed to convey the impression that she was suffering from stomach-ache, at the very least. It was all I could do not to ask after her symptoms. When I rose, she grunted just like a buffalo in the water – too lazy to move.'

'Are you certain?'

'Am I blind, Polly? Laziness, sheer laziness, nothing else – or her garments were only constructed for sitting down in. I stayed for a quarter of an hour trying to penetrate the gloom, to guess what her surroundings were like, while she stuck out her tongue.'

'Lu-*cy!*'

'Well...I'll withdraw the tongue, though I'm sure if she didn't do it when I was in the room, she did the minute I was outside. At any rate, she lay in a lump and grunted. Ask the Hawley Boy, dear. I believe the grunts were meant for sentences, but she spoke so indistinctly that I can't swear to it.'

'You are incorrigible, simply.'

"Eu o proibi. Deixe que ela se satisfaça com o Professor de Dança e sua esposa, quando ela vier. Estou bastante curiosa para ver a sra Bent e a Delville juntas."

A sra. Hauksbee partiu e, após uma hora, retornou ligeiramente ruborizada.

"Não há limite para a perfídia da juventude! Ordenei ao Hawley Boy que, se valoriza o meu patrocínio, não a visitasse. A primeira pessoa em quem tropecei – literalmente tropecei – naquela indolente, escura e apertada sala de visitas, é claro, foi o Hawley Boy. Ela nos deixou esperando dez minutos, e emergiu como se tivesse saído do cesto de roupas sujas. Você conhece o meu jeito, querida, quando fico completamente desconcertada. Eu sou Superior, *es-ma-ga-do-ra-mente* Superior! Elevei meus olhos aos céus, e escutei o silêncio – lancei meus olhos ao tapete e – 'Não sabia mesmo' – brinquei com minha caixa de cartões de visita e 'Eu supus'. O Hawley Boy riu constrangido como uma garota, e tive de congelá-lo, franzindo o cenho entre as sentenças.

"E ela?"

"Ela sentou-se em uma pilha na beira do sofá, e se esforçou para dar a impressão de que sofria de dor de estômago, pelo menos um pouco. Isso foi tudo, não pude perguntar depois sobre os sintomas. Quando levantei, ela grunhiu como um búfalo na água – preguiçoso demais para mover-se."

"Você tem certeza..."

"Eu sou cega, Polly? Preguiça, pura preguiça, nada mais – ou suas roupas foram feitas apenas para sentar-se em cima. Permaneci por quinze minutos tentando penetrar naquele lugar sombrio, para adivinhar como eram as adjacências, enquanto ela punha a língua para fora."

"Lu-*cy!*"

"Bem... retiro a língua, ainda que tenha certeza de que se ela não o fez enquanto eu estava na sala, o fez no minuto em que saí. De qualquer forma, ela se prostrou em um monte e grunhiu. Pergunte ao Hawley Boy, querida. Acredito que os grunhidos significavam sentenças, mas ela falava de forma tão indistinta que não posso garantir."

"Você é simplesmente incorrigível."

Uma Mulher de Segunda Classe

"*Não* sou! Trate-me de forma civilizada, dê-me uma paz honrada, não ponha o único assento disponível voltado para janela, e uma criança poderá comer geléia em meu colo antes do culto. Mas eu me ofendo se resmungam comigo. Você não? Supõe que ela comunica sua visão de mundo e o amor ao Professor de Dança em uma série de 'grmphs' modulados?"

"Você dá muita importância ao Professor de Dança."

"Ele chegou assim que partimos, e a Mal Vestida tornou-se quase cordial ao vê-lo. Ele sorriu pegajoso, e moveu-se em direção ao canil escuro de uma forma familiar suspeita."

"Não seja desalmada. Perdôo todos os pecados, menos esse."

"Ouça a voz da História. Estou apenas descrevendo o que vi. Ele entrou, o monte no sofá reanimou-se um pouquinho, e eu e o Hawley Boy saímos juntos. Ele *está* desiludido, mas senti-me na obrigação de repreendê-lo com severidade por ter ido lá. E isso é tudo."

"Agora, por piedade, deixe a infeliz criatura e o Professor de Dança em paz. Eles nunca lhe causaram nenhum dano."

"Nenhum dano? Por exemplo, ao vestir-se, e por ser um empecilho para metade de Simla, e depois por encontrar essa Pessoa que parece vestida pelas mãos de Deus – não que eu queira rebaixá-Lo por um instante, mas você conhece o jeito *tikka dhurzie*[16] como Ele veste aqueles lírios do campo – essa Pessoa atrai os olhos dos homens – e de alguns homens atraentes. É quase o bastante para fazer uma pessoa descartar as vestimentas. Falei com o Hawley Boy a respeito."

"E o que aquele doce rapaz fez?"

"Fechou-se em concha e olhou além das distantes colinas azuis, como um querubim angustiado. *Eu* estou sendo agressiva, Polly? Deixe-me dizer o que quero, e me acalmarei. Do contrário, deverei sair por aí e sacudir Simla com algumas reflexões bastante originais. Com exceção, como sempre, da sua doce pessoa, não há uma única mulher nesta terra que me entenda quando eu estou – qual é a palavra?"

'I am *not*! Treat me civilly, give me peace with honour, don't put the only available seat facing the window, and a child may eat jam in my lap before Church. But I resent being grunted at. Wouldn't you? Do you suppose that she communicates her views on life and love to The Dancing Master in a set of modulated "Grmphs"?'

'You attach too much importance to The Dancing Master.'

'He came as we went, and The Dowd grew almost cordial at the sight of him. He smiled greasily, and moved about that darkened dog-kennel in a suspiciously familiar way.'

'Don't be uncharitable. Any sin but that I'll forgive.'

'Listen to the voice of History. I am only describing what I saw. He entered, the heap on the sofa revived slightly, and the Hawley Boy and I came away together. *He* is disillusioned, but I felt it my duty to lecture him severely for going there. And that's all.'

'Now for Pity's sake leave the wretched creature and The Dancing Master alone. They never did you any harm.'

'No harm? To dress as an example and a stumbling-block for half Simla, and then to find this Person who is dressed by the hand of God – not that I wish to disparage *Him* for a moment, but you know the *tikka dhurzie* way He attires those lilies of the field – this Person draws the eyes of men – and some of them nice men? It's almost enough to make one discard clothing. I told the Hawley Boy so.'

'And what did that sweet youth do?'

'Turned shell-pink and looked across the far blue hills like a distressed cherub. *Am* I talking wildly, Polly? Let me say my say, and I shall be calm. Otherwise I may go abroad and disturb Simla with a few original reflections. Excepting always your own sweet self, there isn't a single woman in the land who understands me when I am – what's the word?'

---

[16] Hindi: alfaiate ambulante. N.T.

'*Tête-fêlée*,' suggested Mrs. Mallowe.

'Exactly! And now let us have tiffin. The demands of Society are exhausting, and as Mrs. Delville says...' Here Mrs. Hauksbee, to the horror of the *khitmatgars*, lapsed into a series of grunts, while Mrs. Mallowe stared in lazy surprise.

'"God gie us a guid conceit of oorselves,"' said Mrs. Hauksbee piously, returning to her natural speech. 'Now, in any other woman that would have been vulgar. I am consumed with curiosity to see Mrs. Bent. I expect complications.'

'Woman of one idea,' said Mrs. Mallowe shortly; 'all complications are as old as the hills! I have lived through or near all—al—All!'

'And yet do not understand that men and women never behave twice alike. I am old who was young – if ever I put my head in your lap, you dear, big sceptic, you will learn that my parting is gauze – but never, no *never*, have I lost my interest in men and women. Polly, I shall see this business out to the bitter end.'

'I am going to sleep,' said Mrs. Mallowe calmly. 'I never interfere with men or women unless I am compelled,' and she retired with dignity to her own room.

Mrs. Hauksbee's curiosity was not long left ungratified, for Mrs. Bent came up to Simla a few days after the conversation faithfully reported above, and pervaded the Mall by her husband's side

'Behold!' said Mrs. Hauksbee, thoughtfully rubbing her nose. 'That is the last link of the chain, if we omit the husband of the Delville, whoever he may be. Let me consider. The Bents and the Delvilles inhabit the same hotel; and the Delville is detested by the Waddy – do you know the Waddy? – who is almost as big a dowd. The Waddy also abominates

---

"*Tête-fêlée[17]*", sugeriu a sra. Mallowe.

"Exatamente! E agora vamos a um pequeno almoço. As demandas da sociedade são exaustivas, e como diz a sra. Delville..." aqui a sra. Hauksbee, para horror dos *khitmatgars[18]*, soltou em uma série de grunhidos, enquanto a sra. Mallowe demonstrou surpresa letárgica.

"Deus nos deu um bom conceito de nós mesmos", disse a sra. Hauksbee, devota, voltando ao seu modo de falar natural. "Agora, quanto às outras mulheres, ele deve ser vulgar. Estou me consumindo me curiosidade para ver a sra. Bent. Espero por complicações."

"Mulher de um único propósito", disse a sra. Mallowe, breve, "todas as complicações são tão antigas quanto as colinas! Tenho vivido perto ou em meio a elas todas – *todas* – Todas!"

"E ainda não compreende que homens e mulheres nunca se comportam duas vezes de maneira semelhante. Sou uma velha que já foi jovem – se alguma vez puser minha cabeça em seu colo, minha querida, grande cética, você aprenderá que parte de mim é névoa fina – mas nunca, nunca perderei meu interesse por homens e mulheres. Polly, irei me ocupar desses assuntos até o mais amargo fim."

"Vou dormir", disse a sra. Mallowe, calmamente. "Nunca interfiro entre homens e mulheres, a menos que seja forçada", e ela se retirou com dignidade para seu próprio quarto.

A curiosidade da sra. Hauksbee não ficou desatendida por muito tempo, pois a sra. Bent veio a Simla poucos dias depois da conversa, aqui reportada com fidelidade, e adentrou a avenida principal ao lado do marido.

"Olhe!", disse a sra. Hauksbee pensativa, esfregando o nariz. "Esse é o último elo da corrente, se omitirmos o marido da Delville, quem quer que seja. Deixe-me ver. Os Bents e os Delvilles habitam o mesmo hotel; e Delville é detestado pela Waddy[19] – você conhece a Waddy? – que é quase uma grande desleixada. A Waddy também abomina a

---

[17] Francês: *coloquial*: maluco, doido. N.T.

[18] Servos que providenciam a comida, garçons. N.T.

[19] Massa de guerra dos aborígines australianos. N.T.

Uma Mulher de Segunda Classe

Bent, por isso, se os outros pecados dela não forem tão grandes, ela talvez vá para o Céu."

"Não seja irreverente", disse a sra. Mallowe, "gosto do rosto da sra. Bent."

"Estou falando sobre a Waddy", respondeu a sra. Hauksbee, altiva. "A Waddy manterá a Bent à distância, depois de ter tomado emprestado – sim! – tudo que ela tiver, dos grampos de cabelo às crianças. Essa, minha querida, é a vida em um hotel. A Waddy contará a Bent fatos e invenções sobre o Professor de Dança e a Mal Vestida."

"Lucy, gostaria mais de você se não ficasse sempre vigiando o quarto das pessoas."

"Qualquer um pode ver-lhes a frente da sala de visitas, e, lembre-se, o quer que eu faça, o que quer que eu veja, nunca comento – como fará a Waddy. Vamos esperar que o sorriso gordurento do Professor de Dança e seu jeito de pedagogo amaciem o coração daquela vaca, a esposa dele. Se as bocas disserem a verdade, devo supor que a pequena sra. Bent poderá ficar muito brava na ocasião."

"Mas que razão ela tem para ficar brava?"

"Que razão? O Professor de Dança por si mesmo é uma razão. Como ele se porta? '*Se na vida dele alguns erros triviais aparecerem, olhe em seu rosto e acreditarás em todos eles.*' Estou preparada para creditar qualquer maldade ao Professor de Dança, porque o odeio muito. E a Mal Vestida é tão desagradavelmente mal trajada..."

"Por isso também é capaz de qualquer iniqüidade? Sempre prefiro acreditar no melhor das pessoas. Isso evita um monte de problemas."

"Muito bem. Eu prefiro acreditar no pior. Isso evita o desperdício de simpatia inútil. E você pode estar inteiramente certa de que a Waddy pensa como eu."

A sra. Mallowe suspirou e não respondeu.

A conversa continuou depois do jantar, enquanto a sra. Hauksbee vestia-se para o baile.

"Estou cansada demais para ir", alegou a sra. Mallowe, e a sra. Hauksbee deixou-a em paz até às duas da manhã, quando foi despertada por pancadas enfáticas na porta do quarto.

the male Bent, for which, if her other sins do not weigh too heavily, she will eventually go to Heaven.'

'Don't be irreverent,' said Mrs. Mallowe, 'I like Mrs. Bent's face.'

'I am discussing the Waddy,' returned Mrs. Hauksbee loftily. 'The Waddy will take the female Bent apart, after having borrowed – yes! – everything that she can, from hairpins to babies' bottles. Such, my dear, is life in a hotel. The Waddy will tell the female Bent facts and fictions about The Dancing Master and The Dowd.'

'Lucy, I should like you better if you were not always looking into people's back-bedrooms.'

'Anybody can look into their front drawingrooms; and remember whatever I do, and whatever I look, I never talk – as the Waddy will. Let us hope that The Dancing Master's greasy smile and manner of the pedagogue will soften the heart of that cow, his wife. If mouths speak truth, I should think that little Mrs. Bent could get very angry on occasion.'

'But what reason has she for being angry?'

'What reason! The Dancing Master in himself is a reason. How does it go? "If in his life some trivial errors fall, Look in his face and you'll believe them all." I am prepared to credit *any* evil of The Dancing Master, because I hate him so. And The Dowd is so disgustingly badly dressed...'

'That she, too, is capable of every iniquity? I always prefer to believe the best of everybody. It saves so much trouble.'

'Very good. I prefer to believe the worst. It saves useless expenditure of sympathy. And you may be quite certain that the Waddy believes with me.'

Mrs. Mallowe sighed and made no answer.

The conversation was holden after dinner while Mrs. Hauksbee was dressing for a dance.

'I am too tired to go,' pleaded Mrs. Mallowe, and Mrs. Hauksbee left her in peace till two in the morning, when she was aware of emphatic knocking at her door.

'Don't be *very* angry, dear,' said Mrs. Hauksbee. 'My idiot of an *ayah* has gone home, and, as I hope to sleep to-night, there isn't a soul in the place to unlace me.'

'Oh, this is too bad!' said Mrs. Mallowe sulkily.

"Cant help it. I'm a lone, lorn grass-widow, dear, but I will *not* sleep in my stays. And such news too! Oh, *do* unlace me, there's a darling! The Dowd – The Dancing Master – I and the Hawley Boy – You know the North verandah?'

'How can I do anything if you spin round like this?' protested Mrs. Mallowe, fumbling with the knot of the laces.

'Oh, I forget. I must tell my tale without the aid of your eyes. Do you know you've lovely eyes, dear? Well, to begin with, I took the Hawley Boy to a *kala juggah*.'

'Did he want much taking?'

'Lots! There was an arrangement of loose-boxes in *kanats*, and *she* was in the next one talking to *him*.'

'Which? How? Explain.'

'You know what I mean… The Dowd and The Dancing Master. We could hear every word, and we listened shamelessly…'specially the Hawley Boy. Polly, I quite love that woman!'

'This is interesting. There! Now turn round. What happened?'

'One moment. Ah-h! Blessed relief. I've been looking forward to taking them off for the last half-hour – which is ominous at my time of life. But, as I was saying, we listened and heard The Dowd drawl worse than ever. She drops her final g's like a barmaid or a blue-blooded Aide-de-Camp. "Look he-ere, you're gettin' too fond o' me," she said, and The Dancing Master owned it was so in language that nearly made me ill. The Dowd reflected for a while. Then we heard her say, "Look he-ere, Mister Bent, why are you such an aw-ful liar?" I nearly exploded while The Dancing Master denied the charge. It seems that he never told her he was a married man.'

"Não fique *tão* brava, querida", disse a sra. Hauksbee. "Minha aia idiota foi para casa, e, como pretendo dormir esta noite, não há uma alma neste lugar para me desenlaçar".

"Oh, isso é muito ruim", disse a sra. Mallowe, aborrecida.

"Não posso evitar. Sou uma mulher divorciada, abandonada e solitária querida, mas não vou dormir com meus espartilhos. Ainda mais estes novos! Oh, *desenlace-me*, seja adorável! A Mal Vestida – o Professor de Dança – e o Hawley Boy – sabe a varanda norte?"

"Como posso fazer alguma coisa se você fica rodopiando desse jeito?", protestou a sra. Mallowe, manuseando desajeitada os nós dos laços.

"Oh, esqueci. Devo contar minha história sem a assistência dos seus olhos. Sabe que tem olhos adoráveis, querida? Bem, para começar, levei o Hawley Boy para uma *kalla juggah*.[20] "

"Ele estava disposto a caçar?"

"Muito! Havia uma combinação de baias vazias em *kanats*[21] , e *ela* estava no seguinte, falando com *ele*."

"Quem? Como? Explique."

"Você sabe o que quero dizer – a Mal Vestida e o Professor de Dança. Podíamos ouvir cada palavra, e as ouvimos sem pudor – em especial o Hawley Boy. Polly, amo completamente aquela mulher!"

"Isso é interessante. Pronto! Agora, vire-se. O que aconteceu?"

"Um instante. Ah-h! Conforto abençoado. Tentei livrar-me deles durante a última meia hora – o que é ameaçador dado em minha idade. Mas, eu dizia, nós prestamos atenção à Mal Vestida, que falava arrastado como nunca. Ela despeja o *g* final como uma garçonete de bar ou como um ajudante-de-ordens militar. "Veja be-em, você está ficando muito 'paixonado po' mim", ela disse, e o Professor de Dança admitiu que foi usada uma linguagem que quase me deixa doente. A Mal Vestida refletiu por um instante. Então, a ouvimos dizer: 'Olhe a-aqui, sr. Bent, por que você é um mentiroso tão hor-rível?' Estive perto de explodir quando o Professor de Dança negou a acusação. Parece que ele nunca disse a ela que era casado."

---

[20] Hindi: cantinho escuro e reservado. N.T.
[21] Hindi: parede lateral da uma tenda. N.T.

Uma Mulher de Segunda Classe

"Eu disse que ele não poderia."

"E ela levou isso a sério, para o lado pessoal, eu suponho. Ela falou arrastado por cinco minutos, reprovando-o por sua perfídia, e então se tornou quase maternal: 'Veja, você tem uma esposa adorável para si – você tem', disse ela. 'Ela é dez vezes boa demais para um velho gordo como você e, olhe a-aqui, você nunca me disse uma palavra a respeito dela, e pensei muito sobre isso, e penso que você é um mentiroso.' Isso não é delicioso? O Professor de Dança delirou e vociferou até que o Hawley Boy sugeriu que deveria interferir e bater nele. A voz dele se eleva em um guincho apaixonado quando ele fica apreensivo. A Mal Vestida deve ser uma mulher extraordinária. Ela explicou que se ele fosse um solteirão, não objetaria quanto à sua devoção; mas, visto ele ser um homem casado e pai de um nenê muito lindo, ela o considerava um hipócrita, e repetiu isso duas vezes. Ela enrolou a fala arrastada e disse: 'Eu 'stou te dizendo isso porque sua esposa está zangada comigo, e odeio disputas com qualquer outra mulher, e gosto de sua esposa. Você sabe como se comportou nas últimas seis semanas. Não deveria ter feito isso, não mesmo. Você é muito velho e muito gordo.' Você não pode imaginar como o Professor de Dança sobressaltou-se com isso. 'Agora vá embora', ela disse, 'Não quero dizer o que penso de você, porque não acho que você seja escrupuloso. Ficarei a-aqui até o início da próxima dança.' Você julgava que a criatura tivesse tanto em si mesma?"

"Nunca a estudei tão de perto quanto você. Isso soa artificial. O que aconteceu?"

O Professor de Dança tentou agrados, reprovação, ironia, e o estilo do Senhor Diretor, e eu quase tive que beliscar o Hawley Boy para mantê-lo quieto. Ela grunhia ao final de cada sentença e, no final, *ele* saiu praguejando contra si mesmo, igual a um personagem de romance. Ele parecia mais desagradável que nunca. Eu ri. Amo aquela mulher – a despeito das roupas. E agora vou para a cama. O que você pensa disso?"

"Não consigo pensar nada até o amanhecer", disse a sra. Mallowe, evasiva. "talvez ela tenha dito a verdade. Às

'I said he wouldn't.'

'And she had taken this to heart, on personal grounds, I suppose. She drawled along for five minutes, reproaching him with his perfidy, and grew quite motherly. "Now you've got a nice little wife of your own you have," she said. "She's ten times too good for a fat old man like you, and, look he-ere, you never told me a word about her, and I've been thinkin' about it a good deal, and I think you're a liar." Wasn't that delicious? The Dancing Master maundered and raved till the Hawley Boy suggested that he should burst in and beat him. His voice runs up into an impassioned squeak when he is afraid. The Dowd must be an extraordinary woman. She explained that had he been a bachelor she might not have objected to his devotion; but since he was a married man and the father of a very nice baby, she considered him a hypocrite, and this she repeated twice. She wound up her drawl with: "An' I'm tellin' you this because your wife is angry with me, an' I hate quarrellin' with any other woman, an' I like your wife. You know how you have behaved for the last six weeks. You shouldn't have done it, indeed you shouldn't. You're too old an' too fat." Can't you imagine how The Dancing Master would wince at that! "Now go away," she said. "I don't want to tell you what I think of you, because I think you are not nice. I'll stay he-ere till the next dance begins." Did you think that the creature had so much in her?'

'I never studied her as closely as you did. It sounds unnatural. What happened?'

'The Dancing Master attempted blandishment, reproof, jocularity, and the style of the Lord High Warden, and I had almost to pinch the Hawley Boy to make him keep quiet. She grunted at the end of each sentence and, in the end, *he* went away swearing to himself, quite like a man in a novel. He looked more objectionable than ever. I laughed. I love that woman in spite of her clothes. And now I'm going to bed. What do you think of it?'

'I shan't begin to think till the morning,' said Mrs. Mallowe, yawning. 'Perhaps she spoke the truth. They *do* fly into it by accident sometimes.'

Mrs. Hauksbee's account of her eavesdropping was an ornate one, but truthful in the main. For reasons best known to herself, Mrs. 'Shady' Delville had turned upon Mr. Bent and rent him limb from limb, casting him away limp and disconcerted ere she withdrew the light of her eyes from him permanently. Being a man of resource, and anything but pleased in that he had been called both old and fat, he gave Mrs. Bent to understand that he had, during her absence in the Doon, been the victim of unceasing persecution at the hands of Mrs. Delville, and he told the tale so often and with such eloquence that he ended in believing it, while his wife marvelled at the manners and customs of 'some women.' When the situation showed signs of languishing, Mrs. Waddy was always on hand to wake the smouldering fires of suspicion in Mrs. Bent's bosom and to contribute generally to the peace and comfort of the hotel. Mr. Bent's life was not a happy one, for if Mrs. Waddy's story were true, he was, argued his wife, untrustworthy to the last degree. If his own statement was true, his charms of manner and conversation were so great that he needed constant surveillance. And he received it, till he repented genuinely of his marriage and neglected his personal appearance. Mrs. Delville alone in the hotel was unchanged. She removed her chair some six paces towards the head of the table, and occasionally in the twilight ventured on timid overtures of friendship to Mrs. Bent, which were repulsed.

'She does it for my sake,' hinted the virtuous Bent.

'A dangerous and designing woman,' purred Mrs. Waddy.

Worst of all, every other hotel in Simla was full!

....

'Polly, are you afraid of diphtheria?'

'Of nothing in the world except small-pox, Diphtheria kills, but it doesn't disfigure. Why do you ask?'

---

vezes entramos em coisas desse tipo por acidente."

O relato da sra. Hauksbee do que ouviu às escondidas foi um tanto floreado, mas verdadeiro na maior parte. Por razões que ela conhece bem, a sra. Delville, a "Safada", girou em torno do sr. Bent e destroçou-o pedaço por pedaço, arremessando-o para longe, claudicante e desconcertado, antes de negar-lhe a luz de seus olhos para sempre. Sendo um homem de recursos, e nada o agradou mais do que ser chamado de velho e gordo – ele fez a sra. Bent compreender que, durante sua ausência em Doon, fora vítima de uma perseguição incessante pelas mãos da sra. Delville, e contou a história tantas vezes e com tanta eloqüência que ela acabou por acreditar nele, ao mesmo tempo em que se maravilhava com os modos e costumes de 'certas mulheres'. Quando a situação dava sinais de afrouxar-se, a sra. Waddy estava sempre à mão para acender a fogueira da suspeita no peito da sra. Bent e para contribuir em geral para a paz e o conforto do hotel. A vida do sr. Bent não era feliz, pois se a história da sra. Waddy é verídica, ele era, como demonstrado por sua esposa, indigno de confiança no mais alto grau. E, segundo ele, caso sua própria declaração seja verdade, seu modo encantador e sua conversação eram tão notáveis que precisava estar em constante vigilância. E ele a teve, até ter-se arrependido genuinamente de seu casamento e descuidado da aparência pessoal. A sra. Delville, sozinha no hotel, era inalterável. Ela removeu a cadeira a seis passos na direção da cabeceira da mesa, e, ocasionalmente, no crepúsculo, ousava tímidas aproximações amistosas com a sra. Bent, e era rechaçada.

"Ela faz isso por amor a mim", insinuou o virtuoso Bent.

"Uma mulher perigosa e conspiradora", ronronou a sra. Waddy.

Para piorar, todos os demais hotéis em Simla estavam lotados!

....

"Polly, você teme a difteria?"

"Não temo nada no mundo, exceto a varíola. Difteria mata, mas não desfigura. Por que a pergunta?"

Uma Mulher de Segunda Classe

"Porque o nenê da Bent a contraiu, e todo o hotel está de cabeça para baixo por causa disso. A Waddy pôs os pés na estrada e fugiu. O Professor de Dança teme por sua preciosa garganta e a mulherzinha miserável, a esposa dele, não tem a menor noção do que deve ser feito. Ela queria colocar a criança em imersão de mostarda – para difteria laríngea!"

"Onde você descobriu tudo isso?"

"Agora mesmo, na avenida principal. O dr. Howlen me contou. O gerente do hotel tem ofendido os Bents, e os Bentes ofendem o gerente do hotel. Eles *são* um casal irresponsável."

"Bem, e o que você tem em mente?"

"Isto; e sei que é uma coisa muito séria para pedir. Você ficaria gravemente contrariada se eu trouxesse a criança para cá, com a mãe?"

"Sob a condição de que não veremos o Professor de Dança em nenhum momento."

"Ele ficará muito grato por estar distante. Polly, você é um anjo. A mulher está mesmo desorientada."

"E você não sabe nada a respeito dela, sua imprudente, e a exporia ao desprezo público se isso a divertisse por um minuto. Ainda assim você arrisca a vida por amor ao fedelho. Não, Loo, *eu* não sou um anjo. Ficarei em meus aposentos e procurarei evitá-la. Mas faça como lhe agrada – só me diga por que faz isso."

Os olhos da sra. Hauksbee enterneceram; ela olhou através da janela e então retornou ao rosto da sra. Mallowe.

"Não sei", disse a sra Hauksbee, apenas.

"Minha querida!"

"Polly! – e de qualquer forma você sabia que tiraria minha franja do lugar[22]. Nunca mais faça isso sem me avisar. Agora vamos arrumar os quartos. Suponho que não poderei circular pela sociedade por um mês."

"Nem eu. Graças a Deus, pelo menos dormirei o quanto quiser."

Para surpresa da sra. Bent, ela e o nenê foram trazidos à casa antes que soubessem onde estavam. Bent estava piedoso e sinceramente agradecido, pois temia a infecção, além

---

[22] A fala sugere que Lucy Mallowe abraçou Polly Hauksbee, que a censura, desconcertada, por desarrumar-lhe a franja postiça. N.T.

hoped that a few weeks in the hotel alone with Mrs. Delville might lead to explanations. Mrs. Bent had thrown her jealousy to the winds in her fear for her child's life.

'We can give you good milk,' said Mrs. Hauksbee to her, 'and our house is much nearer to the Doctor's than the hotel, and you won't feel as though you were living in a hostile camp. Where is the dear Mrs. Waddy? She seemed to be a particular friend of yours.'

'They've all left me,' said Mrs. Bent bitterly. 'Mrs. Waddy went first. She said I ought to be ashamed of myself for introducing diseases there, and I am *sure* it wasn't my fault that little Dora...'

'How nice!' cooed Mrs. Hauksbee. 'The Waddy is an infectious disease herself "more quickly caught than the plague and the taker runs presently mad." I lived next door to her at the Elysium, three years ago. Now see, you won't give us the *least* trouble, and I've ornamented all the house with sheets soaked in carbolic. It smells comforting, doesn't it? Remember I'm always in call, and my *ayah's* at your service when yours goes to her meals, and-and-if you cry I'll never forgive you.'

Dora Bent occupied her mother's unprofitable attention through the day and the night. The Doctor called thrice in the twenty-four hours, and the house reeked with the smell of the Condy's Fluid, chlorine-water, and carbolic acid washes. Mrs. Mallowe kept to her own rooms she considered that she had made sufficient concessions in the cause of humanity and Mrs. Hauksbee was more esteemed by the Doctor as a help in the sick-room than the half-distraught mother.

'I know nothing of illness,' said Mrs. Hauksbee to the Doctor. 'Only tell me what to do, and I'll do it.'

'Keep that crazy woman from kissing the child, and let her have as little to do with the nursing as you possibly can,' said the Doctor; 'I'd turn her out of the sick-room, but that I honestly believe she'd die of anxiety. She is less than no good, and I depend on you and the *ayahs*, remember.'

de esperar que umas poucas semanas sozinho no hotel com a sra. Delville propiciassem explicações. Quanto a sra. Bent lançou, esta lançou seu ciúmes pelos ares com medo de perder a filha.

"Podemos oferecer-lhe leite bom", disse a sra. Hauksbee a ela, "nossa casa fica muito mais próximo da casa do médico do que o hotel, e você não se sentirá como se estivesse em terreno hostil. Onde está a querida sra. Waddy? Ela aparenta ser sua amiga íntima."

"Todos eles me abandonaram", disse a sra. Bent com amargura. "A sra. Waddy foi a primeira. Ela disse que eu deveria me envergar por levar doenças para lá, e tenho *certeza* de que não foi por minha culpa que a pequena Dora..."

"Então está bem", arrulhou a sra. Hauksbee. "A Waddy em si já é uma doença contagiosa – '*que se contrai com mais rapidez que a praga e o contagiado enlouquece em pouco tempo*'. Morei ao lado dela no Elysium, há três anos atrás. Agora veja, você não causa o *menor* transtorno, e eu decorei toda a casa com lençóis embebidos em carbólico. Cheira bem, não? Lembre-se, estarei sempre por perto, e minhas aias ficarão a seu serviço quando as suas forem fazer as refeições, e – e – se você chorar jamais a perdoarei."

"Dora Bent ocupou os cuidados ineficazes de sua mãe de dia e de noite. O médico fez três visitas em vinte e quatro horas, e a casa exalava o cheiro desagradável de Fluído de Condy, água clorada e banhos de ácido carbólico. A sra. Mallowe permaneceu no próprio quarto; considerava já ter feito concessões o suficiente para a causa humanitária – e o médico apreciava mais o auxílio da sra. Hauksbee no quarto da enferma do que o da mãe quase descontrolada.

"Não sei nada sobre doenças", disse a sra. Hauksbee para o médico. "Apenas me diga o que fazer e eu o farei".

"Não deixe essa mulher insana beijar a criança, e mantenha-a ocupada com pequenos afazeres na enfermagem, tanto quanto possível", disse o médico; "eu a retiraria do quarto da enferma, mas acredito honestamente que isso a mataria de ansiedade. Ela não tem utilidade, e dependo de você e das *aias*, lembre-se".

Uma Mulher de Segunda Classe

A sra. Hauksbee aceitou a responsabilidade, ainda que isso lhe causasse cavidades esverdeadas sob os olhos e a obrigasse a utilizar seus vestidos mais velhos. A sra. Bent apegou-se a ela com uma fé mais que infantil.

"Eu *sei* que você vai salvar a Dora, não vai?", ela dizia pelo menos vinte vezes por dia; e vinte vezes por dia a sra. Hauksbee respondia corajosa, "Claro que irei".

Mas Dora não melhorou e o médico aparentava estar sempre na casa.

"Há sempre o perigo de haver uma recaída", disse ele; "Virei entre as três e quatro da madrugada, amanhã."

"Bom Deus!", disse a sra. Hauksbee. "Ele nunca me disse o que seria uma recaída! Minha instrução foi terrivelmente descuidada; e tenho apenas essa mãe insensata em quem me apoiar."

A noite transcorreu devagar e a sra. Hauksbee cochilou em uma cadeira próxima ao fogo. Havia um baile no Salão Viceregal e ela sonhava com isso até ser despertada pelos olhos ansiosos da sra. Bent, que a encaravam.

"Acorde! Acorde! Faça alguma coisa!", gemeu a sra. Bent, com devoção. "Dora está sufocando até a morte! Pretende deixá-la morrer?"

A sra. Hauksbee pulou em pé e inclinou-se sobre a cama. A criança lutava para respirar enquanto a mãe apertava-lhe a mão com desespero.

"Oh, o que posso fazer? O que posso fazer? Ela não fica parada. Não consigo segurá-la. Por que médico não disse que isso aconteceria?", gritou a sra. Bent. "Você *não vai* me ajudar? Ela está morrendo!"

"Eu... eu nunca vi uma criança morrer antes!", gaguejou a sra. Hauksbee debilmente, e então – sem resistir ao cansaço após o esforço da longa vigília – ela sucumbiu, cobrindo o rosto com as mãos. As *aias*, na soleira, ressonavam calmamente.

Debaixo veio o chocalhar das rodas de um riquixá, o estalido de uma porta se abrindo, passos pesados na escada, e a sra. Delville entrou para encontrar a sra. Bent gritando pelo médico enquanto corria ao redor do quarto. A sra. Hauksbee, as mãos cobrindo os ouvidos, a face enterrada

Mrs. Hauksbee accepted the responsibility, though it painted olive hollows under her eyes and forced her to her oldest dresses. Mrs. Bent clung to her with more than childlike faith.

'I *know* you'll make Dora well, won't you?' she said at least twenty times a day; and twenty times a day Mrs. Hauksbee answered valiantly, 'Of course I will.'

But Dora did not improve, and the Doctor seemed to be always in the house.

'There's some danger of the thing taking a bad turn,' he said; 'I'll come over between three and four in the morning to-morrow.'

'Good gracious!' said Mrs. Hauksbee. 'He never told me what the turn would be! My education has been horribly neglected; and I have only this foolish mother-woman to fall back upon.'

The night wore through slowly, and Mrs. Hauksbee dozed in a chair by the fire. There was a dance at the Viceregal Lodge, and she dreamed of it till she was aware of Mrs. Bent's anxious eyes staring into her own.

'Wake up! Wake up! Do something!' cried Mrs. Bent piteously. 'Dora's choking to death! Do you mean to let her die?'

Mrs. Hauksbee jumped to her feet and bent over the bed. The child was fighting for breath, while the mother wrung her hands despairingly.

'Oh, what can I do? What can you do? She won't stay still! I can't hold her. Why didn't the Doctor say this was coming?' screamed Mrs. Bent. '*Won't* you help me? She's dying!'

'I-I've never seen a child die before!' stammered Mrs. Hauksbee feebly, and then let none blame her weakness after the strain of long watching she broke down, and covered her face with her hands. The *ayahs* on the threshold snored peacefully.

There was a rattle of 'rickshaw wheels below, the clash of an opening door, a heavy step on the stairs, and Mrs. Delville entered to find Mrs. Bent screaming for the Doctor as she ran round the room. Mrs. Hauksbee, her hands to her ears, and her face buried in the chintz of a chair, was quivering with pain at each cry from the bed, and murmuring, 'Thank God, I never bore a child! Oh! thank God, I never bore a child!'

Mrs. Delville looked at the bed for an instant, took Mrs. Bent by the shoulders, and said quietly, 'Get me some caustic. Be quick.'

The mother obeyed mechanically. Mrs. Delville had thrown herself down by the side of the child and was opening its mouth.

'Oh, you're killing her!' cried Mrs. Bent. 'Where's the Doctor? Leave her alone!'

Mrs. Delville made no reply for a minute, but busied herself with the child.

'Now the caustic, and hold a lamp behind my shoulder. *Will* you do as you are told? The acid-bottle, if you don't know what I mean,' she said.

A second time Mrs. Delville bent over the child. Mrs. Hauksbee, her face still hidden, sobbed and shivered. One of the *ayahs* staggered sleepily into the room, yawning: 'Doctor Sahib come.'

Mrs. Delville turned her head.

'You're only just in time,' she said. 'It was chokin' her when I came, an' I've burnt it.'

'There was no sign of the membrane getting to the air-passages after the last steaming. It was the general weakness I feared,' said the Doctor half to himself, and he whispered as he looked, 'You've done what I should have been afraid to do without consultation.'

'She was dyin',' said Mrs. Delville, under her breath. 'Can you do anythin'? What a mercy it was I went to the dance!'

Mrs. Hauksbee raised her head.

'Is it all over?' she gasped. 'I'm useless I'm worse than useless! What are *you* doing here?'

She stared at Mrs. Delville, and Mrs. Bent, realising for the first time who was the Goddess from the Machine, stared also.

no tecido da cadeira, tremia de sofrimento a cada súplica vinda da cama, murmurando: "Graças a Deus, nunca tive um filho! Oh, graças a Deus, nunca tive um filho!"

A sra. Delville olhou para a cama por um instante, segurou a sra. Bent pelos ombros e disse com calma: "Dê-me um pouco de nitrato de prata. Rápido."

A mãe obedeceu mecanicamente. A sra. Delville atirou-se ao lado da criança e abria-lhe a boca.

"Oh, você a está matando", gemeu a sra. Bent. "Onde está o médico? Deixe-a em paz!"

A sra. Delville não respondeu por um minuto, ocupando-se da criança.

"Agora, o nitrato de prata, e segure a lâmpada atrás dos meus ombros. *Vai* fazer o que eu disse? A garrafa de ácido, se não sabe do que estou falando", disse ela.

A sra. Delville inclinou-se sobre a criança uma segunda vez. A sra. Hauksbee, ainda escondendo a face, soluçava e tremia. Uma das *aias* cambaleou sonolenta para o quarto, bocejando: "o dr. sahib[23] chegou".

A sra. Delville virou a cabeça.

"Chegou bem na hora", disse ela. "Isto a estava sufocando quando cheguei, e cauterizei-o."

"Não havia sinal da membrana chegando à passagem de ar após a última vaporização. Essa era a fraqueza geral que eu temia", disse o doutor, em parte para si mesmo, e sussurrou enquanto olhava: "Você fez o que eu teria medo de fazer sem uma junta médica".

"Ela estava agonizando", disse a sra. Delville, a meia voz. "Pode fazer alguma coisa? Que benção eu estar no baile!"

A sra. Hauksbee ergueu a cabeça.

"Terminou?", ela ofegou. "Sou imprestável – sou mais que imprestável! O que *você* faz aqui?"

Ela encarou a sra. Delville, e a sra. Bent, dando-se conta pela primeira vez quem era a *Goddess from the Machine*[24], também a encarou.

---

[23] *Sahib*: tratamento dados pelos indianos a homens brancos respeitáveis ou de classe social elevada, comum na Índia quanto esta pertencia ao Império Britânico. N.T.

[24] Usa-se dizer *The God from the Machine*, tradução do latim *deus ex machina*. Refere-se à aparição miraculosa de alguém que resolve uma situação difícil. A expressão remonta à Grécia antiga, quando os atores que representavam os deuses em um drama surgiam mediante o acionamento de um maquinário acoplado ao palco. N.T.

Então a sra. Delville fez uma explanação, calçando sua luva longa e suja e alisando um amarrotado e deselegante vestido de baile.

"Eu estava no baile e o doutor me disse que o estado de saúde do seu bebê piorava. Então vim embora mais cedo, e sua porta estava aberta, e eu – eu – perdi meu menino desse jeito há seis meses, desde então tenho tentado esquecer isso, e eu... eu... eu sinto muito por ter-me intrometido em tudo o que aconteceu."

A sra. Bent dirigiu a lâmpada para olhos do médico assim que ele parou sobre Dora.

"Tire isso", disse o médico. "Acredito que a criança sobreviverá graças a você, sra. Delville. *Eu* teria chegado tarde demais, mas eu lhe asseguro" – ele se dirigia à sra. Delville – "que eu não tinha a mínima razão de esperar por isso. A membrana deve ter crescido como um cogumelo. Alguma de vocês poderia me ajudar, por favor?"

Ele tinha razão para dizer isso. A sra. Hauksbee tinha se atirado nos braços da sra. Delville, onde chorava com amargura, e a sra. Bent estava misturada entre as duas, de forma pouco pitoresca, enquanto do emaranhado vinha o som de vários soluços e beijos bastante promíscuos.

"Bom Deus! Eu estraguei todas as suas belas rosas!", disse a sra. Hauksbee, erguendo a cabeça do amontoado de resina esmagada e outras atrocidades em tecido no ombro da sra. Delville, e correu em direção ao doutor.

A sra. Delville pegou o xale e andou encurvada para fora do quarto, enxugando os olhos com a luva que não calçara.

"Sempre disse que ela era mais que uma mulher", soluçou a sra. Hauksbee, histérica, "e *aí* está a prova".

....

Seis semanas mais tarde a sra. Bent e Dora retornaram ao hotel. A sra. Hauksbee tinha retornado do Vale da Humilhação, parado de censurar a si mesma pelo colapso em uma ocasião de necessidade e já começava a dirigir os acontecimentos do mundo como antes.

Then Mrs. Delville made explanation, putting on a dirty long glove and smoothing a crumpled and ill-fitting ball-dress.

'I was at the dance, an' the Doctor was tellin' me about your baby bein' so ill. So I came away early, an' your door was open, an' I-I lost my boy this way six months ago, an' I've been tryin' to forget it ever since, an' I-I-I am very sorry for intrudin' an' anythin' that has happened.'

Mrs. Bent was putting out the Doctor's eye with a lamp as he stooped over Dora.

'Take it away,' said the Doctor. 'I think the child will do, thanks to you, Mrs. Delville. *I* should have come too late, but, I assure you' he was addressing himself to Mrs. Delville...'I had not the faintest reason to expect this. The membrane must have grown like a mushroom. Will one of you help me, please?'

He had reason for the last sentence. Mrs. Hauksbee had thrown herself into Mrs. Delville's arms, where she was weeping bitterly, and Mrs. Bent was unpicturesquely mixed up with both, while from the tangle came the sound of many sobs and much promiscuous kissing.

'Good gracious! I've spoilt all your beautiful roses!' said Mrs. Hauksbee, lifting her head from the lump of crushed gum and calico atrocities on Mrs. Delville's shoulder and hurrying to the Doctor.

Mrs. Delville picked up her shawl, and slouched out of the room, mopping her eyes with the glove that she had not put on.

'I always said she was more than a woman,' sobbed Mrs. Hauksbee hysterically, 'and *that* proves it!'

....

Six weeks later Mrs. Bent and Dora had returned to the hotel. Mrs. Hauksbee had come out of the Valley of Humiliation, had ceased to reproach herself for her collapse in an hour of need, and was even beginning to direct the affairs of the world as before.

'So nobody died, and everything went off as it should, and I kissed The Dowd, Polly. I feel *so* old. Does it show in my face?'

'Kisses don't as a rule, do they? Of course you know what the result of The Dowd's providential arrival has been.'

'They ought to build her a statue only no sculptor dare copy those skirts.'

'Ah!' said Mrs. Mallowe quietly. 'She has found another reward. The Dancing Master has been smirking through Simla, giving every one to understand that she came because of her undying love for him – for him – to save *his* child, and all Simla naturally believes this.'

'But Mrs. Bent...'

'Mrs. Bent believes it more than any one else. She won't speak to The Dowd now. *Isn't* The Dancing Master an angel?'

Mrs. Hauksbee lifted up her voice and raged till bed-time. The doors of the two rooms stood open.

'Polly,' said a voice from the darkness, 'what did that American-heiress-globe-trotter girl say last season when she was tipped out of her 'rickshaw turning a corner? Some absurd adjective that made the man who picked her up explode.'

'"Paltry,"' said Mrs. Mallowe. 'Through her nose like this"Ha-ow pahltry!"'

'Exactly,' said the voice. 'Ha-ow pahltry it all is!'

'Which?'

'Everything. Babies, Diphtheria, Mrs. Bent and The Dancing Master, I whooping in a chair, and The Dowd dropping in from the clouds. I wonder what the motive was *all* the motives.'

'Um!'

'What do *you* think?'

'Don't ask me. Go to sleep.'

"Então, ninguém morreu, tudo saiu como deveria e eu beijei a Mal Vestida, Polly. Sinto-me *tão* velha. Isso aparece em meu rosto?"

"Beijos não costumam causar isso, costumam? É evidente que você conhece o resultado que a vinda providencial da Mal Vestida acarretou."

"Eles deveriam erguer-lhe uma estátua – só que nenhum escultor ousaria reproduzir aquelas saias."

"Ah!", disse a sra. Mallowe em silêncio. "Ela recebeu outra recompensa. O Professor de Dança tem estado sorrindo com afetação por toda Simla, dando a entender a todo mundo que, devido ao amor eterno que nutre por ele, – por ele – ela veio salvar a criança *dele*, e toda Simla, claro, acredita nisso."

"Mas a sra. Bent..."

"A sra. Bent acredita nisso mais do que qualquer outro. Agora ela não fala com a Mal Vestida. O Professor de Dança *não é* um anjo?"

A sra. Hauksbee ergueu a voz e vociferou até a hora de dormir. A porta dos dois quartos permaneceu aberta.

"Polly", disse uma voz vinda da escuridão, "o que aquela garota, a herdeira americana que gosta de viajar, disse na última temporada quando estava inclinada para fora de seu riquixá, virando a esquina? Algum substantivo absurdo que fez o homem que a acompanhava explodir."

"Insignificância", disse a sra. Mallowe. "Pelo nariz – assim – "quaaanta insignificância!"

"Exatamente", disse a voz. "Quaaanta insignificância nisso tudo!"

"No quê?"

"Em tudo. Nenês, difteria, sra. Bent, Professor de Dança, em mim berrando em uma cadeira, e na Mal Vestida caindo do céu. Suponho que a razão tenha sido – por *todos* os motivos."

"Hum!"

"O que *você* acha?"

"Não me pergunte. Durma."

Apenas um Subalterno

Only a Subaltern

Primeira publicação
The Week's News
25 de agosto de 1888

...Não apenas por obrigação a uma ordem, mas para encorajar pelo exemplo a vigorosa quitação da obrigação e a firme tolerância das dificuldades e das privações inerentes ao Serviço Militar.
Regulamentos do Exército de Bengala

...Not only to enforce by command, but to encourage by example the energetic discharge of duty and the steady endurance of the difficulties and privations inseparable from Military Service.
Bengal Army Regulations.

Eles fizeram Bobby Wick prestar um exame em Sardhurst[1]. Ele era um fidalgo antes de virar notícia, então, quando a gazeta *Imperatriz* divulgou que "o fidalgo cadete Robert Hanna Wick" foi anunciado como segundo-tenente do Tyneside Tail Twister em Krab Bockhar, ele se tornou oficial e fidalgo, o que é algo invejável; e houve contentamento no clã dos Wicks, onde Mama Wick e todos os Wicks pequenos se ajoelharam e ofereceram incensos a Bobby em virtude de suas façanhas.

Papa Wick tinha sido comissário em seu tempo, deteve autoridade sobre três milhões de homens na Divisão de Chota-Buldana, realizou grandes trabalhos para o bem do país e se esforçou ao máximo para fazer crescerem dois ramos de grama onde havia apenas um. Claro que ninguém sabia disso na pequena vila inglesa onde ele era apenas "o

They made Bobby Wick pass an examination at Sandhurst. He was a gentleman before he was gazetted, so, when the Empress announced that 'Gentleman-Cadet Robert Hanna Wick' was posted as Second Lieutenant to the Tyneside Tail Twisters at Krab Bokhar, he became an officer *and* a gentleman, which is an enviable thing; and there was joy in the house of Wick where Mamma Wick and all the little Wicks fell upon their knees and offered incense to Bobby by virtue of his achievements.

Papa Wick had been a Commissioner in his day, holding authority over three millions of men in the Chota-Buldana Division, building great works for the good of the land, and doing his best to make two blades of grass grow where there was but one before. Of course, nobody knew anything about this in the

---

[1] *Sardhurst Royal Military Academy*, fundada em 1799, educa candidatos a patentes militares. N.T.

little English village where he was just 'old Mr. Wick,' and had forgotten that he was a Companion of the Order of the Star of India.

He patted Bobby on the shoulder and said: 'Well done, my boy!'

There followed, while the uniform was being prepared, an interval of pure delight, during which Bobby took brevet-rank as a 'man' at the women-swamped tennis-parties and tea-fights of the village, and, I daresay, had his joining-time been extended, would have fallen in love with several girls at once. Little country villages at Home are very full of nice girls, because all the young men come out to India to make their fortunes.

'India,' said Papa Wick, 'is the place. I've had thirty years of it and, begad, I'd like to go back again. When you join the Tail Twisters you'll be among friends, if every one hasn't forgotten Wick of Chota-Buldana, and a lot of people will be kind to you for our sakes. The mother will tell you more about outfit than I can; but remember this. Stick to your Regiment, Bobby – stick to your Regiment. You'll see men all round you going into the Staff Corps, and doing every possible sort of duty but regimental, and you may be tempted to follow suit. Now so long as you keep within your allowance, and I haven't stinted you there, stick to the Line, the whole Line, and nothing but the Line. Be careful how you back another young fool's bill, and if you fall in love with a woman twenty years older than yourself, don't tell *me* about it, that's all.'

With these counsels, and many others equally valuable, did Papa Wick fortify Bobby ere that last awful night at Portsmouth when the Officers' Quarters held more inmates than were provided for by the Regulations, and the liberty-men of the ships fell foul of the drafts for India, and the battle raged from the Dockyard Gates even to the slums of Longport, while the drabs of Fratton came down and scratched the faces of the Queen's Officers.

velho sr. Wick", e tinham esquecido que ele fora um Companheiro da Ordem da Estrela da Índia.

Ele deu um tapinha no ombro de Bobby e disse: "Bom trabalho, meu garoto".

Enquanto o uniforme era preparado, seguiu-se um intervalo de puro deleite durante o qual Bobby elevou-se à categoria de "homem" entre as mulheres arrogantes das festas do clube de tênis e das reuniões sociais do vilarejo, e, ouso dizer, se tivessem tido mais tempo juntos, teria se apaixonado por várias garotas ao mesmo tempo. Pequenos vilarejos no interior da Inglaterra são repletos de belas garotas, porque todos os rapazes estão indo para a Índia enriquecer.

"A Índia", disse Papa Wick, "é o lugar. Estive lá por trinta anos e gostaria de retornar. Quando você se unir ao Tail Twister estará entre amigos, se ninguém se esqueceu do Wick de Chota-Buldana, e muitas pessoas serão gentis com você em consideração a nós. Sua mãe pode dizer mais a respeito das companhias do que eu; mas lembre-se disto: apegue-se ao seu regimento, Bobby – apegue-se ao seu regimento. Você verá homens ao seu redor indo à Unidade do Exército do Estado Maior e fazendo todo tipo de coisa, menos a obrigação, e você pode ser tentado a seguir o exemplo. Agora, até quando você viver de mesada e eu a enviar, agarre-se ao regimento, à todo o regimento e a nada além do regimento[2]. Tome cuidado para não tomar empréstimos em dinheiro e se você se apaixonar por uma mulher vinte anos mais velha, não *me* conte nada, isso é tudo."

Com esses conselhos e muitos outros de igual valor, Papa Wick fortaleceu Bobby antes daquela última noite horrível em Portsmouth, quando os oficiais do quartel retiveram mais internos do que era aprovado pelo regulamento, os marinheiros de licença dos navios colidiram com os destacamentos para a Índia e a batalha vociferou dos portões de Dockyard até os bairros miseráveis de Longport, enquanto as prostitutas de Fratton vinham arranhar o rosto dos oficiais da rainha.

---

[2] O pai o aconselha a permanecer no regimento em vez de inscrever-se em cursos da Unidade do Exército do Estado Maior e outros. Na época o conselho fazia sentido, mas hoje tais cursos são essenciais à promoção dos militares britânicos. N.T.

Bobby Wick, com uma contusão feia em seu nariz sardento, um enfermiço e vacilante destacamento para manobras no navio e a ajuda de cinqüenta mulheres desdenhosas para atendê-los não teve tempo para sentir saudade de casa até que o *Malabar*[3] estendeu-se no meio do canal, quando dobrou suas aflições com um pequeno sentinela e muitos outros problemas.

O *Tail Twister* era um regimento muito especial. Aqueles que o conheciam o mínimo diziam que eles eram alimentados com "conceitos". Mas suas reservas e seus preparativos internos eram em geral mera diplomacia defensiva. Há cerca de cinco anos atrás o coronel em comando olhou dentro de catorze olhos amedrontados de sete rechonchudos e suculentos subalternos que se inscreveram para ingressar na Unidade do Exército do Estado Maior e perguntou a eles por que um três estrelas, um coronel do regimento, deveria comandar um quarto de crianças frustradas, com duplamente frustrados sugadores de mamadeiras que usavam malditas esporas de estanho e cavalgavam jumentos até os cabeças vazias do desassistido Regimento Negro[4]. Ele era um homem rude e terrível. Por isso os remanescentes tomaram medidas (com uso da máquina poderosa da opinião pública) até que se espalhasse o boato de que os jovens que usassem o Tail Twister como arrimo para a Unidade do Exército do Estado Maior teriam que tolerar muitas e variadas provações. Seja como for, um regimento tem tanto direito a seus próprios segredos quanto uma mulher.

Quando Bobby chegou de Deolali[5] e assumiu seu lugar entre o Tail Twister foi prevenido de forma gentil, mas firme, de que o regimento seria a partir de agora seu pai, sua mãe e sua eterna esposa, que não havia nenhum crime sobre a Terra pior do que envergonhar aquele regimento, que era o melhor em tiro, o melhor em treinamento, o mais organizado, o mais bravo, mais ilustre e, em todos os aspectos, o regimento mais

---

[3] *Malabar*: um dos cinco navios famosos que levavam as tropas militares britânicas, operados pela Marinha Real do Governo da Índia. Eram desconfortáveis e lentos. Os demais navios da frota chamavam-se Crocodilo, Eufrates, Jumma e Serapis. N.T.
[4] *Black Regiments*: regimentos do Exército Indiano, em que os oficiais britânicos controlavam a delegação da rainha e os oficiais indianos, a delegação do vice-rei. N.T.
[5] Posto militar próximo a Bombaim. N.T.

Seven Seas. He was taught the legends of the Mess Plate, from the great grinning Golden Gods that had come out of the Summer Palace in Pekin to the silver-mounted markhorhorn snuff-mull presented by the last C.O. (he who spake to the seven subalterns). And every one of those legends told him of battles fought at long odds, without fear as without support; of hospitality catholic as an Arab's; of friendships deep as the sea and steady as the fighting-line; of honour won by hard roads for honour's sake; and of instant and unquestioning devotion to the Regiment – the Regiment that claims the lives of all and lives for ever.

More than once, too, he came officially into contact with the Regimental colours, which looked like the lining of a bricklayer's hat on the end of a chewed stick. Bobby did not kneel and worship them, because British subalterns are not constructed in that manner. Indeed, he condemned them for their weight at the very moment that they were filling with awe and other more noble sentiments.

But best of all was the occasion when he moved with the Tail Twisters in review order at the breaking of a November day. Allowing for duty-men and sick, the Regiment was one thousand and eighty strong, and Bobby belonged to them; for was he not a Subaltern of the Line – the whole Line, and nothing but the Line – as the tramp of two thousand one hundred and sixty sturdy ammunition boots attested? He would not have changed places with Deighton of the Horse Battery, whirling by in a pillar of cloud to a chorus of 'Strong right! Strong left!' or Hogan-Yale of the White Hussars, leading his squadron for all it was worth, with the price of horseshoes thrown in; or 'Tick' Boileau, trying to live up to his fierce blue and gold turban while the wasps of the Bengal Cavalry stretched to a gallop in the wake of the long, lollopping Walers of the White Hussars.

cobiçado dos Sete Mares. Contaram-lhe as lendas sobre a coleção de pratarias que pertencia ao oficial encarregado do rancho, proveniente do grande sorriso dos Deuses Dourados que saíram do Palácio de Verão em Pequim para o chifre de um bode selvagem do oeste do Himalaia, feito sob medida dentro de uma caixa de rapé e com acessórios de prata, um presente do último coronel (aquele que falou com os sete subalternos). E cada uma dessas lendas falava de batalhas travadas em tempos estranhos, sem medo e sem proteção; da hospitalidade de católicos e árabes; de amizades tão profundas quanto o oceano e inabaláveis como a linha de fogo; da honra conquistada por caminhos difíceis por amor à honra; e sobre a imediata e inquestionável devoção ao regimento – o regimento que reivindica a vida de todos e vive para sempre.

De vez em quando, também, ele entrou oficialmente em contato com os estandartes do regimento, que pareciam o forro de um chapéu de pedreiro na ponta de uma vara mastigada. Bobby não se ajoelhou para adorá-los porque os subalternos britânicos não são desse tipo. Na verdade, ele os condenava pela importância que davam a isso toda vez que se enchiam de reverência e outros sentimentos mais nobres.

Mas o melhor de tudo eram as ocasiões em que ele se deslocava com o Tail Twisters em inspeção regular ao raiar de novembro. Levando em consideração os engajados e os doentes, o regimento contava com mil e oitenta homens, e Bobby fazia parte deles; pois ele não era um subalterno do regimento – de todo o regimento e nada além do regimento – como o marchar de dois mil, cento e sessenta vigorosas botas militares atestavam? Ele não trocaria de lugar com Deighton, da Artilharia Montada, que rodopiava em uma coluna de poeira sob o coro de "Direita, volver! Esquerda, volver!", ou com Hogan-Yale, dos Russardos Brancos, que conduzia seu esquadrão apesar do custo que incluía o preço das ferraduras; ou com "Tick" Boileau, que procurva viver de acordo com seu feroz turbante azul e dourado enquanto as vespas da Cavalaria de Bengala estendiam-se para um galope nas águas ancestrais, com os cavalos dos Russardos Brancos correndo livres e alegres.

Apenas um Subalterno

Eles treinaram durante o dia claro e calmo, e Bobby sentiu uma pequena excitação correr pela espinha ao ouvir o tilintar das caixas de munição vazias pulando do bloco de culatras após o rugido das saraivadas; pois ele sabia que deveria viver para ouvir aquele ruído em combate. A revista terminou com uma gloriosa perseguição através da planície – baterias trovejando atrás da cavalaria, para o enorme desgosto dos Russardos Brancos, e o Tyneside Tail Twisters caçando o Regimento Sikh[6] até que os esquálidos *singhs*[7] arquejassem de exaustão. Bobby estava empoeirado e ensopado de suor antes do anoitecer, mas seu entusiasmo fora meramente direcionado – não diminuído.

Ele retornou para sentar-se aos pés de Revere, seu "comandante", quer dizer, o capitão de sua companhia, e para ser instruído nas artes negras e misteriosas de governar os homens, o que representa grande parte da instrução na carreira militar.

"Se você não tiver inclinação para esse caminho", disse Revere entre as baforadas do charuto, "nunca estará apto a pegar o jeito disso, mas lembre-se Bobby, exercício militar não é o melhor treinamento, apesar do exercício ser praticamente tudo, é o que arrasta um regimento através do Inferno até o outro lado. O melhor é saber como comandar os homens – homens-cabra, homens-porcos, homens-cães e por aí vai."

"Dormer, por exemplo", disse Bobby, "Acredito ser um tolo de nascença. Ele tem o jeito desanimado de uma coruja doente."

"É aí que você se engana, meu filho. Dormer *ainda* não é um tolo, ele é um soldado sujo e desanimado, e o cabo responsável pelo alojamento e faz troça das meias curtas dele depois de inspecionar as mochilas. Dormer, sendo dois terços de pura rudeza, entra em uma esquina e rosna."

"Como você sabe disso?", disse Bobby, admirado.

"Porque um comandante de uma companhia tem que saber essas coisas – porque, se ele *não* sabe, pode

---

[6] Adepto do Sikhismo, religião monoteísta fundada em Punjab, na Índia, no século XV, pelo guru Nanak. Pregam a liberação espiritual e a justiça social. Apesar disso, essa congregação assumiu um aspecto militar durante os primeiros conflitos. N.T.

[7] Título ou sobrenome adotado por determinadas castas guerreiras do norte da Índia, em especial pelos membros masculinos da Sikh Khalsa. Em punjabi, significa leão. N.T.

may have crime – ay, murder – brewing under his very nose and yet not see that it's there. Dormer is being badgered out of his mind – big as he is – and he hasn't intellect enough to resent it. He's taken to quiet boozing, and, Bobby, when the butt of a room goes on the drink, or takes to moping by himself, measures are necessary to pull him out of himself.'

'What measures? 'Man can't run round coddling his men for ever.'

'No. The men would precious soon show him that he was not wanted. You've got to…'

Here the Colour-Sergeant entered with some papers; Bobby reflected for a while as Revere looked through the Company forms.

'Does Dormer do anything, Sergeant?' Bobby asked with the air of one continuing an interrupted conversation.

'No, sir. Does 'is dooty like a hortomato,' said the Sergeant, who delighted in long words. 'A dirty soldier and 'e's under full stoppages for new kit. It's covered with scales, sir.'

'Scales? What scales?'

'Fish-scales, sir. 'E's always pokin' in the mud by the river an' a-cleanin' them *muchly*-fish with 'is thumbs.' Revere was still absorbed in the Company papers, and the Sergeant, who was sternly fond of Bobby, continued…''E generally goes down there when 'e's got 'is skinful, beggin' your pardon, sir, an' they *do* say that the more lush – in-he-briated 'e is, the more fish 'e catches. They call 'im the Looney Fishmonger in the Comp'ny, sir.'

Revere signed the last paper and the Sergeant retreated.

'It's a filthy amusement,' sighed Bobby to himself. Then aloud to Revere: 'Are you really worried about Dormer?'

'A little. You see he's never mad enough to send to hospital, or drunk enough to run in, but at any minute he may flare up, brooding

ter um crime – oh, um assassinato – sendo engendrado bem debaixo do nariz e ainda não ver que aquilo está lá. Dormer é uma criatura louca e atormentada – grande do jeito que é – e ele não tem inteligência suficiente para ressentir-se disso. Ele é dado a embebedar-se completamente e, Bobby, quando a barrica de um alojamento continua a beber ou gosta de se deprimir sozinho, são necessárias medidas para trazê-lo de volta."

"Quais medidas? Os homens não podem ficar rodeando e mimando esse sujeito para sempre."

"Não. Os homens muito em breve mostrarão a ele que não o querem. Você tem que..."

Nesse momento o sargento entrou com alguns papéis; Bobby refletiu por algum tempo enquanto Revere examinava todos os formulários da companhia.

"Dormer fez alguma coisa, sargento?", Bobby perguntou, com ar de quem retomava uma conversa interrompida.

"Não, senhor. Cumpre as obrigações como um autômato[8]", disse o sargento, que se deliciava com palavras longas. "É um soldado sujo e sofreu muitos descontos no pagamento para repor os utensílios. Os dele estão cobertos de escamas, senhor."

"Escamas? Quais escamas?"

"Escamas de peixe, senhor. Ele está sempre cutucando a lama ao lado do rio e limpando *muitíssimos* peixes com os polegares." Revere permanecia absorto nos papéis da companhia e o sargento, que era gostava muito de Bobby, continuou – "e em geral ele desce até lá quando está bêbado – com suas desculpas, senhor – e *dizem* que quanto mais exuberante é sua embriaguez, mais peixes ele apanha. Na companhia eles o chamam de Peixeiro Maluco, senhor."

Revere assinou o último papel e o sargento se retirou.

"É um entretenimento imundo", suspirou o sargento para si mesmo. Então disse alto para Rivere: "Você está mesmo preocupado com Dormer?"

"Um pouco. Veja, ele não é louco o bastante para o asilo, ou bêbado o bastante para ser internado, mas a qualquer minuto ele pode se inflamar, ruminar e ficar de mau

---

[8] Original "Does 'is dooty like a hortomato' ", que seria: "Does his duty like an automaton". N.T.

humor, como ele faz. Ele se ressente por não demonstrarmos interesse por ele, e a única vez que eu o levei para tiro ao alvo, ele errou todos, mas acertou em *mim* por acidente."

"Sairei para pescar", disse Bobby, com o rosto contorcido. "Alugarei uma barca e descerei o rio de quinta a domingo, e o agradável Dormer irá comigo – se puder nos liberar."

"Jovem tolo e inflamado!", disse Revere, mas seu coração estava pleno de palavras muito mais agradáveis que essas.

Bobby, o capitão de um *dhoni*[9], tendo o praça Dormer por companheiro, caiu no rio quinta-feira pela manhã – o praça postou-se na curva do barco com o subalterno no leme. O praça olhava de modo penetrante e inquieto para o subalterno, que respeitava as reservas do primeiro.

Depois de seis horas, Dormer caminhou até a popa, bateu continência e disse – "Perdoe-me, senhor, mas você já *esteve* alguma vez no Canal de Durham, na Inglaterra?"

"Não", disse Bobby Wick. "Venha e almoce um pouco."

Eles comeram em silêncio. Ao cair da tarde o praça Dormer caminhou adiante, falando para si mesmo:

"Estive no Canal de Durham, que noite divertida, na próxima semana fazem doze meses, uma banheira para meus dedões do pé, na água." Ele fumou e não disse mais nada até a hora de dormir.

A magia do amanhecer tornou a extensão cinza do rio em púrpura, ouro e opala; e foi como se o pesado *dhoni* se arrastasse através do esplendor de um novo paraíso.

Praça Dormer pipocou a cabeça para fora da manta e olhou fixo para a gloriosa cena abaixo e ao redor.

"Bem – maldição – meus olhos!", disse o praça Dormer, com um sussurro aterrorizado. "Isto aqui é como a apresentação de um teatro de sombras!" Ficou mudo pelo resto do dia, mas conseguiu fazer uma imundície, ensangüentando tudo ao limpar um peixe grande.

A barca retornou no entardecer do sábado. Dormer lutava com a própria fala desde o meio dia. Assim que as linhas e a bagagem foram desembarcadas, ele reencontrou a língua.

---

[9] Barco de fundo plano. N.T.

'Beg y' pardon, sir,' he said, 'but would you – would you min' shakin' 'ands with me, sir?'

'Of course not,' said Bobby, and he shook accordingly. Dormer returned to barracks and Bobby to mess.

'He wanted a little quiet and some fishing, I think,' said Bobby. 'My aunt, but he's a filthy sort of animal! Have you ever seen him clean "them *muchly*-fish with 'is thumbs"?'

'Anyhow,' said Revere three weeks later, 'he's doing his best to keep his things clean.'

When the spring died, Bobby joined in the general scramble for Hill leave, and to his surprise and delight secured three months.

'As good a boy as I want,' said Revere the admiring skipper.

'The best of the batch,' said the Adjutant to the Colonel. 'Keep back that young skrim-shanker Porkiss, sir, and let Revere make him sit up.'

So Bobby departed joyously to Simla Pahar with a tin box of gorgeous raiment.

''Son of Wick – old Wick of Chota-Buldana? Ask him to dinner, dear,' said the aged men.

'What a nice boy!' said the matrons and the maids.

'First-class place, Simla. Oh, ri-ipping!' said Bobby Wick, and ordered new white cord breeches on the strength of it.

....

'We're in a bad way,' wrote Revere to Bobby at the end of two months. 'Since you left, the Regiment has taken to fever and is fairly rotten with it two hundred in hospital, about a hundred in cells – drinking to keep off fever – and the Companies on parade fifteen file strong at the outside. There's rather more sickness in the out-villages than I care for, but then I'm so blistered with prickly-heat that I'm ready to hang myself. What's the yarn about your

"Desculpe-me, senhor", disse ele, "mas você poderia – se importaria de apertar as minhas mãos, senhor?"

"Claro que não", disse Bobby, apertando-as de imediato. Dormer retornou para a caserna e Bobby, para o rancho.

"Ele queria um pouco de quietude e alguma pescaria, eu acho", disse Bobby. "Meu Deus, mas ele é uma espécie de animal imundo! Você já o viu limpar 'os *muitíssimos* peixes com os polegares'?"

"De qualquer maneira", disse Rivere, três semanas depois, "ele está fazendo o possível para manter as coisas dele limpas".

Quando a primavera findou, Bobby uniu-se aos que solicitavam, como era costume, autorização para ir à colina. Para sua surpresa e deleite, conseguiu três meses de licença.

"Um garoto tão bom que poderia ser meu filho", disse Revere, o comandante admirado.

"O melhor do lote", disse o assistente para o coronel. "Retenha o jovem Porkiss, senhor, o de calcanhares rápidos, e deixe que Revere o ajuste."

Então Bobby partiu alegremente para Simla Pahar[11], levando uma caixa de folha-de-flandres com esplêndida indumentária.

"O filho de Wick – do velho Wick de Chota-Buldana? Convide-o para jantar, querida", disse o senhor idoso.

"Que jovem bonito!", disseram as matronas e as donzelas.

"Simla, lugar de primeira classe. Oh, ras-gando!", disse Bobby, e ordenou novos calções de cordões brancos devido a disso.

....

"Estamos em maus lençóis", escreveu Revere para Bobby ao final de dois meses. "Desde que você saiu o regimento tem estado febril e razoavelmente enfraquecido, com duzentos no hospital, cerca de uma centena em celas – bebendo para afastar a febre – e as companhias marcham em quinze colunas de homens do lado de fora. Existe muito mais

---

[11] Pahar: colina. N.T.

Apenas um Subalterno

doença nas vilas exteriores do que eu gostaria, mas estou tão coberto de bolhas e brotoejas que estou pronto para me enforcar. E que conversa é essa de você se amassar com a srta. Haverley por aí? Não é sério, espero.Você é jovem demais para pendurar um fardo pesado ao redor do pescoço, e o coronel vai correr com você daí em dois tempos se tentar isso."

Não foi o coronel que carregou Bobby para fora de Simla, mas um comandante muito mais respeitado. A doença nas vilas externas se espalhou, o bazar[11] foi banido para fora da divisa, e então chegou a notícia que o Tail Twisters deveria acampar. A mensagem caiu como um trovão nas bases da colina. "Cólera – Licenças suspensas – convocar oficiais". Gemidos pelas luvas brancas em caixas lacradas[12], pelas cavalgadas, bailes e piqueniques agendados, os amores quase declarados e as dívidas não pagas! Sem objeção e sem questionamento, os subalternos fugiram tão rápido quanto a *tonga*[13] podia correr ou o cavalo galopar, voltando para os regimentos e para as baterias tal como se apressassem para o casamento.

Bobby recebeu as ordens quando retornava de um baile no Salão Viceral, onde ele... – mas apenas a garota Haverley sabe o que Bobby disse, ou quantas valsas reivindicara para o próximo baile. Às seis da manhã Bobby estava no Escritório de Tonga, encharcado pela chuva, com o rodopio da última valsa ainda nos ouvidos e uma intoxicação que não tinha a ver nem com o vinho nem com as valsa em seu cérebro.

"Bom homem!", gritou Deighton, da Bateria Montada, através do nevoeiro. "Por que você foi convocado para a tonga? Vou com você. Oh! Mas minha cabeça está explodindo. Não me sentei a noite toda. Eles dizem que a Bateria está horrivelmente mal", e ele zumbiu dolorosamente.

> Deixe o que em você-sabe-onde,
> Deixe a multidão sem abrigo,
> Deixe o cadáver sem sepulcro,
> Deixe a noiva no altar!

mashing a Miss Haverley up there? Not serious, I hope? You're over-young to hang millstones round your neck, and the Colonel will turf you out of that in double-quick time if you attempt it.'

It was not the Colonel that brought Bobby out of Simla, but a much-more-to-be-respected Commandant. The sickness in the out-villages spread, the Bazar was put out of bounds, and then came the news that the Tail Twisters must go into camp. The message flashed to the Hill stations. – 'Cholera – Leave stopped – Officers recalled.' Alas for the white gloves in the neatly-soldered boxes, the rides and the dances and picnics that were to be, the loves half spoken, and the debts unpaid! Without demur and without question, fast as tonga could fly or pony gallop, back to their Regiments and their Batteries, as though they were hastening to their weddings, fled the subalterns.

Bobby received his orders on returning from a dance at Viceregal Lodge where he had... but only the Haverley girl knows what Bobby had said, or how many waltzes he had claimed for the next ball. Six in the morning saw Bobby at the Tonga Office in the drenching rain, the whirl of the last waltz still in his ears, and an intoxication due neither to wine nor waltzing in his brain.

'Good man!' shouted Deighton of the Horse Battery through the mist. 'Whar you raise dat tonga? I'm coming with you. Ow! But I've a head and a half. I didn't sit out all night. They say the Battery's awful bad,' and he hummed dolorously

> Leave the what at the
> [what's-its-name,
> Leave the flock without
> [shelter,
> Leave the corpse uninterred,
> Leave the bride at the altar!

[11] Bazar: parte indiana nos aquartelamentos militares, com lojas e habitações. N.T.
[12] Tais luvas eram mantidas em pequenas caixas com o tampo soldado, para evitar a contaminação por vermes ou pela umidade. N.T.
[13] Carro leve em duas rodas. N.T.

"Minha nossa! Haverá mais cadáveres inchados do que noivas nesta jornada. Pule para dentro, Bobby. Vamos, *Coachwan*[14]!"

Na plataforma de Umballa esperava um destacamento de oficiais que discutia as últimas notícias vindas do aquartelamento afetado, e foi ali que Bobby soube da real condição do Tail Twisters.

"Eles foram para o acampamento", disse um major idoso chamado de volta das mesas de uíste em Musoorie para um enfermiço Regimento Nativo. "Foram para o acampamento com duzentos e dez doentes em carroças. Duzentos e dez casos de febre apenas, e o resultado são fantasmas com olhos inflamados. Um regimento de Madras poderia ter caminhado com eles[15]."

"Mas eles estavam danados de bons quando os deixei!", disse Bobby.

"Então é melhor que você os torne danados de bons quando os reencontrar", disse o major, com brutalidade.

Bobby pressionou a testa contra a vidraça salpicada de chuva enquanto o trem atravessava pesadamente a encharcada *doab*[16], e rezou pela saúde dos Tyneside Tail Twisters. Naini Tal tinha enviado seu contingente com toda velocidade; os cavalos exaustos da estrada de Dalhousie cambaleavam por Pathankot, sobrepujados até o limite de suas forças; enquanto da nublada Darjiling o Correio de Calcutá arremessava as últimas mensagens para o pequeno exército, dizendo para lutarem em uma batalha na qual não havia medalha ou honra para o vencedor, contra um inimigo que não era nenhum outro senão "*a mortandade que assola ao meio dia*[17]".

E como cada homem cuidava si mesmo, ele disse: "Esse é um mal negócio", e, de imediato, começou a circular ao redor por conta própria, pois todo o Regimento e Bateria do aquartelamento estava sob a lona, com a doença fazendo-lhe companhia.

---

[14] Trocadilho com a palavra *coachman*, do inglês, cocheiro. *Wan*: do inglês, pálido, abatido, doentio. N.T.

[15] Ironia denotando desprezo pelos regimentos do sul da Índia, considerados inferiores. N.T.

[16] Hindi: "duas águas". Refere-se a um trecho de terra firme em meio a dois rios. N.T.

[17] Bíblia, salmo 91. N.T.

Bobby lutou para abrir caminho através da chuva para o rancho temporário Tail Twister, e Revere pôde atirar-se no pescoço do garoto de alegria em ver aquela fisionomia uma vez mais.

"Mantenha-os entretidos e interessados", disse Revere. "Eles caíram na bebida, pobres tolos, após os dois primeiros casos, e não houve melhora. Oh, é tão bom tê-lo de volta, Bobby! Porkiss é... ah, deixa pra lá".

Deighton veio do acampamento da Artilharia para participar de um lúgubre rancho no jantar, e contribuiu para o desânimo geral quase chorando ao ver as condições de sua amada Bateria. Porkiss estava tão abalado a ponto de insinuar que a presença dos oficiais não traria nada de bom, e a melhor coisa a fazer seria enviar todo o regimento para o hospital e "deixar os médicos cuidarem deles". Porkiss foi desmoralizado pelo medo e sua paz de espírito não foi restaurada quando Revere disse: "Oh! Quanto antes *você* for, melhor, se é esse seu modo de pensar. Qualquer escola pública pode nos enviar cinqüenta *bons* homens em seu lugar, mas isso leva tempo, tempo, Porkiss, e dinheiro, e uma certa quantidade de problemas, para montar um regimento. Suponho que você seja a pessoa pela qual vamos ao acampamento, eh?"

Então Porkiss foi surpreendido por um medo grande e gelado que o encharcar na chuva não apaziguou, e dois dias mais tarde Porkiss partiu deste mundo para outro; homens aferram-se à esperança, concessões são feitas para os fracos. O sargento-major do regimento olhou exausto através da barraca do Rancho dos Sargentos quando a notícia foi anunciada.

"Lá se vai o pior deles", ele disse. "Vão-nos tirar os melhores e então, por favor Senhor, isto vai parar." Os sargentos estavam em silêncio até que um deles disse: "Que não seja *ele*!" e todos souberam a quem Travis se referia.

Bobby Wick movimentava-se de forma frenética por entre as tendas de sua companhia, reagrupando, repreendendo, conciliando, e quando era compatível com o regulamento, divertindo os corações debilitados; arrastando os sadios para a pálida luz do sol quando as chuvas cediam e ordenando-lhes a

them be of good cheer for their trouble was nearly at an end; scuttling on his dun pony round the outskirts of the camp, and heading back men who, with the innate perversity of British soldiers, were always wandering into infected villages, or drinking deeply from rain-flooded marshes; comforting the panic-stricken with rude speech, and more than once tending the dying who had no friends – the men without 'townies'; organising, with banjos and burnt cork, Singsongs which should allow the talent of the Regiment full play; and generally, as he explained, 'playing the giddy garden-goat all round.'

'You're worth half-a-dozen of us, Bobby,' said Revere in a moment of enthusiasm. 'How the devil do you keep it up?'

Bobby made no answer, but had Revere looked into the breast-pocket of his coat he might have seen there a sheaf of badly-written letters which perhaps accounted for the power that possessed the boy. A letter came to Bobby every other day. The spelling was not above reproach, but the sentiments must have been most satisfactory, for on receipt Bobby's eyes softened marvellously, and he was wont to fall into a tender abstraction for a while ere, shaking his cropped head, he charged into his work.

By what power he drew after him the hearts of the roughest, and the Tail Twisters counted in their ranks some rough diamonds indeed, was a mystery to both skipper and C.O., who learned from the regimental chaplain that Bobby was considerably more in request in the hospital tents than the Reverend John Emery.

'The men seem fond of you. Are you in the hospitals much?' said the Colonel, who did his daily round and ordered the men to get well with a hardness that did not cover his bitter grief.

'A little, sir,' said Bobby.

''Shouldn't go there too often if I were you. They say it's not contagious, but there's no use in running unnecessary risks. We can't afford to have you down, y'know.'

manter um bom ânimo pois o problema estava perto do fim; correndo em seu cavalo pardo pelos arredores do acampamento e obrigando recuarem os homens que, com a perversidade inata dos soldados ingleses, estavam sempre vagando pelas vilas infectadas ou bebendo intensamente dos pântanos formados pelas inundações; confortando, com um discurso rude, os tomados pelo pânico, e mais de uma vez servindo aos moribundos que não tinham amigos – os homens sem "conterrâneos"; organizando, com banjos e cortiça queimada, Festivais de Música que deveriam permitir aos talentos do regimento uma diversão completa; e em geral, como ele explicou, divertindo as pessoas onde quer que estivessem.

"Você vale por meia dúzia de nós, Bobby", disse Revere em um momento de entusiasmo. "Como diabos você consegue manter tudo em cima?"

Bobby não respondeu, mas tivesse Revere olhado no bolso do peito do casaco dele poderia ter visto lá um maço de cartas mal escritas que talvez explicassem a força que possuía aquele rapaz. Bobby recebia uma carta dia sim, dia não. A ortografia não estava acima de críticas, mas os sentimentos deveriam ser os mais satisfatórios, pois ao recebê-las os olhos de Bobby tornavam-se maravilhosamente ternos; e ele costumava cair em suave abstração por um momento até que, balançando a cabeça cheia de sonhos, voltava ao trabalho.

Com que força ele arrastava atrás de si os corações mais rudes, e o Tail Twisters de fato contou em seus postos com alguns diamantes brutos, era um mistério tanto para o capitão quanto para o coronel, que soube pelo capelão do regimento que Bobby era consideravelmente mais requisitado no hospital que o reverendo John Emery.

"Os homens parecem afeitos a você. Tem ficado muito no hospital?", disse o coronel, que fazia sua ronda diária e ordenava aos homens que melhorassem, com uma severidade que não encobria seu amargo pesar.

"Um pouco, senhor", disse Bobby.

"Não iria até lá com tanta freqüência se fosse você. Eles dizem que não é contagioso, mas não há utilidade em correr riscos desnecessários. Não podemos nos dar ao luxo de perdê-lo, você sabe."

Seis dias depois foi com extrema dificuldade que o entregador do correio chapinhou no caminho para o acampamento trazendo as mochilas de correspondência, pois a chuva caía torrencialmente. Bobby recebeu uma carta, levada até sua tenda, e, como a programação para o Festival de Música da próxima semana já estava disposta de forma satisfatória, sentou-se para respondê-la. Por uma hora a desajeitada caneta moveu-se penosamente sobre o papel, e onde o sentimento se elevava mais que o nível usual, Bobby Wick punha a língua para fora e respirava pesado. Ele não costumava escrever cartas.

"Com licença, senhor", disse uma voz na entrada da tenda; "mas Dormer está horrivelmente mal, senhor, e eles o levaram para fora, senhor".

"Maldito seja o praça Dormer e você também![18]", disse Bobby Wick, correndo o mata-borrão sobre a carta meio acabada. "Diga a ele que irei pela manhã".

"Ele está horrivelmente mal, senhor", disse a voz hesitante. Ouviu-se um indeciso pisotear de botas pesadas.

"E?", disse Bobby, impaciente.

"Pediu desculpas antecipadas por tomar a liberdade e disse que seria um conforto para ele se o assistisse, senhor, se..."

"*Tatoo láo*[19]! Busque meu cavalo! Aqui, saia da chuva enquanto me apronto. Que maldito inconveniente você é! Isto é conhaque. Beba um pouco; você precisa. Segure em meu estribo e diga-me se estiver indo muito rápido."

Fortalecido por quatro dedos de um "trago", que engoliu sem pestanejar, o ordenança do hospital segurou-se no cavalo escorregadio, manchado de lama e bastante desagradável enquanto esta cavalgava aos tropeções para tenda do hospital.

O praça Dormer com certeza estava horrivelmente mal. Ele passara por tudo, menos evoluir para o estágio um colapso, e não era agradável observá-lo.

"O que é isso, Dormer?", disse Bobby, curvando-se sobre o homem. "Você não vai embora desta vez. Você tem que pescar comigo mais uma ou duas vezes."

[18] A contradição do tratamento depreciativo é apenas aparente. Bobby não quis ofender, apenas demonstrou intimidade e carinho para com os soldados, uma vez não ser permitido esse tipo de xingamento entre os militares britânicos. N.T.

[19] *Tatoo láo* - hindi: Traga-me o cavalo. N.T.

The blue lips parted and in the ghost of a whisper said, 'Beg y' pardon, sir, disturbin' of you now, but would you min' oldin' my' and, sir?'

Bobby sat on the side of the bed, and the icy cold hand closed on his own like a vice, forcing a lady's ring which was on the little finger deep into the flesh. Bobby set his lips and waited, the water dripping from the hem of his trousers. An hour passed and the grasp of the hand did not relax, nor did the expression of the drawn face change. Bobby with infinite craft lit himself a cheroot with the left hand – his right arm was numbed to the elbow – and resigned himself to a night of pain.

Dawn showed a very white-faced Subaltern sitting on the side of a sick man's cot, and a Doctor in the doorway using language unfit for publication.

'Have you been here all night, you young ass?' said the Doctor.

'There or thereabouts,' said Bobby ruefully. 'He's frozen on to me.'

Dormer's mouth shut with a click. He turned his head and sighed. The clinging hand opened, and Bobby's arm fell useless at his side.

'He'll do,' said the Doctor quietly. 'It must have been a toss-up all through the night. 'Think you're to be congratulated on this case.'

'Oh, bosh!' said Bobby. 'I thought the man had gone out long ago – only – only I didn't care to take my hand away. Rub my arm down, there's a good chap. What a grip the brute has! I'm chilled to the marrow!' He passed out of the tent shivering.

Private Dormer was allowed to celebrate his repulse of Death by strong waters. Four days later he sat on the side of his cot and said to the patients mildly: 'I'd 'a' liken to 'a' spoken to 'im – so I should.'

But at that time Bobby was reading yet another letter – he had the most persistent correspondent of any man in camp – and was even then about to write that the sickness had abated, and in another week at the outside would be gone. He did not intend to say that the chill of a

Os lábios azuis abriram-se em um tênue sussurro, dizendo: "Perdoe-me, senhor, por perturbá-lo agora, mas poderia segurar minha mão, senhor?"

Bobby sentou-se ao lado da cama, e a mão gelada fechou-se na sua como um vício, forçando um anel feminino que estava no dedinho, grudado na carne. Bobby fechou os lábios e esperou, a água gotejando da bainha de suas roupas. Uma hora se passou e o aperto de mão não tinha relaxado, nem a expressão desenhada no rosto tinha se alterado. Bobby, com infinita habilidade, acendeu um charuto para si com a mão esquerda – o braço direito estava entorpecido até o cotovelo – e resignou-se a uma noite de sofrimento.

O amanhecer revelou a face muito branca do subalterno sentado ao lado do catre de um homem, e outro homem na porta usando uma linguagem impublicável.

"Você passou a noite toda aí, seu jovem bundão?", disse o médico.

"Por aqui, mais ou menos", disse Bobby arrependido. "Ele está congelado em mim".

A boca de Dormer fechou com um clique. Ele virou a cabeça e o mirou. A mão agarrada abriu-se e o braço de Bobby caiu inútil ao seu lado.

"Ele vai conseguir", disse o médico em silêncio. "Deve ter sido um jogo de cara ou coroa por toda a noite. Penso que você será congratulado por este caso."

"Oh, droga!", disse Bobby. "Pensei que o homem já tivesse morrido há muito tempo – apenas – apenas não me importei em retirar minha mão. Esfregue meu braço, tem uma boa rachadura. Que aperto esse bruto tem! Estou gelado até a medula!", ele atravessou a tenda tremendo.

Ao praça Dormer foi consentido celebrar sua rejeição à Morte em águas torrentosas. Quatro dias mais tarde ele sentou ao lado de seu catre e disse aos pacientes, com suavidade: "Gostaria de falar com ele – eu deveria".

Mas naquele momento Bobby lia ainda outra carta – ele tinha o correspondente mais perseverante de todo o acampamento – e foi quando escrevia que a doença o abateu, e, na semana seguinte não conseguia levantar-se. Ele não deu a entender que a frieza da mão do enfermo parecia

ter-lhe golpeado o coração, cuja capacidade para deter a enfermidade tinha resistido até àquela altura. Ele pretendia concluir o programa ilustrado do próximo Festival de Música, do qual não estava nem um pouco orgulhoso. Também tencionava escrever sobre muitos outros assuntos que não nos dizem respeito, e sem dúvida o teria feito, mas não conseguiu devido à leve dor de cabeça febril que o tornou lento e indiferente à hora do rancho.

"Você está se excedendo, Bobby", disse o capitão. "Deixe o resto de nós levar o crédito por algum trabalho. Você age como se pudesse resolver todo o problema. Vá com calma."

"Irei", disse Bobby. "Eu me sinto esgotado de alguma forma." Revere olhou ansioso para ele e não disse nada.

Havia um piscar de lanternas no acampamento naquela noite, e um rumor que fez os homens saírem à porta de suas tendas, um chapinhar de pés descalços dos carregadores das padiolas e uma correria de cavalos a galope.

"O que foi?", perguntaram vinte tendas; e pelas vinte tendas correu a resposta – "Wick adoeceu".

Eles levaram a notícia a Revere e ele gemeu. "Qualquer um menos Bobby e eu não teria me importado! O sargento-major estava certo."

"Não abandonar esta jornada", arfou Bobby ao ser erguido da padiola. "Não abandonar esta jornada." Então, com um ar de extrema convicção: "Eu *não posso*, você sabe".

"Não se eu puder fazer algo!", disse o major-cirurgião, que tinha saído apressado do rancho onde jantava.

Ele e o cirurgião do regimento lutaram juntos contra a Morte pela vida de Bobby Wick. O trabalho, deles foi interrompido pela aparição cabeluda em um camisolão azul acinzentado que olhou horrorizado para a cama e gritou – "Oh, meu Deus! Não pode ser *ele*!", até o indignado ordenança do hospital varrê-lo para fora.

Se os cuidados dos homens e o desejo de viver tivessem servido de alguma coisa, Bobby teria sido salvo. Ele melhorou depois de lutar por três dias, e o semblante do major-cirurgião desanuviou-se. "Nós ainda podemos salvá-lo", disse ele; e o cirurgião, que apesar de ser tão graduado

him yet,' he said; and the Surgeon, who, though he ranked with the Captain, had a very youthful heart, went out upon the word and pranced joyously in the mud.

'Not going out this journey,' whispered Bobby Wick gallantly, at the end of the third day.

'Bravo!' said the Surgeon-Major. 'That's the way to look at it, Bobby.'

As evening fell a gray shade gathered round Bobby's mouth, and he turned his face to the tent wall wearily. The Surgeon-Major frowned.

'I'm awfully tired,' said Bobby, very faintly. 'What's the use of bothering me with medicine? I – don't – want – it. Let me alone.'

The desire for life had departed, and Bobby was content to drift away on the easy tide of Death.

'It's no good,' said the Surgeon-Major. 'He doesn't want to live. He's meeting it, poor child.' And he blew his nose.

Half a mile away the regimental band was playing the overture to the Sing-song, for the men had been told that Bobby was out of danger. The clash of the brass and the wail of the horns reached Bobby's ears.

Is there a single joy or pain,
That I should never kno–ow?
You do not love me, 'tis in vain,
Bid me good-bye and go!

An expression of hopeless irritation crossed the boy's face, and he tried to shake his head.

The Surgeon-Major bent down – 'What is it, Bobby?' 'Not that waltz,' muttered Bobby. 'That's our own our very ownest own . . . Mummy dear.'

With this he sank into the stupor that gave place to death early next morning.

Revere, his eyes red at the rims and his nose very white, went into Bobby's tent to write a letter to Papa Wick which should bow the white head of the ex-Commissioner of Chota-Buldana in the keenest sorrow of his life. Bobby's little store

quanto o capitão, possuía um coração juvenil, saiu com este pensamento e caminhou aprumado e alegre sobre a lama.

"Não abandonar esta jornada", sussurrou Bobby Wick, garboso, ao fim do terceiro dia.

"Bravo!", disse o major-cirurgião. "Esse é o jeito de encarar as coisas."

Ao cair da noite uma sombra cinza avolumou-se ao redor da boca de Bobby, e ele virou o rosto esgotado para a parede da tenda. O major-cirurgião franziu o rosto.

"Estou terrivelmente cansado", disse Bobby com debilidade. "Por que me incomodar com remédios? Eu – não – quero – mais. Deixe-me em paz."

O desejo pela vida havia partido e Bobby estava feliz em ser carregado para longe nas ondas tranqüilas da Morte.

"Isso não é bom", disse o major-cirurgião. "Ele não quer viver. Ele está indo ao encontro da Morte, pobre garoto." E soprou o nariz.

Há cerca de um quilômetro distante a banda do regimento tocava a abertura do Festival de Música, pois os homens tinham sido avisados de que Bobby estava fora de perigo. O estrondo dos metais e o lamento das cornetas alcançaram os ouvidos de Bobby.

Existe uma única dor ou alegria,
Que eu nunca devesse conhecer?
Você não me ama, isto é em vão,
Dê-me adeus e parta!

Uma expressão de irritação desesperançada cruzou o rosto do rapaz, e ele tentou balançar a cabeça.

O major-cirurgião curvou-se – "O que foi, Bobby?" – "Não essa valsa", murmurou Bobby. "É a nossa – nossa própria valsa... Mummy querida."

Com isso ele afundou no estupor que deu espaço para a morte cedo na manhã seguinte.

Revere, com os olhos vermelhos nas bordas e o nariz muito branco, foi à tenda de Bobby para escrever uma carta para Papa Wick, que deveria arquear a cabeça alva do ex-Comissário de Chota-Buldana no pesar mais profundo de sua vida. O pequeno depósito de papéis de Bobby jazia em confusão sobre a mesa, e entre eles estava uma carta semi-acabada. A última sentença dizia: "Então você vê, querida, não existe medo algum, pois tanto quanto sei você cuida de mim e eu cuido de você, nada pode me abater".

Revere ficou na tenda por uma hora. Quando saiu, seus olhos estavam mais vermelhos que nunca.

....

O praça Conklin sentou-se em um balde virado e escutou uma melodia familiar. Ele estava convalescente e deveria ser tratado com suavidade.

"Oh!", disse o praça Conklin. "Há outro *blooming*[20] oficial morto."

O balde tremeu sob ele e seus olhos ficaram repletos de faíscas inflamadas. Um homem alto, de camisolão azul acinzentado, olhava para ele de modo desfavorável.

"Você deve se envergonhar de si mesmo, Conky! Oficial? *Blooming* oficial? Vou ensinar-lhe a dar um nome apropriado para as coisas dele. Anjo! *Blooming* Anjo! Isso é o que ele é!"

O ordenança do hospital ficou tão satisfeito com a punição justa que não deu ordens para o praça Dormer retornar para o catre.

---

[20] Gíria, eufemismo de *bloody*, maldito. N.T.

O RIQUIXÁ FANTASMA E OUTRAS HISTÓRIAS MISTERIOSAS

THE PHANTOM RICKSHAW AND OTHER EERIE TALES

1888

O Riquixá Fantasma

The Phantom 'Rickshaw

Primeira publicação
Quartette, edição de Natal do
Civil and Military Gazette
Dezembro de 1885

Que nenhum sonho infeliz me perturbe o sono,
E nem as Forças da Escuridão me persigam.
Cântico para o Anoitecer.

May no ill dreams disturb my rest,
Nor Powers of Darkness me
molest.
Evening Hymn.

Uma das poucas vantagens que a Índia tem sobre a Inglaterra é oferecer grande oportunidade de se conhecer pessoas. Depois de cinco anos de serviço um homem conhece direta ou indiretamente cerca de duas ou três centenas de civis em sua província, os ranchos de dez ou doze regimentos e baterias e outras quinhentas pessoas da casta não oficial. Em dez anos seu conhecimento deve ter dobrado e ao final de vinte anos ele conhece, ou sabe alguma coisa sobre, cada inglês no Império, e pode viajar a qualquer lugar sem pagar hotel.

Viajantes que consideram o entretenimento um direito, se bem me lembro, têm abusado dessa generosidade e embotado esses corações bondosos; todavia, mesmo hoje, se você pertencer ao círculo restrito e não for um grosseirão ou uma ovelha negra, todas as casas estarão abertas para você e nosso pequeno mundo será muito generoso e solícito.

Rickett de Kamartha esteve com Polder de Kumaon há cerca de quinze anos atrás. Ele pretendia ficar por duas noites, mas foi acometido por uma febre reumática e por seis

One of the few advantages that India has over England is a great Knowability. After five years' service a man is directly or indirectly acquainted with the two or three hundred Civilians in his Province, all the Messes of ten or twelve Regiments and Batteries, and some fifteen hundred other people of the non-official caste. In ten years his knowledge should be doubled, and at the end of twenty he knows, or knows something about, every Englishman in the Empire, and may travel anywhere and everywhere without paying hotel-bills.

Globe-trotters who expect entertainment as a right, have, even within my memory, blunted this open-heartedness, but none the less to-day, if you belong to the Inner Circle and are neither a Bear nor a Black Sheep, all houses are open to you, and our small world is very, very kind and helpful.

Rickett of Kamartha stayed with Polder of Kumaon some fifteen years ago. He meant to stay two nights, but was knocked down by rheumatic fever, and for six weeks disorganized Polder's establishment, stopped Polder's work, and nearly died in Polder's bedroom. Polder behaves as though he had been placed under eternal obligation by Rickett, and yearly sends the little Ricketts a box of presents and toys. It is the same everywhere. The men who do not take the trouble to conceal from you their opinion that you are an incompetent ass, and the women who blacken your character and misunderstand your wife's amusements, will work themselves to the bone in your behalf if you fall sick or into serious trouble.

Heatherlegh, the Doctor, kept, in addition to his regular practice, a hospital on his private account – an arrangement of loose boxes for Incurables, his friend called it – but it was really a sort of fitting-up shed for craft that had been damaged by stress of weather. The weather in India is often sultry, and since the tale of bricks is always a fixed quantity, and the only liberty allowed is permission to work overtime and get no thanks, men occasionally break down and become as mixed as the metaphors in this sentence.

Heatherlegh is the dearest doctor that ever was, and his invariable prescription to all his patients is, "lie low, go slow, and keep cool." He says that more men are killed by overwork than the importance of this world justifies. He maintains that overwork slew Pansay, who died under his hands about three years ago. He has, of course, the right to speak authoritatively, and he laughs at my theory that there was a crack in Pansay's head and a little bit of the Dark World came through and pressed him to death. "Pansay went off the handle," says Heatherlegh, "after the stimulus of long leave at Home. He may or he may not have behaved like a blackguard to Mrs. Keith-Wessington. My notion is that the work of the Katabundi Settlement ran him off his legs, and that he took to brooding and making much of an ordinary flirtation. He certainly was engaged to Miss Mannering, and she

semanas desorganizou a casa de Polder, interrompeu-lhe o trabalho e quase morreu no quarto do anfitrião. Polder se comportou como se tivesse sido posto em eterna obrigação para com Rickett, e todos os anos envia aos pequenos Ricketts uma caixa com presentes e brinquedos. É assim em todo lugar. Homens que não se importam em esconder de você que o consideram um incompetente e mulheres que mancham seu caráter e compreendem mal os divertimentos de sua esposa trabalharão duro a seu favor se você cair doente ou se estiver em apuros.

Heatherlegh, o médico, mantinha além, de sua prática regular, um hospital por conta própria – um arranjo de boxes independentes para doentes incuráveis, como um amigo chamava – mas era na verdade uma espécie de oficina de reparos para "veículos" que tivessem sido danificados pelo esforço ou pelas intempéries. O clima na Índia é em geral abafado, e desde que a soma de tijolos tem sempre uma quantidade fixa e a única liberdade oferecida é a permissão para trabalhar horas extras e sem agradecimentos, de vez em quando os homens quebram e se tornam tão confusos quanto as metáforas desta sentença.

Heatherlegh é o médico mais querido que já existiu e sua prescrição invariável para todos os pacientes é: "minta pouco, vá devagar e mantenha-se calmo". Ele diz que mais homens são mortos por excesso de trabalho que a importância deste mundo justifica. Ele sustenta que o excesso de trabalho assassinou Pansay, que morreu em suas mãos há cerca de três anos atrás. Ele tem, é claro, o direito de falar com autoridade, e ri de minha teoria de que havia uma fissura na cabeça de Pansay por onde uma pequena parte do Mundo Negro penetrou, levando-o à morte. "Pansay degringolou" – disse Heatherlegh, "depois do estímulo de uma longa licença na Inglaterra. Ele pode ou não ter se comportado como um patife com a sra. Keth-Wessington. Minha idéia é que o trabalho na Povoação Katabundi o tirou dos eixos e que ele deu de cismar e flertar abertamente. Ele certamente estava noivo da srta. Mannering e com certeza rompeu o relacionamento. Então contraiu uma febre delirante e toda essa tolice sobre fantasmas se manifestou. O excesso de trabalho deu início à doença, manteve-a acesa e matou o pobre diabo. "Escreva sobre isso para o Sistema – um homem que trabalha por dois homens e meio".

Eu não acredito nisso. Costumava sentar-me com Pansay quando Heatherlegh era chamado pelos pacientes e calhava de eu ser requisitado. O homem me fazia extremamente infeliz ao descrever em uma voz baixa e monótona a procissão que sempre passava em baixo de sua cama. Falava como um homem enfermo.

Quando ele se recuperou, sugeri que escrevesse todo o incidente do começo ao fim, sabendo que a tinta poderia ajudá-lo a tranqüilizar a mente. Quando garotinhos aprendem uma palavra feia, não ficam contentes enquanto não a escrevem com giz na porta. E assim é com a literatura.

Ele tinha febre alta quando escrevia e a linguagem de revista sensacionalista adotada não o acalmou. Dois meses mais tarde ele foi considerado apto para o trabalho, mas a despeito de ter sido requisitado com urgência para auxiliar uma delegação desfalcada de funcionários e em dificuldades com um défict, preferiu morrer, jurando solenemente até o fim estar dominado por bruxas. Consegui este manuscrito após a morte dele e esta é sua versão dos fatos, datada de 1885:

Meu médico disse que eu preciso descansar e mudar de ares. Não é improvável que eu tenha a ambos por longo tempo – descanso que nem o mensageiro de casaco vermelho nem o tiro de canhão do meio dia podem interromper, e mude de ares muito além, a uma distância em que nenhum navio a vapor de regresso à Inglaterra poderá me levar. Nesse meio tempo resolvi ficar onde estou; e, em franco desafio às ordens do médico, revelar ao mundo todo as minhas confidências. Vocês conhecerão por si mesmos a natureza de minha enfermidade e poderão, também, julgar por si mesmos se dentre todos os homens e mulheres nascidos nesta terra abatida existiu alguém mais atormentado que eu.

Falando agora como um criminoso condenado falaria antes de ser trancafiado, minha história, selvagem e

and hideously improbable as it may appear, demands at least attention. That it will ever receive credence I utterly disbelieve. Two months ago I should have scouted as mad or drunk the man who had dared tell me the like. Two months ago I was the happiest man in India. Today, from Peshawur to the sea, there is no one more wretched. My doctor and I are the only two who know this. His explanation is, that my brain, digestion, and eyesight are all slightly affected; giving rise to my frequent and persistent "delusions." Delusions, indeed! I call him a fool; but he attends me still with the same unwearied smile, the same bland professional manner, the same neatly trimmed red whiskers, till I begin to suspect that I am an ungrateful, evil-tempered invalid. But you shall judge for your-selves.

Three years ago it was my fortune – my great misfortune – to sail from Gravesend to Bombay, on return from long leave, with one Agnes Keith-Wessington, wife of an officer on the Bombay side. It does not in the least concern you to know what manner of woman she was. Be content with the knowledge that, ere the voyage had ended, both she and I were desperately and unreasoningly in love with one another. Heaven knows that I can make the admission now without one particle of vanity. In matters of this sort there is always one who gives and another who accepts. From the first day of our ill-omened attachment, I was conscious that Agnes's passion was a stronger, a more dominant, and – if I may use the expression – a purer sentiment than mine. Whether she recognized the fact then, I do not know. Afterward it was bitterly plain to both of us.

Arrived at Bombay in the spring of the year, we went our respective ways, to meet no more for the next three or four months, when my leave and her love took us both to Simla. There we spent the season together; and there my fire of straw burned itself out to a pitiful end with the closing year. I attempt no excuse. I make no apology. Mrs. Wessington had given up much for my sake, and was prepared to give up all. From my own

hediondamente improvável como possa parecer, demanda pelo menos atenção. Que algum dia seja dado crédito a ela, desconfio plenamente. Dois meses atrás eu teria reconhecido como demente ou bêbado o homem que ousasse coisa desse tipo. Eu era o homem mais feliz da Índia. Hoje, de Peshawur até o mar não há outro mais miserável. Meu médico e eu éramos os únicos a saberem disso. A explicação dele é a de que meu cérebro, minha digestão e minha visão estão todos ligeiramente afetados, deixando aflorar meus freqüentes e persistentes "delírios". Delírios, pois sim! Eu o chamo de tolo; mas ele me atende com o mesmo sorriso tedioso, o mesmo jeito brando e profissional, as mesmas suíças asseadas e bem arrumadas, até eu começar a suspeitar de que sou um inválido ingrato e mal humorado. Mas vocês devem julgar por si mesmos.

Há três anos atrás, para minha sorte – ou grande azar – naveguei de Gravesend a Bombaim, no retorno de uma longa viagem, com Agnes Keith-Wessington, esposa de um oficial em Bombaim. Não lhe diz o menor respeito saber que estilo de mulher ela era. Fique satisfeito em saber que, até o fim da viagem, estávamos desesperada e irracionalmente apaixonados um pelo outro. Deus sabe que posso admitir isso agora sem uma partícula de vaidade. Nesse tipo de assunto há sempre um que oferece e outro que aceita. Desde o primeiro dia de nosso vínculo doentio e de mau augúrio estive consciente de que a paixão de Agnes era mais forte, mais dominadora e – se posso usar essa expressão – de sentimento mais puro que a minha. Se ela sabia disso na época eu não sei. Mais tarde isso ficou amargamente claro para nós dois.

Chegamos a Bombaim na primavera daquele ano e seguimos nossos respectivos caminhos, não nos encontrando mais até três ou quatro meses depois, quando minha licença e o amor dela nos levaram a Simla. Lá passamos a temporada juntos; e lá meu fogo de palha consumiu a si mesmo até um lamentável fim ao término do ano. Não me esforço por me desculpar. Não ofereço justificativa. A sra. Wessington renunciou a muita coisa por amor a mim e estava preparada para renunciar a tudo. De meus próprios lábios, em

O Riquixá Fantasma

agosto, de 1882, ela soube que eu estava enjoado de sua presença, cansado de sua companhia e exausto do som de sua voz. Noventa e nove mulheres entre cem se cansariam de mim como eu delas; setenta e cinco destas estariam prontas a se vingarem, flertando de um jeito ativo e insensível com outros homens. A sra. Wessington era a centésima. Para ela, nem minha aversão expressa nem as brutalidades cortantes com as quais eu guarnecia nossos encontros produziam o menor efeito.

"Jack, meu amado!", era seu único lamento idiota: "tenho certeza de que é tudo um engano – um engano hediondo; e nós seremos bons amigos de novo algum dia. *Por favor*, me perdoe, Jack, querido".

Eu era o ofensor e sabia disso. Esse conhecimento transformou minha piedade em tolerância passiva e, eventualmente, em ódio cego – o mesmo instinto, suponho, que incita alguém a esmagar com selvageria uma aranha que já deixou semi-morta. E com esse ódio em meu peito, a temporada de 1882 chegou a um fim.

No ano seguinte nos encontramos de novo em Simla – ela, com seu rosto monótono e as tímidas tentativas de reconciliação, e eu a evitando com cada músculo do meu corpo. Por inúmeras vezes não pude evitar estar a sós com ela; e em cada uma dessas ocasiões suas palavras eram idênticas. Ainda o lamento despropositado de que tinha sido tudo um "engano" e a esperança de "sermos amigos". Eu poderia ter visto, se tivesse me importado em olhar, que aquela esperança era o que a mantinha viva. Ela tornou-se mais pálida e emagrecia mês a mês. Você vai concordar comigo, pelo menos, que esse tipo de conduta levaria qualquer um ao desespero. Era indesejável, infantil, nada típico de uma mulher. Sustento que ela teve grande parte da culpa. E eu agora, de vez em quando, no escuro, abatido pela febre, insone, começo a pensar que deveria ter sido um pouco mais gentil com ela. Mas isso é *mesmo* "alucinação". Eu não poderia continuar fingindo amá-la quando não era verdade; poderia? Isso teria sido injusto para nós dois.

No ano passado nos encontramos de novo – nos mesmos termos de antes. O mesmo apelo tedioso e as

weary appeal, and the same curt answers from my lips. At least I would make her see how wholly wrong and hopeless were her attempts at resuming the old relationship. As the season wore on, we fell apart – that is to say, she found it difficult to meet me, for I had other and more absorbing interests to attend to. When I think it over quietly in my sick-room, the season of 1884 seems a confused nightmare wherein light and shade were fantastically intermingled: my courtship of little Kitty Mannering; my hopes, doubts, and fears; our long rides together; my trembling avowal of attachment; her reply; and now and again a vision of a white face flitting by in the 'rickshaw with the black and white liveries I once watched for so earnestly; the wave of Mrs. Wessington's gloved hand; and, when she met me alone, which was but seldom, the irksome monotony of her appeal. I loved Kitty Mannering; honestly, heartily loved her, and with my love for her grew my hatred for Agnes. In August Kitty and I were engaged. The next day I met those accursed "magpie" *jhampanies* at the back of Jakko, and, moved by some passing sentiment of pity, stopped to tell Mrs. Wessington everything. She knew it already.

"So I hear you're engaged, Jack dear." Then, without a moment's pause –"I'm sure it's all a mistake – a hideous mistake. We shall be as good friends some day, Jack, as we ever were."

My answer might have made even a man wince. It cut the dying woman before me like the blow of a whip. "Please forgive me, Jack; I didn't mean to make you angry; but it's true, it's true!"

And Mrs. Wessington broke down completely. I turned away and left her to finish her journey in peace, feeling, but only for a moment or two, that I had been an unutterably mean hound. I looked back, and saw that she had turned her 'rickshaw with the idea, I suppose, of overtaking me.

mesmas respostas curtas de meus lábios. Pelo menos pude fazê-la ver o quão inteiramente errôneas e sem esperança eram suas tentativas de recuperar o antigo relacionamento. Ao fim da temporada nós nos separamos – quer dizer, era difícil para ela me encontrar, pois eu tinha outros interesses mais envolventes com que me ocupar. Quando penso nisso, em silêncio no meu quarto de enfermo, a temporada de 1884 parece tão confusa quanto um pesadelo em que luz e sombra estão misturados de forma fantástica: meu noivado com a pequena Kitty Mannering; minhas esperanças, dúvidas, medos; nossas longas cavalgadas juntos; minha trêmula confissão de afeto; a resposta dela; e mais uma vez a visão de uma face pálida passando rápido no riquixá com librés alvinegros que eu certa vez observara com tanta atenção; o aceno da mão enluvada da sra. Wessington; e, quando ela me encontrava a sós, o que não era comum, o cansaço e a monotonia de seu apelo. Eu amava Kitty Mannering; um amor honesto e de coração, e com meu amor por ela cresceu meu ódio por Agnes. Em agosto Kitty e eu noivamos. No dia seguinte encontrei aqueles amaldiçoados *magpie jhampanies*[1] atrás do Jakko e, movido por algum sentimento de piedade, parei para contar tudo à sra. Wessington. Mas ela já sabia.

"Então, ouvi que você está noivo, Jack querido." E sem um instante de pausa – "tenho certeza de que é tudo um engano – um engano hediondo. Nós seremos bons amigos de novo algum dia, Jack, como sempre fomos".

Minha resposta faria até um homem estremecer. Eu magoei a mulher moribunda diante de mim como o golpe de uma chibata. "Por favor me perdoe, Jack; não queria enfurecê-lo; mas é verdade, é verdade!"

A sra. Wessington desabou por completo. Eu dei a volta e deixei-a para que terminasse sua jornada em paz, sentindo, mas apenas por um ou dois instantes, que tinha agido como um inominável cão mesquinho. Olhei para trás e vi que ela tinha dado a volta em seu riquixá com o objetivo, suponho, de me alcançar.

---

[1] *Magpie*: pássaro preto e branco. *Jhampanie*: puxador de riquixá. N.T.

Fotografei a cena e o ambiente em minha memória. A chuva que varria o céu (estávamos no fim da época chuvosa), os pinheiros encharcados e sombrios, a estrada enlameada, o rochedo íngreme, negro cheio de fendas formavam um segundo plano depressivo contra o qual os librés alvinegros dos *jhampanies*, os painéis amarelos do riquixá e a cabeça dourada da sra. Wessinton, inclinada, apareciam com nitidez. Ela segurava o lenço na mão esquerda e estava recostada, exausta, contra as almofadas. Virei meu cavalo em direção a um atalho próximo à represa Sanjowlie e disparei para longe. Por uma vez imaginei ter ouvido um tênue chamado "Jack!". Isso deve ter sido imaginação. Nunca parei para verificar. Dez minutos mais tarde aproximei-me de Kitty e de sua montaria, e no deleite de uma longa cavalgada ao lado dela esqueci tudo sobre o encontro.

Uma semana mais tarde a sra. Wessington morreu e o inexprimível fardo da existência dela foi removido de minha vida. Segui em direção às planícies completamente feliz. Antes de três meses terem se passado eu já a tinha esquecido por completo, exceto nas ocasiões em que encontrava uma de suas antigas cartas, o que me recordava o desprazer de nosso relacionamento passado. Em janeiro eu já tinha resgatado o que sobrara de nossa correspondência entre meus pertences dispersos, e queimado tudo. No início de abril daquele ano de 1885 eu estava em Simla – a semi-desértica Simla – mais uma vez, mergulhado em conversas e passeio amorosos com Kitty. Tinha decidido que nos casaríamos no final de junho. Você entenderá, portanto, que amando Kitty como eu amava não exagero quando declaro ter sido por aquele tempo o homem mais feliz da Índia.

Catorze deliciosos dias se passaram sem que eu me desse conta. Então, despertado pela noção do que era apropriado entre dois mortais nas circunstâncias em que nos encontrávamos, mostrei a Kitty que um anel de noivado seria um sinal externo e visível de sua honra como jovem noiva; e que ela deveria ir de imediato ao Hamilton para tirar a medida. Até exato momento, dou minha palavra, tínhamos

The scene and its surroundings were photographed on my memory. The rain-swept sky (we were at the end of the wet weather), the sodden, dingy pines, the muddy road, and the black powder-riven cliffs formed a gloomy background against which the black and white liveries of the *jhampanies*, the yellow-paneled 'rickshaw and Mrs. Wessington's down-bowed golden head stood out clearly. She was holding her handkerchief in her left hand and was leaning back exhausted against the 'rickshaw cushions. I turned my horse up a by-path near the Sanjowlie Reservoir and literally ran away. Once I fancied I heard a faint call of "Jack!" This may have been imagination. I never stopped to verify it. Ten minutes later I came across Kitty on horseback; and, in the delight of a long ride with her, forgot all about the interview.

A week later Mrs. Wessington died, and the inexpressible burden of her existence was removed from my life. I went Plainsward perfectly happy. Before three months were over I had forgotten all about her, except that at times the discovery of some of her old letters reminded me unpleasantly of our bygone relationship. By January I had disinterred what was left of our correspondence from among my scattered belongings and had burned it. At the beginning of April of this year, 1885, I was at Simla – semi-deserted Simla – once more, and was deep in lover's talks and walks with Kitty. It was decided that we should be married at the end of June. You will understand, therefore, that, loving Kitty as I did, I am not saying too much when I pronounce myself to have been, at that time, the happiest man in India.

Fourteen delightful days passed almost before I noticed their flight. Then, aroused to the sense of what was proper among mortals circumstanced as we were, I pointed out to Kitty that an engagement ring was the outward and visible sign of her dignity as an engaged girl; and that she must forthwith come to

Hamilton's to be measured for one. Up to that moment, I give you my word, we had completely forgotten so trivial a matter. To Hamilton's we accordingly went on the 15th of April, 1885. Remember that – whatever my doctor may say to the contrary – I was then in perfect health, enjoying a well-balanced mind and an *absolutely* tranquil spirit. Kitty and I entered Hamilton's shop together, and there, regardless of the order of affairs, I measured Kitty for the ring in the presence of the amused assistant. The ring was a sapphire with two diamonds. We then rode out down the slope that leads to the Combermere Bridge and Peliti's shop.

While my Waler was cautiously feeling his way over the loose shale, and Kitty was laughing and chattering at my side – while all Simla, that is to say as much of it as had then come from the Plains, was grouped round the Reading-room and Peliti's veranda, – I was aware that some one, apparently at a vast distance, was calling me by my Christian name. It struck me that I had heard the voice before, but when and where I could not at once determine. In the short space it took to cover the road between the path from Hamilton's shop and the first plank of the Combermere Bridge I had thought over half a dozen people who might have committed such a solecism, and had eventually decided that it must have been singing in my ears. Immediately opposite Peliti's shop my eye was arrested by the sight of four *jhampanies* in "magpie" livery, pulling a yellow-paneled, cheap, bazar 'rickshaw. In a moment my mind flew back to the previous season and Mrs. Wessington with a sense of irritation and disgust. Was it not enough that the woman was dead and done with, without her black and white servitors reappearing to spoil the day's happiness? Whoever employed them now I thought I would call upon, and ask as a personal favor to change her *jhampanies'* livery. I would hire the men myself, and, if necessary, buy their coats from off their backs. It is impossible to say here what a flood of undesirable memories their presence evoked.

nos esquecido por completo desse assunto tão trivial. Concordamos em ir ao Hamilton em 15 de abril de 1885. Lembre-se que – não importa o que meu médico disser em contrário – eu gozava de perfeita saúde, desfrutava uma mente bem equilibrada e *absoluta* tranqüilidade de espírito. Kitty e eu entramos juntos na loja Hamilton e lá, observando a ordem das coisas, tomei as medidas de Kitty para o anel na presença de um ajudante sorridente. O anel tinha uma safira com dois diamantes. Nós então cavalgamos descendo o declive que leva à ponte Combermere e à loja Peliti.

Enquanto meu cavalo seguia com cautela o caminho sobre os pedregulhos soltos e Kitty ria e tagarelava ao meu lado – ao mesmo tempo que toda Simla, quer dizer a parte que já retornara das planícies, estava agrupada em torno da sala de leitura e da varanda do Peliti – eu estava ciente de que alguém, aparentemente muito distante, chamava-me pelo nome de batismo. Ocorreu-me já ter ouvido aquela voz antes, mas quando e onde não consegui determinar de imediato. Durante o curto trecho de estrada entre a trilha da loja Hamilton e a primeira tábua da ponte Combermere pensei em meia dúzia de pessoas que poderiam ter perpetrado tamanho absurdo, e por fim decidi que deveria ter sido uma canção em meus ouvidos. Imediatamente oposto à loja Peliti meus olhos se detiveram na aparição de quatro *jhampanies* em librés *magie*, puxando um riquixá de bazar, barato, com painéis amarelos. Em um segundo minha mente voou de volta à última estação e à sra. Wessington, com uma sensação de irritação e desgosto. Não era o bastante a mulher estar morta e enterrada, sem seus serviçais alvinegros para reaparecer e estragar a felicidade do dia? Independente de quem os tivesse empregado agora, pensei que pudesse visitar essa pessoa e pedir-lhe como um favor particular para trocar os librés dos *jhampanies*. Eu mesmo poderia empregá-los e se necessário, comprar-lhes os abrigos necessários às suas costas. É impossível descrever aqui o dilúvio de lembranças indesejáveis que a presença deles evocava.

O Riquixá Fantasma

"Kitty", lamentei, "os pobres *jhampanies* da sra. Wessington retornaram de novo! Quem os teria empregado agora?"

Kitty conhecera a sra. Wessington de modo superficial na última estação e sempre se interessara pela mulher doentia.

"O quê? Onde?", ela perguntou. "Não os vejo em lugar algum."

Assim que ela disse isso seu cavalo, desviando-se de uma mula carregada, atirou-se bem em frente ao riquixá que avançava. Mal tive tempo de pronunciar uma palavra de aviso quando, para meu indizível pavor, cavalo e cavaleira passaram *através* de homens e carruagem como se eles fossem de brisa tênue.

"Qual o problema?", gritou Kitty; "o que fez você me chamar tão bestamente, Jack? Se *estou* noiva, não quero que todas as criaturas saibam. Havia um monte de espaço entre a mula e a varanda; e se pensa que não sei cavalgar... Veja!"

E então a voluntariosa Kitty disparou, a cabecinha caprichosa empinada, galopando em direção ao Bandstand; como era de se supor, como ela mesma me disse depois, eu deveria segui-la. Qual era o problema? Nenhum, na verdade, caso eu estivesse louco ou bêbado, ou Simla estivesse assombrada por demônios. Refreei meu cavalo, impaciente, e dei a volta. O riquixá também tinha retornado e agora estava bem à minha frente, próximo ao parapeito esquerdo da ponte Combermere.

"Jack, Jack amado!" (Não havia nenhum engano a respeito das palavras desta vez: elas soaram em meu cérebro como se tivessem sido gritadas em meus ouvidos.) "É um engano hediondo, tenho certeza. *Por favor* me perdoe, Jack, e vamos ser amigos de novo."

A capota do riquixá tinha caído para trás e dentro, como espero e rogo todo dia pela morte que me apavora à noite, estava sentada a sra. Keith-Wessington, lenço na mão, a cabeça dourada pendida no peito.

Por quanto tempo eu a encarei, estático, não sei dizer. Por fim fui despertado por meu *sais* tomando o freio de

"Kitty," I cried, "there are poor Mrs. Wessington's *jhampanies* turned up again! I wonder who has them now?"

Kitty had known Mrs. Wessington slightly last season, and had always been interested in the sickly woman.

"What? Where?" she asked. "I can't see them anywhere."

Even as she spoke her horse, swerving from a laden mule, threw himself directly in front of the advancing 'rickshaw. I had scarcely time to utter a word of warning when, to my unutterable horror, horse and rider passed *through* men and carriage as if they had been thin air.

"What's the matter?" cried Kitty; "what made you call out so foolishly, Jack? If I *am* engaged I don't want all creation to know about it. There was lots of space between the mule and the veranda; and, if you think I can't ride...There!"

Whereupon wilful Kitty set off, her dainty little head in the air, at a hand-gallop in the direction of the Bandstand; fully expecting, as she herself afterward told me, that I should follow her. What was the matter? Nothing indeed. Either that I was mad or drunk, or that Simla was haunted with devils. I reined in my impatient cob, and turned round. The 'rickshaw had turned too, and now stood immediately facing me, near the left railing of the Combermere Bridge.

"Jack! Jack, darling!" (There was no mistake about the words this time: they rang through my brain as if they had been shouted in my ear.) "It's some hideous mistake, I'm sure. *Please* forgive me, Jack, and let's be friends again."

The 'rickshaw-hood had fallen back, and inside, as I hope and pray daily for the death I dread by night, sat Mrs. Keith-Wessington, handkerchief in hand, and golden head bowed on her breast.

How long I stared motionless I do not know. Finally, I was aroused by my *sais* taking the Waler's bridle and asking whether I was ill. From the horrible to the commonplace is but a step. I tumbled off my horse and dashed, half fainting, into Peliti's for a glass of cherry-brandy. There two or three couples were gathered round the coffee-tables discussing the gossip of the day. Their trivialities were more comforting to me just then than the consolations of religion could have been. I plunged into the midst of the conversation at once; chatted, laughed, and jested with a face (when I caught a glimpse of it in a mirror) as white and drawn as that of a corpse. Three or four mem noticed my condition; and, evidently setting it down to the results of over-many pegs, charitably endeavoured to draw me apart from the rest of the loungers. But I refused to be led away. I wanted the company of my kind – as a child rushes into the midst of the dinner-party after a fright in the dark. I must have talked for about ten minutes or so, though it seemed an eternity to me, when I heard Kitty's clear voice outside inquiring for me. In another minute she had entered the shop, prepared to roundly upbraid me for failing so signally in my duties. Something in my face stopped her.

"Why, Jack," she cried, "what *have* you been doing? What *has* happened? Are you ill?" Thus driven into a direct lie, I said that the sun had been a little too much for me. It was close upon five o'clock of a cloudy April afternoon, and the sun had been hidden all day. I saw my mistake as soon as the words were out of my mouth: attempted to recover it; blundered hopelessly and followed Kitty in a regal rage, out of doors, amid the smiles of my acquaintances. I made some excuse (I have forgotten what) on the score of my feeling faint; and cantered away to my hotel, leaving Kitty to finish the ride by herself.

In my room I sat down and tried calmly to reason out the matter.

Here was I, Theobald Jack Pansay, a well-educated Bengal Civilian in the year of grace, 1885, presumably sane, certainly healthy, driven in

meu cavalo[2] e perguntando se eu estava doente. Eu estava doente. Do horror ao lugar comum leva apenas um passo. Tombei de meu cavalo e desabei, meio desmaiado, no Peliti, para um copo de conhaque de cereja. Havia dois ou três casais reunidos em torno das mesas de café, discutindo as fofocas do dia. Suas trivialidades eram mais reconfortantes para mim naquele momento que o consolo da religião poderia ser. Mergulhei em meio à conversa de imediato; tagarelei, ri e gracejei com o rosto (quando o vislumbrei de relance no espelho) tão branco e seco quanto o de um cadáver. Três ou quatro homens perceberam meu estado; e, evidentemente, julgando ser aquele o resultado do excesso de bebida, por caridade se esforçaram para me puxar à parte do restante dos presentes. Mas me recusei a ser retirado. Queria a companhia de meus iguais – como uma criança corre para o meio de uma reunião ao jantar depois de assustar-se no escuro. Devo ter falado por dez minutos ou mais, apesar de ter parecido uma eternidade, quando ouvi a voz clara de Kitty, do lado de fora, perguntar por mim. No minuto seguinte ele entrou na loja disposta a me repreender por ter falhado tão significativamente em minhas obrigações. Alguma coisa em meu rosto a impediu.

"Por que, Jack?", ela lamentou, "o que você *fez*? O que *aconteceu*? Você está doente?" Assim fui levado a uma mentira direta e disse que o sol estava forte demais para mim. Eram quase cinco da tarde de um dia nublado de abril e o sol tinha estado escondido por todo o dia. Compreendi meu erro tão logo as palavras saíram de minha boca; esforcei-me para recuperá-las; disse disparates desesperados e, com uma raiva mal dissimulada, acompanhei Kitty para fora em meio aos sorrisos de meus conhecidos. Ofereci algumas desculpas (esqueci quais) relacionadas ao meu malestar e segui a meio-galope para o hotel, deixando que Kitty terminasse a cavalgada sozinha.

Em meu quarto, sentei-me e procurei pensar com calma no assunto.

Ali estava eu, Theobald Jack Pansay, um civil de Bengala bem educado, no ano do Senhor de 1885, presumivelmente sensato, com certeza sadio, aterrorizado

---

[2] Hindi: *sais*, do árabe: sa´is: criado ou cavalariço. N.T.

O Riquixá Fantasma

ao lado de minha namorada pela aparição de uma mulher que estava morta e enterrada há oito meses atrás. Estes eram fatos que eu não podia ignorar. Nada estava mais distante de meus pensamentos do que qualquer lembrança da sra. Wessington quando Kitty e eu deixamos a loja Hamilton. Nada era mais banal que o trecho de muro oposto ao Peliti. Estávamos às claras. A estrada estava cheia de pessoas e ainda, veja você, desafiando qualquer lei da probabilidade, em ultraje direto às leis da natureza, apareceu-me um rosto saído do túmulo.

O cavalo árabe de Kitty passou através do riquixá: então minha esperança inicial de que alguma mulher incrivelmente parecida com a sra. Wessington tivesse alugado a carruagem e os cules com seus antigos librés fora perdida. Por várias vezes fui envolvido por um redemoinho de pensamentos; e por várias vezes desisti, decepcionado e desesperado. A voz era tão inexplicável quanto a aparição. Primeiro senti o impulso precipitado de contar tudo a Kitty, implorar a ela que se casasse comigo de imediato e em seus braços desafiar a ocupante fantasma do riquixá. "Afinal de contas", argumentei, "a presença do riquixá é por si mesma suficiente para provar a existência de uma ilusão espectral. Uma pessoa pode ver fantasmas de homens e mulheres, mas nunca de colies e carruagens. A coisa toda é uma fantasia absurda, como ver o fantasma de um montanhês!"

Na manhã seguinte enviei uma carta de desculpas para Kitty, implorando para que ignorasse minha estranha conduta da tarde anterior. Minha deusa ainda estava muito contrariada e precisei me desculpar pessoalmente. Expliquei, com a fluência oriunda de uma noite inteira engendrando a mentira, que tinha sido acometido por uma súbita palpitação no coração – o resultado de uma indigestão. Essa solução iminentemente prática surtiu efeito e Kitty e eu cavalgamos naquela tarde com a sombra de minha primeira mentira nos apartando.

Nada conseguiria satisfazê-la a não ser um galope compassado em torno do Jakko. Com os nervos ainda debilitados pela noite anterior, protestei com delicadeza contra a idéia,

terror from my sweetheart's side by the apparition of a woman who had been dead and buried eight months ago. These were facts that I could not blink. Nothing was further from my thought than any memory of Mrs. Wessington when Kitty and I left Hamilton's shop. Nothing was more utterly commonplace than the stretch of wall opposite Peliti's. It was broad daylight. The road was full of people; and yet here, look you, in defiance of every law of probability, in direct outrage of Nature's ordinance, there had appeared to me a face from the grave.

Kitty's Arab had gone *through* the 'rickshaw: so that my first hope that some woman marvelously like Mrs. Wessington had hired the carriage and the coolies with their old livery was lost. Again and again I went round this treadmill of thought; and again and again gave up baffled and in despair. The voice was as inexplicable as the apparition. I had originally some wild notion of confiding it all to Kitty; of begging her to marry me at once; and in her arms defying the ghostly occupant of the 'rickshaw. "After all," I argued, "the presence of the 'rickshaw is in itself enough to prove the existence of a spectral illusion. One may see ghosts of men and women, but surely never of coolies and carriages. The whole thing is absurd Fancy the ghost of a hill-man!"

Next morning I sent a penitent note to Kitty, imploring her to overlook my strange conduct of the previous afternoon. My Divinity was still very wroth, and a personal apology was necessary. I explained, with a fluency born of night-long pondering over a falsehood, that I had been attacked with sudden palpitation of the heart – the result of indigestion. This eminently practical solution had its effect; and Kitty and I rode out that afternoon with the shadow of my first lie dividing us.

Nothing would please her save a canter round Jakko. With my nerves still unstrung from the previous night I feebly protested against the notion, suggesting Observatory Hill, Jutogh, the Boileaugunge road – anything rather than the Jakko round. Kitty was angry and a little hurt: so I yielded from fear of provoking further misunderstanding, and we set out together toward Chota Simla. We walked a greater part of the way, and, according to our custom, cantered from a mile or so below the Convent to the stretch of level road by the Sanjowlie Reservoir. The wretched horses appeared to fly, and my heart beat quicker and quicker as we neared the crest of the ascent. My mind had been full of Mrs. Wessington all the afternoon; and every inch of the Jakko road bore witness to our oldtime walks and talks. The bowlders were full of it; the pines sang it aloud overhead; the rain-fed torrents giggled and chuck led unseen over the shameful story; and the wind in my ears chanted the iniquity aloud.

As a fitting climax, in the middle of the level men call the Ladies' Mile the Horror was awaiting me. No other 'rickshaw was in sight – only the four black and white *jhampanies*, the yellow-paneled carriage, and the golden head of the woman within – all apparently just as I had left them eight months and one fortnight ago! For an instant I fancied that Kitty *must* see what I saw – we were so marvelously sympathetic in all things. Her next words undeceived me…'Not a soul in sight! Come along, Jack, and I'll race you to the Reservoir buildings!" Her wiry little Arab was off like a bird, my Waler following close behind, and in this order we dashed under the cliffs. Half a minute brought us within fifty yards of the 'rickshaw. I pulled my Waler and fell back a little. The 'rickshaw was directly in the middle of the road; and once more the Arab passed through it, my horse following. "Jack! Jack dear! *Please* forgive me," rang with a wail in my ears, and, after an interval:"It's a mistake, a hideous mistake!"

sugerindo a colina do Observatório, Jutogh, a estrada Boileaugunge – qualquer coisa menos os arredores de Jakko. Kitty estava brava e um pouco magoada, então eu me rendi por receio de provocar ainda mais desentendimentos, e nós seguimos juntos na direção de Chota[3] Simla. Andamos a maior parte do caminho, e, conforme nosso costume, galopamos a passos largos por dois quilômetros mais ou menos, abaixo do convento até o trecho da estrada reta que leva à represa Sanjowlie. Os malditos cavalos pareciam voar e meu coração batia cada vez mais rápido conforme nos aproximávamos do topo da ladeira. Meus pensamentos ficaram completamente voltados para sra. Wessington a tarde toda, pois cada palmo da estrada de Jakko fora testemunha de nossas antigas conversas e caminhadas. As grandes pedras estavam plenas disso; os pinheiros cantavam-nas em voz alta para os céus; as correntezas alimentadas pelas chuvas gargalhavam e caçoavam da história vergonhosa; e o vento em meus ouvidos cantava alto a iniqüidade.

Como um clímax apropriado, no meio do caminho que chamam de Quilômetro das Damas o horror me aguardava. Nenhum outro riquixá estava à vista, apenas os quatro *jhampanies* alvinegros, a carruagem com painéis amarelos e dentro a cabeça dourada da mulher – com aparência idêntica à de quando a deixei há oito meses e duas semanas! Por um momento fantasiei que Kitty deveria ver o que eu via – tínhamos tanto em comum. Suas palavras seguintes me desiludiram – "Nenhuma alma à vista! Aproxime-se, Jack, e apostaremos uma corrida até as instalações da represa!" O pequeno e vigoroso cavalo árabe disparou como um pássaro, com o meu australiano seguindo-o de perto, e assim nos atiramos colina abaixo. Meio minuto foi o bastante para nos aproximarmos a cinqüenta metros do riquixá. Puxei meu cavalo australiano e fiquei um pouco para trás. O riquixá estava bem no meio da estrada; e mais uma vez o árabe passou pelo meio dele, com meu cavalo atrás. "Jack! Jack querido! *Por favor* me perdoe," soou como um lamento em meus ouvidos, e, após um intervalo: – "É um engano, um engano medonho!"

---

[3] *Chota* - hindi: *chotti*: pequena. N.T.

Esporei meu cavalo como um possesso. Ao a virar cabeça na direção da represa, os librés alvinegros ainda aguardavam – aguardavam pacientemente – sob a encosta cinza, e o vento trouxe-me um arremedo do eco das palavras que acabara de ouvir. Kitty zombou bastante de mim devido ao meu silêncio durante o resto da cavalgada. Até então eu tinha tagarelado bobagens sem parar.

Para salvar minha vida não pude falar nada depois daquilo, claro, e de Sanjowlie até a igreja segurei minha língua com sensatez.

Tinha um jantar com os Mannering naquela noite e mal tive tempo de cavalgar até em casa para me vestir. Na estrada para a colina Elysium ouvi por acaso dois homens conversando na penumbra – "É uma coisa curiosa", disse um deles, "como desapareceu sem deixar rastros. Você sabe que minha esposa era aficionada de modo doentio por aquela mulher (nunca consegui ver nada nela) e queria que eu conseguisse o riquixá e os colies, caso estes aceitassem por amor ou por dinheiro. Chamo a isso de uma fantasia mórbida; mas tive que fazer o que a *memsahib*[4] queria. Você acredita que o homem que os alugou à falecida senhora me disse que todos quatro – eram irmãos – morreram de cólera no caminho para Hardwar, pobres diabos, e que ele mesmo destruiu o riquixá? Disse que jamais usaria o riquixá de uma *memsahib* morta. Traz má sorte. Idéia extravagante, não? É fantasia achar que a pobre sra. Wessington poderia trazer má sorte a alguém senão a ela mesma!" Ri alto nesse ponto e fiquei chocado com minha própria risada assim que a emiti. Então *era* mesmo um riquixá fantasma afinal de contas, e com fantasmas empregados no outro mundo! Quanto a sra. Wessington pagava àqueles homens? Qual o expediente? Até aonde eles iam?

E como resposta visível à minha última pergunta, avistei a Coisa infernal bloqueando minha passagem no crepúsculo. Os mortos viajam rápido e tomam atalhos desconhecidos pelos cules comuns. Ri alto pela segunda vez e interrompi minha risada de imediato porque tive medo de estar

---

[4] Tratamento respeitoso que os indianos utilizavam para se referir às mulheres britânicas casadas ou de classe social superior. N.T.

checked my laughter suddenly, for I was afraid I was going mad. Mad to a certain extent I must have been, for I recollect that I reined in my horse at the head of the 'rickshaw, and politely wished Mrs. Wessington "Good-evening." Her answer was one I knew only too well. I listened to the end; and replied that I had heard it all before, but should be delighted if she had anything further to say. Some malignant devil stronger than I must have entered into me that evening, for I have a dim recollection of talking the common-places of the day for five minutes to the Thing in front of me.

"Mad as a hatter, poor devil – or drunk. Max, try and get him to come home."

Surely *that* was not Mrs. Wessington's voice! The two men had overheard me speaking to the empty air, and had returned to look after me. They were very kind and considerate, and from their words evidently gathered that I was extremely drunk. I thanked them confusedly and cantered away to my hotel, there changed, and arrived at the Mannerings' ten minutes late. I pleaded the darkness of the night as an excuse; was rebuked by Kitty for my unlover-like tardiness; and sat down.

The conversation had already become general; and under cover of it, I was addressing some tender small talk to my sweetheart when I was aware that at the further end of the table a short red-whiskered man was describing, with much broidery, his encounter with a mad unknown that evening.

A few sentences convinced me that he was repeating the incident of half an hour ago. In the middle of the story he looked round for applause, as professional story-tellers do, caught my eye, and straightway collapsed. There was a moment's awkward silence, and the red-whiskered man muttered something to the effect that he had "forgotten the rest," thereby sacrificing a reputation as a good story-teller which he had built up for six seasons past. I blessed him from the bottom of my heart, and – went on with my fish.

enlouquecendo. Deveria estar louco até certo ponto, pois me recordo de ter guiado meu cavalo até a frente do riquixá e, com polidez, ter desejado "Boa noite" à sra. Wessington. A resposta foi aquela que conheço tão bem. Escutei até o fim e respondi que já tinha ouvido aquilo tudo antes, mas que ficaria maravilhado se ela tivesse algo mais a dizer. Alguma força maligna mais poderosa do que eu deve ter me possuído naquela noite, pois tenho a obscura lembrança de ter comentado sobre as banalidades do dia por cinco minutos com a Coisa à minha frente.

"Louco de pedra, pobre diabo – ou bêbado. Max, pegue-o e leve-o para casa."

Com certeza *aquela* não era a voz da sra. Wessington! Os dois homens tinham me escutado falar com o vento e retornaram para cuidar de mim. Eles eram muito gentis e atenciosos e, pelo que disseram, era evidente a conclusão de que eu estava extremamente bêbado. Eu os agradeci confuso e cavalguei para o meu hotel, troquei-me e cheguei à casa do Mannerings dez minutos atrasado. Aleguei a escuridão da noite como desculpara para a demora, fui repreendido por Kitty pelo meu atraso desagradável e me sentei.

Durante a conversa geral discutiam-se generalidades; e em segredo eu endereçava um diálogo meigo à minha namorada quando percebi que na ponta da mesa um homem de suíças curtas e vermelhas descrevia, com muitos floreios, o encontro com um louco desconhecido naquele fim de tarde.

Umas poucas sentenças me convenceram de que ele narrava o incidente de meia hora atrás. No meio da história ele olhou ao redor à espera de aplausos, como um contador profissional de histórias faria, cruzou meus olhos e desmoronou no mesmo instante. Houve um momento de silêncio constrangido e o homem de suíças vermelhas murmurou alguma coisa a esse respeito, dizendo ter "esquecido o restante", sacrificando assim a reputação de bom contador de histórias que ele construíra durante as últimas seis temporadas. Eu o abençoei do fundo do meu coração – e voltei ao meu peixe.

O jantar chegou ao fim no tempo esperado; e foi com genuíno pesar que me despedi de Kitty – com a plena certeza de que era esperado do lado de fora. O homem de suíças vermelhas, que me foi apresentado como dr. Heatherlegh, de Simla, ofereceu-se para me acompanhar até aonde nossos caminhos coincidiam. Aceitei a oferta com gratidão.

Meu instinto não me decepcionou. Aquilo aguardava prontamente na avenida principal, e, no que me pareceu uma pilhéria diabólica a seu modo, com a lâmpada dianteira acesa. O homem de suíças vermelhas foi direto ao ponto, de uma maneira que ficou claro que tinha passado todo o jantar pensando naquilo.

"Eu digo, Pansay, que diabos deu em você esta tarde na estrada de Elysium? O inusitado da pergunta arrancou-me uma resposta antes que eu me desse conta.

"Aquilo!", disse, apontando.

"*Aquilo* pode tanto ser *Delirium tremens* como problema nos olhos, até onde eu sei. Agora, você não bebe. Pude ver isso durante o jantar, então não pode ser D.T. Não há nada onde você está apontando, apesar de você transpirar e tremer de medo como um pônei assustado. Portanto, concluo ser problema nos olhos. E tenho o dever de saber tudo a esse respeito. Venha até minha casa. Moro na parte baixa da estrada de Blessington."

Para meu intenso deleite, em vez de esperar por nós, o riquixá fantasma se adiantou cerca de vinte metros à frente – e manteve-se assim enquanto caminhávamos, trotávamos ou seguíamos a passo. Durante aquela longa cavalgada noturna contei ao meu acompanhante quase tudo o que descrevo aqui.

"Bem, você estragou uma das melhores histórias que já contei", disse ele, "mas eu o perdôo em consideração a tudo pelo que tem passado. Agora vá para casa e faça o que eu lhe disse; e quando eu o tiver curado, rapaz, que sirva de lição para você se portar de modo correto com as mulheres e com as comidas indigestas até morrer."

O riquixá permanecia estático à frente; e meu amigo de suíças vermelhas parecia divertir-se muito às minhas custas quando eu lhe informava o paradeiro deste.

In the fulness of time that dinner came to an end; and with genuine regret I tore myself away from Kitty – as certain as I was of my own existence that It would be waiting for me outside the door. The red-whiskered man, who had been introduced to me as Doctor Heatherlegh, of Simla, volunteered to bear me company as far as our roads lay together. I accepted his offer with gratitude.

My instinct had not deceived me. It lay in readiness in the Mall, and, in what seemed devilish mockery of our ways, with a lighted headlamp. The red-whiskered man went to the point at once, in a manner that showed he bad been thinking over it all dinner time.

"I say, Pansay, what the deuce was the matter with you this evening on the Elysium road?" The suddenness of the question wrenched an answer from me before I was aware.

"That!." said I, pointing to It.

"*That* may be either D.T. or Eyes for aught I know. Now you don't liquor. I saw as much at dinner, so it can't be D.T. There's nothing whatever where you're pointing, though you're sweating and trembling with fright like a scared pony. Therefore, I conclude that it's Eyes. And I ought to understand all about them. Come along home with me. I'm on the Blessington lower road."

To my intense delight the 'rickshaw instead of waiting for us kept about twenty yards ahead – and this, too whether we walked, trotted, or cantered. In the course of that long night ride I had told my companion almost as much as I have told you here.

"Well, you've spoiled one of the best tales I've ever laid tongue to," said he, "but I'll forgive you for the sake of what you've gone through. Now come home and do what I tell you; and when I've cured you, young man, let this be a lesson to you to steer clear of women and indigestible food till the day of your death."

The 'rickshaw kept steady in front; and my red-whiskered friend seemed to derive great pleasure from my account of its exact whereabouts.

"Eyes, Pansay – all Eyes, Brain, and Stomach. And the greatest of these three is Stomach. You've too much conceited Brain, too little Stomach, and thoroughly unhealthy Eyes. Get your Stomach straight and the rest follows. And all that's French for a liver pill. I'll take sole medical charge of you from this hour! for you're too interesting a phenomenon to be passed over."

By this time we were deep in the shadow of the Blessington lower road and the 'rickshaw came to a dead stop under a pine-clad, overhanging shale cliff. Instinctively I halted too, giving my reason. Heatherlegh rapped out an oath.

'Now, if you think I'm going to spend a cold night on the hillside for the sake of a stomach-*cum*-Brain-*cum*-Eye illusion – Lord, ha' mercy! What's that?"

There was a muffled report, a blinding smother of dust just in front of us, a crack, the noise of rent boughs, and about ten yards of the cliff-side-pines., undergrowth, and all-slid down into the road below, completely blocking it up. The uprooted trees swayed and tottered for a moment like drunken giants in the gloom, and then fell prone among their fellows with a thunderous crash. Our two horses stood motionless and sweating with fear. As soon as the rattle of falling earth and stone had subsided, my companion muttered: "Man, if we'd gone forward we should have been ten feet deep in our graves by now. 'There are more things in heaven and earth.' ... Come home, Pansay, and thank God. I want a peg badly."

We retraced our way over the Church Ridge, and I arrived at Dr. Heatherlegh's house shortly after midnight.

His attempts toward my cure commenced almost immediately, and for a week I never left his sight. Many

"Olhos, Pansay – olhos, cérebro, estômago, tudo. E o mais importante destes três é o estômago. Você tem um cérebro muito vaidoso, um estômago muito pequeno e olhos de todo enfermos. Endireite seu estômago e todo o resto se concerta. Todo este diagnóstico confuso se resume a uma pílula para o estômago. Eu me encarregarei de medicá-lo a partir de agora, pois você é um fenômeno interessante demais para ser descartado".

A essa hora nós estávamos mergulhados nas sombras da parte mais baixa da estrada de Blessington e o riquixá viera para uma última parada sob um pinheiro coberto, oscilando em um penhasco xistoso. Eu me detive também, e expliquei o porquê. Heatherlegh blasfemou alto.

"Agora, se você acha que vou passar esta noite fria ao lado da colina por causa de uma ilusão gastro-cérebro-ocular embaraçosa – pelo amor de Deus! O que há?"

Houve um baque surdo, uma densa e sufocante nuvem de poeira bem à nossa frente, um estampido, o barulho de galhos de árvore se quebrando, e, à cerca de cem metros adiante, os pinheiros ao lado do rochedo, a vegetação rasteira, tudo deslizou para a estrada abaixo, bloqueando-a por completo. As árvores arrancadas balançaram e cambalearam por um instante como bêbados gigantes na escuridão e então caíram de bruços no meio de suas companheiras, com um estampido ensurdecedor. Nossos cavalos permaneceram imóveis e suando aterrorizados. Assim que o estrépito do desabamento de terra e pedras tinha amainado, meu companheiro sussurrou: – "Homem, se tivéssemos prosseguido estaríamos agora enterrados em nossos túmulos, há uns dez metros abaixo. *Existem mais coisas entre o céu e a terra...*[5] Vamos para casa, Pansay, e dê graças a Deus. Preciso de um bom trago."

Nós refizemos nosso caminho pela igreja Ridge e eu cheguei à casa do dr. Heatherlegh pouco depois da meia-noite.

Seu empenho em me curar teve início quase de imediato e por uma semana estive sob a vigilância dele.

---

[5] "There are more things in heaven and earth, Horatio, / Than are dreamt of in your philosophy." - Existem mais coisas entre o céu e a terra, Horácio, / Do que sonha a sua filosofia. *Hamlet,* ato 1, cena 5, peça de William Shakespeare, poeta e dramaturgo inglês (1564 - 1616). N.T.

Várias vezes durante aquela semana abençoei a boa sorte de ter me encontrado com o melhor e mais gentil médico de Simla. Dia após dia meu espírito tornou-se mais leve e sereno. Dia após dia, também, fiquei mais e mais inclinado a aceitar a teoria de Heatherlegh sobre "ilusões espectrais" que abrangiam os olhos, o cérebro e o estômago. Escrevi a Kitty contando que um ligeiro mau jeito causado por uma queda de cavalo me mantinha em casa por alguns dias e que eu estaria recuperado antes que ela desse conta da minha ausência.

O tratamento de Heatherlegh era simples até certo ponto. Consistia em pílulas para o fígado, banhos de água fria e exercícios pesados feitos aos anoitecer ou ao amanhecer – pois, como ele sabiamente observou: "Um homem com o tornozelo torcido não caminha vinte e quatro quilômetros por dia, e sua mocinha pode se perguntar se não o viu por aí"

No final da semana, após muitos exames das pupilas e do pulso e rigorosa injunção sobre dietas e caminhadas, Heatherlegh dispensou-me de forma tão brusca como quando se encarregou de mim: – "Homem, estou certo de sua cura mental e isso equivale a dizer que curei a maior parte de sua enfermidade física. Agora pegue suas coisas e suma daqui tão rápido quanto puder; vá declarar seu amor a srta. Kitty."

Eu me esforcei para expressar minha gratidão pela bondade dele. Ele me interrompeu.

"Não pense que fiz isso por que gosto de você. Conclui que você se portou como um cafajeste durante tudo isso. Mas, mesmo assim, você é um fenômeno tão estranho quanto sua patifaria. Não!" – examinando-me pela segunda vez – "nem uma rúpia, por favor. Vá embora e veja se reencontra o problema gastro-cérebro-ocular. Dou um lakh[6] para cada vez que o vir."

Uma hora depois eu estava com Kitty na sala de estar dos Mannering – embriagado com a felicidade do momento e com o conhecimento antecipado de que eu nunca

---

[6] Referente a cem mil rúpias. N.T.

be troubled with Its hideous presence. Strong in the sense of my new-found security, I proposed a ride at once; and, by preference, a canter round Jakko.

Never had I felt so well, so overladen with vitality and mere animal spirits, as I did on the afternoon of the 30th of April. Kitty was delighted at the change in my appearance, and complimented me on it in her delightfully frank and outspoken manner. We left the Mannerings' house together, laughing and talking, and cantered along the Chota Simla road as of old.

I was in haste to reach the Sanjowlie Reservoir and there make my assurance doubly sure. The horses did their best, but seemed all too slow to my impatient mind. Kitty was astonished at my boisterousness. "Why, Jack!" she cried at last, "you are behaving like a child. What are you doing?"

We were just below the Convent, and from sheer wantonness I was making my Waler plunge and curvet across the road as I tickled it with the loop of my riding-whip.

"Doing?" I answered; "nothing, dear. That's just it. If you'd been doing nothing for a week except lie up, you'd be as riotous as I."

'Singing and murmuring in
your feastful mirth,
Joying to feel yourself alive;
Lord over Nature, Lord of the
visible Earth,
Lord of the senses five.'

My quotation was hardly out of my lips before we had rounded the corner above the Convent; and a few yards further on could see across to Sanjowlie. In the centre of the level road stood the black and white liveries, the yellow-paneled 'rickshaw, and Mrs. Keith-Wess-ington. I pulled up, looked, rubbed my eyes, and, I believe must have said something. The next thing I knew was that I was lying face downward on the road with Kitty kneeling above me in tears.

"Has it gone, child I" I gasped. Kitty only wept more bitterly.

mais teria problemas com a horrenda presença. Fortalecido por saber da minha recém adquirida segurança, propus de imediato uma cavalgada; e, de preferência, um meio galope perto de Jakko.

Nunca tinha me sentido tão bem, tão pleno de vigor e vitalidade como estava na tarde de 30 de abril. Kitty estava deliciada com a mudança em minha aparência e me cumprimentou com sua maneira maravilhosamente franca e direta de falar. Deixamos a casa dos Mannering juntos, rindo e conversando, e cavalgamos ao longo da estrada de Chota Simla como antigamente.

Eu tinha pressa em alcançar a represa Sanjowlie e então confirmar minha segurança. Os cavalos davam o máximo mas pareciam lentos demais dada a minha impaciência. Kitty estava atônita com meu ímpeto. "Por que, Jack?", ela lamentou-se. "Você se comporta como uma criança. O que está fazendo?"

Estávamos bem abaixo no convento e por simples capricho eu fazia meu australiano empinar e saltar pela estrada fazendo-lhe cócegas com o laço da chibata.

"Fazendo?", eu respondi. "Nada, querida. Apenas isso. Se você não tivesse feito nada por uma semana além de ficar deitada, estaria tão agitada como eu.

"Cantando e murmurando em festiva alegria,
Feliz por sentir-se vivo,
Senhor da Natureza, senhor do Mundo Invisível,
Senhor dos Cinco Sentidos."

Tinha acabado de proferir minha citação quando dobramos a esquina acima do convento; e mais alguns poucos metros à frente poderíamos divisar o Sanjowlie. No centro da estrada plana estavam os librés alvinegros e o riquixá de painéis amarelos da sra. Keith-Wessington. Puxei as rédeas, fixei os olhos injetados e acredito ter dito algo. A próxima coisa que vi foi que estava caído na estrada com o rosto no chão e Kitty ajoelhava-se a meu lado em prantos.

"Ele já foi, minha criança?", gaguejei. Kitty chorou ainda com mais amargura.

"*O que* já foi, Jack querido? O que quer dizer? Deve haver algum engano, Jack. Um horrendo engano." Suas últimas palavras trouxeram-me de volta – enlouquecido – delirante naquele momento.

"Sim, *há* um engano em algum lugar", repeti, "um horrendo engano. Venha ver Aquilo." Tenho uma vaga idéia de ter segurado Kitty pelo pulso, a arrastado pela estrada até onde estava Aquilo e implorado por piedade que falasse com a Coisa; que dissesse a ela que estávamos noivos; que nem a Morte e nem o Inferno poderiam quebrar os laços entre nós; e só Kitty sabe quantas outras coisas eu disse nesse sentido. De vez em quando eu apelava apaixonadamente para que o Horror no riquixá confirmasse tudo o que eu dizia e me liberasse da tortura que me matava. Enquanto falava suponho ter contado a Kitty a respeito de meu relacionamento anterior com a Sra. Wessington, pois vi como escutava atenta, com a face lívida e olhos inflamados.

"Obrigada, sr. Pansay", disse, "isso é o bastante. *Sais, ghora láo*[7] ."

Os *saises*, impassíveis como são os orientais, retornaram com os cavalos recapturados; Kitty saltou na sela e eu segurei os reios, implorando que me ouvisse e me perdoasse. Como resposta recebi uma chibatada no rosto que abriu um talho da boca até os olhos, e uma ou duas palavras de despedida que mesmo agora não posso pronunciar. Então julguei, e julguei corretamente, que Kitty sabia de tudo; e cambaleei para trás, para a lateral do riquixá. Meu rosto sangrava e no local onde recebera a chibatada formou-se um vergão lívido e azulado. Eu não tinha amor próprio. Naquele momento Heatherlegh, que deveria ter nos seguido à distância, galopou em minha direção.

"Doutor", eu disse apontando para o meu rosto, "aqui está a assinatura da srta. Mannering para o meu atestado de alta – agradeceria se me desse aquele lakh tão logo lhe fosse conveniente."

O rosto de Heatherlegh, mesmo em meu estado abjeto e miserável, me fez rir.

---

[7] Hindi: *ghora*: cavalo; *láo*: traga. Tradução: Cavalariço, traga-me o cavalo. N.T.

"I'll stake my professional reputation" he began.

"Don't be a fool," I whispered. "I've lost my life's happiness and you'd better take me home."

As I spoke the 'rickshaw was gone. Then I lost all knowledge of what was passing. The crest of Jakko seemed to heave and roll like the crest of a cloud and fall in upon me.

Seven days later (on the 7th of May, that is to say) I was aware that I was lying in Heatherlegh's room as weak as a little child. Heatherlegh was watching me intently from behind the papers on his writing-table. His first words were not encouraging; but I was too far spent to be much moved by them.

"Here's Miss Kitty has sent back your letters. You corresponded a good deal, you young people. Here's a packet that looks like a ring, and a cheerful sort of a note from Mannering Papa, which I've taken the liberty of reading and burning. The old gentleman's not pleased with you."

"And Kitty?" I asked, dully.

"Rather more drawn than her father from what she says. By the same token you must have been letting out any number of queer reminiscences just before I met you. 'Says that a man who would have behaved to a woman as you did to Mrs. Wessington ought to kill himself out of sheer pity for his kind. She's a hot-headed little virago, your girl. 'Will have it too that you were suffering from D.T. when that row on the Jakko road turned up. 'Says she'll die before she ever speaks to you again."

I groaned and turned over to the other side.

"Now you've got your choice, my friend. This engagement has to be broken off; and the Mannerings don't want to be too hard on you. Was it broken through D. T. or epileptic fits? Sorry I can't offer you a better exchange unless you'd prefer hereditary insanity. Say the word and I'll tell 'em its fits. All Simla knows about that scene on the Ladies' Mile. Come! I'll give you five minutes to think over it."

During those five minutes I believe that I explored thoroughly the low-

"Eu arrisco minha reputação profissional" – começou ele.

Assim que falei o riquixá se foi. Então perdi toda a noção do que se passava. O topo de Jakko parecia erguer-se e enrolar-se como o topo de uma nuvem e cair sobre mim.

Sete dias mais tarde (quer dizer, em 7 de maio) estava ciente de estar deitado no quarto de Heatherlegh tão doente quanto uma criancinha. Heatherlegh me observava intensamente por detrás dos documentos em sua escrivaninha. Suas primeiras palavras não foram encorajadoras; mas eu estava muito longe de ser incomodado por elas.

"Tome, a srta. Kitty devolveu suas cartas. Vocês jovens se correspondem bastante. Aqui está um embrulho que se parece com um anel e uma carta do tipo animadora enviada por Papa Mannering, que tomei a liberdade de ler e queimar. O velho cavalheiro não está contente com você."

"E Kitty?", perguntei, com a fala mole.

"Muito mais contundente que o pai, se considerar o que ela diz. Pelas palavras dela você deve ter soltado grande número de reminiscências desagradáveis pouco antes de eu te encontrar. Ela diz que um homem que se comporta com uma mulher como você o fez com a sra. Wessington deveria se suicidar em consideração à própria espécie. Trata-se de uma tirana de cabeça quente, essa sua garota. Disse que você 'bebe tanto que estava tendo um ataque de D.T. quando ocorreu o incidente na estrada e Jakko'. E diz ainda que morrerá antes de falar com você de novo".

Gemi e virei-me para o outro lado.

"Agora você tem que escolher, meu amigo. Esse noivado tem que ser rompido e os Mannering não querem ser duros com você. Vai rompê-lo devido à D.T. ou aos ataques epiléticos? Desculpe-me por não poder apresentar outra alternativa, a menos que prefira alegar insanidade hereditária. Diga o que prefere e eu confirmarei. Toda Simla sabe sobre o incidente no Quilômetro das Damas. Vamos! Dou-lhe cinco minutos para pensar a respeito."

Durante aqueles cinco minutos acredito ter explorado toda a extensão dos círculos inferiores do Inferno em que podem pisar um homem na terra. E ao mesmo tempo vi a mim mesmo vagar pelos labirintos negros da dúvida, miséria e extremo desespero. Eu imaginava, como Heatherlegh em sua cadeira deve ter imaginado, qual horrível alternativa deveria adotar. Em pouco tempo me ouvi responder em uma voz quase irreconhecível: "Eles são desgraçadamente exigentes a respeito da moral por estas paragens. Diga-lhes que tenho ataques, e mande lembranças. Agora me deixe dormir um pouco mais."

Então minhas duas partes se reuniram, e voltei a ser apenas eu (o louco, o possuído), que se revirava na cama refazendo passo a passo a história do mês anterior.

"Mas estou em Simla", repetia a mim mesmo. "Sou Jack Pansay, estou em Simla e não existem fantasmas aqui. É irracional aquela mulher fingir isso. Por que Agnes não pode me deixar em paz? Nunca lhe fiz mal nenhum. Aquilo poderia ter ocorrido tanto a mim quanto a ela. Só que eu jamais retornaria com o propósito de matá-la. Por que não posso ser deixado em paz – em paz e feliz?"

Era meio-dia quanto acordei; e o sol estava baixo no céu antes que eu dormisse – dormisse como um criminoso torturado em seu catre; abatido demais para continuar sofrendo.

No dia seguinte não consegui me levantar. Heatherlegh disse-me pela manhã que recebera uma resposta do sr. Mannering e que, graças aos seus gentis favores (de Heatherlegh), a história de minhas aflições viajaram pelos quatro cantos de Simla e que todos sentiam muita pena de mim.

"E isso é mais do que você merece", conclui ele, divertido, "apesar de que só Deus sabe pelo que você tem passado, por uma severa . Não importa; ainda vamos curá-lo, seu fenômeno perverso."

Recusei-me com firmeza a ser curado. "Você tem sido bom demais comigo, meu velho", disse eu, "mas não penso em trazer-lhe ainda mais problemas".

Em meu coração eu sabia que nada do que Heatherlegh pudesse fazer poderia aliviar a carga que haviam atirado-me às costas.

est circles of the Inferno which it is permitted man to tread on earth. And at the same time I myself was watching myself faltering through the dark labyrinths of doubt, misery, and utter despair. I wondered, as Heatherlegh in his chair might have wondered, which dreadful alternative I should adopt. Presently I heard myself answering in a voice that I hardly recognized, "They're confoundedly particular about morality in these parts. Give 'em fits, Heatherlegh, and my love. Now let me sleep a bit longer."

Then my two selves joined, and it was only I (half crazed, devil-driven I) that tossed in my bed, tracing step by step the history of the past month.

"But I am in Simla," I kept repeating to myself. "I, Jack Pansay, am in Simla and there are no ghosts here. It's unreasonable of that woman to pretend there are. Why couldn't Agnes have left me alone? I never did her any harm. It might just as well have been me as Agnes. Only I'd never have come hack on purpose to kill *her*. Why can't I be left alone – left alone and happy?"

It was high noon when I first awoke: and the sun was low in the sky before I slept – slept as the tortured criminal sleeps on his rack, too worn to feel further pain.

Next day I could not leave my bed. Heatherlegh told me in the morning that he had received an answer from Mr. Mannering, and that, thanks to his (Heatherlegh's) friendly offices, the story of my affliction had traveled through the length and breadth of Simla, where I was on all sides much pitied.

"And that's rather more than you deserve," he concluded, pleasantly, "though the Lord knows you've been going through a pretty severe mill. Never mind; we'll cure you yet, you perverse phenomenon."

I declined firmly to be cured. "You've been much too good to me already, old man," said I; "but I don't think I need trouble you further."

In my heart I knew that nothing Heatherlegh could do would lighten the burden that had been laid upon me.

With that knowledge came also a sense of hopeless, impotent rebellion against the unreasonableness of it all. There were scores of men no better than I whose punishments had at least been reserved for another world; and I felt that it was bitterly, cruelly unfair that I alone should have been singled out for so hideous a fate. This mood would in time give place to another where it seemed that the 'rickshaw and I were the only realities in a world of shadows; that Kitty was a ghost; that Mannering, Heatherlegh, and all the other men and women I knew were all ghosts; and the great, grey hills themselves but vain shadows devised to torture me. From mood to mood I tossed backward and forward for seven weary days; my body growing daily stronger and stronger, until the bedroom looking-glass told me that I had returned to everyday life, and was as other men once more. Curiously enough my face showed no signs of the struggle I had gone through. It was pale indeed, but as expressionless and commonplace as ever. I had expected some permanent alteration – visible evidence of the disease that was eating me away. I found nothing.

On the 15th of May, I left Heatherlegh's house at eleven o'clock in the morning; and the instinct of the bachelor drove me to the Club. There I found that every man knew my story as told by Heatherlegh, and was, in clumsy fashion, abnormally kind and attentive. Nevertheless I recognized that for the rest of my natural life I should be among but not of my fellows; and I envied very bitterly indeed the laughing coolies on the Mall below. I lunched at the Club, and at four o'clock wandered aimlessly down the Mall in the vague hope of meeting Kitty. Close to the Bandstand the black and white liveries joined me; and I heard Mrs. Wessington's old appeal at my side. I had been expecting this ever since I came out; and was only surprised at her delay. The phantom 'rickshaw and I went side by side along the Chota Simla road in silence. Close to the bazar, Kitty and a man on horseback overtook and passed us. For any sign she gave I might have been a dog in the road. She did not even pay me

Com esse conhecimento veio também um sentimento de revolta impotente e sem esperança contra a insensatez de tudo aquilo. Havia tipos homens que não eram melhores que eu, mas cujas punições eram ao menos reservadas para um outro mundo; e senti que era amargo e cruelmente injusto que eu fosse o único a ter um destino tão horrível. Depois de um tempo esse sentimento deu lugar a outro, segundo o qual eu e o riquixá éramos a única realidade em um mundo de sombras; que Kitty era um fantasma; que Mannering, Heatherlegh e todos os outros homens e mulheres eram fantasmas; e que mesmo as enormes colinas cinzentas eram sombras fúteis feitas para me torturar. De sentimento em sentimento eu me lancei para frente e para trás durante sete cansativos dias seguintes; meu corpo tornava-se cada dia mais forte até que o espelho ao lado da cama disse-me que eu havia retornado à vida normal e que era de novo o mesmo homem. Era bastante curioso que meu rosto não demonstrasse sinais do esforço violento pelo qual passara. Estava pálido, era verdade, mas inexpressivo e banal como sempre. Esperava por alguma alteração permanente – evidência visível da doença que me consumia. Não encontrei nada.

Em 15 de maio deixei a casa de Heatherlegh às onze da manhã; e o instinto de solteiro me levou ao clube. Ali soube que todos conheciam minha história, contada por Heatherlegh, e, embora desajeitados, foram gentis e atentos comigo de um jeito incomum. Ainda assim reconheci que pelo resto da vida poderia estar entre meus companheiros, mas não seria um deles; e invejei com sincero amargor os cules risonhos da avenida principal, abaixo. Almocei no clube e às quatro horas perambulei sem destino pela avenida principal, com a vaga esperança de encontrar Kitty. Perto do Bandstand os librés alvinegros se uniram a mim e ouvi o antigo apelo da sra. Wessington ao meu lado. Tinha esperado por isso desde que saíra e estava surpreso apenas por seu atraso. O riquixá fantasma e eu seguimos pela estrada de Chota Simla em silêncio. Perto do bazar, Kitty e um homem a cavalo nos ultrapassaram. Pelo que demonstrou, para ela eu era apenas um cão na estrada. Ela sequer fez a gentileza de apressar o passo, ainda que a chuva da tarde pudesse servir-lhe de desculpa.

Assim, Kitty e seu companheiro, eu e minha apaixonada fantasma nos arrastamos por Jakko em duplas. Com a água a estrada ficou escorregadia; os pinheiros gotejavam como rufos de telhados nas pedras abaixo e o ar estava pleno da chuva fina que caía. Por duas ou três vezes eu me peguei dizendo a mim mesmo, quase audível: "Sou Jack Pansay de licença em Simla – em *Simla*! A Simla comum, de todos os dias. Não posso me esquecer disso – não posso me esquecer disso". Então tentei relembrar algumas fofocas que ouvira no clube: o preço dos cavalos de alguém – qualquer coisa relacionada com um dia trivial no mundo de um anglo-indiano, que eu conhecia tão bem. Repetia sempre a tabuada de multiplicar bem rápido para mim mesmo para ter plena certeza de que não perdia a razão. Isso me deu bastante conforto, e deve ter evitado que ouvisse a sra. Wessington por um tempo.

Uma vez mais subi fatigado a ladeira do convento e alcancei o nível da estrada. Ali Kitty e seu companheiro iniciaram um galope e fui deixado a sós com a sra. Wessington. "Agnes", eu disse, "poderia baixar a capota e me dizer o que tudo isso significa?" A capota caiu em silêncio e fiquei face a face com minha amante morta e enterrada. Ela usava o mesmo vestido da última vez que a encontrei com vida; trazia o mesmo lencinho na mão direita e a mesma caixinha de cartões na esquerda. (Uma mulher morta há oito meses com uma caixa de cartões de visitas!). Tive que me ater à tabuada de multiplicar e firmar as duas mãos no parapeito da estrada para me assegurar de que pelo menos aquilo era real.

"Agnes" repeti, "por piedade me diga o que tudo isso significa". A sra. Wessington inclinou-se adiante com a peculiar, rápida virada de cabeça que eu conhecia tão bem, e falou.

Se minha história já não tivesse ultrapassado loucamente os limites da credibilidade humana eu agora lhe pediria desculpas. Como sei que ninguém – não, nem mesmo Kitty, para quem escrevo isto como um tipo de justificativa pela minha conduta – acreditará em mim, prosseguirei. A sra. Wessington falou, e caminhei com ela da estrada e

the compliment of quickening her pace; though the rainy afternoon had served for an excuse.

So Kitty and her companion, and I and my ghostly Light-o'-Love, crept round Jakko in couples. The road was streaming with water; the pines dripped like roof-pipes on the rocks below, and the air was full of fine, driving rain. Two or three times I found myself saying to myself almost aloud: "I'm Jack Pansay on leave at Simla – at *Simla*! Everyday, ordinary Simla. I mustn't forget that – I mustn't forget that." Then I would try to recollect some of the gossip I had heard at the Club: the prices of So-and-So's horses— anything, in fact, that related to the workaday Anglo-Indian world I knew so well. I even repeated the multiplication-table rapidly to myself, to make quite sure that I was not taking leave of my senses. It gave me much comfort; and must have prevented my hearing Mrs. Wessington for a time.

Once more I wearily climbed the Convent slope and entered the level road. Here Kitty and the man started off at a canter, and I was left alone with Mrs. Wessington. "Agnes," said I, "will you put back your hood and tell me what it all means?" The hood dropped noiselessly, and I was face to face with my dead and buried mistress. She was wearing the dress in which I had last seen her alive; carried the same tiny handkerchief in her right hand; and the same card-case in her left. (A woman eight months dead with a card-case!) I had to pin myself down to the multiplication-table, and to set both hands on the stone parapet of the road, to assure myself that that at least was real.

"Agnes," I repeated, "for pity's sake tell me what it all means." Mrs. Wessington leaned forward, with that odd, quick turn of the head I used to know so well, and spoke.

If my story had not already so madly overleaped the bounds of all human belief I should apologize to you now. As I know that no-one – no, not even Kitty, for whom it is written as some sort of justification of my conduct – will believe me, I will go on. Mrs. Wessington spoke and I walked with her from the Sanjowlie road to the turning below the Commander-in-Chief's house as I might walk by the side of any living woman's 'rickshaw, deep in conversation. The second and most tormenting of my moods of sickness had suddenly laid hold upon me, and like the Prince in Tennyson's poem, "I seemed to move amid a world of ghosts." There had been a garden-party at the Commander-in-Chief's, and we two joined the crowd of homeward-bound folk. As I saw them then it seemed that *they* were the shadows – impalpable, fantastic shadows – that divided for Mrs. Wessington's 'rickshaw to pass through. What we said during the course of that weird interview I cannot – indeed, I dare not – tell. Heatherlegh's comment would have been a short laugh and a remark that I had been "mashing a brain-eye-and-stomach chimera." It was a ghastly and yet in some indefinable way a marvelously dear experience. Could it be possible, I wondered, that I was in this life to woo a second time the woman I had killed by my own neglect and cruelty?

I met Kitty on the homeward road – a shadow among shadows.

If I were to describe all the incidents of the next fortnight in their order, my story would never come to an end; and your patience would he exhausted. Morning after morning and evening after evening the ghostly 'rickshaw and I used to wander through Simla together. Wherever I went there the four black and white liveries followed me and bore me company to and from my hotel. At the Theatre I found them amid the crowd of yelling *jhampanies*; outside the Club veranda, after a long evening of whist; at the Birthday Ball, waiting patiently for my reappearance; and in broad daylight when I went calling. Save that it cast no shadow, the 'rickshaw was in every respect as real to look upon as one of wood and iron. More than once, indeed, I have had to check myself from warning some hard-riding friend against cantering over it. More than once I have walked down the Mall deep in con-

Sanjowlie até o retorno abaixo da casa do comandante-em-chefe como se caminhasse ao lado do riquixá de qualquer mulher vivente, em intensa conversação. Meu segundo sentimento doentio, e o mais atormentador, caiu sobre mim de repente, e como o príncipe do poema de Tennyson: "*Eu parecia me mover por entre um mundo de fantasmas*". Havia uma festa nos jardins da casa do comandante-em-chefe e ambos nos unimos à multidão dos conterrâneos em regresso. Quanto mais olhava mais me parecia que *eles* eram as sombras – impalpáveis, fantásticas sombras – que se apartavam para dar passagem ao riquixá da sra. Wessington. O que nós dissemos durante aquela estranha entrevista eu não posso – na verdade, não ouso – dizer. Pode ser que a reação de Heatherlegh seja uma risada curta e o comentário de que fui "confundido por uma quimera gastro-cérebro-ocular". Foi uma nefasta e, ainda assim, de um jeito indefinível, maravilhosa e grata experiência. É possível, eu me pergunto, que esteja nesta vida para cortejar pela segunda vez a mulher que matei por minha própria negligência e crueldade?

Encontrei Kitty na estrada de volta para casa – uma sombra entre sombras.

Se tivesse que descrever a seqüência de todos os incidentes das duas semanas seguintes, minha história nunca teria fim e sua paciência acabaria. Manhã após manhã, noite após noite eu e o riquixá fantasma vagamos juntos por Simla. Aonde quer que eu fosse os quatros librés alvinegros me seguiam e aguardavam por mim na porta do hotel. Eu os encontrei no teatro, em meio à multidão barulhenta de *jhampanies*; e também do lado de fora da varanda do clube, após uma longa noite de uíste; no baile pelo aniversário da rainha, aguardando com paciência por minha aparição; e à luz do dia, quando saí para visitar alguém. Exceto por não formar uma sombra, o riquixá era em todos os aspectos de aparência tão real quanto qualquer outro feito de madeira e ferro. Mais de uma vez tive que me conter para não alertar um amigo para que não o atropelasse ao cavalgar. Mais de uma vez caminhei pela avenida principal em profunda conversação com a sra.

Wessington, para indizível assombro dos passantes.

Antes de uma semana de caminhadas descobri que a teoria dos "ataques" tinha sido descartada em favor da insanidade. Ainda assim não alterei meu estilo de vida. Fazia visitas, cavalgava e jantava fora com a mesma liberdade de antes. Desenvolvi uma paixão pelos meus iguais como nunca tinha sentido antes; ansiava por participar das coisas reais da vida e ao mesmo tempo sentia-me vagamente infeliz quando ficava separado por muito tempo de minha companheira fantasma. É quase impossível descrever minha variação de humor do dia 15 de maio até hoje.

A presença do riquixá tanto podia me enchia de horror, de um medo cego como de um tipo de prazer sombrio, ou do máximo desespero. Não ousei deixar Simla; e sabia que a permanência me matava. Sabia, sobretudo, que era meu destino morrer devagar e um pouco por dia. Afligia-me apenas para cumprir a penitência tão silenciosamente quanto possível. De vez em quando senti o desejo ardente de ver Kitty, e assisti ao seu flerte ultrajante com meu sucessor – para ser mais preciso, com meus sucessores – com divertido interesse. Ela estava tão excluída de minha vida quanto eu da dela. Durante o dia eu perambulava com a sra. Wessington quase feliz. À noite, implorava aos céus de me deixassem retornar ao mundo que eu conhecia. Acima desses estados de espírito variáveis, pairava a vaga sensação, o entorpecido assombro de que o Visível e o Invisível se misturavam de um jeito muito estranho neste mundo para perseguir sem descanso uma pobre alma até o túmulo.

....

27 de Agosto – Heatherlegh é infatigável em minha assistência; e apenas ontem disse que eu deveria enviar um requerimento para uma licença por enfermidade. Um requerimento para escapar da companhia de um fantasma! Uma autorização em que o governador graciosamente permitiria que eu me libertasse de cinco fantasmas e de um riquixá etéreo indo para a Inglaterra. A proposta de Heatherlegh me levou a uma gargalhada histérica. Disse-

the end quietly at Simla; and I am sure that the end is not far off. Believe me that I dread its advent more than any word can say; and I torture myself nightly with a thousand speculations as to the manner of my death.

Shall I die in my bed decently and as an English gentleman should die; or, in one last walk on the Mall, will my soul be wrenched from me to take its place forever and ever by the side of that ghastly phantasm? Shall I return to my old lost allegiance in the next world, or shall I meet Agnes loathing her and bound to her side through all eternity? Shall we two hover over the scene of our lives till the end of Time? As the day of my death draws nearer, the intense horror that all living flesh feels toward escaped spirits from beyond the grave grows more and more powerful. It is an awful thing to go down quick among the dead with scarcely one-half of your life completed. It is a thousand times more awful to wait as I do in your midst, for I know not what unimaginable terror. Pity me, at least on the score of my "delusion," for I know you will never believe what I have written here Yet as surely as ever a man was done to death by the Powers of Darkness I am that man.

In justice, too, pity her. For as surely as ever woman was killed by man, I killed Mrs. Wessington. And the last portion of my punishment is ever now upon me.

lhe que deveria aguardar meu fim quieto em Simla; e que estava certo de que o fim não tardaria. Acredite que eu temia isso mais do que consigo revelar; e torturava a mim mesmo todas as noites com milhares de especulações sobre meu jeito de morrer.

Morrerei em minha cama decentemente, como um cavalheiro inglês deve morrer; ou, em um último passeio pela avenida central, minh'alma será arrancada de mim para tomar lugar eternamente ao lado daquele horrível fantasma? Retornarei aos meus antigos e relacionamentos no outro mundo; ou deverei encontrar a sra. Agnes, abominando-a e sendo atado a ela por toda a eternidade? Deveremos ambos pairar sobre os locais de nossas vidas até o fim dos tempos? Como o dia de minha morte se afigura, o horror intenso que todos os viventes sentem em torno dos espíritos que se esquivam dos túmulos torna-se mais e mais poderoso. É horrível entregar-se rápido à morte tendo vivido apenas metade de seu tempo. É milhares de vezes mais horrível esperar com eu no meio do caminho, pois não sei nada sobre o terror inimaginável à frente. Apiede-se de mim, pelo menos em consideração aos meus "delírios", pois sei que nunca acreditará no que escrevo aqui. Se já houve um homem levado à morte pelas Forças da Escuridão, este homem sou eu.

Por justiça, também tenham pena dela. Pois com certeza se houve uma mulher assassinada por um homem, eu assassinei a sra. Wessington. E a última parte de minha punição já se abate sobre mim.

Minha História Verdadeira sobre Fantasmas

My Own True Ghost Story

Primeira publicação
The Week's News
25 de fevereiro de 1888

Assim que cheguei do deserto, aquilo estava lá...
Assim que cheguei do deserto.
The City of the Dreadful Night.
James Thompson

As I came through the Desert thus it was...
As I came through the Desert.
The City of Dreadful Night.
James Thompson

Em algum lugar no outro mundo, onde há livros e quadros, jogos e vitrines para olhar e milhares de homens que gastam a vida construindo todas essas coisas, vive um cavalheiro que escreve histórias reais sobre o verdadeiro interior das pessoas; seu nome é sr. Walter Besant. Mas ele insistirá em tratar os fantasmas – e ele já publicou metade de um elenco completo deles – com leviandade. Ele faz os que vêem fantasmas conversarem com familiaridade ou, em alguns casos, flertarem escandalosamente com as almas. Você pode considerar qualquer coisa, do vice-rei aos jornais da Índia, com leviandade; mas deve se comportar com reverência em relação aos fantasmas, e em especial ao fantasma de um indiano.

Existem, nesta terra, fantasmas que tomam a forma de cadáveres gordos e frios e se escondem nas árvores à beira da estrada até que passe um viajante. Então eles pulam em seu pescoço e ali ficam. Há também fantasmas terríveis de mulheres que morreram no parto. Elas vagam pelos caminhos ao anoitecer ou escondem-se nas plantações próximas aos

Somewhere in the Other World, where there are books and pictures and plays and shop windows to look at, and thousands of men who spend their lives in building up all four, lives a gentleman who writes real stories about the real insides of people; and his name is Mr. Walter Besant. But he will insist upon treating his ghosts he has published half a workshopful of them – with levity. He makes his ghost-seers talk familiarly, and, in some cases, flirt outrageously, with the phantoms. You may treat anything, from a Viceroy to a Vernacular Paper, with levity; but you must behave reverently toward a ghost, and particularly an Indian one.

There are, in this land, ghosts who take the form of fat, cold, pobby corpses, and hide in trees near the roadside till a traveler passes. Then they drop upon his neck and remain. There are also terrible ghosts of women who have died in child-bed.

These wander along the pathways at dusk, or hide in the crops near a village, and call seductively. But to answer their call is death in this world and the next. Their feet are turned backward that all sober men may recognize them. There are ghosts of little children who have been thrown into wells. These haunt well curbs and the fringes of jungles, and wail under the stars, or catch women by the wrist and beg to be taken up and carried. These and the corpse ghosts, however, are only vernacular articles and do not attack Sahibs. No native ghost has yet been authentically reported to have frightened an Englishman; but many English ghosts have scared the life out of both white and black.

Nearly every other Station owns a ghost. There are said to be two at Simla, not counting the woman who blows the bellows at Syree *dâk*-bungalow on the Old Road; Mussoorie has a house haunted by a very lively Thing; a White Lady is supposed to do nightwatchman round a house in Lahore; Dalhousie says that one of her houses "repeats" on autumn evenings all the incidents of a horrible horse-and-precipice accident; Murree has a merry ghost, and, now that she has been swept by cholera, will have room for a sorrowful one; there are Officers' Quarters in Mian Mir whose doors open without reason, and whose furniture is guaranteed to creak, not with the heat of June but with the weight of Invisibles who come to lounge in the chairs; Peshawar possesses houses that none will willingly rent; and there is something – not fever – wrong with a big bungalow in Allahabad. The older Provinces simply bristle with haunted houses, and march phantom armies along their main thoroughfares.

Some of the *dâk*-bungalows on the Grand Trunk Road have handy little cemeteries in their compound— witnesses to the "changes and chances of this mortal life" in the days when men drove from Calcutta to the Northwest. These bungalows are objectionable places to put up in. They are generally very old, always dirty, while the *khansamah* is as an-

vilarejos e chamam sedutoramente. Mas quem responder ao chamado é morto neste mundo e no outro. Os pés delas são voltados para trás para que todo homem sensato possa reconhecê-las. Há fantasmas de criancinhas que foram atiradas ao poço. Estes rondam o parapeito dos poços à margem das florestas e gemem sob as estrelas, ou pegam as mulheres pelos pulsos e imploram que lhes dêem colo. Seja como for, estes e os fantasmas de cadáveres são artigos nacionais e não atacam *sahibs*. Nenhum fantasma nativo já foi autenticamente denunciado por ter assustado um cidadão inglês; mas muitos fantasmas ingleses têm assombrado a vida de ambos, brancos ou negros.

Quase todas as bases possuem seus fantasmas. Dizem que há dois em Simla, sem contar a mulher que sopra os foles em Syree *dâk*-[1]bangalô na estrada antiga; em Mussorie tem uma casa assombrada por Algo muito animado; supõem-se que uma Dama de Branco faça vigílias noturnas ao redor de uma casa em Lahore; Dalhousie diz que uma de suas casas "repete" nas noites de outono todos os incidentes de um horrível acidente de cavalo em um precipício; Murree tem um fantasma divertido, e, agora que ela foi varrida pela cólera, haverá espaço para um outro, pesaroso; há alojamentos de oficiais em Mian Mir onde as portas se abrem sozinhas e cuja mobília estala, com certeza não pelo calor de junho mas com o peso de seres invisíveis que vêm sentar-se nas cadeiras do salão. Em Peshawar há casas que ninguém quer alugar; e existe – e não é a febre – algo de errado com um grande bangalô em Allahabad. As províncias mais antigas estão perdidas de casas assombradas e bandos de fantasmas marcham nas ruas principais.

Alguns dos *dâk*-bangalôs da Grande Estrada Principal têm à mão pequenos cemitérios agregados – testemunhas das "mudanças e acasos desta vida mortal" nos dias em que homens viajavam de Calcutá para o nordeste. Esses bangalôs são lugares desagradáveis para se ficar. Em geral são muito antigos, estão sempre sujos e o *khansamah*[2] é

---

[1] *Dâk-bungalows*: o governo da Índia costumava manter casas para acolher os viajantes. Ficavam cerca de vinte a trinta quilômetros das estradas ou vias principais. (*dâk*: hindi: posto; estágios de uma viagem; *Bangalá:* casa modelo em Bengala.). N.T.

[2] Criado que têm outros serviçais sob suas ordens; mordomo. N.T.

Minha História Verdadeira sobre Fantasmas

um ancião tão velho quanto o lugar. Ele tanto pode romper em uma tagarelice senil como cair em longos estados letárgicos próprios da idade. Em ambos estados e espírito ele é inútil. Se você ficar zangado com ele, ele se refere a algum *sahib* morto e enterrado há uns trinta anos, e dirá que quando esse *sahib* era vivo e ele estava a seu serviço, nem um *khansamah* da província podia tocá-lo. Depois tagarela, se mexe, treme e se embaralha entre os pratos, e você se arrepende de ter-se irritado.

Nesses *dâk*-bangalôs, fantasmas são encontrados com mais facilidade, e quando encontrado deve-se tomar nota disso. Há não muito tempo atrás, por motivos profissionais, vivia me hospedando em *dâk*-bangalôs. Nunca fiquei em uma dessas casas por três noites consecutivas e aprendi muito sobre a espécie. Estive em alguns construídos pelo governo, com paredes de tijolos vermelhos e tetos com barras de ferro, um inventário dos móveis afixado em cada quarto e uma serpente alvoroçada na soleira d porta, para dar as boas vindas. Estive em alguns "convertidos" – casas antigas oficializadas como *dâk*-bangalôs – onde nada estava no lugar certo e não tinha sequer uma galinha para o jantar. Dormi em palácios de segunda-mão, onde o vento soprava por frestas descobertas no mármore de maneira tão desconfortável como em painéis quebrados. Estive em *dâk*-bangalôs em que a última assinatura no livro de hóspedes datava de quinze meses atrás e onde decepavam a cabeça de cabritinhos a golpes de espada. Foi sorte minha ter encontrado todo tipo de homens, de abstêmios missionários viajantes e desertores voando para longe do regimento inglês a bêbados vadios que atiravam garrafas de whisky em quem passasse; mas a minha grande sorte foi mesmo ter escapado dos casos de maternidade. Tendo em vista que parte considerável das tragédias de nossa vida na Índia são encenadas em *dâk*-bangalôs, fico pensando porque não encontrei nenhum fantasma. Um fantasma que por vontade própria se dependurasse em um *dâk*-bangalô teria de ser louco, é claro; mas tantos homens morreram loucos nesses lugares que deve haver grande porcentagem de fantasmas lunáticos.

cient as the bungalow. He either chatters senilely, or falls into the long trances of age. In both moods he is useless. If you get angry with him, he refers to some Sahib dead and buried these thirty years, and says that when he was in that Sahib's service not a *khansamah* in the Province could touch him. Then he jabbers and mows and trembles and fidgets among the dishes, and you repent of your irritation.

In these *dâk*-bungalows, ghosts are most likely to be found, and when found, they should be made a note of. Not long ago it was my business to live in *dâk*-bungalows. I never inhabited the same house for three nights running, and grew to be learned in the breed. I lived in Government-built ones with red brick walls and rail ceilings, an inventory of the furniture posted in every room, and an excited snake at the threshold to give welcome. I lived in "converted" ones—old houses officiating as *dâk*-bungalows – where nothing was in its proper place and there wasn't even a fowl for dinner. I lived in second-hand palaces where the wind blew through open-work marble tracery just as uncomfortably as through a broken pane. I lived in *dâk*-bungalows where the last entry in the visitors' book was fifteen months old, and where they slashed off the curry-kid's head with a sword. It was my good luck to meet all sorts of men, from sober traveling missionaries and deserters flying from British Regiments, to drunken loafers who threw whisky bottles at all who passed; and my still greater good fortune just to escape a maternity case. Seeing that a fair proportion of the tragedy of our lives out here acted itself in *dâk*-bungalows, I wondered that I had met no ghosts. A ghost that would voluntarily hang about a *dâk*-bungalow would be mad of course; but so many men have died mad in *dâk*-bungalows that there must be a fair percentage of lunatic ghosts.

In due time I found my ghost, or ghosts rather, for there were two of them. Up till that hour I had sympathized with Mr. Besant's method of handling them, as shown in "The Strange Case of Mr. Lucraft and Other Stories." I am now in the Opposition.

We will call the bungalow Katmal *dâk*-bungalow. But *that* was the smallest part of the horror. A man with a sensitive hide has no right to sleep in *dâk*-bungalows. He should marry. Katmal *dâk*-bungalow was old and rotten and unrepaired. The floor was of worn brick, the walls were filthy, and the windows were nearly black with grime. It stood on a bypath largely used by native Sub-Deputy Assistants of all kinds, from Finance to Forests; but real Sahibs were rare. The *khansamah*, who was nearly bent double with old age, said so.

When I arrived, there was a fitful, undecided rain on the face of the land, accompanied by a restless wind, and every gust made a noise like the rattling of dry bones in the stiff toddy palms outside. The *khansamah* completely lost his head on my arrival. He had served a Sahib once. Did I know that Sahib? He gave me the name of a well-known man who has been buried for more than a quarter of a century, and showed me an ancient daguerreotype of that man in his prehistoric youth. I had seen a steel engraving of him at the head of a double volume of Memoirs a month before, and I felt ancient beyond telling.

The day shut in and the *khansamah* went to get me food. He did not go through the pretense of calling it "*khana*" – man's victuals. He said "*ratub*," and that means, among other things, "grub" – dog's rations. There was no insult in his choice of the term. He had forgotten the other word, I suppose.

While he was cutting up the dead bodies of animals, I settled myself down, after exploring the *dâk*-bungalow. There were three rooms, beside my own, which was a corner kennel, each giving into the other through dingy white doors fastened with long iron bars. The bungalow was a very solid one, but the partition walls of the rooms were almost

No tempo certo encontrei meu fantasma, ou melhor, fantasmas, pois havia dois deles. Até aquele momento eu simpatizava com o método do sr. Besant de lidar com eles, como demonstrado em *O Estranho Caso do Sr. Lucraft e outras Histórias*. Mas agora me oponho.

Chamaremos o bangalô de Katmal. Mas *esta* era a parte menos horrível. Um homem de pele sensível não está apto a dormir em *dâk*-bangalôs. Ele deve se casar. O Katmal era velho, podre e sem manutenção. O chão era de tijolos gastos, as paredes eram imundas e as janelas estavam quase negras de fuligem. Ficava em um atalho muito usado por nativos assistentes de subdelegados de todos os tipos, das Finanças às Florestas; mas era raro encontrar ali *sahibs* de verdade. Foi o *khansamah*, que estava quase curvado devido à idade, quem me disse isso.

Quando cheguei lá, caía uma chuva indecisa e intermitente sobre a face da terra, acompanhada por um vento incessante que a cada rajada fazia um barulho como o chacoalhar de ossos secos nas palmeiras rijas e grudentas do lado de fora. O *khansamah* ficou desorientado com minha chegada. Ele havia recebido um *sahib* certa vez. Perguntou se eu o conhecia, disse o nome de um homem famoso, morto e enterrado há mais de um quarto de século, e me mostrou um antigo daguerreótipo pertencente àquele senhor, da época pré-histórica em que ainda era jovem. Eu tinha visto a imagem dele gravada na capa de um volume duplo de Memórias, um mês atrás, e me senti um ancião ancestral.

O dia transcorreu e o *khansamah* foi providenciar-me comida. Ele não teve a afetação de chamar aquilo de *khana* – mantimento para pessoas. Ele disse *ratub*, e isso significa, entre outras coisas – grude – ração para cachorro. Não quis me insultar com a escolha do termo. Tinha apenas esquecido a palavra correta, suponho.

Enquanto ele esquartejava o corpo dos animais mortos eu me instalei, após explorar o *dâk*-bangalô. Havia três quartos além do meu – um canil de esquina – que se comunicavam por entre portas brancas encardidas presas com longas barras de ferro. O bangalô era dos mais sólidos, mas as paredes divisórias dos quartos eram frágeis, feitas

Minha História Verdadeira sobre Fantasmas

com material inferior. Cada passo ou pancada do baú ecoava do meu quarto para os outros três, e cada som de passos voltava com o tremor das paredes distantes. Por essa razão, fechei a porta. Não havia lâmpadas – apenas velas em longos abajures de vidro. Uma lamparina a óleo fora deixada no banheiro.

A miséria árida e autêntica daquele *dâk*-bangalô era a pior de todos em que eu já havia posto os pés. Não havia lareira e as janelas não abriam; por isso não podia acender brasas de carvão. Juntos, a chuva e o vento borbotavam, gorgolejavam e gemiam ao redor da casa, e as palmeiras grudentas chacoalhavam e rugiam. Meia dúzia de chacais se aproximaram cantando, uma hiena que permanecera afastada ria deles. Uma hiena poderia convencer um saduceu sobre a ressurreição após a morte – da pior espécie de mortos. Então chegou o *ratub* – uma refeição curiosa, de composição metade hindu, metade inglesa – com o velho *khansamah* balbuciando atrás de minha cadeira sobre ingleses mortos que se foram; ao soprar a chama das velas, o vento formava sombras que dançavam com a cama e os mosquiteiros. Era exatamente o tipo de noite e de jantar que fazia um homem pensar em cada um dos pecados que cometera e em todos os outros que pretendia cometer caso sobrevivesse.

Por muitas centenas de razões, dormir não era tarefa fácil. A lamparina do banheiro lançava as sombras mais absurdas para o interior do quarto, e o vento dizia coisas sem sentido.

Justo quando as razões se enfraqueceram junto com os sugadores de sangue, escutei o habitual resmungo dos carregadores de palanquins no recinto. Primeiro entrou um carregador, depois outro, e então um terceiro. Ouvi os carregadores largarem os palanquins no chão e a portinhola em frente à minha porta balançar.

"Isso é alguém querendo entrar", disse eu. Mas ninguém falou e me persuadi de que se tratava do vento tempestuoso. A portinhola do quarto próximo ao meu foi golpeada, derrubada para trás, e a porta interna se abriu. "Deve ser algum assistente do sub-deputado", disse, "e ele trouxe amigos.

they'll talk and spit and smoke for an hour."

But there were no voices and no footsteps. No one was putting his luggage into the next room. The door shut, and I thanked Providence that I was to be left in peace. But I was curious to know where the doolies had gone. I got out of bed and looked into the darkness. There was never a sign of a doolie. Just as I was getting into bed again, I heard, in the next room, the sound that no man in his senses can possibly mistake – the whir of a billiard ball down the length of the slates when the striker is stringing for break. No other sound is like it. A minute afterwards there was another whir, and I got into bed. I was not frightened – indeed I was not. I was very curious to know what had become of the doolies. I jumped into bed for that reason.

Next minute I heard the double click of a cannon and my hair sat up. It is a mistake to say that hair stands up. The skin of the head tightens and you can feel a faint, prickly, bristling all over the scalp. That is the hair sitting up.

There was a whir and a click, and both sounds could only have been made by one thing – a billiard ball. I argued the matter out at great length with myself; and the more I argued the less probable it seemed that one bed, one table, and two chairs – all the furniture of the room next to mine – could so exactly duplicate the sounds of a game of billiards. After another cannon, a three-cushion one to judge by the whir, I argued no more. I had found my ghost and would have given worlds to have escaped from that dâk- bungalow. I listened, and with each listen the game grew clearer.

There was whir on whir and click on click. Sometimes there was a double click and a whir and another click. Beyond any sort of doubt, people were playing billiards in the next room. And the next room was not big enough to hold a billiard table!

Between the pauses of the wind I heard the game go forward— stroke after stroke. I tried to believe that I could not hear voices; but that attempt was a failure.

Agora eles vão falar, cuspir e fumar por uma hora".

Mas não havia nenhuma voz e nem o som de passos. Ninguém acomodava as bagagens no quarto seguinte. A porta bateu e agradeci a Deus por ser deixado em paz. Mas estava curioso para saber para onde foram os carregadores. Levantei da cama e olhei no escuro. Não havia nem sinal de carregadores. Justo quando retornava à cama, ouvi, no quarto seguinte, o som que nenhum homem sensato pode confundir – o rodopio de uma bola de bilhar correndo pela mesa quando o jogador faz a tacada. Nenhum som é igual a esse. Um minuto mais tarde houve outro rodopio, e voltei para cama. Eu não estava assustado – não estava mesmo. Estava muito curioso para saber o que acontecera aos carregadores. Pulei na cama por essa razão.

No minuto seguinte ouvi o duplo clique de um canhão e meu cabelo eriçou. É um erro dizer que os cabelos arrepiam. A pele da cabeça se retesa e você sente um tênue e incômodo eriçar por todo o crânio. Chamamos isso de arrepiar os cabelos.

Houve um giro e um estalo, e ambos os sons só poderiam ter sido feitos por uma coisa – uma bola de bilhar. Argumentei sobre o problema comigo mesmo por um bom tempo; e quanto mais eu pensava, parecia menos improvável que uma cama, uma mesa e duas cadeiras – toda a mobília do quarto ao lado do meu – pudesse reproduzir com exatidão o som de um jogo de bilhar. Depois de outro canhão, esse de três tabelas a julgar pelo giro, não argumentei mais. Tinha encontrado meu fantasma e daria o mundo para escapar daquele dâk-bangalô. Eu escutei, e a cada vez o jogo parecia mais nítido.

Havia rodopios e rodopios, estalos e mais estalos. Algumas vezes havia duplo estalo, um rodopio e outro e então outro estalo. Com toda certeza havia pessoas jogando bilhar no quarto ao lado. E o quarto não era grande o bastante para comportar uma mesa de bilhar!

Quando o vento soprava podia-se ouvir a partida avançar – jogada após jogada. Procurei acreditar que não ouvia vozes; mas a tentativa falhou.

Minha História Verdadeira sobre Fantasmas

Você sabe o que é ter medo? Não o medo comum de um insulto, injúria ou morte, mas o medo abjeto, o terror palpitante de algo que você não pode ver – medo que ressceca o interior da boca e metade da garganta – medo que faz você suar na palma das mãos, engolir em seco para manter a úvula funcionando? Esse é o Medo superior – uma grande covardia, e precisa ser sentido para ser apreciado. A grande improbabilidade de um jogo de bilhar em um *dâk*-bangalô provava a realidade da coisa. Nenhum homem – bêbado ou sóbrio – poderia imaginar um jogo de bilhar ou inventar o estalido cuspido de um "canhão em parafuso".

Um curso intensivo sobre *dâk*-bangalôs tem essa desvantagem – resulta em uma credibilidade infinita. Se alguém diz a um freqüentador assíduo de *dâk*-bangalôs: "Há um cadáver no quarto ao lado, uma jovem insana no outro e o homem e a mulher que chegaram naquele camelo acabaram de fugir para se casar, vindo de um lugar a cem quilômetros daqui", o ouvinte não duvidará porque saberá que nada é tão selvagem, grotesco ou terrível que não possa ocorrer em lugar desses.

Tal credulidade, infelizmente, se estende aos fantasmas. Uma pessoa racional recém chegada de sua própria casa teria virado para o lado e dormido. Eu não consegui. Tão certo como fui deixado como uma carcaça estragada pelo tipo de coisas que havia na cama porque a maior parte do meu sangue está em meu coração, com essa mesma certeza escutei cada tacada de um longo jogo de bilhar ecoando no quarto ao lado, atrás da porta com barras de ferro. Meu maior medo era de que os jogadores precisarem de um anotador. Era um medo absurdo, porque criaturas que podiam jogar no escuro estavam acima de tais superficialidades. Sabia apenas que aquele era o meu maior terror, e era real.

Depois de muito, muito tempo o jogo acabou, e a porta bateu com violência. Dormi por estar profundamente exausto. De outra maneira, teria preferido ficar acordado. Nada na Ásia me faria abaixar a tranca da porta e examinar o quarto escuro ao lado.

Quando a manhã chegou, considerei que tinha agido bem e com esperteza, e perguntei sobre como sair dali.

"By the way, *khansamah*," I said, "what were those three doolies doing in my compound in the night?"

"There were no doolies," said the *khansamah*.

I went into the next room and the daylight streamed through the open door. I was immensely brave. I would, at that hour, have played Black Pool with the owner of the big Black Pool down below.

"Has this place always been a *dâk*-bungalow?" I asked.

"No," said the *khansamah*. "Ten or twenty years ago, I have forgotten how long, it was a billiard room."

"A what?"

"A billiard room for the Sahibs who built the Railway. I was *khansamah* then in the big house where all the Railway-Sahibs lived, and I used to come across with brandy-*shrab*. These three rooms were all one, and they held a big table on which the Sahibs played every evening. But the Sahibs are all dead now, and the Railway runs, you say, nearly to Kabul."

"Do you remember anything about the Sahibs?"

"It is long ago, but I remember that one Sahib, a fat man and always angry, was playing here one night, and he said to me: 'Mangal Khan, brandy-*pani do*,' and I filled the glass, and he bent over the table to strike, and his head fell lower and lower till it hit the table, and his spectacles came off, and when we – the Sahibs and I myself – ran to lift him he was dead. I helped to carry him out. Aha, he was a strong Sahib! But he is dead and I, old Mangal Khan, am still living, by your favor."

That was more than enough! I had my ghost – a first-hand, authenticated article. I would write to the Society for Psychical Research—I would paralyze the Empire with the news! But I would, first of all, put eighty miles of assessed crop land between myself and that *dâk*-bungalow before nightfall. The Society might send their regular agent to investigate later on.

"A propósito, *khansamah*", disse eu, "o que aqueles três carregadores faziam em meu recinto ontem à noite?"

"Não havia carregadores", disse o *khansamah*.

Entrei no quarto ao lado e a luz do dia fluiu através da porta aberta. Eu estava com uma coragem imensa. Poderia, naquela hora, jogar bilhar com o proprietário do grande Salão de Bilhar no andar de baixo.

"Esse lugar sempre foi um *dâk*-bangalô?", perguntei.

"Não", disse o *khansamah*. "Há dez ou vinte anos atrás, já me esqueci quantos, era um salão de bilhar."

"Um o quê?"

"Um salão de bilhar para os sahibs que construíram a ferrovia. Na época eu era *khansamah* na grande casa onde viviam todos os sahibs da ferrovia e costumava encontrar por acaso *brandy-shrab*[3]. Esses três quartos eram um só e possuíam uma grande mesa em que os *sahibs* jogavam todas as noites. Mas os *sahibs* estão todos mortos agora, e a ferrovia segue, você sabe, quase até Kabul."

"Você se lembra de alguma coisa sobre os *sahibs*?"

"Isso foi há muito tempo atrás, mas me lembro que um *sahib*, um homem gordo e sempre bravo, jogava aqui em uma noite, e disse-me – 'Mangal Khan[4], *brandy-pani do*[5]', eu enchi o copo, ele curvou-se sobre a mesa para jogar e sua cabeça pendeu cada vez mais até bater na mesa; os espectadores vieram e quando nós – os *sahibs* e eu – corremos para erguê-lo ele já estava morto. Eu ajudei a carregá-lo para fora. Ah, ele era um *sahib* bem forte! Mas ele está morto e eu, o velho Mangal Khan, ainda vivo, por sua graça."

Aquilo foi mais que o suficiente! Eu tinha o meu fantasma – de primeira-mão, artigo autenticado. Escreveria para a Sociedade para Pesquisas Psíquicas – o império ficaria paralisado com a notícia! Mas, antes de tudo, poria cento e vinte quilômetros de boa terra entre mim e aquele *dâk*-bangalô antes do cair da noite. Mais tarde a Sociedade deveria enviar seu agente habitual para investigar.

---

[3] *Shrab*: do árabe: *sharab*: vinho ou qualquer outra bebida alcoólica. N.T.

[4] *Khan*: chefe de um clã; líder de um grupo; príncipe. N.T.

[5] *Brandy-pani do*Hindi: "Traga-me conhaque com água". N.T.

Minha História Verdadeira sobre Fantasmas

Entrei em meu próprio quarto e me preparei para arrumar as malas depois de anotar os dados do caso. Enquanto fumava, ouvi o jogo recomeçar – com uma tacada frustrada, pois o rodopio foi curto desta vez.

A porta estava aberta e pude ver dentro do quarto. *Dois estrondos!* Era um canhão. Entrei no quarto sem medo, pois havia luz do sol no interior e fora soprava uma brisa suave. O jogo invisível seguia em ritmo formidável. E bem poderia ser, pois um ratinho incansável corria de um lado a outro dentro do forro imundo do teto enquanto um pedaço perdido de um caixilho da janela batia sem parar no ferrolho quando balançado pelo vento!

Impossível confundir o som de bolas de bilhar! Impossível confundir o giro de uma bola sobre a mesa! Mas eu tinha como me desculpar. Mesmo quando fechava meus olhos esclarecidos, os som era maravilhosamente como o de um jogo rápido.

Adentrou raivoso o fiel companheiro de meu pesar, Kadir Baksh[6].

"Este bangalô é muito ruim e de baixa casta! Não me surpreendo de que a Presença tenha sido perturbada e manchada. Três grupos de carregadores vieram ao bangalô na última noite quando eu dormia do lado de fora, e disseram que era costume dormirem nos quartos destinados aos ingleses! Que honra tem o *khansamah*? Eles tentaram entrar, mas disse-lhes para irem embora. Não me admiro, se esses *ooryas*[7] estiverem aqui, a Presença é tristemente manchada. É uma vergonha, e o trabalho de um homem sujo!"

Kadir Baksh não disse que tinha tomado de cada carregador dois annas pelo aluguel adiantado, e então, longe dos meus ouvidos, tinha batido neles com o grande guarda-chuva verde, que eu jamais adivinharia que pudesse servir a esse uso. Mas Kadir Baksh não tinha a menor noção de moralidade.

Tive uma entrevista com o *khansamah*, mas como ele ficou confuso de imediato, a raiva deu lugar à piedade, e a piedade levou a uma longa conversa ao longo da qual ele

[6] *Kadir Baksh* era o criado pessoal de Rudyard Kipling, e seu companheiro de viagem. N.T.
[7] *Ooria*: nascido em Orissa, reino ancestral, hoje uma província, entre Bengala e a costa de Coromandel, na Índia. N.T.

I went into my own room and prepared to pack after noting down the facts of the case. As I smoked I heard the game begin again, with a miss in balk this time, for the whir was a short one.

The door was open and I could see into the room. *Click-click!* That was a cannon. I entered the room without fear, for there was sunlight within and a fresh breeze without. The unseen game was going on at a tremendous rate. And well it might, when a restless little rat was running to and fro inside the dingy ceiling-cloth, and a piece of loose window-sash was making fifty breaks off the window-bolt as it shook in the breeze!

Impossible to mistake the sound of billiard balls! Impossible to mistake the whir of a ball over the slate! But I was to be excused. Even when I shut my enlightened eyes the sound was marvelously like that of a fast game.

Entered angrily the faithful partner of my sorrows, Kadir Baksh.

"This bungalow is very bad and low-caste! No wonder the Presence was disturbed and is speckled. Three sets of doolie-bearers came to the bungalow late last night when I was sleeping outside, and said that it was their custom to rest in the rooms set apart for the English people! What honor has the *khansamah*? They tried to enter, but I told them to go. No wonder, if these *Ooryas* have been here, that the Presence is sorely spotted. It is shame, and the work of a dirty man!"

Kadir Baksh did not say that he had taken from each gang two annas for rent in advance, and then, beyond my earshot, had beaten them with the big green umbrella whose use I could never before divine. But Kadir Baksh has no notions of morality.

There was an interview with the *khansamah*, but as he promptly lost his head, wrath gave place to pity, and pity led to a long conversation, in the course of which he put the fat

situou a morte trágica do engenheiro-*sahib* em três bases distintas – duas delas a cem quilômetros de distância. A terceira mudança foi para Calcutá, e lá o *sahib* morreu enquanto dirigia uma pequena carruagem.

Se eu o tivesse encorajado, o *khansamah* teria perambulado por toda a Bengala com o cadáver.

Não parti tão cedo quanto desejava. Fiquei para dormir enquanto o vento, o rato e o caixilho da janela jogavam uma partida de cento e cinqüenta pontos. Então o vento cessou e o bilhar teve fim, e senti que ter arruinado minha única, genuína e autenticada história de fantasmas.

Tivesse eu parado no tempo apropriado, poderia ter feito *de tudo* com ela.

Esse é o pensamento mais amargo disso tudo!

A Estranha Cavalgada de Morrowbie Jukes

The Strange Ride of Morrowbie Jukes

*Primeira publicação
Quartette, edição de Natal do
Civil and Military Gazette
Dezembro de 1885*

Vivo ou morto: não há outra alternativa.
Provérbio indiano.

*Alive or dead: there is no other way.
Native Proverb.*

Não existe, como dizem os mágicos, nenhuma fraude nesta história. Por engano, Jukes tropeçou em um vilarejo que todos sabem existir, apesar de ele ser o único inglês a ter pisado lá. Uma instituição algo similar costumava prosperar pelos arredores de Calcutá e dizem que se você for ao centro de Bikanir, que é o coração do Grande Deserto Indiano, cruzará não com uma vila, mas com uma cidade onde os Mortos que não morrem, mas também não podem viver, estabeleceram seu quartel general. E, sendo perfeitamente verdade que no mesmo deserto existe uma cidade magnífica, onde todos os ricos agiotas se escondem depois de fazerem fortunas (fortunas tão vastas que os proprietários não as confiam nem à mão forte do governo para protegê-las, preferindo buscar refúgio nas areias desérticas), dirigem suntuosas carruagens, e compram lindas garotas e decoram seus palácios com ouro, mármore, ladrilhos preciosos e madrepérolas, não vejo por que a história de Jukes não deva ser verdadeira. Ele é engenheiro civil, com a cabeça voltada

There is, as the conjurers say, no deception about this tale. Jukes by accident stumbled upon a village that is well known to exist, though he is the only Englishman who has been there. A somewhat similar institution used to flourish on the outskirts of Calcutta, and there is a story that if you go into the heart of Bikanir, which is in the heart of the Great Indian Desert, you shall come across not a village but a town where the Dead who did not die but may not live have established their headquarters. And, since it is perfectly true that in the same Desert is a wonderful city where all the rich money lenders retreat after they have made their fortunes (fortunes so vast that the owners cannot trust even the strong hand of the Government to protect them, but take refuge in the waterless sands), and drive sumptuous C-spring barouches, and buy beautiful girls and decorate their palaces with gold and ivory and Minton tiles and mother-n'-pearl, I do not see why Jukes's tale should not be true. He is a Civil Engineer, with a head for plans and distances and things of that kind, and he certainly would not take the trouble to invent imaginary traps. He could earn more by doing his legitimate work. He never varies the tale in the telling, and grows very hot and indignant when he thinks of the disrespectful treatment he received. He wrote this quite straightforwardly at first, but he has since touched it up in places and introduced Moral Reflections, thus:

In the beginning it all arose from a slight attack of fever. My work necessitated my being in camp for some months between Pakpattan and Muharakpur – a desolate sandy stretch of country as every one who has had the misfortune to go there may know. My coolies were neither more nor less exasperating than other gangs, and my work demanded sufficient attention to keep me from moping, had I been inclined to so unmanly a weakness.

On the 23rd December, 1884, I felt a little feverish. There was a full moon at the time, and, in consequence, every dog near my tent was baying it. The brutes assembled in twos and threes and drove me frantic. A few days previously I had shot one loud-mouthed singer and suspended his carcass *in terrorem* about fifty yards from my tent-door. But his friends fell upon, fought for, and ultimately devoured the body; and, as it seemed to me, sang their hymns of thanksgiving afterward with renewed energy.

The light-heartedness which accompanies fever acts differently on different men. My irritation gave way, after a short time, to a fixed determination to slaughter one huge black and white beast who had been foremost in song and first in flight throughout the evening. Thanks to a shaking hand and a giddy head I had already missed him twice with both barrels of my shot-gun, when it struck me that my best plan would be to ride him down in the open and finish him off with a hog-spear. This, of course, was merely the semi-delirious notion of a fever patient; but I remember that it struck me at the time as being eminently practical and feasible.

para projetos, distâncias e coisas desse tipo e com certeza não se daria ao trabalho de inventar armadilhas imaginárias, pois ganha mais fazendo seu trabalho habitual. Ele nunca muda a história ao contá-la e fica colérico e indignado quando pensa no tratamento desrespeitoso que recebeu. Da primeira vez ele escreveu este relato com a máxima honestidade, mas depois retocou algumas partes e introduziu reflexões morais, desta forma:

No princípio, tudo começou com um leve ataque de febre. O trabalho demandava minha presença em campo por alguns meses, na região entre Pakpattan e Muharakpur – um desolado trecho arenoso do país, como todos aqueles que tiveram o azar de ir até lá já devem saber. Meus cules não eram nem mais nem menos incompetentes que os outros do bando e meu trabalho requeria suficiente atenção para ter me mantido longe do tédio, fosse eu inclinado a essa doença tão pouco viril.

Em 23 de dezembro de 1884, senti-me levemente febril. Havia lua cheia no céu, e, por conseguinte, todos os cães uivavam ao lado de minha tenda. Os brutos se uniam em grupos de dois ou três e me deixavam histérico. Poucos dias antes eu tinha atirado em um dos cantores bocudos e suspendido a carcaça *in terrorem*[1] a cerca de cinqüenta metros da minha tenda. Mas seus amigos o derrubaram, lutaram por ele e, por último, devoraram o corpo; e ao que parece agora cantam hinos de agradecimento com renovada energia.

A leve fraqueza do coração que acompanha a febre age de forma diferente em cada caso. Minha irritação deu lugar, após pouco tempo, à firme determinação de abater um animal gigantesco, de pêlo alvinegro, o que cantava mais alto e o primeiro a voar para cá ao entardecer. Graças às mãos trêmulas e à cabeça atordoada eu já tinha errado duas vezes com os dois canos de minha espingarda quando me dei conta de que o melhor plano seria cavalgar atrás da besta em espaço aberto e matá-la com uma lança. Isso, é claro, era fruto da vontade semi delirante de um paciente

---

[1] Latim: como aviso. N.T.

A Estranha Cavalgada de Morrowbie Jukes

febril; mas lembro-me que na hora a idéia me pareceu eminentemente prática e exeqüível.

Assim ordenei a meu cavalariço que selasse Pornic e trouxesse-o em silêncio para os fundos de minha tenda. Quando o cavalo ficou pronto, parei ao lado de sua cabeça, apto a montar e a disparar tão logo o cão erguesse a voz de novo. Pornic, por acaso, não tinha saído do piquete nos últimos dias; a noite estava um pouco fria e eu me armei com par de esporas especialmente longo e afiado com o qual acordara um empregado preguiçoso naquela tarde. É fácil acreditar, então, que quando deixei Pornic partir, ele correu rápido. Em um segundo, pois o cavalo se atirou como uma flecha, a tenda foi deixada bem para trás e nós voávamos sobre o chão de areia lisa em alta velocidade. No instante seguinte havíamos ultrapassado o cachorro desgraçado, e quase me esqueci o porquê de ter saído com o cavalo e a lança.

O delírio febril e a excitação de cortar o ar em velocidade devem ter dissipado o que restava dos meus sentidos. Tenho a vaga lembrança de ter ficado em pé nos estribos e brandido minha lança para a imensa lua branca que assistia calmamente ao meu galope ensandecido; e de desafiar aos gritos os arbustos espinhentos que passavam zunindo. Acredito que por uma ou duas vezes eu me inclinei no pescoço de Pornic e fiquei literalmente pendurado pelas esporas – como mostraram as marcas no dia seguinte.

A besta infeliz corria como um possesso sobre o que parecia ser um horizonte infinito de areia iluminada pelo luar. Em seguida, lembro-me, o chão ergueu-se de súbito à nossa frente, e assim que chegamos ao topo da elevação, avistei as águas do Sutlej brilhando abaixo como uma barra de prata. Então Pornic errou o passo, e rolamos juntos ladeira abaixo, por um declive até então invisível.

Devo ter perdido a consciência, pois quando a recobrei estava deitado de bruços em uma pilha de areia branca e macia, e o dia começava amanhecer acima, lentamente, na borda do declive em que eu caíra. Quando a luz tornou-se intensa vi que estava no fundo de uma cratera de

I therefore ordered my groom to saddle Pornic and bring him round quietly to the rear of my tent. When the pony was ready, I stood at his head prepared to mount and dash out as soon as the dog should again lift up his voice. Pornic, by the way, had not been out of his pickets for a couple of days; the night air was crisp and chilly; and I was armed with a specially long and sharp pair of persuaders with which I had been rousing a sluggish cob that afternoon. You will easily believe, then, that when he was let go he went quickly. In one moment, for the brute bolted as straight as a die, the tent was left far behind, and we were flying over the smooth sandy soil at racing speed. In another we had passed the wretched dog, and I had almost forgotten why it was that I had taken the horse and hog-spear.

The delirium of fever and the excitement of rapid motion through the air must have taken away the remnant of my senses. I have a faint recollection of standing upright in my stirrups, and of brandishing my hog-spear at the great white Moon that looked down so calmly on my mad gallop; and of shout-log challenges to the camel-thorn bushes as they whizzed past. Once or twice I believe, I swayed forward on Pornic's neck, and literally hung on by my spurs - as the marks next morning showed.

The wretched beast went forward like a thing possessed, over what seemed to be a limitless expanse of moonlit sand. Next, I remember, the ground rose suddenly in front of us, and as we topped the ascent I saw the waters of the Sutlej shining like a silver bar below. Then Pornic blundered heavily on his nose, and we rolled together down some unseen slope.

I must have lost consciousness, for when I recovered I was lying on my stomach in a heap of soft white sand, and the dawn was beginning to break dimly over the edge of the slope down which I had fallen. As the light grew stronger I saw that I was at the bottom of a horse-shoe shaped crater of sand, opening on one side directly on to the shoals of the Sutlej. My fever had altogether left me, and, with the exception of a slight dizziness in the head, I felt no had effects from the fall over night.

Pornic, who was standing a few yards away, was naturally a good deal exhausted, but had not hurt himself in the least. His saddle, a favorite polo one was much knocked about, and had been twisted under his belly. It took me some time to put him to rights, and in the meantime I had ample opportunities of observing the spot into which I had so foolishly dropped.

At the risk of being considered tedious, I must describe it at length: inasmuch as an accurate mental picture of its peculiarities will be of material assistance in enabling the reader to understand what follows.

Imagine then, as I have said before, a horseshoe-shaped crater of sand with steeply graded sand walls about thirty-five feet high. (The slope, I fancy, must have been about 65°.) This crater enclosed a level piece of ground about fifty yards long by thirty at its broadest part, with a crude well in the centre. Round the bottom of the crater, about three feet from the level of the ground proper, ran a series of eighty-three semi-circular ovoid, square, and multilateral holes, all about three feet at the mouth. Each hole on inspection showed that it was carefully shored internally with driftwood and bamboos, and over the mouth a wooden drip-board projected, like the peak of a jockey's cap, for two feet. No sign of life was visible in these tunnels, but a most sickening stench pervaded the entire amphitheatre – a stench fouler than any which my wanderings in Indian villages have introduced me to.

Having remounted Pornic, who was as anxious as I to get back to camp, I rode round the base of the horseshoe to find some place whence an exit would be practicable. The inhabitants, whoever they might be, had not thought fit to put in an appearance, so I was left to my own devices. My first attempt to "rush" Pornic up the steep sand-banks

areia em forma de ferradura, cuja parte aberta dava direto para o banco de areia do Sutlej. A febre tinha me abandonado por completo, e, com exceção de uma pequena vertigem, não sentia o resultado da queda da noite anterior.

Pornic, parado a poucos metros de distância, estava bastante exausto, com razão, mas pelo menos não havia se ferido. A cela de pólo, minha favorita, ficara bastante avariada e estava virada sob o abdome do animal. Levei um pouco de tempo para ajeitar tudo, e, enquanto isso, tive ampla oportunidade de observar o lugar onde havia caído de maneira tão idiota.

Correndo o risco de parecer enfadonho, devo descrevê-lo com detalhes, visto que um preciso quadro mental das peculiaridades será bastante útil para habilitar o leitor a entender o que se segue.

Imagine, assim, como eu disse antes, uma cratera de areia em forma de ferradura, com um muro de areia íngreme e áspero, medindo dez metros de altura ou mais. (O declive, imagino, devia ter cerca de 65°.) A cratera possuía uma parte de chão plano com cerca de cinqüenta metros por trinta na parte mais larga, e um poço grosseiro no centro. Rodeando o fundo da cratera, a cerca de um metro do nível do solo, corria uma série de oitenta e três buracos ovóides semi-circulares, ordenados e multilaterais, todos com uma entrada de um metro, mais ou menos. Olhando melhor viase que eram cuidadosamente escorados por dentro com pedaços de madeira e bambus, e por cima da entrada de cada um havia uma calha, parecida com a ponta de um chapéu de jóquei, que projetava-se por meio metro. Não havia nenhum sinal de vida nesses túneis, mas todo o anfiteatro era permeado pelo fedor mais doentio – um fedor mais podre do que todos que já havia encontrado em minhas andanças pelas vilas indianas.

Tendo remontado em Pornic, que estava tão ansioso quanto eu para retornar ao acampamento, cavalguei ao redor da base da ferradura para encontrar algum lugar por onde pudesse sair. Os habitantes, quem quer que fossem, não julgaram conveniente aparecer, então fui deixado a sós com meus planos. Minha primeira tentativa de "apressar" Pornic pela encosta do banco de areia mostrou-me que eu havia caído em uma armadilha igual àquelas que as formigas-leão fazem para as presas. A cada passo, toneladas de areia despregavam-se de cima e desabavam, chocalhando nas calhas dos buracos como pequenos tiros. Dois ataques inócuos nos fizeram rolar para o fundo meio sufocados pela torrente de areia; e fui impelido a voltar minha atenção para o banco de areia.

Até aqui tudo parecia bastante simples. A colina de areia corria abaixo da margem do rio, é verdade, mas havia uma profusão de bancos de areia e rasos pelos quais eu poderia galopar com Pornic e encontrar meu caminho de volta à terra firme, retornando pela direita ou pela esquerda. Assim que levei Pornic para cima da areia, fui surpreendido pelo estampido indistinto de um rifle do outro lado do rio; e no mesmo instante um projétil caiu com um *estalido* suave perto da cabeça de Pornic.

Não havia mistério sobre a natureza do projétil – provinha e um fuzil Martini-Henry. À cerca de quinhentos metros de distância havia um barco nativo ancorado no meio do rio; e o jato de fumaça vindo de suas arcadas, que se dissipava no ar parado da manhã, mostrou-me de onde tinha vindo a delicada recepção. É possível agir como um cavalheiro em semelhante impasse? O traiçoeiro declive de areia não me permitia escapar do lugar que visitei involuntariamente, e a passagem à frente do rio era o sinal para o bombardeio de algum nativo insano em um barco. Temo ter perdido a calma por completo.

Outro tiro lembrou-me que era melhor salvar minha pele; e me retirei rápido para a areia, de volta para a ferradura, onde vi que o barulho do rifle tinha arrastado sessenta e cinco seres humanos de dentro dos buracos de texugo que eu, até aquele momento, supus estarem desocupados. Eu me encontrava no meio de uma multidão de espectadores – cerca de quarenta homens, vinte mulheres e uma criança que não deveria ter mais que cinco anos de idade. Todos estavam escassamente vestidos, com uma

showed me that I had fallen into a trap exactly on the same model as that which the ant-lion sets for its prey. At each step the shifting sand poured down from above in tons, and rattled on the drip-boards of the holes like small shot. A couple of ineffectual charges sent us both rolling down to the bottom, half choked with the torrents of sand; and I was constrained to turn my attention to the river-bank.

Here everything seemed easy enough. The sand hills ran down to the river edge, it is true, but there were plenty of shoals and shallows across which I could gallop Pornic, and find my way back to *terra firma* by turning sharply to the right or left. As I led Pornic over the sands I was startled by the faint pop of a rifle across the river; and at the same moment a bullet dropped with a sharp "*whit*" close to Pornic's head.

There was no mistaking the nature of the missile – a regulation Martini-Henry "picket." About five hundred yards away a country-boat was anchored in midstream; and a jet of smoke drifting away from its bows in the still morning air showed me whence the delicate attention had come. Was ever a respectable gentleman in such an *impasse*? The treacherous sand slope allowed no escape from a spot which I had visited most involuntarily, and a promenade on the river frontage was the signal for a bombardment from some insane native in a boat. I'm afraid that I lost my temper very much indeed.

Another bullet reminded me that I had better save my breath to cool my porridge; and I retreated hastily up the sands and back to the horseshoe, where I saw that the noise of the rifle had drawn sixty-five human beings from the badger-holes which I had up till that point supposed to be untenanted. I found myself in the midst of a crowd of spectators – about forty men, twenty women, and one child who could not have been more than five years old. They were all scantily clothed in that salmon-colored cloth which one associates with Hindu mendicants, and, at first sight, gave me the impression of a band of loathsome *fakirs*. The filth and repulsiveness of the assembly were beyond all description, and I shuddered to think what their life in the badger-holes must be.

Even in these days, when local self government has destroyed the greater part of a native's respect for a Sahib, I have been accustomed to a certain amount of civility from my inferiors, and on approaching the crowd naturally expected that there would be some recognition of my presence. As a matter of fact there was; but it was by no means what I had looked for.

The ragged crew actually laughed at me – such laughter I hope I may never hear again. They cackled, yelled, whistled, and howled as I walked into their midst; some of them literally throwing themselves down on the ground in convulsions of unholy mirth. In a moment I had let go Pornic's head, and. irritated beyond expression at the morning's adventure, commenced cuffing those nearest to me with all the force I could. The wretches dropped under my blows like nine-pins, and the laughter gave place to wails for mercy; while those yet untouched clasped me round the knees, imploring me in all sorts of uncouth tongues to spare them.

In the tumult, and just when I was feeling very much ashamed of myself for having thus easily given way to my temper, a thin, high voice murmured in English from behind my shoulder: "Sahib! Sahib! Do you not know me? Sahib, it is Gunga Dass, the telegraph-master."

I spun round quickly and faced the speaker.

Gunga Dass, (I have, of course, no hesitation in mentioning the man's real name) I had known four years before as a Deccanee Brahmin loaned by the Pun-jab Government to one of the Khalsia States. He was in charge of a branch telegraph-office there, and when I had last met him was a jovial, full-stomached, portly Government servant with a marvelous capacity for making had puns in English – a peculiarity which made me remember him long after I had forgotten his

roupa cor de salmão associada aos mendigos hindus, e, à primeira vista, tive a impressão de serem abomináveis faquires. A imundície e a repugnância da assembléia está além da toda descrição, e eu estremeci ao pensar em como deveria ser a vida deles naqueles buracos.

Mesmo naqueles dias, quando o governo local autônomo tinha destruído grande parte do respeito que os indianos tinham pelos *sahibs*[2], eu estava acostumado a certo grau de civilidade vindo de meus inferiores, e ao me aproximar da multidão esperava ser reconhecido por minha condição. Na verdade, houve reconhecimento, mas não o que eu procurava.

A multidão maltrapilha riu de mim – com um tipo de risada que eu espero nunca mais ouvir. Eles cacarejavam, berravam, assobiavam e uivavam enquanto eu caminhava para o centro; alguns deles se atiraram ao chão, convulsionando com uma alegria profana. Em um instante soltei as rédeas de Pornic e, irritado além da conta devido às aventuras daquela manhã, comecei a esmurrar com toda a força os que estavam mais próximos. Os infelizes caíam sob meus golpes como pinos de boliche, e as risadas deram lugar a gemidos por misericórdia enquanto os que ainda não tinham sido atingidos agarravam-se aos meus joelhos, implorando em toda sorte de idiomas desconhecidos que os poupasse.

Em meio ao tumulto, e justo quando sentia-me muito envergonhado de mim mesmo por ter me excedido com tanta facilidade, uma voz fina, aguda murmurou em inglês atrás de meu ombros – "*Sahib! Sahib!* Você não me reconhece? *Sahib*, sou Gunga Dass, o chefe do telégrafo".

Eu me virei rápido e encarei o homem.

Conhecera Gunga Dass (é claro que não hesito em mencionar o verdadeiro nome do homem) quatro anos antes, como um decano brâmane emprestado pelo governo de Punjab para um dos estados de Khalsia. Ele era encarregado de um departamento do escritório de telégrafo, e quando o encontrei pela última vez, era um funcionário do governo, jovial, barrigudo e corpulento, com a magnífica capacidade

[2] Sahib: tratamento dados pelos indianos a homens brancos respeitáveis ou de classe social elevada, comum na Índia quanto esta pertencia ao Império Britânico. N.T.

de fazer trocadilhos em inglês – uma peculiaridade que fez com que eu me lembrasse dele muito depois de ter-me esquecido dos serviços que me prestara como profissional. É raro um hindu fazer trocadilhos em inglês.

Seja como for, agora o homem estava irreconhecível. A marca de casta[3], a barriga, o uniforme cinza-azulado, o discurso hipócrita, tudo tinha acabado. Eu olhava para um esqueleto murcho, sem turbante e quase nu, com o cabelo longo e embaraçado e olhos encovados de bacalhau seco. Mas, não fosse cicatriz em forma de lua crescente na face esquerda – resultado de um acidente pelo qual fui responsável – eu nunca o teria reconhecido. Era Gunga Dass, sem dúvida – e eu estava grato por isso – um indiano que sabia falar inglês e que poderia pelo menos me dizer o que significava tudo aquilo pelo que passara naquele dia.

A multidão se retirou a certa distância quando me virei para a figura miserável e ordenei que me mostrasse um jeito de escapar da cratera. Ele trazia na mão um corvo recém capturado e, em resposta à minha pergunta, subiu devagar em uma plataforma de areia que ficava na frente dos buracos, e começou a acender uma fogueira, em silêncio. Capim seco retorcido, papoulas do deserto e pedaços de madeira queimam rápido; e fiquei bastante aliviado ao ver que ele acendia o fogo com palitos comuns de enxofre. Quando conseguiu uma chama brilhante, e o corvo já assava no espeto, Gunga Dass começou, sem preâmbulos:

"Existem apenas dois tipos de homens, sar – os vivos e os mortos. Quando você morre, está morto; quando está vivo, vive". (Nesse momento ele precisou dar atenção ao corvo por um instante, pois este girou em frente ao fogo, correndo o perigo de ser incinerado até virar carvão). "Se você morrer em casa e não estiver morto quando chegar ao ghât[4] para ser cremado, você vem para cá".

A natureza do vilarejo fedorento ficou clara naquele momento, e tudo o que eu sabia ou tinha lido sobre o grotesco e o horrível não era nada diante do fato agora comunicado

services to me in his official capacity. It is seldom that a Hindu makes English puns.

Now, however, the man was changed beyond all recognition. Caste-mark, stomach, slate-colored continuations, and unctuous speech were all gone. I looked at a withered skeleton, turban-less and almost naked, with long matted hair and deep-set codfish-eyes. But for a crescent-shaped scar on the left cheek – the result of an accident for which I was responsible – I should never have known him. But it was indubitably Gunga Dass, and – for this I was thank-full – an English-speaking native who might at least tell me the meaning of all that I had gone through that day.

The crowd retreated to some distance as I turned toward the miserable figure, and ordered him to show me some method of escaping from the crate?. He held a freshly plucked crow in his hand, and in reply to my question climbed slowly on a platform of sand which ran in front of the holes, and commenced lighting a fire there in silence. Dried bents, sand-poppies, and driftwood burn quickly; and I derived much consolation from the fact that he lit them with an ordinary sulphur-match. When they were in a bright glow, and the crow was nearly spitted in front thereof, Gunga Dass began without a word of preamble: "There are only two kinds of men, Sar – the alive and the dead. When you are dead you are dead, but when you are alive you live." (Here the crow demanded his attention for an instant as it twirled before the fire in danger of being burned to a cinder.) "If you die at home and do not die when you come to the ghat to be burned you come here."

The nature of the reeking village was made plain now, and all that I had known or read of the grotesque and the horrible paled before the fact just communicated by the ex-Brabmin. Sixteen years ago, when I first landed in Bombay, I had been told by a wandering Armenian of the existence, somewhere in India, of a

---

[3] Marca que os hindus trazem no rosto para designar a casta a que pertencem. N.T.
[4] Pode ser um caminho, um patamar ou uma escadaria à beira do rio que serve de crematório aos mortos. N.T.

place to which such Hindus as had the misfortune to recover from trance or catalepsy were conveyed and kept, and I recollect laughing heartily at what I was then pleased to consider a traveler's tale.

Sitting at the bottom of the sand-trap, the memory of Watson's Hotel, with its swinging punkahs, white-robed attendants, and the sallow-faced Armenian, rose up in my mind as vividly as a photograph, and I burst into a loud fit of laughter. The contrast was too absurd!

Gunga Dass, as he bent over the unclean bird, watched me curiously. Hindus seldom laugh, and his surroundings were not such as to move Gunga Dass to any undue excess of hilarity. He removed the crow solemnly from the wooden spit and as solemnly devoured it. Then he continued his story, which I give in his own words:

"In epidemics of the cholera you are carried to be burned almost before you are dead. When you come to the riverside the cold air, perhaps, makes you alive, and then, if you are only little alive, mud is put on your nose and mouth and you die conclusively. If you are rather more alive, more mud is put; but if you are too lively they let you go and take you away. I was too lively, and made protestation with anger against the indignities that they endeavored to press upon me. In those days I was Brahmin and proud man. Now I am dead man and eat" – here he eyed the well-gnawed breast bone with the first sign of emotion that I had seen in him since we met – "crows, and other things. They took me from my sheets when they saw that I was too lively and gave me medicines for one week, and I survived successfully. Then they sent me by rail from my place to Okara Station, with a man to take care of me; and at Okara Station we met two other men, and they conducted we three on camels, in the night, from Okara Station to this place, and they propelled me from the top to the bottom, and the other two succeeded, and I have been here ever since two and a half years. Once I was

pelo ex-brâmane. Dezesseis anos atrás, quando pisei pela primeira vez em Bombaim, um andarilho armênio me contou sobre a existência, em algum lugar da Índia, de um lugar para onde eram levados presos os hindus que tinham a infelicidade de se recuperar de um transe ou de catalepsia, e eu me recordo de ter tido um ataque de riso, feliz por considerar aquilo uma história de viajantes.

Sentado no fundo da armadilha de areia, a lembrança do Hotel Watson, com seus *punkahs*[5] giratórios, atendentes de túnica branca e o rosto amarelado do armênio surgiu em minha mente como uma fotografia, e eu rompi em uma gargalhada alta e compulsiva. O contraste era por demais absurdo!

Gunga Dass, ao se curvar sobre o corvo sujo, olhou-me curioso. Hindus raramente riam, e o ambiente não era do tipo que levaria Gunga Dass a um desmedido acesso de riso. Ele retirou o corvo do espeto com solenidade e, ainda solene, o devorou. Então continuou a história, que eu reproduzo com as mesmas palavras:

"Em epidemias de cólera você é carregado para ser cremado pouco antes de estar morto. Ao chegar à margem do rio, algumas vezes o ar gelado o faz reviver e então, se você estiver apenas um pouco vivo, colocam lama no seu nariz e na boca, e você morre de vez. Se você estiver mais do que meio vivo, colocam mais lama; mas se você estiver bem vivo, eles o largam, e depois o levam para longe. Eu estava bem vivo, e protestei com raiva contra as indignidades que eles se esforçavam para espremer sobre mim. Naqueles dias eu era um brâmane orgulhoso. Agora sou um homem morto – nesse momento ele olhou para os ossos roídos do corvo com o primeiro sinal de emoção que eu vira desde que o reencontrei – e me alimento de corvos e ouras coisas. Eles me tiraram dos lençóis quando viram que eu estava vivo demais, deram-me remédios para uma semana, e eu sobrevivi com sucesso. Então, me enviaram de trem para a base de Okara, com um homem para tomar conta de mim; em Okara encontramos dois outros homens e nós três fomos trazidos em camelos, durante a noite, da

---

[5] *Punkahs*: hindi: *pakha*. Leque indiano grande, de tecido, preso em uma armação suspensa no teto; é movido para frente e para trás com o puxar de uma corda; espécie de ventarola. N.T.

A Estranha Cavalgada de Morrowbie Jukes

base de Okara para este lugar; eles me empurraram de cima para o chão, e depois aos outros dois, e tenho estado aqui desde então, por dois anos e meio. Já fui brâmane e orgulhoso, agora me alimento de corvos".

"Não há nenhum jeito de escapar?"

"Nenhum, de nenhuma maneira. Quando cheguei, fazia tentativas freqüentes, os outros também, mas sempre sucumbíamos sob a areia que se precipitava em nossas cabeças."

"Mas, com certeza", parei nesse ponto, "a frente do rio está aberta, e vale a pena esquivar-se das balas, e à noite..."

Eu já tinha formulado um rudimentar plano de fuga que o instinto egoísta natural me impedia de partilhar com Gunga Dass. Ele, entretanto, adivinhou meus pensamentos ocultos assim que os formulei; e, para minha profunda surpresa, deu vazão a um longo cacarejo de escárnio – a risada, pelo que entendi, de um superior ou pelo menos de um igual.

"Você não conseguirá" ele abandonara o "senhor" por completo no início da fala – "escapar desse jeito. Mas você pode tentar. Eu tentei. Uma vez apenas."

A sensação de terror inominável e o medo abjeto, que eu me empenhara em vão por evitar, me dominaram por completo. Meu longo jejum – combinado à violenta e anormal agitação da cavalgada – tinham me exaurido, e eu acredito mesmo que, por alguns minutos, agi como um louco. Eu me arremessei sem piedade contra a ladeira de areia e corri ao redor da base da cratera, alternando blasfêmias e orações. Engatinhei entre vegetação à beira do rio, apenas para ser rechaçado a cada vez, com os nervos agonizando de pavor, pelas balas dos rifles que cortavam a areia ao meu redor – pois eu não ousava encarar a morte como um cachorro louco em meio àquela multidão horrenda – e por fim caí exausto e delirante no parapeito do poço. Ninguém prestou a mínima atenção na exibição que até hoje me faz enrubescer quando penso sobre isso.

Dois ou três homens pisotearam meu corpo arquejante enquanto puxavam água do poço, mas era evidente que estavam habituados a esse tipo de coisa, e não tinham

Brahmin and proud man, and now I eat crows."

"There is no way of getting out?"

"None of what kind at all. When I first came I made experiments frequently and all the others also, but we have always succumbed to the sand which is precipitated upon our heads."

"But surely," I broke in at this point, "the river-front is open, and it is worth while dodging the bullets; while at night..."

I had already matured a rough plan of escape which a natural instinct of selfishness forbade me sharing with Gunga Dass. He, however, divined my unspoken thought almost as soon as it was formed; and, to my intense astonishment, gave vent to a long low chuckle of derision – the laughter, be it understood, of a superior or at least of an equal.

"You will not" – he had dropped the 'Sir' completely after his opening sentence – "make any escape that way. But you can try. I have tried. Once only."

The sensation of nameless terror and abject fear which I had in vain attempted to strive against overmastered me completely. My long fast – it was now close upon ten o'clock, and I had eaten nothing since tiffin on the previous day – combined with the violent and unnatural agitation of the ride had exhausted me, and I verily believe that, for a few minutes, I acted as one mad. I hurled myself against the pitiless sand-slope I ran round the base of the crater, blaspheming and praying by turns. I crawled out among the sedges of the river-front, only to be driven back each time in an agony of nervous dread by the rifle-bullets which cut up the sand round me – for I dared not face the death of a mad dog among that hideous crowd – and finally fell, spent and raving, at the curb of the well. No one bad taken the slightest notion of an exhibition which makes me blush hotly even when I think of it now.

Two or three men trod on my panting body as they drew water, but they were evidently used to this sort of thing, and had no time to waste upon me. The situation was humiliating. Gunga Dass, indeed, when he had banked the embers of his fire with sand, was at some pains to throw half a cupful of fetid water over my head, an attention for which I could have fallen on my knees and thanked him, but he was laughing all the while in the same mirthless, wheezy key that greeted me on my first attempt to force the shoals. And so, in a semi-comatose condition, I lay till noon.

Then, being only a man after all, I felt hungry, and intimated as much to Gunga Dass, whom I had begun to regard as my natural protector. Following the impulse of the outer world when dealing with natives, I put my hand into my pocket and drew out four annas. The absurdity of the gift struck me at once, and I was about to replace the money.

Gunga Dass, however, was of a different opinion. "Give me the money," said he; "all you have, or I will get help, and we will kill you!" All this as if it were the most natural thing in the world!

A Briton's first impulse, I believe, is to guard the contents of his pockets; but a moment's reflection convinced me of the futility of differing with the one man who had it in his power to make me comfortable; and with whose help it was possible that I might eventually escape from the crater. I gave him all the money in my possession – nine rupees eight annas and five pice – for I always keep small change as *bakshish* when I am in camp. Gunga Dass clutched the coins, and hid them at once in his ragged loin cloth, his expression changing to something diabolical as he looked round to assure himself that no one had observed us.

"Now I will give you something to eat," said he.

What pleasure the possession of my money could have afforded him I am unable to say; but inasmuch as it did give him evident delight I was not sorry that I had parted with it so readily, for I had no doubt that he would have had me killed if I had refused. One does not protest against the vagaries of a den of wild beasts; and my companions were lower than any beasts. While I devoured what

tempo para perder comigo. A situação era humilhante. Gunga Dass, depois de cobrir a brasa da fogueira com areia, hesitava, aflito, em verter metade de um copo cheio da água fétida sobre minha cabeça, consideração pela qual eu poderia agradecê-lo de joelhos, mas ele ria todo o tempo com o mesmo timbre rouco e sem alegria com que recebeu minha primeira tentativa de forçar o banco de areia. E assim, em condição semi-comatosa, fiquei deitado até o meio-dia.

Então, sendo apenas um homem apesar de tudo, senti fome, e me dirigi a Gunga Dass, a quem começara a olhar como meu protetor natural. Seguindo o impulso do mundo externo, quando negociava com os nativos, pus a mão no bolso e retirei quatro annas. O absurdo da transação me abateu no mesmo instante, e quase guardei o dinheiro,

Seja como for, Gunga Dass tinha uma opinião diferente. "Dê-me o dinheiro", disse ele, "tudo o que você tem, ou pedirei ajuda, e mataremos você!". Disse isso como se fosse a coisa mais natural do mundo!

O primeiro impulso de um britânico, acredito, seria guardar todo o conteúdo dos bolsos; mas um momento de reflexão me convenceu da futilidade de discordar do único homem que tinha o poder de me confortar; e com a ajuda de quem eu poderia, eventualmente, escapar da cratera. Dei-lhe todo o dinheiro que possuía – nove rúpias, oito annas e cinco pies – pois eu sempre carrego moedinhas para *bakshish*[6] quando estou no acampamento. Gunga Dass agarrou as moedas e escondeu-as de imediato em sua roupa esfarrapada, sua expressão mudou para algo diabólico quando olhou ao redor para se certificar de ninguém nos observava.

"*Agora* eu lhe darei algo para comer."

Que prazer possuir meu dinheiro lhe proporcionava, sou incampaz de dizer; mas visto que isso lhe trazia evidente conforto, não lamentei por ter-lhe entregue tão depressa, pois não tinha dúvida de que ele teria me matado se não o tivesse feito. Não se deve protestar contra os caprichos de um covil de bestas; e meus companheiros eram menos que bestas. Enquanto devorava o que Gunga Dass me proporcionara, um *chapatti*[7]

[6] Gorjeta, gratificação. N.T.
[7] Bolo. N.T.

grosseiro e um boné cheio da água fétida do poço, as pessoas não demonstraram a mínima curiosidade – a curiosidade tão típica, como uma regra, das aldeias indianas.

Cheguei a cogitar que eles me desprezavam. Durante todos os eventos eles me trataram com a mais fria indiferença, e Gunga Dass era quase tão ruim quanto eles. Eu o ocupei com questões sobre aquela vila abominável, e recebi respostas extremamente insatisfatórias. Até onde consegui extrair, aquilo existia desde tempos imemoriais – donde concluo que devia ter pelo menos cem anos – e durante esse tempo não se sabe de ninguém que tenha conseguido escapar dali. (Tive que usar as duas mãos para me controlar, ou o terror cego poderia me dominar pela segunda vez e me arremessar delirante ao redor da cratera). Gunga Dass sentia um prazer malicioso em enfatizar esse ponto e me ver estremecer. Nada que eu pudesse fazer o induzia a dizer-me quem eram os misteriosos "Eles".

"Isso nos foi ordenado", ele respondia, "e não conheço ninguém que tenha desobedecido às ordens".

"Espere até que meus empregados descubram que estou perdido", repliquei, "e prometo a você que este lugar será banido da face da terra, e darei a você uma lição de civilidade, também, meu amigo".

"Seus servos serão partidos em pedaços antes de chegarem perto deste lugar; e, além disso, você está morto, meu caro amigo. Não é sua culpa, é claro, entretanto você está morto e enterrado."

Disse-me que, a intervalos irregulares, suplementos de comida eram atirados do topo para o anfiteatro, e os habitantes lutavam por eles como bestas selvagens. Quando um homem sentia a aproximação da morte, retirava-se para seu covil e lá morria. Algumas vezes o corpo era arrastado para fora do buraco e atirado na areia, ou deixado apodrecer onde estava.

A frase "atirar na areia" chamou minha atenção, e perguntei a Gunga Dass se esse tipo de coisa não era o mesmo que criar uma pestilência.

Gunga Dass had provided, a coarse *chapatti* and a cupful of the foul well-water, the people showed not the faintest sign of curiosity – that curiosity which is so rampant, as a rule, in an Indian village.

I could even fancy that they despised me. At all events they treated me with the most chilling indifference, and Gunga Dass was nearly as bad. I plied him with questions about the terrible village, and received extremely unsatisfactory answers. So far as I could gather, it had been in existence from time immemorial – whence I concluded that it was at least a century old—and during that time no one had ever been known to escape from it. (I had to control myself here with both hands, lest the blind terror should lay hold of me a second time and drive me raving round the crater.) Gunga Dass took a malicious pleasure in emphasizing this point and in watching me wince. Nothing that I could do would induce him to tell me who the mysterious "They" were.

"It is so ordered," he would reply, "and I do not yet know any one who has disobeyed the orders."

"Only wait till my servants find that I am missing," I retorted, "and I promise you that this place shall be cleared off the face of the earth, and I'll give you a lesson in civility, too, my friend."

"Your servants would be torn in pieces before they came near this place; and, besides, you are dead, my dear friend. It is not your fault, of course, but none the less you are dead *and* buried."

At irregular intervals supplies of food, I was told, were dropped down from the land side into the amphitheatre, and the inhabitants fought for them like wild beasts. When a man felt his death coming on he retreated to his lair and died there. The body was sometimes dragged out of the hole and thrown on to the sand, or allowed to rot where it lay

The phrase "thrown on to the sand" caught my attention, and I asked Gunga Dass whether this sort of thing was not likely to breed a pestilence.

"Isso", disse ele, com outro riso asmático, "você poderá ver logo mais. Você terá muito tempo para fazer observações".

Com isso, para seu grande deleite, estremeci mais uma vez e me precipitei em continuar o diálogo: "E como se vive aqui no dia a dia? O que você faz?" A pergunta evocou a mesma resposta anterior – complementada pela informação de que "este lugar é como seu paraíso europeu; não há noivados e nem casamentos".

Gunga Dass fora educado em uma escola missionária e, como ele mesmo admitia, tivesse apenas mudado de religião, "como um homem sensato", poderia ter evitado a morte em vida em que se encontrava agora. Mas enquanto eu estivesse com ele, acredito que estaria feliz.

Ali estava um *sahib*, um representante da raça dominante, indefeso como uma criança e completamente à mercê dos seus vizinhos indianos. De um jeito deliberadamente preguiçoso, ele se pôs a me torturar, como um aluno dedica, extasiado, meia hora para observar a agonia de um besouro empalado, ou como um *ferret* em uma toca escura prende-se confortavelmente à garganta de um coelho. O tema de suas conversas era que não havia saída "de nenhum tipo", que eu ficaria lá até morrer e "seria atirado à areia". Se fosse possível pressupor a conversa do Maldito no advento de uma nova alma admitida, eu diria que ele fala como Gunga Dass me falou durante aquela longa tarde. Estava fraco demais para protestar ou responder. Todas as minhas energias estavam voltadas para a luta contra o inexplicável terror que ameaçava me dominar mais e mais vezes. Esse sentimento não se compara a nada exceto à luta de um homem contra a irresistível náusea da travessia do Canal – a diferença era que minha agonia vinha do espírito e era infinitamente mais terrível.

Com o passar do dia, os habitantes começaram a aparecer aos montes para receber os raios do sol da tarde, que agora se derramava sobre a boca da cratera. Eles se reuniam em pequenos grupos e falavam entre si sem dar sequer uma olhadela na minha direção. Em torno das quatro horas, pelo que pude supor, Gunga Dass levantou-se e entrou em seu covil por um instante, emergindo com um corvo vivo nas mãos. O pássaro infeliz estava sujo e em condição deplorável, mas não parecia de modo algum temer o seu senhor. Avançando com cautela para o rio em frente, Gunga Dass pisou de tufo em tufo até alcançar um pequeno pedaço de areia bem na linha de fogo do barco. Os ocupantes do barco não se importaram. Ali ele parou, e, com duas giradas de pulso precisas, deitou a ave de costas com as asas estendidas. Como é natural, o corvo começou a grasnar de imediato e a golpear o ar com as garras. Em poucos segundos o clamor atraiu a atenção de um bando de corvos selvagens em um banco de areia, onde se ocupavam de algo que parecia ser um cadáver. Meia dúzia de corvos voaram de pronto para ver o que acontecia, e também, como ficou provado, para atacar o pássaro preso. Gunga Dass, que tinha se entocado em um tufo, sinalizou para que eu ficasse quieto, apesar de eu julgar o aviso desnecessário. Em um segundo, e antes que pudesse ver como aconteceu, o corvo selvagem, que se atracara com o corvo indefeso que grasnava e ficara emaranhado nas garras deste, foi gentilmente desenganchado por Gunga Dass e preso de costas ao lado de seu companheiro na adversidade. Ao que parece, a curiosidade tomou conta do resto do bando, e pouco antes que eu e Gunga Dass tivéssemos tempo de nos esconder atrás do tufo, dois outros cativos lutavam contra as garras suspensas das aves. Então a caça – se posso dar a isso nome tão digno – continuou até Gunda Dass ter capturado sete corvos. Cinco deles eles estrangulou na hora, reservando os demais para as operações do dia seguinte. Fiquei bastante impressionado com isso, para mim tratava-se de um insólito método de obter comida, e cumprimentei Gunga Dass por sua perícia.

"Não é nada demais", disse ele. "Amanhã você fará isso por mim. Você é mais forte que eu."

A calma pressuposição de superioridade me incomodou um pouco, e respondi peremptório: "É mesmo, seu bandido! Para que você acha que lhe paguei em dinheiro?"

"Muito bem", ele respondeu, impassível. "Talvez não amanhã, nem no dia seguinte, e nem no outro; mas no fim, e por muitos anos, você caçará corvos e os comerá, e agradecerá ao seu Deus europeu por ter corvos para caçar e comer".

Ficaria feliz em estrangulá-lo por isso, mas julguei que seria melhor naquelas circunstâncias sufocar meus sentimentos. Uma hora mais tarde eu comia um dos corvos; e como Gunga Dass tinha dito, agradeci ao meu Deus por ter um corvo para comer. Nunca, enquanto viver, me esquecerei daquela refeição noturna. Toda a população estava acocorada na plataforma de areia dura oposta aos buracos, acotovelando-se sobre pequeninas fogueiras feitas de lixo e junco seco. A Morte, tendo uma vez deitado a mão sobre aquelas pessoas, mas evitado abatê-las, parecia apartar-se delas agora; pois a maioria de nossos companheiros eram homens idosos, encurvados, abatidos e retorcidos pelos anos, e as mulheres tinham a aparência das Parcas[8]. Eles sentaram-se juntos em grupos e conversavam – só Deus sabe o que tinham como assunto – no mesmo tom, em curioso contraste com o tagarelar estridente a que os indianos estão acostumados, e que estraga o dia. Vez por outra o acesso súbito de fúria que me possuíra naquela manhã se abatia sobre um homem ou mulher; e com berros e imprecações a vítima atacava a escarpa íngreme até que, frustrada e sangrando, caía sobre a plataforma, incapaz de mover um músculo. Os outros sequer erguiam os olhos quando isso acontecia, pois estavam cientes da futilidade das tentativas de seus companheiros e cansados da inútil repetição. Assisti a quatro desses acessos durante a tarde.

Gunga Dass encarou minha situação de forma eminentemente profissional e enquanto jantávamos – posso darme ao luxo de rir ao relembrar isso, mas na hora foi doloroso demais – propôs os termos nos quais consentiria "trabalhar" para mim. Argumentou que por minhas nove rúpias e oito annas, ao preço de três annas por dia, providenciaria comida para mim por cinqüenta e um dias, ou cerca de sete semanas; isso quer dizer que ele estava disposto a me abastecer

---

[8] Cloto, Lakesis e Átropos: essas três míticas irmãs da mitologia grega são responsáveis, nessa ordem, por tecer, medir e cortar o fio de cada vida humana. N.T.

durante aquele tempo. Depois disso teria que me virar por conta própria. Por uma contribuição adicional – minhas botas – ele estava disposto a permitir que eu ocupasse a toca ao lado da dele, e me abasteceria com tanta relva seca quanto pudesse dispor.

"Muito bem, Gunga Dass", respondi, "concordo com os primeiros termos, mas, como não há nada no mundo que me impeça de matar você agora mesmo e tomar tudo o que você possui" (pensei nos dois valiosos corvos), "eu me recuso terminantemente a dar-lhe minhas botas e ocuparei qualquer caverna que me agradar."

O golpe foi corajoso, e fiquei feliz em ver que obtive sucesso. Gunga Dass mudou o tom de imediato, e rejeitou a mínima intenção de se apossar de minhas botas. Naquele momento não achei estranho que eu, um engenheiro civil, um homem com treze anos de profissão, e, acredito, um inglês comum, pudesse com tanta calma ameaçar com morte e violência o homem que tinha, por um preço é verdade, me acolhido e protegido. Parecia que eu tinha deixado o mundo há séculos. Naquele momento eu acreditava, como acredito que estou vivo agora, que naquela comunidade amaldiçoada vigorava a lei do mais forte; que os mortos vivos deixaram para trás toda lei do mundo que os havia banido; e que minha vida dependia apenas de minha força e de minha vigilância. A tripulação do desditoso *Mignonette*[9] eram os únicos homens aptos a compreender meu pensamento. "No momento", argumentei para mim mesmo, "estou forte e valho por seis desses desgraçados. É imperativamente necessário, para o meu próprio bem, manter a força e a saúde até chegar a hora do meu salvamento – se ele chegar."

Fortalecido por essa resolução, comi e bebi tanto quanto pude; fiz Gunga Dass entender que eu seria seu mestre e que ao menor sinal de insubordinação da parte dele, receberia a única punição que estava sob meu poder infligir – morte súbida e violenta. Logo depois disso, fui para a cama. Com isso quero dizer que Gunga Dass deu-me duas braçadas de mato seco,

[9] Iate que partiu de Sydney em direção a Southampton, em 19 de maio de 1884, sucumbindo sob uma tempestade em 10 de julho. Após 19 dias à deriva, o capitão assassinou o mais jovem dos quatro sobreviventes para que sua carne e seu sangue servissem de alimento ao demais, até que fossem resgatados cinco dias depois. N.T.

is to say, Gunga Dass gave me a double armful of dried bents which I thrust down the mouth of the lair to the right of his, and followed myself, feet foremost; the hole running about nine feet into the sand with a slight downward inclination, and being neatly shored with timbers. From my den, which faced the river-front, I was able to watch the waters of the Sutlej flowing past under the light of a young moon and compose myself to sleep as best I might.

The horrors of that night I shall never forget. My den was nearly as narrow as a coffin, and the sides had been worn smooth and greasy by the contact of innumerable naked bodies, added to which it smelled abominably. Sleep was altogether out of question to one in my excited frame of mind. As the night wore on, it seemed that the entire amphitheatre was filled with legions of unclean devils that, trooping up from the shoals below, mocked the unfortunates in their lairs.

Personally I am not of an imaginative temperament, – very few Engineers are, – but on that occasion I was as completely prostrated with nervous terror as any woman. After half an hour or so, however, I was able once more to calmly review my chances of escape. Any exit by the steep sand walls was, of course, impracticable. I had been thoroughly convinced of this some time before. It was possible, just possible, that I might, in the uncertain moonlight, safely run the gauntlet of the rifle shots. The place was so full of terror for me that I was prepared to undergo any risk in leaving it. Imagine my delight, then, when after creeping stealthily to the river-front I found that the infernal boat was not there. My freedom lay before me in the next few steps!

By walking out to the first shallow pool that lay at the foot of the projecting left horn of the horseshoe, I could wade across, turn the flank of the crater, and make my way inland. Without a moment's hesitation I marched briskly past the tussocks where Gunga Dass had snared the crows, and out in the direction of the smooth white sand beyond. My first step from the tufts of dried grass showed me how utterly futile was any

que eu empurrei para dentro da toca do lado direito da dele, e depois entrei, com os pés primeiro; o buraco avançava cerca de três metros na areia, com uma leve inclinação para baixo, e era cuidadosamente escorado por estacas de madeira. De minha toca, de frente para o rio, pude ver as águas do Sutlej fluindo sob a luz da lua crescente e me preparei para dormir o melhor possível.

Nunca esquecerei o horror daquela noite. Minha toca era quase tão estreita quanto um caixão, e as laterais estavam gastas, amaciadas e engorduradas pelo contato de inúmeros corpos nus, além de ter um cheiro abominável. Dormir estava fora de cogitação para alguém com a mente agitada como a minha. Enquanto corria a noite, pareceu que todo o anfiteatro estava repleto de demônios imundos, que vinham marchando dos bancos de areia, abaixo, para zombar dos infelizes em suas tocas.

Pessoalmente, não possuo um temperamento imaginativo – pouquíssimos engenheiros o têm – mas na ocasião tinha os nervos completamente abalados, como os de uma mulher. Depois de meia hora mais ou menos, estava apto a rever com calma mais uma vez minhas chances de escapar. Claro que qualquer saída pelo muro íngreme de areia seria impraticável. Tinha sido convencido disso já há algum tempo. Escapar seria possível, apenas possível, se eu conseguisse, sob a vaga luz da lua, correr em segurança através do corredor polonês dos tiros de rifles. Para mim, aquele lugar era tão pleno de horror que poderia suportar qualquer risco para escapar dali. Imagine minha alegria quando, depois de rastejar furtivamente para a beira do rio, descobri que o barco infernal não estava lá. Minha liberdade encontrava-se apenas há alguns passos adiante!

Caminhando pela piscina rasa que ficava aos pés da extremidade esquerda da ferradura, eu poderia cruzar, dando a volta no flanco da cratera, e alcançar terra firme. Sem um instante de hesitação marchei animado pelos tufos onde Gunga Dass capturara os corvos, e saí em direção à areia branca e macia mais além. Meu primeiro passo fora dos tufos de mato seco mostrou-me a completa futilidade da minha esperança de escapar; pois, assim que abaixei o pé,

senti um puxão indescritível, um movimento de sucção vindo da areia abaixo. No momento seguinte minha perna tinha sido engolida quase até o joelho. À luz da lua, toda a superfície da areia parecia estremecer com um deleite demoníaco com a minha decepção. Escapei com dificuldade, suando pelo terror e pelo esforço, de volta para os tufos atrás de mim e afundei meu rosto.

O único jeito de escapar do semicírculo era protegido por areia movediça!

Não tenho a menor idéia de quanto tempo fiquei deitado; mas fui despertado pelo riso malévolo de Gunga Dass em meus ouvidos: "Advirto-o, Protetor dos Pobres" (o bandido falava em inglês) "a voltar para sua toca. Não é saudável morrer aqui em baixo. Além do mais, quando o barco voltar, com certeza você será atingido". Ele postou-se sobre mim na luz pálida do amanhecer, rindo para si mesmo. Suprimindo meu primeiro impulso de agarrar o homem pelo pescoço e atirá-lo na areia movediça, levantei mal-humorado e o segui até a plataforma abaixo das tocas.

Perguntei de repente, percebendo a inutilidade da pergunta assim que a proferi: "Gunga Dass, qual a utilidade do barco se não é possível sair de *jeito algum*?" Lembro-me que mesmo afundado em meu problema, tinha especulado vagamente sobre o desperdício de munição ao guardar uma encosta já tão bem protegida.

Gunga Dass riu de novo e respondeu: "Eles usam o barco apenas durante o dia. Isso porque *há uma saída*. Esperamos poder usufruir de sua companhia por um longo tempo. Este lugar fica agradável depois de ter-se passado alguns anos aqui e comido bastante corvos no espeto".

Cambaleei, entorpecido e desamparado, na direção da toca fétida que me foi destinada, e caí adormecido. Mais ou menos uma hora mais tarde fui acordado por um grito penetrante – o grito alto e estridente de um cavalo com dor. Quem escuta esse som jamais esquece. Encontrei um pouco de dificuldade para sair da toca. Quando consegui, vi que Pornic, meu bom e velho Pornic, jazia morto no chão de areia. Não posso adivinhar como o mataram. Gunga Dass explicou que cavalos eram melhores que corvos, e "a máxima política

sandy soil. How they had killed him I cannot guess. Gunga Dass explained that horse was better than crow, and "greatest good of greatest number is political maxim. We are now Republic, Mister Jukes, and you are entitled to a fair share of the beast. If you like, we will pass a vote of thanks. Shall I propose?"

Yes, we were a Republic indeed! A Republic of wild beasts penned at the bottom of a pit, to eat and fight and sleep till we died. I attempted no protest of any kind, but sat down and stared at the hideous sight in front of me. In less time almost than it takes me to write this, Pornic's body was divided, in some unclear way or other; the men and women had dragged the fragments on to the platform and were preparing their normal meal. Gunga Dass cooked mine. The almost irresistible impulse to fly at the sand walls until I was wearied laid hold of me afresh, and I had to struggle against it with all my might. Gunga Dass was offensively jocular till I told him that if he addressed another remark of any kind whatever to me I should strangle him where he sat. This silenced him till silence became insupportable, and I bade him say something.

"You will live here till you die like the other Feringhi," he said, coolly, watching me over the fragment of gristle that he was gnawing.

"What other Sahib, you swine? Speak at once, and don't stop to tell me a lie."

"He is over there," answered Gunga Dass, pointing to a burrow-mouth about four doors ta the left of my own. "You can see for yourself. He died in the burrow as you will die, and I will die, and as all these men and women and the one child will also die."

"For pity's sake tell me all you know about him. Who was he? When did he come, and when did he die?"

This appeal was a weak step on my part. Gunga Dass only leered and replied: "I will not – unless you give me something first."

Then I recollected where I was, and struck the man between the eyes, partially stunning him. He stepped down from the platform at

era: o bem maior para a maioria. Somos uma República agora, sr. Jukes, e você tem direito a um pedaço justo deste animal. Se quiser, podemos aprovar um voto de agradecimento. Devo propor?"

Sim, somos uma República, de fato! Uma República de bestas selvagens encurraladas no fundo de um buraco para comer, lutar e dormir até morrer. Não fiz nenhum tipo de protesto, mas sentei-me e encarei a horrenda cena diante de mim. Em menos tempo do que levei para escrever isto, o corpo de Pornic foi dividido, não sei como; homens e mulheres arrastavam os pedaços para a plataforma e preparavam uma refeição comum. Gunga Dass cozinhou a minha parte. O impulso quase irresistível de voar pelo muro de areia até cair esgotado e prostrado me envolveu mais uma vez, e tive que lutar contra isso com todas as forças. Gunga Dass proferiu ofensas jocosas até eu avisar que, se ele me endereçasse qualquer observação, não importa de que tipo, eu o estrangularia ali mesmo. Isso o calou até que o silêncio se tornasse insuportável e eu o impelisse a dizer qualquer coisa.

"Você vai viver aqui até morrer, como o outro *Feringhi*[10]", disse ele, com frieza, olhando-me sobre o pedaço de cartilagem que estava roendo.

"Que outro *sahib*, seu porco? Diga e uma vez, e não me venha com mentiras."

"Ele está lá", respondeu Gunga Dass, apontando para a entrada de um buraco cerca de quatro portas além do meu. "Pode ver por si mesmo. Ele morreu no buraco como você vai morrer, e eu vou morrer, e todos estes homens e mulheres e esta única criança também morrerão."

"Por piedade diga-me tudo o que sabe sobre ele. Quem era? Quando chegou aqui e quando morreu?"

O apelo foi uma fraqueza minha. Gunga Dass olhou com malícia e respondeu: "Não direi nada – a menos que dê algo primeiro."

Então eu me lembrei de onde eu estava, e golpeei o homem entre os olhos, deixando-o meio tonto. Ele desceu rápido a plataforma, fazendo mesuras e bajulações,

[10] Do persa, *farangi*, ou "Frank", uma forma antiga e insolente de designar um europeu na Índia. N.T.

A Estranha Cavalgada de Morrowbie Jukes

choravando e tentando abraçar meus pés, e levou-me na direção da toca que havia me indicado.

"Eu não sei nada a respeito do cavalheiro. Seu Deus é testemunha de que eu não sei. Ele estava tão ansioso para escapar quanto você está, e recebeu um tiro do barco, apesar de todos nós o termos prevenido sobre a tentativa. Ele foi atingido aqui." Gunga Dass pôs a mão no estômago magro e dobrou-se no chão.

"Bem, e então? Continue!"

"E então – então, meu senhor, nós o carregamos até a casa dele, demos-lhe água, pusemos panos molhados sobre o ferimento, e ele ficou deitado lá até que a alma partisse."

"Em quanto tempo? Quanto tempo?"

"Cerca de meia hora depois de ter sido ferido. Invoco Vishnu para testemunhar", gritou o desgraçado, "que eu fiz tudo por ele. Tudo que era possível fazer, eu fiz.!"

Ele se atirou no chão e agarrou meus tornozelos. Mas tinha minhas dúvidas quanto a benevolência de Gunga Dass, e chutei-o assim que ele caiu protestando.

"Acredito que você roubou tudo que ele tinha. E posso descobrir isso em um minuto ou dois. Por quanto tempo o *sahib* ficou aqui?"

"Perto de um ano e meio. Acho que ele deve ter enlouquecido. Mas escute minha jura, Protetor dos Pobres! Meu senhor não me ouviu jurar que eu nunca toquei em nada que pertencesse a ele? O que Meu Idolatrado pretende fazer?"

Eu segurava Gunga Dass pelo punho e o arrastava para a plataforma oposta à toca abandonada. Enquanto o fazia, pensava na indizível miséria e nos horrores pelos quais o meu infeliz colega prisioneiro tinha passado durante aqueles dezoito meses, e na agonia final de morrer como um rato em um buraco, com um ferimento à bala no estômago. Gunga Dass fantasiou que eu o mataria, e gemia de modo lamentável. O resto da população, com a indisposição que segue uma farta refeição, olhava-nos sem entusiasmo.

"Entre, Gunga Dass", eu disse, "e traga-o aqui".

Eu me sentia doente e horrorizado. Gunga Dass quase rolou da plataforma, uivando alto.

once, and, cringing and fawning and weeping and attempting to embrace my feet, led me round to the burrow which he had indicated.

"I know nothing whatever about the gentleman. Your God be my witness that I do not. He was as anxious to escape as you were, and he was shot from the boat, though we all did all things te prevent him from attempting. He was shot here." Gunga Dass laid his hand on his lean stomach and bowed to the earth.

"Well, and what then? Go on!"

"And then—and then, Your Honor, we carried him in to his house and gave him water, and put wet cloths on the wound, and he laid down in his house and gave up the ghost."

"In how long? In how long?"

"About half an hour, after he received his wound. I call Vishnu to witness," yelled the wretched man, "that I did everything for him. Everything which was possible, that I did!"

He threw himself down on the ground and clasped my ankles. But I had my doubts about Gunga Dass's benevolence, and kicked him off as he lay protesting.

"I believe you robbed him of everything he had. But I can find out in a minute or two. How long was the Sahib here?"

"Nearly a year and a half. I think he must have gone mad. But hear me swear Protector of the Poor! Won't Your Honor hear me swear that I never touched an article that belonged to him? What is Your Worship going to do?"

I had taken Gunga Dass by the waist and had hauled him on to the platform opposite the deserted burrow. As I did so I thought of my wretched fellow-prisoner's unspeakable misery among all these horrors for eighteen months, and the final agony of dying like a rat in a hole, with a bullet-wound in the stomach. Gunga Dass fancied I was going to kill him and howled pitifully. The rest of the population, in the plethora that follows a full flesh meal, watched us without stirring.

"Go inside, Gunga Dass," said I, "and fetch it out."

I was feeling sick and faint with horror now. Gunga Dass nearly rolled off the platform and howled aloud.

"But I am Brahmin, Sahib – a high-caste Brahmin. By your soul, by your father's soul, do not make me do this thing!"

"Brahmin or no Brahmin, by my soul and my father's soul, in you go!" I said, and, seizing him by the shoulders, I crammed his head into the mouth of the burrow, kicked the rest of him in, and, sitting down, covered my face with my hands.

At the end of a few minutes I heard a rustle and a creak; then Gunga Dass in a sobbing, choking whisper speaking to himself; then a soft thud—and I uncovered my eyes.

The dry sand had turned the corpse entrusted to its keeping into a yellow-brown mummy. I told Gunga Dass to stand off while I examined it. The body – clad in an olive-green hunting-suit much stained and worn, with leather pads on the shoulders – was that of a man between thirty and forty, above middle height, with light, sandy hair, long mustache, and a rough unkempt beard. The left canine of the upper jaw was missing, and a portion of the lobe of the right ear was gone. On the second finger of the left hand was a ring – a shield-shaped bloodstone set in gold, with a monogram that might have been either "B.K." or "B.L." On the third finger of the right hand was a silver ring in the shape of a coiled cobra, much worn and tarnished. Gunga Dass deposited a handful of trifles he had picked out of the burrow at my feet, and, covering the face of the body with my handkerchief, I turned to examine these. I give the full list in the hope that it may lead to the identification of the unfortunate man:

1. Bowl of a briarwood pipe, serrated at the edge; much worn and blackened; bound with string at the crew.
2. Two patent-lever keys; wards of both broken.
3. Tortoise-shell-handled penknife, silver or nickel. name-plate, marked with monogram "B.K."
4. Envelope, postmark undecipher-

"Mas eu sou um brâmane, *sahib* – um brâmane de alta casta. Pela sua alma, pela alma de seu pai, não me obrigue a fazer isso!"

"Brâmane ou não brâmane, pela minha alma e pela alma de meu pai, você vai entrar!" Eu disse, e, segurando-o pelos ombros, empurrei sua cabeça para dentro da caverna, chutei o resto dele e sentei-me cobrindo o rosto com as mãos.

Poucos minutos depois escutei um farfalhar e um estalo; então Gunga Dass, soluçando, sussurrando com a voz embargada para si mesmo; ouvi um leve baque – e descobri os olhos. A areia seca tinha de encarregado de transformar o cadáver a ela confiado em uma múmia amarronzada. Disse a Gunga Dass para esperar enquanto eu examinava o corpo – que usava um traje de caçador verde oliva, muito manchado e puído, com almofadas de couro nos ombros – que pertencera a um homem entre trinta e quarenta anos, estatura média, cabelos claros cor de areia, bigodes longos e uma barba áspera e desgrenhada. Faltava-lhe o canino esquerdo da arcada superior e parte do lóbulo da orelha direita. No segundo dedo da mão esquerda havia um anel – um rubi em forma de escudo engastado em ouro, com um monograma que tanto poderia ser "B.K." como "B.L.". No terceiro dedo da mão direita havia um anel de prata em forma de uma cobra enrolada, muito gasto e opaco. Gunga Dass depositou aos meus pés um monte de quinquilharias que recolhera na caverna, e, cobrindo a face do cadáver com meu lenço, voltei-me para examinar os pertences. Vou fornecer-lhes uma lista completa na esperança de que isto possa levar à identificação do pobre homem:

1. Fornilho de cachimbo de urze branca, serrilhado na borda, muito gasto e enegrecido, atado com um cordão no encaixe;
2. Duas chaves tipo alavanca, quebradas;
3. Canivete de bolso de casco de tartaruga, com chapa de prata ou níquel, marcada com um monograma BK;
4. Envelope com carimbo postal indecifrável, trazendo um

A Estranha Cavalgada de Morrowbie Jukes

selo da rainha Vitória, endereçado para a srta. "Man" – (o resto ilegível) – "ham" – "nt";

5. Caderno de notas com capa imitando couro de crocodilo, e um lápis. As primeiras quarenta e cinco páginas em branco; quatro páginas e meia ilegíveis; quinze outras preenchidas com anotações particulares relativas em especial a três pessoas – sra. L. Singleton, muitas vezes abreviado para "Lot Single"; "sra. S. May"; e "Garmison", referido em alguns lugares como Jerry ou Jack.

6. Cabo de uma faca de caça pequena. Lâmina faltando. Chifre de cervo, cortado com diamante, com suporte giratório na base; preso a fragmentos de fio de algodão.

Não pensem que inventariei todas essas coisas na mesma hora, do jeito como aparecem aqui. O caderno de notas foi o primeiro a atrair minha atenção, e eu o guardei em meu bolso, com a intenção de estudá-lo melhor mais tarde. Levei o resto das coisas para a minha caverna, para mantê-las a salvo, e sendo um homem metódico, inventariá-las. Eu então retornei para o cadáver e ordenei a Gunga Dass que me ajudasse a carregá-lo para a frente do rio. Enquanto nos ocupávamos disso, a cápsula deflagrada de um velho cartucho castanho caiu de um dos bolsos e rolou aos meus pés. Gunga Dass não viu isso; e pensei que um homem não carrega cartuchos deflagrados, em especial os "castanhos", que não podem ser recarregados, quando vai caçar. Em outras palavras, a cápsula tinha sido deflagrada dentro da cratera. Conseqüentemente, deveria haver uma arma em algum lugar. Eu estava prestes a perguntar a Gunga Dass, mas me detive, sabendo que ele mentiria. Deitamos o corpo à beira da areia movediça, ao lado dos tufos. Tinha a intenção de empurrá-lo e deixá-lo ser tragado – o único tipo de enterro em que pude pensar. Ordenei a Gunga Dass que partisse.

Então, depositei o corpo na arei movediça, com cautela. Ao fazê-lo, ele estava com a face virada para baixo – rasguei o frágil e apodrecido colete cáqui para caçadas –

able, bearing a Victorian stamp, addressed to "Miss Mon…" (rest illegible) "ham"…"nt."

5. Imitation crocodile-skin notebook with pencil. First forty-five pages blank; four and a half illegible; fifteen others filled with private memoranda relating chiefly to three persons – a Mrs. L. Singleton, abbreviated several times to "Lot Single," "Mrs. S. May," and "Garmison," referred to in places as "Jerry" or "Jack."

6. Handle of small-sized hunting-knife. Blade snapped short. Buck's horn, diamond cut, with swivel and ring on the butt; fragment of cotton cord attached.

It must not be supposed that I inventoried all these things on the spot as fully as I have here written them down. The notebook first attracted my attention, and I put it in my pocket with a view of studying it later on. The rest of the articles I conveyed to my burrow for safety's sake, and there being a methodical man, I inventoried them. I then returned to the corpse and ordered Gunga Dass to help me to carry it out to the riverfront. While we were engaged in this, the exploded shell of an old brown cartridge dropped out of one of the pockets and rolled at my feet. Gunga Dass had not seen it; and I fell to thinking that a man does not carry exploded cartridge-cases, especially "browns," which will not bear loading twice, about with him when shooting. In other words, that cartridge-case had been fired inside the crater. Consequently there must be a gun somewhere. I was on the verge of asking Gunga Dass, but checked myself, knowing that he would lie. We laid the body down on the edge of the quicksand by the tussocks. It was my intention to push it out and let it be swallowed up – the only possible mode of burial that I could think of. I ordered Gunga Dass to go away.

Then I gingerly put the corpse out on the quicksand. In doing so –

it was lying face downward – I tore the frail and rotten khaki shooting-coat open, disclosing a hideous cavity in the back. I have already told you that the dry sand had, as it were, mummified the body. A moment's glance showed that the gaping hole had been caused by a gun-shot wound; the gun must have been fired with the muzzle almost touching the back. The shooting-coat, being intact, had been drawn over the body after death, which must have been instantaneous. The secret of the poor wretch's death was plain to me in a flash. Some one of the crater, presumably Gunga Dass, must have shot him with his own gun—the gun that fitted the brown cartridges. He had never attempted to escape in the face of the rifle-fire from the boat.

I pushed the corpse out hastily, and saw it sink from sight literally in a few seconds. I shuddered as I watched. In a dazed, half-conscious way I turned to peruse the notebook. A stained and discolored slip of paper bad been inserted between the binding and the back, and dropped out as I opened the pages. This is what it contained: "*Four out from crow-clump; three left; nine out; two right; three back; two left; fourteen out; two left; seven out; one left; nine back; two right; six back; four right; seven back.*" The paper had been burned and charred at the edges. What it meant I could not understand. I sat down on the dried bents turning it over and over between my fingers, until I was aware of Gunga Dass standing immediately behind me with glowing eyes and outstretched hands.

"Have you got it?" he panted. "Will you not let me look at it also? I swear that I will return it."

"Got what? Return what?" asked.

"That which you have in your hands. It will help us both." He stretched out his long, bird-like talons, trembling with eagerness.

"I could never find it," he continued. "He had secreted it about his person. Therefore I shot him, but nevertheless I was unable to obtain it."

Gunga Dass had quite forgotten his little fiction about the rifle-bullet. I received the information perfectly

descobrindo a horrenda cavidade nas costas. Já disse a você que a areia seca havia mumificado o corpo. Um olhar rápido revelou-me que o buraco fora causado por um ferimento à bala; a arma deveria ter sido disparada com o cano quase tocando as costas. O colete para caçadas, por estar intacto, fora vestido no corpo após a morte, que deve ter sido instantânea. O segredo do pobre infeliz morto foi-me revelado em um instante. Alguém na cratera, presumivelmente Gunga Dass, devia tê-lo atingido com a própria arma – a arma que combinava com o cartucho deflagrado. Ele nunca tentara escapar enfrentando os fuzis do barco.

Empurrei o corpo às pressas e o vi afundar, sumindo de vista em poucos segundos. Estremeci enquanto assistia. Aturdido e semi-consciente, retornei para ler o caderno de notas com atenção. Um pedaço de papel manchado e desbotado estava oculto entre a capa e a última folha, e caiu quando abri as páginas. Estava escrito: "*Quatro à frente da moita do corvo; três à esquerda; nove à frente; dois à direita; três atrás; dois à esquerda; catorze à frente; dois à esquerda; sete à frente; um à esquerda; nove atrás; dois à direita; seis atrás; quatro à direita; sete atrás.*" O papel estava chamuscado nas pontas. Não entendi o que significava. Sentei-me no mato seco girando-o várias vezes entre meus dedos, antes de perceber a presença de Gunga Dass parado bem atrás de mim, com olhos incandescentes e as mãos esticadas para frente.

"Você o pegou?", ele arquejou. "Não vai me deixar ver? Juro que devolverei."

"Peguei o quê? Devolver o quê?", perguntei.

"Isso que você tem nas mãos. Isso vai ajudar a nós dois." Ele estendeu as longas garras, tremendo de ansiedade.

"Nunca consegui encontrar isso", ele prosseguiu. "Ele escondera consigo. Por isso o matei, mas ainda assim fui incapaz de obtê-lo".

Gunga Dass esquecera por completo sua historinha sobre tiros de fuzil. Recebi a informação com a mais perfeita calma. A moralidade fica embotada quando se está na companhia de mortos vivos.

"A respeito do que, neste mundo, você delira? O que é que você quer que lhe entregue?"

"O pedaço de papel no caderno de notas. Isso vai ajudar a nós dois. Oh, seu idiota! Idiota! Não consegue ver o que isso fará por nós dois? Escaparemos!"

A voz dele se elevara a quase um grito, e ele dançava de excitação à minha frente. Admito que fiquei entusiasmado com a possibilidade de escapar.

"Pare de pular! Explique-se. Você quer dizer que este pedaço de papel vai nos ajudar? Como assim?"

"Leia alto! Leia alto! Rogo e imploro para o leia alto!"

Eu o fiz. Gunga Dass ouviu maravilhado, e, com os dedos, desenhou uma linha irregular na areia.

"Veja agora! Mede a distância do cano da arma dele, sem a coronha. Eu tenho os canos. Quatro canos à frente desde o local onde apanho os corvos, seguindo reto; consegue entender? Então três à esquerda. Ah! Como me lembro bem daquele homem trabalhando nisso noite após noite. Então, nove adiante, e assim segue. À frente significa sempre em linha reta antes de atravessar a areia movediça. Ele me disse isso antes de eu o matar."

"Mas, se sabia tudo isso por que não partiu antes?"

"Eu *não* sabia disso. Há um ano e meio ele me contou que trabalhava nisso, toda noite, logo depois do barco partir, e que poderia sair com segurança, beirando a areia movediça. Então ele disse que escaparíamos juntos. Mas eu temia que ele partisse e me deixasse para trás quando tivesse concluído o trabalho, então o matei. Além disso, não é aconselhável que um homem que já tenha estado aqui escape. Exceto eu, e *Eu* sou um brâmane[11]."

A perspectiva da fuga devolvera a Gunga Dass o orgulho da casta. Ele ficou em pé, andando e gesticulando com violência. Por fim consegui fazê-lo falar com calma, e ele me contou como o inglês passara seis meses, noite após noite, explorando cada centímetro da passagem através da areia movediça; como ele declarara ser simples se aproximar vinte

---

[11] Brâmane: Do sânscrito. *brâhmanas* - membros hereditários da casta sacerdotal, a primeira da tradicional estratificação social indiana; Os sacerdotes de Brama se dedicam (aos deuses, através do estudo e recitação das sagradas escrituras, assim como da execução do cerimonial religioso. N.T.

he had declared it to be simplicity itself up to within about twenty yards of the river bank after turning the flank of the left horn of the horseshoe. This much he had evidently not completed when Gunga Dass shot him with his own gun.

In my frenzy of delight at the possibilities of escape I recollect shaking hands effusively with Gunga Dass, after we had decided that we were to make an attempt to get away that very night. It was weary work waiting throughout the afternoon.

About ten o'clock, as far as I could judge, when the Moon had just risen above the lip of the crater, Gunga Dass made a move for his burrow to bring out the gun-barrels whereby to measure our path. All the other wretched inhabitants had retired to their lairs long ago. The guardian boat drifted downstream some hours before, and we were utterly alone by the crow-clump. Gunga Dass, while carrying the gun-barrels, let slip the piece of paper which was to be our guide. I stooped down hastily to recover it, and, as I did so, I was aware that the diabolical Brahmin was aiming a violent blow at the back of my head with the gun-barrels. It was too late to turn round. I must have received the blow somewhere on the nape of my neck. A hundred thousand fiery stars danced before my eyes, and I fell forwards senseless at the edge of the quicksand.

When I recovered consciousness, the Moon was going down, and I was sensible of intolerable pain in the back of my head. Gunga Dass had disappeared and my mouth was full of blood. I lay down again and prayed that I might die without more ado. Then the unreasoning fury which I had before mentioned, laid hold upon me, and I staggered inland toward the walls of the crater. It seemed that some one was calling to me in a whisper – "Sahib! Sahib! Sahib!" exactly as my bearer used to call me in the morning I fancied that I was delirious until a handful of sand fell at my feet. Then I looked up and saw a head peering down into the amphitheatre – the head of Dunnoo, my dog-boy, who attended

metros da ribanceira do rio, depois de contornar o flanco da ponta esquerda da ferradura. Era evidente que ele não tinha conseguido concluir o restante do caminho quando Gunga Dass o atingiu com a própria arma.

Em meu frenesi de satisfação pela possibilidade de fuga, recordo ter apertado com efusividade a mão de Gunga Dass, depois de termos decidido fazer uma tentativa naquela mesma noite. Foi muito tedioso ter que esperar até a noite.

Em torno das dez horas, tanto quanto pude apurar, quando a lua tinha acabado de erguer-se acima da borda da cratera, Gunga Dass moveu-se em direção à toca para buscar os canos da arma, para medirmos o caminho. Todos os outros infelizes habitantes já haviam se retirado para seus covis há muito tempo. O guardião no barco descera pela correnteza algumas horas antes, e estávamos completamente as sós na moita do corvo. Gunga Dass, enquanto carregava os canos das armas, deixou cair o pedaço de papel que deveria guiar-nos. Parei às pressas para apanhá-lo e, quando o fiz, percebi que o diabólico brâmane dirigia um violento golpe atrás da minha cabeça com a barra de ferro. Era tarde demais para desviar. Devo ter recebido o golpe na nuca. Centenas de milhares de estrelas faiscantes dançaram em frente aos meus olhos e eu caí para frente, sem sentidos, à margem da areia movediça.

Quando recobrei a consciência a lua se recolhia, e senti uma dor insuportável atrás da cabeça. Gunga Dass tinha desaparecido e minha boca estava cheia de sangue. Prostrei-me e rezei para morrer sem mais delongas. Então a fúria irracional que já mencionei antes se abateu sobre mim, e eu cambaleei em direção aos muros da cratera. Parecia que alguém sussurrava para mim – "Sahib! Sahib! Sahib!", do mesmo jeito que o meu carregador costumava me chamar pela manhã; julguei que delirava até um monte de areia cair aos meus pés. Então olhei para cima e vi uma cabeça que examinava o anfiteatro – a cabeça de Dunnoo, o jovem que tratava dos meus cães. Tão logo ele atraiu minha atenção, ergueu as mãos e mostrou-me uma corda. Acenei, ziguezagueando de um lado para outro por um instante, para ele a atirasse para mim. Era um par de cordas de couro entrelaçadas, com um laço na ponta. Deslizei o laço sobre a cabeça e prendi sob dos braços; ouvi Dunnoo impelir algo adiante; estava consciente de estar sendo puxado, com a face para baixo, para cima da escarpa de areia, e no instante seguinte me encontrava sufocando e meio desmaiado na colina de areia, acima da cratera. Dunnoo, com o rosto acinzentado sob o luar, implorou para retornarmos de imediato à minha tenda.

Parece que ele seguira o rastro de Pornic por cerca de trinta e cinco quilômetros através da areia até a cratera; retornara e avisara meus empregados, que se recusaram terminantemente a se envolver com quem quer que fosse, branco ou negro, que tivesse caído na horrenda Vila dos Mortos; depois disso, Dunnoo pegou um de meus cavalos, um par de cordas, retornou à cratera e me rebocou para fora, como descrevi.

Para encurtar uma história longa, Dunnoo é agora meu ajudante particular, por um mohur de ouro por mês – quantia que ainda considero baixa demais pelos serviços prestados. Nada neste mundo faria com que me aproximasse daquele lugar demoníaco outra vez, ou revelar sua localização com mais clareza do que o fiz. Nunca mais encontrei o menor traço de Gunga Dass, não que tenha procurado. Meu único motivo para permitir a publicação deste relato é a esperança de identificar, pelos detalhes do inventário que forneci, o corpo do homem que usava o colete de caçador verde-oliva[12].

---

[12] Segundo John McGivering, membro da The Kipling Society em suas notas publicadas quando este conto foi publicado pela primeira vez no *Indian Railway Library* este último parágrafo final foi omitido de outras versões posteriores. N.T.

Primeira publicação
The Phantom Rickshaw
and other Eerie Tales
1888

O Homem que Queria Ser Rei
The Man Who Would Be King

Brother to a Prince and fellow to a beggar if he be found worthy

Irmão de um Príncipe e companheiro de um mendigo, se ele este for valoroso[1].

The Law, as quoted, lays down a fair conduct of life, and one not easy to follow. I have been fellow to a beggar again and again under circumstances which prevented either of us finding out whether the other was worthy. I have still to be brother to a Prince, though I once came near to kinship with what might have been a veritable King, and was promised the reversion of a Kingdom – army, lawcourts, revenue, and policy all complete. But, today, I greatly fear that my King is dead, and if I want a crown I must go hunt it for myself.

The beginning of everything was in a railway train upon the road to Mhow from Ajmir. There had been a Deficit in the Budget, which necessitated travelling, not Second-class, which is only half as dear as Firstclass, but by Intermediate, which is very awful indeed. There are no cushions in the Intermediate class, and the population are either Intermediate, which is Eurasian, or native,

A lei, como foi escrita, dispõe uma conduta de vida regrada e difícil de ser seguida. Mais de uma vez fui companheiro de um mendigo, sob circunstâncias que nos impediam descobrir se merecíamos um ao outro. Ocorreu-me, ainda, ser irmão de um príncipe, pois certa vez estive próximo das afinidades que deve possuir um verdadeiro rei, e foi prometido o direito a um reino – exército, tribunais, receita pública e sistema político, tudo incluso. Mas, hoje, temo que meu rei esteja morto e se eu quiser uma coroa, deverei conquistá-la por conta própria.

Tudo começou em uma ferrovia, a bordo de um trem na estrada para Mhow, partindo de Ajmir. Havia um déficit no orçamento[2], o que me obrigou a viajar não na segunda classe, que é apenas metade inferior à primeira classe, mas na classe intermediária, que é muito desagradável. Não há assentos almofadados na classe intermediária, e os que a freqüentam também são

[1] Referência a uma passagem do material instrucional de um dos Ritos maçônicos professados na Inglaterra: [...] "A free man, born of a free woman, brother to King, fellow to a Prince – or to a beggar, if a Mason, and found worthy." – "Um homem livre, nascido de uma mulher livre, irmão de um Rei, companheiro de um Príncipe – ou de um mendigo, se Maçom e considerado digno". - N.T.
[2] Os estudiosos de Rudyard Kipling sustentam que o autor não sabia administrar o próprio dinheiro, o que justificaria o fato de viajar em condições tão precárias. N.T.

intermediários, quer dizer: europeus; indianos, o que para uma longa noite de viagem é detestável; ou vadios, que são divertidos, apesar de embriagados. Intermediários não têm direito ao vagão restaurante. Carregam a comida em trouxas ou potes, compram doces dos vendedores nativos e bebem a água do rio à margem da ferrovia. Por isso na estação quente os intermediários são retirados mortos dos vagões, e, independente da temperatura, é próprio tratá-los como inferiores.

Ocorreu do meu vagão intermediário estar vazio até a chegada em Nasirabad, quando entrou um cavalheiro com enormes sobrancelhas negras, em mangas de camisa, e, conforme o costume dos intermediários, ficou matando o tempo. Ele era um errante e um vagabundo, mas com um gosto refinado para whisky. Contou-me histórias sobre coisas que tinha visto e feito longe dos limites do império, por onde andara, e as aventuras em que arriscara a vida por alimento.

"Se a Índia estivesse cheia de homens como eu e você, iguais a corvos que não sabem onde comerão no dia seguinte, não seriam arrecadados setenta milhões em impostos nesta terra – seriam setecentos milhões", disse; e quando olhei para sua boca e seu queixo, me dispus a concordar com ele.

Falamos sobre política – a política do reino dos desocupados, que vê as coisas desde baixo, sem retoques – e falamos sobre assuntos do correio, pois meu amigo queria enviar um telegrama da próxima estação para Ajmir, o retorno de Bombaim para a linha Mhow quando se viaja para oeste. Meu amigo não tinha nada além de oito annas, que reservara para o jantar, e eu não possuía nenhum dinheiro devido à restrição no orçamento à que me referi anteriormente. Além do mais, eu me dirigia a um deserto onde, embora eu devesse manter contato com o Ministério da Fazenda, não havia postos telegráficos. Sendo assim, eu não estava em condições de ajudá-lo de jeito algum.

"Devemos ameaçar o chefe da estação e fazê-lo enviar um telegrama a crédito", disse meu amigo, "mas isso significa que seremos submetidos a inquérito, e *eu* ando muito ocupado por estes dias. Você disse que retornará por esta linha qualquer dia desses?"

which for a long night journey is nasty, or Loafer, which is amusing though intoxicated. Intermediates do not buy from refreshment-rooms. They carry their food in bundles and pots, and buy sweets from the native sweet-meat-sellers, and drink the road-side water. That is why in the hot weather Intermediates are taken out of the carriages dead, and in all weathers are most properly looked down upon.

My particular Intermediate happened to be empty till I reached Nasirabad, when a big black-browed gentleman in shirt-sleeves entered, and, following the custom of Intermediates, passed the time of day. He was a wanderer and a vagabond like myself, but with an educated taste for whisky. He told tales of things he had seen and done, of out-of-the-way corners of the Empire into which he had penetrated, and of adventures in which he risked his life for a few days' food.

'If India was filled with men like you and me, not knowing more than the crows where they'd get their next day's rations, it isn't seventy millions of revenue the land would be paying – it's seven hundred millions,' said he; and as I looked at his mouth and chin I was disposed to agree with him.

We talked politics – the politics of Loaferdom, that see things from the underside where the lath and plaster is not smoothed off – and we talked postal arrangements because my friend wanted to send a telegram back from the next station to Ajmir, the turning-off place from the Bombay to the Mhow line as you travel westward. My friend had no money beyond eight annas, which he wanted for dinner, and I had no money at all, owing to the hitch in the Budget before mentioned. Further, I was going into a wilderness where, though I should resume touch with the Treasury, there were no telegraph offices. I was, therefore, unable to help him in any way.

'We might threaten a Station-master, and make him send a wire on tick,' said my friend, 'but that'd mean inquiries for you and for me, and I've got my hands full these days. Did you say you are travelling back along this line within any days?'

'Within ten,' I said.

'Can't you make it eight?' said he. 'Mine is rather urgent business.'

'I can send you telegram within ten days if that will serve you,' I said.

'I couldn't trust the wire to fetch him now I think of it. It's this way. He leaves Delhi on the 23rd for Bombay. That means he'll be running through Ajmir about the night of the 23rd.'

'But I'm going into the Indian Desert,' I explained.

'Well *and* good,' said he. 'You'll be changing at Marwar Junction to get into Jodhpore territory – you must do that – and he'll be coming through Marwar Junction in the early morning of the 24th by the Bombay Mail. Can you be at Marwar Junction on that time? 'Twon't be inconveniencing you because I know that there's precious few pickings to be got out of these Central Indian States – even though you pretend to be correspondent of the *Backwoodsman*.'

'Have you ever tried that trick?' I asked.

'Again and again, but the Residents find you out, and then you get escorted to the Border before you've time to get your knife into them. But about my friend here. I *must* give him a word o' mouth to tell him what's come to me or else he won't know where to go. I would take it more than kind of you if you was to come out of Central India in time to catch him at Marwar Junction, and say to him: "He has gone South for the week." He'll know what that means. He's a big man with a red beard, and a great swell he is. You'll find him sleeping like a gentleman with all his luggage round him in a Second-class compartment. But don't you be afraid. Slip down the window, and say: "He has gone South for the week," and he'll tumble. It's only cutting your time of stay in those parts by two days. I ask you as a stranger – going to the West.' He said with emphasis.

"Em dez dias", respondi.

"Não podem ser oito?", disse ele. "O meu assunto é muito mais urgente".

"Poderei enviar seu telegrama em dez dias, se adiantar para você", disse.

"Pensando melhor, não confio que o telegrama será enviado. Este é o caminho. Ele parte de Delhi no dia 23, com destino a Bombaim. Isso significa que viajará por Ajmir na noite do dia 23."

"Mas eu vou para o deserto indiano", expliquei.

"Tanto *melhor*", disse ele. "Você fará baldeação na conexão de Marwar para ir ao território de Jodhpore – você tem que fazer isso – e ele chagará pela conexão de Marwar cedo na manhã do dia 24, pelo correio de Bombaim. Pode chegar à conexão de Marwar na hora? Não quero causar problema para você porque sei que há poucas coisas preciosas para serem apanhadas nesses estados indianos centrais – mesmo quando se finge ser um correspondente do *Backwoodsman*[3]."

"Já tentou essa proeza?", perguntei.

"Por várias vezes, mas os habitantes descobrem e então você é escoltado para a fronteira antes de ter tempo de esfaqueá-los. Mas, a respeito do meu amigo aqui. Eu tenho que enviar uma mensagem dizendo o que aconteceu comigo ou ele não saberá para onde ir. Eu consideraria mais que uma gentileza sua se pudesse voltar da Índia Central a tempo de alcançá-lo na conexão de Marwar e dizer-lhe: "Ele foi para o Sul por uma semana". Ele saberá o que significa. Ele é um homem grande, com barba ruiva e muito elegante. Você o encontrará dormindo como um cavalheiro, com toda a bagagem ao redor, em um vagão de segunda classe. Mas não se intimide. Baixe a janela e diga: "Ele foi para o Sul por uma semana", e ele dará um salto. É só encurtar sua estadia em alguns lugares por dois dias. Peço-lhe isso como um estranho – que vai para o Ocidente[4]", dizendo isso com ênfase.

---

[3] Apelido do jornal The Pionner, de quem Kipling era correspondente. Utilizado em geral pelos chantagistas. N.T.

[4] "Ir para o Ocidente... Vir do Oriente... no Esquadro... por amor à minha Mãe". Palavras proferidas nos rituais maçônicos, o que marca a ligação do personagem e de Kipling com a Maçonaria. N.T.

O Homem que Queria Ser Rei

"De onde *vindes*?", disse eu.

"Do Oriente", disse ele, "e eu espero que transmita a ele a mensagem sobre o Esquadro – pelo bem de minha Mãe, assim como da sua".

Ingleses não costumam amolecer com apelos à memória de suas mães, mas por certas razões, que ficarão bastante claras, achei conveniente concordar.

"É mais do que um probleminha", disse ele, "e é por isso que pedi a você para fazer isso – e agora sei que posso depender de você para fazê-lo. Um vagão de segunda classe na conexão de Marwar, e um homem ruivo dormindo dentro. Esteja certo de lembrar-se. Eu desço na próxima estação, e deverei ficar por lá até que ele venha ou envie o que eu quero".

"Darei a mensagem se conseguir alcançá-lo", disse, "e por amor à sua Mãe e à minha eu lhe darei um conselho. Não tente ir aos estados indianos centrais se fazendo passar como um correspondente do *Backwoodsman*. Há um verdadeiro indo para aquela região, e isso pode lha causar problemas."

"Obrigado", disse ele apenas, "e quando o porco irá embora? Não posso morrer de fome porque ele está fazendo o meu trabalho. Queria encontrar o rajá Degumber por estas bandas e falar-lhe sobre a viúva do pai dele, e pular sobre ele".

"O que ele fez para a viúva do pai dele, afinal?"

"Encheu-a de pimenta vermelha e golpeou-a com um chinelo até a morte enquanto ela estava pendurada em uma trave. Descobri isso sozinho e sou o único homem que ousaria ir ao estado e chantageá-lo com isso. Eles tentarão me envenenar, como fizeram em Chortuma quando fiz um saque por lá. Mas você transmitirá meu recado ao homem na conexão de Marwar?"

Ele desceu em uma pequena estação ao lado da estrada, e pensei. Eu ouvi, mais de uma vez, sobre homens que se faziam passar por correspondentes de jornais e extorquiam pequenos estados indianos com ameaças de denúncias, mas nunca tinha encontrado ninguém desse tipo. Eles levavam uma vida difícil, e em geral morriam de modo repentino. Os estados indianos tinham um horror justificável pelos jornais ingleses

'Where have *you* come from?' said I.

'From the East,' said he, 'and I am hoping that you will give him the message on the Square – for the sake of my Mother as well as your own.'

Englishmen are not usually softened by appeals to the memory of their mothers, but for certain reasons, which will be fully apparent, I saw fit to agree.

'It's more than a little matter,' said he, 'and that's why I asked you to do it – and now I know that I can depend on you doing it. A Second-class carriage at Marwar Junction, and a red-haired man asleep in it. You'll be sure to remember. I get out at the next station, and I must hold on there till he comes or sends me what I want.'

'I'll give the message if I catch him,' I said, 'and for the sake of your Mother as well as mine I'll give you a word of advice. Don't try to run the Central Indian States just now as the correspondent of the *Backwoods-man*. There's a real one knocking about here, and it might lead to trouble.'

'Thank you,' said he simply, 'and when will the swine be gone? I can't starve because he's ruining my work. I wanted to get hold of the Degumber Rajah down here about his father's widow, and give him a jump.'

'What did he do to his father's widow, then?'

'Filled her up with red pepper and slippered her to death as she hung from a beam. I found that out myself, and I'm the only man that would dare going into the State to get hush-money for it. They'll try to poison me, same as they did in Chortumna when I went on the loot there. But you'll give the man at Marwar Junction my message?'

He got out at a little roadside station, and I reflected. I had heard, more than once, of men personating correspondents of newspapers and bleeding small Native States with threats of exposure, but I had never met any of the caste before. They led a hard life, and generally die with great suddenness. The Native States have a wholesome horror of English newspapers which may throw light on their peculiar methods of government, and do their best to choke correspondents with champagne, or drive them out of their mind with four-in-hand barouches. They do not understand that nobody cares a straw for the internal administration of Native States so long as oppression and crime are kept within decent limits, and the ruler is not drugged, drunk, or diseased from one end of the year to the other. They are the dark places of the earth, full of unimaginable cruelty, touching the Railway and the Telegraph on one side, and, on the other, the days of Harun-al-Raschid. When I left the train I did business with divers Kings, and in eight days passed through many changes of life. Sometimes I wore dress-clothes and consorted with Princes and Politicals, drinking from crystal and eating from silver. Sometimes I lay out upon the ground and devoured what I could get, from a plate made of leaves, and drank the running water, and slept under the same rug as my servant. It was all in the day's work.

Then I headed for the Great Indian Desert upon the proper date, as I had promised, and the night Mail set me down at Marwar Junction, where a funny, little, happy-go-lucky, native-managed railway runs to Jodhpore. The Bombay Mail from Delhi makes a short halt at Marwar. She arrived as I got in, and I had just time to hurry to her platform and go down the carriages. There was only one Second-class on the train. I slipped the window and looked down upon a flaming red beard, half covered by a railway rug. That was my man, fast asleep, and I dug him gently in the ribs. He woke with a grunt, and I saw his face in the light of the lamps. It was a great and shining face.

'Tickets again?' said he.

'No,' said I. 'I am to tell you that he is gone South for the week. He has gone South for the week!'

The train had begun to move out. The red man rubbed his eyes. 'He has gone South for the week,' he repeated. 'Now that's just like his impidence. Did he say that I was to give you anything? 'Cause I won't.'

que pudessem divulgar seus métodos peculiares de governar, e faziam o que podiam para sufocar os correspondentes com champanhe ou fazê-los perder a cabeça com carruagens suntuosas. Eles não entendem que ninguém dá a menor importância para a administração interna dos estados indianos desde que a opressão e os crimes sejam mantidos em limites toleráveis, e o soberano não seja drogado, bêbado ou esteja enfermo por mais de um ano. Aqueles eram os lugares escuros da terra, repletos de crueldade inimaginável, que alcançavam a ferrovia e o telégrafo por um lado, e por outro lado, se submetiam a Harun-al-Rashid[6]. Quando deixei o trem, tratei de assuntos com vários reis, e em oito dias conheci diferentes estilos de vida. Algumas vezes usei trajes de gala e acompanhei príncipes e políticos, bebendo em taças de cristal e comendo em discos de prata. Outras vezes dormi no chão e comi o que encontrei, em um prato de folhas, bebi água corrente e dormi sob a mesma manta que meu ajudante. Variava conforme o dia de trabalho.

Assim, na data prevista, me dirigi para o grande deserto indiano, como prometi, e o correio da noite me deixou na conexão de Marwar, em uma ferrovia divertida, pequena e despojada, gerenciada por indianos, que seguia para Jodhpore. O correio de Bombaim vindo de Delhi fez uma curta parada em Marwar. Chegamos juntos, e eu estava em cima da hora para correr à plataforma e descer até os vagões. Havia apenas um da segunda classe em todo o trem. Baixei a janela e avistei a barba ruiva, flamejante, meio coberta pela manta do trem. Era quem procurava, dormindo profundamente, e eu o toquei com delicadeza nas costas. Ele acordou com um resmungo, e vi seu rosto sob a luz da lâmpada. Era um rosto notável e iluminado.

"Passagens, de novo?", disse ele.

"Não", disse eu, "vim para dizer-lhe que ele foi para o sul por uma semana. Ele foi para o sul por uma semana!"

O trem começou a se mover. O homem ruivo esfregou os olhos. "Ele foi para o sul por uma semana", ele repetiu. "Agora é só seguir como o combinado. Ele disse que eu lhe daria alguma coisa? Porque eu não vou."

---

[6] Harun-al-Rashid (763–809), califa de Bagdá, famoso pelas histórias das *Mil e Uma Noites*. N.T.

"Não", disse eu, afastando-me e assistindo às luzes vermelhas sumirem no escuro. Fazia um frio terrível, pois o vento soprava a areia distante. Subi em meu próprio trem – não era um intermediário desta vez – e dormi.

Se o homem barbado tivesse me dado uma rúpia eu a teria guardado com lembrança de um caso bastante curioso. Mas a consciência de ter cumprido a obrigação foi minha única recompensa.

Mais tarde refleti que dois cavalheiros como os meus amigos não poderiam fazer nenhum bem caso se associassem e se fizessem passar por correspondentes de jornais, e poderiam, caso chantageassem um dos pequenos estados ratoeiras da Índia Central ou Rajputana do Sul, ter sérias dificuldades. Por isso me dei ao trabalho de procurar pessoas interessadas em deportá-los e descrevê-los da forma mais precisa que pude lembrar; e ocorreu, como fui informado mais tarde, de terem sido enviados de volta das fronteiras de Degumber.

Com isso tornei-me respeitável, e retornei à Redação onde não havia reis nem incidentes além da confecção diária de um jornal. A Redação de um jornal parece atrair todo tipo imaginável de pessoas, em prejuízo da disciplina. Damas da missão de Zenana chegam e imploram ao editor que abandone de imediato todas as obrigações para descrever a quermesse cristã em uma periferia miserável de um vilarejo longínquo. Coronéis que perderam suas promoções sentam-se e rascunham em linhas gerais uma série de dez, doze ou vinte e quatro editoriais sobre Precedência *versus* Seleção; missionários querem saber por que não lhes foi permitido esquivarem-se dos insultos nas publicações regulares e juram que outro missionário tem proteção especial do editorial *We*; companhias teatrais em dificuldades vêm em tropa explicar que não podem pagar pelo anúncio publicitário, mas que quando retornarem da Nova Zelândia ou do Tahiti, pagarão tudo com juros; inventores de máquinas para mover *punkahs*[6], carruagens acopladas, espadas inquebráveis e eixos de rodas fazem visitas trazendo as especificações nos bolsos e com muito tempo disponível;

---

[6] Hindi: *pakha*. Leque indiano grande, de tecido, preso em uma armação suspensa no teto; é movido para frente e para trás com o puxar de uma corda; espécie de ventarola. N.T.

'He didn't,' I said, and dropped away, and watched the red lights die out in the dark. It was horribly cold because the wind was blowing off the sands. I climbed into my own train – not an Intermediate Carriage this time – and went to sleep.

If the man with the beard had given me a rupee I should have kept it as a memento of a rather curious affair. But the consciousness of having done my duty was my only reward.

Later on I reflected that two gentlemeh like my friends could not do any good if they forgathered and personated correspondents of newspapers, and might, if they blackmailed one of the little rat-trap states of Central India or Southern Rajputana, get themselves into serious difficulties. I therefore took some trouble to describe them as accurately as I could remember to people who would be interested in deporting them; and succeeded, so I was later informed, in having them headed back from the Degumber borders.

Then I became respectable, and returned to an Office where there were no Kings and no incidents outside the daily manufacture of a newspaper. A newspaper office seems to attract every conceivable sort of person, to the prejudice of discipline. Zenana-mission ladies arrive, and beg that the Editor will instantly abandon all his duties to describe a Christian prize-giving in a back-slum of a perfectly inaccessible village; Colonels who have been overpassed for command sit down and sketch the outline of a series of ten, twelve, or twenty-four leading articles on Seniority *versus* Selection; Missionaries wish to know why they have not been permitted to escape from their regular vehicles of abuse and swear at a brother-missionary under special patronage of the editorial We; stranded theatrical companies troop up to explain that they cannot pay for their advertisements, but on their return from New Zealand or Tahiti will do so with interest; inventors of patent punkah-pulling machines, carriage couplings, and unbreakable swords and axle-trees, call with specifications in their pockets and hours at their disposal; tea-companies enter and elaborate their prospectuses with the office pens; secretaries of ball-committees clamour to have the glories of their last dance more fully described; strange ladies rustle in and say, 'I want a hundred lady's cards printed *at once*, please,' which is manifestly part of an Editor's duty; and every dissolute ruffian that ever tramped the Grand Trunk Road makes it his business to ask for employment as a proof-reader. And, all the time, the telephone-bell is ringing madly, and Kings are being killed on the Continent, and Empires are saying, 'You're another,' and Mister Gladstone is calling down brimstone upon the British Dominions, and the little black copy-boys are whining, *'kaa-pi chay-ha-yeh'* like tired bees, and most of the paper is as blank as Modred's shield.

But that is the amusing part of the year. There are six other months when none ever comes to call, and the thermometer walks inch by inch up to the top of the glass, and the office is darkened to just above reading-light, and the press-machines are red-hot of touch, and nobody writes anything but accounts of amusements in the Hill-stations or obituary notices. Then the telephone becomes a tinkling terror, because it tells you of the sudden deaths of men and women that you knew intimately, and the prickly-heat covers you with a garment, and you sit down and write: 'A slight increase of sickness is reported from the Khuda Janta Khan District. The outbreak is purely sporadic in its nature, and, thanks to the energetic efforts of the District authorities, is now almost at an end. It is, however, with deep regret we record the death, etc.'

Then the sickness really breaks out, and the less recording and reporting the better for the peace of the subscribers. But the Empires and the Kings continue to divert them-

organizadores de eventos entram e elaboram seus prospectos com as canetas do escritório; secretárias de comitês de baile clamam para terem as glórias da última festa descritas com detalhes; damas desconhecidas sussurram e dizem; "Quero que imprima cem cartões de visitas *agora*, por favor", o que visivelmente faz parte das funções de um editor; e todo bandido dissoluto que já percorreu a grande estrada do entroncamento central tem por função pedir emprego de revisor de provas. E, o tempo todo, o telefone toca feito louco, reis são mortos no continente, imperadores fazem declarações; e o sr. Gladstone[7] fala mal das colônias britânicas; os meninos negros, mensageiros da redação, relincham "*Kaapi chay-ha-yeh*[8]" como abelhas cansadas; e a maioria do papel é tão alvo quanto o escudo de Modred[9].

Mas esse é o período mais divertido do ano. Durante os outros seis meses ninguém faz visitas, e o termômetro sobre centímetro por centímetro até atingir o topo, o escritório é escurecido até o limite que permita a leitura, as prensas rotativas ficam vermelhas de tão quentes e ninguém escreve nada exceto a narrativa de entretenimentos das bases[10] que ficam nas colinas ou notas de obituário. Então o telefone se torna o tilintar do horror, pois anuncia a morte súbita de amigos íntimos, o calor incômodo o recobre como uma vestimenta, você se senta e escreve: "O distrito de Khuda Janta Khan[11] registrou um leve aumento da epidemia. A deflagração é de natureza meramente esporádica e, graças aos esforços enérgicos das autoridades do distrito, está quase no fim agora. É, no entanto, com grande pesar que registramos a morte de... etc."

Então a epidemia se alastra de verdade, e quanto menos registros e reportagens a respeito, melhor para a paz

[7] Refere-se a William Ewart Gladstone (1809–1898), primeiro ministro do Reino Unido, político do Partido Liberal e desafeto de Kipling. N.T.

[8] "Quero uma cópia." N.T.

[9] Personagem do Ciclo do Rei Arthur. O escudo dos cavaleiros costumava trazer insígnias designativas, no entanto, como Mordred não realizara nenhum feito heróico, o seu estava "em branco". N.T.

[10] *Station*: base ou estação. No contexto dos contos presentes neste livro, refere-se à área reservada às famílias inglesas dentro de um distrito indiano. Em geral, ficava próxima às estradas principais e às cidades nativas. Ali os ingleses se fechavam em uma sociedade restrita, alojados em bangalôs modernos e suntuosos em sua maioria. N.T.

[11] *Uma ironia*. Tradução literal: Deus conhece a cidade, que pode ser traduzido livremente como "Só Deus sabe onde". N.T.

O Homem que Queria Ser Rei

dos assinantes. Mas imperadores e reis continuam a se divertirem com tanto egoísmo quanto antes, e o diretor do jornal acha que um jornal diário tem mesmo que ser editado a cada vinte e quatro horas, e toda a população das bases das colinas dizem, enquanto se divertem: "Santo Deus! Por que o jornal não pode ser mais animado? Tenho certeza de que há um monte de coisas acontecendo por aqui."

Esse é o lado negro da lua, e, como dizem as propagandas: "tem que ser provado para se apreciado".

Eu estava nessa estação do ano, uma estação maligna em particular, quando o jornal começou a rodar a última edição da semana no sábado à noite, o que significa domingo de manhã, segundo o costume dos jornais ingleses. Isso era bastante conveniente, pois logo que o papel era posto na prensa, com o amanhecer, o termômetro baixava de 36ºC. para quase 29ºC. durante meia hora, e graças ao resfriamento – você não tem idéia de como 29ºC. à sombra pode ser frio até começar a rezar por isso – e um homem bastante cansado podia dormir um pouco antes do calor aumentar de novo.

No sábado à noite eu tinha o prazer de colocar sozinho o papel na prensa. Um rei, um cortesão ou cortesã ou alguém da sociedade poderia morrer ou promulgar uma nova Constituição, ou fazer qualquer coisa que fosse importante do outro lado do mundo, e o jornal deveria esperar até o último minuto antes de ser rodado, devido à possibilidade de receber um telegrama.

A noite estava escura como breu, como as noites asfixiantes de junho podem ser, e o *loo*, o vento ardido que vem do oeste, soprava entre as árvores ressecadas, aparentando que a chuva não tardaria. Vez por outra, um punhadinho de água quase em ebulição caía na poeira como o pulo de um sapo, mas nosso mundo exausto sabia ser pura pretensão. A sala da oficina estava mais fresca que a redação, por isso fiquei lá, escutando o tique-taque dos tipos, os noitibós piarem nas janelas, e os linotipistas semi despidos enxugando o suor da testa e pedindo água. O que nos segurava, não importa o que fosse, não chegaria, apesar do *loo* ter partido, do último tipo ter sido ajustado e de todo o mundo ao redor estar

selves as selfishly as before, and the Foreman thinks that a daily paper really ought to come out once in twenty-four hours, and all the people at the Hill-stations in the middle of their amusements say: 'Good gracious! Why can't the paper be sparkling? I'm sure there's plenty going on up here.'

That is the dark half of the moon, and, as the advertisements say, 'must be experienced to be appreciated'.

It was in that season, and a remarkably evil season, that the paper began running the last issue of the week on Saturday night, which is to say Sunday morning, after the custom of a London paper. This was a great convenience, for immediately after the paper was put to bed, the dawn would lower the thermometer from 96° to almost 84° for half an hour, and in that chill – you have no idea how cold is 84° on the grass until you begin to pray for it – a very tired man could get off to sleep ere the heat roused him.

One Saturday night it was my pleasant duty to put the paper to bed alone. A King or courtier or a courtesan or a Community was going to die or get a new Constitution, or do something that was important on the other side of the world, and the paper was to be held open till the latest possible minute in order to catch the telegram.

It was a pitchy black night, as stifling as a June night can be, and the *loo*, the red-hot wind from the westward, was booming among the tinder-dry trees and pretending that the rain was on its heels. Now and again a spot of almost boiling water would fall on the dust with the flop of a frog, but all our weary world knew that was only pretence. It was a shade cooler in the press-room than the office, so I sat there, while the type ticked and clicked, and the night-jars hooted at the windows, and the all but naked compositors wiped the sweat from their foreheads, and called for water. The thing that was keeping us back, whatever it was, would not come off, though the *loo* dropped and the last type was set, and the whole round earth stood still in the choking heat, with its finger on its lip, to wait the event. I drowsed, and wondered whether the telegraph was a blessing, and whether this dying man, or struggling people, might be aware of the inconvenience the delay was causing. There was no special reason beyond the heat and worry to make tension, but, as the clock-hands crept up to three o'clock, and the machines spun their flywheels two or three times to see that all was in order before I said the word that would set them off, I could have shrieked aloud.

Then the roar and rattle of the wheels shivered the quiet into little bits. I rose to go away, but two men in white clothes stood in front of me. The first one said: 'It's him!' The second said: 'So it is!' And they both laughed almost as loudly as the machinery roared, and mopped their foreheads. 'We seed there was a light burning across the road, and we were sleeping in that ditch there for coolness, and I said to my friend here, 'The office is open'. Let's come along and speak to him as turned us back from the Degumber State,' said the smaller of the two. He was the man I had met in the Mhow train, and his fellow was the red-bearded man of Marwar Junction. There was no mistaking the eyebrows of the one or the beard of the other.

I was not pleased, because I wished to go to sleep, not to squabble with loafers. 'What do you want?' I asked.

'Half an hour's talk with you, cool and comfortable, in the office,' said the red-bearded man. 'We'd *like* some drink – the Contrack doesn't begin yet, Peachey, so you needn't look – but what we really want is advice. We don't want money. We ask you as a favour, because we found out you did us a bad turn about Degumber State.'

I led from the press-room to the stifling office with the maps on the walls, and the red-haired man rubbed his hands. 'That's something like,' said he. 'This was the proper shop to come to.

estagnado pelo calor sufocante, com o dedo nos lábios, esperando o evento. Eu cochilei, imaginando se o telégrafo seria mesmo uma benção, e se aqueles homens moribundos ou os povos em luta estariam cientes da inconveniência do atraso que provocavam. Não havia nenhuma razão especial além do calor e da inquietação para estar tenso, mas, quando os ponteiros do relógio marcaram três horas e as máquinas rodaram as folhas avulsas duas ou três vezes para ver se estava tudo em ordem antes de eu autorizar o início da impressão, eu poderia ter dado uma gargalhada.

Então o rugido e o estrépito das prensas romperam aos poucos a quietude. Levantei-me para ir embora, mas dois homens vestidos de branco pararam à minha frente. O primeiro disse: "É ele!". E o segundo: "Sim, é ele!". Ambos riram quase tão alto quanto o barulho das máquinas e enxugaram a testa. "Dormíamos naquela vala para refrescar quando vimos que havia uma luz ardendo do outro lado da rua, então eu disse para o meu amigo aqui: 'O escritório está aberto. Vamos lá falar com o homem que nos deportou do estado de Degumber", disse o mais baixo. Era o homem que encontrei no trem de Mhow, e seu companheiro era o de barba ruiva da conexão de Marwar. Não havia como confundir as sobrancelhas de um ou a barba do outro.

Não tive prazer em revê-los, pois queria dormir em vez de discutir com safados. "O que querem?", perguntei.

"Conversar com você por meia hora, refrescados e confortáveis, no escritório", disse o de barba ruiva. "Bem, eu *quero* uma bebida – o Contrato ainda não está valendo, Peachey, por isso não me olhe assim – mas o que queremos na verdade é um conselho. Não queremos dinheiro. Pedimos a você como um favor, porque consideramos que nos deve isso em troca do ocorrido no estado de Degumber".

Levei-os da oficina ao escritório abafado com mapas cobrindo as paredes, e o homem ruivo esfregou as mãos. "Era o que procurávamos", disse ele. "Este é o lugar ideal para virmos. Agora, senhor, deixe-me apresentar-lhe o Irmão Peachey Carnehan, que é ele, e o Irmão Daniel Dravot, que sou eu, e quanto menos falarmos sobre nossas profissões, melhor, pois já fizemos muita coisa nesta vida. Soldados, marinheiros, compositores, fotógrafos, revisores de provas, pregadores e correspondentes do *Backwoodsman*, quando julgamos que o jornal necessitava de um. Carnehan está sóbrio, assim como eu. Olhe para nós agora e confirme por si mesmo. Peço que se abstenha de interromper meu discurso. Cada um de nós pegará um charuto seu, e você nos verá acendê-los".

Assisti ao teste. Os homens estavam absolutamente sóbrios, assim servi a cada um uma dose generosa de whisky com soda.

"Muito *bem*", disse Carnehan, o de sobrancelhas grossas, enxugando a espuma do bigode. "Deixe-me falar agora, Dan. Já atravessamos toda Índia, a maior parte a pé. Fomos montadores de caldeiras, maquinistas de trem, pequenos empreiteiros e tudo o mais, e decidimos que a Índia não é grande o bastante para nós".

Com certeza eles eram grandes demais para aquele escritório. Quando se sentaram à mesa, a barba de Dravot parecia preencher metade da sala e os ombros de Carnehan, a outra metade. Carnehan prosseguiu: "O país não foi nem metade desenvolvido porque os governos não deixam tocarem nele. Eles desperdiçam todo o tempo abençoado em governá-lo, e você não pode erguer uma pá, nem uma lasca de pedra, nem procurar por petróleo ou qualquer coisa do tipo sem que o governo diga: 'Deixe essa terra em paz, e deixe-nos governar'. Por isso, por ser *desse* jeito, vamos deixá-los em paz, seguiremos para outro lugar onde um homem não é oprimido e pode seguir por conta própria. Não somos homens sem valor, e não temos medo de nada, exceto da bebida, e assinamos um contrato a esse respeito. *Portanto*, estamos partindo para sermos reis."

"Reis por nosso próprio mérito", murmurou Dravot.

"Claro", eu disse. "Vocês têm perambulado sob o sol, a noite está quente demais, não seria melhor amadurecerem mais a idéia? Voltem amanhã."

"Nem bêbados, nem com insolação", disse Dravot. "Nós estamos amadurecendo a idéia há seis meses, pesquisamos livros e atlas, e decidimos que agora só existe um único lugar no mundo que dois homens fortes podem

Now, Sir, let me introduce to you Brother Peachey Carnehan, that's him, and Brother Daniel Dravot, that is *me*, and the less said about our professions the better, for we have been most things in our time. Soldier, sailor, compositor, photographer, proof-reader, street-preacher, and correspondents of the *Backwoodsman* when we thought the paper wanted one. Carnehan is sober, and so am I. Look at us first, and see that's sure. It will save you cutting into my talk. We'll take one of your cigars apiece, and you shall see us light up.'

I watched the test. The men were absolutely sober, so I gave them each a tepid whisky and soda.

'Well *and* good,' said Carnehan of the eyebrows, wiping the froth from his moustache. 'Let me talk now, Dan. We have been all over India, mostly on foot. We have been boiler-fitters, engine-drivers, petty contractors, and all that, and we have decided that Indian isn't big enough for such as us.'

They certainly were too big for the office. Dravot's beard seemed to fill half the room and Carnehan's shoulders the other half, as they sat on the big table. Carnehan continued: 'The country isn't half worked out because they that governs it won't let you touch it. They spend all their blessed time in governing it, and you can't lift a spade, nor chip a rock, nor look for oil, nor anything like that, without all the Government saying, "Leave it alone, and let us govern." Therefore, such *as* it is, we will let it alone, and go away to some other place where a man isn't crowded and can come to his own. We are not little men, and there is nothing that we are afraid of except Drink, and we have signed a Contrack on that. *Therefore*, we are going away to be Kings.'

'Kings in our own right,' muttered Dravot.

'Yes, of course,' I said. 'You've been tramping in the sun, and it's a very warm night, and hadn't you better sleep over the notion? Come to-morrow.'

'Neither drunk nor sunstruck,' said Dravot. 'We have slept over the notion half a year, and require to see

Books and Atlases, and we have decided that there is only one place now in the world that two strong men can Sar-a-*whack*. They call it Kafiristan. By my reckoning it's the top right-hand corner of Afghanistan, not more than three hundred miles from Peshawar. They have two-and-thirty heathen idols there, and we'll be the thirty-third and thirty-fourth. It's a mountainous country, and the women of those parts are very beautiful.'

'But that is provided against in the Contrack,' said Carnehan. 'Neither Woman nor Liquor, Daniel.'

'And that's all we know, except that no one has gone there, and they fight, and in any place where they fight a man who knows how to drill men can always be a King. We shall go to those parts and say to any King we find: "D'you want to vanquish your foes?" and we will show him how to drill men; for that we know better than anything else. Then we will subvert that King and seize his Throne and establish a Dynasty.'

'You'll be cut to pieces before you're fifty miles across the Border,' I said. 'You have to travel through Afghanistan to get to that country. It's one mass of mountains and peaks and glaciers, and no Englishman has been through it. The people are utter brutes, and even if you reached them you couldn't do anything.'

'That's more like,' said Carnehan. 'If you could think us a little more mad we would be more pleased. We have come to you to know about this country, to read a book about it, and to be shown maps. We want you to tell us that we are fools and to show us your books.' He turned to the bookcases.

'Are you at all in earnest?' I said.

'A little,' said Dravot sweetly. 'As big a map as you have got, even if it's all blank where Kafiristan is, and any books you've got. We can read, though we aren't very educated.'

I uncased the big thirty-two-miles-to-the-inch map of India, and two smaller Frontier maps, hauled down volume INF-KAN of the *Encyclopædia Britannica*, and the men consulted them.

chamar de O Grandioso. Ele se chama Kafiristão. Pelos meus cálculos fica no canto mais alto do Afeganistão, há cerca de quinhentos quilômetros de Peshawar. Eles têm trinta e dois ídolos pagãos lá, e nós seremos o trigésimo terceiro e o trigésimo quarto. É uma região montanhosa, e as mulheres desses lugares são muito bonitas".

"Mas isso fere o contrato", disse Carnehan. "Nem mulheres, nem bebida, Daniel."

"E isso todos nós sabemos, e sabemos também que ninguém jamais esteve lá, que eles estão em guerra; e em qualquer país em guerra, um homem que sabe como treinar os demais sempre pode tornar-se rei. Iremos a esses lugares e diremos a todo rei que encontrarmos: "Quer derrotar seus inimigos?", e lhes mostraremos como treinar os soldados, pois isso sabemos melhor que ninguém. Então subjugaremos esse rei, tomaremos-lhe o trono e estabeleceremos um dinastia".

"Vocês serão cortados em pedaços antes ultrapassarem oitenta quilômetros além da fronteira", disse. "Vocês terão que atravessar o Afeganistão para chegar a esse país. Trata-se de um aglomerado de montanhas e picos glaciais, que nenhum inglês conseguiu atravessar. Os habitantes são uns brutos e mesmo que vocês cheguem lá, não poderão fazer nada."

"Mais ou menos isso", disse Carnehan. "Se nos julgasse um pouco mais insanos, agradeceríamos. Viemos até você para saber mais sobre esse país, ler um livro a respeito, e examinar os mapas. Queremos que diga que somos tolos nos mostre seus livros." E voltou-se para a estante de livros.

"Está sendo sincero?", perguntei.

"Um pouco", disse Dravot, com doçura. "O maior mapa que tiver, mesmo que não mostre o Kafiristão, e todos os livros que tiver. Nós sabemos ler, embora não tenhamos muita instrução".

Desencaixotei o maior mapa da Índia que possuía e dois mapas menores com as fronteiras, arrastei para baixo o volume INF-KAN da *Enciclopédia Britânica* e os homens iniciaram a consulta.

O Homem que Queria Ser Rei

"Veja isso!", disse Dravot, com o polegar no mapa. "Acima de Jagdallak, Peachey e eu conhecemos a estrada. Estivemos lá com o exército de Robert. Teremos que virar à direita em Jagdallak pelo território de Laghmann. Então alcançaremos as colinas – quatro mil metros – quatro mil e quinhentos – estará bem frio lá, mas não parece muito longe quando se vê no mapa."

Entreguei-lhe o *Nascentes do Oxus,* de Wood. Carnehan estava envolvido com a *Enciclopédia.*

"Está muito misturado", disse Dravot, reflexivo; "e isso não nos ajudará a conhecer os nomes das tribos. Quanto mais tribos, mais guerras, melhor para nós. De Jagdallak até Ashang, humm!"

"Mas todas as informações sobre o país são esboçadas e imprecisas ao máximo", protestei. "Na verdade, ninguém sabe nada a respeito dele. Aqui está o arquivo do *Instituto de Serviços Unificados.* Leia o que Bellew diz."

"Sem Bellew!", disse Canehan. "Dan, eles são um monte de pagãos fedidos, mas este livro diz que eles julgam terem relação conosco, ingleses."

Eu fumava enquanto os homens se esparramavam sobre Raverty, Wood, mapas e a *Enciclopédia.*

"Não precisa esperar por nós", disse Dravot com educação. "São quatro horas agora. Se quiser, pode ir dormir. Partiremos antes das seis e não roubaremos nem um papel. Não precisa ficar aí sentado. Somos dois lunáticos inofensivos, e se for amanhã ao entardecer ao Sarai, nós nos despediremos".

"Vocês são dois tolos", respondi. "Serão deportados da fronteira ou retalhados no instante em que puserem os pés no Afeganistão. Querem algum dinheiro ou carta de referência? Posso ajudá-los a conseguir um emprego semana que vem."

"Na próxima semana estaremos trabalhando duro, obrigado", disse Dravot. "Ser rei não é tão fácil quanto parece. Quando tivermos nosso reino organizado, avisaremos, e você poderá nos ajudar a governá-lo."

"Dois lunáticos fariam um contrato como este?", disse Carnehan, com indisfarçável orgulho, mostrando metade

'See here!' said Dravot, his thumb on the map. 'Up to Jagdallak, Peachey and me know the road. We was there with Roberts' Army. We'll have to turn off to the right at Jagdallak through Laghmann territory. Then we get among the hills – fourteen thousand feet – fifteen thousand – it will be cold work there, but it don't look very far on the map.'

I handed him Wood on the *Sources of the Oxus.* Carnehan was deep in the *Encyclopædia.*

'They're a mixed lot,' said Dravot reflectively; 'and it won't help us to know the names of their tribes. The more tribes the more they'll fight, and the better for us. From Jagdallak to Ashang H'mm!'

'But all the information about the country is as sketchy and inaccurate as can be,' I protested. 'No one knows anything about it really. Here's the file of *United Services' Institute.* Read what Bellew says.'

'Blow Bellew,!' said Carnehan. 'Dan, they're a stinkin' lot of heathens, but this book here says they think they're related to us English.'

I smoked while the men poured over Raverty, Wood, the maps, and the *Encyclopædia.*

'There is no use your waiting,' said Dravot politely. 'It's about four o'clock now. We'll go before six o'clock if you want to sleep, and we won't steal any of the papers. Don't you sit up. We're two harmless lunatics, and if you come tomorrow evening down to the Serai, we'll say good-bye to you.'

'You *are* two fools,' I answered. 'You'll be turned back at the Frontier or cut up the minute you set foot in Afghanistan. Do you want any money or a recommendation down-country? I can help you to the chance of work next week.'

'Next week we shall be hard at work ourselves, thank you,' said Dravot. 'It isn't so easy being a King as it looks. When we've got our Kingdom in going order we'll let you know, and you can come up and help us to govern it.'

"Would two lunatics make a contrack like that?" said Carnehan, with subdued pride, showing me a greasy half-sheet of notepaper on which was written the following. I copied it, then and there, as a curiosity

> *This Contract between me and you persuing witnesseth in the name of God – Amen and so forth.*
> *(One) That me and you will settle this matter together; i.e. to be Kings of Kafiristan.*
> *(Two) That you and me will not, while this matter is being settled, look at any Liquor, nor any Woman black, white, or brown, so as to get mixed up with one or the other harmful.*
> *(Three) That we conduct ourselves with Dignity and Discretion, and if one of us gets into trouble the other will stay by him.*
> *Signed by you and me this day,*
> *Peachey Taliaferro Carnehan*
> *Daniel Dravot*
> *Both Gentlemen at Large*

'There was no need for the last article,' said Carnehan, blushing modestly; 'but it looks regular. Now you know the sort of men that loafers are – we *are* loafers, Dan, until we get out of India – and *do* you think that we would sign a Contrack like that unless we was in earnest? We have kept away from the two things that make life worth having.'

'You won't enjoy your lives much longer if you are going to try this idiotic adventure. Don't set the office on fire,' I said, 'and go away before nine o'clock.

I left them still poring over the maps and making notes on the back of the 'Contrack'. 'Be sure to come down to the Serai tomorrow,' were their parting words.

The Kumharsen Serai is the great four-square sink of humanity where the strings of camels and horses from the North load and unload. All the nationalities of Central Asia may be found there, and most of the folk of India proper. Balkh and Bokhara there meet Bengal and Bombay, and try to draw eye-teeth. You can buy ponies,

de uma folha de papel engordurada em que estava escrito o que se segue. Copiei alguns trechos, como curiosidade.

> *Este Contrato entre eu e você é testemunha perante Deus – Amém e assim por diante.*
> *(Um) Que eu e você resolveremos este assunto juntos; isto é, seremos reis do Kafiristão.*
> *(Dois) Que eu e você não iremos, enquanto este assunto estiver sendo resolvido, procurar nenhuma bebida ou mulher negra, branca ou parda, pois unir-se a uma ou outra será prejudicial.*
> *(Três) Que nós nos conduziremos com dignidade e discrição e se algum de nós estiver com problemas o outro deverá ajudar.*
>
> *Assinado por mim e por você neste dia.*
>
> *Peachey Taliaferro Carnehan*
> *Daniel Dravot*
> *Ambos bastante cavalheiros.*

"Não havia necessidade do último artigo", disse Carnehan, corando com modéstia; "mas assim parece simétrico. Agora você sabe que tipo de homens são estes vadios – nós *somos* vadios, Dan, até sairmos da Índia – e você acha que assinaríamos um contrato destes se não falássemos a sério? Nós eliminamos as duas coisa que fazem a vida valer a pena."

"Vocês não aproveitarão a vida por muito tempo se tentarem essa aventura idiota. Não ponham fogo no escritório", disse, "e partam antes das nove horas."

Eu os deixei ainda estudando com cuidado os mapas e anotando coisas atrás do "Contrato". "Esteja certo de descer ao Serai amanhã", foram as últimas palavras deles.

O Kumharsen Serai é o grande e bem acabado antro da humanidade, em que filas de camelos e cavalos vindos do norte carregam e descarregam. Todas as nacionalidades da Ásia Central podem ser encontradas lá, e mais ainda os povos da própria Índia. Balkh e Bokhara lá encontram

Bengala e Bombaim, e tentam negociar. Você pode comprar cavalos, turquesas, gatos persas, alforjes, carneiros para o abate e almíscar de Kumharsen Serai, e conseguir um monte de coisas estranhas inúteis. À tarde eu desci para ver se meus amigos manteriam a promessa ou se estariam caídos lá, bêbados.

Um padre vestido com andrajos veio em minha direção, sério, girando um cata-vento de papel. Atrás dele estava o servo, encurvado devido a carga de um caixote com brinquedos enlameados.

"O padre enlouqueceu", disse um vendedor de cavalos para mim. "Ele vai para Cabul vender brinquedos para o emir. Pode tanto ser promovido com honra como ter a cabeça cortada. Ele chegou aqui pela manhã e tem se comportado como um insano desde então."

"Os tolos estão sob a proteção de Deus", gaguejou um uzbegin de bochechas achatadas, em um hindi sofrível. "Eles prevêem o futuro".

"Poderiam ter previsto que minha caravana seria destroçada pelos shinwaris quase na sombra do desfiladeiro!", grunhiu o agente yusufzai de uma casa de comércio de Rajputana, cujas mercadorias foram desviadas para as mãos dos ladrões logo depois da fronteira, e cuja infelicidade era motivo de riso no bazar. "Ohé, padre, de onde vem e para onde vai?"

"De Roum eu vim", gritou o padre, rodopiando o cata-vento, "de Roum, soprado pelo hálito de centenas de demônios por sobre o mar! Oh, bandidos, ladrões, mentirosos, que Pir Khan abençoe os porcos, os cães e os perjuros! Quem levará o Protegido de Deus para o norte, para vender amuletos que agradam ao emir? Os camelos não se machucarão, os filhos não cairão doentes e as esposas serão fiéis durante a ausência dos homens que me derem abrigo em suas caravanas. Quem me assistirá dar chineladas no rei de Roos com um chinelo de ouro e saltos de prata? A proteção do Pir Khan cairá sobre seus lavores!" Ele esticou a saia de gabardine e deu piruetas entre as filas de cavalos amarrados.

turquoises, Persian pussy-cats, saddle-bags, fat-tailed sheep and musk in the Kumharsen Serai, and get many strange things for nothing. In the afternoon I went down to see whether my friends intended to keep their word or were lying there drunk.

A priest attired in fragments of ribbons and rags stalked up to me, gravely twisting a child's paper whirligig. Behind him was his servant bending under a load of a crate of mud toys. The two were loading up two camels, and the inhabitants of the Serai watched them with shrieks of laughter.

'The priest is mad,' said a horse-dealer to me. 'He is going up to Kabul to sell toys to the Amir. He will either be raised to honor or have his head cut off. He came in here this morning and has been behaving madly ever since.'

'The witless are under the protection of God,' stammered a flat-cheeked Usbeg in broken Hindi. 'They foretell future events.'

'Would they could have foretold that my caravan would have been cut up by the Shinwaris almost within shadow of the Pass!' grunted the Eusufzai agent of a Rajputana trading-house whose goods had been diverted into the hands of other robbers just across the Border, and whose misfortunes were the laughing-stock of the basar. 'Ohé, priest, whence come you and whither do you go?'

'From Roum have I come,' shouted the priest, waving his whirligig; 'from Roum, blown by the breath of a hundred devils across the sea! O thieves, robbers, liars, the blessing of Pir Khan on pigs, dogs, and perjurers! Who will take the Protected of God to the North to sell charms that are never still to the Amir? The camels shall not gall, the sons shall not fall sick, and the wives shall remain faithful while they are away, of the men who give me place in their caravan. Who will assist me to slipper the King of the Roos with a golden slipper with a silver heel? The protection of Pir Khan be upon his labours!' He spread out the skirts of his gaberdine and pirouetted between the lines of tethered horses.

'There starts a caravan from Peshawar to Kabul in twenty days, *Huzrut,*' said the Eusufzai trader. 'My camels go therewith. Do thou also go and bring us good luck.'

'I will go even now!' shouted the priest. 'I will depart upon my winged camels, and be at Peshawar in a day! Ho! Hazar Mir Khan,' he yelled to his servant, 'drive out the camels, but let me first mount my own.'

He leaped on the back of his beast as it knelt, and, turning round to me, cried: 'Come thou also, Sahib, a little along the road, and I will sell thee a charm – an amulet that shall make thee King of Kafiristan.'

Then the light broke upon me, and I followed the two camels out of the Serai till we reached open road and the priest halted.

'What d'you think o' that?' said he in English. 'Carnehan can't talk their patter, so I've made him my servant. He makes a handsome servant. 'Tisn't for nothing that I've been knocking about the country for fourteen years. Didn't I do that talk neat? We'll hitch on to a caravan at Peshawar till we get to Jagdallak, and then we'll see if we can get donkeys for our camels, and strike into Kafiristan. Whirligigs for the Amir, O Lor! Put your hand under the camelbags and tell me what you feel.'

I felt the butt of a Martini, and another and another.

'Twenty of 'em,' said Dravot placidly. 'Twenty of 'em and ammunition to correspond, under the whirligigs and the mud dolls.'

'Heaven help you if you are caught with those things!' I said. 'A Martini is worth her weight in silver among the Pathans.'

'Fifteen hundred rupees of capital – every rupee we could beg, borrow, or steal – are invested on these two camels,' said Dravot. 'We won't get caught. We're going through the Khaiber with a regular caravan. Who'd touch a poor mad priest?'

"Lá tem início uma caravana de Peshawar para Cabul em por vinte dias, *Huzrut*[12] – disse o negociante yusufzai. "Meus camelos seguirão junto. Acompanhe-nos e traga-nos a boa sorte".

"Irei agora mesmo!", gritou o padre. "Partirei montado em meus camelos alados, e estarei em Peshawar em um dia! Oh! Hazar, Mir Khan[13]", berrou para o ajudante, "leve os camelos, mas deixe-me montar no meu primeiro".

Assim que o camelo ajoelhou, ele saltou-lhe nas costas e, virando-se para mim, gritou: "Venha também, *sahib*, por um pequeno trecho da estrada, e eu lhe venderei um amuleto – um amuleto que fará de você rei do Kafiristão".

Então tive uma luz, e segui os dois camelos para fora do Serai até alcançarmos a estrada aberta e o padre se deter.

"O que você acha disso?", disse ele em inglês. "Carnehan não conseguiu tagarelar por muito tempo, então fiz dele meu ajudante. É um lindo ajudante. Não foi à toa que estive quicando pelo país por catorze anos. Não caprichei na fala? Seguiremos com a caravana para Peshawar até chegarmos a Jagdallak, e então veremos se trocamos nossos camelos por mulas e seguimos para o Kafiristão. Cataventos para o emir, ó Senhor! Ponha sua mão sob a bagagem do camelo e diga-me o que acha."

Achei a base de um fuzil Martini, e depois outra, e mais outra.

"São vinte", disse Dravot, com placidez. "Vinte deles e munição correspondente, sob os cata-ventos e brinquedos enlameados."

"Que Deus os ajude se forem pegos com isso!", disse eu. "Um Martini vale o peso em prata entre os afegãos".

"Mil e quinhentas rúpias de capital – cada rúpia que conseguimos mendigar, emprestar ou roubar – foi investida nestes dois camelos", disse Dravot. "Não seremos pegos. Seguiremos pelo Khaiber em uma caravana regular. Quem tocaria em um pobre padre louco?"

---

[12] Do árabe: *Huzur* – A Presença – forma respeitosa de se dirigir à outra pessoa. Ver: *Minha história verdadeira sobre fantasmas*, neste livro. N.T.

[13] *Hazar*: Apronte-se. *Khan*: chefe de um clã; líder de um grupo; príncipe. "Apronte-se, Mir Khan". N.T.

O Homem que Queria Ser Rei

"Você conseguiu tudo o que queria?", perguntei, vencido pelo atordoamento.

"Ainda não, mas conseguirei em breve. Dê-nos uma lembrança por sua bondade, *Irmão*. Você me prestou um serviço ontem, e naquela vez em Marwar. Metade do meu reino será seu[14], assim eu declaro."

Retirei um pequeno amuleto em forma de compasso[15] da corrente de meu relógio e depositei na mão do padre.

"Adeus", disse Dravot, dando a mão com cautela. "É a última vez que apertarei a mão de um inglês por muitos dias. Aperte-lhe as mãos, Carnehan", ele gritou quando o segundo camelo passou por mim.

Carnehan debruçou-se e apertou minhas mãos. Então os camelos seguiram pela estrada empoeirada e fui deixado sozinho com meus pensamentos. Meus olhos não detectaram falhas nos disfarces. A cena no Serai provou que eles entendiam muito bem a mentalidade dos indianos. Sendo assim, havia mesmo uma chance de que Carnehan e Dravot fossem capazes de perambular pelo Afeganistão sem serem detectados. Mas, indo mais além, encontrariam a morte – a morte certa e apavorante.

Dez dias depois um correspondente indiano, ao remeter as notícias do dia em Peshawar, encerrou a mensagem assim: "Tem tido muito riso por aqui graças a um certo padre louco que, segundo as próprias estimativas, vai vender quinquilharias e bagatelas insignificantes, que ele diz serem poderosos amuletos, para sua alteza o emir de Bukhara. Ele passou por Peshawar e se uniu à segunda caravana de verão que vai para Cabul. Os comerciantes estão satisfeitos porque segundo a superstição, imaginam que esses companheiros insanos trazem boa sorte."

Os dois, então, estavam além da fronteira. Eu poderia ter rezado por eles, mas, naquela noite, um rei de verdade morrera na Europa, e demandava um obituário.

---

[14] "E jurou-lhe: Se pedires mesmo que seja a metade do meu reino, eu ta darei", disse Herodes à Salomé, no aniversário desta. A jovem pediu a cabeça do profeta João Batista, e lhe foi entregue. Marcos, 6:23. N.T.

[15] Amuleto em forma de compasso: "O compasso é um emblema maçônico, que simboliza as limitações dos desejos humanos e das ambições e relembra ao maçom a infalível justiça de Deus." George Kieffer. N.T.

The wheel of the world swings through the same phases again and again. Summer passed and winter thereafter, and came and passed again. The daily paper continued and I with it, and upon the third summer there fell a hot night, a night-issue, and a strained waiting for something to be telegraphed from the other side of the world, exactly as had happened before. A few great men had died in the past two years, the machines worked with more clatter, and some of the trees in the office garden were a few feet taller. But that was all the difference.

I passed over to the press-room, and went through just such a scene as I have already described. The nervous tension was stronger than it had been two years before, and I felt the heat more acutely. At three o'clock I cried, 'Print off,' and turned to go when there crept to my chair what was left of a man. He was bent into a circle, his head was sunk between his shoulders, and he moved his feet one over the other like a bar. I could hardly see whether he walked or crawled – this rag-wrapped, whining cripple who addressed me by name, crying that he was come back. 'Can you give me a drink?' he whimpered. 'For the Lord's sake give me a drink!'

I went back to the office, the man following with groans of pain, and I turned on the lamp.

'Don't you know me?' he gasped, dropping into a chair, and he turned his drawn face, surmounted by a shock of grey hair, to the light.

I looked at him intently. Once before had I seen eyebrows that met over the nose in an inch-broad black band, but for the life of me I could not tell where.

'I don't know you,' I said, handing him the whisky. 'What can I do for you?'

He took a gulp of the spirit raw, and shivered in spite of the suffocating heat.

'I've come back,' he repeated; 'and I was the King of Kafiristan – me and Dravot – crowned Kings we was!

A roda do mundo gira, e passa várias vezes pelo mesmo lugar. O verão se foi, veio o inverno, que também passou. O jornal diário prosseguiu, e eu com ele, e no terceiro verão tivemos uma noite quente, uma edição noturna, e um homem fatigado esperando por um telegrama do outro lado do mundo, do mesmo jeito como acontecera antes. Poucos homens importantes morreram nesses dois anos, as máquinas trabalharam com estardalhaço e algumas árvores no jardim do escritório cresceram alguns metros. Mas essa era a única diferença.

Fui até a oficina e encontrei a mesma cena já descrita. A tensão nervosa era maior que a de dois anos atrás e eu sentia mais o calor. Às três da manhã gritei: "Imprimam", e me virei para sair quando se aproximou furtivamente de minha cadeira algo que já tinha sido um homem. Estava curvado em círculo, a cabeça pendia entre os ombros e movia os pés um sobre o outro, como um urso. Não consegui nem distinguir se ele caminhava ou se arrastava – com andrajos rotos, o aleijado gania para mim, chamando-me pelo nome, clamando que tinha voltado. "Pode me dar uma bebida?", ele lamuriava-se. "Pelo amor de Deus me dê uma bebida."

Voltei para o escritório, o homem me seguiu com gemidos de dor, e eu acendi a lâmpada.

"Não me reconhece?", ele arfou, caindo em uma cadeira, e virou para a luz a face repuxada, encimada por um emaranhado de cabelos acinzentados.

Olhei para ele com atenção. Já tinha visto aquelas sobrancelhas que se uniam acima do nariz, como uma lista negra de um centímetro, mas, por minha vida, não conseguia me lembrar onde.

"Não o conheço", disse, entregando-lhe o whisky. "O que posso fazer por você?"

Ele tomou um gole do reanimador de espíritos e estremeceu, apesar do calor sufocante.

"Eu voltei", repetiu; "e fui rei do Kafiristão – eu e Dravot – fomos coroados! Firmamos isso neste escritório –

O Homem que Queria Ser Rei

você sentou-se lá e nos deu os livros. Sou Peachey – Peachey Taliaferro Carnehan, e você passou todo esse tempo sentado aqui desde então – oh Deus!"

Eu estava mais do que atônito, e expressei meus sentimentos de acordo.

"É verdade", disse Carnehan, com um cacarejo seco, acariciando o pé envolto em trapos. "Verdade indiscutível. Reis nós fomos, com coroa sobre a cabeça – eu e Dravot – oh, pobre Dan, nunca ouviu um conselho, nem quando implorei!"

"Tome o whisky", eu disse, "e leve o tempo que quiser. Conte-me tudo o que puder lembrar, do início ao fim. Vocês cruzaram a fronteira em seus camelos, Dravot vestia-se como um padre louco e você era o seu servo. Lembra-se disso?"

"Não estou louco – ainda não, mas estarei em breve. Claro que me lembro. Continue olhando para mim, ou talvez minhas palavras fiquem desencontradas. Continue olhando para os meus olhos e não diga nada."

Inclinei-me e olhei para o rosto dele tão·firme quanto pude. Ele pendeu a mão sobre a mesa e eu a agarrei pelo pulso. Estava retorcida como as garras de um pássaro, e no dorso havia uma cicatriz vermelha esfarrapada, em forma de diamante.

"Não olhe para isso, olhe para mim", disse Carnehan. "Isso vem depois, por isso pelo amor de Deus não me desconcentre. Nós partimos com aquela caravana, eu e Dravot encenando toda sorte de brincadeiras para divertir os que estavam conosco. Dravot costumava nos fazer rir à noite, quando todos cozinhavam seus jantares – cozinhavam seus jantares e... o que eles faziam depois? Acendiam o fogo com faíscas que caíam na barba de Dravot, e todos ríamos – até morrer. Era pequenas brasas vermelhas indo para a grande barba ruiva de Dravot – tão engraçado." Os olhos deixaram os meus e ele riu com ingenuidade.

"Você foi até a distante Jagdallak com a caravana", arrisquei dizer, "depois de ter acendido aqueles fogos. Para Jagdallak, onde vocês desviaram para tentar entrar no Kafiristão."

In this office we settled it – you setting there and giving us the books. I am Peachey – Peachey Taliaferro Carnehan, and you've been setting here ever since – O Lord!'

I was more than a little astonished, and expressed my feelings accordingly.

'It's true,' said Carnehan, with a dry cackle, nursing his feet, which were wrapped in rags. 'True as gospel. Kings we were, with crowns upon our heads – me and Dravot – poor Dan... oh, poor, poor Dan, that would never take advice, not though I begged of him!'

'Take the whisky,' I said, 'and take your own time. Tell me all you can recollect of everything from beginning to end. You got across the Border on your camels, Dravot dressed as a mad priest and you his servant. Do you remember that?'

'I ain't mad – yet, but I shall be that way soon. Of course I remember. Keep looking at me, or maybe my words will go all to pieces. Keep looking at me in my eyes and don't say anything.'

I leaned forward and looked into his face as steadily as I could. He dropped one hand upon the table and I grasped it by the wrist. It was twisted like a bird's claw, and upon the back was a ragged red diamond-shaped scar.

'No, don't look there. Look at me,' said Carnehan. 'That comes afterwards, but for the Lord's sake don't distrack me. We left with that caravan, me and Dravot playing all sorts of antics to amuse the people we were with. Dravot used to make us laugh in the evenings when all the people was cooking their dinners – cooking their dinners, and... what did they do then? They lit little fires with sparks that went into Dravot's beard, and we all laughed – fit to die. Little red fires they was, going into Dravot's big red beard – so funny.' His eyes left mine and he smiled foolishly.

'You went as far as Jagdallak with that caravan,' I said at a venture, 'after you had lit those fires. To Jagdallak, where you turned off to try to get into Kafiristan.'

'No, we didn't neither. What are you talking about? We turned off before Jagdallak, because we heard the roads was good. But they wasn't good enough for our two camels – mine and Dravot's. When we left the caravan, Dravot took off all his clothes and mine too, and said we would be heathen, because the Kafirs didn't allow Mohammedans to talk to them. So we dressed betwixt and between, and such a sight as Daniel Dravot I never saw yet nor expect to see again. He burned half his beard, and slung a sheep-skin over his shoulder, and shaved his head into patters. He shaved mine, too, and made me wear outrageous things to look like a heathen. That was in a most mountaineous country, and our camels couldn't go along any more because of the mountains. They were tall and black, and coming home I saw them fight like wild goats – there are lots of goats in Kafiristan. And these mountains, they never keep still, no more than the goats. Always fighting they are, and don't let you sleep at night.'

'Take some more whisky,' I said very slowly. 'What did you and Daniel Dravot do when the camels could go no farther because of the rough roads that led into Kafiristan?'

'What did which do? There was a party called Peachey Taliaferro Carnehan that was with Dravot. Shall I tell you about him? He died out there in the cold. Slap from the bridge fell old Peachey, turning and twisting in the air like a penny whirligig that you can sell to the Amir – No; they was two for three ha'pence, those whirligigs, or I am much mistaken and woful sore... And then these camels were no use, and Peachey said to Dravot "For the Lord's sake let's get out of this before our heads are chopped off," and with that they killed the camels all among the mountains, not having anything in particular to eat, but first they took off the boxes with the guns and the ammunition, till two men came along driving four mules. Dravot up and dances in front of them, singing "Sell me four mules." Says the first man "If you are rich enough to buy,

"Não, não fizemos nada disso. Do que você está falando? Nós desviamos antes de Jagdallak, porque ouvimos dizer que as estradas eram boas. Mas não eram boas o bastante para nossos dois camelos – o meu e o de Dravot. Quando deixamos a caravana, Dravot tirou todas as roupas dele e as minhas, e disse que seríamos pagãos, porque os kafirs não permitem que os maometanos falem com eles. Assim nos vestimos mais ou menos, e de um jeito que Daniel Dravot e eu nunca vimos e não pretendemos ver de novo. Ele queimou metade da barba, arremessou uma pele de carneiro aos ombros e raspou a cabeça formando desenhos. Ele raspou a minha também, e me fez vestir coisas ultrajantes para que parecesse com um gentio. Isso foi no país mais montanhoso, e nossos camelos não podiam prosseguir devido às montanhas. Elas eram altas e negras, e voltando para casa eu as vi lutarem como bodes selvagens – há um monte de bodes no Kafiristão. E essas montanhas, elas nunca estão paradas, são como os bodes. Sempre lutando elas estão, e não o deixam dormir à noite."

"Tome um pouco mais de wisky", eu disse bem devagar. "O que você e Daniel Dravot fizeram quando os camelos não puderam prosseguir por causa das estradas grosseiras que levam ao Kafirstão?"

"O que fez o quê? Havia uma parte interessada chamada Peachey Taliaferro Carnehan que estava com Dravot. Devo falar-lhe sobre ele? Ele morreu lá, no frio. Atirado da ponte, caiu o velho Peachey; girando e rodopiando no ar como um cata-vento de um penny que você pode vender ao emir – Não; custaram dois ou três pences, aqueles cata-ventos, a menos que eu esteja errado ou horrivelmente ferido... e então esses camelos eram inúteis, e Peachey disse para Dravot – "Pelo amor de Deus, deixe-os irem antes que cortem nossas cabeças", e assim eles mataram os camelos entre as montanhas, não tendo nada de especial para comer, mas antes eles retiraram as caixas com as armas e a munição, até dois homens aparecerem guiando quatro mulas. Dravot levantou-se e dançou na frente deles, cantando – "Vendam-me quatro mulas". Disse o primeiro homem: "Se você é rico o bastante para comprá-las, você é rico o bastante para ser roubado", mas antes mesmo de ele por a mão sobre a faca, Dravot quebrou-lhe o pescoço sobre o joelho, e os outros fugiram. Assim Carnehan carregou as mulas com os rifles que foram retirados dos camelos e juntos nós avançamos em direção àquelas partes montanhosas horrivelmente geladas, e nunca a estrada era mais larga que o dorso de sua mão."

Ele parou por um instante quando perguntei se podia se lembrar por qual país viajavam.

"Estou contando com a maior clareza possível, mas minha cabeça não é tão boa quanto antes. Eles cravaram pregos nela para me fazer ouvir melhor como Dravot morreu. O país era montanhoso e as mulas eram muito teimosas, e os habitantes estavam dispersos e solitários. Eles iam para cima e para cima, e para baixo, e para baixo, e aquela outra parte, Carnehan implorava para Dravot não cantar nem assobiar tão alto por medo de provocar avalanches tremendas. Mas Dravot disse que se um rei não pode cantar não valia a pena ser rei, e bateu na traseira das mulas, e não me deu atenção por dez dias gelados. Chegamos a um vale grande e profundo bem entre as montanhas, e as mulas estavam quase mortas, por isso nós as matamos, pois não havia nada em particular para elas ou para nós comermos. Nós nos sentamos nas caixas e ficamos brincando com os cartuchos que tinham pulado."

"Então dez homens com arcos e flechas desceram correndo para o vale, caçando vinte homens com arcos e flechas, e as flechas eram formidáveis. Eram homens claros – claros como eu e você – com cabelos loiros e corpos admiráveis. Disse Dravot, desembalando as armas – 'Aqui começa nosso negócio. Lutaremos pelos dez homens', e com isso ele primeiro disparou com dois rifles contra os vintes homens, e derrubou um deles a duzentos metros da pedra em que estava sentado. Os outros começaram a correr, mas Carnehan e Dravot, sentados nas caixas, acertavam-nos a todas as distâncias, acima e abaixo do vale. Então nós fomos para cima dos dez homens que correram pela neve também, e eles atiraram uma flechinha em nós. Dravot, ele atirou por sobre a cabeça deles e todos eles caíram duros. Então

you are rich enough to rob"; but before ever he could put his hand to his knife, Dravot breaks his neck over his knee, and the other party runs away. So Carnehan loaded the mules with the rifles that was taken off the camels, and together we starts forward into those bitter cold mountaineous parts, and never a road broader than the back of your hand.'

He paused for a moment, while I asked him if he could remember the nature of the country through which he had journeyed.

'I am telling you as straight as I can, but my head isn't as good as it might be. They drove nails through it to make me hear better how Dravot died. The country was mountaineous and the mules were most contrary, and the inhabitants was dispersed and solitary. They went up and up, and down and down, and that other party, Carnehan, was imploring of Dravot not to sing and whistle so loud, for fear of bringing down the tremenjus avalanches. But Dravot says that if a King couldn't sing it wasn't worth being King, and whacked the mules over the rump, and never took no heed for ten cold days. We came to a big level valley all among the mountains, and the mules were near dead, so we killed them, not having anything in special for them or us to eat. We sat upon the boxes, and played odd and even with the cartridges that was jolted out.

'Then ten men with bows and arrows ran down that valley, chasing twenty men with bows and arrows, and the row was tremenjus. They was fair men – fairer than you or me – with yellow hair and remarkable well built. Says Dravot, unpacking the gun "This is the beginning of the business. We'll fight for the ten men," and with that he first two rifles at the twenty men, and drops one of them at two hundred yards from the rock where he was sitting. The other men began to run, but Carnehan and Dravot sits on the boxes picking them off at all ranges, up and down the valley. Then we goes up to the ten men that had run across the snow too, and they fires a footy little arrow at us. Dravot he shoots above their heads and they all falls down flat.

Then he walks over them and kicks them, and then he lifts them up and shakes hands all round to make them friendly like. He calls them and gives them the boxes to carry, and waves his hand for all the world as though he was King already. They takes the boxes and him across the valley and up the hill into a pine wood on the top, where there was half-a-dozen big stone idols. Dravot he goes to the biggest – a fellow they call Imbra – and lays a rifle and a cartridge at his feet, rubbing his nose respectful with his own nose, patting him on the head, and saluting in front of it. He turns round to the men and nods his head, and says "That's all right. I'm in the know too, and all these old jim-jams are my friends." Then he opens his mouth and points down it, and when the first man brings him food, he says "No"; and when the second man brings him food, he says "No"; but when one of the old priests and the boss of the village brings him food, he says "Yes," very haughty, and eats it slow. That was how we came to our first village, without any trouble, just as though we had tumbled from the skies. But we tumbled from one of those damned rope-bridges, you see, and – you couldn't expect a man to laugh much after that?'

'Take some more whisky and go on,' I said. 'That was the first village you came into. How did you get to be King?'

'I wasn't King,' said Carnehan. 'Dravot he was the King, and a handsome man he looked with the gold crown on his head and all. Him and the other party stayed in that village, and every morning Dravot sat by the side of old Imbra, and the people came and worshipped. That was Dravot's order. Then a lot of men came into the valley, and Carnehan and Dravot picks them off with the rifles before they knew where they was, and runs down into the valley and up again the other side and finds another village, same as the first one, and the people all falls down flat on their faces, and Dravot says— "Now what is the trouble between you two

ele pisou neles e os chutou, então ele os ergueu e apertou as mãos de todos para que fossem amigos. Ele os chamou e deu-lhes as caixas para carregarem, e acenou para todo o mundo como se já fosse rei. Eles pegaram as caixas e cruzaram o vale e subiram a colina e entraram no bosque de pinheiros do topo, onde havia meia dúzia de ídolos de pedra. Dravot, ele dirigiu-se ao maior – um companheiro a quem chamavam de Imbra – e depositou um rifle e a munição aos pés dele, esfregou o nariz no nariz da imagem com respeito, deu-lhe tapinhas na cabeça e bateu continência em frente a ele. Ele virou-se para os homens, inclinou a cabeça e disse: 'Está tudo bem. Também conheço o segredo, e todos esses antigos *Jim-jams*[16] são meus amigos'. Então ele abriu a boca e apontou para dentro dela, e quando o primeiro homem trouxe-lhe comida, ele disse: 'Não', e quando o segundo homem trouxe-lhe comida, ele disse: 'Não', mas quando um dos velhos sacerdotes e chefe do vilarejo trouxe-lhe comida, ele disse: 'Sim', muito altivo, e comeu devagar. Foi assim que chegamos ao nosso primeiro vilarejo, sem nenhum problema, como se tivéssemos despencado do céu. Mas nós despencamos de uma daquelas malditas pontes de cordas, você vê, e – você espera que um homem ria muito depois disso?"

"Tome mais whisky e continue", eu disse. "Foi a primeira vila a que vocês chegaram. Como conseguiu ser rei?"

"Eu não fui rei", disse Carnehan, "Dravot era o rei, e que homem lindo ele era com a coroa de ouro na cabeça e tudo o mais. Ele e a outra parte ficaram naquele vilarejo, e todas as manhãs Dravot sentava-se ao lado do velho Imbra e as pessoas vinham e o veneravam. Essa era a ordem de Dravot. Então um monte de homens vieram ao vale, e Carnehan e Dravot os apanharam com os rifles antes que eles soubessem onde estavam, e correram vale abaixo e subiram de novo para o outro lado e encontraram outro vilarejo, igual ao primeiro, e todas as pessoas caíram duras com o rosto para baixo, e Dravot disse –'Então, qual é o problema entre vocês?' e as pessoas apontaram uma mulher, tão clara quanto eu e você, que tinha sido raptada, e Dravot

---

[16] Gíria para *Delirium tremens*, distúrbio provocado pelo consumo excessivo e prolongado de bebidas alcoólicas. N.T.

a levou de volta para o primeiro vilarejo e contou os mortos – eram oito. Para cada homem morto Dravot derramou um pouco de leite no chão e abanou os braços como um cata-vento, 'Está tudo bem', disse ele. Então ele e Carnehan pe-garam os chefes das duas vilas pelo braço e caminharam com eles para o vale, e mostraram a eles como traçar uma linha com uma lança bem abaixo no vale, e deram a cada um deles um torrão de relva de ambos os lados. E todas as pes-soas desceram e gritaram como o diabo e tudo o mais, e Dravot disse: "Vão e arem a terra, e sejam produtivos e mul-tipliquem[17] ", e eles fizeram isso, apesar de não entenderem. Então perguntamos os nomes das coisas na língua deles – pão, água, fogo, ídolos e coisas assim, e Dravot levou o sa-cerdote de cada aldeia até o ídolo e disse-lhes que ele deve-ria sentar-se lá e julgar o povo, e se alguma coisa desse errado, levariam um tiro".

"Na semana seguinte todos eles apareceram para arar a terra na vila, tão quietos como abelhas e muito mais agradáveis, e os sacerdotes ouviram as reclamações e dis-seram a Dravot por gestos sobre o que se tratavam. 'Este é só o começo', disse Dravot. 'Eles pensam que somos deu-ses'. Ele e Carnehan escolheram vinte homens fortes e ensi-naram-lhes como usar um rifle, rastejar, avançar em fila, eles estavam muito satisfeitos em fazer aquilo, e era gostoso vê-los aprenderem o jeito. Então ele pegou o cachimbo e a bol-sa para tabaco e deixou cada um em uma vila, e nós dois fomos ver o que faziam no vale seguinte. Era todo de pedra, e havia uma pequena vila lá, e Carnehan disse: 'Mande-os ao vale antigo para plantarem', e ele os tirou de lá e deu-lhes al-gumas terras que estavam livres. Era um povo pobre e sacrifi-camos um cabritinho para eles antes deixarmos que entras-sem no novo reino. Aquilo foi para impressionar as pessoas, e então eles se acomodaram quietos, e Carnehan foi se encon-trar com Dravot, que tinha ido a outro vale, todo coberto de neve e gelo e montanhoso na maior parte. Não havia pessoas lá e o exército ficou temeroso, então Dravot atirou em um de-les, e prosseguiu até encontrar algumas pessoas em uma vila,

---

[17] "E Deus os abençoou, e Deus lhes disse: Frutificai e multiplicai-vos, e enchei a terra [...]" Genesis 1, 28. N.T.

villages?" and the people points to a woman, as fair as you or me, that was carried off, and Dravot takes her back to the first village and counts up the dead – eight there was. For each dead man Dravot pours a little milk on the ground and waves his arms like a whirligig, and "That's all right," says he. Then he and Carnehan takes the big boss of each village by the arm and walks them down into the valley, and shows them how to scratch a line with a spear right down the valley, and gives each a sod of turf form both sides of the line. Then all the people comes down and shouts like the devil and all, and Dravot says "Go and dig the land, and be fruitful and multiply," which they did, though they didn't understand. Then we asks the names of things in their lingo – bread and water and fire and idols and such, and Dravot leads the priest of each village up to the idol, and says he must sit there and judge the people, and if anything goes wrong he is to be shot.

'Next week they was all turning up the land in the village as quiet as bees and much prettier, and the priests heard all the complaints and told Dravot in dumb show what it was about. "That's just the beginning," says Dravot. "They think we're Gods." He and Carnehan picks out twenty good men and shows them how to click off a rifle, and form fours, and advance in line, and they was very pleased to do so, and clever to see the hang of it. Then he takes out his pipe and is baccy-pouch and leaves one at one village, and one at the other, and off we two goes to see what was to be done in the next valley. That was all rock, and there was a little village there, and Carnehan says "Send 'em to the old valley to plant," and takes 'em there, and gives 'em some land that wasn't took before. They were a poor lot, and we blooded 'em with a kid before letting 'em into the new King-dom. That was to impress the people, and then they settled down quiet, and Carnehan went back to Dravot who had got into another valley, all snow and ice and most mountaineous. There was no people there and the

Army got afraid, so Dravot shoots one of them, and goes on till he finds some people in a village, and the Army explains that unless the people wants to be killed they had better not shoot their little matchlocks; for they had matchlocks. We makes friends with the priest, and I stays there alone with two of the Army, teaching the men how to drill, and a thundering big Chief comes across the snow with kettle-drums and horns twanging, because he heard there was a new God kicking about. Carnehan sights for the brown of the men half a mile across the snow and wings one of them. Then he sends a message to the Chief that, unless he wished to be killed, he must come and shake hands with me and leave his arms behind. The Chief comes alone first, and Carnehan shakes hands with him and whirls his arms about, same as Dravot used, and very much surprised that Chief was, and strokes my eyebrows. Then Carnehan goes alone to the Chief, and asks him in dumb show if he had an enemy he hated. "I have," says the Chief. So Carnehan weeds out the pick of his men, and sets the two of the Army to show them drill, and at the end of two weeks the men can ma-noeuvre about as well as Volunteers. So he marches with the Chief to a great big plain on the top of a mountain, and the Chief's men rushes into a village and takes it, we three Martinis firing into the brown of the enemy. So we took that village too, and I gives the Chief a rag from my coat and says, "Occupy till I come"; which was scriptural. By way of a reminder, when me and the Army was eighteen hundred yards away, I drops a bullet near him standing on the snow, and all the people falls flat on their faces. Then I sends a letter to Dravot wherever he be by land or by sea.'

At the risk of throwing the creature out of train I interrupted 'How could you write a letter up yonder?'

'The letter? – Oh! – The letter! Keep looking at me between the eyes, please. It was a string-talk letter, that we'd learned the way of it from a blind beggar in the Punjab.'

e o exército explicou a eles que a menos que não quisessem morrer, era melhor que não atirassem com os mosquetes; pois aqueles tinham mosquetes. Fizemos amizade como o sacerdote e eu fiquei lá sozinho com dois soldados, treinando os homens, e um chefe grandioso veio pela neve com tímpanos e soprando cornetas de chifres, porque tinha ouvido que havia um novo Deus rodando por ali. Carnehan apontou para a massa de homens a uns vinte e cinco metros de distância na neve e acertou um deles. Então enviou uma mensagem para o chefe dizendo que, a menos que ele quisesse ser morto, deveria vir, apertar a minha mão e entregar as armas. O chefe veio primeiro, sozinho, e Carnehan apertou-lhe as mãos e rodopiou os braços, como Dravot fazia, e muito surpreso ficou o chefe, a passou a mão em minha sobrancelha. Então Carnehan caminhou sozinho com o chefe e perguntou a ele, gesticulando, se possuía inimigos odiados. 'Eu tenho', disse o chefe. Então Carnehan foi até os homens deles e escolheu dois soldados para serem treinados, e ao fim de duas semanas os homens conseguiam manobrar tão bem quanto os voluntários[18]. Então ele marchou com o chefe para um grande planalto no topo de uma montanha, e os soldados do chefe correram para a vila e a tomaram, nós atirávamos com três fuzis contra a massa de inimigos. Então tomamos a vila, também, e eu dei ao chefe uma tira do meu casaco e disse: 'Ocupai até que eu volte'[19]; como está escrito. Para relembrar, quando eu e o exército estávamos a um quilômetro de distância, atirei um projétil próximo dos que ficaram na neve, e todas as pessoas caíram duras com o rosto para o chão. Então enviei uma carta para Dravot, onde quer que ele estivesse, em terra ou no mar."

Correndo o risco de fazer a criatura se perder, interrompi – "Como pôde escrever uma carta estando tão distante?"

"A carta? – Oh! – A carta! Continue olhando nos meus olhos, por favor. Era uma carta feita de corda, isso nós aprendemos com um mendigo cego em Punjab."

---

[18] Refere-se ao Exército Territorial (1908 – 1967), força voluntária de que atuava junto ao Exército Britânico em casos de emergência. N.T.

[19] "E, chamando dez servos seus, deu-lhes dez minas, e disse-lhes: Ocupai até que eu volte", Lucas, 19:13. N.T.

O Homem que Queria Ser Rei

Lembro-me de que certa vez veio ao escritório um homem cego com um galho cheio de nós e um pedaço de corda que ele enrolava ao redor do galho conforme um código que criara. Ele podia, depois de dias ou horas, repetir a sentença enrolada. Tinha reduzido o alfabeto a doze sons primitivos e tentou me ensinar o método, mas não consegui entender.

"Eu enviei a carta para Dravot", disse Carnehan, "e disse a ele que voltasse porque esse reino estava ficando grande demais para eu governar sozinho e então fui ao primeiro vale para ver como os sacerdotes trabalhavam. A vila que tomamos com o chefe chamava-se Bashkai, e o primeiro vilarejo que dominamos era chamado de Er-Heb. Os sacerdotes em Er-Heb faziam tudo certo, mas tinham uma porção de casos pendentes a respeito de terras para me mostrar, e alguns homens de outras vilas tinham lançado flechas à noite. Saí e procurei pela vila, e disparei quatro vezes, à distância de um quilômetro. Usei todos os cartuchos que tinha levado e esperei por Dravot, que tinha partido há dois ou três meses, e mantive meu povo quieto."

"Certa manhã ouvi o barulho infernal de tambores e cornetas de chifres, e Dan Dravot marchava abaixo na colina com seu exército e uma fila de centenas de homens, e, o que era mais surpreendente, uma grande coroa de ouro sobre a cabeça. 'Meu Deus, Canehan', disse Daniel, 'este é um negócio incrível, e nós temos todo o país, até onde vale a pena. Sou o filho de Alexandre e da rainha Semiramis, e você é meu irmão mais novo, e é um deus também! É a coisa mais impressionante que já vimos. Tenho marchado e lutado por seis semanas com o exército, e cada aldeiazinha em oitenta quilômetros uniu-se a nós com júbilo; e mais que isso, eu conduzo todo o espetáculo, como você verá, e consegui uma coroa para você! Disse a eles para fazerem duas em um lugar chamado Shu, onde se encontra ouro nas rochas, como banha na carne de carneiro. Ouro eu vi, e turquesas arranquei dos penhascos, e existem granadas nas areias dos rios, e aqui está um bom pedaço de âmbar que um homem trouxe para mim. Chame os sacerdotes e, aqui, tome sua coroa.'"

I remember that there had once come to the office a blind man with a knotted twig and a piece of string which he wound round the twig according to some cipher of his own. He could, after the lapse of days or hours, repeat the sentence which he had reeled up. He had reduced the alphabet to eleven primitive sounds, and tried to teach me the method, but I could not understand.

'I sent that letter to Dravot,' said Carnehan; 'and told him to come back because this Kingdom was growing too big for me to handle, and then I struck for the first valley, to see how the priests were working. They called the village we took along with the Chief, Bashkai, and the first village we took, Er-Heb. The priests at Er-Heb was doing all right, but they had a lot of pending cases about land to show me, and some men from another village had been firing arrows at night. I went out and looked for that village, and fired four rounds at it from a thousand yards. That used all the cartridges I cared to spend, and I waited for Dravot, who had been away two or three months, and I kept my people quiet.

'One morning I heard the devil's own noise of drums and horns, and Dan Dravot marches down the hill with his Army and a tail of hundreds of men, and, which was the most amazing, a great gold crown on his head. "My God, Carnehan," says Daniel, "this is a tremenjus business, and we've got the whole country as far as it's worth having. I am the son of Alexander by Queen Semiramis, and you're my younger brother and a God too! It's the biggest thing we've ever seen. I've been marching and fighting for six weeks with the Army, and every footy little village for fifty miles has come in rejoiceful; and more than that, I've got the key of the whole show, as you'll see, and I've got a crown for you! I told 'em to make two of 'em at a place called Shu, where the gold lies in the rock like suet in mutton. Gold I've seen, and turquoise I've kicked out of the cliffs, and there's garnets in the sands of the river, and here's a chunk of amber that a man brought me. Call up all he priests and, here, take your crown."

"Um dos homens abriu uma bolsa preta de pele, e eu experimentei a coroa. Era pequena e muito pesada, mas a usei com glória. Forjada em ouro ela era – pesando dois quilos, como um aro de barril."

"'Peachey', disse Dravot, 'nós não queremos mais lutar. O Ofício[20] é o truque, por isso ajude-me!', e ele trouxe adiante o mesmo chefe que eu tinha deixado em Bashkai – Billy Fish, foi como o chamamos mais tarde, porque ele era muito parecido com Billy Fish, o maquinista que dirigia o grande tanque em Mach, no Bolan, nos velhos tempos. 'Aperte a mão dele', disse Dravot, e eu apertei e quase caí, pois Billy Fish deu-me o toque. Eu não disse nada, e o testei com o toque do grau de Companheiro. Ele respondeu certo, e eu tentei o toque do grau de Mestre, mas foi um passo em falso. 'Um Companheiro, é o que ele é!', disse Dan, 'Ele conhece a palavra?', 'Conhece', disse Dan, 'e todos os sacerdotes também conhecem. É um milagre! Os chefes e os sacerdotes sabem trabalhar em Loja de Companheiro de um jeito muito parecido com o nosso, eles fizeram marcas nas rochas, mas não conhecem o Terceiro Grau, e vieram para aprender. É uma verdade divina. Eu sabia, todos esses anos, que os afegãos conheciam o Ofício do Grau do Companheiro, mas isto é um milagre. Um deus e um Grão-mestre da Maçonaria eu sou, e uma Loja do Terceiro Grau nós abriremos, e exaltaremos os sumo-sacerdotes e os chefes das vilas.'"

"'Isso é contra a lei', eu disse, 'manter uma Loja sem autorização de ninguém; e você sabe que nunca participamos da administração de nenhuma Loja'".

"'É um golpe de mestre em termos de política', disse Dravot. 'Significa dirigir o país com tanta facilidade quanto se guia um vagão de quatro rodas ladeira abaixo. Não podemos parar agora para fazer perguntas ou eles se voltarão contra nós. Tenho quarenta chefes comigo, que eu aprovo e promovo de acordo com os méritos de cada um. Acolha esses homens nas vilas e trate da abertura de algum tipo de Loja. O templo de Imbra servirá de salão para a Loja. Mostre

---

[20] "O Ofício da Maçonaria: Dravot pretendia governar o país como se este fosse uma Loja maçônica. Carnehan provavelmente deveria ser um Mestre Maçom, pois cumprimentou Billy Fish com o toque do grau. Os nativos devem ter aprendido sobre Maçonaria com Alexandre, o Grande – como fica subtendido no texto – porém não avançaram além do grau de Companheiro. – George Kieffer. N.T.

às mulheres como devem ser feitos os aventais. Farei uma cerimônia para os chefes esta noite, e uma Loja amanhã.'"

"Queria dar no pé, mas não era tão tolo que não pudesse ver o empurrão que esse negócio do Ofício tinha nos dado. Mostrei às famílias dos sacerdotes como fazer os aventais dos graus, mas para o avental de Dravot, a borda azul e as marcas eram feitas de pedaços de turquesa sobre couro branco, não em tecido. Pegamos uma grande pedra quadrada no templo, para a cadeira do Mestre, e pedras pequenas para as cadeiras dos oficiais, pintamos o pavimento negro com quadros brancos e fizemos o possível para organizar as coisas de acordo."

"Na cerimônia, celebrada naquela noite na encosta com fogueiras enormes, Dravot anunciou que ele e eu éramos filhos de Alexandre, antigos Grão-mestres da Maçonaria, e que faríamos do Kafiristão um país onde todo homem poderia comer em paz e beber tranqüilo, e, em especial, nos obedecer. Então os chefes vieram e apertaram-se as mãos, eles eram peludos, brancos e loiros e apertavam-se as mãos como velhos amigos. Nós os denominados de acordo com os homens que conhecemos na Índia – Billy Fish, Holly Dilworth, Pikky Kergan, que era o chefe do bazar quando estávamos em Mhow, e assim por diante."

"Os milagres *mais* surpreendentes aconteceram na Loja, na noite seguinte. Um dos antigos sacerdotes olhava-nos sem parar e eu me senti desconfortável, pois tínhamos que dissimular o ritual, e eu não sabia o quanto o homem conhecia. O velho sacerdote era um estrangeiro vindo de além da fronteira da vila de Bashkai. No minuto em que Dravot vestiu o avental que as moças fizeram para ele, o sacerdote soltou um grito e um lamento, e tentou virar a pedra em que Dravot estava sentado. 'Agora não tem mais jeito', eu disse, 'Isso é o que o dá se meter com o Ofício sem permissão!' Dravot sequer piscou os olhos, nem quando dez sacerdotes inclinaram a pedra da cadeira do Grão-mestre – quer dizer, a pedra de Imbra. O sacerdote começou a esfregar o fundo da pedra para limpá-la da sujeira escura, e logo mostrou aos outros a Marca de Mestre, a mesma que estava no avental de Dravot, entalhada no fundo da pedra. Nem mesmo os

a levee of Chiefs tonight and Lodge tomorrow."

'I was fair run off my legs, but I wasn't such a fool as not to see what a pull this Craft business gave us. I showed the priests' families how to make aprons of the degrees, but for Dravot's apron the blue border and marks was made of turquoise lumps on white hide, not cloth. We took a great square stone in the temple for the Master's chair, and little stones for the officers' chairs, and painted the black pavement with white squares, and did what we could to make things regular.

'At the levee which was held that night on the hillside with big bonfires, Dravot gives out that him and me were Gods and sons of Alexander, and Past Grand-Masters in the Craft, and was come to make Kafiristan a country where every man should eat in peace and drink in quiet, and especially obey us. Then the Chiefs come round to shake hands, and they were so hairy and white and fair it was just shaking hands with old friends. We gave them names according as they was like men we had known in India – Billy Fish, Holly Dilworth, Pikky Kergan, that was Bazar-master when I was at Mhow, and so on, and so on.

'*The* most amazing miracles was at Lodge next night. One of the old priests was watching us continuous, and I felt uneasy, for I knew we'd have to fudge the Ritual, and I didn't know what the man knew. The old priest was a stranger come in from beyond the village of Bashkai. The minute Dravot puts on that Master's apron that the girls had made for him, the priest fetches a whoop and a howl, and tries to overturn the stone that Dravot was sitting on. "It's all up now," I says. "That comes of meddling with the Craft without warrant!" Dravot never winked an eye, not when ten priests took and tilted over the Grand-Master's chair – which was to say the stone of Imbra. The priests begins rubbing the bottom end of it to clear away the black dirt, and presently he shows all the other priests the Master's Mark, same as was on Dravot's apron, cut into the stone. Not even the priests of the temple of Imbra knew it was there. The old chap falls flat on his face at Dravot's feet and kisses 'em. "Luck again," says Dravot, across the Lodge to me; "they say it's the Missing Mark that no one could understand the why of. We're more than safe now." Then he bangs the butt of his gun for a gavel and says: "By virtue of the authority vested in me by my own right hand and the help of Peachey, I declare myself Grand-Master of all Freemasonry in Kafiristan in this the Mother Lodge o' the country, and King of Kafiristan equally with Peachey!" At that he puts on his crown and I puts on mine – I was doing Senior Warden – and we opens the Lodge in most ample form. It was an amazing miracle! The priests moved in Lodge through the first two degrees almost without telling, as if the memory was coming back to them. After than, Peachey and Dravot raised such as was worthy – high priests and Chiefs of far-off villages. Billy Fish was the first, and I can tell you we scared the soul out of him. It was not in any way according to Ritual, but it served our turn. We didn't raise more than ten of the biggest men, because we didn't want to make the Degree common. And they was clamouring to be raised.

"'In another six months," says Dravot, "we'll hold another Communication, and see how you are working." Then he asks them about their villages, and learns that they was fighting one against the other, and were sick and tired of it. And when they weren't doing that they was fighting with the Mohammedans. "You can fight those when they come into our country," says Dravot. "Tell off every tenth man of your tribes for a Frontier guard, and send two hundred at a time to this valley to be drilled. Nobody is going to be shot or speared any more so long as he does well, and I know that you won't cheat me, because you're white people – sons of Alexander – and not like common, black Mohammedans. You are *my* people, and by God," says he, running off into English at the end – "I'll make a damned fine Nation of you, or I'll die in the making!"

sacerdotes do templo de Imbra sabiam que ela estava lá. O velho camarada caiu duro com o rosto aos pés de Dravot e os beijou. 'Sorte de novo', disse Dravot para mim através da Loja; 'eles dizem que é a Marca Perdida cujo significado ninguém conhecia. Estamos mais do que seguros agora'. Então ele bateu a coronha da arma, como um malhete, e disse: 'Em virtude da autoridade a mim investida pela minha mão direita e com a ajuda de Peachey, declaro-me Grão-mestre de toda Maçonaria do Kafiristão, nesta Grande-Loja Mãe do país, e rei do Kafiristão, assim como Pearchey!' E nisso ele pôs a coroa, e eu pus a minha – eu trabalhava como o Primeiro Vigilante – e abrimos a Loja da melhor forma possível. Foi um milagre surpreendente! Os sacerdotes se colocaram em Loja nos dois primeiros graus quase sem dizer nada, como se tivessem recobrado a memória. Depois disso, Peachey e Dravot exaltaram os que tinham merecimento – sumo-sacerdotes e chefes de vilas distantes. Billy Fish foi o primeiro, e posso dizer que ele ficou bastante assustado. Isso não foi feito de forma alguma de acordo com o ritual, mas servia aos nossos propósitos. Não exaltamos mais do que dez homens importantes, porque não queríamos banalizar o Grau. E eles clamavam para serem exaltados."

"'Nos próximos seis meses', disse Dravot, 'providenciarmos outra Comunicação, e veremos como está o trabalho de vocês'. Então ele lhes perguntou como estavam as vilas, e soube que lutavam entre si, e estavam enjoados e cansados daquilo. E quando não lutavam entre si, guerreavam com os maometanos. 'Vocês poderão lutar contra eles quando eles vierem ao nosso país', disse Dravot. 'Selecionem um em cada dez homens de suas tribos para guardar a fronteira, e enviem duzentos de cada vez a este vale, para serem treinados. Ninguém mais será atingido por fuzil ou lança enquanto fizer as coisas direito, e sei que vocês não vão trapacear, porque são homens brancos – filhos de Alexandre – e não como esses maometanos negros e vulgares. Vocês são o *meu* povo, e por Deus', disse ele, falando em inglês no final – 'Farei de vocês uma nação danada de boa, ou morrerei tentando!'"

O Homem que Queria Ser Rei

"Não posso dizer tudo o que fizemos nos seis meses seguintes, porque Dravot fez um monte de coisas que eu não consegui entender, e ele aprendeu o idioma deles de um jeito que eu nunca consegui. Minha função era acompanhar o trabalho no campo, e, de vez em quando, sair com alguns soldados para ver o que as outras vilas faziam, e fazê-los lançar pontes de corda através dos desfiladeiros que cortavam todo o horrendo país. Dravot era muito gentil comigo, mas quando ele caminhou para cima e para baixo na floresta de pinheiros, puxando a barba ruiva como sangue com suas duas mãos, soube que tramava planos escondido de mim, e apenas esperei pelas ordens."

"Mas Dravot nunca me desrespeitou na frente dos outros. Eles tinham medo de mim e do exército, mas amavam Dan. Ele era o melhor amigo dos sacerdotes e dos chefes; e qualquer um podia cruzar a colina para reclamar, Dravot ouvia com imparcialidade, chamava quatro sacerdotes e dizia o que deveria ser feito. Ele costumava visitar Billy Fish em Bashkai, e Pikky Kergan, de Shu, e um velho chefe a quem chamávamos de Kafuzelum – o nome verdadeiro era quase esse – e reunir-se em conselho com eles quando havia alguma luta a ser travada contra pequenas vilas. Esse era seu Conselho de Guerra, e os quatro sacerdotes de Bashkai, Shu, Khawak e Madora formavam o Conselho Particular. Entre os montes de soldados que me enviaram, escolhi quarenta homens, vinte rifles e mais sessenta homens para carregaram turquesas e fomos ao país Ghorband comprar aqueles rifles Martini manufaturados, que vêm das oficinas do emir, em Cabul, para um dos regimentos Herati do emir, que venderiam os dentes de suas bocas por turquesas."

"Fiquei em Ghorband por um mês, e fiz chantagem com o governador usando o que havia de melhor no meu cesto; subornei o coronel do regimento com outro tanto, e contando com as armas dos dois e as das tribos conseguimos mais de cem Maritinis manufaturados, cem bons jezails Kohat, que atingem a seiscentos metros, e quarenta homens carregados com munições muito ruins para rifles. Retornei com o que havia conseguido, e distribui entre os homens

'I can't tell all we did for the next six months, because Dravot did a lot I couldn't see the hang of, and he learned their lingo in a way I never could. My work was to help the people plough, and now and again go out with some of the Army and see what the other villages were doing, and make 'em throw rope-bridges across the ravines which cut up the country horrid. Dravot was very kind to me, but when he walked up and down in the pine wood pulling that bloody red beard of his with both fists I knew he was thinking plans I would not advise about, and I just waited for orders.

'But Dravot never showed me disrespect before the people. They were afraid of me and the Army, but they loved Dan. He was the best of friends with the priests and the Chiefs; but anyone could come across the hills with a complaint, and Dravot would hear him out fair, and call four priests together and say what was to be done. He used to call in Billy Fish from Bashkai, and Pikky Kergan from Shu, and an old Chief we called Kafuzelum – it was like enough to his real name – and hold councils with 'em when there was any fighting to be done in small villages. That was his Council of War, and the four preists of Bashkai, Shu, Khawak, and Madora was his Privy Council. Between the lot of 'em they sent me, with forty men and twenty rifles and sixty men carrying turquoises, into the Ghorband country to buy those hand-made Martini rifles, that come out of the Amir's workshops at Kabul, from one of the Amir's Herati regiments that would have sold the very teeth out of their mouths for turquoises.

'I stayed in Ghorband a month, and gave the Governor there the pick of my baskets for hush-money, and bribed the Colonel of the regiment some more, and, between the two and the tribespeople, we got more than a hundred hand-made Martinis, a hundred good Kohat Jezails that'll throw to six hundred yards, and forty man-loads of very bad ammunition for the rifles. I came back with what I had, and distributed 'em among the men that the Chiefs sent in to me to drill. Dravot was too busy to attend to those things, but the old Army that we first made helped me, and we turned out five hundred men that could drill, and two hundred that knew how to hold arms pretty straight. Even those cork-screwed, hand-made guns was a miracle to them. Dravot talked big about powder-shops and factories, walking up and down in the pine wood when the winter was coming on.

"'I won't make a Nation,'" says he. "'I'll make an Empire! These men aren't niggers; they're English! Look at their eyes – look at their mouths. Look at the way they stand up. They sit on chairs in their own houses. They're the Lost Tribes, or something like it, and they've grown to be English. I'll take a census in the spring if the priests don't get frightened. There must be a fair two million of 'em in these hills. The villages are full o' little children. Two million people – two hundred and fifty thousand fighting men – and all English! They only want the rifles and a little drilling. Two hundred and fifty thousand men, ready to cut in on Russia's right flank when she tries for India! Peachey, man," he says, chewing his beard in great hunks, "we shall be Emperors – Emperors of the Earth! Rajah Brooke will be a suckling to us. I'll treat with the Viceroy on equal terms. I'll ask him to send me twelve picked English – to help us govern a bit. There's Mackray, Sergeant-pensioner at Segowli – many's the good dinner he's given me, and his wife a pair of trousers. There's Donkin, the Warder of Tounghoo Jail; there's hundreds that I could lay my hands on if I was in India. The Viceroy shall do it for me. I'll send a man through in the spring for those men, and I'll write for a dispensation from the Grand Lodge for what I've done as Grand-Master. That – and all the Sniders that'll be thrown out when the native troops in India take up the Martini. They'll be worn smooth, but they'll do for fighting in these hills. Twelve English, a hundred thousand Sniders run through the Amir's country in driblets

que os chefes das tribos tinham enviado para que os treinasse. Dravot estava ocupado demais para se preocupar com essas coisas; mas o antigo exército, o primeiro que treinamos, me ajudou, e nós formamos quinhentos homens em táticas militares e duzentos que sabiam manejar armas com precisão. Mesmo aquelas armas manufaturadas, tipo saca-rolhas, eram um milagre para eles. Dravot falava bastante sobre lojas de munição e fábricas, andando para cima e para baixo na floresta de pinheiros enquanto o inverno se aproximava."

"'Não construirei uma nação', disse ele, 'Construirei um império! Esses homens não são *pretos*; são ingleses! Veja os olhos deles – olhe as bocas. Veja o modo como ficam em pé. Eles se sentam em cadeiras nas próprias casas. São as Tribos Perdidas, ou qualquer coisa assim, e nasceram para serem ingleses. Farei um recenseamento na primavera, se os sacerdotes não se assustarem. Deve haver consideráveis dois milhões de pessoas nessas colinas. As vilas estão cheias de criancinhas. Dois milhões de pessoas – duzentos e cinqüenta mil soldados – e todos ingleses! Eles só querem os rifles e um pouco de treinamento. Duzentos e cinqüenta mil homens prontos para retalhar o flanco direito da Rússia quando ela tentar invadir a Índia! Peachey, homem', ele disse, mascando grandes tufos de barba – 'seremos imperadores – imperadores da Terra! Rajá Brooke será um bebezinho comparado a nós. Tratarei com o vice-rei de igual para igual. Pedirei a ele que me envie doze ingleses escolhidos – para nos ajudar um pouco no governo. Tem o Mackray, sargento-pensionista em Segowli – muito pelo jantar que me ofereceu e pelas calças que ganhei da esposa dele. Tem o Donkin, o carcereiro da prisão de Tounghoo, há centenas que eu poderia escolher se estivesse na Índia. O vice-rei fará isso por mim, enviarei um homem para isso na primavera, e escreverei solicitando um perdão da Grande Loja pelos atos que eu fiz como Grão-mestre. Isso – e todos os sipaios que serão arremessados para fora quando as tropas nativas na Índia pegarem os Martinis. Eles estarão exaustos, mas lutarão nestas colinas. Doze ingleses, cem mil sipaios invadindo o país do emir aos poucos – ficarei satisfeito com vinte mil por ano –

e seremos um império. Quando tudo estiver em boa ordem, eu entregarei a coroa – esta coroa que uso agora – para a rainha Vitória, de joelhos, e ela dirá: 'Erga-se, sir Daniel Dravot', oh, será grandioso! É grandioso, eu te afirmo! Mas há muito a ser feito em todos os lugares – Bashkai, Khawak, Shu e em todos os outros.'"

"'Como assim?', eu disse. 'Não virá mais nenhum homem para ser treinado neste outono. Olhe para aquelas nuvens gordas e negras. Elas estão trazendo nevasca'".

"'Não é bem assim', disse Daniel, apertando meu ombro com força, 'e não desejo dizer nada contra você, pois nenhum outro homem teria me seguido e feito de mim o que sou como você o fez. Você é um comandante-em-chefe de primeira linha, e as pessoas o conhecem, mas – este é um país grande, e seja como for você não pode me ajudar, Peachey, do jeito que eu preciso ser ajudado.'"

"'Volte para os seus malditos sacerdotes, então!', eu disse, e lamentei ter dito aquilo, mas me feriu bastante ver Daniel falando de um jeito tão superior quando fui eu que treinei os homens, e fiz tudo o que ele me dissera."

"'Não vamos discutir, Peachey', disse Daniel sem blasfemar. 'Você também é rei, e metade do reino é seu; mas não vê, Peachey, agora nós queremos homens tão inteligentes quanto nós – três ou quatro deles, que podem ser espalhados por aí como nossos representantes. É um país gigantesco, eu não posso dizer sempre o que é certo fazer, não tenho tempo para fazer tudo o que quero, o inverno está chegando e tudo o mais.' Ele pôs metade da barba na boca, rubra como o ouro da coroa."

"'Desculpe, Daniel', eu disse, 'Fiz tudo o que podia. Treinei os homens e mostrei às pessoas como cultivar melhor a aveia; e trouxe aqueles fuzis de folha-de-flandres de Ghorband – mas sei o que pretende. Suponho que os reis sempre se sintam oprimidos dessa maneira.'"

"'Tem outra coisa, também', disse Dravot, andando para cima e para baixo. 'O inverno se aproxima e estas pessoas não causarão muitos problemas, e mesmo que causem, não poderemos sair daqui. Quero uma esposa'".

– I'd be content with twenty thousand in one year – and we'd be an Empire. When everything was shipshape I'd hand over the crown – this crown that I'm wearing now – to Queen Victoria on my knees, and she'd say: 'Rise up, Sir Daniel Dravot.' Oh, it's big! It's big, I tell you! But there's so much to be done in every place – Bashkai, Khawak, Shu, and everywhere else."

"'What is it?" I says. "There are no more men coming in to be drilled this autumn. Look at those fat, black clouds. They're bringing the snow."

"'It isn't that," says Daniel, putting his hand very hard on my shoulder; "and I don't wish to say anything that's against you, for no other living man would have followed me and made me what I am as you have done. You're a first-class Commander-in-Chief, and the people know you, but – it's a big country, and somehow you can't help me, Peachey, in the way I want to be helped."

"'Go to your blasted priests, then!" I said, and I was sorry when I made that remark, but it did hurt me sore to find Daniel talking so superior when I'd drilled all the men, and done all he told me.

"'Don't let's quarrel, Peachey," says Daniel without cursing. "You're a King too, and the half of this Kingdom is yours; but can't you see, Peachey, we want cleverer men than us now – three or four of 'em, that we can scatter about for our Deputies. It's a hugeous great State, and I can't always tell the right thing to do, and I haven't time for all I want to do, and here's the winter coming on and all." He put half his beard into his mouth, all red like the gold of his crown.

"'I'm sorry, Daniel," says I. "I've done all I could. I've drilled the men and shown the people how to stack their oats better; and I've brought in those tinware rifles from Ghorband – but I know what you're driving at. I take it Kings always feel oppressed that way."

"'There's another thing too," says Dravot, walking up and down. "The winter's coming and these people won't be giving much trouble, and if they do we can't move about. I want a wife."

"'For God's sake leave the women alone!" I says. "We've both got all the work we can, though I *am* a fool. Remember the Contrack, and keep clear o' women."

"'The Contrack only lasted till such time as we was Kings; and Kings we have been these months past," says Dravot, weighting his crown in his hand. "You go get a wife too, Peachey - a nice, strappin', plump girl that'll keep you warm in the winter. They're prettier than English girls, and we can take the pick of 'em. Boil 'em once or twice in hot water and they'll come out like chicken and ham."

"'Don't tempt me!" I says. "I will not have any dealings with a woman not till we are a dam' side more settled than we are now. I've been doing the work o' two men, and you've been doing the work o' three. Let's lie off a bit, and see if we can get some better tobacco from Afghan country and run in some good liquor; but no women."

"'Who's talking o' *women?*" says Dravot. "I said *wife* – a Queen to breed a King's son for the King. A Queen out of the strongest tribe, that'll make them your blood-brothers, and that'll lie by your side and tell you all the people thinks about you and their own affairs. That's what I mean."

"'Do you remember that Bengali woman I kept at Mogul Serai when I was a plate-layer?" says I. "A fat lot o' good she was to me. She taught me the lingo and one or two other things; but what happened? She ran away with the Station-master's servant and half my month's pay. Then she turned up at Dadur Junction in tow of a half-caste, and had the impidence to say I was her husband – all among the drivers in the running-shed too!"

"'We've done with that," says Dravot; "these women are whiter than you or me, and a Queen I will have for the winter months."

"'For the last time o' asking, Dan, do *not,*" I says. "It'll only bring us harm. The Bible says that Kings ain't to waste their strength on women, 'specially when they've got a new raw Kingdom to work over."

"'Pelo amor de Deus, deixe as mulheres em paz!', eu disse. 'Nós dois fizemos todo o trabalho que pudemos, apesar de eu *ser* um tolo. Lembre-se do contrato, e fique longe das mulheres'".

"'O contrato só valia até eu ser rei; e rei nós somos há meses', disse Dravot, pesando a coroa nas mãos. 'Você terá uma esposa também, Peachey – uma moça bonita, robusta e roliça, que o manterá aquecido no inverno. Elas são mais bonitas que as inglesas, e podemos escolher qualquer uma. Ferva-as uma ou duas vezes em água quente e ficarão rosadas como frangos e presunto.'"

"'Não me tente!', eu disse. 'Não quero nada com uma mulher até que estejamos em melhor situação do que agora. Tenho trabalhado por dois homens e você, por três. Descansemos um pouco, e vamos ver se conseguimos um tabaco melhor no Afeganistão, e também alguma bebida, mas nada de mulheres.'"

"'Quem falou em *mulheres*?', disse Dravot. 'Eu disse *esposa* – uma rainha para gerar o filho do rei. Uma rainha vinda da tribo mais forte, que fará deles nossos irmãos de sangue, para descansar a seu lado e lhe dizer o que as pessoas pensam de você e dos assuntos deles. É isso o que quero dizer.'"

"'Você se lembra daquela mulher bengali que eu tomei em Mogul Serai quando era assentador de trilhos?', eu disse. 'Ela era bastante boa para mim. Ensinou-se o idioma e uma ou duas outras coisas mais, mas o que aconteceu? Ela fugiu com o servente do chefe da estação e metade do meu salário. Então ela apareceu na conexão de Dadur, levada por um mestiço, e teve o desplante de dizer que eu era marido dela – disse o mesmo aos condutores de barcos.'"

"'Nós já superamos isso', disse Dravot, 'essas mulheres são mais brancas que você ou eu, e uma rainha para os meses de inverno eu terei'".

"'Pela última vez eu te peço, Dan, *não* faça isso', eu disse. 'Isso só nos trará prejuízo. A Bíblia diz que os reis não devem desperdiçar sua força com as mulheres, em especial quando têm um novo reino em estado bruto para construir.'"

O Homem que Queria Ser Rei

"'Pela última vez responder-lhe eu vou', disse Dravot, e ele foi embora pelo meio dos pinheiros, como um grande demônio vermelho, o sol iluminando a coroa, a barba e tudo o mais.'"

"Mas arranjar uma esposa não era tão fácil como Dan julgava. Ele apresentou a idéia perante o Conselho, e não houve resposta até que Billy Fish disse que seria melhor consultar as mulheres. Dravot insultou a todos ao redor. 'O que há de errado comigo?', ele gritou, em pé ao lado do ídolo Imbra. 'Sou um cão, ou não sou homem o bastante para as suas prostitutas? Não pus a sombra de minha mão sobre este país? Quem rechaçou o último ataque surpresa dos afegãos?' Fui eu, na verdade, mas Dravot estava bravo demais para lembrar-se disso. 'Quem comprou-lhes armas? Quem consertou as pontes? Quem é o Grão-mestre do símbolo entalhado na pedra?', disse ele, e deu um pancada com a mão no bloco que usava para sentar na Loja e no Conselho, que sempre era aberto como uma Loja. Billy Fish não disse nada, assim como os outros. 'Mantenha a calma, Dan', eu disse; 'e pergunte às moças. É assim que fazemos na Inglaterra e essas pessoas são quase ingleses'".

"'O casamento de um rei é assunto de Estado', disse Dan, furioso, pois ele sentia, espero, que ia contra seus melhores princípios. Ele deixou a sala do Conselho e os outros permaneceram sentados, olhando para o chão".

"'Billy Fish', eu disse para o chefe de Bashkai, 'qual é o problema aqui? Quero uma resposta direta para um amigo verdadeiro'".

"'Você sabe', disse Billy Fish. 'Como pode um homem dizer algo a você, que tudo sabe? Como podem as filhas dos homens desposar deuses ou demônios? Não é apropriado.'

"Lembrei-me de algo assim na Bíblia; mas se, vendo-nos como eles nos viam, eles ainda acreditavam que éramos deuses, não era meu papel desiludi-los."

"'Um deus pode fazer qualquer coisa', eu disse. 'Se um deus gostar de uma garota, não a deixará morrer'. 'Ela tem que morrer', disse Billy Fish. 'Existe todo tipo de deuses e demônios nestas montanhas, e de vez em quando uma

and now and again a girl marries one of them and isn't seen any more. Besides, you two know the Mark cut in the stone. Only the Gods know that. We thought you were men till you showed the sign of the Master."

'I wished then that we had explained about the loss of the genuine secrets of a Master-Mason at the first go-off; but I said nothing. All that night there was a blowing of horns in a little dark temple half-way down the hill, and I heard a girl crying fit to die. One of the priests told us that she was being prepared to marry the King.

"'I'll have no nonsense of that kind," says Dan. "I don't want to interfere with your customs, but I'll take my own wife." "The girl's a bit afraid," says the priest. "She thinks she's going to die, and they are a-heartening of her up down in the temple."

"'Hearten her very tender, then," says Dravot, "or I'll hearten you with the butt of a gun so you'll never want to be heartened again." He licked his lips, did Dan, and stayed up walking about more than half the night, thinking of the wife that he was going to get in the morning. I wasn't any means comfortable, for I knew that dealings with a woman in foreign parts, though you was a crowned King twenty times over, could not but be risky. I got up very early in the morning while Dravot was asleep, and I saw the priests talking together in whispers, and the Chiefs talking together too, and they looked at me out of the corners of their eyes.

"'What is up, Fish?" I say to the Bashkai man, who was wrapped up in his furs and looking splendid to behold.

"'I can't rightly say," says he, "but if you can make the King drop all this nonsense about marriage, you'll be doing him and me and yourself a great service."

"'That I do believe," says I. "But sure, you know, Billy, as well as me, having fought against and for us, that the King and me are nothing more than two of the finest men that God Almighty ever made. Nothing more, I do assure you."

garota casa-se com um deles e não é mais vista. Além do mais, vocês dois conhecem a marca entalhada na pedra. Apenas os deuses a conhecem. Julgávamos que fossem homens até vocês mostrarem o sinal de Mestre.'"

"Desejei então que tivéssemos explicado o emprego equivocado dos segredos genuínos de um Mestre Maçom no primeiro impasse, mas não disse nada. Por toda noite sopraram cornetas de chifres em um pequeno templo a meio caminho da colina, e ouvi uma moça chorar, pronta para morrer. Um dos sacerdotes disse-nos que estava sendo preparada para casar-se com o rei."

"'Não aceito esse tipo de absurdo', disse Dan. 'Não quero interferir nos costumes locais, mas eu escolho minha própria esposa.' 'A moça está um pouco amedrontada', disse o sacerdote. 'Ela acha que vai morrer, e eles a estão encorajando lá embaixo no templo'".

"'Encorajem-na com muito carinho, então', disse Dravot, 'ou eu vou encorajá-lo com a coronha de minha arma e você nunca mais quererá ser encorajado de novo'. Ele lambeu os lábios, sim Dan o fez, e ficou acordado, andando por mais da metade da noite, pensando na esposa que teria pela manhã. Eu não me sentia nem um pouco confortável, pois sabia que assuntos com mulheres em terras estrangeiras, ainda que você seja um rei vinte vezes coroado, não estavam livres de riscos. Levantei bem cedo pela manhã enquanto Dravot ainda dormia, e vi os sacerdotes conversando juntos, entre sussurros, e os chefes conversando juntos também, e eles me olhavam com o canto dos olhos."

"'O que está havendo, Fish?', eu disse para o homem de Bashkai, que estava embrulhado em peles e esplêndido de se ver."

"'Não posso dizer ao certo", ele falou, 'mas se você puder fazer o rei desistir desse disparate sobre casamento, fará a ele, a você e a mim um grande serviço'".

"'Acredito nisso', disse eu. 'Mas por certo, você, Billy, que tem lutado contra e a nosso favor, sabe tão bem quanto eu que o rei e eu não somos mais do que os dois melhores homens que o Deus Onipotente já criou. Nada além, eu te asseguro'".

O Homem que Queria Ser Rei

"'Isso pode ser', disse Billy Fish, 'e ainda lamentarei se assim for'. Ele afundou a cabeça em seu grande manto de pele por alguns minutos e pensou. 'Rei', disse ele, 'seja você homem, deus ou demônio, ficarei ao seu lado hoje. Tenho vinte homens comigo, e eles me seguirão. Iremos a Bashkai até a tempestade amainar'".

"Tinha caído um pouco de neve à noite e tudo estava branco, menos as nuvens gordas e oleosas que sopravam cada vez mais baixas, vindas do norte. Dravot apareceu com sua coroa na cabeça, balançando os braços e batendo os pés, e parecendo mais alegre que um fantoche.

"'Pela última vez, desista Dan', eu disse em um sussurro, 'Billy Fish, aqui, diz que haverá confusão'".

"'Confusão em meio ao meu povo!', disse Dravot. 'Não muita, Peachey, você é um tolo por não tomar uma esposa também. Onde está a garota?', ele gritou tão alto quanto o zurrar de um jumento. 'Chame os chefes e os sacerdotes, e deixe o imperador ver se a esposa serve para ele'".

"Não havia necessidade de chamar ninguém. Estavam todos inclinados sobre os fuzis e as lanças ao redor da clareira no centro da floresta de pinheiros. Um monte de sacerdotes desceu do pequeno templo trazendo a moça, e as cornetas de chifres tocaram como se acordassem os mortos. Billy Fish passeava ao redor e aproximou-se o máximo que pôde de Daniel, e atrás dele estavam seus vinte homens com os mosquetes. Nenhum deles tinha menos de dois metros. Eu estava perto de Dravot, e atrás de mim havia vinte homens do exército regular. Chegou a garota, e uma jovem robusta ela era, coberta de prata e turquesas, mas branca como a morte, e olhando para trás a todos instante para ver os sacerdotes."

"'Ela serve', disse Dan, olhando-a. 'Por que o medo, moça? Venha e me beije.' Ele a enredou com o braço. Ela fechou os olhos, guinchou um pouquinho e abaixou o rosto ao lado da barba ruiva flamejante de Dan."

"'A vadia me mordeu!', disse ele, batendo a mão no pescoço, e, com certeza, sua mão estava vermelha de sangue. Billy Fish e dois dos seus homens seguraram Dan pelos ombros e o arrastaram para o território de Bashkai enquanto

by the shoulders and drags him into the Bashkai lot, while the priests howls in their lingo – "Neither God nor Devil but a man!" I was all taken aback, for a priest cut at me in front, and the Army behind began firing into the Bashkai men.

"'God A'mighty!" says Dan. "What is the meaning o' this?'"

"'Come back! Come away!' says Billy Fish. "Ruin and Mutiny is the matter. We'll break for Bashkai if we can."

'I tried to give some sort of orders to my men – the men of the Regular Army – but it was no use, so I fired into the brown of 'em with an English Martini and drilled three beggars in a line. The valley was full of shouting, howling creatures, and every soul was shrieking, "Not a God or a Devil but only a man!" The Bashkai troops stuck to Billy Fish for all they were worth, but their matchlocks wasn't half as good as the Kabul breech-loaders, and four of them dropped. Dan was bellowing like a bull, for he was very wrathy; and Billy Fish had a hard job to prevent him running out at the crowd.

"'We can't stand," says Billy Fish. "Make a run for it down the valley! The whole place is against us." The matchlock-men ran, and we went down the valley in spite of Dravot. He was swearing horribly and crying out he was King. The priests rolled great stones on us, and the regular Army fired hard, and there wasn't more than six men, not counting Dan, Billy Fish, and Me, that came down to the bottom of the valley alive.

'Then they stopped firing and the horns in the temple blew again. "Come away – for God's sake come away!" says Billy Fish. "They'll send runners out to all the villages before ever we get to Bashkai. I can protect you there, but I can't do anything now."

'My own notion is that Dan began to go mad in his head from that hour. He stared up and down like a stuck pig. Then he was all for walking back alone and killing the priests with his bare hands; which he could have done. "An Emperor am I," says Daniel, "and next year I shall be a Knight of the Queen."

os sacerdotes uivavam na língua deles – 'Nem deus nem demônio, apenas homem!' Eu estava de todo surpreso, pois um sacerdote cortou-me a testa e o exército atrás de mim atirava nos homens de Bashkai."

"'Deus todo poderoso!', disse Dan. 'O que significa isto?'"

"'Retorne! Vamos embora!', disse Billy Fish. 'Ruína e Motim é o problema. Fugiremos para Bashkai se conseguirmos'".

"Tentei dar algum tipo de ordem aos meus homens – os homens do exército regular – mas foi inútil, então atirei contra eles com o Martini inglês e acertei três patifes em fila. O vale ficou repleto de tiros, de criaturas gemendo, e todo mundo berrava: 'Nem deus nem demônio, apenas homem!' As tropas de Bashkai ficaram com Billy Fish, pois todos eram valorosos, mas seus mosquetes não valiam nem a metade das armas de Cabul, com recarga traseira, e quatro deles caíram. Dan bramava como um touro, pois estava muito nervoso; e Billy Fish lutava para impedi-lo de correr em direção à multidão."

"'Não vamos agüentar', disse Billy Fish. 'Corra vale abaixo! O lugar todo está contra nós.' Os homens com mosquetes correram e nós descemos ao vale, apesar da má vontade de Dravot. Ele suava horrivelmente e gritava que era um rei. Os sacerdotes rolavam pedras enormes sobre nós, o exército regular atirava com firmeza e não mais que seis homens, sem contar Dan, Billy Fish e eu, chegaram vivos ao fundo do vale."

"Então eles pararam de atirar e as cornetas do templo soaram de novo. 'Vão embora – pelo amor de Deus vão embora!', disse Billy Fish. 'Eles mandarão batedores em todas as vilas antes de chegarmos a Bashkai. Posso protegê-los lá, mas não posso fazer nada agora.'"

"Pelo que percebi, foi nessa hora que Dan começou a enlouquecer. Ele se agitava para cima e para baixo como um porco ferido. Então ele quis voltar sozinho e matar os sacerdotes com as mãos nuas; o que poderia ter feito. 'Um imperador, é o que eu sou', disse Daniel, 'e no próximo ano serei um Cavaleiro da Rainha'".

O Homem que Queria Ser Rei

"'Tudo bem, Dan', eu disse, 'mas vamos embora enquanto há tempo'".

"'É culpa sua', disse ele, 'por não cuidar melhor do seu exército. Havia um motim entre eles, e você não sabia – seu maldito maquinista, assentador de trilhos, caçador de missionários!' Ele sentou-se em uma pedra e me chamou de todos os nomes sujos que conseguiu pronunciar. Eu estava deprimido demais para me importar, apesar de ter sido a estupidez dele que acabara com tudo."

"'Desculpe, Dan', eu disse, 'mas não há princípios para os nativos. Esse negócio foi nossa ruína. Talvez ainda possamos tirar alguma coisa disto, quando chegarmos a Bashkai'".

"'Vamos para Bashkai, então', disse Dan, 'e, por Deus, quando eu voltar aqui, varrerei o vale e não ficará pedra sobre pedra!'"

"Andamos o dia todo, e por toda a noite Dan pisoteou a neve para cima e para baixo, mascando a barba e resmungando para si mesmo."

"'Não há como escapar dessa', disse Billy Fish. 'Os sacerdotes enviarão mensageiros às vilas para avisar que vocês são apenas homens. Por que vocês não continuaram como deuses até que as coisas estivessem mais arranjadas? Sou um homem morto', disse Billy Fish, que se arremessou na neve e começou a orar para os deuses."

"Na manhã seguinte estávamos em um país mais que horrível – apenas subidas e descidas, nenhum solo plano, e também nenhuma comida. Os seis homens Bashkai olhavam famintos para Billy Fish, como se pedissem alguma coisa, mas não disseram uma palavra. Ao meio dia chegamos ao topo de uma montanha plana toda coberta de neve, e quando a escalamos, vimos que havia um exército em posição nos aguardando bem no meio!"

"'Os mensageiros foram muito rápidos', disse Billy Fish, com uma risadinha amarga. 'Eles esperam por nós'".

"Três ou quatro homens começaram a atirar do lado inimigo, e um tiro a esmo acertou Daniel na panturrilha. Isso o trouxe de volta à razão. Ele olhou o exército através da neve e viu os rifles que havíamos comprado no país."

"We're done for," says he. "They are Englishmen, these people – and it's by blasted nonsense that has brought you to this. Get back, Billy Fish, and take your men away; you've done what you could, and now cut for it. Carnehan," says he, "shake hands with me and go along with Billy. Maybe they won't kill you. I'll go and meet 'em alone. It's me that did it. Me, the King!"

"Go!" says I. "Go to Hell, Dan! I'm with you here. Billy Fish, you clear out, and we two will meet these folk."

"I'm a Chief," says Billy Fish, quite quiet. "I stay with you. My men can go."

'The Bashkai fellows didn't wait for a second word, but ran off, and Dan and Me and Billy Fish walked across to where the drums were drumming and the horns were horning. It was cold – awful cold. I've got that cold in the back of my head now. There's a lump of it there.'

The punkah-coolies had gone to sleep. Two kerosene lamps were blazing in the office, and the perspiration poured down my face and splashed on the blotter as I leaned forward. Carnehan was shivering, and I feared that his mind might go. I wiped my face, took a fresh grip of the piteously mangled hands, and said: 'What happened after that?'

The momentary shift of my eyes had broken the clear current.

'What was you pleased to say?' whined Carnehan. 'They took them without any sound. Not a little whisper all along the snow, not though the King knocked down the first man that set hand on him – not though old Peachey fired his last cartridge into the brown of 'em. Not a single solitary sound did those swines make. They just closed up tight, and I tell you their furs stunk. There was a man called Billy Fish, a good friend of us all, and they cut his throat, Sir, then and there, like a pig; and the King kicks up the bloody snow and says: "We've had a dashed fine run for our money. What's coming next?" But Peachey, Peachey Taliaferro, I tell you, Sir, in confidence as betwixt two friends, he lost his head, Sir. No, he didn't neither. The King lost his head,

"'Fizemos por merecer', disse ele. 'Eles são ingleses, esses homens – e foi meu amaldiçoado disparate que envolveu você nisso. Volte, Billy Fish, e leve embora seus homens; você fez o que podia, agora basta. Carnehan', disse ele, 'aperte minha mão e parta com Billy. Talvez eles não o matem. Você retorna e os encontra sozinho. Fui eu quem fiz isso. Eu, o Rei'".

"'Vá!', disse eu, 'Vá para o inferno, Dan! Estou com você aqui. Billy Fish, você se livra, e nós dois enfrentaremos esses homens'".

"'Sou um chefe', disse Billy Fish, quase inaudível. 'Ficarei com vocês. Meus homens podem ir'".

"Os homens de Bashkai não esperaram outra ordem e correram; eu, Dan e Billy Fish atravessamos na direção de onde os tambores soavam e as cornetas tocavam. Estava frio – horrivelmente frio. Sinto esse frio atrás de minha cabeça agora. Há um monte dele aqui.'"

Os cules tinham ido dormir. Duas lâmpadas de querosene queimavam no escritório e o suor poreja de meu rosto e pingava no mata-borrão quando eu me inclinava adiante. Carnehan tremia, e tive medo que perdesse a razão. Enxuguei o rosto, agarrei de novo as mãos dilaceradas de dor e dó e disse: "O que aconteceu depois?"

O desvio momentâneo do meu olhar quebrara o fluxo da narrativa.

"O que o senhor tinha a bondade de me dizer?", lamentou-se Carnehan. "Eles os pegaram sem nenhum barulho. Nem um leve sussurro por toda a neve, nem quando o rei socou o primeiro homem que lhe pôs as mãos – nem quando Peachey disparou o último cartucho em direção ao grupo. Nem um único som aqueles porcos emitiram. Eles apenas se aglomeraram, e eu digo a você que os casacos de pele fediam. Havia um homem chamado Billy Fish, um grande amigo de todos nós, e eles cortaram-lhe a garganta, senhor, de lado a lado, como a de um porco; e o rei chutou a neve ensangüentada e disse: 'Demos um destino bem frustrante ao nosso dinheiro. O que vem agora?' Mas Peachey, Peachey Taliaferro, eu digo a você, senhor, como uma confidência entre dois amigos, ele perdeu a cabeça, senhor. Não, ele não fez

nada disso. O rei perdeu a cabeça, isso ele fez, em uma daquelas engenhosas pontes de corda. Por gentileza, passe-me o cortador de papel, senhor. Ele inclinou-se desse jeito. Eles marcharam com ele pela neve por dois quilômetros até uma ponte de corda sobre um desfiladeiro com um rio no fundo. Você deve ter visto algo assim. Eles o cutucavam por trás como um boi. 'Malditos sejam seus olhos!', disse o rei. 'Supõem que eu não saiba morrer como um cavalheiro?' Ele virou-se para Peachey – Peachey, que chorava como uma criança. 'Eu meti você nisso, Peachey', disse ele, 'Tirei você de sua vida feliz para morrer no Kafiristão, onde você foi comandante-em-chefe do exército do imperador. Diga que me perdoa, Peachey'... 'Eu o perdôo', disse Peachey. 'Por livre vontade e por tudo eu o perdôo, Dan.'... 'Aperte minha mão, Peachey', disse ele. 'Estou indo agora'. E ele foi, sem olhar nem para a direita, nem para a esquerda, e, quando estava aprumado no meio daquelas cordas vertiginosas de se ver... 'Cortem, seus patifes', ele gritou; e eles cortaram, e o velho Dan caiu, girando, girando, girando por trezentos mil metros, pois caiu por meia hora até bater na água, e pude ver seu corpo caído em uma rocha, com a coroa de ouro ao lado."

"Mas você sabe o que fizeram com Peachey entre os dois pinheiros? Eles o crucificaram, senhor, como mostram as mãos de Peachey. Usaram estacas de madeira nos pés e nas mãos; e ele não morreu. Ele ficou lá pendurado e gritando, e eles o baixaram no dia seguinte, e disseram que era um milagre ele não ter morrido. Eles o baixaram – pobre velho Peachey, que não lhes tinha feito nenhum mal – que não lhes tinha feito..."

Ele se balançou para frente e para trás e chorou amargamente, secando os olhos com o dorso da mão com cicatrizes e gemendo como uma criança. Ficou assim por dez minutos.

"Eles foram cruéis o bastante para alimentá-lo no templo, pois disseram que ele se parecia mais com um deus do que o velho Daniel, que era homem. Então eles o levaram para fora, na neve, e disseram-lhe para ir para casa, e Peachey veio para casa em um ano, esmolando pelas estradas com segurança, pois Daniel Dravot caminhava na frente

along, Peachey. It's a big thing we're doing." The mountains they danced at night, and the mountains they tried to fall on Peachey's head, but Dan he held up his hand, and Peachey came along bent double. He never let go of Dan's hand, and he never let go of Dan's head. They gave it to him as a present in the temple, to remind him not to come again, and though the crown was pure gold, and Peachey was starving, never would Peachey sell the same. You knew Dravot, Sir! You knew Right Worshipful Brother Dravot! Look at him now!'

He fumbled in the mass of rags round his bent waist; brought out a black horsehair bag embroidered with silver thread, and shook therefrom on to my table – the dried withered head of Daniel Dravot! The morning sun that had long been paling the lamps struck the red beard and blind sunken eyes; struck, too, a heavy circlet of gold studded with raw turquoises, that Carnehan placed tenderly on the battered temples.

'You be'old now,' said Carnehan, 'the Emperor in his 'abit as he lived – the King of Kafiristan with his crown upon his head. Poor old Daniel that was a monarch once!'

I shuddered, for, in spite of defacements manifold, I recognized the head of the man of Marwar Junction. Carnehan rose to go. I attempted to stop him. He was not fit to walk abroad. 'Let me take away the whisky, and give me a little money,' he gasped. 'I was a King once. I'll go to the Deputy Commissioner and ask to be set in the Poorhouse till I get my health. No, thank you, I can't wait till you get a carriage for me. I've urgent private affairs – in the south – at Marwar.'

He shambled out of the office and departed in the direction of the Deputy Commissioner's house. That day at noon I had occasion to go down the blinding hot Mall, and I saw a crooked man crawling along the white dust of the roadside, his hat in his hand, quavering dolorously after the fashion of street-singers at Home. There was not a soul in sight, and he was out of

e dizia: 'Venha, Peachey. Temos algo muito importante a fazer'. As montanhas dançavam à noite, e as montanhas, elas tentaram cair sobre a cabeça de Peachey, mas Dan, ele manteve as mãos erguidas, e Peachey atravessou bem abaixado. Ele nunca abandonou a mão de Dan, e nunca abandonou a cabeça de Dan. Eles deram-na para ele de presente no templo, para lembrá-lo de não retornar nunca, e ainda que a coroa fosse de ouro puro, e Peachey morresse de fome, Peachey nunca a vendeu. Você conheceu Dravot, senhor! Você conheceu o Respeitável Venerável Irmão Dravot! Olhe para ele agora!"

Ele tateou o monte de andrajos ao redor da cintura curvada; retirou uma bolsa negra de pêlo de cavalo com fios de prata, e sacudiu-a em frente à minha mesa – a cabeça murcha e ressecada de Daniel Dravot! O sol da manhã, que empalidecia a luz das lâmpadas, bateu na barba ruiva e nos olhos cegos e encovados; bateu também em um círculo pesado de ouro enfeitado com turquesas brutas, que Carnehan depositou com carinho sobre as têmporas feridas.

"Veja agora", disse Carnehan, "o imperador como era quando vivo – o rei do Kafiristão com a coroa sobre a cabeça. Pobre velho Daniel, que foi monarca um dia!"

Estremeci, pois, a despeito da face desfigurada, reconheci a cabeça do homem da conexão de Marwar. Carnehan ergueu-se para partir. Tentei impedi-lo. Ele não estava em condições de caminhar lá fora. "Deixe-me levar o whisky, e dê-me um pouco de dinheiro", ele arfou. "Fui um rei um dia. Irei ao representante do comissário e pedirei para ser posto em um asilo até recuperar a saúde. Não, obrigado, não posso esperar até que consiga uma carruagem para mim. Tenho assuntos particulares urgentes a tratar – no sul – em Marwar".

Deixou o escritório com o andar trôpego e partiu em direção à casa do representante do comissário. Ao meio dia tive a oportunidade de descer à quente e ofuscante avenida principal, e vi um homem encurvado rastejando ao largo da areia branca da estrada, o chapéu na mão, tremendo dolorosamente, ao estilo dos cantores de rua da Inglaterra. Não havia uma alma sequer à vista, e era impossível escutá-lo das casas. Ele cantava pelo nariz, virando a cabeça de um lado para o outro:

"O Filho de Homem foi guerrear,
Uma coroa de ouro a ganhar;
O estandarte rubro sangue hasteado...
Por quem será cortejado?"

Não esperei para ouvir mais; pus o pobre infeliz em minha carruagem e o levei ao posto missionário mais próximo para ser depois transferido a um asilo. Ele repetiu o hino duas vezes enquanto estava comigo, a quem não reconheceu nem um pouco, e eu o deixei cantando na missão.

Dois dias mais tarde perguntei sobre o estado dele ao superintendente do asilo.

"Ele foi admitido com insolação. Morreu ontem pela manhã", disse o superintendente. "É verdade que ficou meia hora sem proteção sob o sol do meio dia?"

"Sim", disse eu, "mas por acaso você sabe se havia algo com ele quando morreu?"

"Não que eu saiba", disse o superintendente.

E assim encerrou-se a história.

WEE WILLIE WINKIE E OUTRAS HISTÓRIAS PARA CRIANÇAS

WEE WILLIE WINKIE AND OTHER CHILD STORIES

1888

Wee Willie Winkie

Wee Willie Winkie

Primeira publicação
The Week's News
28 de janeiro de 1888

Wee Willie Winkie:
Um oficial e um cavalheiro

Seu nome completo era Percival William Williams, mas ele escolheu outro nome em um livro infantil, e aquele foi o fim dos nomes de batismo. A *aia* de sua mãe o chamava de Willie-Baba[1], mas como ele nunca prestou a menor atenção a nada que a aia dizia, a esperteza dela não ajudou no assunto.

Seu pai era coronel do 195º. destacamento, e tão logo Wee Willie Winkie teve idade suficiente para entender o que significava disciplina militar, foi submetido a ela pelo coronel Williams. Quando se comportava bem por uma semana, recebia uma recompensa por boa conduta; e quando se comportava mal, era privado de sua divisa por bom comportamento. Em geral ele era mal comportado, pois a Índia oferece muitas oportunidades para o mau comportamento quando se têm seis anos de idade.

Crianças evitam familiaridade com estranhos, mas Wee Willie Winkie era uma criança muito especial. Quando aceitava a simpatia de alguém, quebrava o gelo com graciosa satisfação. Ele aceitou Brandis, um subalterno do 195º., à

[1] *Baba*: na Índia esse tratamento pode tanto se referir a um homem santo, uma maneira respeitosa de tratar um homem mais velho ou de apelidar uma criança, em especial meninos, com carinho. N.T.

Wee Willie Winkie:
An officer and a gentleman

His full name was Percival William Williams, but he picked up the other name in a nursery-book, and that was the end of the christened titles. His mother's *ayah* called him Willie-*Baba*, but as he never paid the faintest attention to anything that the *ayah* said, her wisdom did not help matters.

His father was the Colonel of the 195th, and as soon as Wee Willie Winkie was old enough to understand what Military Discipline meant, Colonel Williams put him under it. There was no other way of managing the child. When he was good for a week, he drew good-conduct pay; and when he was bad, he was deprived of his good-conduct stripe. Generally he was bad, for India offers many chances of going wrong to little six-year-olds.

Children resent familiarity from strangers, and Wee Willie Winkie was a very particular child. Once he accepted an acquaintance, he was graciously pleased to thaw. He accepted Brandis, a subaltern of the 195th, on sight. Brandis was having tea at the Colonel's, and Wee Willie Winkie entered strong in the possession of a good-conduct badge won for not chasing the hens round the compound. He regarded Brandis with gravity for at least ten minutes, and then delivered himself of his opinion.

'I like you,' said he slowly, getting off his chair and coming over to Brandis. 'I like you. I shall call you Coppy, because of your hair. Do you *mind* being called Coppy? It is because of ve hair, you know.'

Here was one of the most embarrassing of Wee Willie Winkie's peculiarities. He would look at a stranger for some time, and then, without warning or explanation, would give him a name. And the name stuck. No regimental penalties could break Wee Willie Winkie of this habit. He lost his good-conduct badge for christening the Commissioner's wife 'Pobs'; but nothing that the Colonel could do made the Station forego the nickname, and Mrs. Collen remained 'Pobs' till the end of her stay. So Brandis was christened 'Coppy,' and rose, therefore, in the estimation of the regiment.

If Wee Willie Winkie took an interest in any one, the fortunate man was envied alike by the mess and the rank and file. And in their envy lay no suspicion of self-interest. 'The Colonel's son' was idolised on his own merits entirely. Yet Wee Willie Winkie was not lovely. His face was permanently freckled, as his legs were permanently scratched, and in spite of his mother's almost tearful remonstrances he had insisted upon having his long yellow locks cut short in the military fashion. 'I want my hair like Sergeant Tummil's,' said Wee Willie Winkie, and, his father abetting, the sacrifice was accomplished.

Three weeks after the bestowal of his youthful affections on Lieutenant Brandis – henceforward to be called 'Coppy' for the sake of brevity – Wee Willie Winkie was destined to behold strange things and far beyond his comprehension.

Coppy returned his liking with interest. Coppy had let him wear for

primeira vista. Brandis tomava chá na casa do coronel quando Wee Willie Winkie recebia, por mérito, um distintivo de boa conduta ganho por não correr atrás das galinhas ao redor do alojamento. Ele olhou Brandis com gravidade por pelo menos dez minutos e então emitiu sua opinião.

"Gosto de você", disse ele devagar, levantando-se da cadeira e vindo na direção de Brandis. "Gosto de você. Vou chamá-lo de Coppy[2], por causa do seu cabelo. Você se *importa* de ser chamado de Coppy? É por causa do seu cabelo, você sabe."

Essa era uma das peculiaridades mais embaraçosas em relação a Wee Willie Winkie. Ele podia olhar para um estranho por algum tempo, e então, sem aviso ou explicação, dar-lhe um nome. E o nome pegava. Nenhuma pena regimental pôde demover Wee Willie Winkie desse hábito. Perdera o distintivo de boa conduta por batizar a esposa do comissário de Pobs[3]; mas, apesar dos esforços do coronel, a base não esqueceu o apelido e a sra. Collen permaneceu Pobs até o fim de sua estadia. Assim Brandis foi batizado de Coppy, e cresceu, por esse motivo, na estima do regimento.

Se Wee Willie Winkie se interessava por alguém, o sortudo era invejado tanto por praças como por graduados. "O filho do coronel" era idolatrado por mérito próprio apenas. Ainda que Wee Willie Winkie não fosse um garoto adorável. Tinha a face sardenta, as pernas estavam sempre arranhadas, e apesar dos queixumes lacrimosos de sua mãe, insistia em usar os cabelos loiros e encaracolados bem curtos, ao estilo militar. "Quero meu cabelo igual ao do sargento Tummil", dizia Wee Willie Winkie, e com o apoio do pai, o sacrifício era consumado.

Três semanas após a concessão do afeto juvenil ao lugar-tenente Brandis – dali por diante chamado de Coppy para simplificar – Wee Willie Winkie foi destinado a presenciar coisas estranhas, muito além de sua compreensão.

Coppy retribuiu sua simpatia com interesse. Deixou que o garoto usasse por cinco enlevados minutos sua grande

[2] Acobreado. N.T.

[3] Abreviação de *Post Office Box*, caixa do correio. N.T.

espada – tão alta quanto Wee Willie Winkie. Coppy prometeu dar-lhe um cãozinho terrier; e permitiu que assistisse à miraculosa operação de barbear-se. Mais que isso – disse que ele, Wee Willie Winkie, cresceria a ponto de ter sua própria caixa com navalhas brilhantes, saboneteira de prata, e um "pincel-esborrifador" com base de prata, como o menino dizia. Com certeza, ninguém exceto seu pai, que podia conceder ou retirar distintivos de boa conduta ao seu bel prazer, possuía metade da esperteza, da força e da valentia de Coppy, que trazia medalhas afegãs e egípcias no peito. Por que então Coppy possuía a fraqueza tão pouco viril de beijar – beijar de verdade – a "garota crescida", srta. Allardyce com tanta graça? Ao longo de uma cavalgada, Wee Willie Winkie viu Coppy fazendo isso, e, como cavalheiro que era, retornou de imediato e galopou ao encontro de seu cavalariço, para que este não presenciasse a cena.

Sob circunstâncias comuns ele teria falado com o pai, mas seu instinto lhe disse tratar-se de um assunto sobre o qual Coppy deveria se consultado primeiro.

"Coppy", gritou Wee Willie Winkie, segurando as rédeas do lado de fora do bangalô do subalterno, certa manhã bem cedo, "Eu quero falar com você, Coppy!"

"Entre, menino", retornou Coppy, que tomava o café da manhã junto aos seus cães. "Em que travessura você se meteu agora?"

Wee Willie Winkie não fizera nada de sabidamente ruim nos últimos três dias, por isso permanecia de pé sobre um pináculo de virtude.

"*Eu* não fiz nada de errado", disse ele, enroscando-se em uma espreguiçadeira, dissimulando de propósito a apatia do coronel após uma revista agitada. Afundou o nariz sardento em uma xícara de chá e, com os olhos arregalados sobre a orla, perguntou: "Uma pergunta, Coppy, é apropriado beijar garotas crescidas?"

"Por Júpiter! Você começou cedo. Quem você pretende beijar?"

"Ninguém. Minha mãe me beijaria o tempo todo se eu não pedisse para ela parar. Se não é apropriado, porque você beijou a menina crescida do major Allardyce ontem de manhã, no canal?"

five rapturous minutes his own big sword—just as tall as Wee Willie Winkie. Coppy had promised him a terrier puppy; and Coppy had permitted him to witness the miraculous operation of shaving. Nay, more – Coppy had said that even he, Wee Willie Winkie, would rise in time to the ownership of a box of shiny knives, a silver soap-box, and a silver-handled 'sputterbrush,' as Wee Willie Winkie called it. Decidedly, there was no one except his father, who could give or take away good-conduct badges at pleasure, half so wise, strong, and valiant as Coppy with the Afghan and Egyptian medals on his breast. Why, then, should Coppy be guilty of the unmanly weakness of kissing – vehemently kissing – a 'big girl,' Miss Allardyce to wit? In the course of a morning ride Wee Willie Winkie had seen Coppy so doing, and, like the gentleman he was, had promptly wheeled round and cantered back to his groom, lest the groom should also see.

Under ordinary circumstances he would have spoken to his father, but he felt instinctively that this was a matter on which Coppy ought first to be consulted.

'Coppy,' shouted Wee Willie Winkie, reining up outside that subaltern's bungalow early one morning, 'I want to see you, Coppy!'

'Come in, young 'un,' returned Coppy, who was at early breakfast in the midst of his dogs. 'What mischief have you been getting into now?'

Wee Willie Winkie had done nothing notoriously bad for three days, and so stood on a pinnacle of virtue.

'*I've* been doing nothing bad,' said he, curling himself into a long chair with a studious affectation of the Colonel's languor after a hot parade. He buried his freckled nose in a teacup and, with eyes staring roundly over the rim, asked: 'I say, Coppy, is it proper to kiss big girls?'

'By Jove! You're beginning early. Who do you want to kiss?'

'No one. My muvver's always kissing me if I don't stop her. If it isn't pwoper, how was you kissing Major Allardyce's big girl last morning, by ve canal?'

Coppy's brow wrinkled. He and Miss Allardyce had with great craft managed to keep their engagement secret for a fortnight. There were urgent and imperative reasons why Major Allardyce should not know how matters stood for at least another month, and this small marplot had discovered a great deal too much.

'I saw you,' said Wee Willie Winkie calmly. 'But ve *sais* didn't see. I said, "*Hut jao!*" '

'Oh, you had that much sense, you young rip,' groaned poor Coppy, half amused and half angry. 'And how many people may you have told about it?'

'Only me myself. You didn't tell when I twied to wide ve buffalo ven my pony was lame; and I fought you wouldn't like.'

'Winkie,' said Coppy enthusiastically, shaking the small hand, 'you're the best of good fellows. Look here, you can't understand all these things. One of these days – hang it, how can I make you see it! – I'm going to marry Miss Allardyce, and then she'll be Mrs. Coppy, as you say. If your young mind is so scandalised at the idea of kissing big girls, go and tell your father.'

'What will happen?' said Wee Willie Winkie, who firmly believed that his father was omnipotent.

'I shall get into trouble,' said Coppy, playing his trump card with an appealing look at the holder of the ace.

'Ven I won't,' said Wee Willie Winkie briefly. 'But my faver says it's un-man-ly to be always kissing, and I didn't fink *you'd* do vat, Coppy.'

'I'm not always kissing, old chap. It's only now and then, and when you're bigger you'll do it too. Your father meant it's not good for little boys.'

'Ah!' said Wee Willie Winkie, now fully enlightened. 'It's like ve sputter-brush?'

'Exactly,' said Coppy gravely.

'But I don't fink I'll ever want to kiss big girls, nor no one, 'cept my muvver. And I *must* vat, you know.'

As sobrancelhas de Coppy se contraíram. Ele e a srta. Allardyce vinham ocultando com habilidade seu noivado há semanas. Havia razões urgentes e imperativas pelas quais o major Allardyce não deveria saber sobre isso pelo menos até o mês seguinte, e aquele pequeno bisbilhoteiro descobrira boa parte do assunto.

"Eu vi você", disse Wee Willie Winkie com calma. "Mas o *sais*[4] não viu. Eu disse: *Hut jao*[5] !"

"Oh, você muito bom senso, espertinho", murmurou o pobre Coppy, entre divertido e zangado. "E a quantas pessoas você teria contado?"

"Apenas a mim mesmo. Você não contou quando eu tentei cavalgar o búfalo porque meu cavalinho estava mancando; e pensei que não gostaria."

"Winkie", disse Coppy com entusiasmo, apertando a mão pequenina, você é o melhor entre os bons companheiros. Veja, você não entende essas coisas por inteiro. Um dia destes – espere, como posso fazê-lo entender! – Vou me casar com a srta. Allardyce, e então ele será a sra. Coppy, como diz você. Se sua mente jovem está tão escandalizada com a idéia de beijar uma garota crescida, vá e conte ao seu pai".

"E o que vai acontecer?", disse Wee Willie Winkie, que acredita com firmeza na onipotência do pai.

"Eu terei problemas", disse Coppy, dando sua cartada dirigindo um olhar apelativo a quem tinha o jogo nas mãos.

"Então não contarei", disse Wee Willie Winkie apenas. "Mas meu pai diz que não é coisa de homem ficar beijando o tempo todo, e não pensei que *você* fizesse isso, Coppy."

"Eu não beijo o tempo todo, meu velho. Só de vez em quando, e quando você crescer, fará o mesmo. Seu pai quis dizer que não é bom para meninos pequenos."

"Ah!", disse Wee Willie Winkie, agora já convencido. "É como o pincel-esborrifador?"

"Exatamente", disse Coppy, sério.

"Mas acho que nunca vou querer beijar garotas crescidas, nenhuma delas, exceto minha mãe. E eu *tenho* que beijá-la, você sabe."

[4] *Sais*: cavalariço. N.T.
[5] *Hut jao*: Vá embora! N.T.

Houve uma grande pausa, interrompida por Wee Willie Winkie.

"Você gosta dessa garota crescida?"

"Perdidamente!", disse Coppy.

"Gosta mais do que de Bell ou do Butcha[6] – ou do que de mim?"

"De um jeito diferente", disse Coppy. "Você entende, qualquer dia desses a srta. Allardyce será minha, mas você crescerá e comandará o regimento – e tudo o mais. É bem diferente, você entende."

"Muito bem", disse Wee Willie Winkie, levantando-se. "Se você gosta da garota crescida, não direi nada a ninguém. Tenho que ir agora."

Coppy ergueu-se e escoltou o pequeno convidado até a porta, e acrescentou: "Você é o melhor entre os camaradinhas, Winkie. Eu te garanto. Daqui a trinta dias a partir de hoje você poderá contar se quiser – contar a quem quiser."

Assim o segredo do noivado entre Brandis e Allardyce dependia da palavra de um garotinho. Coppy, que conhecia o conceito de Wee Willie Winkie sobre verdade, estava tranqüilo, pois sentiu que ele não quebraria a promessa. Wee Willie Winkie revelou um interesse especial e incomum pela srta. Allardyce, e costumava olhá-la sério, sem piscar, enquanto dava voltas em torno da garota constrangida. Tentava descobrir porque Coppy a havia beijado. Ela não era nem metade tão bonita quanto sua mãe. E, por outro lado, ela era propriedade de Coppy, e pertenceria a este no tempo certo. Por esse motivo competia a ele tratá-la com o mesmo respeito que dedicava à grande espada de Coppy, ou à pistola brilhante dele.

A idéia de dividir um grande segredo com Coppy manteve Wee Willie Winkie virtuoso por três semanas, de um jeito incomum. Então o Velho Pecador atacou de novo, e ele fez o que chamou de "acampamento de fogo" no fundo do jardim. Como ele poderia prever que as faíscas voadoras incendiariam o pequeno monte de feno do coronel, consumindo o estoque de uma semana de ração para os cavalos? A punição veio rápido e ligeiro – privação do distintivo de boa

[6] Bell e Butcha: refere-se aos cães de Coppy. N.T.

good-conduct badge and, most sorrowful of all, two days' confinement to barracks – the house and verandah – coupled with the withdrawal of the light of his father's countenance.

He took the sentence like the man he strove to be, drew himself up with a quivering under-lip, saluted, and, once clear of the room, ran to weep bitterly in his nursery – called by him 'my quarters.' Coppy came in the afternoon and attempted to console the culprit.

'I'm under awwest,' said Wee Willie Winkie mournfully, 'and I didn't ought to speak to you.'

Very early the next morning he climbed on to the roof of the house – that was not forbidden – and beheld Miss Allardyce going for a ride.

'Where are you going?' cried Wee Willie Winkie.

'Across the river,' she answered, and trotted forward.

Now the cantonment in which the 195th lay was bounded on the north by a river – dry in the winter. From his earliest years, Wee Willie Winkie had been forbidden to go across the river, and had noted that even Coppy – the almost almighty Coppy – had never set foot beyond it. Wee Willie Winkie had once been read to, out of a big blue book, the history of the Princess and the Goblins – a most wonderful tale of a land where the Goblins were always warring with the children of men until they were defeated by one Curdie. Ever since that date it seemed to him that the bare black and purple hills across the river were inhabited by Goblins, and, in truth, every one had said that there lived the Bad Men. Even in his own house the lower halves of the windows were covered with green paper on account of the Bad Men who might, if allowed clear view, fire into peaceful drawing-rooms and comfortable bedrooms. Certainly, beyond the river, which was the end of all the Earth, lived the Bad Men. And here was Major Allardyce's big girl, Coppy's property, preparing to venture into their borders! What would Coppy say if any-

conduta e, o mais penoso de tudo, dois dias de confinamento na caserna – a casa e a varanda – além de ser privado da luz do semblante paterno.

Ele assumiu a sentença como o homem que se empenhava em ser, ficou em posição de sentido, com os lábios inferiores tremendo, bateu continência, e, depois de sair da sala, correu para chorar amargamente em seu quarto – que chamava de "meu quartel". Coppy veio à tarde e tentou consolar o culpado.

"Estou sob detenção", disse Wee Willie Winkie pesaroso, "e não devo falar com você".

Cedo na manhã seguinte ele subiu ao telhado da casa – isso não era proibido – e avistou a srta. Allardyce saindo para uma cavalgada.

"Aonde você vai?", gritou Wee Willie Winkie.

"Atravessar o rio", ela respondeu, e trotou adiante.

Ora, o aquartelamento em que o 195º. estava era limitado ao norte por um rio – que secava no inverno. Desde seus primeiros anos, Wee Willie Winkie ficara proibido de cruzar o rio, e notara que nem mesmo Coppy – o quase onipotente Coppy – nunca tinha pisado lá. Wee Willie Winkie lera certa vez, em um grande livro azul, a história da Princesa e os Gnomos – um conto maravilhoso sobre uma terra onde os gnomos estavam sempre guerreando com as crianças dos homens até serem derrotados por um menino, Curdie[7]. Desde então lhe pareceu que as colinas sem vegetação, negras e púrpuras do outro lado do rio eram habitadas por gnomos, e, na verdade, todos diziam que lá moravam os Homens Maus. Mesmo em sua própria casa, a parte inferior das janelas eram cobertas com papel verde por causa dos Homens Maus que poderiam, se lhes fossem permitida uma visão clara, incendiar pacíficas sala de estar e confortáveis quartos de dormir. Com certeza, além do rio, onde ficava o fim do mundo, viviam os Homens Maus. E lá estava a garota crescida do major Allardyce, propriedade de Coppy, preparando-se para se aventurar por aquelas fronteiras. O que Coppy diria se acontecesse alguma

---

[7] *The Princess and the Goblins*, de George MacDonald (1824-1905). Curdie é o garoto que salva a amiga Irene, seqüestrada pelos gnomos que vivem sob a terra. Livro mais famoso do autor e um dos preferidos na infância de J. R. Tolkien, inspirando este a escrever *The Lord of the Rings*. N.T.

coisa a ela? Se os gnomos a raptassem, como fizeram com a princesa de Curdie? Ela devia, sob qualquer risco, ser trazida de volta.

A casa estava quieta. Wee Willie Winkie refletiu por um momento sobre a terrível ira de seu pai; e então – fugiu da prisão! Era um crime inominável. O sol alto lançou uma sombra, grande e escura, no caminho bem cuidado do jardim tão logo ele desceu ao estábulo e ordenou que lhe trouxessem o cavalinho. Pareceu-lhe, na quietude do amanhecer, que todo o imenso mundo fora instado a permanecer em silêncio e observar Wee Willie Winkie amotinar-se. Os sonolentos *sais* deram-lhe a montaria, e, uma vez que um grande pecado torna os demais insignificantes, Wee Willie Winkie disse que cavalgaria com *sahib*[8] Coppy, e saiu em um galope tranqüilo, pisando o solo macio moldado pelas cercas-vivas.

O rastro devastador deixado pelo cavalinho era sua última má ação, que o privaria da simpatia da humanidade. Ele retornou à estrada, inclinado adiante, e galopou em direção ao rio tão rápido quanto o cavalinho conseguia.

Mas mesmo o cavalinho mais vigoroso dentre vinte e quatro pouco pôde fazer diante do galope de um australiano. A srta. Allardyce estava bem adiante, tinha ultrapassado a plantação além dos postos policiais, onde todos os guardas dormiam, e sua montaria espalhava os seixos do leito do rio quando Wee Willie Winkie deixou o aquartelamento e a Índia Britânica atrás de si. Curvado para frente e às chibatadas, Wee Willie Winkie invadiu o território afegão a tempo de ver a srta. Allardyce, um pontinho escuro oscilando do outro lado da campina pedregosa. A razão destas perambulações era bastante simples. Coppy, em tom de pressuposta autoridade assumida antes da hora, tinha dito a ela na noite anterior que não deveria cavalgar ao longo do rio. E ela queria provar a própria coragem e ensinar uma lição a Coppy.

Quase aos pés das inóspitas colinas, Wee Willie Winkie viu o australiano focinhar e cair pesadamente. A srta.

[8] *Sahib*: tratamento dado pelos indianos a homens brancos respeitáveis ou de classe social elevada, comum na Índia quanto esta pertencia ao Império Britânico. N.T.

clear, but her ankle had been severely twisted, and she could not stand. Having fully shown her spirit, she wept, and was surprised by the apparition of a white, wide-eyed child in khaki, on a nearly spent pony.

'Are you badly, badly hurted?' shouted Wee Willie Winkie, as soon as he was within range. 'You didn't ought to be here.'

'I don't know,' said Miss Allardyce ruefully, ignoring the reproof. 'Good gracious, child, what are *you* doing here?'

'You said you was going acwoss ve wiver,' panted Wee Willie Winkie, throwing himself off his pony. 'And nobody – not even Coppy – must go acwoss ve wiver, and I came after you ever so hard, but you wouldn't stop, and now you've hurted yourself, and Coppy will be angwy wiv me, and – I've bwoken my awwest! I've bwoken my awwest!'

The future Colonel of the 195th sat down and sobbed. In spite of the pain in her ankle the girl was moved.

'Have you ridden all the way from cantonments, little man? What for?'

'You belonged to Coppy. Coppy told me so!' wailed Wee Willie Winkie disconsolately. 'I saw him kissing you, and he said he was fonder of you van Bell or ve Butcha or me. And so I came. You must get up and come back. You didn't ought to be here. Vis is a bad place, and I've bwoken my awwest.'

'I can't move, Winkie,' said Miss Allardyce, with a groan. 'I've hurt my foot. What shall I do?'

She showed a readiness to weep anew, which steadied Wee Willie Winkie, who had been brought up to believe that tears were the depth of unmanliness. Still, when one is as great a sinner as Wee Willie Winkie, even a man may be permitted to break down.

'Winkie,' said Miss Allardyce, 'when you've rested a little, ride back and tell them to send out something to carry me back in. It hurts fearfully.'

The child sat still for a little time and Miss Allardyce closed her eyes; the pain was nearly making her faint. She was roused by Wee Willie Winkie tying up the reins on his pony's neck

Allardyce esforçou-se para livrar-se, mas o tornozelo fora bastante torcido e ela não conseguia erguer-se. Já tendo demonstrado toda sua coragem, ela chorou, e foi surpreendida pela aparição de um garoto branco, olhos arregalados, vestido de cáqui e com um cavalinho exausto.

"Você está muito, muito machucada?", gritou Wee Willie Winkie, assim que a alcançou. "Você não deveria estar aqui."

"Eu não sei", disse a srta. Allardyce pesarosa, ignorando a repreensão. "Bom Deus, criança, o que *você* está fazendo aqui?"

"Você disse que estava indo atravessar o rio", arquejou Wee Willie Winkie, atirando-se do cavalinho. "E ninguém – nem mesmo Coppy – deve atravessar o rio, e eu vim correndo atrás de você, mas você não parou, e agora você está machucada e Coppy vai ficar zangado comigo – eu fugi do meus castigo! Eu fugi do meu castigo!"

O futuro coronel do 195º. sentou-se e soluçou. Apesar da dor no tornozelo, a moça ficou comovida.

"Você cavalgou por todo o aquartelamento, homenzinho? Por quê?"

"Você pertence a Coppy. Ele me disse isso!", lamentou-se Wee Willie Winkie desconsolado. "Eu o vi beijando você e ele disse que gostava de você mais do que de Bell, ou de Butcha, ou de mim. E por isso eu vim. Você tem que levantar e voltar. Você não deveria estar aqui. Este é um lugar ruim, e eu fugi da prisão."

"Não posso me mover", disse a srta. Allardyce, com um gemido. "Machuquei meu pé. O que farei?"

Ela mostrou-se pronta para chorar novamente, o que equilibrou Wee Willie Winkie, que fora levado a crer que lágrimas eram o cúmulo da falta de masculinidade. Além do mais, quando se era um pecador tão grande quanto Wee Willie Winkie, mesmo a um homem era permitido esmorecer.

"Winkie", disse a srta. Allardyce, "quando tiver descansado um pouco, cavalgue de volta e diga-lhes para enviarem algo para me carregar. Isto dói horrivelmente."

A criança sentou quieta por pouco tempo e a srta. Allardyce fechou os olhos; quase desmaiando de dor. Foi despertada por Wee Willie Winkie amarrando os reios no pescoço do cavalinho e liberando-o com o usual golpe de chicote que o fez relinchar. O pequeno animal dirigiu-se em direção ao aquartelamento.

"Oh, Winkie, o que você está fazendo?"

"Quieta!", disse Wee Willie Winkie. "Vem vindo um homem – um dos Homens Maus. Devo ficar com você. Meu pai disse que um homem deve *sempre* cuidar de uma garota. Jack voltará para casa, e eles virão procurar por nós. Por isso o deixei ir."

Não um, mas dois ou três homens surgiram detrás das pedras da colina, e o coração de Wee Willie Winkie afundou junto com ele, pois era justo dessa maneira furtiva que os gnomos costumavam surgir e apavorar até a alma o menino Curdie. Agiram assim no jardim de Curdie – ele vira o desenho – e foi desse jeito que assustaram a ama da princesa de Curdie. Ele os ouviu conversarem entre si, e reconheceu com alegria o dialeto pushtu, que aprendera com um dos cavalariços do pai, demitido recentemente. Pessoas que falavam aquela língua não poderiam ser Homens Maus. Eram apenas nativos, apesar de tudo.

Eles vinham na direção das pedras enormes em que o cavalo da srta. Allardyce tinha caído.

Então Wee Willie Winkie ergueu-se das pedras, uma criança da raça dominante, com seis anos e quatro meses, e disse com ênfase "*Jao*[9]!" O cavalinho já cruzava o leito do rio.

Os homens riram, e a risada de nativos era a única coisa que Wee Willie Winkie não tolerava. Ele perguntou o que queriam e por que não iam embora. Outros homens, com faces maldosas e armas de coronha curva, saíram das sombras das colinas até que, rápido, Wee Willie Winkie estivesse face e face com uma audiência de uns vinte homens. A srta. Allardyce gritou.

"Quem é você?", disse um dos homens.

"Sou o filho do coronel *sahib*, e ordeno que partam agora. Vocês, homens negros, assustam a srta. *sahib*. Um de vocês deve correr ao aquartelamento e avisar que a srta. *sahib* está ferida; e que o filho do coronel está com ela."

[9] *Jao*: Partam! N.T.

and setting it free with a vicious cut of his whip that made it whicker. The little animal headed towards the cantonments.

'Oh, Winkie, what are you doing?'

'Hush!' said Wee Willie Winkie. 'Vere's a man coming – one of ve Bad Men. I must stay wiv you. My faver says a man must *always* look after a girl. Jack will go home, and ven vey'll come and look for us. Vat's why I let him go.'

Not one man but two or three had appeared from behind the rocks of the hills, and the heart of Wee Willie Winkie sank within him, for just in this manner were the Goblins wont to steal out and vex Curdie's soul. Thus had they played in Curdie's garden – he had seen the picture – and thus had they frightened the Princess's nurse. He heard them talking to each other, and recognised with joy the bastard Pushto that he had picked up from one of his father's grooms lately dismissed. People who spoke that tongue could not be the Bad Men. They were only natives after all.

They came up to the boulders on which Miss Allardyce's horse had blundered.

Then rose from the rock Wee Willie Winkie, child of the Dominant Race, aged six and three-quarters, and said briefly and emphatically '*Jao!*' The pony had crossed the river-bed.

The men laughed, and laughter from natives was the one thing Wee Willie Winkie could not tolerate. He asked them what they wanted and why they did not depart. Other men with most evil faces and crooked-stocked guns crept out of the shadows of the hills, till, soon, Wee Willie Winkie was face to face with an audience some twenty strong. Miss Allardyce screamed.

'Who are you?' said one of the men.

'I am the Colonel Sahib's son, and my order is that you go at once. You black men are frightening the Miss Sahib. One of you must run into cantonments and take the news that the Miss Sahib has hurt herself, and that the Colonel's son is here with her.'

"E pôr nossos pés na ratoeira?", foi a resposta irônica. "Ouçam o que este menino diz!"

"Diga-lhes que eu o enviei – eu, o filho do coronel. Eles lhes darão dinheiro."

"De que serve esta conversa? Peguem a jovem e o garoto, e poderemos ao menos pedir um resgate. São nossas as vilas nas montanhas", disse uma voz vinda do fundo.

Aqueles eram os Homens Maus – piores que os gnomos – e Wee Willie Winkie precisou de todo o seu treinamento para não irromper em lágrimas. Ele sentiu que chorar diante de um nativo, com exceção da *aia* de sua mãe, seria uma infâmia maior do que um motim. Além do mais, ele, como futuro coronel do 195º., trazia um implacável regimento às costas.

"Vocês vão nos levar embora?", disse Wee Willie Winkie, muito pálido e desconfortável.

"Sim, meu pequeno *sahib* Bahadur[10]", disse o homem mais alto, "e comer você depois."

"Isso é conversa para crianças", disse Wee Willie Winkie. "Homens não comem homens."

Foi interrompido por gargalhadas altas, mas prosseguiu com firmeza – "E se vocês nos levarem embora, digo-lhes que todo o meu regimento virá em um dia e matará todos vocês, sem restar um. Quem levará minha mensagem ao coronel *sahib*?"

Falar em vernáculo – e Wee Willie Winkie conhecia a fala coloquial de três línguas – era fácil para o garoto que não sabia sequer pronunciar o "r" e o "th" direito.

Outro homem uniu-se à conferência, gritando: "Homens tolos! O que essa criança diz é verdade. Ele é o coração do coração daquelas tropas brancas. Por amor à paz, deixem-nos ir, pois se ele for pego, o regimento sairá para estripar todo o vale. *Nossas* vilas estão no vale, e não escaparemos. Aquele regimento é de demônios. Eles quebraram o osso esterno de Khoda Yar a pontapés quando ele tentou levar os rifles; e se tocarmos nessa criança, eles irão incendiar, estuprar e saquear por um mês, até não restar nada. É melhor enviar um homem com a mensagem e receber a recompensa. Eu lhes digo que essa criança é o deus deles, e eles não

---

[10] *Sahib* Bahadur: do persa: herói, campeão, grande senhor. N.T.

pouparão nenhum de nós, nem nossas mulheres, se fizermos mal a ele."

Foi Din Mohammed, o cavalariço demitido pelo coronel, quem desviou a conversa, e seguiu-se uma discussão tensa e acalorada. Wee Willie Winkie, permaneceu ao lado da srta. Allardyce e esperou pelo desfecho. Com certeza seu "regimento", seu próprio "regimento", não o desertaria se soubesse pelo que passava.

....

O cavalinho sem o dono deu a notícia ao 195º. regimento, embora a consternação na casa do coronel já tivesse iniciado uma hora antes. O cavalinho entrou pelo campo de treinamento em frente das barracas principais, onde os homens se ajeitavam para jogar cartas até a tarde. Devlin, o sargento porta-estandarte da companhia E, avistou a sela vazia e correu aos tropeções entre as barracas-dormitório, chutando cada cabo que encontrava. "Levantem, seus indigentes! Aconteceu alguma coisa ao filho do coronel", ele gritava.

"Ele não poderia ter caído! Ajudem-me, ele não poderia ter caído", chorava o garoto do tambor. "Vão e procurem do outro lado do rio. Ele deve estar lá, se não está em lugar nenhum por aqui, e talvez alguns patanis os tenham capturado. Pelo amor de Deus, não o busquem nos *nullahs*[11]! Vamos atravessar o rio!"

"O que Mott diz faz sentido", disse Devlin. "Companhia E, acelerado para o rio – rápido!"

Assim a Companhia E, a maioria em mangas de camisa, marchou acelerado pela vida preciosa, e na retaguarda movia-se penosamente o sargento, transpirando e impelindo-os a acelerar a marcha ainda mais. O aquartelamento estava em atividade, com os homens do 195º. dando busca por Wee Willie Winkie, e o coronel finalmente alcançou a Companhia E, exausto demais para praguejar, lutando contra os seixos do leito do rio.

Aos pés da colina, os Homens Maus de Wee Willie Winkie discutiam a sensatez de carregarem a criança e a garota quando, de cima, uma sentinela disparou dois tiros.

[11] Ravina. N.T.

that this child is their God, and that they will spare none of us, nor our women, if we harm him.'

It was Din Mahommed, the dismissed groom of the Colonel, who made the diversion, and an angry and heated discussion followed. Wee Willie Winkie, standing over Miss Allardyce, waited the upshot. Surely his 'Wegiment,' his own 'Wegiment,' would not desert him if they knew of his extremity.

....

The riderless pony brought the news to the 195th, though there had been consternation in the Colonel's household for an hour before. The little beast came in through the parade-ground in front of the main barracks, where the men were settling down to play Spoil-five till the afternoon. Devlin, the Colour-Sergeant of E Company, glanced at the empty saddle and tumbled through the barrack-rooms, kicking up each Room Corporal as he passed. 'Up, ye beggars! There's something happened to the Colonel's son,' he shouted.

'He couldn't fall off! S'elp me, 'e *couldn't* fall off,' blubbered a drummer-boy. 'Go an' hunt acrost the river. He's over there if he's anywhere, an' maybe those Pathans have got 'im. For the love o' Gawd don't look for 'im in the nullahs! Let's go over the river.'

'There's sense in Mott yet,' said Devlin. 'E Company, double out to the river – sharp!'

So E Company, in its shirt-sleeves mainly, doubled for the dear life, and in the rear toiled the perspiring Sergeant, adjuring it to double yet faster. The cantonment was alive with the men of the 195th hunting for Wee Willie Winkie, and the Colonel finally overtook E Company, far too exhausted to swear, struggling in the pebbles of the river-bed.

Up the hill under which Wee Willie Winkie's Bad Men were discussing the wisdom of carrying off the child and the girl, a look-out fired two shots.

'What have I said?' shouted Din Mahommed. 'There is the warning! The *pulton* are out already and are coming across the plain! Get away! Let us not be seen with the boy.'

The men waited for an instant, and then, as another shot was fired, withdrew into the hills, silently as they had appeared.

'Ve Wegiment is coming,' said Wee Willie Winkie confidently to Miss Allardyce, 'and it's all wight. Don't cwy!'

He needed the advice himself, for ten minutes later, when his father came up, he was weeping bitterly with his head in Miss Allardyce's lap.

And the men of the 195th carried him home with shouts and rejoicings; and Coppy, who had ridden a horse into a lather, met him, and, to his intense disgust, kissed him openly in the presence of the men.

But there was balm for his dignity. His father assured him that not only would the breaking of arrest be condoned, but that the good-conduct badge would be restored as soon as his mother could sew it on his blouse-sleeve. Miss Allardyce had told the Colonel a story that made him proud of his son.

'She belonged to you, Coppy,' said Wee Willie Winkie, indicating Miss Allardyce with a grimy forefinger. 'I *knew* she didn't ought to go acwoss ve wiver, and I knew ve Wegiment would come to me if I sent Jack home.'

'You're a hero, Winkie,' said Coppy – 'a *pukka* hero!'

'I don't know what vat means,' said Wee Willie Winkie, 'but you mustn't call me Winkie any no more. I'm Percival Will'am Will'ams.'

And in this manner did Wee Willie Winkie enter into his manhood.

"O que foi que eu disse?", gritou Din Mohammed. "Esse é o aviso! Os *pulton*[12] já saíram e atravessam a planície! Vamos embora! Não sejamos vistos com o garoto!"

Os homens aguardaram por um instante e então, quando outro tiro foi disparado, se retiraram para as colinas, tão silenciosos como surgiram.

"O regimento está vindo", confidenciou Wee Willie Winkie para a srta. Allardyce. "Está tudo bem. Não chore."

Ele mesmo precisou do conselho, pois dez minutos mais tarde, quando seu pai chegou, chorava amargamente com a cabeça no colo da srta. Allardyce.

E os homens do 195º. o levaram para casa aos gritos de agradecimento; Coppy, que galopara com o cavalo que este espumasse, o encontrou e, para seu intenso desgosto, o beijou na presença dos homens.

Mas havia um bálsamo para sua dignidade. O pai assegurou-lhe que além de perdoar a fuga do castigo, devolveria seu distintivo de boa conduta assim que sua mãe o costurasse na manga da túnica militar. A srta. Allardyce contara ao coronel uma história que o fizera orgulhar-se do filho.

"Ela pertencia a você, Coppy", disse Wee Willie Winkie, indicando a srta. Allardyce, apontando o dedo. "Eu *sabia* que ela não deveria ter cruzado o rio, e sabia que o regimento viria até mim se eu enviasse Jack para casa."

"Você é um herói, Winkie", disse Coppy, um herói *pukka*[13]!"

"Não sei o que isso quer dizer", disse Wee Willie Winkie, "mas você não deve mais me chamar de Winkie. Sou Percival William Williams".

E assim Wee Willie Winkie tornou-se um homem.

---

[12] Do hindi: *palton*. Era como os nativos denominavam os batalhões ingleses, acredita-se que por uma corruptela do inglês *platoon*: pelotão. N.T.

[13] Do hindi: *pakka*. Possui diversos significados. Neste contexto quer dizer: verdadeiro. N.T.

Berra, Berra Ovelha Negra

Baa, Baa, Black Sheep

Primeira publicação
The Week's News
21 de dezembro de 1888

Berra, berra Ovelha Negra.
Traz você alguma lã?
Sim, senhor, trago três sacolas cheias
Uma para o Amo, outra para a Dama...
Nada para o Garotinho que chora na alameda.
Cantiga para Crianças.

Baa Baa, Black Sheep,
Have you any wool?
Yes, Sir, yes, Sir, three bags
[full.
One for the Master, one for
[the Dame...
None for the Little Boy that
[cries down the lane.
Nursery Rhyme.

A PRIMEIRA SACOLA
Quando estava na casa de meu pai, estava em um lugar melhor.

THE FIRST BAG
When I was in my father's house, I was in a better place.

Eles estavam pondo Punch[1] na cama – a *aia*, o *hamal*[2] e Meeta[3], o grande garoto surti[4], com o turbante rubro e dourado. Judy, já protegida sob o mosquiteiro, estava quase adormecida. A Punch fora permitido manter-se acordado para o jantar. Nos últimos dez dias haviam concedido muitos privilégios a Punch, e as pessoas do seu mundo recebiam com grande amabilidade seus modos e suas atividades, que eram os mais desordeiros. Ele sentou-se à beira da cama e

They were putting Punch to bed – the *ayah* and the *hamal* and Meeta, the big *Surti* boy, with the red-and-gold turban. Judy, already tucked inside her mosquito-curtains, was nearly asleep. Punch had been allowed to stay up for dinner. Many privileges had been accorded to Punch within the last ten days, and a greater kindness from the people of his world had encompassed his ways and works, which were mostly obstreperous. He sat on the

[1] Punch e Judy são os nomes fictícios que o autor adotou para si e sua irmã Alice, também presentes em outras histórias de Kipling. N.T.
[2] Carregador na Índia. N.T.
[3] Portador hindu que costumava levar Kipling ao templo quando este era criança. N.T.
[4] Surti: nascido em Surat. N.T.

balançava as pernas, desafiador.

"Punch-*baba*[5] vai *bye-lo*[6]?", disse a aia, sugestivamente.

"Não", disse Punch. "Punch-*baba* quer a história sobre a Ranee[7] que se transformou em um tigre. Meeta deve contá-la, e o *hamal* deve esconder-se atrás da porta e fazer o barulho do tigre quando fora a hora."

"Mas Judy-*baba* acordará", disse a aia.

"Judy-*baba* está acordada", soprou uma vozinha de dentro do mosquiteiro. "Era uma vez uma Ranee que vivia em Delhi. Continue, Meeta", e ela caiu adormecida de novo enquanto Meeta iniciava a história. Nunca antes tinha conseguido que lhe contassem aquela história com tão pouca oposição. Ele refletiu por um longo tempo. O *hamal* fez os sons do tigre em vinte tonalidades diferentes.

"Pare!", disse Punch com autoridade". Por que Papa não entra e diz que vai me dar um *put-put*[8]?"

"Punch-*baba* vai embora", disse a aia. "Na outra semana não haverá mais Punch-*baba* para puxar o meu cabelo". Ela suspirou baixinho, pois o garoto da família lhe era muito querido.

"Subiremos aos Ghauts em um trem?", disse Punch em pé na cama. "Por todo o caminho para Nassick, onde a Ranee-tigre mora?"

"Não para Nassick neste ano, querido *sahib*[9]", disse Meeta erguendo-o nos ombros. "Até o mar onde os cocos são lançados, e cruzar o mar em um grande navio. Você levará Meeta com você para Belait[10]?"

"Vocês todos irão", disse Punch do alto dos braços fortes de Meeta. "Meeta e a aia e o *hamal* e o Bhini do jardim[11], e *salaam*[12] capitão Cobra *sahib*."

---

[5] Entre outros significados, quer dizer pai em turco e é um modo carinhoso de referir-se às crianças. N.T.

[6] Despedir-se. N.T.

[7] Rainha ou princesa hindu; viúva do rajá. N.T

[8] Som de estalo, referindo-se a um beijo estalado. N.T

[9] *Sahib*: tratamento dados pelos indianos a homens brancos respeitáveis ou de classe social elevada, comum na Índia quanto esta pertencia ao Império Britânico. N.T.

[10] Refere-se à Europa e/ ou Inglaterra. N.T.

[11] Refere-se ao jardineiro. N.T.

[12] Do árabe: *salām*: saudação maometana, significa "paz". N.T.

Não havia ironia na voz de Meeta quando ele respondeu: "Grande é a benevolência de *sahib*", e deitou o homenzinho na cama enquanto a aia, sentada à luz da lua no limiar da porta, o ninava com uma interminável cantiga como as que cantavam na Igreja Católica Romana em Barel. Punch se enrolou como uma bola e dormiu.

Na manhã seguinte Judy gritou que havia um rato em seu quarto, e por isso ele esqueceu de contar a ela as maravilhosas notícias. Isso não teve muita importância, pois Judy tinha apenas três anos e não teria entendido. Mas Punch tinha cinco e sabia que ir para a Inglaterra seria muito mais legal do que uma viagem para Nassick.

....

Papa e Mama venderam o coche e o piano, esvaziaram a casa, restringiram o serviço de porcelana às refeições diárias e deliberaram juntos por longo tempo a respeito de um pacote de cartas entregues com carimbo de Rocklington, Inglaterra.

"O pior de tudo isso é que não se tem certeza de nada", disse Papa, puxando os bigodes. "As cartas em si são excelentes, e os termos são bastante moderados".

"O pior de tudo isso é que as crianças crescerão longe de mim", pensou Mama, mas não o disse em voz alta.

"Somos apenas um caso entre centenas[13]", disse Papa com amargura. "Você retornará à Inglaterra de novo em cinco anos, querida".

"Até lá Punch terá dez anos – e Judy, oito. Oh, quanto e quanto e quanto tempo terá se passado! E teremos que deixá-los entre estranhos."

"Punch é um camaradinha alegre. Ele com certeza fará amizades aonde quer que vá."

"E quem acolherá com amor minha Ju?"

---

[13] Durante o domínio do Império Britânico na Índia era comum as crianças anglo-indianas serem enviadas para a Inglaterra por volta dos cinco ou seis anos de idade. O objetivo era educá-las segundo os costumes ocidentais, suprir a educação formal em escolas, evitar que se tornassem precoces demais e, em especial, para preservá-las da morte. O clima da Índia, associado às epidemias e às doenças, era inadequado à saúde das crianças pequenas, que morriam com facilidade. Kipling e sua irmã sofreram o mesmo processo, sendo enviados para viver com estranhos. N.T.

They were standing over the cots in the nursery late at night, and I think that Mamma was crying softly. After Papa had gone away, she knelt down by the side of Judy's cot. The *ayah* saw her and put up a prayer that the Memsahib might never find the love of her children taken away from her and given to a stranger.

Mamma's own prayer was a slightly illogical one. Summarised it ran: 'Let strangers love my children and be as good to them as I should be, but let *me* preserve their love and their confidence for ever and ever. Amen.' Punch scratched himself in his sleep, and Judy moaned a little.

Next day they all went down to the sea, and there was a scene at the Apollo Bunder when Punch discovered that Meeta could not come too, and Judy learned that the *ayah* must be left behind. But Punch found a thousand fascinating things in the rope, block, and steam-pipe line on the big P. & O. steamer long before Meeta and the *ayah* had dried their tears.

'Come back, Punch-*baba*,' said the *ayah*. 'Come back,' said Meeta, 'and be a Burra Sahib.'

'Yes,' said Punch, lifted up in his father's arms to wave good-bye. 'Yes, I will come back, and I will be a Burra Sahib Bahadur!'

At the end of the first day Punch demanded to be set down in England, which he was certain must be close at hand. Next day there was a merry breeze, and Punch was very sick. 'When I come back to Bombay,' said Punch on his recovery, 'I will come by the road – in a broom-*gharri*. This is a very naughty ship.'

The Swedish boatswain consoled him, and he modified his opinions as the voyage went on. There was so much to see and to handle and ask questions about that Punch nearly forgot the *ayah* and Meeta and the *hamal*, and with difficulty remembered a few words of the Hindustani once his second speech.

Eles ficaram sentados sobre as camas no quarto das crianças até tarde da noite, e eu acho que Mama chorava baixinho. Depois de Papa ter ido embora, ela ajoelhou-se ao lado da cama de Judy. A aia a viu e rezou uma prece para que a *memsahib*[14] nunca tivesse o amor que suas crianças lhe dedicavam tomado e dado a estranhos.

A prece de Mama era um tanto ilógica. Resumindo, seria assim: "Deixe que estranhos amem meus filhos e sejam tão bons para eles como eu seria, mas deixe que *eu* preserve o amor e a confiança deles para todo o sempre. Amém". Punch arranhou a si mesmo enquanto dormia, e Judy resmungou um pouco.

No dia seguinte todos eles desceram até o mar, e houve uma cena no embarcadouro de Apollo quando Punch descobriu que Meeta não poderia ir e Judy percebeu que a aia seria deixada para trás. Mas Punch encontrou milhares de coisas fascinantes nas cordas, caixas e cano de exaustão do grande no navio a vapor da linha Pacífico-Oriente muito antes de Meeta e da aia terem enxugado as lágrimas.

"Volte, Punch-*baba*", disse a aia. "Volte", disse Meeta, "e seja um *Burra*[15] *sahib*".

"Sim", disse Punch, erguido pelos braços do pai para dizer adeus. "Sim, voltarei e serei um *Burra Sahib Bahadur*[16]!"

Ao fim do primeiro dia Punch reclamou que queria chegar à Inglaterra, que ele estava certo de estar a um palmo dali. No segundo dia soprou uma brisa alegre, e Puch ficou bastante nauseado. "Quando voltarmos a Bombaim", disse Punch em sua convalescença, "viajarei pela estrada – *broom-gharri*[17]. Este é um navio muito malvado."

O contramestre sueco o consolou, e ele modificou sua opinião no decorrer da viagem. Havia tanto para ver, para mexer e para perguntar a respeito que Punch quase esqueceu da aia, de Meeta e do *hamal*, e era com dificuldade que lembrava poucas palavras em hindustani, que já fora sua segunda-língua.

---

[14] Tratamento respeitoso que os indianos utilizavam para se referir às mulheres brancas casadas ou de classe social superior. N.T.

[15] *Burra*: hindi: *bara*: grande. N.T.

[16] Homem verdadeiramente importante. N.T.

[17] Carruagem fechada, elegante e confortável. N.T.

Mas Judy estava muito pior. Um dia antes do vapor alcançar Southampton, Mama perguntou a ela se não queria rever a aia. Os olhos azuis de Judy voltaram-se para a vastidão do mar, que engolira todo seu diminuto passado, e ela disse: "Aia! Que aia?"

Mama chorou sobre ela e Punch ficou admirado. Foi quando ouviu pela primeira vez o apelo passional de Mama para que ele nunca permitisse que Judy a esquecesse. Visto que Judy era jovem, ridiculamente jovem, e que Mama, toda noite nas últimas quatro semanas, tinha vindo à cabine para cantar para ela e Punch dormirem com uma misteriosa cantiga que ela chamava de *Filhinho, minha alma*[18], Punch não conseguia entender o que Mama pretendia. Mas ele se esforçou por fazer sua obrigação; pois, no momento em que Mama deixou a cabine, ele disse à Judy: "Ju, você se lembra da Mama?"

"Claro que sim", disse Judy.

"Então *sempre* se lembre de Mama, ou não lhe darei os patinhos de papel que o capitão *sahib* ruivo recortou para mim".

Assim Judy prometeu sempre se lembrar de Mama.

Muitas e muitas vezes essa recomendação de Mama recaiu sobre Punch, e Papa diria a mesma coisa, com tanta insistência que apavorou a criança.

"Você tem que se apressar e aprender a escrever, Punch", disse Papa, "e então poderá escrever cartas para nós em Bombaim".

"Irei até seu quarto", disse Punch, e Papa engasgou.

Papa e Mama sempre se engasgavam por aqueles dias. Se Punch dava à Judy a tarefa de lembrar-se de Mama, eles engasgavam. Se Punch se escarrapachava no sofá da hospedaria de Southampton e esboçava seu futuro com cores púrpura e dourada, eles engasgavam; e faziam o mesmo se Judy fazia biquinho para dar um beijo.

Por muitos dias os quatro agiram como errantes sobre a face da terra – Punch, não tendo ninguém para lhe dar ordens; Judy, jovem demais para o que quer que fosse; e Papa e Mama circunspetos, distraídos e engasgando.

[18] A criança entendeu a canção como "Sunny, my soul". Em verdade, trata-se de um hino de John Keble (1792–1855), intitulado *An Evening Hymn*, cujos versos cantam "Son of my soul". N.T.

'Where,' demanded Punch, wearied of a loathsome contrivance on four wheels with a mound of luggage atop – 'where is our broom-gharri? This thing talks so much that I can't talk. Where is our own broom-gharri? When I was at Bandstand before we comed away, I asked Inverarity Sahib why he was sitting in it, and he said it was his own. And I said, "I will give it you" – I like Inverarity Sahib – and I said, "Can you put your legs through the pully-wag loops by the windows?" And Inverarity Sahib said No, and laughed. 'I can put my legs through the pully-wag loops. I can put my legs through these pully-wag loops. Look! Oh, Mamma's crying again! I didn't know I wasn't not to do so.'

Punch drew his legs out of the loops of the four-wheeler: the door opened and he slid to the earth, in a cascade of parcels, at the door of an austere little villa whose gates bore the legend 'Downe Lodge.' Punch gathered himself together and eyed the house with disfavour. It stood on a sandy road, and a cold wind tickled his knickerbockered legs.

'Let us go away,' said Punch. 'This is not a pretty place.'

But Mamma and Papa and Judy had left the cab, and all the luggage was being taken into the house. At the doorstep stood a woman in black, and she smiled largely, with dry chapped lips. Behind her was a man, big, bony, grey, and lame as to one leg—behind him a boy of twelve, blackhaired and oily in appearance. Punch surveyed the trio, and advanced without fear, as he had been accustomed to do in Bombay when callers came and he happened to be playing in the veranda.

'How do you do?' said he. 'I am Punch.' But they were all looking at the luggage – all except the grey man, who shook hands with Punch, and said he was 'a smart little fellow.' There was much running about and banging of boxes, and Punch curled himself up on the sofa in the dining-room and considered things.

"Onde", exigiu Punch, cansado da abominável engenhoca de quatro rodas com uma montanha de bagagem em cima – "onde está nossa *broom-gharri*? Esta coisa faz tanto barulho que *eu* não consigo falar. Onde está *nossa própria broom-gharri*? Quando eu estava em Bandstand, antes de virmos embora, perguntei ao Inverarity[19] *sahib* por que ele sentava-se nela, e ele disse que lhe pertencia. E eu disse: 'Eu a darei a você' – eu gosto do Inverarity *sahib* – e eu disse: 'Consegue por suas pernas no arco do *pully-wag*[20] pela janela?' E o Inverarity *sahid* disse: 'Não', e riu. 'Eu consigo por minhas pernas entre o arco do *pully-wag*. Posso por minhas pernas através destes arcos de *pully-wag*. Vejam! Oh, Mama está chorando de novo! Eu não sabia que não deveria fazer isso.'"

Punch puxou as pernas para fora dos arcos da carruagem de quatro rodas: a porta abriu e ele deslizou para a terra, em uma cascata de embrulhos, à entrada de uma pequena e austera casa de campo cujos portões traziam a legenda: Casa Downe. Punch recompôs-se e olhou a casa com desagrado. Ficava em uma estada de areia, e o vento frio fazia cócegas em suas pernas com calças curtas.

"Vamos embora", disse Punch. "Não é um lugar bonito".

Mas Mama, Papa e Judy já tinha deixado o veículo, e toda a bagagem era levada para a casa. Na soleira da porta aguardava uma mulher de preto, com sorriso largo, de lábios secos e rachados. Atrás dela havia um homem de ossos largos, grisalho, coxo de uma perna – atrás dele um garoto de doze anos, de cabelos pretos com aparência gordurosa. Punch examinou o trio e avançou sem medo, como estava acostumado a fazer em Bombaim quando chegavam visitas e coincidia de ele estar na varanda.

"Como estão?", disse ele. "Sou Punch". Mas todos eles olhavam para as bagagens – todos exceto o homem grisalho, que apertou as mãos de Punch e disse que ele era "um camaradinha esperto". Havia muita movimentação e barulho de caixas batendo, e Punch enrolou-se no sofá da sala de visitas e considerou os fatos.

---

[19] No caso, o médico da família de Punch e Judy. N.T.

[20] Alça de couro fixa em cada lado da porta, usada para facilitar o embarque e desembarque em carruagens e trens. N.T.

"Não gosto dessas pessoas", disse Punch. "Mas não tem importância. Iremos embora logo. Nós sempre vamos embora logo de todos os lugares. Gostaria que voltássemos a Bombaim *logo*."

O desejo não deu frutos. Por seis dias Mama chorou de tempos em tempos, e mostrou à mulher de preto todas as roupas de Punch – uma liberdade que ofendeu o menino. "Mas talvez ela seja uma nova aia branca", ele pensou. "Eu a chamo de Tiarosa[21], mas ela não *me* chama de *sahib*. Ela diz apenas Punch", ele confidenciou à Judy. "O que é Tiarosa?"

Judy não sabia. Nem ela nem Punch tinham ouvido falar nada a respeito de um animal chamado *tia*. O mundo deles era Papa e Mama, que sabiam tudo, permitiam tudo e amavam todo mundo – mesmo Punch, quando ia ao jardim em Bombaim e enchia as unhas com mofo depois do corte de unhas semanal, porque, como ele explicava, entre uma e outra chinelada, a dolorosa tentativa para o pai, seus dedos "sentiam-se muito novos nas pontas".

De um jeito indefinido, Punch julgou recomendável manter seus pais entre ele e a mulher de preto e o menino de cabelos negros. Ele não os aprovava. Gostava do homem grisalho, que expressou o desejo de ser chamado de "Tio-Harry". Eles se inclinavam um para o outro quando se encontravam, e o homem grisalho mostrou-lhe um pequeno navio com cordas que levantavam e abaixavam.

"É um modelo do *Brisk* – o pequeno *Brisk* que foi dolorosamente comprometido naquele dia em Navarino". O homem grisalho murmurou as últimas palavras e mergulhou em devaneios. "Contarei a você sobre Navarino, Punch, quando sairmos para caminhar juntos, e você não deve tocar no barco, porque trata-se do *Brisk*".

Muito tempo antes do passeio, o primeiro de muitos, ser dado, eles despertaram Punch e Judy no amanhecer frio de uma manhã de fevereiro para dizer adeus; e, dentre todas as pessoas neste vasto mundo, eram Papa e Mama que partiam – ambos chorando desta vez. Punch estava muito sonolento e Judy, mal humorada.

---

[21] No original: Antirosa; Aunt Rosa, tia Rosa. N.T.

'I don't like these people,' said Punch. 'But never mind. We'll go away soon. We have always went away soon from everywhere. I wish we was gone back to Bombay *soon*.'

The wish bore no fruit. For six days Mamma wept at intervals, and showed the woman in black all Punch's clothes – a liberty which Punch resented. 'But p'raps she's a new white *ayah*,' he thought. 'I'm to call her Antirosa, but she doesn't call *me* Sahib. She says just Punch,' he confided to Judy. 'What is Antirosa?'

Judy didn't know. Neither she nor Punch had heard anything of an animal called an aunt. Their world had been Papa and Mamma, who knew everything, permitted everything, and loved everybody – even Punch when he used to go into the garden at Bombay and fill his nails with mould after the weekly nail-cutting, because, as he explained between two strokes of the slipper to his sorely-tried father, his fingers 'felt so new at the ends.'

In an undefined way Punch judged it advisable to keep both parents between himself and the woman in black and the boy with black hair. He did not approve of them. He liked the grey man, who had expressed a wish to be called 'Uncle-harri.' They nodded at each other when they met, and the grey man showed him a little ship with rigging that took up and down.

'She is a model of the *Brisk* – the little *Brisk* that was sore exposed that day at Navarino.' The grey man hummed the last words and fell into a reverie. 'I'll tell you about Navarino, Punch, when we go for walks together; and you mustn't touch the ship, because she's the *Brisk*.'

Long before that walk, 'the first of many, was taken, they roused Punch and Judy in the chill dawn of a February morning to say Goodbye; and of all people in the wide earth to Papa and Mamma – both crying this time. Punch was very sleepy and Judy was cross.

'Don't forget us,' pleaded Mamma. 'Oh, my little son, don't forget us, and see that Judy remembers too.'

'I've told Judy to bemember,' said Punch, wriggling, for his father's beard tickled his neck. 'I've told Judy – ten-forty – 'leven thousand times. But Ju's so young – quite a baby – isn't she?'

'Yes,' said Papa, 'quite a baby, and you must be good to Judy, and make haste to learn to write and-and-and...'

Punch was back in his bed again. Judy was fast asleep, and there was the rattle of a cab below. Papa and Mamma had gone away. Not to Nassick; that was across the sea. To some place much nearer, of course, and equally of course they would return. They came back after dinner-parties, and Papa had come back after he had been to a place called 'The Snows,' and Mamma with him, to Punch and Judy at Mrs. Inverarity's house in Marine Lines. Assuredly they would come back again. So Punch fell asleep till the true morning, when the black-haired boy met him with the information that Papa and Mamma had gone to Bombay, and that he and Judy were to stay at Downe Lodge 'for ever.' Antirosa, tearfully appealed to for a contradiction, said that Harry had spoken the truth, and that it behoved Punch to fold up his clothes neatly on going to bed. Punch went out and wept bitterly with Judy, into whose fair head he had driven some ideas of the meaning of separation.

When a matured man discovers that he has been deserted by Providence, deprived of his God, and cast without help, comfort, or sympathy, upon a world which is new and strange to him, his despair, which may find expression in evil living, the writing of his experiences, or the more satisfactory diversion of suicide, is generally supposed to be impressive. A child, under exactly similar circumstances as far as its knowledge goes, cannot very well curse God and die. It howls till its

"Não esqueça de nós", protestou Mama. "Oh, meu filhinho, não se esqueça de nós, e cuide para que Judy lembre-se também."

"Eu disse à Judy para lembrar-se", disse Punch, contorcendo-se, pois a barba do pai pinicava-lhe o pescoço. "Eu disse à Judy – dez – quarenta – doze mil vezes. Mas Ju é tão jovem – é quase um bebê – não é?"

"Sim", disse Papa, "quase um bebê, e você deve ser bom para Judy, e apressar-se em aprender a escrever, e, e, e..."

Punch estava de volta à cama mais uma vez. Judy estava em sono profundo, e havia o chacoalhar de um veículo abaixo. Papa e Mama tinham ido embora. Não para Nassick; que ficava do outro lado do mar. Para um lugar bastante próximo, é claro, como também era claro que retornariam. Eles voltavam depois dos jantares em festas; Papa voltava depois de ir um lugar chamado A Nevasca, e Mama retornava com ele, para Punch e Judy, que ficavam na casa da sra. Inverarity, em Marine Lines. Por certo eles retornariam. Assim Punch voltou a dormir até amanhecer de verdade, quando o garoto de cabelos negros lhe deu a informação de que Papa e Mama tinham voltado para Bombaim e que ele e Judy ficariam na Casa Downe para sempre. Tiarosa, a quem apelou entre lágrimas por um desmentido, disse que Harry tinha dito a verdade, e que competia a Punch dobrar as roupas com capricho ao ir para cama. Punch saiu e chorou amargamente com Judy, em cuja linda cabecinha ele tinha introduzido algumas idéias sobre o significado da separação.

Quando um homem maduro descobre que foi abandonado pela Providência, privado de Deus e atirado sem ajuda, conforto ou simpatia em um mundo novo e estranho para ele, seu desespero – que pode resultar em uma vida perversa, em escrever suas experiências ou nas mais satisfatórias diversões suicidas, supõe em geral ser impressionante. Uma criança, em circunstâncias exatamente similares até onde seu entendimento alcança, não pode muito bem amaldiçoar a Deus e morrer[22]. Ela geme até seu nariz estar vermelho,

---

[22] "Então sua mulher lhe disse: Ainda reténs a tua sinceridade? Amaldiçoa a Deus e morre." Jó, 2:9. N.T.

os olhos feridos e sua cabeça doer. Punch e Judy, apesar de não por culpa deles, perderam todo o seu mundo. Eles se sentaram no saguão e choraram; o garoto de cabelos negros olhava de longe.

O modelo do navio não ajudou em nada, apesar do homem grisalho ter assegurado a Punch que ele poderia erguer e abaixar os cordames o quanto quisesse; e à Judy foi permitido entrar livremente na cozinha. Eles queriam Papa e Mama, que partiram para Bombaim pelo mar, e enquanto durou sua aflição, não houve o que a remediasse.

Quando as lágrimas cessaram a casa estava bastante quieta. Tiarosa tinha decidido que era melhor deixar as crianças "liberarem o choro", e o garoto fora para escola. Punch ergueu a cabeça do chão e fungou entre lágrimas. Judy estava quase adormecida. Três curtos anos não a haviam ensinado como suportar a tristeza e tudo o que ela abarcava. Havia um estrondo distante e indistinto no ar – um baque surdo e repetido. Punch aprendera que, em Bombaim, esse som eram as monções. Era o mar – o mar que precisava ser transposto para se alcançar Bombaim.

"Rápido, Ju", ele gritou. "Estamos perto do mar. Eu posso ouvi-lo! Escute! Foi de onde viemos. Talvez possamos pegá-los se chagarmos a tempo. Eles não quereriam ir sem nós. Eles apenas esqueceram."

"É", disse Judy. "Eles apenas esqueceram. Vamos até o mar."

A porta do saguão estava aberta, e o portão do jardim também.

"Esta lugar é muito, muito grande", ele disse, olhando com cuidado para a estrada, "e nós nos perderemos. Mas encontrarei um homem e mandarei que nos leve de volta para casa – como fiz em Bombaim".

Ele pegou Judy pela mão e os dois correram desprotegidos na direção do barulho do mar. A Casa Downe era quase a última de uma série de casas recém fabricadas enfileiradas, através de um campo de colinas de tijolos, à frente de um urzal onde de vez em quando os ciganos acampavam e onde a Guarnição de Artilharia de Rocklington

nose is red, its eyes are sore, and its head aches. Punch and Judy, through no fault of their own, had lost all their world. They sat in the hall and cried; the black-haired boy looking on from afar.

The model of the ship availed nothing, though the grey man assured Punch that he might pull the rigging up and down as much as he pleased; and Judy was promised free entry into the kitchen. They wanted Papa and Mamma, gone to Bombay beyond the seas, and their grief while it lasted was without remedy.

When the tears ceased the house was very still. Antirosa had decided that it was better to let the children 'have their cry out,' and the boy had gone to school. Punch raised his head from the floor and sniffed mournfully. Judy was nearly asleep. Three short years had not taught her how to bear sorrow with full knowledge. There was a distant, dull boom in the air – a repeated heavy thud. Punch knew that sound in Bombay in the monsoon. It was the sea – the sea that must be traversed before any one could get to Bombay.

'Quick, Ju!' he cried. 'We're close to the sea. I can hear it! Listen! That's where they've went. P'raps we can catch them if we was in time. They didn't mean to go without us. They've only forgot.'

'Iss,' said Judy. 'They've only forgotted. Less go to the sea.'

The hall-door was open and so was the garden-gate.

'It's very, very big, this place,' he said, looking cautiously down the road, 'and we will get lost. But I will find a man and order him to take me back to my house – like I did in Bombay.'

He took Judy by the hand, and the two ran hatless in the direction of the sound of the sea. Downe Lodge was almost the last of a range of newly-built houses running out, through a field of brick-mounds, to a heath where gipsies occasionally camped and where the Garrison Artillery of

praticava. Havia poucas pessoas à vista, e as crianças poderiam ter sido pegas por alguém daquela soldadesca que se agrupava ao longe. Por uma hora e meia as exaustas perninhas caminharam através do urzal, da plantação de batatas e das dunas de areia.

"Estou tão cansada", disse Judy, "e Mama ficará brava".

"Mama *nunca* fica brava. Suponho que ela esteja esperando agora no mar enquanto Papa compra as passagens. Nós os encontraremos e seguiremos com eles. Ju, você não deve se sentar. Só um pouquinho mais e chegaremos no mar. Ju, se você sentar, dou uma palmada em você!", disse Punch.

Eles escalaram outra duna e avançaram para o grande mar cinza na maré baixa. Centenas de caranguejos fugiam rápido próximo à praia, mas não havia nenhum sinal de Papa e Mama, nem mesmo um navio sobre as águas – nada além de areia e lodo por quilômetros e quilômetros.

E "Tioharri" os encontrou por sorte – muito enlameados e bastante desamparados – Punch derramando-se em lágrimas, mas tentando divertir Judy com uma brincadeira, e Judy lamentando-se para o insensível horizonte, pedindo por "Mama, Mama!" – e, de novo, "Mama!"

A SEGUNDA SACOLA

Ah, ai de nós, pois somos almas consternadas!
De todas as criaturas sob a larga abóbada celeste,
Somos os mais desiludidos, pois tínhamos a maior esperança,
E os mais descrentes, quando já fomos os mais confiantes.
A. H. Clogh

E até aqui nenhuma palavra sobre a Ovelha Negra. Ela veio mais tarde, o menino de cabelos pretos foi o maior responsável por sua chegada.

Judy – como não amar a pequena Judy? – entrou, com autorização especial, na cozinha e de lá direto para o coração da tia Rosa. Harry era o único filho de tia Rosa, e Punch era o garoto a mais na casa. Não havia nenhum lugar especial para ele ou para seus afazeres; ele foi proibido de se escarrapachar nos sofás e de explicar suas idéias de como construiria seu mundo e suas esperanças para o futuro. Escarrapachar-se era para preguiçosos e estragava os sofás; e não era hábito menininhos falarem. Eles ouviam sermões, e tais sermões eram para seu benefício moral. Antes o déspota inquestionável da casa em Bombaim, Punch não entendia por completo como se tornara insignificante em sua nova vida.

Harry podia esticar-se sobre a mesa e pegar o que quisesse; Judy podia apontar e ter o que quisesse. Punch era proibido de fazer ambos. O homem grisalho foi sua grande esperança e a pessoa de confiança por muitos meses, antes de Papa e Mama retornarem; e ele se esqueceu de dizer a Judy para lembrar-se de Mama.

Esse lapso era desculpável, pois nesse intervalo ele fora apresentado por tia Rosa a duas coisas bem impressionantes – à uma abstração chamada Deus, o amigo íntimo e aliado de tia Rosa – que, em geral, acreditava-se morar atrás do fogão da cozinha, pois era quente lá – e a um grande livro marrom e poeirento, repleto de pontos e marcas ininteligíveis. Punch estava sempre ansioso por agradar a todo mundo. Por isso fundiu a história da Criação ao que pôde recordar dos contos de fadas indianos, e escandalizou tia Rosa ao repetir o resultado para Judy. Era um pecado, um pecado grave, e Punch ouviu um sermão por quinze minutos. Ele não conseguiu entender que iniqüidade havia cometido, mas tomou o cuidado de não repetir a ofensa, porque tia Rosa disse a ele que Deus ouvira cada palavra que ele dissera e estava bastante zangado. Se era verdade, por que Deus não vinha lhe dizer isso, pensou Punch, e tirou o problema da cabeça. Mais tarde ele aprendeu a reconhecer o Senhor como a única coisa no mundo mais apavorante que tia Rosa – como uma Criatura sorrateira que vigiava cada passo dado.

Mas a leitura era, naquele momento, um assunto mais sério que qualquer doutrina. Tia Rosa sentou-se sobre uma mesa e disse-lhe que *A B* significava *ab*.

"Por quê?", disse Punch. "*A* é *a* e *B* é bêe. Por que *A B* significa *ab*?"

'Because I tell you it does,' said Aunty Rosa, 'and you've got to say it.'

Punch said it accordingly, and for a month, hugely against his will, stumbled through the brown book, not in the least comprehending what it meant. But Uncle Harry, who walked much and generally alone, was wont to come into the nursery and suggest to Aunty Rosa that Punch should walk with him. He seldom spoke, but he showed Punch all Rocklington, from the mud-banks and the sand of the back-bay to the great harbours where ships lay at anchor, and the dockyards where the hammers were never still, and the marine-store shops, and the shiny brass counters in the Offices where Uncle Harry went once every three months with a slip of blue paper and received sovereigns in exchange; for he held a wound-pension. Punch heard, too, from his lips the story of the battle of Navarino, where the sailors of the Fleet, for three days afterwards, were deaf as posts and could only sign to each other. 'That was because of the noise of the guns,' said Uncle Harry, 'and I have got the wadding of a bullet somewhere inside me now.'

Punch regarded him with curiosity. He had not the least idea what wadding was, and his notion of a bullet was a dockyard cannon-ball bigger than his own head. How could Uncle Harry keep a cannon-ball inside him? He was afraid to ask, for fear Uncle Harry might be angry.

Punch had never known what anger – real anger – meant until one terrible day when Harry had taken his paint-box to paint a boat with, and Punch had protested. Then Uncle Harry had appeared on the scene and, muttering something about 'strangers' children,' had with a stick smitten the black-haired boy across the shoulders till he wept and yelled, and Aunty Rosa came in and abused Uncle Harry for cruelty to his own flesh and blood, and Punch shuddered to the tips of his shoes. 'It wasn't my fault,' he explained to the boy, but both Harry and Aunty Rosa said that it was, and that Punch had told tales, and for a week there were no more walks with Uncle Harry.

But that week brought a great joy to Punch.

"Porque eu digo-lhe que é assim", disse Tia Rosa, " e você deverá dizê-lo assim".

Punch disse isso e, por conseqüência, durante um mês, muito contra a vontade, gaguejou sobre o livro marrom, não compreendendo o mínimo do que aquilo queria dizer. Mas tio Harry, que andava muito e em geral sozinho, tinha o costume de entrar no quarto de brinquedos e sugerir à tia Rosa que Punch caminhasse, com ele. Ele raramente falava, mas mostrou a Punch toda Rocklington, das encostas de lama e a areia atrás da baía até a grande enseada onde os navios descansavam ancorados; e os estaleiros onde os martelos nunca paravam, os depósitos navais, os mostradores brilhantes de cobre nos escritórios, em que tio Harry ia uma vez a cada três meses com uma folha de papel azul e recebia soberanos em troca; pois tinha uma pensão por invalidez. Punch ouviu também de seus lábios a história sobre a batalha de Navarino, em que por três dias os marinheiros do Fleet, ficaram surdos como uma porta e se comunicavam por sinais. "Era por causa do barulho das armas", disse tio Harry, "e agora eu tenho a cápsula de um porjétil em algum lugar dentro de mim".

Punch olhou-o com curiosidade. Não tinha a menor idéia do que era uma cápsula, e sua noção de projétil era um arsenal de balas de canhão tão grandes quanto a cabeça dele. Como tio Harry poderia ter uma bala de canhão dentro dele? Receava perguntar, pois temia que tio Harry pudesse se zangar.

Punch não sabia o que significava raiva – raiva de verdade – até o dia terrível em que Harry pegou sua caixa de pintura para pintar um barco, e Punch protestou. Então tio Harry surgiu em cena, e, murmurando algo sobre "filhos de estranhos", bateu com uma vara entre os ombros do garoto de cabelo pretos até ele chorar e berrar, e tia Rosa vir e acusar tio Harry de crueldade com sua própria carne sangue, e Punch estremecer da cabeça aos pés. "Não foi culpa minha", ele explicou para o garoto, mas tanto Harry quanto tia Rosa disseram que fora, e que Punch tinha inventado histórias, e que por uma semana não haveria mais passeios com tio Harry.

Ele repetira até a completa exaustão que: "O gato deita no capacho e o rato entra".

"Agora posso ler de verdade", disse Punch, "e a partir de agora nunca mais lerei nada neste mundo".

Ele pôs o livro marrom no armário em que seus livros escolares ficavam e, por acaso, tombou um volume respeitável, sem capa, rotulado como *Sharper's Magazine*. Na primeira página havia a mais portentosa imagem de um grifo, com versos embaixo. O grifo retirava uma ovelha por dia de uma vila alemã, até que um homem veio com uma "cimitarra" a abriu o grifo ao meio. Só Deus sabe o que é uma cimitarra, mas havia um grifo e a história dele era um avanço em relação ao eterno gato.

"Isto", disse Punch, "significa coisas, e agora saberei tudo sobre todas as coisas do mundo". Ele leu até a luz falhar, sem entender nem um décimo do significado, mas atormentado pelo vislumbre das novas palavras a serem reveladas mais tarde.

"O que é uma 'cimitarra'? O que é uma 'ovelha minúscula'? O que é um 'usurpador desprezível'? O que é um 'prado verdejante'?", ele perguntava, ruborizado, à hora de dormir para a atônita tia Rosa.

"Reze sua preces e vá dormir", ela respondia, e foi toda a ajuda que Punch, tanto na hora como mais tarde, recebeu de suas mãos no novo e delicioso exercício da leitura.

"Tia Rosa só sabe sobre Deus e coisas desse tipo", argumentou Punch. "Tio Harry me dirá".

O passeio seguinte provou que tio Harry também não poderia ajudá-lo; mas ele autorizou Punch a falar, e até sentou-se em um banco para ouvir sobre o grifo. Novos passeios trouxeram novas histórias, conforme Punch ampliava seus horizontes, pois a casa guardava um vasto repertório de livros antigos que nunca ninguém tinha aberto – desde a série numerada de *Frank Fairlegh*, e os primeiros poemas de Tennyson, contribuição anônima para as *Sharper's Magazine*, ao Catálogo da Exposição de 1862, alegrado com cores e delícias incompreensíveis, e folhas soltas das *Viagens de Gulliver*.

As soon as Punch could string a few pot-hooks together he wrote to Bombay, demanding by return of post 'all the books in all the world'. Papa could not comply with this modest indent, but sent *Grimm's Fairy Tales* and a *Hans Andersen*. That was enough. If he were only left alone Punch could pass, at any hour he chose, into a land of his own, beyond reach of Aunty Rosa and her God, Harry and his teasements, and Judy's claims to be played with.

'Don't disturve me, I'm reading. Go and play in the kitchen,' grunted Punch. 'Aunty Rosa lets *you* go there.' Judy was cutting her second teeth and was fretful. She appealed to Aunty Rosa, who descended on Punch.

'I was reading,' he explained, 'reading a book. I *want* to read.'

'You're only doing that to show off,' said Aunty Rosa. 'But we'll see. Play with Judy now, and don't open a book for a week.'

Judy did not pass a very enjoyable playtime with Punch, who was consumed with indignation. There was a pettiness at the bottom of the prohibition which puzzled him.

'It's what I like to do,' he said, 'and she's found out that and stopped me. Don't cry, Ju... it wasn't your fault ... *please* don't cry, or she'll say I made you.'

Ju loyally mopped up her tears, and the two played in their nursery, a room in the basement and half underground, to which they were regularly sent after the mid-day dinner while Aunty Rosa slept. She drank wine – that is to say, something from a bottle in the cellaret – for her stomach's sake, but if she did not fall asleep she would sometimes come into the nursery to see that the children were really playing. Now bricks, wooden hoops, ninepins, and chinaware cannot amuse for ever, especially when all Fairyland is to be won by the mere opening of a book, and, as often as not, Punch would be discovered reading to Judy or telling her interminable tales. That was an offence in the eyes of the law, and Judy would be whisked off by Aunty Rosa, while Punch was left to play alone, 'and be sure that I hear you doing it.'

Tão logo Punch conseguiu alinhavar umas poucas sílabas, escreveu para Bombaim, pedindo que retornassem pelo correio "todos os livros do mundo todo". Papa não pôde cumprir a modesta requisição, mas enviou *Contos de Fadas dos Irmãos Grimm* e Hans Andersen. Foi o suficiente. Bastava que fosse deixado em paz para que Punch passasse, quando quisesse, para um mundo só seu, além do alcance da tia Rosa e do Deus dela, de Harry e suas provocações, e dos pedidos de Judy para que brincasse com ela.

"Não me incomode, estou lendo. Vá brincar na cozinha", resmungava Punch. "Tia Rosa deixa *você* ir lá", o segundo dentinho de Judy despontava e ela estava bastante irritadiça. Apelou para tia Rosa, que desceu até Punch.

"Eu estava lendo", ele explicou, "lendo um livro. Eu *quero* ler".

"Você faz isso apenas para se mostrar", disse tia Rosa. "Mas veremos. Brinque com Judy agora, e não abra nenhum livro por uma semana".

Judy não se divertiu muito durante o tempo de brincadeiras com Punch, que se consumia de indignação. Havia uma mesquinhez no cerne dessa proibição que o confundia.

"É o que gosto de fazer", disse ele, "ela descobriu e quer me impedir. Não chore, Ju... não foi culpa sua... *por favor* não chore, ou ela dirá que eu a fiz chorar".

Ju enxugou as lágrimas, por fidelidade, e os dois brincaram em seu quarto infantil, no porão da casa, um pouco abaixo do nível, para onde eram mandados regularmente depois do almoço enquanto tia Rosa dormia. Ela bebia vinho – quer dizer, alguma coisa de uma garrafa em uma frasqueira – para a boa saúde do estômago, mas quando ela não adormecia, podia eventualmente descer ao quarto das crianças para ver se estavam mesmo brincando. Mas blocos, argolas de madeira, jogos de boliche e louças de porcelana não divertiam para sempre, em especial quando todo o País das Fadas podia ser conquistado com a simples abertura de um livro, e com freqüência Punch era descoberto lendo para Judy ou contando histórias intermináveis. Era uma ofensa aos olhos da lei, e Judy era levada por tia Rosa enquanto Punch era deixado para brincar sozinho, "e esteja certo de que posso ouvi-lo fazendo isso".

Não era uma tarefa divertida, pois ele tinha que fazer barulho de brincadeiras. Pelo menos, com infinita habilidade, ele arquitetou um jeito de equilibrar a mesa em três pernas de blocos, deixando a quarta livre para ser levada ao chão. Ele podia manejar a mesa com uma mão e segurar o livro com a outra. Fez isso até o infeliz dia em tia Rosa saltou sobre ele sem que percebesse e acusou-o de "representar uma mentira".

"Se você é maduro o bastante para isso", disse ela – seu temperamento sempre piorava após o almoço – "é maduro o bastante para apanhar".

"Mas – eu – eu não sou um animal!", disse Punch horrorizado. Lembrou-se de tio Harry e da vara, e empalideceu. Tia Rosa escondia um bastão leve atrás de si, e Punch apanhou aqui e ali, entre os ombros. Foi uma revelação para ele. A porta do quarto foi batida e ele foi deixado para chorar de arrependimento e praticar sua vida evangélica.

Tia Rosa, ele raciocinou, tinha o poder de bater-lhe com muitas barras. Isso era injusto e cruel, e Mama e Papa nunca teriam permitido isso. A menos que, talvez, como tia Rosa parecia subtender, eles tivessem dado ordens secretas. Nesse caso ele estaria abandonado de verdade. Teria que ser discreto no futuro para cair nas boas graças de tia Rosa, mas, por outro lado, mesmo nos casos em que estava inocente, tinha sido acusado de "querer se mostrar". Ele "quis se mostrar" na frente das visitas quando atacou um visitante desconhecido – o tio de Harry, não o dele – com perguntas sobre grifos e cimitarras, e o que era exatamente um tílburi, que Frank Fairlegh conduzia – todos pontos de supremo interesse que ele ansiava por entender. Era claro que ele não fingia importar-se com tia Rosa.

Nesse momento Harry entrou e ficou parado à distância, vigiando Punch, uma pilha amarfanhada no canto da sala, com desgosto.

"Você é um mentiroso – um jovem mentiroso", disse Harry, com hipocrisia, "e você tomará chá aqui em baixo porque não é digno de falar conosco. E não falará com Judy de novo até que mamãe te deixe sair. Você a corrompe. Você só serve para ficar com os criados. Mamãe disse isso".

It was not a cheering employ, for he had to make a playful noise. At last, with infinite craft, he devised an arrangement whereby the table could be supported as to three legs on toy bricks, leaving the fourth clear to bring down on the floor. He could work the table with one hand and hold the book with the other. This he did till an evil day when Aunty Rosa pounced upon him unawares and told him that he was 'acting a lie.'

'If you're old enough to do that,' she said – her temper was always worst after dinner – 'you're old enough to be beaten.'

'But – I'm – I'm not a animal!' said Punch aghast. He remembered Uncle Harry and the stick, and turned white. Aunty Rosa had hidden a light cane behind her, and Punch was beaten then and there over the shoulders. It was a revelation to him. The room-door was shut, and he was left to weep himself into repentance and work out his own gospel of life.

Aunty Rosa, he argued, had the power to beat him with many stripes. It was unjust and cruel, and Mamma and Papa would never have allowed it. Unless perhaps, as Aunty Rosa seemed to imply, they had sent secret orders. In which case he was abandoned indeed. It would be discreet in the future to propitiate Aunty Rosa, but then again, even in matters in which he was innocent, he had been accused of wishing to 'show off.' He had 'shown off' before visitors when he had attacked a strange gentleman – Harry's uncle, not his own – with requests for information about the Griffin and the falchion, and the precise nature of the Tilbury in which Frank Fairlegh rode – all points of paramount interest which he was bursting to understand. Clearly it would not do to pretend to care for Aunty Rosa.

At this point Harry entered and stood afar off, eyeing Punch, a dishevelled heap in the corner of the room, with disgust.

'You're a liar – a young liar,' said Harry, with great unction, 'and you're to have tea down here because you're not fit to speak to us. And you're not to speak to Judy again till Mother gives you leave. You'll corrupt her. You're only fit to associate with the servant. Mother says so.'

Having reduced Punch to a second agony of tears, Harry departed upstairs with the news that Punch was still rebellious.

Uncle Harry sat uneasily in the dining-room. 'Damn it all, Rosa,' said he at last, 'can't you leave the child alone? He's a good enough little chap when I meet him.'

'He puts on his best manners with you, Henry,' said Aunty Rosa, 'but I'm afraid, I'm very much afraid, that he is the Black Sheep of the family.'

Harry heard and stored up the name for future use. Judy cried till she was bidden to stop, her brother not being worth tears; and the evening concluded with the return of Punch to the upper regions and a private sitting at which all the blinding horrors of Hell were revealed to Punch with such store of imagery as Aunty Rosa's narrow mind possessed.

Most grievous of all was Judy's round-eyed reproach, and Punch went to bed in the depths of the Valley of Humiliation. He shared his room with Harry and knew the torture in store. For an hour and a half he had to answer that young gentleman's questions as to his motives for telling a lie, and a grievous lie, the precise quantity of punishment inflicted by Aunty Rosa, and had also to profess his deep gratitude for such religious instruction as Harry thought fit to impart.

From that day began the downfall of Punch, now Black Sheep.

'Untrustworthy in one thing, untrustworthy in all,' said Aunty Rosa, and Harry felt that Black Sheep was delivered into his hands. He would wake him up in the night to ask him why he was such a liar.

'I don't know,' Punch would reply.

'Then don't you think you ought to get up and pray to God for a new heart?'

'Y-yess.'

'Get out and pray, then!' And Punch would get out of bed with raging hate in his heart against all the world, seen and unseen. He was always tumbling into trouble. Harry had

Tendo reduzido Punch a uma segunda crise de choro agoniado, Harry partiu subindo as escadas com a notícia de que Punch ainda se rebelava.

Tio Harry sentou-se desconfortável à sala de estar. "Pro Inferno com tudo isso, Rosa", disse ele por fim, "você não consegue deixar essa criança em paz? Ele é um bom companheirinho quando me encontro com ele".

"Ele se comporta da melhor forma quando está com você, Harry", disse tia Rosa, "mas tenho medo, tenho muito medo de que ele seja a Ovelha Negra da família".

Harry escutou e guardou a palavra para usá-la no futuro. Judy chorou até que pedissem que parasse, o irmão não merecia suas lágrimas; e a tarde findou com o retorno de Punch ao plano superior e a uma reunião particular, em que todos os horrores inescapáveis do Inferno lhe foram revelados, com todo o repertório do imaginário que a mente estreita de tia Rosa possuía.

O mais triste de tudo era o olhar de reprovação de Judy, e Punch foi deitar imerso no Vale da Humilhação. Ele dividia o quarto com Harry e conhecia a tortura que lhe era reservada. Por uma hora e meia ele teve que responder às perguntas do jovem cavalheiro sobre o por quê de ter contado uma mentira, e uma mentira tão séria, e a quantidade precisa das punições infligidas por tia Rosa, além de declarar sua profunda gratidão pelas instruções religiosas que Harry julgara apropriado comunicar-lhe.

Daquele dia em diante teve início a queda de Punch, agora a Ovelha Negra.

"Uma vez indigno de confiança, sempre indigno de confiança", disse tia Rosa, e Harry sentiu que a Ovelha Negra era entregue em suas mãos. Ele o acordaria durante a noite para perguntar-lhe por que era tão mentiroso.

"Não sei", responderia Punch.

"Então não acha que deveria levantar-se e rezar a Deus por um novo coração?"

"Sssimm".

"Levante-se e reze, então!" E Punch se levantaria da cama com um ódio devastador no coração contra o mundo todo, visível e invisível. Ele estava sempre se envolvendo em problemas. Harry tinha aptidão para fazer-lhe um interrogatório rigoroso sobre suas atividades diárias, o que costumava levá-lo, sonolento e furioso, a meia dúzia de contradições – prontamente reportadas à tia Rosa na manhã seguinte.

"Mas *não era* mentira", Punch começava, e enveredava por uma explicação forçada que o afundava ainda mais desesperançado no lamaçal. "Eu disse que não rezei minhas preces *duas* vezes por dia, e isso foi na terça-feira. Rezei *uma* vez. Eu *sei* que fiz, mas Harry disse que não fiz", e assim por diante, até que a tensão rompesse em lágrimas e ele fosse dispensado da mesa, desacreditado.

"Você não costumava ser tão mau", disse Judy, horrorizada com a relação dos crimes da Ovelha Negra. "Por que é tão mau agora?"

"Não sei", responderia a Ovelha Negra. "Eu não seria, se ao menos não fosse interpretado às avessas. Eu sei o que *fiz*, e quero dizer isso, mas Harry sempre muda as coisas de algum jeito, e tia Rosa não acredita em uma palavra do que digo. Oh, Ju! Não diga *você* também que eu sou mau!"

"Tia Rosa diz que você é", disse Judy, "Ela contou ao vigário quando ele veio aqui ontem".

"Por que ela fala sobre mim a todos fora de casa? Isso não é justo", disse a Ovelha Negra. "Quando estava em Bombaim e fui mau – *fiz* coisas más, não estas coisas inventadas – Mama contou ao Papa, e Papa disse-me que sabia, e isso foi tudo. *Do lado de fora* ninguém ficou sabendo, nem Meeta soube."

"Não me lembro", disse Judy melancólica. "Eu era muito pequena na época. Mama o amava tanto quanto a mim, não amava?"

"Claro que amava. E Papa também. Assim como todo mundo."

"Tia Rosa gosta de mim mais do que gosta de você. Ela diz que você é uma Provação e uma Ovelha Negra e que não devo falar com você se eu puder evitar".

"Sempre? Mesmo excluindo as vezes em que não deve falar comigo de jeito algum?"

Judy inclinou a cabeça, lamentando-se. A Ovelha Negra afastou-se em desespero, mas os braços de Judy rodeavam-lhe o pescoço.

a knack of cross-examining him as to his day's doings, which seldom failed to lead him, sleepy and savage, into half-a-dozen contradictions – all duly reported to Aunty Rosa next morning.

'But it *wasn't* a lie,' Punch would begin, charging into a laboured explanation that landed him more hopelessly in the mire. 'I said that I didn't say my prayers *twice* over in the day, and *that* was on Tuesday. *Once* I did. I *know* I did, but Harry said I didn't,' and so forth, till the tension brought tears, and he was dismissed from the table in disgrace.

'You usen't to be as bad as this,' said Judy, awestricken at the catalogue of Black Sheep's crimes. 'Why are you so bad now?'

'I don't know,' Black Sheep would reply. 'I'm not, if I only wasn't bothered upside-down. I knew what I *did*, and I want to say so but Harry always makes it out different somehow, and Aunty Rosa doesn't believe a word I say. Oh, Ju! Don't *you* say I'm bad too.'

'Aunty Rosa says you are,' said Judy. 'She told the Vicar so when he came yesterday.'

'Why does she tell all the people outside the house about me? It isn't fair,' said Black Sheep. 'When I was in Bombay, and was bad—*doing* bad, not made-up bad like this – Mamma told Papa, and Papa told me he knew, and that was all. *Outside* people didn't know too – even Meeta didn't know.'

'I don't remember,' said Judy wistfully. 'I was all little then. Mamma was just as fond of you as she was of me, wasn't she?'

''Course she was. So was Papa. So was everybody.'

'Aunty Rosa likes me more than she does you. She says that you are a Trial and a Black Sheep, and I'm not to speak to you more than I can help.'

'Always? Not outside of the times when you mustn't speak to me at all?'

Judy nodded her head mournfully. Black Sheep turned away in despair, but Judy's arms were round his neck.

'Never mind, Punch,' she whispered. 'I *will* speak to you just the same as ever and ever. You're my own own brother though you are—though Aunty Rosa says you're bad, and Harry says you are a little coward. He says that if I pulled your hair hard, you'd cry.'

'Pull, then,' said Punch.

Judy pulled gingerly.

'Pull harder – as hard as you can! There! I don't mind how much you pull it *now*. If you'll speak to me same as ever I'll let you pull it as much as you like – pull it out if you like. But I know if Harry came and stood by and made you do it I'd cry.'

So the two children sealed the compact with a kiss, and Black Sheep's heart was cheered within him, and by extreme caution and careful avoidance of Harry he acquired virtue, and was allowed to read undisturbed for a week. Uncle Harry took him for walks, and consoled him with rough tenderness, never calling him Black Sheep. 'It's good for you, I suppose, Punch,' he used to say. 'Let us sit down. I'm getting tired.' His steps led him now not to the beach, but to the Cemetery of Rocklington, amid the potato-fields. For hours the grey man would sit on a tombstone, while Black Sheep would read epitaphs, and then with a sigh would stump home again.

'I shall lie there soon,' said he to Black Sheep, one winter evening, when his face showed white as a worn silver coin under the light of the lych gate. 'You needn't tell Aunty Rosa.'

A month later he turned sharp round, ere half a morning walk was completed, and stumped back to the house. 'Put me to bed, Rosa,' he muttered. 'I've walked my last. The wadding has found me out.'

They put him to bed, and for a fortnight the shadow of his sickness lay upon the. house, and Black Sheep went to and fro unobserved. Papa had sent him some new books,

"Não ligue, Punch", ela sussurrou. "*Falarei* com você do mesmo jeito para sempre e sempre. Você é meu, meu irmão mesmo sendo – mesmo que tia Rosa diga que você é mau, e Harry diga que é um covardezinho. Ele diz que se eu puxar seu cabelo com força, você chora."

"Puxe, então", disse Punch.

Judy puxou com cautela.

"Puxe mais forte – o mais forte que puder! Isso! Não me importo o quanto puxe *agora*. Se você falar comigo do mesmo jeito como sempre, deixarei que puxe tanto quanto quiser – arranque se quiser. Mas sei que se Harry vier, parar a meu lado e a obrigar a fazer isso, chorarei".

Assim as duas crianças selaram o acordo com um beijo, e o coração da Ovelha Negra foi encorajado com isso, e, com extrema cautela e evitando Harry com cuidado, ele adquiriu virtude e foi autorizado a ler sem ser perturbado por uma semana. Tio Harry o levou para as caminhadas e o consolou com uma ternura rudimentar, nunca o chamando de Ovelha Negra. "Isso faz bem a você, suponho", costumava dizer. "Vamos sentar. Estou ficando cansado." As caminhadas os levavam não à praia, mas ao Cemitério de Rocklington, através dos campos de tomates. Por horas o homem grisalho ficava sentado em uma pedra tumular enquanto a Ovelha Negra lia os epitáfios, então, com um suspiro, voltava mancando para casa mais uma vez.

"Devo descansar aqui em breve", disse ele à Ovelha Negra ao fim de uma tarde de verão, quando sua face mostrava-se branca como uma moeda de prata surrada sob a luz do portão coberto[23] . "Você não precisa dizer isso à tia Rosa".

Um mês mais tarde ele virou-se de súbito, antes que metade da caminhada matutina fosse completada, e mancou de volta para casa. "Ponha-me na cama, Rosa", ele murmurou. "Foi meu último passeio. A bala me encontrou[24] "

Eles o puseram na cama, e por duas semanas a sombra da doença pairou sobre a casa, e a Ovelha Negra ia de um lado a outro despercebida. Papa enviara-lhe alguns

---

[23] *Lych-gate*: portão coberto à entrada dos cemitérios onde o féretro aguarda pela chegada do padre. N.T.

[24] Como referido anteriormente no texto, a bala não fora de todo removida e agora atinge um órgão vital do corpo de tio Harry. N.T.

livros novos, e disseram-lhe que permanecesse quieto. Ele retirou-se para um mundo próprio, e estava completamente feliz. Mesmo à noite sua felicidade não era interrompida. Ele podia deitar-se na cama e enfileirar para si mesmo histórias de viagens e aventuras enquanto Harry estava no andar térreo.

"Tio Harry vai morrer", disse Judy, que agora passava quase todo o tempo com tia Rosa.

"Sinto muito mesmo", disse a Ovelha Negra, com sobriedade. "Ele me disse isso há muito tempo atrás".

Tia Rosa ouviu a conversa. "Não consegue controlar essa língua perversa?", disse ela furiosa. Havia círculos azuis sob seus olhos.

A Ovelha Negra recolheu-se no quarto de brinquedos e leu *Cometh up as a Flower*[25], com profundo e incompreensível interesse. Ele fora proibido de abri-lo por estar "repleto de pecados", mas os limites do Universo desmoronavam e tia Rosa estava em profunda aflição.

"Estou satisfeito", disse a Ovelha Negra. "Ela está infeliz agora. Não era mentira, contudo. *Eu* sabia. Ele me disse para não contar."

Naquela noite a Ovelha Negra despertou com um sobressalto. Harry não estava no quarto e havia o som de soluços vindo do andar de baixo. Então a voz do tio Harry, cantando a música *Batalha de Navarino*, emergiu da escuridão:

"Nosso navio era o *Ásia*...
O *Albion* e *Genoa*!"

"Ele está melhorando", pensou a Ovelha Negra, que conhecia todos os dezessete versos da canção. Mas o sangue gelou em seu coraçãozinho assim que pensou nisso. A voz saltou uma oitava, e prosseguiu aguda com uma flauta de contramestre:

"E em seguida veio a adorável *Rose*,
O *Philomel*, seu brulote, fechado,
E o pequeno *Brisk* mostrou-se ferido
Naquele dia em Navarino."

[25] Novela de Rhoda Broughton (1840–1920), publicada em 1867. N.T.

'That day at Navarino, Uncle Harry!' 'shouted Black Sheep, half wild with excitement and fear of he knew not what.

A door opened, and Aunty Rosa screamed up the staircase: 'Hush! For God's sake hush, you little devil! Uncle Harry is *dead*!'

THE THIRD BAG
Journeys end in lovers' meeting,
very wise man's son doth know.

'I wonder what will happen to me now,' thought Black Sheep, when semi-pagan rites peculiar to the burial of the Dead in middle-class houses had been accomplished, and Aunty Rosa, awful in black crape, had returned to this life. 'I don't think I've done anything bad that she knows of. I suppose I will soon. She will be very cross after Uncle Harry's dying, and Harry will be cross too. I'll keep in the nursery.'

Unfortunately for Punch's plans, it was decided that he should be sent to a day-school which Harry attended. This meant a morning walk with Harry, and perhaps an evening one; but the prospect of freedom in the interval was refreshing. 'Harry'll tell everything I do, but I won't do anything,' said Black Sheep. Fortified with this virtuous resolution, he went to school only to find that Harry's version of his character had preceded him, and that life was a burden in consequence. He took stock of his associates. Some of them were unclean, some of them talked in dialect, many dropped their h's, and there were two Jews and a negro, or some one quite as dark, in the assembly. 'That's a *hubshi*,' said Black Sheep to himself. 'Even Meeta used to laugh at a *hubshi*. I don't think this is a proper place.' He was indignant for at least an hour, till he reflected that any expostulation on

---

"Naquele dia em Navarino, tio Harry!", gritou a Ovelha Negra, um tanto agressivo pela ansiedade e pelo medo do desconhecido.

Uma porta se abriu e tia Rosa berrou para o topo da escada: "Cale-se! Cale-se pelo amor de Deus, seu diabinho! Tio Harry está *morto*!"

A TERCEIRA SACOLA
A jornada termina com o encontro dos amantes,
muito esperto, o filho do homem sabe disso.[26]

"Imagino o que vai acontecer comigo agora", pensou a Ovelha Negra, quando os ritos quase pagãos, peculiares ao sepultamento do Morto nas casas de classe média, foram consumados e tia Rosa, apavorante vestida de crepe negro, retornou à rotina. "Acho que não fiz nada de errado, que ela saiba. Suponho que farei, em breve. Ela estará muito mal humorada após a morte de tio Harry, e Harry estará mal humorado também. Permanecerei no quarto de brinquedos."

Infelizmente para o planos de Punch, ficou decidido que ele entraria para o externato que Harry freqüentava. Isso significava uma caminhada matutina com Harry, e talvez outra, ao entardecer; mas a perspectiva da liberdade durante esse intervalo era animadora. "Harry contará tudo o que eu fizer, mas não farei nada", disse a Ovelha Negra. Fortalecido por essa virtuosa resolução, ele foi à escola apenas para descobrir que a versão de Harry sobre seu caráter o precedia, e, por isso, aquela vida seria um fardo. Ele se interessou por seus companheiros. Alguns deles eram sujos, outros falavam em dialeto, muitos não pronunciavam o *h* e havia dois judeus e um negro, ou alguém quase negro, no grupo. "Aquele é *hubshi*[27]", disse a Ovelha Negra para si mesmo. "Mesmo Meeta costumava rir de um *hubshi*. Não creio que este lugar seja adequado". Ele ficou indignado por

---

[26] "O mistress mine, where are you roaming?/ O, stay and hear, your true-love's coming,/ That can sing both high and low:/ Trip no further, pretty sweeting;/ *Journeys end in lovers' /meeting / Every wise man's son doth know.*" : Letra da música de Feste, em *Twelfth Night*, ato 2, cena 3, de William Shakespeare. Em sua citação, Kipling altera o último verso para "very wise man's son doth know." N.T.

[27] Do persa: *habshi*: pessoa de cor escura. N.T.

Berra, Berra Ovelha Negra

pelo menos uma hora, até refletir que qualquer protesto de sua parte seria interpretado por tia Rosa como "querer se mostrar", e Harry contaria aos garotos.

"O que achou da escola?", disse tia Rosa ao fim do dia.

"Acho que é um lugar muito bom", disse Punch, com calma.

"Suponho que tenha advertido os garotos sobre o caráter da Ovelha Negra?", disse tia Rosa para Harry.

"Ah, sim", disse o censor moral da Ovelha Negra. "Eles sabem tudo sobre ele".

"Se eu estivesse com meu pai", disse a Ovelha Negra profundamente ofendido, "não poderia falar com aqueles garotos. Ele não permitiria. Eles vivem em lojas. Eu os vi entrarem nas lojas – onde os pais deles vivem e vendem coisas."

"Você é bom demais para aquela escola, não é?", disse tia Rosa, com um sorriso amargo. "Você deveria estar agradecido, Ovelha Negra, por aqueles garotos falarem com você. Não é toda escola que aceita pequenos mentirosos".

Harry não falhou em tirar o máximo proveito da observação inadequada da Ovelha Negra, e como resultado muitos garotos, incluindo o *hubshi*, demonstraram à Ovelha Negra a eterna igualdade da raça humana, dando tapas em sua cabeça, e o consolo proporcionado por tia Rosa foi dizer que "servia-lhe de lição por ser orgulhoso". Ele aprendeu, entretanto, a guardar as opiniões para si mesmo, e que se ajudasse Harry a carregar os livros e coisas assim, teria um pouco de paz. A vida dele não era muito alegre. Ficava na escola das nove às doze e das duas às quatro, exceto nos sábados. Ao entardecer era enviado ao quarto de brinquedos, para preparar as lições para dia seguinte, e todas as noites sofria os pavorosos interrogatórios nas mãos de Harry. Via Judy muito pouco. Ela era muito religiosa – aos seis anos de idade a religião é aceita com facilidade – e dolorosamente dividida pelo amor natural à Ovelha Negra e o amor por tia Rosa, que não cometia injustiças.

A mulher magra retribuía aquele amor com interesse, e Judy, quando ousava, tirava vantagem disso para a remissão das penas da Ovelha Negra. Erros nas lições da escola eram punidos em casa com uma semana sem ler

his part would be by Aunty Rosa construed into 'showing off,' and that Harry would tell the boys.

'How do you like school?' said Aunty Rosa at the end of the day.

'I think it is a very nice place,' said Punch quietly.

'I suppose you warned the boys of Black Sheep's character?' said Aunty Rosa to Harry.

'Oh yes,' said the censor of Black Sheep's morals. 'They know all about him.'

'If I was with my father,' said Black Sheep, stung to the quick, 'I shouldn't *speak* to those boys. He wouldn't let me. They live in shops. I saw them go into shops – where their fathers live and sell things.'

'You're too good for that school, are you?' said Aunty Rosa, with a bitter smile. 'You ought to be grateful, Black Sheep, that those boys speak to you at all. It isn't every school that takes little liars.'

Harry did not fail to make much capital out of Black Sheep's ill-considered remark; with the result that several boys, including the *hubshi*, demonstrated to Black Sheep the eternal equality of the human race by smacking his head, and his consolation from Aunty Rosa was that it 'served him right for being vain.' He learned, however, to keep his opinions to himself, and by propitiating Harry in carrying books and the like to get a little peace. His existence was not too joyful. From nine till twelve he was at school, and from two to four, except on Saturdays. In the evenings he was sent down into the nursery to prepare his lessons for the next day, and every night came the dreaded cross-questionings at Harry's hand. Of Judy he saw but little. She was deeply religious – at six years of age Religion is easy to come by – and sorely divided between her natural love for Black Sheep and her love for Aunty Rosa, who could do no wrong.

The lean woman returned that love with interest, and Judy, when she dared, took advantage of this for the remission of Black Sheep's penalties. Failures in lessons at school were punished at home by a week without reading other than schoolbooks, and Harry brought the news of such a failure with glee. Further, Black Sheep was then bound to repeat his lessons at bedtime to Harry, who generally succeeded in making him break down, and consoled him by gloomiest forebodings for the morrow. Harry was at once spy, practical joker, inquisitor, and Aunty Rosa's deputy executioner. He filled his many posts to admiration. From his actions, now that Uncle Harry was dead, there was no appeal. Black Sheep had not been permitted to keep any self-respect at school: at home he was, of course, utterly discredited, and grateful for any pity that the servant-girls – they changed frequently at Downe Lodge because they, too, were liars – might show. 'You're just fit to row in the same boat with Black Sheep,' was a sentiment that each new Jane or Eliza might expect to hear, before a month was over, from Aunty Rosa's lips; and Black Sheep was used to ask new girls whether they had yet been compared to him. Harry was 'Master Harry' in their mouths; Judy was officially 'Miss Judy'; but Black Sheep was never anything more than Black Sheep *tout court*.

As time went on and the memory of Papa and Mamma became wholly overlaid by the unpleasant task of writing them letters, under Aunty Rosa's eye, each Sunday, Black Sheep forgot what manner of life he had led in the beginning of things. Even Judy's appeals to 'try and remember about Bombay' failed to quicken him.

'I can't remember,' he said. 'I know I used to give orders and Mamma kissed me.'

'Aunty Rosa will kiss you if you are good,' pleaded Judy.

'Ugh! I don't want to be kissed by Aunty Rosa. She'd say I was doing it to get something more to eat.'

The weeks lengthened into months, and the holidays came; but just before the holidays Black Sheep fell into deadly sin.

Among the many boys whom Harry had incited to 'punch Black Sheep's head because he daren't hit

outros livros que não fossem escolares, e Harry anunciava as falhas com júbilo. Além disso, a Ovelha Negra era então obrigada a repetir as lições na hora de dormir para Harry, que sempre conseguia derrubá-lo, e o consolava com os prognósticos mais sombrios para o dia seguinte. Harry era ao mesmo tempo espião, pregador de peças, inquisidor e carrasco representante de tia Rosa. Ele ocupava com distinção todos esses postos. Para os atos dele, agora que tio Harry estava morto, não havia apelação. À Ovelha Negra não era permitido conservar o respeito próprio na escola; em casa ele era, é claro, desacreditado ao máximo, e grato pela compaixão que as empregadas – substituídas com freqüência na Casa Downe por serem também mentirosas – pudessem demonstrar. "Vocês servem direitinho para embarcar no mesmo bote que a Ovelha Negra!", era a máxima que cada nova Jane ou Eliza deveria esperar ouvir antes de um mês dos lábios de tia Rosa; e a Ovelha Negra costumava perguntar às novas garotas se elas já tinham sido comparadas a ele. Para elas, Harry era "Mestre Harry"; Judy era "srta. Judy"; mas a Ovelha Negra nunca foi nada além de Ovelha Negra, *tout court*[28] .

Conforme passava o tempo, e a lembrança de Papa e Mama ia sendo de todo recoberta pela desagradável tarefa de escrever-lhes cartas sob a vigilância de tia Rosa, todo domingo, a Ovelha Negra esquecia-se do tipo de vida que costumava levar no princípio. Mesmo os apelos de Judy para que tentasse lembrar-se de Bombaim não conseguiam animá-lo.

"Não consigo lembrar", ele disse. "Sei que costumava dar ordens e que Mamãe me beijava",

"Tia Rosa o beijará se for bom", alegou Judy.

"Ugh! Não quero ser beijado por tia Rosa. Ela dirá que faço isso por que quero algo mais para comer".

As semanas tornaram-se meses e chegaram as férias; mas pouco antes disso a Ovelha Negra cometeu um pecado mortal.

Entre os vários garotos que Harry incitara a "socar a cabeça da Ovelha Negra porque ele não ousaria revidar",

---

[1] Do francês: simplesmente. N.T.

Berra, Berra Ovelha Negra

havia um mais irritante que os outros, e que, por azar, caíra sobre a Ovelha Negra em um momento em que Harry não estava por perto. Os socos o acertaram, e a Ovelha Negra revidou sem mirar, batendo com toda a força que possuía. O baio caiu, lamuriando-se. Ovelha Negra ficou estarrecido com o próprio feito, mas, sentindo o corpo indefeso sob si, socou-o com as duas mãos com uma fúria cega e então começou a estrangular o inimigo com a intenção mesmo de matá-lo. Houve um tumulto, Ovelha Negra foi arrancado de cima do corpo por Harry e alguns colegas e arrastado até em casa tinindo, mas exultante. Tia Rosa não estava. Até sua chegada, Harry, por conta própria, fez um sermão à Ovelha Negra sobre o pecado do assassinato – que ele descreveu como a ofensa de Caim.

"Por que não lutou de forma justa? Por que bateu nele quando estava caído, seu cãozinho vagabundo?"

A Ovelha Negra olhou para a garganta de Harry e então para uma faca sobre a mesa de jantar.

"Não entendo", disse ele, abatido. "Você sempre o jogou sobre mim e dizia que eu era covarde quando chorava. Vai me deixar em paz até que tia Rosa chegue? Ela me baterá se disser a ela que devo apanhar; então está tudo certo".

"Está tudo errado", disse Harry magistralmente. "Por pouco você não o matou, e não me surpreenderei se ele morrer".

"Ele vai morrer?", disse a Ovelha Negra.

"Ouso afirmar", disse Harry, "e então você será enforcado, e irá para o Inferno".

"Tudo bem", disse a Ovelha Negra, pegando a faca na mesa. "Então vou matar *você* agora. Você diz coisas, faz coisas e – e eu não sei como as coisas acontecem, você nunca me deixa em paz – e não me importo com *o que* acontecer!"

Ele correu até o menino com a faca, e Harry fugiu escada acima para seu quarto, prometendo à Ovelha Negra a maior surra do mundo quando tia Rosa voltasse. Ovelha Negra sentou-se aos pés da escada, segurando a faca, e chorou por não ter matado Harry. A empregada veio da cozinha, tomou-lhe a faca e o consolou. Mas a Ovelha Negra estava inconsolável. Ele seria surrado bastante por tia Rosa; então haveria outra surra pelas mãos de Harry; Judy seria

back,' was one more aggravating than the rest, who, in an unlucky moment, fell upon Black Sheep when Harry was not near. The blows stung, and Black Sheep struck back at random with all the power at his command. The bay dropped and whimpered. Black Sheep was astounded at his own act, but, feeling the unresisting body under him, shook it with both his hands in blind fury and then began to throttle his enemy; meaning honestly to slay him. There was a scuffle, and Black Sheep was torn off the body by Harry and some colleagues, and cuffed home tingling but exultant. Aunty Rosa was out. Pending her arrival, Harry set himself to lecture Black Sheep on the sin of murder – which he described as the offence of Cain.

'Why didn't you fight him fair? What did you hit him when he was down for, you little cur?'

Black Sheep looked up at Harry's throat and then at a knife on the dinner-table.

'I don't understand,' he said wearily. 'You always set him on me and told me I was a coward when I blubbed. Will you leave me alone until Aunty Rosa comes in? She'll beat me if you tell her I ought to be beaten; so it's all right.'

'It's all wrong,' said Harry magisterially. 'You nearly killed him, and I shouldn't wonder if he dies.'

'Will he die?' said Black Sheep.

'I daresay,' said Harry, 'and then you'll be hanged, and go to Hell.'

'All right,' said Black Sheep, picking up the table-knife. 'Then I'll kill *you* now. You say things and do things and – and I don't know how things happen, and you never leave me alone – and I don't care *what* happens!'

He ran at the boy with the knife, and Harry fled upstairs to his room, promising Black Sheep the finest thrashing in the world when Aunty Rosa returned. Black Sheep sat at the bottom of the stairs, the table-knife in his hand, and wept for that he had not killed Harry. The servant-girl came up from the kitchen, took the knife away, and consoled him. But Black Sheep was beyond consolation. He would be badly beaten by Aunty Rosa; then there would be another beating at Harry's hands; then Judy would not be allowed to speak to him; then the tale would be told at school, and then...

There was no one to help and no one to care, and the best way out of the business was by death. A knife would hurt, but Aunty Rosa had told him, a year ago, that if he sucked paint he would die. He went into the nursery, unearthed the now disused Noah's Ark, and sucked the paint off as many animals as remained. It tasted abominably, but he had licked Noah's Dove clean by the time Aunty Rosa and Judy returned. He went upstairs and greeted them with: 'Please, Aunty Rosa, I believe I've nearly killed a boy at school, and I've tried to kill Harry, and when you've done all about God and Hell, will you beat me and get it over?'

The tale of the assault as told by Harry could only be explained on the ground of possession by the Devil. Wherefore Black Sheep was not only most excellently beaten, once by Aunty Rosa, and once, when thoroughly cowed down, by Harry, but he was further prayed for at family prayers, together with Jane, who had stolen a cold rissole from the pantry, and snuffled audibly as her sin was brought before the Throne of Grace. Black Sheep was sore and stiff but triumphant. He would die that very night and be rid of them all. No, he would ask for no forgiveness from Harry, and at bedtime would stand no questioning at Harry's hands, even though addressed as 'Young Cain.'

'I've been beaten,' said he, 'and I've done other things. I don't care what I do. If you speak to me to-night, Harry, I'll get out and try to kill you. Now you can kill me if you like.'

Harry took his bed into the spare room, and Black Sheep lay down to die.

It may be that the makers of Noah's Arks know that their animals are likely to find their way into young mouths, and paint them accordingly. Certain it is that the common, weary next morning broke through the windows and found Black Sheep quite well and a good deal ashamed of himself,

proibida de falar com ele; contariam a história na escola, e então...

Não havia ninguém para ajudá-lo nem ninguém que o protegesse, e a melhor maneira de livrar-se disso era a morte. Uma faca poderia cortar, mas tia Rosa havia-lhe dito, um ano antes, que se ele chupasse tinta, morreria. Ele foi até o quarto de brinquedos, desenterrou a esquecida Arca de Noé e chupou a tinta de todos os animais que sobraram. O gosto era abominável, mas ele havia sugado até limpar a Pomba de Noé quando tia Rosa retornou com Judy. Ele subiu as escadas e as cumprimentou com: "Por favor, tia Rosa, acredito quase ter matado um garoto na escola, e tentei matar Harry, e quando tiver terminado sobre Deus e o Inferno, poderia me bater e encerrar o assunto?"

A história sobre o ataque, conforme contada por Harry, só podia ser explicada em termos de uma possessão pelo Demônio. Por isso a Ovelha Negra não apenas apanhou de forma exemplar, uma vez de tia Rosa e outra, cuidadosamente intimidado, de Harry, mas depois ele foi incluído nas orações da família, junto com Jane, que roubara um rissole frio da despensa, e fungava alto quando seu pecado foi trazido perante o Trono da Graça. Ovelha Negra estava ferido e retesado, mas triunfante. Ele morreria naquela mesma noite e estaria livre de todos eles. Não, ele não pediria desculpas a Harry, e na hora de dormir não toleraria nenhuma inquisição por parte de Harry, ainda mais sendo chamado de "Jovem Caim".

"Eu bati", disse ele, "e fiz outras coisas. Não me importo com o que faço. Se falar comigo esta noite, Harry, levantarei e tentarei matá-lo. Agora pode me matar, se quiser."

Harry levou sua cama ao quarto reserva, e a Ovelha Negra deitou-se para morrer.

É possível que os artesãos que fizeram a Arca de Noé soubessem que aqueles animais provavelmente parariam em jovens boquinhas, e os pintassem de acordo. O certo é que, como sempre, a tediosa manhã seguinte rompeu através da janela e encontrou Ovelha Negra muito bem e bastante envergonhado de si mesmo, mas mais valoroso por saber que poderia, em caso extremo, defender-se de Harry no futuro.

Ao descer para o café da manhã no primeiro dia de férias foi cumprimentado com a notícia de que Harry, tia Rosa e Judy viajariam para Brighton enquanto Ovelha Negra ficaria na casa com a empregada. Sua última insurreição servira aos planos de tia Rosa de forma admirável. Proporcionou-lhe uma boa desculpa para deixar para trás o garoto extra. Em Bombaim, Papa, que parecia saber de verdade o que o jovem pecador queria naquela hora, enviou naquela semana um pacote de livros novos. Com estes, e a companhia de Jane para cozinhar e arrumar a casa, Ovelha Negra foi deixado em paz por um mês.

Os livros deram para um mês. Eles eram devorados com muita rapidez em grandes jornadas de doze horas cada. Então vieram dias em que não se fazia absolutamente nada, de devaneios sonhadores e marchas de exércitos imaginários para cima e para baixo da escada, de contagem do número de balaustradas e de medir a distância e a largura de cada sala palmo a palmo – cinqüenta na lateral, trinta na diagonal e cinqüenta de volta. Jane fez muitos amigos e, depois de Ovelha Negra garantir que não contaria sobre suas ausências, saía todos os dias por várias horas. Ovelha Negra podia seguir os raios do sol poente da cozinha até a sala de jantar e de lá subindo até seu próprio quarto até escurecer e ele descer correndo para o fogo da cozinha para ler sob aquela luz. Estava feliz por ter sido deixado sozinho e poder ler tanto quanto quisesse. Mas, ultimamente, sentia cada vez mais medo das sombras das cortinas das janelas, do bater das portas e do ranger das persianas. Ele saiu para o jardim e o farfalhar dos arbustos de loureiro o assustou.

Ficou feliz quando todos voltaram – tia Rosa, Harry e Judy – cheios de novidades, e Judy carregada de presentes. Como não amar a pequena e leal Judy? Em retribuição à sua tagarelice divertida, Ovelha Negra confiou-lhe que a distância entre a porta de entrada e o topo do primeiro andar eram exatos cento e oitenta e quatro palmos. Ele tinha descoberto isso sozinho!

Then the old life recommenced; but with a difference, and a new sin. To his other iniquities Black Sheep had now added a phenomenal clumsiness – was as unfit to trust in action as he was in word. He himself could not account for spilling everything he touched, upsetting glasses as he put his hand put, and bumping his head against doors that were manifestly shut. There was a grey haze upon all his world, and it narrowed month by month, until at last it left Black Sheep almost alone with the flapping curtains that were so like ghosts, and the nameless terrors of broad daylight that were only coats on pegs after all.

Holidays came and holidays went, and Black Sheep was taken to see many people whose faces were all exactly alike; was beaten when occasion demanded, and tortured by Harry on all possible occasions; but defended by Judy through good and evil report, though she hereby drew upon herself the wrath of Aunty Rosa,

The weeks were interminable and Papa and Mamma were clean forgotten. Harry had left school and was a clerk in a Banking-Office. Freed from his presence, Black Sheep resolved that he should no longer be deprived of his allowance of pleasure-reading. Consequently when he failed at school he reported that all was well, and conceived a large contempt for Aunty Rosa as he saw how easy it was to deceive her. 'She says I'm a little liar when I don't tell lies, and now I do, she doesn't know,' thought Black Sheep. Aunty Rosa had credited him in the past with petty cunning and stratagem that had never entered into his head. By the light of the sordid knowledge that she had revealed to him he paid her back full tale. In a household where the most innocent of his motives, his natural yearning for a little affection, had been interpreted into a desire for more bread and jam, or to ingratiate himself with strangers and so put Harry into the background, his work was easy. Aunty Rosa could penetrate certain kinds of hypocrisy, but not all. He set his child's wits against hers and was no more beaten. It grew monthly more and more of a

Então a antiga vida recomeçou; mas com uma diferença, e um novo pecado. À suas outras iniqüidades, Ovelha Negra havia agora adicionado uma fenomenal falta de jeito – suas ações eram tão pouco confiáveis quanto suas palavras. Ele mesmo não conseguia explicar por que derramava tudo o que tocava, derrubando copos assim que encostava, e chocando-se contra portas visivelmente fechadas. Pairava uma neblina cinza sobre seu mundo, que se estreitava mês a mês, até que por fim Ovelha Negra ficou quase em paz com as cortinas esvoaçantes, que pareciam fantasmas, e os horrores sem nome, que à luz do dia eram apenas casacos dependurados, apesar de tudo.

As férias vieram se foram, e Ovelha Negra foi levado para ver várias pessoas, todas com rosto muito semelhante; apanhou quando a ocasião requeria, e foi torturado por Harry sempre que possível, mas defendido por Judy nas boas e más ações, ainda que nessas ocasiões ela direcionasse para si a ira de tia Rosa.

As semanas eram intermináveis e Papa e Mama foram esquecidos por completo. Harry deixara a escola e era empregado em um escritório bancário. Livre da presença dele, Ovelha Negra decidiu que não seria mais privado de sua sessão de leitura prazerosa. Por conseqüência, quando ia mal da escola, dizia que tudo estava bem, e desenvolveu um grande desprezo por tia Rosa ao ver como era fácil enganá-la. "Quando não conto mentiras, ela diz que sou um pequeno mentiroso, e agora que minto, ela não descobre", pensou Ovelha Negra. Tia Rosa creditara a ele no passado uma astúcia banal e um estratagema que nunca entendera. À luz da sabedoria sórdida que ela lhe revelara, ele deu-lhe o troco com toda maledicência. Em uma família em que a motivação mais inocente – o anseio natural por um pouco de afeto – era interpretada como um desejo por mais pão e geléia, ou de cair nas boas graças de estranhos e assim colocar Harry em segundo plano, seu trabalho era fácil. Tia Rosa podia entender certos tipos de hipocrisia, mas não todos. Ele usou sua sagacidade infantil contra a dela, e não apanhou mais. Mês a mês aumentou a dificuldade de ler os livros de escola, e mes-

mo as páginas de abertura dos livros de história dançavam e empalideciam. Assim Ovelha Negra chocava-se nas sombras que caíram sobre ele e o apartavam do mundo, inventando horríveis punições para o "querido Harry" ou traçando outro fio da teia emaranhada de decepções que envolvia tia Rosa.

Então veio o desastre e as teias de aranha foram desfeitas. Era impossível prever tudo. Tia Rosa perguntou pessoalmente na escola sobre o progresso de Ovelha Negra e recebeu informações que a deixaram de olhos arregalados. Passo a passo, com um prazer tão ardente como quando condenava uma subalimentada empregada doméstica pelo furto de comida fria, ela seguiu o rastro das delinqüências de Ovelha Negra. Por semanas a fio, em razão de evitar ser banido das estantes de livros, ele fizera de tolos tia Rosa, Harry, Deus e o mundo todo! Horrível, mais que horrível, a evidência de um espírito altamente depravado.

Ovelha Negra calculou os custos. "Será apenas uma grande surra e então ela porá um cartão escrito 'Mentiroso' em minhas costas, como fez antes. Harry vai me espancar e rezar por mim, ela rezará por mim nas orações e dizer-me que sou um Filho do Demônio e dar-me hinos para aprender. Mas proferi todas as minhas palestras e ela nunca soube. Ela dirá que sabia de tudo desde o princípio. Ela também é uma velha mentirosa", disse ele.

Por três dias Ovelha Negra ficou fechado em seu próprio quarto – para preparar o coração. "Isso significa duas surras. Uma na escola e outra aqui. *Esta* aqui doerá mais." E foi mesmo com ele pensou. Ele foi surrado na escola diante dos judeus e do *hubshi* pelo crime hediondo de transmitir em casa falsos relatos de progresso. Ele foi surrado em casa por tia Rosa pela mesma razão, e então o cartaz foi feito. Tia Rosa o costurou entre os ombros e o mandou dar um passeio com aquilo nas costas.

"Se me obrigar a fazer isso", disse Ovelha Negra muito calmo, "incendiarei esta casa, e talvez a mate. Não sei se *conseguirei* matá-la – você é tão ossuda – mas tentarei".

Nenhuma punição seguiu-se a essa blasfêmia, contudo Ovelha Negra manteve-se pronto para voar no pescoço

himself ready to work his way to Aunty Rosa's withered throat, and grip there till he was beaten off. Perhaps Aunty Rosa was afraid, for Black Sheep, having reached the Nadir of Sin, bore himself with a new recklessness.

In the midst of all the trouble there came a visitor from over the seas to Downe Lodge, who knew Papa and Mamma, and was commissioned to see Punch and Judy. Black Sheep was sent to the drawing-room and charged into a solid tea-table laden with china.

'Gently, gently, little man,' said the visitor, turning Black Sheep's face to the light slowly. 'What's that big bird on the palings? '

'What bird?' asked Black Sheep.

The visitor looked deep down into Black Sheep's eyes for half a minute, and then said suddenly: 'Good God, the little chap's nearly blind! '

It was a most businesslike visitor. He gave orders, on his own responsibility, that Black Sheep was not to go to school or open a book—until Mamma came home. 'She'll be here in three weeks, as you know, of course,' said he, 'and I'm Inverarity Sahib. I ushered you into this wicked world, young man, and a nice use you seem to have made of your time. You must do nothing whatever. Can you do that?'

'Yes,' said Punch in a dazed way. He had known that Mamma was coming. There was a chance, then, of another beating. Thank Heaven, Papa wasn't coming too. Aunty Rosa had said of late that he ought to be beaten by a man.

For the next three weeks Black Sheep was strictly allowed to do nothing. He spent his time in the old nursery looking at the broken toys, for all of which account must be rendered to Mamma. Aunty Rosa hit him over the hands if even a wooden boat were broken. But that sin was of small importance compared to the other revelations, so darkly hinted at by Aunty Rosa. 'When your Mother comes, and hears what I have to tell her, she may appreciate you properly,' she said grimly, and mounted guard over Judy lest that small maiden should attempt

murcho de tia Rosa e agarrá-lo até ser rechaçado. Talvez tia Rosa temesse por Ovelha Negra ter atingido o Nadir do Pecado[29], e sofrer ele mesmo com uma nova imprudência.

Em meio a todo o problema chegou um visitante de além mar na Casa Downe, que conhecia Papa e Mama e fora encarregado de ver Punch e Judy. Ovelha Negra foi enviado para a sala de estar e arremetido em uma sólida mesa de chá repleta de porcelanas.

"Gentil, gentil homenzinho", disse o visitante virando o rosto de Ovelha Negra para a luz, devagar. "Que pássaro grande é aquele na cerca?"

"Qual pássaro?", perguntou Ovelha Negra.

O visitante olhou fundo nos olhos de Ovelha Negra por meio minuto e então disse de repente: "Bom Deus, o companheirinho está quase cego!"

Era o visitante mais prático de todos. Ele deu ordens, sob sua responsabilidade, para Ovelha Negra não ir à escola nem abrir nenhum livro – até que Mama voltasse para casa. "Ela estará aqui em três semanas, como você sabe, é claro", disse ele, "e eu sou o Inverarity *sahib*. Eu o trouxe a este mundo cruel, jovenzinho, e você parece ter feito bom uso de seu tempo. Não deve fazer mais nada, no entanto. Acha que consegue?"

"Sim", disse Punch, atordoado. Ele soube que Mama estava vindo. Havia a chance, então, de outra surra. Graças a Deus Papa não viria também. Tia Rosa dizia ultimamente que ele devia ser surrado por um homem.

Pelas próximas três semanas Ovelha Negra fora proibido de fazer qualquer coisa. Ele passou o tempo no antigo quarto de brincar olhando os brinquedos quebrados pelos quais teria que dar explicações à Mama. Tia Rosa batia-lhe nas mãos se mesmo um barco de madeira fosse quebrado. Mas aquele pecado era de menor importância comparado às outras revelações, insinuadas de modo tão sombrio por tia Rosa. "Quando sua mãe vier e ouvir o que terei de dizer-lhe, ela gostará de você da forma apropriada", ela dissera com crueldade, e montou guarda sobre Judy para que

[29] O ponto mais baixo que se possa atingir em determinada situação; nesse contexto, pecado extremo. N.T.

a pequena donzela não tentasse confortar o irmão, pondo a própria alma em perigo.

E Mama chegou – em uma carruagem de quatro rodas – agitada com a leve excitação. E que Mama! Ela era jovem, de uma juventude frívola, e bela, com as bochechas delicadamente rosadas, olhos que resplandeciam como estrelas e uma voz que não precisava recorrer aos braços estendidos para trazer os pequeninos ao seu coração. Judy correu direto para ela, mas Ovelha Negra hesitou. Estaria fazendo isso "para se mostrar"? Ela não estenderia os braços quando soubesse de seus crimes. Por enquanto, seria possível que ao acariciá-lo ela quereria obter alguma coisa de Ovelha Negra? Apenas todo o seu amor e toda sua confiança, mas isso Ovelha Negra não sabia. Tia Rosa retirou-se e deixou Mama ajoelhada entre os filhos, meio rindo, meio chorando, no mesmo saguão em que Punch e Judy tinham chorado cinco anos antes.

"Bem, crianças, lembram-se de mim?"

"Não", disse Judy com franqueza, "mas eu disse 'Deus abençoe Papa e Mama todas as noites'".

"Um pouco", disse Ovelha Negra. "Lembre-se de que lhe escrevi toda semana, em todo caso. Não foi para me mostrar, mas por causa do que viria depois".

"O que vem depois? O que deve vir depois, meu amado menino?", e ela o puxou de volta para si. Ele ficou constrangido, sob muitos aspectos. "Não está acostumado a carinhos", disse a perspicaz alma da Mãe. "A garota está".

"Ela é pequena demais para machucar alguém", pensou Ovelha Negra, "e se eu disser que a matarei, ficará com medo. Imagino que tia Rosa dirá".

Seguiu-se um constrangido jantar fora de hora, no fim do qual Mama apanhou Judy e colocou-a na cama com diversos carinhos. Desleal, a pequena Judy já demonstrava ter desertado tia Rosa. E esta senhora ficou amargamente ofendida. Ovelha Negra levantou-se para deixar a sala.

"Venha dizer boa noite", disse tia Rosa, oferecendo a face murcha.

"Huh!", disse Ovelha Negra. "Eu nunca a beijei, e não vou me mostrar. Conte àquela mulher como agi e veja o que ela diz".

Black Sheep climbed into bed feeling that he had lost Heaven after a glimpse through the gates. In half an hour 'that woman' was bending over him. Black Sheep flung up his right arm. It wasn't fair to come and hit him in the dark. Even Aunty Rosa never tried that. But no blow followed.

'Are you showing off? I won't tell you anything more than Aunty Rosa has, and *she* doesn't know everything,' said Black Sheep as clearly as he could for the arms round his neck.

'Oh, my son – my little, little son! It was my fault – *my* fault, darling – and yet how could we help it? Forgive me, Punch.' The voice died out in a broken whisper, and two hot tears fell on Black Sheep's forehead.

'Has she been making you cry too?' he asked. 'You should see Jane cry. But you're nice, and Jane is a Born Liar - Aunty Rosa says so.'

'Hush, Punch, hush! My boy, don't talk like that. Try to love me a little bit – a little bit. You don't know how I want it. Punch-*baba*, come back to me! I am your Mother – your own Mother – and never mind the rest. I know – yes, I know, dear. It doesn't matter now. Punch, won't you care for me a little?'

It is astonishing how much petting a big boy of ten can endure when he is quite sure that there is no one to laugh at him. Black Sheep had never been made much of before, and here was this beautiful woman treating him – Black Sheep, the Child of the Devil and the inheritor of undying flame – as though he were a small God.

'I care for you a great deal, Mother dear,' he whispered at last, 'and I'm glad you've come back; but are you sure Aunty Rosa told you everything?'

'Everything. What *does* it matter? But…' the voice broke with a sob that was also laughter – 'Punch, my poor, dear, half-blind darling, don't you think it was a little foolish of you?'

'*No.* It saved a lickin'.'

Mamma shuddered and slipped away in the darkness to

Ovelha Negra subiu na cama sentindo ter perdido o Paraíso após um lampejo através dos portões. Em meia hora "aquela mulher" estava debruçada sobre ele. Ovelha Negra ergueu o braço esquerdo. Não era justo vir bater-lhe no escuro. Mesmo tia Rosa nunca tentara isso. Mas não houve nenhuma pancada.

"Você está se mostrando? Não quero dizer-lhe nada além do que tia Rosa disse, e *ela* não sabe de tudo", disse Ovelha Negra tão claro quanto pôde para os braços que lhe envolviam o pescoço.

"Oh, meu filho – meu filhinho, meu filhinho! Foi minha culpa – *minha* culpa, querido – e, contudo, como poderíamos evitar? Perdoe-me, Punch". A voz morreu em um sussurro quebrado, e duas lágrimas quentes caíram sobre a testa de Ovelha Negra.

"Ela tem feito você chorar também?", ele perguntou. "Deveria ver Jane chorar. Mas você é gentil, e Jane é uma Mentirosa Nata – tia Rosa disse isso".

"Quieto, Punch, quieto! Meu menino, não fale assim. Tente amar-me um pouquinho – um pouquinho. Você não sabe como quero isso. Punch-*baba*, volte para mim! Sou sua Mãe – sua própria Mãe – e não se importe com o resto. Eu sei – sim, eu sei, querido. Não importa agora. Punch, você não se importa nem um pouco comigo?"

É surpreendente quantos carinhos um garoto crescido de dez anos pode suportar quando tem plena certeza de que não há ninguém para rir dele. Ovelha Negra nunca tinha recebido muito disso antes, e lá estava aquela bela mulher agradando-o – à Ovelha Negra, ao Filho do Demônio e herdeiro do fogo eterno – como se ele fosse um pequeno Deus.

"Eu me importo muito com você, querida Mãe", ele sussurrou por fim, "e estou feliz por ter voltado, mas tem certeza de que tia Rosa contou-lhe tudo?"

"Tudo. O que *importa*? Mas...", a voz interrompeu-se com um soluço que era também um riso – "Punch, meu pobre, querido, meio cego amado, não acha que foi um tanto bobo de sua parte?"

"*Não.* Eu me livrei de uma surra."

Mama estremeceu e retirou-se na escuridão para

escrever uma longa carta ao Papa. Segue-se um fragmento:

"...Judy é uma querida, rechonchuda pequenina puritana que adora a mulher, e veste com tanta seriedade quanto suas convicções religiosas – apenas oito, Jack! – uma venerável atrocidade feita com crina de cavalo que ela chama de minha anquinha[30]! Acabei de queimar aquilo e a criança adormece em minha cama enquanto escrevo. Ela virá a mim de imediato. Punch eu não consigo entender por completo. Ele está bem nutrido, mas aparenta ter sido afligido por um sistema de pequenas decepções que a mulher exagera em pecados mortais. Não se recorda da nossa própria educação, querido, quando o Medo de Deus com tanta freqüência dava início à calúnia? Devo conquistar Punch para mim rápido. Levarei as crianças embora para o campo para conseguir que elas me conheçam, e, em geral, estou contente, ou ficarei quando você voltar para casa, querido garoto, e então, graças a Deus, estaremos todos sob o mesmo teto de novo finalmente!"

Três meses mais tarde, Punch, não mais Ovelha Negra, descobriu ser o legítimo possuidor de uma Mama real, viva e adorável, que era também irmã, confortadora e amiga, e que deveria protegê-la até que Papa viesse para casa. Decepção não combina com um protetor e quando se pode fazer qualquer coisa sem perguntas, de que serve a decepção?

"Mamãe ficará terrivelmente brava se você caminhar naquela vala", disse Judy, continuando a conversa.

"Mamãe nunca fica brava", disse Punch. "Ela diz apenas 'Você é um pequeno *pagal*[31]', e isso não é agradável, mas vou mostrar-lhe".

Punch caminhou pela vala e enlameou-se até os joelhos. "Mamãe querida", ele gritou, "estou tão sujo quanto pos-*sí*-vel!"

"Então troque de roupa tão rápido quanto po-*sí*-vel!" A voz clara de Mamãe soou de dentro da casa. "E não seja um pequeno *pagal*!"

"Aí está! Como eu te disse", falou Punch. "Agora é tudo diferente, e é como se a Mamãe nunca tivesse partido".

---

[1] Parte do vestuário utilizada para erguer a parte de trás do vestido. N.T.
[2] Hindi: tolo. N.T.

Not altogether, Punch, for when young lips have drunk deep of the bitter waters of Hate, Suspicion, and Despair, all the Love in the world will not wholly take away that knowledge; though it may turn darkened eyes for a while to the light, and teach Faith where no Faith was.

Não exatamente, Punch, pois quando jovens lábios beberam muito das águas amargas do Ódio, da Dúvida e do Desespero nem todo o Amor do mundo consegue dissipar inteiramente aquele conhecimento; contudo, pode voltar olhos obscurecidos por um tempo para a luz, e ensinar a Fé onde Fé não havia.

Sua Majestade o Rei

His Majesty the King

Primeira publicação
The Week's News
5 de maio de 1888

"Onde a palavra do rei está, lá está a autoridade:
E quem poderá dizer-lhe: Que fazes?"
Eclesiastes, 8:4

Where the word of a King is, there
is power:
And who may say unto, him
What doest thou?
Ecclesiastes viii. 4.

"Pois bem! E Chimo para dormir ao pé da cama, e o livrinho rosa, e o pão – porque terei fome à noite – e isso é tudo, srta. Biddums. E agora me dê um beijo e vou dormir. Assim! Quieto, papagaio. Ow! O livrinho rosa deslizou para baixo do travesseiro e o pão está esfarelando eu, srta. Biddums! Srta. *Bid*-dums! Estou *tão* desconfortável!"

Sua Majestade o Rei estava indo deitar-se; e, pobre, paciente srta. Biddums, que tinha se anunciado humildemente como "jovem, européia, acostumada a cuidar de crianças pequenas" foi obrigada a aguardar pelos caprichos reais. O ir para cama era sempre um longo processo, porque Sua Majestade tinha a conveniente aptidão de esquecer para qual de seus muitos amigos, do filho do *mehter*[1] à filha do comissário, ele havia orado, e, para que a Divindade não ficasse ofendida, costumava reiniciar suas pequenas orações do começo ao fim, com toda reverência, cinco vezes em uma noite. Sua Majestade o Rei acreditava na eficácia da prece

'Yeth! And Chimo to sleep at ve foot of ve bed, and ve pink pikky-book, and ve bwead –'cause I will be hungwy in ve night – and vat's all, Miss Biddums. And now give me one kiss and I'll go to sleep. – So! Kite quiet. Ow! Ve pink pikky-book has slidded under ve pillow and ve bwead is cwumbling I Miss Biddums! Miss *Bid*-dums! I'm *so* uncomfy! Come and tuck me up, Miss Biddums.'

His Majesty the King was going to bed; and poor, patient Miss Biddums, who had advertised herself humbly as a 'young person, European, accustomed to the care of little children,' was forced to wait upon his royal caprices. The going to bed was always a lengthy process, because His Majesty had a convenient knack of forgetting which of his many friends, from the *mehter's* son to the Commissioner's daughter, he had prayed for, and, lest the Deity' should take offence, was used to, tail through his little prayers, in all reverence, five times in one evening. His Majesty the King believed in the efficacy of prayer

---

[1] *Mehter*: varredor ou limpador de chaminés. Do persa: *mihtar*: príncipe ou pessoa importante. Referência sarcástica à uma ocupação muito humilde. N.T.

as devoutly as he believed in Chimo the patient spaniel, or Miss Biddums, who could reach him down his gun – 'wiv cursuffun caps – reel ones' – from the upper shelves of the big nursery cupboard.

At the door of the nursery his authority stopped. Beyond lay the empire of his father and mother – two very terrible people who had no time to waste upon His Majesty the King. His voice was lowered when he passed the frontier of his own dominions, his actions were fettered, and his soul was filled with awe because of the grim man who lived among a wilderness of pigeon-holes and the most fascinating pieces of red tape, and the wonderful woman who was always getting into or stepping out of the big carriage.

To the one belonged the mysteries of the '*duftar*-room,' to the other the great, reflected wilderness of the 'Memsahib's room,' where the shiny, scented dresses hung on pegs, miles and miles up in the air, and the just-seen plateau of the toilet-table revealed an acreage of speckly combs, broidered 'hanafitch-bags,' and 'white-headed' brushes.

There was no room for His Majesty the King either in official reserve or worldly gorgeousness. He had discovered that, ages and ages ago – before even Chimo came to the house, or Miss Biddums had ceased grizzling over a packet of greasy letters which appeared to be her chief treasure on earth. His Majesty the King, therefore, wisely confined himself to his own territories, where only Miss Biddums, and she feebly, disputed his sway.

From Miss Biddums he had picked up his simple theology and welded it to the legends of Gods and Devils that he had learned in the servants' quarters.

To Miss Biddums he confided with equal trust his tattered garments and his more serious griefs. She

com tanta devoção quanto acreditava em Chimo, o resignado *spaniel*, ou na srta. Biddums, que podia apanhar-lhe a arma – "com explosivos de verdade" – das prateleiras mais altas do grande guarda-roupa infantil.

Sua autoridade acabava na porta do quarto de criança. Além desta estendia-se o império de seu pai e sua mãe – duas pessoas muito terríveis que não tinham tempo a perder com Sua Majestade o Rei. A voz dele abaixava-se quando ele ultrapassava as fronteiras de seus próprios domínios, suas ações eram restringidas e sua alma enchia-se de um medo reverente do homem assustador que vivia entre os pombais selvagens[2] e as mais fascinantes tiras de fita vermelha[3], e a maravilhosa mulher que estava sempre entrando ou saindo de uma grande carruagem.

A um pertenciam os mistérios da *duftar-room*[4], à outra, a grande, estudada selvageria do "quarto da *memsahib*", onde vestidos brilhantes e perfumados pendiam de cabides a quilômetros do chão; e o vislumbrar do cimo da penteadeira revelava vasta extensão de miríades de pentes, bolsinhas bordadas para lenços e escovas com "cabeças brancas".

Não havia nenhum quarto para Sua Majestade o Rei, nem na reserva oficial nem no esplendor mundano. Ele descobrira isso – séculos e séculos atrás – antes mesmo de Chimo chegar a casa, ou da srta. Biddums ter parado de choramingar sobre um maço de cartas engorduradas que aparentavam ser seu maior tesouro na terra. Sua Majestade o Rei, por esse motivo, sabiamente limitou-se aos seus próprios territórios, onde apenas a srta. Biddums, e esta com delicadeza, disputava o controle.

Da srta. Biddums ele obtivera sua teologia simples, que fundiu às lendas sobre Deuses e Demônios que aprendera nos aposentos dos criados.

À srta. Biddums ele confiava com a mesma fé suas roupas esfarrapadas e seus pesares mais profundos. Ela

[2] *Pigeon-holes*: pombal. Também significa os escaninhos em uma escrivaninha utilizados para separar papéis e correspondências. O texto sugere que a criança os interpreta no primeiro sentido. N.T.

[3] Utilizada com faixa de segurança para empacotar documentos em escritórios governamentais. N.T

[4] Escritório. N.T.

Berra, Berra Ovelha Negra

podia fazer tudo. Ela sabia exatamente como a Terra nascera, e tranqüilizara a estremecida alma de Sua Majestade o Rei naquela terrível ocasião em julho quando choveu sem parar por sete dias e sete noites – e não havia nenhuma Arca pronta e todos os corvos tinham ido embora![5] Ela era a pessoa mais poderosa com quem ele tinha tido contato – sempre com exceção das duas distantes e silenciosas pessoas além do quarto de criança.

Como poderia Sua Majestade o Rei saber que, seis anos antes, no verão de seu nascimento, a sra. Austell, revirando os papéis do marido, achara por acaso a imoderada carta de uma mulher tola, que fora arrebatada pelo poder do homem silencioso e por sua beleza pessoal? Como ele poderia dizer que maldade o imprevisto deslizar do papel forjara na mente de uma esposa desesperadamente ciumenta? Como ele poderia, a despeito de seu reino, adivinhar que sua mãe optara por usar isso como desculpa para uma contenda e uma separação entre ela e o marido, que se intensificava e rompia as relações a cada ano; que ela tendo desenterrado esse esqueleto do armário, treinou-o para tornar-se um Deus familiar, que deveria ficar no caminho deles, ao redor da cama e envenenar-lhes de todas as formas?

Essas coisas estavam além das províncias de Sua Majestade o Rei.

Ele sabia apenas que seu pai estava diariamente imerso em algum misterioso trabalho para uma coisa chamada *Sirkar*[6] e que sua mãe era vítima ora do *Nautch*[7] ora do *Burra-khana*[8]. Para esses entretenimentos ela era escoltada pelo Capitão-Homem, por quem Sua Majestade o Rei não tinha nenhuma estima.

"Ele *não* ri", argumentou com a srta. Biddums, que ficaria feliz se pudesse ensinar-lhe benevolência. "Ele apenas faz caretas com a boca, e quando quer me divertir eu *não* me divirto". E Sua Majestade o Rei balançou a cabeça

---

[5] Refere-se à Arca de Noé. Após chover por sete dias e setes noites sem parar, Noé enviou os corvos para procurarem por terra firme, e estes não retornaram. Então enviou a pomba branca, que voltou com um ramo de oliveira. N.T.

[6] Do persa: *sarkar*: "chefia dos negócios", no caso, do Estado. N.T.

[7] Do sânscrito: *nityra*: bale realizado por mulheres como entretenimento de palco. No contexto, pode referir-se também a um baile europeu. N.T..

[8] Do hindi: *bard khana*: grande jantar. N.T.

---

would make everything whole. She knew exactly how the Earth had been born, and had reassured the trembling soul of His Majesty the King that terrible time in July when it rained continuously for seven days and seven nights, and – there was no Ark ready and all the ravens had flown away! She was the most powerful person with whom he was brought into contact – always excepting the two remote and silent people beyond the nursery door.

How was His Majesty the King to know that, six years ago, in the summer of his birth, Mrs. Austell, turning over her husband's papers, had come upon the intemperate letter of a foolish woman who had been carried away by the silent man's strength and personal beauty? How could he tell what evil the overlooked slip of notepaper had wrought in the mind of a desperately jealous wife? How could he, despite his wisdom, guess that his mother had chosen to make of it excuse for a bar and a division between herself and her husband, that strengthened and grew harder to break with each year; that she, having unearthed this skeleton in the cupboard, had trained it into a household God which should be about their path and about their bed, and poison all their ways?

These things were beyond the province of His Majesty the King. He only knew that his father was daily absorbed in some mysterious work for a thing called the *Sirkar*, and that his mother was the victim alternately of the *Nautch* and the *Burra-khana*. To these entertainments she was escorted by a Captain-Man for whom His Majesty the King had no regard.

'He *doesn't* laugh,' he argued with Miss Biddums, who would fain have taught him charity. 'He only makes faces wiv his mouf, and when he wants to o-muse me I am *not* o-mused.' And His Majesty the King shook his head as one who knew the deceitfulness of this world.

Morning and evening it was his duty to salute his father and mother – the former with a grave shake of the hand, and the latter with an equally grave kiss. Once, indeed, he had put his arms round his mother's neck, in the fashion he used towards Miss Biddums. The openwork of his sleeve-edge caught in an ear-ring, and the last stage of His Majesty's little overture was a suppressed scream and summary dismissal to the nursery.

'It is w'ong,' thought His Majesty the King, 'to hug Memsahibs wiv fings in veir ears. I will amember.' He never repeated the experiment.

Miss Biddums, it must be confessed, spoilt him as much as his nature admitted, in some sort of recompense for what she called 'the hard ways of his Papa and Mamma.' She, like her charge, knew nothing of the trouble between man and wife – the savage contempt for a woman's stupidity on the one side, or the dull, rankling anger on the other. Miss Biddums had looked after many little children in her time, and served in many establishments. Being a discreet woman, she observed little and said less, and, when her pupils went over the sea to the Great Unknown, which she, with touching confidence in her hearers, called 'Home,' packed up her slender belongings and sought for employment afresh, lavishing all her love on each successive batch of ingrates. Only His Majesty the King had repaid her affection with interest; and in his uncomprehending ears she had told the tale of nearly all her hopes, her aspirations, the hopes that were dead, and the dazzling glories of her ancestral home in 'Calcutta, close to Wellington Square.'

Everything above the average was in the eyes of His Majesty the King 'Calcutta good.' When Miss Biddums had crossed his royal will, he reversed the epithet to vex that estimable lady, and all things evil

como quem conhece todas as fraudes desse mundo.

De manhã e à noite era sua obrigação saudar o pai e a mãe – o primeiro com um sisudo aperto de mão, e a última com um beijo igualmente sisudo. Uma vez, é verdade, pusera os braços ao redor do pescoço da mãe, da maneira como costumava fazer com a srta. Biddums. Os enfeites da manga prenderam-se em um dos brincos, e a última cena da pequena de estréia de Sua Majestade foi um grito de surpresa e seu envio sumário para o quarto de criança.

"Isso é errado", pensou Sua Majestade o Rei, "abraçar *memsahibs*[9] com coisas nas orelhas. Vou me lembrar." Ele nunca repetiu a experiência.

A srta. Biddums, é preciso confessar, o estragava com mimos tanto quanto a natureza dele admitia, com toda sorte de recompensas para compensar o que ela chamava de "os caminhos difíceis de Papa e Mama". Ela, como sua acusação, não sabia nada sobre os problemas entre marido e esposa – do desacato selvagem de uma mulher estúpida de um lado, ou da obtusa raiva exasperada do outro. A srta. Biddums tinha cuidado de muitas criancinhas em seu tempo, e trabalhado em muitos lugares. Sendo uma mulher discreta, ela observava pouco e falava menos ainda, e, quando seus pupilos iam para o mar em direção ao Grande Desconhecido que ela, com comovente confiança em seus ouvintes, chamava de Lar[10], empacotava seus escassos pertences e procurava por emprego outra vez, oferecendo todo seu amor para cada sucessiva fornada de ingratos. Apenas Sua Majestade o Rei havia retribuído sua afeição com interesse; e para os ouvidos dele, que não compreendiam, ela contou a história de quase todas suas esperanças, aspirações, esperanças mortas e as fascinantes glórias de seu lar ancestral em "*Cal*cutá, perto do Wellington Square".

Aos olhos de Sua Majestade o Rei tudo o que fosse acima da média era "boa *Cal*cutá". Quando a srta. Biddums interceptava sua vontade real, ele revertia o epíteto para

---

[9] Tratamento respeitoso que os indianos utilizavam para se referir às mulheres brancas casadas ou de classe social superior. N.T.

[10] *Home*: no contexto, Inglaterra. Depreende-se do texto que a srta. Biddums nunca esteve na Inglaterra. N.T

irritar a respeitável dama, e todas as coisas malignas eram, até as lágrimas da repetição precipitarem-se com rancor, "má *Cal*culta".

De vez em quando a srta. Biddums solicitava para ele o raro prazer de um dia em companhia da filha do comissário – a voluntariosa Patsie, de quatro anos, que, para intenso assombro de Sua Majestade o Rei, era idolatrada pelos pais. Pensando a fundo na questão, por caminhos desconhecidos para aqueles que deixaram a infância para trás, ele chegou à conclusão de que Patsie era mimada porque usava uma grande faixa azul e tinha cabelos amarelos.

Essa preciosa descoberta ele guardou para si. O cabelo amarelo estava absolutamente além de seus poderes, pois sua cabeleira desgrenhada era castanho claro; mas alguma coisa poderia ser feita a respeito da faixa azul. Ele amarrou um grande laço em seu mosquiteiro a fim de lembrar de consultar Patsie em seu próximo encontro. Ela era a única criança com quem ele já falara, e quase a única que já tinha visto. A pequenina memória e o laço enorme e esfarrapado surtiram efeito.

"Patsie, empreste-me sua 'pita' azul", disse Sua Majestade o Rei.

"Você vai 'entelá-la'", disse Patsie em dúvida, cuidadosa por certas atrocidades cometidas com sua boneca.

"Não, não vou – 'palabadihonla'. É para 'mim' usar".

"Pooh!", disse Patsie. "meninos não usam 'pitas'. 'Eias' são só para 'beninas'".

"Eu não sabia." A expressão de Sua Majestade o Rei desabou.

"Quem quer fitas? Estão brincando de cavalos, filhotinhos?", disse a esposa do comissário, entrando na varanda.

"Toby quer minha fita", explicou Patsie.

"Não quero agora", disse Sua Majestade o Rei, apressado, sentindo que com um desses terríveis "crescidos' seu pobre segredinho seria vergonhosamente arrancado dele, e talvez – a mais ardente profanação de todas – ririam dele.

"Darei a você um barrete que estala", disse a esposa do comissário. "Venha comigo, Toby, e escolheremos um".

were, until the tears of repentance swept away spite, '*Cal*cutta bad.'

Now and again Miss Biddums begged for him the rare pleasure of a day in the society of 'the Commissioner's child – the wilful four-year-old Patsie, who, to the intense amazement of His Majesty the King, was idolised by her parents. On thinking the question out at length, by roads unknown to those who have left childhood behind, he came to the conclusion that Patsie was petted because she wore a big blue sash and yellow hair.

This precious discovery he kept to himself. The yellow hair was absolutely beyond his power, his own tousled wig being potato-brown; but something might be done towards the blue sash. He tied a large knot in his mosquito-curtains in order to remember to consult Patsie on their next meeting. She was the only child he had ever spoken to, and almost the only one that he had ever seen. The little memory and the very large and ragged knot held good.

'Patsie, lend me your blue wiban,' said His Majesty the King.

'You'll buwy it,' said Patsie doubtfully, mindful of certain atrocities committed on her doll.

'No, I won't – two of an honour. It's for me to wear.'

'Pooh!' said Patsie. 'Boys don't wear sa-ashes. Zey's only for dirls.'

'I didn't know.' The face of His Majesty the King fell.

'Who wants ribands? Are you playing horses, chickabiddies?' said the Commissioner's wife, stepping into the veranda.

'Toby wanted my sash,' explained Patsie.

'I don't now,' said His Majesty the King hastily, feeling that with one of these terrible 'grown-ups' his poor little secret would be shamelessly wrenched from him, and perhaps – most burning desecration of all – laughed at.

'I'll give you a cracker-cap,' said the Commissioner's wife. 'Come along with me, Toby, and we'll choose it.'

The cracker-cap was a stiff, three-pointed vermilion-and-tinsel splendour. His Majesty the King fitted it on his royal brow. The Commissioner's wife had a face that children instinctively trusted, and her action, as she adjusted the toppling middle spike, was tender.

'Will it do as well?' stammered His Majesty the King.

'As what, little one?'

'As ve wiban?'

'Oh, quite. Go and look at yourself in the glass.'

The words were spoken in all sincerity, and to help forward any absurd 'dressing-up' amusement that the children might take into their minds. But the young savage has a keen sense of the ludicrous. His Majesty the King swung the great cheval-glass down, and saw his head crowned with the staring horror of a fool's cap – a thing which his father would rend to pieces if it ever came into his office. He plucked it off, and burst into tears.

'Toby,' said the Commissioner's wife gravely, 'you shouldn't give way to temper. I am very sorry to see it. It's wrong.'

His Majesty the King sobbed inconsolably, and the heart of Patsie's mother was touched. She drew the child on to her knee. Clearly it was not temper alone.

'What is it, Toby? Won't you tell me? Aren't you Well? '

The torrent of sobs and speech met, and fought for a time, with chokings and gulpings and gasps. Then, in a sudden rush, His Majesty the King was delivered of a few inarticulate sounds, followed by the words: 'Go away, you – dirty – little Debbil!'

'Toby! What do you mean?'

'It's what he'd say. I *know* it is! He said vat when vere was only a little, little eggy mess, on my t-t-unic; and he'd say it again, and laugh, if I went in wiv vat on my head.'

'Who would say that?'

O barrete que estala era um esplendor engomado, de três pontas, escarlate e vistoso. Sua Majestade o Rei encaixou-o em seu semblante real. A esposa do comissário tinha um rosto em que as crianças confiavam por instinto, e seus movimentos, enquanto ajustava a ponta pendente do meio, eram suaves.

"Funcionará do mesmo jeito?", balbuciou Sua Majestade o Rei.

"O que, pequenino?"

"Como a fita?"

"Oh, bastante. Vá e olhe-se no espelho".

As palavras foram ditas com toda sinceridade, e como um incentivo adiantado para qualquer absurda brincadeira de "vestir-se bem" que as crianças pudessem ter em mente. Mas o jovem selvagem tinha um aguçado senso de ridículo. Sua Majestade o Rei abaixou o grande espelho de báscula e viu sua cabeça coroada com o horror apavorante de um chapéu de bobo – uma coisa que seu pai rasgaria em pedaços se encontrasse alguma vez em seu escritório. Ele arrancou aquilo e rompeu em lágrimas.

"Toby', disse a esposa do comissário com seriedade, "você não deveria dar lugar ao mau humor. Sinto muito por ver isso. Está errado."

Sua Majestade o Rei soluçou inconsolável, e tocou o coração da mãe de Patsie. Ela puxou a criança para seus joelhos. Estava claro que não era apenas mau humor.

"O que é, Toby? Não quer me dizer? Você não está bem?"

A torrente de soluços e discursos encontrava, e lutava por algum tempo, com engasgos, arquejos e respiração entrecortada. Então, em um ímpeto súbito, Sua Majestade o Rei estava entregue a poucos sons inarticulados, seguidos pelas palavras: "Vá – em-bora, seu – diabinho – sujo!"

"Toby! O que isso significa?"

"É o que ele dirá. Eu sei que é! Ele disse isso quando havia apenas um pouquinho, um pouquinho de sujeira de ovo em minha tu-túnica; e dirá isso de novo, e rirá se eu entrar lá com aquilo na cabeça."

"Quem dirá isso?"

"Me-meu Papa! E eu pensei que se usasse a fita azul ele me deixaria brincar com as sobras de papel do cesto embaixo da mesa".

"*Qual* fita azul, criança?"

"A mesma de Patsie – a grande fita azul ao redor de 'b-binha' ba-barriga!"

"O que é isso, Toby? Você tem algo em mente. Conte-me o que é, e talvez eu possa ajudá-lo".

"Não é nada", fungou Sua Majestade, cuidadoso com sua masculinidade, e erguendo a cabeça do seio maternal sobre o qual descansava: "Eu só pensei que você – você mimava Patsie porque ela tinha uma faixa azul, e – e que se eu tivesse uma faixa azul também, m-meu Papa po-poderia me mimar".

O segredo fora revelado, e Sua Majestade o Rei soluçou amargamente a despeito dos braços ao redor de si e dos murmúrios de conforto em seu acalorado rostinho.

Patsie entrou em tumulto, em dificuldades com a imensa extensão da *mahseer-rod*[11] predileta do comissário. "'Bamos, Toby! Tem um lagarto *chu-chu*[12] no *chick*[13], e eu disse ao Chimo para vigiá-lo até eu voltar. Se a gente cutucar ele, o rabo dele vai *sacode-sacode* e cai. 'Bamos'! Não posso 'espelar'!"

"'Tô' indo", disse Sua Majestade o Rei, descendo dos joelhos da esposa do comissário depois de um beijo apressado.

Dois minutos depois o rabo do lagarto *chu-chu* estava chacoalhando no emaranhado da varanda, e as crianças cutucavam-no, sérias, com lascas de *chick*, para estimular sua vitalidade exaurida para "só mais uma sacudida, porque isso não machuca o *chu-chu*".

A esposa do comissário ficou em pé na soleira da porta, observando. "Pobre petizinho! Uma fita azul – e minha preciosa Patsie! Imagino se o melhor de nós, ou nós que os amamos acima de tudo, alguma vez entenderemos o que se passa em suas desvairadas cabecinhas".

'M-m-my Papa! And I fought if I had ve blue wiban, he'd let me play in ve waste-paper basket under ve table.'

'*What* blue riband, childie?'

'Ve same vat Patsie had-ve big blue wiban w-w-wound my t-t-tummy!'

'What is it, Toby? There's something on your mind. Tell me all about it, and perhaps I can help.'

''Isn't anyfing,' sniffed His Majesty, mindful of his manhood, and raising his head from the motherly bosom upon which it was resting. 'I only fought vat you – you petted Patsie 'cause she had ve blue wiban, and – and if I'd had ve blue wiban too, m-my Papa w-would pet me.'

The secret was out, and His Majesty the King sobbed bitterly in spite of the arms around him and the murmur of comfort on his heated little forehead.

Enter Patsie tumultuously, embarrassed by several lengths of the Commissioner's pet *mahseer-rod*. 'Tum along, Toby! Zere's a *chu-chu* lizard in ze *chick*, and I've told Chimo to watch him till we tum. If we poke him wiz zis his tail will go *wiggle-wiggle* and fall off. Tum along! I can't weach.'

'I'm comin',' said His Majesty the King, climbing down from the Commissioner's wife's knee after a hasty kiss.

Two minutes later, the *chu-chu* lizard's tail was wriggling on the matting of the veranda, and the children were gravely poking it with splinters from the *chick*, to urge its exhausted vitality into 'just one wiggle more, 'cause it doesn't hurt *chu-chu*.'

The Commissioner's wife stood in the doorway and watched. 'Poor little mite! A blue sash – and my own precious Patsie! I wonder if the best of us, or we who love them best, ever understand what goes on in their topsy-turvy little heads.'

[1] *Mahseer-rod* : vara para pescar *mahasir* – do hindi, possui diversas grafias e refere-se a uma grande peixe de caça, encontrado em diversos rios indianos. N.T.

[2] Lagarto que arremessa a cauda quando posto em perigo. N.T.

[3] Tela ou veneziana, em geral feita de bambu. N.T.

She went indoors to devise a tea for His Majesty the King.

'Their souls aren't in their tummies at that age in this climate,' said the Commissioner's wife, 'but they are not far off. I wonder if I could make Mrs. Austell understand. Poor little chap!'

With simple craft, the Commissioner's wife called on Mrs. Austell and spoke long and lovingly about children; inquiring specially for His Majesty the King.

'He's with his governess,' said Mrs. Austell, and the tone showed that she was not interested.

The Commissioner's wife, unskilled in the art of war, continued her questionings. 'I don't know,' said Mrs. Austell. 'These things are left to Miss Biddums, and, of course, she does not ill-treat the child.'

The Commissioner's wife left hastily. The last sentence jarred upon her nerves. 'Doesn't *ill-treat* the child! As if that were all! I wonder what Tom would say if I only "didn't ill-treat" Patsie!' '

Thenceforward, His Majesty the King was an honoured guest at the Commissioner's house, and the chosen friend of Patsie, with whom he blundered into as many scrapes as the compound and the servants' quarters afforded. Patsie's Mamma was always ready to give counsel, help, and sympathy, and, if need were and callers few, to enter into their games with an abandon that would have shocked the sleek-haired subalterns who squirmed painfully in their chairs when they came to call on her whom they profanely nicknamed 'Mother Bunch.'

Yet, in spite of Patsie and Patsie's Mamma, and the love that these two lavished upon him, His Majesty the King fell grievously from grace, and committed no less a sin than that of theft – unknown, it is true, but burdensome.

There came a man to the door one day, when His Majesty was playing in the hall and the bearer had gone to dinner, with a packet for His

Ela entrou para preparar um chá para Sua Majestade o Rei.

"As almas deles não estão em suas entranhas nessa idade, nesse clima", disse a esposa do comissário, "mas eles não estão longe disso. Penso se poderei fazer a sra. Austell entender. Pobre camaradinha!"

Com uma artimanha simples, a esposa do comissário visitou a sra. Austell e falou longa e amavelmente sobre crianças; perguntando em especial por Sua Majestade o Rei.

"Ele está com a governanta", disse a sra. Austell, e o tom demonstrou que não estava interessada.

A esposa do comissário, inexperiente na arte da guerra, continuou a perguntar. "Eu não sei", disse a sra. Austell. "Essas coisas ficam a cargo da srta. Biddums, e, é claro, ela não maltrata a criança."

A esposa do comissário despediu-se apressada. A última frase afligira-lhe os nervos. "Não *maltrata* a criança! Como se isso fosse tudo! Imagino o que Tom diria se eu apenas 'não maltratasse' a Patsie!"

Desde então, Sua Majestade o Rei tornou-se convidado de honra na casa do comissário, e o amigo dileto de Patsie, com quem cometia asneiras em tantas enrascadas quanto ambos, e os empregados da residência, propiciavam. A Mama de Patsie estava sempre pronta a oferecer conselhos, auxílio e compreensão e se fosse necessário, e poucos os visitantes, a participar dos jogos com um abandono que chocava os subalternos de cabelos escorridos[14] , que se contorciam dolorosamente em suas cadeiras quando eles vinham pedir-lhe o auxílio e a chamavam pelo profano apelido de "Mamãe Ganso".

Contudo, a despeito de Patsie, de sua Mama e do amor que as duas depositavam sobre ele, Sua Majestade o Rei caiu dolorosamente em desgraça, e cometeu nada menos que o pecado do roubo – desconhecido, é verdade, mas oneroso.

Um dia veio um homem à porta, quando Sua Majestade o Rei brincava no saguão e o portador tinha ido

---

[14] Jovens oficiais que usavam óleo para cabelos. N.T.

jantar, com um pacote para Sua Majestade Mama. E ele o colocou na mesa do saguão, disse que não esperaria por resposta e partiu.

Logo, o padrão do piso deixou de interessar a Sua Majestade, enquanto o pacote branco, elegantemente embrulhado e de um formato fascinante, interessou-lhe de verdade. Mama estava fora, e também a srta. Biddums, e havia um cordão rosa ao redor do pacote. Ele desejava muito um cordão rosa. Isso o ajudaria muito em seus pequenos negócios – o reboque através do piso de sua pequena cadeira de bambu, a tortura de Chimo, que nunca aceitara os arreios – e assim por diante. Se ele pegasse o cordão este seria seu, e ninguém saberia, de qualquer forma. Ele com certeza não teria coragem suficiente para pedi-lo à Mama. Assim, subindo em uma cadeira, ele desamarrou o cordão com cuidado e eis que o espesso papel branco espalhou-se em quatro direções, revelando uma linda caixinha de couro coberta por linhas douradas! Ele tentou repor o cordão, mas não conseguiu. Portanto, abriu a caixa para ter plena satisfação em sua iniqüidade, e viu a mais linda Estrela resplandecente e cintilante e que era ao mesmo tempo encantadora e desejável.

"Isso", disse Sua Majestade o Rei, meditativo, "é uma coroa cintilante, igual à que usarei quando for para o Paraíso. Usarei isto em minha cabeça – a srta. Biddums disse isso. Gostaria de usá-la *agora*. Gostaria de brincar com isto. Vou levar embora e brincar com isto, com muito cuidado, até Mama perguntar por ela. Acho que trouxeram para eu brincar – como com a minha carreta."

Sua Majestade o Rei argumentava contra a própria consciência, e sabia disso, pois pensou logo depois: "Não importa, ficarei com isto para brincar até que Mama pergunte onde está, então direi – "Eu a peguei e sinto muito". Não vou estragar isto porque isto é uma coroa cintilante. Mas a srta. Biddums dirá para eu devolver. Eu *não* mostrarei isto à srta. Biddums."

Se Mama tivesse chegado naquele momento tudo teria dado certo. Ela não veio, e Sua Majestade o Rei amontoou papel, caixa e jóia no peito da blusa e marchou para o quarto de criança.

Majesty's Mamma. And he put it upon the hall-table, and said that there was no answer, and departed.

Presently, the pattern of the dado ceased to interest His Majesty, while the packet, a white, neatly-wrapped one of fascinating shape, interested him very much indeed. His Mamma was out, so was Miss Biddums, and there was pink string round the packet. He greatly desired pink string. It would help him in many of his little businesses – the haulage across the floor of his small cane-chair, the torturing of Chimo, who could never understand harness – and so forth. If he took the string it would be his own, and nobody would be any the wiser. He certainly could not pluck up sufficient courage to ask Mamma for it. Wherefore, mounting upon a chair, he carefully untied the string and, behold, the stiff white paper spread out in four directions, and revealed a beautiful little leather box with gold lines upon it! He tried to replace the string, but that was a failure. So he opened the box to get full satisfaction for his iniquity, and saw a most beautiful Star that shone and winked, and was altogether lovely and desirable.

'Vat,' said His Majesty meditatively, 'is a 'parkle cwown, like what I will wear when I go to Heaven. I will wear it on my head – Miss Biddums says so. I would like to wear it *now*. I would like to play wiv it. I will take it away and play wiv it, vewy careful, until Mamma asks for it. I fink it was bought for me to play wiv – same as my cart.'

His Majesty the King was arguing against his conscience, and he knew it, for he thought immediately after: 'Never mind, I will keep it to play wiv until Mamma says where is it, and then I will say "I tookt it and I am sorry." I will not hurt it because it is a 'parkle cwown. But Miss Biddums will tell me to put it back. I will *not* show it to Miss Biddums.'

If Mamma had come in at that moment all would have gone well. She did not, and His Majesty the King stuffed paper, case, and jewel into the breast of his blouse and marched to the nursery.

'When Mamma asks I will tell,' was the salve that he laid upon his conscience. But Mamma never asked, and for three whole days His Majesty the King gloated over his treasure. It was of no earthly use to him, but it was splendid, and, for aught he knew, something dropped from the heavens themselves. Still Mamma made no inquiries, and it seemed to him, in his furtive peeps, as though the shiny stones grew dim. What was the use of a "parkle cwown' if it made a little boy feel all bad in his inside? He had the pink string as well as the other treasure, but greatly he wished that he had not gone beyond the string. It was his first experience of iniquity, and it pained him after the flush of possession and secret delight in the "parkle cwown' had died away.

Each day that he delayed rendered confession to the people beyond the nursery doors more impossible. Now and again he determined to put himself in the path of the beautifully-attired lady as she was going out, and explain that he and no one else was the possessor of a "parkle cwown,' most beautiful and quite uninquired-for. But she passed hurriedly to her carriage, and the opportunity was gone before His Majesty the King could draw the deep breath which clinches noble resolve. The dread secret cut him off from Miss Biddums, Patsie, and the Commissioner's wife, and – doubly hard fate – when he brooded over it Patsie said, and told her mother, that he was cross.

The days were very long to His Majesty the King, and the nights longer still. Miss Biddums had informed him, more than once, what was the ultimate destiny of 'fieves,' and when he passed the interminable mud flanks of the Central jail, he shook in his little strapped shoes.

But release came after an afternoon spent in playing boats by the edge of the tank at the bottom of the garden. His Majesty the King went to tea, and, for the first time in his memory, the meal revolted him. His nose was very cold, and his cheeks were burning hot. There was a weight

"Quando Mama perguntar, eu direi", foi o alívio que deu à consciência. Mas Mama nunca perguntou, e por três dias inteiros Sua Majestade o Rei olhou com maldosa satisfação para seu tesouro. Não havia nenhuma utilidade no mundo para aquilo, mas era esplêndido, e, por tudo que sabia, era alguma coisa caída do próprio céu. Mama ainda não fazia nenhuma pergunta, e isso lhe pareceu, em suas espreitadas furtivas, como se as pedras brilhantes empalidecessem. Para que servia uma coroa cintilante se fazia um menininho sentir-se de todo mal em seu interior? Ele tinha o cordão rosa tanto quanto o outro tesouro, mas desejou grandemente nunca ter ido além do cordão. Aquela era sua primeira experiência de iniqüidade, e doía-lhe depois do entusiasmo da posse e o deleite secreto pela coroa cintilante terem morrido.

Cada dia de atraso tornava sua confissão para as pessoas além das portas do quarto de criança mais impossível. De vez em quando ele decidia colocar-se no caminho da dama lindamente trajada enquanto ela saía, e explicar que ele e ninguém mais possuía a coroa cintilante, a mais bela e nunca requisitada. Mas ela passava apressada para a carruagem, e a oportunidade desaparecia antes que Sua Majestade o Rei encontrasse fôlego para completar a nobre resolução. O pavoroso segredo o afastou da srta. Biddums, de Patsie, da esposa do comissário e – destino duplamente cruel – quando ele pensava sobre isso Patsie dizia, e contava à mãe dela, que ele estava mal humorado.

Os dias eram bastante longos para Sua Majestade o Rei, e as noites também. A srta. Biddum o informara, mais de uma vez, qual era o destino final dos bandidos, e quando ele passava pelos intermináveis flancos enlameados da prisão central, estremecia em seus pequeninos sapatinhos encordoados.

Mas a redenção veio após uma tarde inteira brincando com barcos na borda do lago artificial no fundo do jardim. Sua Majestade o Rei foi tomar chá, e, pela primeira vez desde que se lembrava, a refeição o enjoou. Seu nariz estava muito frio, e as bochechas queimavam. Havia uma pressão em seus pés, e ele apertou a cabeça diversas vezes para ter certeza que ela não inchava quando ele se sentava.

"Eu me sinto muito engraçado", disse Sua Majestade o Rei, esfregando o nariz. "Tem um zumbido em minha cabeça".

Ele foi para cama calmamente. A srta. Biddums estava fora e o portador o despiu.

O pecado da coroa cintilante foi esquecido no imenso desconforto que sentiu ao despertar de um sono pesado de algumas horas. Ele estava sedento, e o portador esquecera-se de levar água potável. "Srta. Biddums! Srta. Biddums! Tenho tanta sede!"

Nenhuma resposta. A srta. Biddums partira para ajudar no casamento de uma colega de escola em Calcutá. Sua Majestade o Rei esquecera-se disso.

"Eu quero beber água", ele chorou, mas a voz estava presa na garganta. "Quero beber! Onde está o copo?"

Ele sentou-se na cama e olhou ao redor. Havia um murmúrio de vozes vindo do lado de fora da porta do quarto de criança. Era melhor enfrentar o desconhecido do que sufocar na escuridão. Ele escorregou da cama, mas seus pés estavam estranhamente teimosos, e ele cambaleou uma ou duas vezes. Então abriu a porta com um empurrão e entrou em cena – uma figurinha ofegante de rosto púrpura – na luz brilhante da sala de jantar repleta de adoráveis damas.

"Estou muito quente! Estou muito desconfortável", gemeu Sua Majestade o Rei, segurando-se na cortina da porta, "e não há água no copo, e estou com *tanta* sede. Dê-me um copo d´água."

Uma aparição em branco e preto – Sua Majestade o Rei enxergava com dificuldade – ergueu-o ao nível da mesa, sentiu seus pulsos e sua testa. A água veio, e ele bebeu bastante, os dentes batendo contra a borda do copo de vidro. Então todo mundo pareceu ir embora – todo mundo menos o homem enorme em branco e preto que o carregou de volta à cama; e a mãe e o pai, que o seguiam. O pecado da coroa cintilante o assaltou mais uma vez e se apossou de sua alma aterrorizada.

"Sou um bandido!", ele arfou. "Quero dizer à srta. Biddums que sou um bandido. Onde está a srta. Biddums?"

about his feet, and he pressed his head several times to make sure that it was not swelling as he sat.

'I feel vewy funny,' said His Majesty the King, rubbing his nose. 'Vere's a buzz-buzz in my head.'

He went to bed quietly. Miss Biddums was out and the bearer undressed him.

The sin of the "parkle cwown' was forgotten in the acuteness of the discomfort to which he roused after a leaden sleep of some hours. He was thirsty, and the bearer had forgotten to leave the drinking-water. 'Miss Biddums! Miss Biddums! I'm so kirsty!'

No answer. Miss Biddums had leave to attend the wedding of a Calcutta schoolmate. His Majesty the King had forgotten that.

'I want a dwink of water,' he cried, but his voice was dried up in his throat. 'I want a dwink! Vere is ve glass?'

He sat up in bed and looked round. There was a murmur of voices from the other side of the nursery door. It was better to face the terrible unknown than to choke in the dark. He slipped out of bed, but his feet were strangely wilful, and he reeled once or twice. Then he pushed the door open and staggered – a puffed and purple-faced little figure – into the brilliant light of the dining-room full of pretty ladies.

'I'm vewy hot! I'm vewy uncomfitive,' moaned His Majesty the King, clinging to the portiere, 'and vere's no water in ve glass, and I'm *so* kirsty. Give me a dwink of water.'

An apparition in black and white – His Majesty the King could hardly see distinctly – lifted him up to the level of the table, and felt his wrists and forehead. The water came, and he drank deeply, his teeth chattering against the edge of the tumbler. Then every one seemed to go away – every one except the huge man in black and white, who carried him back to his bed; the mother and father following. And the sin of the "parkle cwown' rushed back and took possession of the terrified soul.

'I'm a fief!' he gasped. 'I want to tell Miss Biddums vat I'm a fief. Vere is Miss Biddums?'

Miss Biddums had come and was bending over him. 'I'm a fief,' he whispered. 'A fief – like ve men in ve pwison. But I'll tell now. I tookt – I tookt ve 'parkle cwown when ve man vat came left it in ve hall. I bwoke ve paper and ve little bwown box, and it looked shiny, and I tookt it to play wiv, and I was afwaid. It's in ve dooly box at ve bottom. No one *never* asked for it, but I was afwaid. Oh, go an' get ve dooly-box!'

Miss Biddums obediently stooped to the lowest shelf of the *almirah* and unearthed the big paper box in which His Majesty the King kept his dearest possessions. Under the tin soldiers, and a layer of mud pellets for a pellet-bow, winked and blazed a diamond star, wrapped roughly in a half-sheet of notepaper whereon were a few words.

Somebody was crying at the head of the bed, and a man's hand touched the forehead of His Majesty the King, who grasped the packet and spread it on the bed.

'Vat is ve 'parkle cwown,' he said, and wept bitterly; for now that he had made restitution he would fain have kept the shining splendour with him.

'It concerns you too,' said a voice at the head of the bed. 'Read the note. This is not the time to keep back anything.'

The note was curt, very much to the point, and signed by a single initial. '*If you wear this tomorrow night I shall know what to expect.*' The date was three weeks old.

A whisper followed, and the deeper voice returned: 'And you drifted as far apart as *that*! I think it makes us quits now, doesn't it? Oh, can't we drop this folly once and for all? Is it worth it, darling?'

'Kiss me too,' said His Majesty the King dreamily. 'You isn't *vewy* angwy, is you?'

The fever burned itself out, and His Majesty the King slept.

When he waked, it was in a new world – peopled by his father

A srta. Biddums retornara e debruçava-se sobre ele. "Sou um bandido", ele sussurrou. "Um bandido – como os homens na prisão. Mas direi agora. Eu peguei a coroa cintilante quando o homem veio e a deixou no saguão. Eu abri o papel e a caixinha marrom, e aquilo parecia brilhante, e eu peguei para brincar, e eu estava assustado. Está no fundo da caixa de papelão. Ninguém *nunca* perguntou por aquilo, mas eu estava assustado. Oh, vá e pegue a caixa de papelão!"

A srta. Biddums, obediente, parou na prateleira mais baixa do *almirah*[15] e desenterrou a grande caixa de papelão, em que Sua Majestade o Rei mantinha seus pertencentes mais queridos. Sob os soldados de folha-de-flandres, embaixo de uma camada de bolinhas de chumbo enlameadas, brilhava e resplandecia uma estrela de diamante, embrulhada toscamente em metade de uma folha de caderno em que estavam escritas algumas palavras.

Alguém chorava na cabeceira, e a mão de um homem tocou a fronte de Sua Majestade o Rei, que agarrou o pacote e espalhou-o sobre a cama.

"Esta é a coroa cintilante", ele disse, e chorou amargamente; porque agora que fizera a restituição, desejou ter mantido o esplendor brilhante consigo.

"Isso diz respeito a você também", disse a voz na cabeceira da cama. "Leia a nota. Não é hora de esconder nada".

A nota era concisa, ia direto ao ponto, e estava assinada por uma única inicial. "Se você usar isto amanhã à noite, saberei pelo que esperar." Estava datada de três semanas antes.

Seguiu-se um sussurro e a voz mais grave retornou: "E você foi tão longe quanto *isto*! Creio que isto nos torna quites agora, não é? Oh, não podemos abandonar esta idiotice de uma vez por todas? Vale a pena, querida?"

"Beije-me também", disse Sua Majestade o Rei, sonhador. "Você não está *muito* zangada, está?"

A febre cessou e Sua Majestade o Rei dormiu.

Ao acordar, era um mundo novo – povoado por seu pai e sua mãe tanto quanto pela srta. Biddums; havia muito

---

[1] Guarda-roupa, prateleira para gavetas. N.T.

amor naquele mundo e nem um bocado de medo, e mimos mais que suficientes para muitos garotos. Sua majestade o Rei era jovem demais para extrair a moral dos incertos assuntos humanos, ou ele estaria impressionado com as vantagens do crime – oh, pecado mortal. Eis que ele roubara a coroa cintilante e sua recompensa fora o Amor, e o direito de brincar no cesto de aparas de papel sob a mesa "para sempre".

....

Ele trotou de novo para passar a tarde com Patsie, e a esposa do comissário preparou-se para beijá-lo. "Não, aí não", disse Sua Majestade o Rei, com soberba insolência, cercando um canto da boa com a mão. "Esse é o lugar de minha Mama – é aí que *ela* me beija."

"Oh!", disse a esposa do comissário, sucintamente. E então, para si mesma: "Suponho que eu devesse estar feliz por ele. Crianças são bichinhos egoístas e – eu tenho minha Patsie".

Primeira publicação
Indian Railway Library
1888

Os Tambores[1] da
Frente à Retaguarda[2]
The Drums of the Fore and Aft

In the Army List they still stand as "The Fore and Fit Princess Hohenzollern-Sigmaringen-Anspach's Merther-Tydfilshire Own Royal Loyal Light Infantry, Regimental District 329A," but the Army through all its barracks and canteens knows them now as the "Fore and Aft." They may in time do something that shall make their new title honourable, but at present they are bitterly ashamed, and the man who calls them "Fore and Aft" does so at the risk of the head which is on his shoulders.

Two words breathed into the stables of a certain Cavalry Regiment will bring the men out into the streets with belts and mops and bad language; but a whisper of "Fore and Aft" will bring out this regiment with rifles.

Their one excuse is that they came again and did their best to finish the job in style. But for a time all their world knows that they were openly beaten, whipped, dumb-cowed, shaking and afraid. The men know it; their officers know it; the Horse Guards

Na lista do Exército eles ainda permanecem como "The Fore and Fit Princess Hohenzollern-Sigmaringen-Anspach's Merther-Tydfilshire Own Royal Loyal Light Infantaria, Distrito Regimental 329 A[3]", mas por todas as barracas e cantinas do Exército eles são conhecidos como "Frente à Retaguarda". Eles podem, com o tempo, realizar algo que torne seu novo título respeitável, mas no momento eles estão amargamente envergonhados, e os homens que os chamarem de "Frente à Retaguarda" correm o risco de perder a cabeça que carregam sobre os ombros.

Duas palavras soltas no estábulo, por um certo Regimento de Cavalaria, são capazes de levar esses homens para as ruas com cintos, esfregões e insultos; mas um sussurro de "Frente à Retaguarda", e esse regimento sairá com os rifles.

A única desculpa que apresentaram é a de terem voltado e feito o melhor possível para terminar o serviço do jeito deles. Mas, por algum tempo, todo o mundo a que pertencem saberá que eles foram espancados, chicoteados e intimidados em púbico, e que tremeram de medo. Os homens sabem disso;

[1] *Drums*: no contexto militar pode significar tanto o instrumento tambor como aquele que o toca. Nesse texto, refere-se aos garotos que tocam esse instrumento na banda militar. N.T.
[2] *Fore and Aft*: adv.: *At the front and rear.* Traduz-se, em termos náuticos, como de popa a proa ou, nesse contexto, da frente à retaguarda, como será visto mais adiante no texto. N.T.
[3] Trata-se de um amontoado de palavras cujo efeito pretende ser meramente sonoro. Regimento fictício. N.T.

os oficiais sabem disso; a Cavalaria de Guarda sabe disso, e, quando vier a próxima guerra, o inimigo saberá disso. Existem dois ou três regimentos no batalhão que trazem a marca negra junto ao nome, que eles limparão na próxima batalha; e isso será bastante desagradável para as tropas inimigas necessárias a essa limpeza.

Supõe-se ser oficial que a coragem de um soldado britânico esteja acima de contestação, e, como regra geral, assim é. As exceções são removidas de modo apropriado, sem deixar rastro; são apenas assunto novo para as conversas casuais, que de vez em quando inundam a mesa de refeições à meia-noite. Nessas ocasiões ouvem-se estranhas e horríveis histórias de homens que não obedeceram aos oficiais, de ordens dadas por quem não tinha o direito de proferi-las, e da desgraça que, para sorte da reputação do Exército Britânico, resultou em um desastre brilhante. Essas são histórias desagradáveis de se ouvir, e o sargento as conta a meia voz, sentado ao lado de grandes fogueiras de lenha, enquanto o jovem oficial curva a cabeça e pensa consigo mesmo: "por favor, Deus, que seu homem nunca se comporte desse jeito desastroso".

Um soldado britânico não é para ser de todo censurado por lapsos ocasionais; mas essa decisão ele não deve saber. Um general com inteligência moderada desperdiça seis meses para dominar a arte da guerra pessoal em que porventura esteja empenhado; um coronel pode interpretar completamente errado a capacidade de seu regimento por três meses depois de terem guerreado, e mesmo um comandante de companhia pode errar e ser enganado quanto ao gênio e ao temperamento de seus próprios homens; por isso um soldado, e em particular um soldado de hoje, não deve ser censurado por falhar. Ele pode ser fuzilado ou enforcado mais tarde – para encorajar os demais; mas não deve ser difamado nos jornais, pois isso é falta de tato e desperdício de espaço.

Ele tem, vamos dizer, estado a serviço da imperatriz[4] por talvez quatro anos. Ele sairá em mais dois anos. Não herdou princípios morais, e quatro anos não foram suficientes para inserir obstinação em seu caráter, ou para ensiná-lo quão

---

[4] A rainha Vitória, da Inglaterra, foi proclamada imperatriz da Índia em 1877. Até a independência da Índia, em 1947, seus sucessores acumularam o título de imperadores da Índia. N.T.

himself – in India he wants to save money – and he does not in the least like getting hurt. He has received just sufficient education to make him understand half the purport of the orders he receives, and to speculate on the nature of clean, incised, and shattering wounds. Thus, if he is told to deploy under fire preparatory to an attack, he knows that he runs a very great risk of being killed while he is deploying, and suspects that he is being thrown away to gain ten minutes' time. He may either deploy with desperate swiftness, or he may shuffle, or bunch, or break, according to the discipline under which he has lain for four years.

Armed with imperfect knowledge, cursed with the rudiments of an imagination, hampered by the intense selfishness of the lower classes, and unsupported by any regimental associations, this young man is suddenly introduced to an enemy who in eastern lands is always ugly, generally tall and hairy, and frequently noisy. If he looks to the right and the left and sees old soldiers—men of twelve years' service, who, he knows, know what they are about—taking a charge, rush, or demonstration without embarrassment, he is consoled and applies his shoulder to the butt of his rifle with a stout heart. His peace is the greater if he hears a senior, who has taught him his soldiering and broken his head on occasion, whispering: "They'll shout and carry on like this for five minutes. Then they'll rush in, and then we've got 'em by the short hairs!"

But, on the other hand, if he sees only men of his own term of service, turning white and playing with their triggers and saying: "What the Hell's up now?" while the Company Commanders are sweating into their sword-hilts and shouting: "Front rank, fix bayonets. Steady there – steady! Sight for three hundred – no, for five! Lie down, all! Steady! Front rank kneel!" and so forth, he becomes unhappy, and grows acutely miserable when he hears a comrade turn over with the rattle of fire-irons falling into the fender, and the grunt of a pole-axed

sagrado é algo como um regimento. Ele quer beber, quer divertir-se – na Índia, quer economizar dinheiro – e não deseja ferir-se, por pouco que seja. Recebeu educação suficiente apenas para entender metade das ordens recebidas e para especular sobre o significado de limpar, talhar e ferimentos graves. Assim, se lhe dizem para ficar em formação de combate, sob fogo preliminar, para um ataque, ele sabe que corre grande risco de ser morto enquanto se prepara, e suspeita que será arremessado[5] para ganharem uns dez minutos. Ele pode, também, entrar em formação com rapidez desesperada, ou demasiado lento, ou agrupado, ou dispersar, de acordo com a disciplina a que foi submetido por quatro anos.

Munido de um conhecimento deficitário, amaldiçoado com uma imaginação rudimentar, tolhido pelo intenso egoísmo das classes mais baixas e sem o apoio de seus companheiros de regimento, esse jovem é subitamente apresentado a inimigos que, nas terras orientais, são sempre feios, em geral altos e cabeludos, e freqüentemente barulhentos. Se ele olhar para a direita e para a esquerda e vir soldados mais velhos – homens com doze anos de serviço que, como ele sabe, conhecem o que os espera – atacando, investindo ou mostrando desenvoltura, ele é consolado e ajusta o ombro na base do rifle com o coração cheio de coragem. Sua paz será intensificada se ouvir o superior, que o ensinou a arte militar e abriu-lhe a cabeça, sussurrar: "Eles atirarão e continuarão assim por cinco minutos. Então eles avançarão e nós os pegaremos pelos cabelos!"

Mas, por outro lado, se ele vir apenas homens com o mesmo tempo de serviço que ele, empalidecendo, brincando com o gatilho e dizendo: "Que diabo está acontecendo agora?" enquanto os comandantes da companhia transpiram segurando o cabo da espada e gritando: "Pelotão de frente, fixar baionetas. Calma, agora – calma! Mirar para trezentos – não, para quinhentos! Deitem-se, todos! Calma! Pelotão da frente, de joelhos!", e assim vai, ele ficará infeliz, e sua infelicidade se tornará intensa ao escutar um camarada capotar com o estrépito de tenazes caindo na lareira e o grunhido de um boi abatido. Se ele conseguir um pouco de estímulo e tolerar assistir o efeito de seu

---

[5] Uma clássica tática de guerrilha consiste em arremessar um alvo descartável para distrair a atenção do inimigo e ganhar tempo. Mais à frente, no texto, essa manobra será melhor explicada. N.T.

próprio fogo no inimigo, se sentirá feliz; e talvez então incite a paixão cega da luta, que é, ao contrário da crença geral, controlada por um Demônio friorento, e sacode os homens com um calafrio. Se ele não se estimular, se começar a sentir um frio no estômago e, durante a crise, for severamente criticado e ouvir ordens que nunca foram dadas, ele fugirá, fugirá como um louco, e de todas as coisas sob a luz do sol não há nada mais terrível do que a fuga de um regimento britânico. Quando o pior dos piores acontece e o pânico é realmente epidêmico, os homens devem bater em retirada, e é melhor que os comandantes da companhia escapem para o inimigo e fiquem lá por segurança. Se os soldados forem obrigados a retornar, não serão pessoas agradáveis de se encontrar, porque não fugirão duas vezes.

Cerca de trinta anos atrás, quando fomos bem sucedidos em educar parcialmente tudo o que usava calças, nosso Exército era uma máquina lindamente precária. Ele sabia bastante e fazia muito pouco. Ainda recentemente, quando todos os homens tinham o nível intelectual dos oficiais de hoje, eles varriam a terra. Para ser franco, você deve empregar tanto patifes quanto cavalheiros, ou, melhor, patifes comandados por cavalheiros para fazer o serviço do açougueiro com rapidez e eficiência. O soldado ideal deve, é claro, pensar por si mesmo – assim diz o *Livro de Bolso*[6]. Infelizmente, para obter virtude, ele deve passar pela fase de pensar *em* si mesmo, e isso é orientar mal o gênio. Um patife pode ser lento em pensar por si mesmo, mas está genuinamente ansioso por matar, e uma pequena punição o ensina a como proteger a própria cabeça e perfurar a dos outros. Um Regimento Highlander[7] altamente devoto, comandado por oficiais presbiterianos, comete, talvez, ações mais terríveis do que milhares de obstinados irlandeses irresponsáveis e briguentos, liderados pelo mais inadequado jovem descrente. Mas essas coisas provam a regra – de que os homens medianos não são para serem confiados sozinhos. Eles têm opiniões sobre o valor da vida, e uma educação que não lhes ensinou a prosseguir e aproveitar as oportunidades. São cuidadosamente

---

[6] *Livro de Bolso do Soldado*, de Wolseley. N.T.

[7] *Highlander*: nesse contexto, regimento escocês. Também pode referir-se ao soldado desse regimento e ao habitante da região montanhosa da Escócia. N.T.

life and an upbringing that has not taught them to go on and take the chances. They are carefully unprovided with a backing of comrades who have been shot over, and until that backing is re-introduced, as a great many Regimental Commanders intend it shall be, they are more liable to disgrace themselves than the size of the Empire or the dignity of the Army allows. Their officers are as good as good can be, because their training begins early, and God has arranged that a clean-run youth of the British middle classes shall, in the matter of backbone, brains, and bowels, surpass all other youths. For this reason a child of eighteen will stand up, doing nothing, with a tin sword in his hand and joy in his heart until he is dropped. If he dies, he dies like a gentleman. If he lives, he writes Home that he has been "potted," "sniped," "chipped," or "cut over," and sits down to besiege Government for a wound-gratuity until the next little war breaks out, when he perjures himself before a Medical Board, blarneys his Colonel, burns incense round his Adjutant, and is allowed to go to the Front once more.

Which homily brings me directly to a brace of the most finished little fiends that ever banged drum or tootled fife in the Band of a British Regiment. They ended their sinful career by open and flagrant mutiny and were shot for it. Their names were Jakin and Lew – Piggy Lew – and they were bold, bad drummer-boys, both of them frequently birched by the Drum-Major of the Fore and Aft. – Jakin was a stunted child of fourteen, and Lew was about the same age. When not looked after, they smoked and drank. They swore habitually after the manner of the Barrack-room, which is cold swearing and comes from between clenched teeth, and they fought religiously once a week. Jakin had sprung from some London gutter, and may or may not have passed through Dr. Barnardo's

desprovidos do apoio dos camaradas com quem serviram, e até que esse apoio seja reintegrado, como grande parte dos comandantes do regimento deseja, eles estão mais propensos a desonrar a si mesmos do que a medida do império ou a dignidade do Exército permitem. Seus oficiais são tão bons quanto podem ser, porque o treino deles começa cedo, e Deus arranjou para que uma linhagem de jovens da classe média britânica sobrepujasse, em termos de medula, cérebros e entranhas, todos os demais. Por essa razão um menino de dezoito anos permanecerá em pé, sem fazer nada, segurando uma espada de folha-de-flandres com alegria no coração até que esteja caído. Se ele morrer, morre como um cavalheiro. Se viver, escreve para Inglaterra dizendo que foi "alvejado", "cortado", "retalhado" ou "amputado"; senta-se e assedia o governo, pedindo uma pensão por invalidez, até romper a guerrinha seguinte, quando ele perjura a si mesmo diante de uma Junta Médica, bajula o coronel, queima incenso ao redor do assistente e recebe permissão para voltar ao *front* mais uma vez.

Pois essa homilia trouxe-me diretamente a uma parelha dos mais perfeitos camaradinhas que já bateram tambores[8] ou tocaram pífanos na Banda do Regimento Britânico. Eles encerraram a carreira pecaminosa durante um público e escandaloso motim, em que foram fuzilados. Seus nomes eram Jakin e Lew – Piggy Lew – e eles eram atrevidos, maus tocadores de tambor, freqüentemente açoitados pelo Tambor-mór do Frente à Retaguarda. Jakin era uma criança mirrada de catorze anos, e Lew tinha em torno da mesma idade. Quando não eram vistos, fumavam e bebiam. Eles juravam habitualmente segundo os costumes do quartel, que é um juramento frio e vem entre dentes cerrados, e lutavam religiosamente uma vez por semana. Jakin saltara de alguma sarjeta de Londres e pode ou não ter passado pelas mãos do dr. Barnardo[9] antes de tornar-se digno de ser um menino-tambor. Lew não se lembrava de nada exceto do regimento e do prazer de ouvir a banda desde quando era bem

---

[1] *Drummer-boys*: Meninos em torno dos doze anos costumavam alistar-se para servir na banda militar. Também realizavam serviços de manutenção no regimento. No Exército, continuavam a freqüentar a escola e ficavam sob a responsabilidade do Tambor-mór, responsável por discipliná-los. Aos dezoito anos eram transferidos para o serviço adulto e, a partir de então, começava a contar o tempo de serviço para a aposentadoria. N.T.

[9] Thomas John Barnardo (1845-1905): fundador de um instituto para crianças carentes, que leva o nome dele. N.T.

Os Tambores da Frente à Retaguarda

pequenino. Ele escondia em algum lugar em sua almazinha encardida um amor genuíno pela música, e, mais por engano, foi provido com as feições de um querubim: a tal ponto que as belas damas que observavam o regimento na igreja[10] tinham o hábito de chamá-lo de "querido". Elas nunca ouviram seus causticantes comentários sobre as maneiras e a moralidade delas, proferidos enquanto acompanhava a Banda de volta para o quartel e amadurecia novas razões para ofender Jakin.

Os outros meninos-tambor odiavam a ambos, devido à conduta ilógica deles. Jakin podia socar Lew, ou Lew podia esfregar a cabeça de Jakin na lama, mas qualquer tentativa de agressão da parte de alguém de fora era recebida pela força combinada de ambos, e as conseqüências eram dolorosas. Os garotos eram o Ismael[11] da corporação, mas um Ismael rico, pois vendiam combates em semanas alternadas para divertimento do quartel, quando não eram instigados contra outros garotos, e assim acumulavam dinheiro.

Naquele dia em especial houve uma dissensão no acampamento. Ambos tinham acabado de serem sentenciados de novo por fumar, o que faz mal para garotos pequenos que usam fumo de mascar, e a alegação de Lew era que Jakin tinha "um fedor horrível porque carregava o cachimbo no bolso", e que ele, e apenas ele, era responsável por estarem ambos debaixo de ardidas chibatadas.

"Eu disse a você que esconderia o cachimbo atrás das barracas", disse Jakin com calma.

"Você é um maldito mentiroso", disse Lew, sem se alterar.

"Você é um maldito bastardinho", disse Jakin, sabendo que sua própria linhagem era desconhecida.

Agora, esta é uma palavra do extenso vocabulário de insultos do quartel que não pode passar sem um comentário. Você pode chamar um homem de bandido sem perigo. Você pode até chamá-lo de covarde sem receber mais do que o zumbido de um pontapé próximo ao ouvido, mas você não deve chamar um homem de bastardo a menos que esteja

hands ere he arrived at the dignity of drummer-boy. Lew could remember nothing except the Regiment and the delight of listening to the Band from his earliest years. He hid somewhere in his grimy little soul a genuine love for music, and was most mistakenly furnished with the head of a cherub: insomuch that beautiful ladies who watched the Regiment in church were wont to speak of him as a "darling." They never heard his vitriolic comments on their manners and morals, as he walked back to barracks with the Band and matured fresh causes of offence against Jakin.

The other drummer-boys hated both lads on account of their illogical conduct. Jakin might be pounding Lew, or Lew might be rubbing Jakin's head in the dirt, but any attempt at aggression on the part of an outsider was met by the combined forces of Lew and Jakin; and the consequences were painful. The boys were the Ishmaels of the corps, but wealthy Ishmaels, for they sold battles in alternate weeks for the sport of the barracks when they were not pitted against other boys; and thus amassed money.

On this particular day there was dissension in the camp. They had just been convicted afresh of smoking, which is bad for little boys who use plug-tobacco, and Lew's contention was that Jakin had "stunk so 'orrid bad from keepin' the pipe in pocket," that he and he alone was responsible for the birching they were both tingling under.

"I tell you I 'id the pipe back o' barracks," said Jakin pacifically.

"You're a bloomin' liar," said Lew without heat.

"You're a bloomin' little barstard," said Jakin, strong in the knowledge that his own ancestry was unknown.

Now there is one word in the extended vocabulary of barrack-room abuse that cannot pass without comment. You may call a man a thief and risk nothing. You may even call him a coward without finding more than a boot whiz past your ear, but you must not call a man a bastard unless you are prepared to

---

[10] Era comum a banda do regimento apresentar-se na igreja durante o culto, executando músicas religiosas. N.T.

[11] Ismael, filho de Abraão e Sarah. "E ele será homem bravo, e a sua mão será contra todos, e a mão de todos contra ele", Gênesis, 16:12. N.T.

prove it on his front teeth.

"You might ha' kep' that till I wasn't so sore," said Lew sorrowfully, dodging round Jakin's guard.

"I'll make you sorer," said Jakin genially, and got home on Lew's alabaster forehead. All would have gone well and this story, as the books say, would never have been written, had not his evil fate prompted the Bazar-Sergeant's son, a long, employless man of five-and-twenty, to put in an appearance after the first round. He was eternally in need of money, and knew that the boys had silver.

"Fighting again," said he. "I'll report you to my father, and he'll report you to the Colour-Sergeant."

"What's that to you?" said Jakin with an unpleasant dilation of the nostrils.

"Oh! nothing to *me*. You'll get into trouble, and you've been up too often to afford that."

"What the Hell do you know about what we've done?" asked Lew the Seraph. "*You* aren't in the Army, you lousy, cadging civilian."

He closed in on the man's left flank.

"Jes' 'cause you find two gentlemen settlin' their diff'rences with their fistes you stick in your ugly nose where you aren't wanted. Run 'ome to your 'arf-caste slut of a Ma – or we'll give you what-for," said Jakin.

The man attempted reprisals by knocking the boys' heads together. The scheme would have succeeded had not Jakin punched him vehemently in the stomach, or had Lew refrained from kicking his shins. They fought together, bleeding and breathless, for half an hour, and, after heavy punishment, triumphantly pulled down their opponent as terriers pull down a jackal.

"Now," gasped Jakin, "I'll give you what-for." He proceeded to pound the man's features while Lew stamped on the outlying portions of his anatomy. Chivalry is not a strong point in the composition of the average drummer-boy. He fights, as do his betters, to make his mark.

preparado para atingi-lo nos dentes da frente.

"Você deveria ter guardado isso até que eu não estar tão machucado", disse Lew pesaroso, esquivando-se ao redor da guarda de Jakin.

"Eu o deixarei machucado", disse Jakin com jovialidade, e atingiu a testa de alabastro de Lew. Tudo teria saído bem e esta história, como dizem os livros, jamais seria escrita não tivesse o destino cruel incitado o filho do sargento-bazar[12] , um homem de vinte e cinco anos e desocupado há muito tempo, a fazer sua aparição depois do primeiro *round*. Ele estava eternamente precisando de dinheiro, e sabia que os garotos tinham prata.

"Brigando de novo", disse ele. "Denunciarei vocês ao meu pai, e ele os denunciará ao sargento da Infantaria."

"O que importa isso a você?", disse Jakin, com uma desagradável dilatação das narinas.

"Oh!, a *mim*, nada. Vocês terão problemas, e já têm tido muitos para poderem se dar ao luxo."

"O que diabos você sobre o que temos feito?", perguntou Lew, o Serafim. "Você não está no exército, seu paisano pedinte e nojento."

Ele aproximou-se do flanco esquerdo do homem.

"Jesus, só porque você viu dois cavalheiros acertando suas diferenças com os punhos você mete seu nariz feio onde não é chamado. Corra para casa, para sua mãe mestiça e desmazelada, ou lhe daremos um motivo para delatar", disse Jakin.

O homem tentou repreendê-los batendo a cabeça dos garotos uma na outra. O plano teria funcionado se Jakin não o tivesse socado com força no estômago, ou se Lew tivesse evitado chutar-lhe a canela. Eles lutaram juntos, sagrando e sem fôlego, por meia hora, e, após uma pesada punição, arrastaram triunfantes o oponente como os *terriers* arrastam um chacal.

"Agora", ofegou Jakin, "Eu lhe darei um motivo". Ele continuou a golpear o rosto do homem enquanto Lew pisoteava outras partes distantes da anatomia deste. Cavalheirismo não é o ponto forte da constituição da média de um menino-tambor. Ele luta, o melhor que pode, para deixar sua marca.

---

[12] *Bazar-Sergeant*: Sargento-bazar: cada regimento britânico possuía seu próprio distrito de compras, abastecido pelos indianos, para prover as necessidades legalizadas. Deveria ter um superior mais velho para manter a ordem, evitar a super lotação e as tentativas de prostituição. N.T.

Os Tambores da Frente à Retaguarda

Horrível ficou o sobrevivente, e apavorante foi a raiva do sargento-bazar. Apavorante também foi a cena na sala da ordenança[13], quando os dois réprobos apareceram para responder à acusação de terem quase matado um "paisano". O sargento-bazar estava sedento por uma ação criminal, e o filho dele mentiu. Os garotos ficaram sob observação enquanto as nuvens negras das evidências se acumulavam.

"Vocês, diabinhos, trazem mais problema do que todo o restante do regimento junto", disse o coronel, com raiva. "Posso muito bem advertir jovenzinhos, mas não posso pô-los em celas ou suspendê-los. Vocês devem ser açoitados de novo."

"Com sua licença, senhor. Não podemos dizer nada em nossa defesa, senhor?", esganiçou Jakin.

"Hein? O quê? Você quer discutir *comigo*?", disse o coronel.

"Não, senhor", disse Lew. "Mas se um homem vem até você, senhor, e diz que vai denunciá-lo, senhor, por ter um probleminha com um amigo, senhor, e quer tirar dinheiro de você, senhor..."

A sala da ordenança explodiu com o estrondo de uma gargalhada. "E então?", disse o coronel.

"Foi o que este *jamwar*[14] miserável fez, senhor, e teria *denunciado*, senhor, se não tivéssemos impedido. Não batemos muito nele, senhor. E ele não tem o costume nem e o direito de se meter conosco, senhor. Não me importo de ser açoitado pelo Tambor-mór, senhor, nem de ser denunciado por alguém da corporação, mas eu – mas eu não acho justo, senhor, um paisano vir falar sobre um homem do Exército, senhor."

O estrondo de uma segunda gargalhada sacudiu a sala da ordenança, mas o coronel estava sério.

"Que tipo de caráter têm esses meninos?", perguntou ao sargento-mór do regimento.

"De acordo com o chefe da banda, senhor", respondeu o venerável oficial – a única alma no regimento que os garotos temiam – "eles fazem tudo, menos mentir, senhor."

"Acha que bateríamos naquele homem por diversão, senhor?", disse Lew, apontando para o queixoso.

Ghastly was the ruin that escaped, and awful was the wrath of the Bazar-Sergeant. Awful too was the scene in Orderly-room when the two reprobates appeared to answer the charge of half-murdering a "civilian." The Bazar-Sergeant thirsted for a criminal action, and his son lied. The boys stood to attention while the black clouds of evidence accumulated.

"You little devils are more trouble than the rest of the Regiment put together," said the Colonel angrily. "One might as well admonish thistledown, and I can't well put you in cells or under stoppages. You must be birched again."

"Beg y' pardon, Sir. Can't we say nothin' in our own defence, Sir?" shrilled Jakin.

"Hey! What? Are you going to argue with *me*?" said the Colonel.

"No, Sir," said Lew. "But if a man come to you, Sir, and said he was going to report you, Sir, for 'aving a bit of a turn-up with a friend, Sir, an' wanted to get money out o' *you*, Sir..."

The Orderly-room exploded in a roar of laughter. "Well?" said the Colonel.

"That was what that measly *jamwar* there did, Sir, and 'e'd 'a' *done* it, Sir, if we 'adn't prevented 'im. We didn't 'it 'im much, Sir. 'E 'adn't no manner o' right to interfere with us, Sir. I don't mind bein' birched by the Drum-Major, Sir, nor yet reported by any *Corp*'ral, but I'm – but I don't think it's fair, Sir, for a civilian to come an' talk over a man in the Army."

A second shout of laughter shook the Orderly-room, but the Colonel was grave.

"What sort of characters have these boys?" he asked of the Regimental Sergeant-Major.

"Accordin' to the Bandmaster, Sir," returned that revered official – the only soul in the Regiment whom the boys feared – "they do everything *but* lie, Sir."

"Is it like we'd go for that man for fun, Sir?" said Lew, pointing to the plaintiff.

---

[13] Sala da ordenança: local onde o coronel atendia aos infratores. N.T.

[14] Modo como os soldados pronunciavam *janwar*, do hindi, animal. N.T.

"Oh, admonished – admonished!" said the Colonel testily, and when the boys had gone he read the Bazar-Sergeant's son a lecture on the sin of unprofitable meddling, and gave orders that the Bandmaster should keep the Drums in better discipline.

"If either of you come to practice again with so much as a scratch on your two ugly little faces," thundered the Bandmaster, "I'll tell the Drum-Major to take the skin off your backs. Understand that, you young devils."

Then he repented of his speech for just the length of time that Lew, looking like a seraph in red worsted embellishments, took the place of one of the trumpets – in hospital – and rendered the echo of a battle-piece. Lew certainly was a musician, and had often in his more exalted moments expressed a yearning to master every instrument of the Band.

"There's nothing to prevent your becoming a Bandmaster, Lew," said the Bandmaster, who had composed waltzes of his own, and worked day and night in the interests of the Band.

"What did he say?" demanded Jakin after practice.

"Said I might be a bloomin' Bandmaster, an' be asked in to 'ave a glass o' sherry wine on Mess-nights."

"Ho! Said you might be a bloomin' noncombatant, did 'e! That's just about wot 'e would say. When I've put in my boy's service – it's a bloomin' shame that doesn't count for pension – I'll take on as a privit. Then I'll be a Lance in a year – knowin' what I know about the ins an' outs o' things. In three years I'll be a bloomin' Sergeant. I won't marry then, not I! I'll 'old on and learn the orf'cers' ways an' apply for exchange into a reg'ment that doesn't know all about me. Then I'll be a bloomin' orf'cer. Then I'll ask you to 'ave a glass o' sherry wine, *Mister* Lew, an' you'll bloomin' well 'ave to stay in the hanty-room while the Mess-Sergeant brings it to your dirty 'ands."

"Oh, advertidos – advertidos!", disse o coronel, teatral, e quando os garotos saíram, ele leu ao filho do sargento-bazar um sermão sobre o pecado de interferir sem necessidade, e deu ordens ao chefe da banda para manter os tambores sob melhor disciplina.

"Se qualquer um dos dois voltar a aparecer nos ensaios com um arranhado que seja nessas carinhas feias", bradou o chefe da banda, "direi ao Tambor-mór para tirar-lhes a pele das costas. Entenderam, seus jovens demônios?"

Então ele se arrependeu do discurso no tempo exato em que Lew, parecendo um Serafim vestido com um casaco de lã vermelha adornado, tomou lugar de um dos trompetes – no hospital – e executou a repercussão de uma cena de batalha. Lew sem dúvida era um músico, e, com freqüência, em seus momentos mais exaltados, expressava o desejo de dominar cada instrumento da banda.

"Não há nada que o impeça de tornar-se o chefe da banda, Lew", disse o chefe da banda, que tinha ele mesmo composto valsas, e trabalhava dia e noite para os propósitos da banda.

"O que ele disse?", reclamou Jakin depois do ensaio.

"Disse que eu serei um maldito chefe da banda, e serei convidado para um copo de vinho nos jantares[15]."

"Oh! Disse que você será um maldito não combatente, não foi? É exatamente isso que ele diria. Quando eu deixar o serviço de manutenção dos garotos – é uma maldita vergonha que isso não conte para a aposentadoria – vou ser empregado como soldado raso. Então serei lanceiro em um ano – sabendo o que eu sei sobre como a coisa funciona. Em três anos vou ser um maldito sargento. Não vou me casar, então, eu não! Vou agüentar firme e aprender o jeito dos oficiais, e, em troca, vou aplicá-lo ao regimento, que ainda não sabe quem eu sou. Então serei um maldito oficial. E aí vou convidar você para um copo de vinho, *senhor* Lew, e você terá que esperar naquele maldito covil até que o sargento do rancho[16] traga-o para suas mãos sujas..."

---

[15] A banda costumava tocar no jantar dos oficiais e nos jantares para convidados. Era costume, após o Brinde Real (o brinde à rainha), o chefe da banda sentar-se à mesa do coronel para uma conversa rápida e uma taça de vinho do Porto. N.T.

[16] *Mess-Sargeant*: *mess* era o local onde os oficiais faziam as refeições, divertiam-se e passavam a maior parte do tempo livre no quartel. N.T.

Os Tambores da Frente à Retaguarda

"Acha que vou me tornar um mestre da banda? Eu não, de jeito nenhum. Serei um oficial também. Não há nada como ter uma coisa e agarrar-se a ela, como diz o professor da escola. O regimento não voltará para a Inglaterra pelos próximos sete anos. Serei um lanceiro até lá, ou quase isso."

Assim os garotos discutiram o futuro, e se comportaram respeitosamente por uma semana. Quer dizer, Lew começou a flertar com a filha do sargento da infantaria, de treze anos – "Não", como explicou para Jakin, "com alguma intenção de matrimônio, mas para tê-la em mãos." A morena Cris Delighan gostou desse flerte mais do que dos anteriores, os outros meninos-tambor uniram-se em um ódio cego, e Jakin pregou sermões sobre o perigo de emaranhar-se entre as anáguas.

Mas nem o amor nem a virtude teriam mantido Lew por muito tempo no caminho correto, não fosse o rumor de que o regimento seria enviado ao serviço ativo, para tomar parte em uma guerra que, para encurtar, chamariam de "A Guerra das Tribos Perdidas[17]".

Os alojamentos ouviram o boato pouco antes da refeição, e de todos os novecentos homens no quartel, nem dez já tinham disparado um tiro para valer. O coronel, vinte anos atrás, auxiliara uma expedição na fronteira; um dos majores servira no Cabo[18]; um desertor confirmado da Companhia E tinha ajudado a liberar as ruas na Irlanda; mas isso era tudo. O regimento estava posto de lado já há muitos anos. A esmagadora maioria dos soldados rasos tinha três ou quatro anos de serviço; os oficias não graduados tinham menos de trinta anos de idade; e homens e sargentos, do mesmo jeito, esqueceram de falar das histórias resumidas escritas sobre os estandartes[19] – os novos estandartes, que foram formalmente consagrados por um arcebispo na Inglaterra antes do regimento partir.

Eles queriam ir para o *front* – estavam entusiasmados e ansiosos para ir – mas não conheciam o significado daquela

---

[17] Tribos Perdidas: refere-se aos afegãos e à lenda de que estes descendem das tribos deportadas da Palestina durante os últimos anos do Reino de Israel. São citados, neste livro, no conto *O Homem que Queira Ser Rei* e em *Wee Willie Winkie*. N.T.

[18] Cabo da Boa Esperança, África do Sul. Segundo John McGivering, é provável que esta história se passe durante a primeira Guerra dos Boers, 1880–1881; apesar de terem havido guerras anteriores na região. N.T.

[19] *The Colours:* estandarte bordado com os emblemas heráldicos e as honras de batalha obtidas por um regimento. Em geral, é apresentado ao soberano depois de ser consagrado. N.T.

what war meant, and there was none to tell them. They were an educated regiment, the percentage of school-certificates in their ranks was high, and most of the men could do more than read and write. They had been recruited in loyal observance of the territorial idea; but they themselves had no notion of that idea. They were made up of drafts from an over-populated manufacturing district. The system had put flesh and muscle upon their small bones, but it could not put heart into the sons of those who for generations had done overmuch work for overscanty pay, had sweated in drying-rooms, stooped over looms, coughed among white-lead, and shivered on lime-barges. The men had found food and rest in the Army, and now they were going to fight "niggers" – people who ran away if you shook a stick at them. Wherefore they cheered lustily when the rumour ran, and the shrewd, clerkly non-commissioned officers speculated on the chances of *batta* and of saving their pay. At Headquarters men said: "The Fore and Fit have never been under fire within the last generation. Let us, therefore, break them in easily by setting them to guard lines of communication." And this would have been done but for the fact that British Regiments were wanted – badly wanted – at the Front, and there were doubtful Native Regiments that could fill the minor duties. "Brigade 'em with two strong Regiments," said Headquarters. "They may be knocked about a bit, but they'll learn their business before they come through. Nothing like a night-alarm and a little cutting-up of stragglers to make a Regiment smart in the field. Wait till they've had half a dozen sentries' throats cut."

The Colonel wrote with delight that the temper of his men was excellent, that the Regiment was all that could be wished, and as sound as a bell. The Majors smiled with a sober joy, and the subalterns waltzed in pairs down the Mess-room after dinner, and nearly shot themselves at revolver-practice. But there was consternation in the hearts of Jakin and

guerra, e não havia ninguém para dizer-lhes. Eles eram um regimento instruído, a porcentagem de certificados escolares entre as fileiras era alto, e a maioria dos homens sabia mais do que ler e escrever. Eles foram recrutados segundo o conceito de território[20] ; mas não tinham a menor noção disso. Foram escolhidos por sorteio em um distrito manufatureiro super-povoado. O sistema pusera carne e músculos em seus pequenos ossos, mas não podia pôr um coração nos filhos daqueles que por gerações trabalharam em excesso por uma remuneração ínfima, suaram em salas de desidratação, curvaram-se sobre teares, tossiram em meio ao alvaiade e sentiram calafrios em barcaças de cal. Os homens tinham encontrado comida e descanso no Exército, e agora lutariam com os "negros[21]" – pessoas que correriam se você sacudisse um bastão contra elas. Por isso eles desejaram com ardor quando correu o boato, e os astutos escriturários oficias não graduados especularam sobre as chances de *batta*[22] e de economizarem seus pagamentos. No quartel general os homens diziam: "O À Frente e Avante nunca esteve sob fogo nesta última geração. Vamos, portanto, habituá-los com calma, enviando-os para proteger as linhas de comunicação". E isso deveria ter sido feito, mas o regimento britânico estava desprovido – seriamente desprovido – no *front*, e havia duvidosos regimentos nativos para suprir essas obrigações menos importantes. "Forme uma brigada com dois regimentos fortes", disse o quartel general. "Eles podem ser abatidos um pouco, mas aprenderão suas funções antes da vitória. Nada como um alarme noturno e a degola de alguns desavisados para tornar um regimento esperto no campo de batalha. Espere até eles terem meia dúzia de sentinelas com a garganta cortada."

O coronel escreveu com prazer que o humor dos seus homens estava excelente, que o regimento era tudo o que se podia desejar, e que soava como um sino. Os majores sorriram com alegria discreta, os subalternos valsaram em pares no refeitório após o jantar, e quase acertaram em si mesmos ao praticarem tiro. Mas havia consternação no coração de Jakin e de

---

[20] Nesse contexto, respeitando a época em que o texto foi publicado (1899), refere-se a um método antes utilizado de recrutamento de soldados para a infantaria em áreas de habitação específicas e delimitadas, denominado *Localisation*. N.T.

[21] *Nigger*: termo ofensivo e discrimitório para referir-se a qualquer pessoa que não apresente pele clara (raça branca). N.T.

[22] Pagamento especial para indianos sipaios estacionados for a da Índia. N.T.

Lew. O que seria feito dos tambores? A banda seguiria para o *front*? Quantos tambores acompanhariam o regimento?

Eles se aconselharam juntos, sentados em uma árvore, enquanto fumavam.

"É mais do que um maldito cara-e-coroa eles nos deixarem para trás no posto de treinamento com as mulheres. Você gostaria disso", disse Jakin com sarcasmo.

"Por causa da Cris, você quer dizer? Pode uma mulher, ou um maldito posto inteiro de mulheres, se comparar à chance de servir em campo? Você sabe que estou tão entusiasmado para ir quanto você", disse Lew.

"Queria ser um maldito corneteiro", disse Jakin com tristeza. "Eles vão levar Tom Kid junto, isso eu posso apostar, do mesmo jeito que não vão levar a gente."

"Então vamos deixar Tom Kid tão desgraçadamente doente que ele não vai tocar mais. Você segura as mãos dele e eu chuto", disse Lew, contorcendo-se no galho.

"Isso também não vai adiantar. Não temos em nossa reputação o tipo de características que eles procuram – eles são maus. Se eles segurarem a banda no posto de treinamento, nós não vamos, pode estar *certo*. Se levarem a banda, podemos ser vendidos[23] por incapacidade física. Você está apto fisicamente, Piggy?"

"Sim", disse Lew, com uma blasfêmia. "O médico diz que nossos corações enfraqueçem com o fumo, como um estômago vazio. Incline o peito que eu experimentar em você."

Jakin avançou o tórax e Lew atacou com toda a força. Jakin ficou muito pálido, arfou, grasnou, revirou os olhos e disse: "Está tudo bem".

"Agora você", disse Lew. "Ouvi dizer que um homem morre se você bater direto no esterno".

"Ainda assim, não ficamos mais perto de ir", disse Jakin. "Você sabe pra onde vão mandar a gente?"

"Deus sabe, e Ele não vai desunir um companheiro. Algum lugar no *front* para matar *paythans*[24] – safados grandes e cabeludos que viram você do avesso se te pegam.

Lew. What was to be done with the Drums? Would the Band go to the Front? How many of the Drums would accompany the Regiment?

They took counsel together, sitting in a tree and smoking.

"It's more than a bloomin' toss-up they'll leave us be'ind at the Depôt with the women. You'll like that," said Jakin sarcastically.

"'Cause o' Cris, y' mean? Wot's a woman, or a 'ole bloomin' Depôt o' women, 'longside o' the chanst of field-service? You know I'm as keen on goin' as you," said Lew.

"Wish I was a bloomin' bugler," said Jakin sadly. "They'll take Tom Kidd along, that I can plaster a wall with, an' like as not they won't take us."

"Then let's go an' make Tom Kidd so bloomin' sick 'e can't bugle no more. You 'old 'is 'ands an' I'll kick him," said Lew, wriggling on the branch.

"That ain't no good neither. We ain't the sort o' characters to presoom on our rep'tations – they're bad. If they have the Band at the Depôt we don't go, and no error *there*. If they take the Band we may get cast for medical unfitness. Are you medical fit, Piggy?" said Jakin, digging Lew in the ribs with force.

"Yus," said Lew with an oath. "The Doctor says your 'eart's weak through smokin' on an empty stummick. Throw a chest an' I'll try yer."

Jakin threw out his chest, which Lew smote with all his might. Jakin turned very pale, gasped, crowed, screwed up his eyes, and said "That's all right."

"You'll do," said Lew. "I've 'eard o' men dying when you 'it 'em fair on the breastbone."

"Don't bring us no nearer goin', though," said Jakin. "Do you know where we're ordered?"

"Gawd knows, an' 'E won't split on a pal. Somewheres up to the Front to kill Paythans – hairy big beggars that turn you inside out if they get 'old o'

---

[23] *Cast*: no contexto militar significa: ordem para ser vendido, para o caso de cavalos e outros animais que servem ao regimento. Jakin usa o termo com ironia. N.T.

[24] Modo como os soldados pronunciavam *pathans*, ou patanes, muçulmanos do noroeste do Paquistão e do Afeganistão. N.T.

you. They say their women are good-looking, too."

"Any loot?" asked the abandoned Jakin.

"Not a bloomin' anna, they say, unless you dig up the ground an' see what the niggers 'ave 'id. They're a poor lot." Jakin stood upright on the branch and gazed across the plain.

"Lew," said he, "there's the Colonel coming. 'Colonel's a good old beggar. Let's go an' talk to 'im."

Lew nearly fell out of the tree at the audacity of the suggestion. Like Jakin he feared not God, neither regarded he Man, but there are limits even to the audacity of a drummer-boy, and to speak to a Colonel was…

But Jakin had slid down the trunk and doubled in the direction of the Colonel. That officer was walking wrapped in thought and visions of a C.B. – yes, even a K.C.B., for had he not at command one of the best Regiments of the Line – the Fore and Fit? And he was aware of two small boys charging down upon him. Once before it had been solemnly reported to him that "the Drums were in a state of mutiny," Jakin and Lew being the ringleaders. This looked like an organised conspiracy. The boys halted at twenty yards, walked to the regulation four paces, and saluted together, each as well set-up as a ramrod and little taller.

The Colonel was in a genial mood; the boys appeared very forlorn and unprotected on the desolate plain, and one of them was handsome.

"Well!" said the Colonel, recognising them. "Are you going to pull me down in the open? I'm sure I never interfere with you, even though" – he sniffed suspiciously – "you have been smoking."

It was time to strike while the iron was hot. Their hearts beat tumultuously.

"Beg y' pardon, Sir," began Jakin. "The Reg'ment's ordered on active service, Sir?"

"So I believe," said the Colonel courteously.

"Is the Band goin', Sir?" said both together. Then, without pause, "We're goin', Sir, ain't we?"

Eles também dizem que as mulheres são bonitas."

"Algum saque?", perguntou o desamparado Jakin.

"Nem um maldito anna, eles dizem, a menos que você escave o solo para ver o que os negros enterraram. São gente pobre". Jakin ficou em pé no galho e olhou ao longo da planície.

"Lew", disse ele, "o coronel vem vindo. O coronel é um bom e velho tratante. Vamos falar com ele".

Lew quase caiu da árvore com a audácia da sugestão. Como Jakin, ele temia não a Deus, nem o julgamento de Cristo, mas há limites até mesmo para a audácia de um menino-tambor, e falar com um coronel era...

Mas Jakin já tinha deslizado pelo tronco e corria na direção do coronel. O oficial caminhava envolto em pensamentos de um C.B.[25] – sim, ou mesmo de um K.C.B., pois ele não estava no comando de um dos melhores regimentos da corporação – o À Frente e Avante? E estava ciente de que dois garotinhos investiam sobre ele. Se fosse antes, isso teria sido solenemente reportado como "os tambores estão amotinados", Jakin e Lew são os cabeças. Isso parecia uma conspiração organizada. Os garotos pararam a vinte metros, caminharam os quatro passos regulamentares e saudaram juntos, cada qual tão bem aprumado quanto uma vareta de espingarda, um poucos mais altos.

O coronel estava solícito; os garotos pareciam bastante desamparados e desprotegidos na planície desolada, e um deles era bonito.

"Bem", disse o coronel reconhecendo-os. "Vocês vão me atacar em campo aberto? Garanto que nunca me meto com vocês, mesmo quando – ele fungou desconfiado – "vocês ficam fumando".

Era melhor malhar o ferro enquanto estava quente. Seus corações batiam desordenados.

"Perdoe-me, senhor", começou Jakin. "O regimento foi ordenado para o serviço ativo, senhor?"

"Acredito que sim", disse o coronel com cortesia.

"A banda vai, senhor?", disseram os dois juntos. E então, sem uma pausa: "Nós vamos, senhor, não vamos?"

---

[25] C.B., K.C.B.: Commander e Knight Commander of the Most Honourable Order of the Bath. Tais condecorações eram oferecidas aos oficiais em reconhecimento por serviços prestados, mas, às vezes, apenas por alcançar determinada patente. N.T.

"Vocês!", disse o coronel, recuando um passo para ver melhor as duas diminutas figuras. "Vocês! Vocês vão morrer na primeira marcha".

"Não, não vamos, senhor. Podemos marchar com o regimento em qualquer lugar – nos desfiles e em qualquer outro lugar", disse Jakin.

"Se Tom Kids for ele vai ser empacotado como um canivete", disse Lew. "Tom tem veias muito grossas[26] nas duas pernas, senhor".

"Muito quanto?"

"Veias muito grossas, senhor. É por isso que ele incha depois de um desfile longo, senhor. Se ele pode ir, nós podemos ir, senhor."

Mais uma vez o coronel olhou para eles longa e atentamente.

"Sim, a banda irá", ele disse com tanta gravidade como se falasse a um irmão oficial. "Vocês têm pais, qualquer um dos dois?"

"Não, senhor", alegraram-se Lew e Jakin. "Somos dois órfãos, senhor. Não há ninguém para se importar conosco, senhor."

"Pobres filhotinhos, e vocês querem ir para o *front* com o regimento, não querem? Por quê?"

"Usei o uniforme da rainha por dois anos", disse Jakin. "É muito difícil, senhor, para um homem não receber nenhuma recompensa por seu dever, senhor."

"E – e se eu não for, senhor", interrompeu Lew, "o chefe da banda vai pegar e fazer de mim um maldi... um abençoado músico, senhor. Antes de eu ter servido alguma vez, senhor."

O coronel não respondeu por longo tempo. Então ele disse com calma: "Se vocês passarem pelo médico ouso dizer que podem ir. Eu não fumaria, se eu fosse vocês".

Os garotos saudaram e desapareceram. O coronel caminhou para casa e contou a história para a esposa, que quase chorou. Ele estava bem satisfeito. Se aquele era o humor das crianças, o que os homens não fariam?

Jakin e Lew entraram no quarto do alojamento dos

---

[26] O menino diz *very-close veins*, cuja tradução seria: veias muito próximas ou muito fechadas. No entanto, ele quer dizer *varicose veins*, veias varicosas, dilatadas, varises. N.T.

and refused to hold any conversation with their comrades for at least ten minutes. Then, bursting with pride, Jakin drawled: "I've bin intervooin' the Colonel. Good old beggar is the Colonel. Says I to 'im, 'Colonel,' says I, 'let me go to the Front, along o' the Reg'ment. – 'To the Front you shall go,' says 'e, 'an' I only wish there was more like you among the dirty little devils that bang the bloomin' drums.' Kidd, if you throw your 'courtrements at me for tellin' you the truth to your own advantage, your legs'll swell."

None the less there was a Battle-Royal in the barrack-room, for the boys were consumed with envy and hate, and neither Jakin nor Lew behaved in conciliatory wise.

"I'm goin' out to say adoo to my girl," said Lew, to cap the climax. "Don't none o' you touch my kit because it's wanted for active service; me bein' specially invited to go by the Colonel."

He strolled forth and whistled in the clump of trees at the back of the Married Quarters till Cris came to him, and, the preliminary kisses being given and taken, Lew began to explain the situation.

"I'm goin' to the Front with the Reg'ment," he said valiantly.

"Piggy, you're a little liar," said Cris, but her heart misgave her, for Lew was not in the habit of lying.

"Liar yourself, Cris," said Lew, slipping an arm round her. "I'm goin'. When the Reg'ment marches out you'll see me with 'em, all galliant and gay. Give us another kiss, Cris, on the strength of it."

"If you'd on'y a-stayed at the Depôt – where you ought to ha' bin – you could get as many of 'em as – as you dam please," whimpered Cris, putting up her mouth.

"It's 'ard, Cris. I grant you it's 'ard, But what's a man to do? If I'd a-stayed at the Depôt, you wouldn't think anything of me."

"Like as not, but I'd 'ave you with me, Piggy. An' all the thinkin' in the world isn't like kissin'."

"An' all the kissin' in the world isn't like 'avin a medal to wear on the front o' your coat."

"You won't get no medal."

garotos com grandiosidade, e se recusaram a falar com os colegas por pelo menos dez minutos. Então, ardendo de orgulho, Jakin começou: "Tive uma entrevista com o coronel. Grande velho tratante é o coronel. Eu disse para ele: 'Coronel', eu disse, 'deixe-me ir para o *front* junto com o regimento. 'Para o *front* você irá', disse ele, 'e desejo apenas que tenha mais como você entre os diabinhos sujos que tocam os malditos tambores'. Moleque, se você atirar seus equipamentos[27] em mim por dizer-lhe a verdade para seu próprio proveito, suas pernas vão inchar."

Contudo havia uma batalha real no quarto do alojamento, pois os garotos se consumiam de inveja e ódio, e nem Jakin nem Lew portaram-se de forma conciliatória.

"Vou sair e me despedir de minha garota", disse Lew, para rematar o clímax. "Nenhum de vocês toque na minha mochila porque ela é necessária para o serviço ativo; eu fui especialmente convidado a ir pelo coronel".

Ele seguiu adiante e assobiou no arvoredo atrás do quartel dos casados até que Cris viesse vê-lo; beijos preliminares foram dados e tomados, e Lew começou a explicar a situação.

"Eu vou para o *front* com o regimento", ele disse, valoroso.

"Piggy, você é um pequeno mentiroso", disse Cris, mas seu coração ficou apreensivo, pois Lew não tinha o hábito de mentir.

"Mentirosa é você, Cris", disse Lew, escorregando um braço ao redor dela. "Eu vou". "Quando o regimento marchar para fora você me verá com eles, todo galante e feliz. Dê-me outro beijo, Cris, por isso."

"Se você ficasse no posto – onde *deveria* ficar – você poderia ter tantos deles quanto – quanto sua dama quisesse", choramingou Cris, erguendo os lábios.

"É difícil, Cris. Garanto a você que é difícil. Mas o que um homem pode fazer? Se eu ficasse no posto, você não pensaria nada de mim".

"Provavelmente, mas teria você comigo, Piggy. E todos os pensamentos do mundo não são como beijar".

"E nem todos os beijos do mundo são como ter uma medalha para usar na frente do casaco".

---

[27] 'courtrements, seria accoutrements: cinto, sacolas, bornal e os demais equipamentos pertencentes a um soldado. N.T.

Os Tambores da Frente à Retaguarda

"Você *não* vai conseguir uma medalha".

"Oh, vou conseguir sim. Eu e Jakin somos os únicos tambores interinos que serão levados junto. Todos os outros são maiores de idade, e conseguiremos nossas medalhas junto com eles."

"Eles deveriam ter pego qualquer um menos você, Piggy. Você será morto – você se arrisca tanto. Fique comigo, Piggy querido, aqui no posto, e eu o amarei de verdade, para sempre."

"Você ainda não ama, Cris? Você disse que amava."

"Claro que sim, mas de um jeito mais confortável. Espere até que você cresça um pouco, Piggy. Você não é tão alto quanto eu agora."

"Tenho estado no Exército por dois anos e não vou desperdiçar a chance de servir na ativa, e não tente me fazer desistir. Eu voltarei, Cris, e quando for um homem, me casarei com você – casarei com você quando for um lanceiro."

"Prometa, Piggy."

Lew refletiu sobre o futuro combinado com Jakin pouco tempo antes, mas os lábios de Cris estavam muito próximos dos dele.

"Eu prometo, e que Deus me ajude!"

Cris deslizou o braço ao redor do pescoço dele.

"Não vou mais dizer para você ficar, Piggy. Vá adiante e pegue sua medalha, e eu te farei uma nova bolsinha de costura tão linda quanto sei fazer."

"Ponha um pouco dos seus cabelos nela, Cris, e eu vou guardar em meu bolso enquanto viver."

Então Cris chorou mais vez, e o encontro chegou ao fim. Sentimentos públicos entre os meninos-tambor surgem para fomentar falatório, e as vidas de Jakin e Lew tornaram-se nada invejáveis. Não apenas obtiveram permissão para se alistar dois anos antes da idade regulamentar para os meninos – catorze – mas, em virtude ao que parece de sua extrema juventude, receberam permissão para ir ao *front* – coisa que não acontecia a um tambor interino com a experiência de um garoto. A banda que acompanharia o regimento foi reduzida para os vinte homens regulamentares, o excedente retornou para as tropas. Jakin e Lew estavam associados à banda como reservas, embora preferissem muito mais ser corneteiros da companhia.

"Oh, yus, I shall though. Me an' Jakin are the only acting-drummers that'll be took along. All the rest is full men, an' we'll get our medals with them."

"They might ha' taken anybody but you, Piggy. You'll get killed – you're so venturesome. Stay with me, Piggy darlin', down at the Depôt, an' I'll love you true, for ever."

"Ain't you goin' to do that now, Cris? You said you was."

"O' course I am, but th' other's more comfortable. Wait till you've growed a bit, Piggy. You aren't no taller than me now."

"I've bin in the Army for two years, an' I'm not goin' to get out of a chanst o' seein' service, an' don't you try to make me do so. I'll come back, Cris, an' when I take on as a man I'll marry you – marry you when I'm a Lance."

"Promise, Piggy."

Lew reflected on the future as arranged by Jakin a short time previously, but Cris's mouth was very near to his own.

"I promise, s'elp me Gawd!" said he.

Cris slid an arm round his neck.

"I won't 'old you back no more, Piggy. Go away an' get your medal, an' I'll make you a new button-bag as nice as I know how," she whispered.

"Put some o' your 'air into it, Cris, an' I'll keep it in my pocket so long's I'm alive."

Then Cris wept anew, and the interview ended. Public feeling among the drummer-boys rose to fever pitch, and the lives of Jakin and Lew became unenviable. Not only had they been permitted to enlist two years before the regulation boy's age – fourteen – but, by virtue, it seemed, of their extreme youth, they were allowed to go to the Front – which thing had not happened to acting-drummers within the knowledge of boy. The Band which was to accompany the Regiment had been cut down to the regulation twenty men, the surplus returning to the ranks. Jakin and Lew were attached to the Band as supernumeraries, though they would much have preferred being company buglers.

"Don't matter much," said Jakin after the medical inspection. "Be thankful that we're 'lowed to go at all. The Doctor 'e said that if we could stand what we took from the Bazar-Sergeant's son we'd stand pretty nigh anything."

"Which we will," said Lew, looking tenderly at the ragged and ill-made housewife that Cris had given him, with a lock of her hair worked into a sprawling "L" upon the cover.

"It was the best I could," she sobbed. "I wouldn't let mother nor the Sergeant's tailor 'elp me. Keep it always, Piggy, an' remember I love you true."

They marched to the railway station, nine hundred and sixty strong, and every soul in cantonments turned out to see them go. The drummers gnashed their teeth at Jakin and Lew marching with the Band, the married women wept upon the platform, and the Regiment cheered its noble self black in the face.

"A nice level lot," said the Colonel to the Second-in-Command as they watched the first four companies entraining.

"Fit to do anything," said the Second-in-Command enthusiastically. "But it seems to me they're a thought too young and tender for the work in hand. It's bitter cold up at the Front now."

"They're sound enough," said the Colonel. "We must take our chance of sick casualties."

So they went northward, ever northward, past droves and droves of camels, armies of camp-followers, and legions of laden mules, the throng thickening day by day, till with a shriek the train pulled up at a hopelessly congested junction where six lines of temporary track accommodated six forty-waggon trains; where whistles blew, Babus sweated, and Commissariat officers swore from dawn till far

"Não importa muito", disse Jakin após a inspeção médica. Agradeça por terem deixado a gente ir, afinal. O médico disse que se pudemos agüentar o que tomamos do filho do sargento-bazar, agüentamos bem qualquer coisa".

"Vamos agüentar", disse Lew, olhando com ternura para a maltrapilha e mal-acabada caixinha de costura com que Cris o presenteara, e que trazia um cacho do cabelo dela trabalhado em um escarrapachado L sobre a tampa.

"Foi o máximo que consegui fazer", ela soluçou. "Eu não permiti nem que mamãe, nem que o sargento alfaiate me ajudassem. Guarde isso sempre, Piggy, e lembre-se que eu te amo de verdade."

Eles marcharam para a estação ferroviária, novecentos e sessenta homens, e cada alma no aquartelamento[28] saiu para vê-los partir. Os tambores rangeram os dentes e Jakin e Lew marcharam com a banda; as mulheres casadas choraram sobre a plataforma e o regimento encorajou a nobre indignação que traziam no próprio rosto.

"Um lote de alto nível", disse o coronel para o segundo em comando, enquanto olhavam as primeiras quatro companhias embarcarem.

"Prontos para tudo", disse o segundo em comando com entusiasmo. "Mas me parece que eles são muito jovens e frágeis para o trabalho em vista. Faz um frio horrível no *front*, agora."

"Eles são sadios o bastante", disse o coronel. "Temos que nos arriscar a algumas baixas por enfermidade."

Assim eles seguiram para o norte, sempre para o norte, passaram por cáfilas e cáfilas de camelos, exércitos de ajudantes de campo[29], e legiões de mulas carregadas; a multidão engrossava dia após dia, até que com um guincho o trem parou em uma conexão desesperadamente congestionada, em um entroncamento em que seis linhas de um trecho temporário acomodavam seiscentos e quarenta vagões de trem; onde sopravam apitos; *Babus*[30] transpiravam e oficiais intendentes[31]

---

[28] *Cantonments*: Acantonamentos, termo presente na maioria dos textos deste volume. Refere-se às bases militares britânicas permanentes, em geral localizadas próximo às vilas ou cidades. N.T.

[29] *Camp-followers*: nesse contexto, ajudantes desarmados que acompanhavam o regimento: cozinheiros, carregadores, cavalariços etc. N.T.

[30] *Babu* ou *Baboo*: do sânscrito *vapra*: pai. A princípio era usado com formalidade, equivalendo a "senhor". Hoje é utilizado com leve depreciação, como para caracterizar uma superficialidade dissimulada, mas, com maior freqüência, efeminada, bengali. N.T.

praguejavam do amanhecer até o anoitecer, em meio à palha dos fardos de forragem arremessada pelo vento e o mugido de milhares de bezerros.

"Rápido – vocês são tremendamente requisitados no *front*", foi a mensagem que saudou o Frente à Retaguarda, e os ocupantes das carruagens da Cruz Vermelha[32] contavam a mesma história.

"Não é tanto pela maldita batalha", ofegou um soldado hússar[33] com a cabeça enfaixada para um grupo de admirados Frente à Retaguarda. "Não é tanto pela maldita batalha, ainda que seja intensa, ou quase isso. É pela maldita comida e pelo maldito clima. Tem geada a noite toda, menos quando cai granizo, e um sol fervente o dia todo, e a água fede a ponto de te derrubar. Minha cabeça foi descascada como um ovo; tive pneumonia também, e meu intestino está todo estragado. Não é um maldito pique-nique por aqueles lados, isso eu te digo".

"Como são os pretos?", perguntou um soldado raso.

"Tem alguns prisioneiros naquele trem, lá longe. Vá e veja. Eles são a aristocracia no país. A população comum é muito mais feia de se ver. Se quiser saber com o que eles lutam, procure em baixo do meu assento e arranque o longo punhal que está lá".

Eles arrastaram para fora e contemplaram pela primeira vez a assustadora, com empunhadura de osso, triangular espada afegã. Era quase da altura de Lew.

"É isso o que eles usam para te esquartejar", disse o soldado, com debilidade. "Isso pode arrancar o braço de um homem na altura do ombro tão fácil como fatiar manteiga. Eu parti ao meio o patife que usava essa, mas há mais deles lá em cima. Eles não sabem perfurar, mas retalham como demônios."

Os homens atravessaram os trilhos para inspecionar os prisioneiros afegãos. Eles eram diferentes de qualquer "negro" que o Frente à Retaguarda já tinha visto – aqueles enormes, de cabelos negros, mau humorados filhos de Beni-Israel[34] . Tão logo

into the night, amid the wind-driven chaff of the fodder-bales and the lowing of a thousand steers.

"Hurry up – you're badly wanted at the Front," was the message that greeted the Fore and Aft, and the occupants of the Red Cross carriages told the same tale.

"'Tisn't so much the bloomin' fightin'," gasped a head-bound trooper of Hussars to a knot of admiring Fore and Afts. "'Tisn't so much the bloomin' fightin', though there's enough o' that. It's the bloomin' food an' the bloomin' climate. Frost all night 'cept when it hails, and b'iling sun all day, and the water stinks fit to knock you down. I got my 'ead chipped like a egg; I've got pneumonia too, an' my guts is all out o' order. 'Tain't no bloomin' picnic in those parts, I can tell you."

"Wot are the niggers like?" demanded a private.

"There's some prisoners in that train yonder. Go an' look at 'em. They're the aristocracy o' the country. The common folk are a dashed sight uglier. If you want to know what they fight with, reach under my seat an' pull out the long knife that's there."

They dragged out and beheld for the first time the grim, bonehandled, triangular Afghan knife. It was almost as long as Lew.

"That's the thing to jint ye," said the trooper feebly. "It can take off a man's arm at the shoulder as easy as slicing butter. I halved the beggar that used that un, but there's more of his likes up above. They don't understand thrustin', but they're devils to slice."

The men strolled across the tracks to inspect the Afghan prisoners. They were unlike any "niggers" that the Fore and Aft had ever met – these huge, black-haired, scowling sons of the Beni-Israel. As the men

---

[31] Comissariado: Na época da Segunda Guerra Afegã havia o Governo da Índia Departamento de Comissariado, responsável pelos suprimentos de comida, combustível, forragem para o gado, roupa de cama e vestimentas. Entretanto não havia uma organização local para dar apoio às tropas no campo com esta finalidade. N.T.

[32] Carruagens da Cruz Vermelha: trens ambulância improvisados e tripulados pelo Corpo Médico do Exército Real. N.T.

[33] Hússar ou hussardo: membro da cavalaria rápida. N.T.

[34] Beni-Israel: refere-se à lenda das tribos perdidas de Israel. N.T.

stared the Afghans spat freely and muttered one to another with lowered eyes.

"My eyes! Wot awful swine!" said Jakin, who was in the rear of the procession. "Say, ole man, how you got *puckrowed*, eh? *Kiswasti* you wasn't hanged for your ugly face, hey?"

The tallest of the company turned, his leg-irons clanking at the movement, and stared at the boy. "See!" he cried to his fellows in Pushto. "They send children against us. What a people, and what fools!"

"*Hya.*" said Jakin, nodding his head cheerily. "You go down-country. *Khana* get, *peenikapanee* get – live like a bloomin' Raja *ke marfik*. That's a better *bandobust* than baynit get it in your innards. Good-bye, ole man. Take care o' your beautiful figure- 'ead, an' try to look *kushy*."

The men laughed and fell in for their first march, when they began to realise that a soldier's life is not all beer and skittles. They were much impressed with the size and bestial ferocity of the niggers whom they had now learned to call "Paythans," and more with the exceeding discomfort of their own surroundings. Twenty old soldiers in the corps would have taught them how to make themselves moderately snug at night, but they had no old soldiers, and, as the troops on the line of march said, "they lived like pigs." They learned the heart-breaking cussedness of camp-kitchens and camels and the depravity of an E.P. tent and a wither-wrung mule. They studied animalculae in water, and developed a few cases of dysentery in their study.

At the end of their third march they were disagreeably surprised by the arrival in their camp of a hammered iron slug which, fired from a steady rest at seven hundred yards, flicked out

os homens encararam os afegãos, disputaram livremente e murmuraram um para o outro com os olhos baixos.

"Por meus olhos! Mas que porco horrível!", disse Jakin, que estava na retaguarda da procissão. "Diga, meu velho, como você foi *puckrowed*[35], hein? *Kiswasti*[36] não foi enforcado por sua cara feia, hein?"

O mais alto da companhia virou-se, as correntes nos pés tilintando com o movimento, e encarou o rapaz: "Veja!", ele gritou para os companheiros, em pushto[37]. "Eles mandam crianças contra nós. Que gente, e que idiotas!"

"*Hya*", disse Jakin, inclinando a cabeça, animado. "Você vai para o campo. Tem *khana*, tem *peenikapanee* – vive como um maldito rajá *ke marfik*[38]. Esse é o melhor *bandobust*[39] que um bandido poderia conseguir para as próprias entranhas[40]. Adeus, meu velho. Cuide de seu belo rosto e tente parecer *kushy*[41]".

Os homens riram e foram para a primeira marcha, quando começaram a perceber que a vida de um soldado não é só cerveja e boliche[42]. Eles ficaram muito impressionados com o tamanho e a ferocidade bestial dos negros, que aprenderam agora a chamar de "patanes", e mais ainda com o excessivo desconforto dos arredores. Vinte soldados experientes da unidade os ensinariam como ficarem ao menos um pouco confortáveis à noite, mas eles não tinham soldados experientes, e, como as tropas em marcha dizem: "viviam como porcos". Conheceram o amaldiçoado sofrimento profundo provocado pela cozinha do acampamento, os camelos, a depravação de uma tenda E.P[43] e de uma mula imprestável[44].

Ao término da terceira marcha, tiveram a surpresa desagradável de ter o acampamento atingido por uma bala forjada em ferro que, disparada de uma completa quietude a setecentos

---

[35] *Puckrowed, puckerow*: imperative do verbo *pakrand*, do hindi: agarrar, pegar, seqüestrar. N.T.

[36] Por que. N.T.

[37] *Pushto*: afegane, idioma das tribos patanes do Afeganistão. N.T.

[38] Nesse contexto, significa: "Tem comida, tem água potável – e vive no luxo, como um maldito rajá. N.T.

[39] Costumes ou regulamentos. N.T.

[40] *Innard*: no início do século XIX, pronúncia em dialeto de *inward*: víceras, entranhas. N.T.

[41] *Kushy*: nesse contexto, agradável. N.T.

[42] *Skittles*: espécie de jogo de boliche, antes jogado com dez pinos. Era praticado nos jardins. N.T.

[43] Tenda E.P.: Roger Ayers explica que, de acordo com o Livro de bolso do soldado, havia três tipos de tendas na Índia, nos anos 1880. Tenda do segundo sargento (S-S tenda); tenda dos soldados rasos europeus (ingleses) (EP tenda) e a tenda circula. Soldados nativos utilizavam o tipo Lascar 'pâl'. N.T.

[44] Refere-se a um jumento ferido entre os ombros. N.T.

metros, acertou o cérebro de um soldado raso sentado ao lado do fogo. Isso roubou-lhes a paz durante a noite, e foi o começo dos tiros de longo alcance calculados para esse fim. Durante o dia não se via nada exceto um desagradável sopro de fumaça vindo do penhasco acima da linha de marcha. À noite havia explosões de chamas distantes e eventuais casualidades, que afundaram todo o acampamento em depressão, e, por ocasiões, em tendas bem próximas. Então eles praguejaram com veemência e juraram solenemente que aquilo era magnífico, mas não era guerra[45].

De fato, não era. O regimento não podia parar para retaliar os franco atiradores a partir do campo. Seu dever era avançar e se reunir às tropas escocesas e gurca[46], com as quais formariam uma brigada. Os afegãos sabiam disso, e souberam também, depois dos primeiros tiros, que lidavam com um regimento inexperiente. Depois disso dedicaram-se à tarefa de manter o Frente à Retaguarda sob tensão. Não foi à toa que eles tomaram as mesmas liberdades com unidades mais experientes – como os perversos pequenos gurcas, cujo prazer era deitarem-se em campo aberto em uma noite escura e perseguir seus perseguidores – e com os terríveis homens grandes vestidos com roupas de mulher[47], que poderiam ser ouvidos rezando para o Deus deles durante a vigília noturna, e cuja paz de espírito nem um punhado de "tiros de tocaia[48]" poderia abalar – ou com aqueles desprezíveis sikhs[49], que marchavam ostensivamente despreparados e que recompensavam de forma implacável aqueles que tentavam tirar proveito de seu despreparo. O regimento branco era diferente – bem diferente. Dormiam como porcos, e, como porcos, arremetiam para todas as direções quando eram despertados. As sentinelas caminhavam com passos que podiam ser ouvidos a quinhentos metros; atiravam em tudo que se movia – mesmo em um asno arremessado[50] – e

---

[45] "Magnificent but not war" ou "c'est magnifique, mais ce n'est pas la querre.": famoso comentário do marechal francês Bosquet (1810–1861) durante a Guerra da Criméia, em 1854, quando a cavalaria britânica investiu direto contra os disparos russos, ocasionando pesadas baixas. N.T.

[46] Gurca: membro de uma das diversas tribos do Nepal, ainda hoje providenciam para o Exército Britânico alguns dos melhores combatentes do mundo. N.T.

[47] Refere-se aos kilts usados pelos escoceses. N.T.

[48] Nesse contexto, um único e exímio atirador que alveja um por um, protegido um abrigo. Franco atirador. N.T.

[49] Desprezível, aqui, expressa o ponto de vista do inimigo, uma vez que os Sikhs, a exemplo dos gurcas, oferecem excelentes soldados para o Exército Britânico. N.T.

[50] Consiste em arremessar um asno ou qualquer outro anima sacrificável no acampamento inimigo, por diversão, e então atacar. É uma tática comum utilizada na guerrilha.. N.T.

and when they had once fired, could be scientifically "rushed " and laid out a horror and an offence against the morning sun. Then there were camp-followers who straggled and could be cut up without fear. Their shrieks would disturb the white boys, and the loss of their services would inconvenience them sorely.

Thus, at every march, the hidden enemy became bolder and the Regiment writhed and twisted under attacks it could not avenge. The crowning triumph was a sudden night-rush ending in the cutting of many tent-ropes, the collapse of the sodden canvas, and a glorious knifing of the men who struggled and kicked below. It was a great deed, neatly carried out, and it shook the already shaken nerves of the Fore and Aft. All the courage that they had been required to exercise up to this point was the "two o'clock in the morning courage"; and, so far, they had only succeeded in shooting their comrades and losing their sleep.

Sullen, discontented, cold, savage, sick, with their uniforms dulled and unclean, the Fore and Aft joined their Brigade.

"I hear you had a tough time of it coming up," said the Brigadier. But when he saw the hospital-sheets his face fell.

"This is bad," said he to himself. "They're as rotten as sheep." And aloud to the Colonel "I'm afraid we can't spare you just yet. We want all we have, else I should have given you ten days to recover in."

The Colonel winced. "On my honour, Sir," he returned, "there is not the least necessity to think of sparing us. My men have been rather mauled and upset without a fair return. They only want to go in somewhere where they can see what's before them."

"Can't say I think much of the Fore and Fit," said the Brigadier in confidence to his Brigade-Major.

uma vez que tivessem atirado, seriam cientificamente "impelidos" e demonstrar horror e ofensa contra o sol da manhã. E lá estavam os ajudantes de campo, que se dispersavam e podiam ser cortados em pedaços sem susto. Seus berros perturbavam os garotos brancos, e a perda de seus serviços era uma inconveniência pesarosa.

Assim, em toda marcha, o inimigo oculto tornava-se mais atrevido e o regimento contorcia-se e revirava-se sob ataques que não revidavam. O triunfo máximo foi uma súbita investida noturna que resultou em muitas tendas retalhadas, no desmoronamento das lonas encharcadas, e no glorioso esfaqueamento do homem que lutou e chutou com toda força. Foi uma grande façanha, feita com elegância, e isso abalou os nervos já abalados do Frente à Retaguarda. Toda a coragem que pediram que exercitassem até aquele ponto fora a "coragem das duas da manhã[51]", e, até agora, eles só tinham tido sucesso em atirar nos companheiros e em perder o sono.

Soturno, descontente, frio, selvagem, doente, com os uniformes embotados e sujos, o Frente à Retaguarda uniu-se à brigada.

"Ouvi que vocês passaram por tempos difíceis para chegar aqui", disse o brigadeiro. Mas quando viu as fichas hospitalares, sua expressão desfez-se.

"Isso é ruim", disse para si mesmo. "Eles estão frágeis como ovelhas". E, em voz alta, para o coronel: "Temo não poder poupá-los, ainda assim. Queremos tudo o temos, do contrário eu lhe daria dez dias para se recuperarem."

O coronel estremeceu. "Pela minha honra, senhor", ele devolveu, "não há a menor necessidade de nos poupar. Sem dúvida, meus homens têm sido malhados e aborrecidos sem um revide justo. Eles apenas querem ir a algum lugar onde possam ver o que está diante deles".

"Não posso dizer que penso muita coisa do À frente e Avante", confidenciou o brigadeiro ao major-brigadeiro. "Eles

[51] "two o'clock in the morning courage", "Como coragem moral, eu raríssimas vezes encontrei uma como a das duas horas da manhã: quero dizer, a coragem despreparada". Napoleão I (1769–1821), in Las Cases, *Mémorial de Ste-Hélène*. Kipling refere-se a isso também no conto *Winning the Victoria Cross*, "There is bravery in the early morning when it takes great courage even to leave warm blankets". / "Há bravura de manhã bem cedo, quando é preciso grande coragem mesmo para deixar os cobertores quentes." Pelo contexto, depreende-se que os soldados do Frente à Retaguarda a Proa conhecem apenas esse tipo de coragem. N.T.

perderam todo o treinamento, e, pelo estado em que seapresentam, devem ter atravessado o país marchando. Nunca pus os olhos em um grupo de homens tão exaustos".

"Oh, eles vão melhorar quando começar o trabalho. O brilho do desfile foi um pouco arranhado, mas em breve eles terão o polimento do campo de batalha", disse o major-brigadeiro. "Eles têm sido malhados, e não entendem bem isso".

Eles não entendiam. Todos os golpes tinham sido de um só lado, e eles foram foi cruelmente atacados com estratégias que os deixavam doentes. Havia também a doença de verdade que possuía e derrubava homens fortes e os arrastava uivando para o túmulo. Pior de tudo, os oficiais conheciam apenas um pouco do país, como os próprios homens, e aparentavam como se conhecessem. O Frente à Retaguarda estava em uma situação altamente insatisfatória, mas eles acreditavam que tudo sairia bem se pudessem uma vez ter um enfrentamento justo com o inimigo. Disparos precisos acima e abaixo do vale não eram algo aceitável, e a baioneta nunca pareceu ter uma oportunidade. Talvez isso tenha sido bom, pois um afegão armado com uma lâmina comprida tinha um alcance de dois metros e meio, e podia, em uma arremetida, amputar três ingleses.

O Frente à Retaguarda queria praticar tiros de rifle no inimigo – todos os setecentos rifles disparando juntos. Esse desejo mostrava o ânimo dos homens.

Os gurcas entraram no acampamento, e, dentro das danificadas barracas inglesas, se esforçaram para confraternizar: ofereceram cachimbos de tabaco e os convidaram para a cantina. Mas o Frente à Retaguarda, não conhecendo muito sobre a natureza dos gurcas, os trataram como tratariam quaisquer outros "negros", e os pequenos homens em verde marcharam de volta para seus amigos de sempre, os escoceses, e entre sorrisos superficiais, confidenciaram a estes: "Aquele maldito regimento branco de não tem nenhuma maldita serventia. Rabugento – ugh! Sujo – ugh! *Hya*, nem um golinho para Johnny[52]?" Os escoceses bateram na cabeça dos gurcas, dizendo para que não difamassem um regimento inglês, e os gurcas deram um sorriso forçado e oco, pois os escoceses eram seus irmãos mais antigos e tinham o direito a privilégios de parentesco.

"They've lost all their soldiering, and, by the trim of them, might have marched through the country from the other side. A more fagged-out set of men I never put eyes on."

"Oh, they'll improve as the work goes on. The parade gloss has been rubbed off a little, but they'll put on field polish before long," said the Brigade-Major. "They've been mauled, and they don't quite understand it."

They did not. All the hitting was on one side, and it was cruelly hard hitting with accessories that made them sick. There was also the real sickness that laid hold of a strong man and dragged him howling to the grave. Worst of all, their officers knew just as little of the country as the men themselves, and looked as if they did. The Fore and Aft were in a thoroughly unsatisfactory condition, but they believed that all would be well if they could once get a fair go-in at the enemy. Pot-shots up and down the valleys were unsatisfactory, and the bayonet never seemed to get a chance. Perhaps it was as well, for a long-limbed Afghan with a knife had a reach of eight feet, and could carry away lead that would disable three Englishmen.

The Fore and Aft would like some rifle-practice at the enemy – all seven hundred rifles blazing together. That wish showed the mood of the men.

The Gurkhas walked into their camp, and in broken, barrack-room English strove to fraternise with them: offered them pipes of tobacco and stood them treat at the canteen. But the Fore and Aft, not knowing much of the nature of the Gurkhas, treated them as they would treat any other "niggers," and the little men in green trotted back to their firm friends the Highlanders, and with many grins confided to them: "That dam white regiment no dam use. Sulky – ugh! Dirty – ugh! *Hya*, any tot for Johnny?" Whereat the Highlanders smote the Gurkhas as to the head, and told them not to vilify a British Regiment, and the Gurkhas grinned cavernously, for the Highlanders were their elder

---

[52] Como os soldados britânicos apelidaram os combatentes não ingleses. N.T.

brothers and entitled to the privileges of kinship. The common soldier who touches a Gurkha is more than likely to have his head sliced open.

Three days later the Brigadier arranged a battle according to the rules of war and the peculiarity of the Afghan temperament. The enemy were massing in inconvenient strength among the hills, and the moving of many green standards warned him that the tribes were "up" in aid of the Afghan regular troops. A squadron and a half of Bengal Lancers represented the available Cavalry, and two screw-guns, borrowed from a column thirty miles away, the Artillery at the General's disposal.

"If they stand, as I've a very strong notion that they will, I fancy we shall see an infantry fight that will be worth watching," said the Brigadier. "We'll do it in style. Each regiment shall be played into action by its Band, and we'll hold the Cavalry in reserve."

"For all the reserve?" somebody asked.

"For all the reserve; because we're going to crumple them up," said the Brigadier, who was an extraordinary Brigadier, and did not believe in the value of a reserve when dealing with Asiatics. Indeed, when you come to think of it, had the British Army consistently waited for reserves in all its little affairs, the boundaries of Our Empire would have stopped at Brighton beach.

The battle was to be a glorious battle.

The three regiments debouching from three separate gorges, after duly crowning the heights above, were to converge from the centre, left, and right upon what we will call the Afghan army, then stationed towards the lower extremity of a flat-bottomed valley. Thus it will be seen that three sides of the valley practically belonged to the English, while the fourth was strictly Afghan property. In the event of defeat the Afghans had the rocky hills to

Se um soldado comum tocar em um gurca, com certeza terá a cabeça rachada.

Três dias mais tarde o brigadeiro organizou uma batalha seguindo as regras da guerra e as peculiaridades do temperamento afegão. O inimigo estava concentrado em uma inconveniente força militar em meio às colinas, e a movimentação de vários estandartes verdes[53] os alertaram que as tribos "se levantaram", em assistência às tropas regulares afegãs. Um esquadrão e meio dos Lanceiros de Bengala[54] representava a cavalaria disponível, e dois *screw-guns*[55], emprestados de uma coluna sessenta quilômetros distante, era a artilharia à disposição do general.

"Se eles resistirem, como eu tenho a forte impressão de que farão, imagino que teremos uma luta de infantaria que valerá a pena ser assistida", disse o brigadeiro. "Faremos isso com estilo. Cada regimento deve ser posto em ação por sua banda, e manteremos a cavalaria para uma emergência."

"Para *toda* emergência?", perguntou alguém.

"Para toda emergência; porque nós vamos desequilibrá-los", disse o brigadeiro, que era um brigadeiro extraordinário, e não acreditava no valor de manter uma reserva quando se lidava com asiáticos. De fato, quando se começa a pensar nisso, se o Exército Britânico tivesse preservado as reservas em todos os seus pequenos assuntos, as fronteiras do nosso Império teriam parado na praia de Brighton.

A batalha seria gloriosa.

Os três regimentos emergiriam de três desfiladeiros separados, depois de terem coroado os cumes acima, e convergiriam, vindos do centro, da esquerda e da direita, sobre o que chamariam de exército afegão; que estariam estacionados em torno da extremidade mais baixa de um vale com fundo plano. Assim se veria que três lados do vale

---

[53] A cor verde é a cor do Islã. Maomé a elogia e os muçulmanos acreditam que as almas dos mártires do Islã entrarão no Paraíso sob a forma de aves de cor verde, por esse motivo, foi escolhida para o estandarte de todas as forças maometanas. N.T.

[54] Lanceiros de Bengala: famoso regimento de cavalaria indiano formado antes de 1857, quando cada uma das três presidências – Bengala, Madras e Bombaim tinha o próprio exército. Quando Kipling escreveu esta história, ainda mantinham-se assim. N.T.

[55] *Screw-guns*: armamento de campo que pode ser montado e desmontado com facilidade. Consistia em duas peças parafusadas juntas, daí o nome: *screw*: parafusar. Era carregado por mulas e utilizado pelas tropas de artilharia para atirar das montanhas. O rastro de pólvora deixado a cada disparo evidenciava a posição do atirador, um dos motivos pelo qual o armamento, apesar de relativamente eficiente, foi abandonado mais tarde. N.T.

praticamente pertenciam aos ingleses, enquanto o quarto era propriedade estrita dos afegãos. Na eventualidade de uma derrota, os afegãos teriam as colinas rochosas para fugirem, de onde o fogo das tribos em guerrilha que os auxiliavam cobriria a retirada. No caso de uma vitória, essas mesmas tribos poderiam correr montanha abaixo e emprestar suas forças para debandar os britânicos.

As *screw-guns* serviriam para bombardear a cabeça de cada afegão que investisse em formação fechada, e a cavalaria, mantida como reserva no vale direito, serviria para estimular gentilmente a dispersão que se seguiria ao ataque combinado. O brigadeiro, sentado em uma rocha observando o vale, poderia ver o desenrolar da batalha sob seus pés. O Frente à Retaguarda deveria emergir da garganta central, os gurcas da esquerda e os escoceses da direita, visto que o flanco esquerdo do inimigo aparentava requerer maior esforço. Não era todo dia que uma força afegã saía em campo aberto, e o brigadeiro estava resolvido a tirar o melhor proveito disso.

"Se apenas contássemos com mais alguns homens", disse ele, lamentoso, "poderíamos cercar as criaturas e esmagá-las completamente. Do jeito que está, temo que possamos apenas abatê-los conforme avançam. É uma grande pena."

O Frente à Retaguarda gozou de uma paz inabalável por cinco dias, e começava, apesar da disenteria, a recobrar os nervos. Mas não estavam felizes, pois não sabiam o que deveriam fazer, e se soubessem, não saberiam como fazê-lo. Do princípio ao fim daqueles cinco dias em que os soldados experientes deveriam ter-lhes dito os macetes do jogo, eles discutiram juntos os contratempos passados – tais como: como um estava vivo ao amanhecer e morto até o cair da noite, e com que gritos estridentes e esforço violento outro entregara a alma sob a lâmina afegã. A morte era coisa nova e horrível para os filhos dos mecânicos, que costumavam morrer decentemente de enfermidades zimóticas[56]; e a cuidadosa conservação em quartéis não fez nada para que olhassem para isso com menos pavor.

Muito cedo ao amanhecer os clarins começaram a soar, e o Frente à Retaguarda, pleno de um entusiasmo mal-orientado, pôs-se a campo sem esperar por uma xícara de café

---

[56] Zimóticas: contagiosas ou infecciosas. N.T.

cup of coffee and a biscuit; and were rewarded by being kept under arms in the cold while the other regiments leisurely prepared for the fray. All the world knows that it is ill taking the breeks off a Highlander. It is much iller to try to make him stir unless he is convinced of the necessity for haste.

The Fore and Aft waited, leaning upon their rifles and listening to the protests of their empty stomachs. The Colonel did his best to remedy the default of lining as soon as it was borne in upon him that the affair would not begin at once, and so well did he succeed that the coffee was just ready when—the men moved off, their Band leading. Even then there had been a mistake in time, and the Fore and Aft came out into the valley ten minutes before the proper hour. Their Band wheeled to the right after reaching the open, and retired behind a little rocky knoll still playing while the Regiment went past.

It was not a pleasant sight that opened on the uninstructed view, for the lower end of the valley appeared to be filled by an army in position – real and actual regiments attired in red coats, and – of this there was no doubt – firing Martini-Henry bullets which cut up the ground a hundred yards in front of the leading company. Over that pock-marked ground the Regiment had to pass, and it opened the ball with a general and profound courtesy to the piping pickets; ducking in perfect time, as though it had been brazed on a rod. Being half capable of thinking for itself, it fired a volley by the simple process of pitching its rifle into its shoulder and pulling the trigger. The bullets may have accounted for some of the watchers on the hill side, but they certainly did not affect the mass of enemy in front, while the noise of the rifles drowned any orders that might have been given.

"Good God!" said the Brigadier, sitting on the rock high above all. "That Regiment has spoilt the whole show. Hurry up the others, and let the screw-guns get off."

But the screw-guns, in working round the heights, had stumbled

e uma bolacha; e foi recompensado por ter-se mantido armado no frio enquanto os outros regimentos preparavam-se devagar para a contenda. Todo o mundo sabe como é difícil tirar os culotes de um escocês[57]. É muito mais difícil fazê-lo mover-se, a menos que ele esteja convencido da necessidade de apressar-se.

O Frente à Retaguarda esperou, inclinado sobre os rifles e ouvindo o protesto dos estômagos vazios. O coronel fez o que pôde para remediar a carência de forragem assim que foi informado sobre isso, e que as manobras não começariam de pronto, e justo quando acabaram de aprontar o café – os homens saíram, com a banda na liderança. Houve um engano quanto ao horário, e o Frente à Retaguarda entrou no vale dez minutos antes da hora marcada. A banda girou para a direita depois de alcançar o campo aberto, e retirou-se para trás de uma pequena colina rochosa e arredondada, e continuou a tocar enquanto o regimento passava.

Não foi uma visão agradável a que se abriu aos olhos não instruídos, pois a extremidade mais baixa do vale aparentava estar repleta de um exército em posição – regimentos reais e efetivos trajando casacos vermelhos, e – sobre isso não havia a menor dúvida – disparando balas de fuzis Martini-Henry[58] que atingiam o solo a duzentos metros à frente da primeira fileira da companhia. O regimento tinha que passar sobre aquele solo cravado de balas, e abriu o baile com uma geral e profunda cortesia para os piquetes de estacas; abaixando-se rápido no tempo exato, como se estivessem soldados a uma vara. Sendo um tanto capazes de pensarem por si mesmos, dispararam uma saraivada com o simples armar do rifle no ombro e puxar o gatilho. As balas poderiam ser identificadas por alguns dos que assistiam do lado da colina, mas elas com certeza não afetavam a massa de inimigos em frente, enquanto o barulho dos rifles afogava quaisquer ordens que pudessem ter sido emitidas.

"Bom Deus!", disse o brigadeiro, sentado na pedra bem acima de tudo. "Aquele regimento estragou todo o *show*. Apresse os outros, e detonem as *screw-guns*".

Mas as *screw-guns*, ao trabalharem nos cumes, tinham tropeçado em um ninho de vespas de um pequeno forte

---

[57] É difícil tirar as roupas de baixo de um escocês visto que, quando veste *kilt*, não costuma usar nenhuma. N.T.

[58] Martini–Henry, rifle usado pelo Exército Britânico. N.T.

lamacendo que eles *incontinenti* bombardearam a mil e seiscentos metros, para imenso desconforto dos ocupantes, que não estavam acostumados a armas com precisão tão demoníaca.

O Frente à Retaguarda continuou a avançar, mas a passos curtos. Onde estavam os outros regimentos, e por que esses negros usavam Martinis? Eles assumiram ordem dispersa instintivamente, deitando-se e atirando ao acaso, avançando poucos passos à frente e deitando-se de novo, de acordo com o regulamento. Uma vez nessa formação, cada homem sentiu-se desesperadamente sozinho, e avançava pouco a pouco na direção do companheiro, para conforto próprio.

Então o estampido do rifle vizinho em seu ouvido levava-o a atirar o mais rápido que podia – de novo, para confortar-se com o barulho. A recompensa não tardou. Cinco rajadas mergulharam as colunas em uma barreira de fumaça impenetrável aos olhos, e as balas começaram a acertar o chão a quarenta ou sessenta metros em frente aos atiradores, enquanto o peso da baioneta arrastava para baixo e para a direita os braços fatigados de suportar o coice do Martini. Os comandantes das companhias examinavam impotentes por entre a fumaça, o mais nervoso tentando orientar mecanicamente de longe com o elmo.

"Acima e para a esquerda!", berrou um capitão até ficar rouco. "Não está bom! Cessar fogo e ver um pouco o que acontece."

Por três ou quatro vezes os clarins guincharam a ordem, e quando foi obedecida, o Frente à Retaguarda previu que o inimigo deveria estender-se adiante dele em um monte de homens ceifados. Uma brisa suave carregou a fumaça na direção do vento, e mostrou o inimigo ainda em posição e aparentando não ter sido afetado. Cerca de um quarto de tonelada de chumbo tinha sido enterrada a duzentos metros diante deles, como a terra estraçalhada atestava.

Isso não abalava os afegãos, que não tinham os nervos dos europeus. Eles esperavam pelo fim do furioso tumulto para morrer, e atiravam com calma no coração da fumaça. Um soldado raso do Frente à Retaguarda, adiantado da formação, berrava em agonia; outro chutava a terra e ofegava, e um terceiro, aberto no intestino baixo por uma bala pontuda, clamava alto por seus companheiros para que o livrassem da dor. Estas

a third, ripped through the lower intestines by a jagged bullet, was calling aloud on his comrades to put him out of his pain. These were the casualties, and they were not soothing to hear or see. The smoke cleared to a dull haze.

Then the foe began to shout with a great shouting, and a mass – a black mass – detached itself from the main body, and rolled over the ground at horrid speed. It was composed of, perhaps, three hundred men, who would shout and fire and slash if the rush of their fifty comrades who were determined to die carried home. The fifty were Ghazis, half maddened with drugs and wholly mad with religious fanaticism. When they rushed the British fire ceased, and in the lull the order was given to close ranks and meet them with the bayonet.

Any one who knew the business could have told the Fore and Aft that the only way of dealing with a Ghazi rush is by volleys at long ranges; because a man who means to die, who desires to die, who will gain heaven by dying, must, in nine cases out of ten, kill a man who has a lingering prejudice in favour of life. Where they should have closed and gone forward, the Fore and Aft opened out and skirmished, and where they should have opened out and fired, they closed and waited.

A man dragged from his blankets half awake and unfed is never in a pleasant frame of mind. Nor does his happiness increase when he watches the whites of the eyes of three hundred six-foot fiends upon whose beards the foam is lying, upon whose tongues is a roar of wrath, and in whose hands are yard-long knives.

The Fore and Aft heard the Gurkha bugles bringing that regiment forward at the double, while the neighing of the Highland pipes came from the left. They strove to stay where they were, though the bayonets wavered down the line like the oars of a ragged boat. Then they felt body to body the amazing physical strength of their foes; a shriek of pain ended the rush, and the knives fell amid scenes not to be told. The men

eram as casualidades, e não eram agradáveis de se ouvir ou de se ver. A fumaça dissipou-se em uma neblina confusa.

Então o inimigo começou a atirar aos berros, e uma multidão – uma multidão negra – separou-se do bloco principal e avançou pelo solo em velocidade assustadora. Era composta por, talvez, trezentos homens, que gritariam, atirariam e retalhariam se o ímpeto de seus cinqüenta camaradas que estavam determinados a morrer alcançasse o objetivo. Os cinqüenta eram *ghazis*[59], meio enlouquecidos pelos narcórticos e completamente desvairados pelo fanatismo religioso. Quando eles correram, o fogo inglês cessou, e na calmaria foi dada a ordem para cerrar as fileiras e recebê-los com baionetas.

Qualquer um que conhecesse do assunto poderia ter dito ao Frente à Retaguarda que o único jeito de lidar com o avanço de um ghazi era com rajadas de longo alcance; porque um homem que se dispõe a morrer, que deseja morrer, que receberá o Paraíso com a morte deve, em nove entre dez casos, matar um homem que ainda mantém uma disposição em favor da vida. Onde eles deveriam ter cerrado fileiras e avançado, o Frente à Retaguarda espalhou-se e lutou, e onde deveriam ter dispersado e atirado, aproximaram-se e esperaram.

Um homem arrancado de seu cobertor, meio desperto e sem comer nunca está em estado mental agradável. Nem sua felicidade aumenta quando ele vê o branco dos olhos de trezentos e sessenta demônios, com as barbas cobertas de espuma, com as línguas emitindo um rugido de fúria, e em cujas mãos carregam lâminas de um metro.

O Frente e à Retaguarda ouviu o clarim gurca trazer correndo o regimento avançado, enquanto o relinchar das gaitas de fole escocesas vinha da esquerda. Eles se esforçaram para permanecer onde estavam, apesar das baionetas oscilarem na fileira como os remos de um barco maltrapilho. Então sentiram corpo a corpo a assombrosa força física dos inimigos; um guincho de dor encerrou a corrida, e as lâminas entraram em cena de modo inexprimível. Os homens se agrupavam e atacavam cegamente – de vez em quando, aos próprios companheiros. O *front* foi amarrotado como papel, e os cinqüenta ghazis atravessa-

[59] *Ghazis:* grupo seguidor de Maomé (Mohammed), cujo principal objetivo é matar os não seguidores, ou infiéis. N.T.

ram; os que apostaram, agora inebriados pelo sucesso, lutavam com tanta loucura quanto estes.

Então as colunas da retaguarda foram instigadas a cerrar fileiras, e os subalternos arremessavam-se no meio da confusão – sozinhos. Pois as fileiras do fundo tinham ouvido o clamor no *front,* os urros e os gritos de dor, e tinham visto o sangue escuro e rançoso que apavora. Eles não ficariam. Era a investida do exército vindo de novo. Deixassem os oficiais irem para o Inferno, se eles quisessem; eles correriam das adagas.

"Vamos!", berraram os subalternos, e seus homens, amaldiçoando-os, arrastaram-se para trás, cada um aproximando-se do vizinho e dando meia volta.

Charteris e Devlin, subalternos da última companhia, encararam a morte sozinhos, acreditando que seus homens os seguiriam.

"Vocês me mataram, seus covardes", soluçou Devlin e caiu, cortado do ombro ao centro do peito; e um novo destacamento de seus homens batendo em retirada, sempre em retirada, o pisoteou com as botas enquanto abriam caminho de onde haviam emergido.

Eu a beijei na cozinha e eu a beijei no saguão
Crianças, crianças, sigam-se!
"Oh, Deus", disse o cozinheiro,
"será que quer beijar a todos nós?
Ale – ale – ale – aleluia![60]

Os ghurkas jorravam pela garganta esquerda e das alturas duas vezes mais rápido que o convite do regimento para acelerar. As rochas negras estavam coroadas de aranhas verde-escuras, enquanto os clarins davam voz, jubilantes:

Ao amanhecer! Ao amanhecer à luz brilhante!
Quando Gabriel soprar sua trombeta ao amanhecer![61]

Os gurcas erguiam os companheiros que tropeçavam e se atrapalhavam sobre as pedras soltas. As fileiras da frente

---

[60] Música religiosa, cantada pelos negros escravos ou descendentes destes. N.T.
[61] Música religiosa. N.T.

---

clubbed together and smote blindly—as often as not at their own fellows. Their front crumpled like paper, and the fifty Ghazis passed on; their backers, now drunk with success, fighting as madly as they.

Then the rear ranks were bidden to close up, and the subalterns dashed into the stew—alone. For the rear-ranks had heard the clamour in front, the yells and the howls of pain, and had seen the dark stale blood that makes afraid. They were not going to stay. It was the rushing of the camps over again. Let their officers go to Hell, if they chose; they would get away from the knives.

"Come on!" shrieked the subalterns, and their men, cursing them, drew back, each closing in to his neighbour and wheeling round.

Charteris and Devlin, subalterns of the last company, faced their death alone in the belief that their men would follow.

"You've killed me, you cowards," sobbed Devlin and dropped, cut from the shoulder-strap to the centre of the chest; and a fresh detachment of his men retreating, always retreating, trampled him under foot as they made for the pass whence they had emerged.

I kissed her in the kitchen and I
kissed her in the hall
Child'un, child'un, follow me!
'Oh Golly,' said the cook, 'is he
gwine to kiss us all?'
Halla – Halla – Halla – Hallelujah!

The Gurkhas were pouring through the left gorge and over the heights at the double to the invitation of their Regimental Quick-step. The black rocks were crowned with dark green spiders as the bugles gave tongue jubilantly:

In the morning! In the morning *by
the bright light!*
When Gabriel blows his trumpet in
the morning!

The Gurkha rear companies tripped and blundered over loose stones. The front files halted for a moment to take stock of the valley and to settle stray boot-laces. Then a happy little sigh of contentment soughed down the ranks, and it was as though the land smiled, for behold there below was the enemy, and it was to meet them that the Gurkhas had doubled so hastily. There was much enemy. There would be amusement. The little men hitched their *kukris* well to hand, and gaped expectantly at their officers as terriers grin ere the stone is cast for them to fetch. The Gurkhas' ground sloped downward to the valley, and they enjoyed a fair view of the proceedings. They sat upon the boulders to watch, for their officers were not going to waste their wind in assisting to repulse a Ghazi rush more than half a mile away. Let the white men look to their own front.

"Hi! yi !" said the Subadar-Major, who was sweating profusely. "Dam fools yonder, stand close order! This is no time for close order, it is the time for volleys. Ugh!"

Horrified, amused, and indignant, the Gurkhas beheld the retirement of the Fore and Aft with a running chorus of oaths and commentaries.

"They run! The white men run! Colonel Sahib, may we also do a little running?" murmured Runbir Thappa, the Senior Jemadar.

But the Colonel would have none of it. "Let the beggars be cut up a little," said he wrathfully. "Serves 'em right. They'll be prodded into facing round in a minute." He looked through his field-glasses, and caught the glint of an officer's sword.

"Beating 'em with the flat—damned conscripts! How the Ghazis are walking into them!" said he.

The Fore and Aft, heading back, bore with them their officers. The narrowness of the pass forced the mob into solid formation, and the rear ranks delivered some sort of a wavering volley. The Ghazis drew off, for they did not know what reserve the gorge might hide. Moreover, it was never wise to chase white men too far. They returned as wolves return to cover, satisfied with the slaughter that they had done, and

detiveram-se por um momento para inspecionar o vale e para amarrar o cordão das botas. Então dirigiram um sinalzinho feliz de contentamento às tropas abaixo, e foi como se a terra sorrisse, pois contemplaram o inimigo, e foi para encontrá-lo que os gurcas correram com tanta pressa. Havia muitos inimigos. Seria uma diversão. Os homenzinhos ajustaram as *kukris*[62] na mão e encararam com expectativa os oficiais, como *terriers* sorridentes que esperam gravetos serem arremessados para irem buscar. Os gurcas se inclinaram em direção ao vale e apreciaram a clara visão dos acontecimentos. Eles se sentaram sobre as grandes pedras para assistir, pois seus oficiais não desperdiçariam fôlego para repelir o avanço de um ghazi a mais de oitocentos metros de distância. Deixassem os homens brancos cuidarem do próprio *front*.

"Hi! Yi!", disse o Subadar-Mór[63], que transpirava em profusão. "Malditos tolos lá longe, cerrando fileiras! Não é hora de cerrar fileiras, é hora de saraivadas. Ugh!"

Horrorizados, entretidos e indignados, os gurcas contemplaram a retirada do Frente à Retaguarda a Proa com um crescente coro de blasfêmias e comentários.

"Eles correram! Os homens brancos correram! Coronel Sahib, *nós* também podemos dar uma corridinha?", murmurou o Runbir Thappa, o Jemadar Sênior[64].

Mas o coronel não tinha nada com isso. "Deixe os tratantes serem cortados em pedaços um pouco", disse ele com raiva. "Bem feito para eles. Eles serão estimulados a dar meia volta em um minuto". Ele olhou através dos óculos de campo e percebeu o lampejo da espada de um oficial.

"Batendo neles com a espada – malditos recrutas! Como os ghazis caminham por entre eles!", disse.

O Frente à Retaguarda, recuando, arrastava consigo os oficias. A estreita passagem obrigou a turba a uma sólida formação, e a retaguarda da tropa disparava algum tipo de hesitante bateria. Os ghazis retornaram, pois não sabiam que reserva o desfiladeiro poderia esconder. Além do mais, nunca

[62] *Kukris*: facas curvas ou pequenas espadas utilizadas pelos gurcas. N.T.
[63] *Subadar-Mór*: official nativo sênior, da infantaria. Oficial de duas estrelas, equivalente ao que na cavalaria seria o Rissaldar-Mór. Oficial Comissionado pelo Vice-rei. N.T.
[64] *Jemadar*: official nativo de duas estrelas, equivalente a segundo-tenente. Também é um Oficial Comissionado pelo Vice-rei. N.T.

Os Tambores da Frente à Retaguarda

era inteligente perseguir homens brancos muito longe. Eles retornaram como os lobos retornam ao abrigo, satisfeitos com a matança que fizeram, e parando apenas para retalhar os feridos no chão. Por quatrocentos metros o Frente à Retaguarda retrocedeu, e agora, comprimidos na passagem, tremiam de dor, estremecidos e desmoralizados pelo medo, enquanto os oficiais, exasperados além do controle, batiam nos homens com o cabo e a lateral das espadas.

"Voltem! Voltem seus covardes – mulheres! Meia volta – colunas de companheiros, em forma – seus cães!", gritou o coronel, e os subalternos juraram em voz alta. Mas o regimento queria ir – ir a qualquer lugar longe da linha de tiro ou das adagas implacáveis. Eles oscilavam para lá e para cá, irresolutos, com gritos e clamores, enquanto da direita os gurcas atiravam rajadas após rajadas de balas mutiladoras de longo alcance na multidão de ghazis que retornava à própria tropa.

A banda do Frente à Retaguarda, apesar de protegida do fogo direto pela colina arredondada e rochosa sob a qual estavam sentados, fugira na primeira debandada. Jakin e Lew teriam fugido também, mas as pernas curtas deixaram-nos cinqüenta metros na retaguarda, e quando a banda se misturou ao regimento, eles ficaram dolorosamente cientes que terminariam sozinhos e desamparados.

"Volte para a pedra", ofegou Jakin. "Lá eles não vêem a gente."

E eles retornaram para os instrumentos espalhados da banda, os corações quase explodindo as costelas.

"Aqui está uma bela demonstração para *nós*!", disse Jakin, arremessando-se inteiro no chão. "Uma maldita excelente demonstração da Infantaria Britânica! Oh, aqueles demônios! Eles se foram e nos deixaram sozinhos aqui! Quê faremos?"

Lew apoderou-se de um cantil arremessado, que, é claro, estava cheio de rum, e bebeu até tossir de novo.

"Beba", disse ele, apenas. "Eles voltarão em um minuto ou dois – vai ver."

Jakin bebeu, mas não havia sinal do retorno do regimento. Eles podiam ouvir um clamor surdo de retirada na cabeceira do vale, e viram os ghazis retornarem, acelerando o passo conforme os gurcas atiravam neles.

only stopping to slash at the wounded on the ground. A quarter of a mile had the Fore and Aft retreated, and now, jammed in the pass, was quivering with pain, shaken and demoralised with fear, while the officers, maddened beyond control, smote the men with the hilts and the flats of their swords.

"Get back! Get back, you cowards – you women! Right about face – column of companies, form – you hounds!" shouted the Colonel, and the subalterns swore aloud. But the Regiment wanted to go – to go anywhere out of the range of those merciless knives. It swayed to and fro irresolutely with shouts and outcries, while from the right the Gurkhas dropped volley after volley of cripple-stopper Snider bullets at long range into the mob of the Ghazis returning to their own troops.

The Fore and Aft Band, though protected from direct fire by the rocky knoll under which it had sat down, fled at the first rush. Jakin and Lew would have fled also, but their short legs left them fifty yards in the rear, and by the time the Band had mixed with the Regiment, they were painfully aware that they would have to close in alone and unsupported.

"Get back to that rock," gasped Jakin. "They won't see us there."

And they returned to the scattered instruments of the Band, their hearts nearly bursting their ribs.

"Here's a nice show for *us*," said Jakin, throwing himself full length on the ground. "A bloomin' fine show for British Infantry! Oh, the devils! They've gone and left us alone here! Wot'll we do?"

Lew took possession of a cast-off water-bottle, which naturally was full of canteen rum, and drank till he coughed again.

"Drink," said he shortly. "They'll come back in a minute or two—you see."

Jakin drank, but there was no sign of the Regiment's return. They could hear a dull clamour from the head of the valley of retreat, and saw the Ghazis slink back, quickening their pace as the Gurkhas fired at them.

"We're all that's left of the Band, an' we'll be cut up as sure as death," said Jakin.

"I'll die game, then," said Lew thickly, fumbling with his tiny drummer's sword. The drink was working on his brain as it was on Jakin's.

"'Old on! I know something better than fightin'," said Jakin, stung by the splendour of a sudden thought due chiefly to rum. "Tip our bloomin' cowards yonder the word to come back. The Paythan beggars are well away. Come on, Lew! We won't get hurt. Take the fife an' give me the drum. The Old Step for all your bloomin' guts are worth! There's a few of our men coming back now. Stand up, ye drunken little defaulter. By your right – quick march!"

He slipped the drum-sling over his shoulder, thrust the fife into Lew's hand, and the two boys marched out of the cover of the rock into the open, making a hideous hash of the first bars of the "British Grenadiers."

As Lew had said, a few of the Fore and Aft were coming back sullenly and shamefacedly under the stimulus of blows and abuse; their red coats shone at the head of the valley, and behind them were wavering bayonets. But between this shattered line and the enemy, who with Afghan suspicion feared that the hasty retreat meant an ambush, and had not moved therefore, lay half a mile of level ground dotted only by the wounded.

The tune settled into full swing and the boys kept shoulder to shoulder, Jakin banging the drum as one possessed. The one fife made a thin and pitiful squeaking, but the tune carried far, even to the Gurkhas.

"Come on, you dorgs!" muttered Jakin to himself. "Are we to play for hever?" Lew was staring straight in front of him and marching more stiffly than ever he had done on parade.

And in bitter mockery of the distant mob, the old tune of the Old Line shrilled and rattled:

"Nós somos tudo o que restou da banda, e seremos retalhados tão certo quanto a morte", disse Jakin.

"Morrerei jogando, então", disse Lew, sério, manuseando desajeitado sua pequenina espada de tambor. A bebida fazia efeito em seu cérebro e no de Jakin.

"Espere! Conheço algo melhor que lutar", disse Jakin, estimulado pelo esplendor de uma idéia repentina, devida em especial à bebida. "Dar aos nossos malditos covardes distantes a ordem para voltarem. Os tratantes paitanes estão bem longe. Vamos, Lew! Não seremos feridos. Pegue o pífano e dê-me o tambor. A *Old Step*[65] vale por todas as nossas malditas tripas! Tem um pouco dos nossos homens voltando agora. Levante-se, seu bebadozinho pecador. Por direito nosso – marcha acelerada!"

Ele deslizou a correia do tambor sobre o ombro, entregou o pífano na mão de Lew e os dois garotos marcharam do esconderijo de pedra para campo aberto, fazendo uma hedionda mistura dos primeiros acordes do *Granadeiros Britânicos*.

Como Lew tinha dito, poucos do Frente à Retaguarda a Proa voltavam, taciturnos e envergonhados, sob o estímulo de golpes e xingamentos; os casacos vermelhos destacavam-se na cabeceira do vale, e atrás deles oscilavam as baionetas. Mas entre essa fileira estilhaçada e o inimigo, que suspeitava que a retirada precipitada fosse uma emboscada, e não se movera por causa disso, jazia oitocentos metros de terra plana pontilhada apenas pelos feridos.

A melodia ajustou-se a um movimento rítmico e os garotos mantiveram-se ombro a ombro, Jakin golpeando o tambor como um possesso. O único pífano produzia um guincho estridente e doloroso, mas a melodia foi levada para longe, até mesmo para os gurcas.

"Vamos, seus cães!", murmurou Jakin para si mesmo. "Temos que tocar pra sempre?", Lew olhava fixo bem à frente e marchava com mais rigidez com nunca tinha feito nos desfiles.

E em um escárnio amargo para a multidão distante, a velha melodia da *Old Line* esganiçava e chocalhava:

---

[65] *The Old Step, The British Grenadiers*, Os Granandeiros Britânicos, é uma das marchas do regimento de Guardas Granadeiros. N.T.

Alguns falam de Alexandre,
E alguns de Hércules;
De Hector e Lisandro,
E nomes tão grandes quanto esses!

Some talk of Alexander,
And some of Hercules;
Of Hector and Lysander,
And such great names as these!

Havia o longínquo aplauso dos gurcas, e o bramido dos escoceses à distância, mas nem um único tiro foi disparado pelos britânicos ou pelos afegãos. Os dois pontinhos vermelhos avançavam em campo aberto paralelos ao *front* inimigo.

There was a far-off clapping of hands from the Gurkhas, and a roar from the Highlanders in the distance, but never a shot was fired by British or Afghan. The two little red dots moved forward in the open parallel to the enemy's front.

Mas de todos os grandes heróis do mundo
Não há nenhum que se compare,
Ao tal-ral-ral-ral-ral-ral-ral
Ao Granadeiro Britânico!

But of all the world's great heroes
There's none that can compare,
With a tow-row-row-row-row-row,
To the British Grenadier!

Os homens do Frente à Retaguarda se reuniam amontoados na entrada da planície. O brigadeiro, nas alturas bem acima, estava mudo de raiva. O inimigo ainda não se movia. O dia parou para assistir as crianças.

Jakin parou e tocou o longo rufar de reunir, enquanto o pífano guinchava em desespero.

"Meia volta! Controle-se, Lew, você está bêbado", disse Jakin. Eles giraram e marcharam de volta:

The men of the Fore and Aft were gathering thick at the entrance into the plain. The Brigadier on the heights far above was speechless with rage. Still no movement from the enemy. The day stayed to watch the children.

Jakin halted and beat the long roll of the Assembly, while the fife squealed despairingly.

"Right about face! Hold up, Lew, you're drunk," said Jakin. They wheeled and marched back:

Esses heróis da antiguidade
Nunca viram uma bala de canhão
Nem conhecem a força da pólvora,

Those heroes of antiquity
Ne'er saw a cannon-ball,
Nor knew the force o' powder,

"Eles vêm vindo!", disse Jakin. "Vamos, Lew":

"Here they come!" said Jakin. "Go on, Lew":

Para assustar os inimigos também!

To scare their foes withal!

O Frente à Retaguarda saía em abundância para vale. O que os oficiais disseram aos homens naquele momento de vergonha e humilhação nunca se saberá; pois nem os oficiais nem os homens falam sobre isso agora.

"Eles estão vindo mais uma vez!", gritou um sacerdote entre os afegãos. "Não matem os garotos! Peguem-nos vivos, e eles seguirão nossa fé".

The Fore and Aft were pouring out of the valley. What officers had said to men in that time of shame and humiliation will never be known; for neither officers nor men speak of it now.

"They are coming anew!" shouted a priest among the Afghans. "Do not kill the boys! Take them alive, and they shall be of our faith."

But the first volley had been fired, and Lew dropped on his face. Jakin stood for a minute, spun round and collapsed, as the Fore and Aft came forward, the curses of their officers in their ears, and in their hearts the shame of open shame.

Half the men had seen the drummers die, and they made no sign. They did not even shout. They doubled out straight across the plain in open order, and they did not fire.

"This," said the Colonel of Gurkhas, softly, "is the real attack, as it should have been delivered. Come on, my children."

"Ulu-lu-lu-lu!" squealed the Gurkhas, and came down with a joyful clicking of *kukris* – those vicious Gurkha knives.

On the right there was no rush. The Highlanders, cannily commending their souls to God (for it matters as much to a dead man whether he has been shot in a Border scuffle or at Waterloo), opened out and fired according to their custom, that is to say without heat and without intervals, while the screw-guns, having disposed of the impertinent mud fort aforementioned, dropped shell after shell into the clusters round the flickering green standards on the heights.

"Charrging is an unfortunate necessity," murmured the Colour-Sergeant of the right company of the Highlanders. "It makes the men sweer so – but I am thinkin' that it will come to a charrge if these black devils stand much longer. Stewarrt, man, you're firing into the eye of the sun, and he'll not take any harm for Government ammuneetion. A foot lower and a great deal slower! What are the English doing? They're very quiet, there in the center. Running again?"

The English were not running. They were hacking and hewing and stabbing, for though one white man is seldom physically a match for an Afghan in a sheepskin or wadded coat, yet, through the pressure of many white men behind, and a certain thirst for revenge in his heart, he becomes capable of doing much with both ends of his rifle. The Fore and Aft held their fire till one bullet could drive through five or six men, and the front of the Afghan force gave on the volley. They then selected their men, and slew them

Mas a primeira rajada foi lançada, e Lew caiu sobre o rosto. Jakin resistiu por um minuto, rodopiou ao redor e desabou, enquanto o Frente à Retaguarda aproximava-se, as blasfêmias dos comandantes ainda nos ouvidos, e nos corações a vergonha pela humilhação pública.

Metade dos homens tinha visto os tambores morrerem, e não fizeram nenhum sinal. Eles nem mesmo atiraram. Correram rápido cruzando direto a planície em ordem livre, e não atiraram.

"Isso", disse o coronel dos gurcas, em voz baixa, "é o verdadeiro ataque, como deve ser conduzido. Vamos, minhas crianças."

"Ulu-lu-lu-lu'", guincharam os gurcas, e desceram com alegres estalos de *kukris* – aquelas maldosas facas gurca.

À direita não havia correria. Os escoceses, prudentemente encomendando a alma a Deus (pois isso importa muito a um homem morto, seja ele baleado em uma rixa de fronteira ou em Waterloo), espalharam-se e atiraram de acordo com o costume deles, quer dizer, sem paixão e sem intervalo, enquanto as *screw-guns*, tendo se livrado do impertinente forte antes mencionado, gotejava cartuchos atrás de cartuchos nos grupos ao redor dos estandartes ondulantes nas alturas.

"Atacar é uma infeliz necessidade", murmurou o sargento da infantaria, da companhia direita dos escoceses. "Isso faz os homens praguejarem muito – mas penso que teremos que atacar se esses demônios negros agüentarem por muito tempo. Stewart, homem, você está atirando nos olhos do sol, e ele não fez nenhum mal à munição do governo. Um pouco mais alto e bem mais devagar! O que os ingleses estão fazendo? Eles estão muito quietos lá no meio. Correndo de novo?"

Os ingleses não estavam correndo. Estavam cortando, golpeando e apunhalando, pois apesar de ser raro um homem branco ser psicologicamente semelhante a um afegão em pele de carneiro ou casacos acolchoados, contudo, com a pressão de muitos homens brancos atrás, e uma certa sede de vingança no coração, ele se torna capaz de fazer muito com as duas extremidades do rifle. O Frente à Retaguarda segurou os disparos até que uma bala pudesse alcançar cinco ou seis homens, e o *front* da força afegã foi entregue às rajadas. Eles então selecionaram seus homens, e os mataram com arfadas profundas, tosses curtas entrecortadas e gemidos dos cintos de couro contra corpos retesados, e deram-se conta pela primeira vez que um afegão atacado é muito menos terrível que um afegão em ataque; fato que os soldados mais experientes deveria ter-lhes dito.

Mas eles não tinham soldados experientes em suas tropas.

A barraca dos gurcas naquele bazar era a mais barulhenta, pois os homens estavam ocupados – com um som detestável como o de bifes sendo cortados do cepo – com o *kukri*, que eles preferiam às baionetas; sabendo-se agora que os afegãos detestam as espadas em meia-lua.

Enquanto os afegãos agitavam-se, os estandartes verdes na montanha moveram-se para baixo para ajudá-los em uma última investida. Isso foi insensato. Os lanceiros, roçando no desfiladeiro direito, tinham por três vezes despachado seu único subalterno a galope para relatar o progresso dos acontecimentos. Na terceira vez ele retornou, com um arranhão de tiro no joelho, proferindo estranhos juramentos em hindustani e dizendo que estava tudo pronto. Assim aquele esquadrão girou em torno da direita dos escoceses com um assobio de vento perverso nas bandeiras de suas lanças, e caiu sobre os remanescentes justo quando, de acordo com todas as regras da guerra, deveriam esperar pelo inimigo para mostrar mais sinais de agitação.

Mas essa foi uma determinação caprichosa, habilmente deliberada, e resultou na cavalaria encontrando a si mesma na cabeceira da passagem pela qual os afegãos pretendiam recuar; e abaixo do rastro das lanças, corriam dois companheiros dos escoceses, o que nunca foi intenção do brigadeiro. A nova resolução foi um sucesso. Separou o inimigo da base como uma esponja que é arrancada da rocha, e deixou-o cercado de fogo naquela planície impiedosa. E como uma esponja é perseguida em uma banheira pelas mãos do banhista, assim foram os afegãos perseguidos até se dividirem em pequenos destacamentos muito mais difíceis de ordenar do que as grandes massas.

"Veja!", disse o brigadeiro. "Tudo saiu como planejei. Nós cortamos a base deles, e agora os dividimos em partes".

with deep gasps and short hacking coughs, and groanings of leather belts against strained bodies, and realised for the first time that an Afghan attacked is far less formidable than an Afghan attacking; which fact old soldiers might have told them.

But they had no old soldiers in their ranks.

The Gurkhas' stall at the bazar was the noisiest, for the men were engaged – to a nasty noise as of beef being cut on the block – with the *kukri*, which they preferred to the bayonet; well knowing how the Afghan hates the half-moon blade.

As the Afghans wavered, the green standards on the mountain moved down to assist them in a last rally. This was unwise. The Lancers, chafing in the right gorge, had thrice despatched their only subaltern as galloper to report on the progress of affairs. On the third occasion he returned, with a bullet-graze on his knee, swearing strange oaths in Hindustani, and saying that all things were ready. So that squadron swung round the right of the Highlanders with a wicked whistling of wind in the pennons of its lances, and fell upon the remnant just when, according to all the rules of war, it should have waited for the foe to show more signs of wavering.

But it was a dainty charge, deftly delivered, and it ended by the Cavalry finding itself at the head of the pass by which the Afghans intended to retreat; and down the track that the lances had made streamed two companies of the Highlanders, which was never intended by the Brigadier. The new development was successful. It detached the enemy from his base as a sponge is torn from a rock, and left him ringed about with fire in that pitiless plain. And as a sponge is chased round the bath-tub by the hand of the bather, so were the Afghans chased till they broke into little detachments much more difficult to dispose of than large masses.

"See!" quoth the Brigadier. "Everything has come as I arranged. We've cut their base, and now we'll bucket 'em to pieces."

A direct hammering was all that the Brigadier had dared to hope for, considering the size of the force at his disposal; but men who stand or fall by the errors of their opponents may be forgiven for turning Chance into Design. The bucketing went forward merrily. The Afghan forces were upon the run – the run of wearied wolves who snarl and bite over their shoulders. The red lances dipped by twos and threes, and, with a shriek, uprose the lance-butt, like a spar on a stormy sea, as the trooper cantering forward cleared his point. The Lancers kept between their prey and the steep hills, for all who could were trying to escape from the valley of death. The Highlanders gave the fugitives two hundred yards' law, and then brought them down, gasping and choking ere they could reach the protection of the boulders above. The Gurkhas followed suit; but the Fore and Aft were killing on their own account, for they had penned a mass of men between their bayonets and a wall of rock, and the flash of the rifles was lighting the wadded coats.

"We cannot hold them, Captain Sahib!" panted a Ressaidar of Lancers. "Let us try the carbine. The lance is good, but it wastes time."

They tried the carbine, and still the enemy melted away – fled up the hills by hundreds when there were only twenty bullets to stop them. On the heights the screw-guns ceased firing – they had run out of ammunition – and the Brigadier groaned, for the musketry fire could not sufficiently smash the retreat. Long before the last volleys were fired, the doolies were out in force looking for the wounded. The battle was over, and, but for want of fresh troops, the Afghans would have been wiped off the earth. As it was, they counted their dead by hundreds, and nowhere were the dead thicker than in the track of the Fore and Aft.

But the Regiment did not cheer with the Highlanders, nor did they dance uncouth dances with the Gurkhas among the dead. They looked under their brows at the Colo-

Uma investida direta era tudo o que o brigadeiro ousara esperar, considerando o tamanho da força à sua disposição; mas homens que resistem ou perecem pelos erros de seus oponentes podem ser perdoados por tornarem-se um "Acaso no Planejamento". A investida prosseguiu com divertimento. As forças afegãs estavam em retirada – a retirada de lobos cansados que rosnam e mordem por sobre os ombros. As lanças vermelhas mergulharam em duplas ou trios, assim que o meio-galope do soldado da cavalaria avançada divisava o alvo. Os lanceiros mantinham-se entre a presa e a escarpa da colina, contra todos que tentassem escapar do vale da morte. Os escoceses deram aos fugitivos os duzentos metros previstos por lei[66], e então puxavam-nos para baixo, arfando e engasgando, até que alcançassem a proteção das grandes pedras acima. Os gurcas seguiram o exemplo; mas o Frente à Retaguarda matavam por conta própria, pois tinham encurralado uma multidão de homens entre as baionetas e um muro de pedras, e o clarão dos rifles iluminava os casacos forrados.

"Não podemos segurá-los, capitão Sahib!", arquejou um Ressaldar[67] de lanceiros. "Vamos tentar a carabina. A lança é boa, mas desperdiça tempo".

Eles experimentaram as carabinas, e ainda assim o inimigo evaporou-se – escapando pelas colinas às centenas, quando havia apenas vinte projéteis para detê-los. Nas alturas as *screw-guns* cessaram fogo – estavam sem munição – e o brigadeiro gemeu, pois o fogo da mosquetaria não era suficiente para arruinar a retirada. Muito tempo depois da última rajada ter sido lançada, as macas saíram com vigor à procura dos feridos. A batalha estava acabada, e, apesar de ser pela carência de novas tropas, os afegãos foram varridos da terra. Como estava, eles contavam seus mortos às centenas, mas em parte alguma os mortos eram tão abundantes quanto no rastro deixado pelo Frente à Retaguarda.

Mas o regimento não comemorou com os escoceses, nem dançou danças exóticas com os gurcas entre os

---

[66] Trata-se da distância oferecida como vantagem pelos atiradores à vítima antes de começarem a disparar. Não é uma lei, apenas uma regra nos esportes de caça. N.T.

[67] Ressaldar: variação de rissaldar . Oficial Comissionado do Vice-rei. N.T.

mortos. Eles olharam sob as sobrancelhas para o coronel enquanto se inclinavam sobre os rifles e arquejavam.

"Voltem ao acampamento, vocês. Já desonraram a si mesmos o bastante por um dia! Vão e procurem pelos feridos. É só para isso que servem", disse o coronel. Apesar disso, durante a última hora o Frente à Retaguarda a Proa tinha feito tudo que um comandante mortal pudesse esperar. Eles perderam tanto a princípio porque não sabiam como agir naquele caso com perícia apropriada, mas resistiram com bravura, e essa foi sua recompensa.

Um jovem e animado sargento de infantaria, que começava a imaginar a si mesmo como herói, ofereceu seu cantil de água a um escocês que tinha a língua preta de sede. "Não bebo com covardes", respondeu o sedento mais jovem, e, virando-se para um gurca, disse: "*Hya*, Johnny! Tem água?" O gurca sorriu e passou a garrafa. O Frente à Retaguarda não disse uma palavra.

Eles retornaram ao acampamento quando o campo de luta já estava um pouco limpo e apresentável, e o brigadeiro, que via a si mesmo como um cavalheiro[68] em três meses, era a única alma favorável a eles. O coronel estava inconsolável, e os oficiais, furiosos e mal-humorados.

"Bem", disse o brigadeiro, "são tropas jovens, é claro, e não foi anormal que se retirassem em desordem por um instante".

"Oh, minha única tia Maria![69] ", murmurou o Oficial do Estado Maior Junior. "Retirada em desordem! Foi uma corrida escandalosa!"

"Mas eles voltaram, como todos sabemos", arrulhou o brigadeiro, com a face branco-acinzentada do coronel atrás dele. "E eles se comportaram tão bem quanto se poderia esperar. Comportaram-se lindamente, na verdade. Eu os observei. Não é questão de criar coragem, coronel. Como algum general alemão disse sobre seus homens: eles queriam levar alguns tiros, isso foi tudo". Para si mesmo, ele disse: "Agora que sangraram, posso dar-lhes um trabalho responsável. Eles

---

[68] *Knight*: pessoa que recebe título honorífico não-hereditário. Cavaleiro. N.T.

[69] Tia Maria!: variação de Minha sagrada tia!, etc., expressões sugerem ter aparecido no início dos anos 1850, na Inglaterra. Eufemismo para "my arse", "meu traseiro". (Nigel Rees, ed., *Dictionary of Word and Phrase Origins*, Cassell 1994).

they got what they did. Teach 'em more than half a dozen rifle flirtations, that will – later – run alone and bite. Poor old Colonel, though."

All that afternoon the heliograph winked and flickered on the hills, striving to tell the good news to a mountain forty miles away And in the evening there arrived, dusty, sweating, and sore, a misguided Correspondent who had gone out to assist at a trumpery village-burning, and who had read off the message from afar, cursing his luck the while.

"Let's have the details somehow – as full as ever you can, please. It's the first time I've ever been left this campaign," said the Correspondent to the Brigadier; and the Brigadier, nothing loth, told him how an Army of Communication had been crumpled up, destroyed, and all but annihilated by the craft, strategy, wisdom, and foresight of the Brigadier.

But some say, and among these be the Gurkhas who watched on the hillside, that that battle was won by Jakin and Lew, whose little bodies were borne up just in time to fit two gaps at the head of the big ditch-grave for the dead under the heights of Jagai.

tiveram o que mereciam. Ensine-os mais do que meia dúzia de brincadeiras com o rifle, que irão – mais tarde – correr sozinhos e morder. Assim mesmo, pobre do velho coronel."

Por toda tarde o heliógrafo[70] piscou e estremeceu nas colinas, esforçando-se para levar as boas notícias para um forte nas montanhas quilômetros distante. E ao entardecer chegou empoeirado, suando e ferido, um mal-orientado correspondente que tinha vindo assistir a uma insignificante aldeia em chamas, e que lera a mensagem de longe, abençoando sua sorte por isso.

"Vamos aos detalhes, seja como for – tantos quanto puder, por favor. Essa é a primeira vez que me deixam entrar neste acampamento", disse o correspondente ao brigadeiro, e o brigadeiro, com boa vontade, contou a ele como a participação do Exército amarrotou, destruiu e fez de tudo, menos aniquilar, devido à habilidade, à estratégia, à sensatez e à visão antecipada do brigadeiro.

Mas alguns dizem, e entre eles estão os gurcas que assistiram do lado da colina, que a batalha foi vencida por Jakin e Lew, cujos corpinhos foram carregados no tempo exato para preencher duas brechas na cabeceira da grande vala comum para os mortos sob os altos de Jagai[71].

[72] Heliógrafo: aparelho de sinalização que utiliza os reflexos dos raios solares por meio de espelhos alternativamente cobertos e descobertos. (Dicionário da Língua Portuguesa Houaiss). Emitia sinais de código Morse, muito usado no tempo de Kipling pelo exército, na Índia e na África do Sul. N.T.

[71] Jagai: idioma de Jagi, local próximo a Pesahawar, provável localização da batalha descrita. (ORG) N.T